郑小军 ◎ 编著

唤起两眸清炯炯　周邦彦词全解

人民文学出版社

图书在版编目(CIP)数据

唤起两眸清炯炯:周邦彦词全解/郑小军编著.—
北京:人民文学出版社,2023
(恋上古诗词:版画插图版)
ISBN 978-7-02-017826-1

Ⅰ.①唤… Ⅱ.①郑… Ⅲ.①周邦彦(1057－1111)
-宋词-诗词研究 Ⅳ.①I207.23

中国国家版本馆 CIP 数据核字(2023)第 036747 号

责任编辑　朱卫净　吕昱雯
装帧设计　李苗苗

出版发行　人民文学出版社
社　　址　北京市朝内大街 166 号
邮政编码　100705

印　　制　山东新华印务有限公司
经　　销　全国新华书店等

字　　数　371 千字
开　　本　890 毫米×1240 毫米　1/32
印　　张　16
版　　次　2023 年 4 月北京第 1 版
印　　次　2023 年 4 月第 1 次印刷

书　　号　978-7-02-017826-1
定　　价　89.00 元

如有印装质量问题,请与本社图书销售中心调换。电话:010-65233595

前　言

一

在宋代词史乃至整个中国词史上，周邦彦（美成、清真）是极为关键的人物，占据极其崇高的艺术地位。

关于词坛哪位词人堪比诗坛诗圣杜甫的地位，是争论已久的话题。近代王国维在《清真先生遗事》里得出周邦彦为"词中老杜"的结论，而且坚称非周莫属：

> 宋人如欧、苏、秦、黄，高则高矣，至精工博大，殊不逮先生。故以宋词比唐诗，则东坡似太白，欧、秦似摩诘，耆卿似乐天，方回、叔原则大历十子之流。南宋唯一稼轩可比昌黎，而词中老杜，则非先生不可。昔人以耆卿比少陵，犹为未当也。

今人或以为此是王国维一己之见，推尊太过。殊不知，这一结论，并非王国维首创，而是清朝以来较普遍的有代表性的说法。早在南宋，刘肃《详注周美成词片玉集序》就高度推崇周邦彦词"真足冠冕词林"；陈振孙《直斋书录解题》品评周邦彦为"词人之甲乙也"；陈郁《藏一话腴》盛赞周邦彦"二百年来，以乐府独步，贵人学士、市儈妓女，知美成词为可爱"；沈义父《乐府指迷》推荐"凡作词，当以清真为主"，"学者看词，当以周词集解为冠"；

张炎《词源》亦称"美成负一代词名"。至清朝,对周邦彦的高度推崇逐步达成了较为广泛的共识。清初,毛先舒《与沈去矜论填词书》就说:"周美成词家神品。"严沆《见山亭古今词选序》说:"论词于北宋,自当以美成为最醇。"先著、程洪《词洁》以宋词比唐诗,明确指出周邦彦犹如杜甫:"美成如杜,白石兼王、孟、韦、柳之长。""词家正宗,则秦少游、周美成。然秦之去周,不止三舍。"江昱《论词绝句》亦确认"词坛领袖属周郎"。清中叶,纪昀等《四库全书总目提要》从官方的立场肯定了周邦彦在词坛至高无上的地位:"邦彦妙解声律,为词家之冠。"常州词派代表人物周济,竭力推崇周邦彦曰:"清真,集大成者也。"(《宋四家词选序论》)"美成思力,独绝千古。"(《介存斋论词杂著》)戈载《宋七家词选序》亦推周邦彦为宋七家之首,赞曰:"清真之词,其意澹远,其气浑厚,其音节又复清妍和雅,最为词家之正宗。"清后期,陆蓥《问花楼词话》也有一比:"词家言苏、辛、周、柳,犹诗歌称李、杜。"盖以苏、辛为李,周、柳为杜。冯煦《蒿庵论词》同样将周邦彦比作杜甫:"商隐学老杜,亦如文英之学清真也。"陈廷焯对于周邦彦更是赞不绝口,推崇备至,其《白雨斋词话》曰:"词至美成,乃有大宗。前收苏、秦之终,后开姜、史之始。自有词人以来,不得不推为巨擘。""顿挫之妙,理法之精,千古词宗,自属美成。"其《云韶集》评周邦彦《六丑》曰:"词中之圣也。"其《词坛丛话》盛赞:"美成真千古词坛领袖。"蒋兆兰《词说》评周邦彦慢词曰:"功力既深,才调尤高,加以精通律吕,奄有众长,虽率然命笔,而浑厚和雅,冠绝古今,可谓极词中之圣。"夏孙桐评周邦彦《瑞鹤仙》《兰陵王》《浪淘沙》《大酺》《六丑》诸作曰:"人巧至而天机随,词中之圣,与史迁之文、杜陵之诗,同为古今绝作,无与抗手者。"(俞陛云《宋词选释》引)至于王国维同时代或稍后之论者,推尊周邦彦多不亚于王国维。吴梅《词学通论》评周邦彦曰:

"自有词人以来，为万世不祧之宗祖。""词至清真，实是圣手。"邵瑞彭《周词订律序》曰："词家有美成，犹诗家有少陵，诗律莫细乎杜，词律亦莫细乎周。"陈匪石《声执》曰："周邦彦集词学之大成，前无古人，后无来者。"汪东《唐宋词选识语》曰："词至清真，犹文家之有马、扬（按指司马迁或司马相如、扬雄），诗家之有杜甫，吐纳众流，范围百族，古今作者，莫之与竞矣。"俞平伯《清真词释》曰："清真慢词岂独两宋一人，即武断其冠冕百代可也。""自诗家有杜陵，而唐以后诗皆不得不与古人为敌国矣。词家有清真，而北宋以后词皆不得不与古人为敌国矣。虽曰气运使之然，若夫二子者岂非英霸之才乎。"

周邦彦能博得后人赠予的"词家之冠""词中之圣""千古词坛领袖""千古词宗""词家正宗""词中老杜"等如此众多且显赫之冠冕，自非偶然，必与其词艺词境及其传播力、影响力有关。首先，普遍认为，周邦彦是北宋词之集大成者。周邦彦在柳永慢词的基础上，更善于铺叙，更典雅精致；同时，他又兼有张先炼字炼句之胜，苏轼融化古人成句、气韵浑成之长，以及晏几道、秦观深婉幽美之风调，从而达到了词的化境，词学之法至此大备。同时，由于周邦彦词对南宋词的实际影响力，他被公认是南宋词的开启者、引领者。清代严沆《见山亭古今词选序》即认为南宋自姜夔、史达祖以至王沂孙、张炎等一大批词人，究其渊源，均出自周邦彦："南渡以后，……尧章、邦卿别裁风格，极其爽逸芊绝；宗瑞、宾王、几叔、胜欲、碧山、叔夏继之。要其原皆自美成出。"周济编纂《宋四家词选》也希望学词者，能从南宋王沂孙，经由吴文英、辛弃疾，上溯至北宋周邦彦浑化之源。谭献《复堂词话》亦点出其中要害："南渡词境高处，往往出于清真。"现代学者缪钺《诗词散论》总结说："北宋词浑雅，南宋词精能。由浑雅变精能，周邦彦是一大关键。"此外，周邦彦对后世的影响，又不止于南宋诸家,他一直影响到清词的复兴、近现代词学的繁盛。犹如周济所言:"后有作者,莫能出其范围矣。"清代前期,朱彝尊标榜姜夔、张炎醇雅清空之词,开浙西词派,影响甚大,但未能上溯本源,局限性比较明显。至清中叶,浙西词派中坚厉鹗继起,裨补修正朱彝尊之主张,推尊周邦彦、姜夔,持论渐趋公正,使得浙西词派更具号召力,也对随后而起的常州词派产生一定的影响。常州词派主将周济,提倡词之比兴寄托,推崇以周邦彦为首的宋四家,使得效法周邦彦成为词坛风尚。常州词派的影响一直延续到清末民初。正如龙榆生《清真词叙论》所言:"近代王(鹏运)、朱(孝臧)、郑(文焯)、况(周颐)诸大师,无不扇扬馀烈,迄于今日而未有已。则《清真》一集,衣被于乐坛与词坛者,盖近千年,呜呼盛矣!"除以上所论,周邦彦词之沉郁顿挫,又妙解乐音,律最精审,善于点化前人诗句,等等,都是他被推尊为"词中圣手""词中老杜"的重要原因。

尽管从南宋以来,有个别论者极力诋斥周邦彦词,如赵文说"清真盛,宋亡",批周邦彦词为北宋灭亡之兆(《青山集·吴山房乐府序》),张侃斥周邦彦词是"亡国哀音"(《拣词》),但这少数论者是从政治上无限上纲,严重偏离周邦彦生平与创作,相关论点皆难以成立,故不为历代多数评论家所取。还有从封建士大夫迂腐的伦理角度抨击周邦彦词的,如清代刘熙载讥讽周邦彦情词说:"当不得个'贞'字。是以士大夫不肯学之,学之则不知终日意萦何处矣。"又批周邦彦、史达祖之词说:"未得为君子之词者,周旨荡而史意贪也。"(《艺概·词曲概》)直到近代钱基博《中国文学史》仍说:"至于《青玉案》《花心动》《凤来朝》等词,床笫之言,不羞逾阈;好色而淫,以视柳永,尤为变本加厉矣。"刘熙载自是迂执之见,钱基博更是罗列部分伪作以批周邦彦,殊为不公。然而,这些极少数的恶评,无法抵挡历代绝大多数论者对周邦彦做出的崇高评价,甚至上述恶评者在批评的同时,都不得不承认周邦彦巨大的影响力和杰出的艺术成就、崇高的历史地位。赵文就说当时"江南言词者宗美成",即指南宋词人宗奉周邦彦这一历史事实;刘熙载也肯定周邦彦词"信富艳精工","律最精审";就连钱基博也不得不承认历来对周邦彦的高度评价:"自来论词者,胥推邦彦为一代词宗,而以结北宋之局云。"

二

周邦彦(1056—1121),字美成,号清真居士。宋仁宗至和三年(嘉祐元年,1056),他出生在山明水秀、自古繁华的三吴都会——钱塘(今浙江杭州)。他所处的年代,正是北宋由隆盛逐步走向衰落的历史时期。

周邦彦的五世祖,曾在五代吴越国钱王手下为官,卒于任上。后来吴越国向北宋纳土归降,五世祖的儿子(即周邦彦曾祖)周仁礼,当时年纪尚小,按宋太宗的诏令,随钱王臣僚迁徙到东京(今河南开封)。直到祖父周维翰,才又迁回到老家钱塘。周维翰至少有两个儿子:周原(字德祖)和周邠(字开祖)。周原就是周邦彦的父亲,他一生不曾入仕,在文艺、学术上也无著述传世,但据说他能写诗,而且家中富有藏书。周原饱读诗书,对承载圣贤之道的书籍有一种敬若神明的崇拜,每天清晨必定要焚香拜书。这样的家庭环境熏陶,与周邦彦的"博涉百家之书"(《宋史·文苑传》),能使"经史百家之言盘屈于笔下"(南宋楼钥《清真先生文集序》),无疑是有直接的因果关系的。再看周原给儿子起的名字,出自《诗经·郑风·羔裘》"彼其之子,邦之彦兮",以及陆机《吴趋行》"邦彦应运兴,粲若春林葩"。从中可以看出周原的文化底蕴,以及期望儿子成为邦国才俊的心愿。至于叔父周邠,则是进士出身,长期担任地方行政长官(包括钱塘县令、溧水县令等),官至朝请大夫、上轻车都尉。周邠还是一位颇有才华的诗人,除了与前辈词人张先,后辈诗人秦观、晁补之以及诗僧道潜等有唱和之外,与同龄的文学大家苏轼更是有大量的交游唱和,深得苏轼推重。周邦彦中年时曾专门作诗《芝术歌》献寿叔父,可以想见他对叔父的敬重,以及叔父对他的影响。

周邦彦的早年岁月,除了在家乡优美的山水环境中得到滋养,在家中丰富的藏书里得到文化艺术的启蒙,还受了宽松的家庭教育环境的影响。周邦彦壮岁所作《祷神文》托心神之口回顾童稚情形曰:"子之幼时,髧髦垂带;父仁母慈,弗鞭弗笞。"父母的仁慈宽容的教育,一方面培育了周邦彦温润柔软、细腻敏悟的心灵,另一方面又养成了他自由宽弛、疏放不羁的性情。所以,南宋楼钥《清真先生文集序》称周邦彦"少负庠校隽声"的同时,南宋王称《东都事略》又称周邦彦"性落魄不羁,涉猎书史",《宋史·文苑传》也说他"疏隽少检,不为州里推重,而博涉百家之书"。也许,因为"落魄不羁""疏隽少检",而"不为州里推重"的缘故,周邦彦少年时代曾转而赴荆州游学,而且为时不短。具体时间应在十六岁至二十岁前后。周邦彦在后来写的词里时常提到这段经历。比如,《琐窗寒》词里"似楚江暝宿,风灯零乱,少年羁旅",以及《齐天乐》词中"荆江留滞最久,故人相望处,离思何限"。熙宁九年(1076)四月,父亲周原病故,二十一岁的周邦彦回到钱塘家中守丧。

元丰二年(1079),二十四岁的周邦彦,在服丧期满之后,离开家乡钱塘,渡过长江,途经天长(今属安徽),一路北上,入东京(开封)为太学生。此年八月,诏令"增太学生舍为八十斋,斋三十人。外舍生二千人,内舍生三百人,上舍生百人"。周邦彦正是赶上了这个扩招的机会,进入太学,成为外舍生。在太学学习之余,周邦彦流连于东京的通衢广厦、宫城园囿,领略大宋都城的繁华壮丽;同时,出入于秦楼楚馆,作为识曲知音的词人为歌妓们留下了一批婉媚绮艳的应歌之词。当然,年轻的周邦彦还是非常关心国家时局的。元丰五年(1082)九月,他闻知北宋永乐城被西夏攻陷,立即写了《天赐白》诗并序,从一个侧面记录了这场惨败,讽刺了临阵脱逃的宋朝将领。元丰七年(1084)三月,二十九岁的周邦彦进献近七千字的《汴都赋》,宋朝熙宁、元丰以来升平气象俱见于赋中。周邦彦出众的文笔,令宋神宗颇为惊异,命尚书右丞李清臣读于迩英殿;紧接着神宗又于政事堂召见周邦彦,询以政事,周邦彦由此从太学生一下被提拔为太学正,声名一日震耀海内。

　　正是因为这篇有影响力的《汴都赋》,一般认为周邦彦是属于赞美王安石变法的新党一派的。虽然周邦彦后来自称"不能俯仰取容"(《重进汴都赋表》),王国维《清真先生遗事》也认定周邦彦"于熙宁、元祐两党均无依附",尽管如此,从周邦彦后来在官场的实际经历来看,他的进退浮沉,大致是与新旧两党的升降荣辱相关联的。元丰八年(1085)宋神宗去世,九岁的赵煦(哲宗)即位,太皇太后高氏临朝听政,下诏起用司马光为门下侍郎,召还旧党;至次年元祐元年(1086),司马光主政,废除新法殆尽,同年王安石去世,至此熙宁、元丰变法全面落下帷幕。也就是在这样的背景下,元祐二年(1087),三十二岁的周邦彦奉命离开京城,外任庐州(今安徽合肥)教授。在"地僻无钟鼓"(周邦彦《宴清都》)的庐州呆了将近三年之后,转赴荆州,仍担任教授一类职务三年多时间。元祐八年(1093),三十八岁的周邦彦受命出任溧水(今属江苏南京)县令,在任凡三年。溧水为负山之邑,官赋繁杂,民讼纷沓,周邦彦从政敬简,为民称道。他在县衙、园圃作萧闲堂、插竹亭、姑射亭以及隔浦莲、新绿池等,于公务繁忙之余,弦歌吟咏,留下了《满庭芳》(风老莺雏)等一批徜徉山水、托物言志的名作。由于远离繁华的政治中心东京(开封),十年间沉沦于偏僻的州县,周邦彦努力从道家、道教思想中寻求慰藉、超脱,但他的词里总不免流露出感伤忧闷的情调,而其词境词艺则日臻成熟。

自元祐八年(1093)九月太皇太后高氏去世后,宋哲宗得以亲政,开始恢复新法,驱逐旧党。直到两年之后的绍圣二年(1095)年末,周邦彦终于听到重返京城的消息。绍圣三年(1096)二月,四十一岁的周邦彦奉召还京为国子主簿。离开溧水后,他曾重游荆州,然后返京。饱经飘零、重返京城的周邦彦,似乎没有表露出太多的喜悦,他寻访阔别十年的故旧,创作了《瑞龙吟》(章台路)等一批感伤物是人非、世事沧桑的词作,展现出极高的艺术水准。元符元年(1098)六月十八日,宋哲宗于崇政殿召见周邦彦,言谈之间,颇觉契合,哲宗特命重进《汴都赋》。于是,周邦彦重新抄写进呈《汴都赋》,并作《重进汴都赋表》。随后,周邦彦被提拔为秘书省正字。

元符三年(1100)正月,宋哲宗去世,弟端王赵佶(宋徽宗)继位。皇太后向氏听政,开始起用元祐旧党。但到次年建中靖国元年(1101)正月,随着向氏去世,宋徽宗亲政,调和新旧党争无果之后,又开始贬斥元祐旧党。同年,四十五岁的周邦彦由秘书省正字晋升校书郎。其间,周邦彦告假归乡,曾至睦州(今浙江建德梅城),作词《一寸金》(州夹苍崖)。崇宁三年(1104)周邦彦迁考功员外郎。大观元年(1107),五十二岁的周邦彦迁卫尉宗正少卿,兼议礼局检讨,负责编修礼书。政和元年(1111),周邦彦以直龙图阁知河中府,但因礼书尚未完成,被宋徽宗留下继续编书,同时迁卫尉卿。

政和二年(1112),五十七岁的周邦彦第二次出京外任,以奉直大夫直龙图阁知隆德府(今山西长治)。三年后的政和五年

(1115)，徙知明州（今浙江宁波）。在任不久，即被召还京，次年担任秘书监。后来论者以为周邦彦此次升迁，与他曾向权臣蔡京献生日诗有关，遂认定其晚年名节有亏。此纯属一偏之见。王国维《清真先生遗事》辨之甚明："其赋汴都也颇称颂新法，然绍圣之中，不因是以求进。晚年稍显达，亦循资格得之，其于蔡氏亦非绝无交际。盖文人脱略，于权势无所趋避，然终与强渊明、刘昺诸人由蔡氏以跻要路者不同。"政和七年（1117），周邦彦进位徽猷阁待制，并担任大晟府提举官，"讨论古音，审定古调"（张炎《词源》）。据周密《浩然斋雅谈》记载，徽宗曾命蔡京找周邦彦撰写歌颂祥瑞的歌词，周邦彦以"某老矣，颇悔少作"婉言回绝，终不曾写一首颂圣贡谀之作，可见其为人，但也由此得罪。他很快就被调离大晟府外放。

重和元年（1118）暮春，六十三岁的周邦彦第三次（也是最后一次）出京外任，知真定府（今河北正定），任上作有《续秋兴赋并序》、咏梨花词《水龙吟》（素肌应怯馀寒）等。次年，改知顺昌府（今安徽阜阳）。宣和二年（1120），徙知处州（今浙江丽水），旋即罢官，提举南京（今河南商丘）鸿庆宫。此年，周邦彦居睦州（今浙江建德梅城）时，恰逢方腊起义，遂返回杭州，继又避乱北上扬州，作有《瑞鹤仙》（悄郊原带郭）。宣和三年（1121）正月，周邦彦自扬州继续北上，途经天长（今属安徽），回想往事，感叹岁月，作《西平乐》（稚柳苏晴）。不久至南京（商丘），病逝于鸿庆宫斋厅（一说卒于旅途），终年六十六岁。

宋代以来笔记所录周邦彦之异闻奇事甚多，而多数与史实不合。不过，大量传闻也从侧面反映出周邦彦影响力之大，以至于"人间异事皆附苏秦，海内奇言尽归方朔"，"自士大夫以至妇人女子，莫不知有清真，而种种无稽之言，亦由此以起，然非入人之深，乌能如是耶"！（王国维《清真先生遗事》）纵观周邦彦一生，其为人立身，自以南宋楼钥《清真先生文集序》所论最为公允切当：

> 公壮年气锐，以布衣自结于明主，又当全盛之时，宜乎立取贵显，而考其岁月仕宦，殊为流落，更就铨部试远邑，虽归班于朝，坐视捷径，不一趋焉。三绾州麾，仅登松班，而旅死矣。盖其学道退然，委顺知命，人望之如木鸡，自以为喜，此又世所未知者。

三

周邦彦才艺出众，博文多能，三十岁前所作《汴京赋》铺张扬厉，辞采飞腾，震慑海内，"二刘（刘敞、刘攽）博奥，乏此波澜；两苏（苏轼、苏辙）汪洋，逊其典则"（王国维《清真先生遗事》）；所作《薛侯马》《天赐白》等诗，出入经史，才气纵横，"当时以诗名家如晁（补之）、张（耒），皆自叹以为不及"（陈郁《藏一话腴》）。然而，周邦彦更为出名、更为后人传诵的却是他的词，以至于他的诗文为词所掩。

客观地说，周邦彦词在题材上并无开拓之功，其内容大致不出唐五代以来传统词的范畴，以写男女之情与羁旅行役为主，以抒发个人闲情幽思为基调，但他词中醇厚典雅、幽深婉曲处，往往是他人难以企及的。其中男女情爱题材的作品，他写得最多，也最为后人传诵。例如，脍炙人口的《瑞龙吟》：

> 章台路，还见褪粉梅梢，试花桃树。愔愔坊陌人家，定巢燕子，归来旧处。　　黯凝伫，因念个人痴小，乍窥门户。侵晨浅约宫黄，障风映袖，盈盈笑语。　　前度刘郎重到，访邻寻里，同时歌舞。惟有旧家秋娘，声价如

故。吟笺赋笔,犹记燕台句。知谁伴、名园露饮,东城闲步。事与孤鸿去,探春尽是,伤离意绪。官柳低金缕,归骑晚、纤纤池塘飞雨。断肠院落,一帘风絮。

这是周邦彦在十年间辗转流落于庐州、溧水等地后,重返京城时所作,他借故地重游,寻访旧日相好不遇,隐约地寄托物是人非、怀抱难申、感伤怅惘之情,很有一种郁勃苍凉、婉曲幽深的倾诉力和感染力。

善写隐秘迷离的男女幽情,也是周邦彦被后人附会编排出许多桃色故事的主要原因。如《风流子》:

新绿小池塘,风帘动、碎影舞斜阳。羡金屋去来,旧时巢燕;土花缭绕,前度莓墙。绣阁凤帏深几许,听得理丝簧。欲说又休,虑乖芳信;未歌先咽,愁近清觞。
遥知新妆了,开朱户、应自待月西厢。最苦梦魂,今宵不到伊行。问甚时说与,佳音密耗,寄将秦镜,偷换韩香。天便教人,霎时厮见何妨。

南宋王明清《挥麈馀话》就说这首词写的是周邦彦任溧水县令时,与聪慧漂亮的县主簿之室(一作主簿之姬)的一段不伦之恋。近现代学者如王国维等业已指出这一传说抵牾失实,不足凭信,但在古代迂腐的评论家看来这是词人有违传统伦理的实证。南宋沈义父《乐府指迷》就批评此词末两句"轻而露","便无意思,亦是词家病,却不可学也"。清代叶申芗《本事词》按语更说:"此词虽极情致缠绵,然律以名教,恐亦有伤风雅也。"事实上,词中展露的人性中率真赤诚的情愫,男女追求自由恋爱的渴望,恰恰是周邦彦词超越名教理学束缚的价值所在。正如晚清况周颐

《蕙风词话》评周邦彦"最苦梦魂""天便教人"等句时所言:"此等语愈朴愈厚,愈厚愈雅,至真之情由性灵肺腑中流出,不妨说尽,而愈无尽。"

诚然,周邦彦写过许多应歌赠妓之词,或为歌妓代言,或抒写对歌妓之幽情。这一方面是文人词的传统,许多词原是文人创作来供歌妓席间演唱的,所谓"绮筵公子,绣幌佳人,递叶叶之花笺,文抽丽锦;举纤纤之玉指,拍按香檀;不无清绝之词,用助娇娆之态"(欧阳炯《花间集序》)。北宋柳永、晏殊、张先、欧阳修、苏轼、晏几道等名家都填写过大量应歌赠妓之词,广为传唱,不足为奇。另一方面,周邦彦妙解音律,风流自赏,以"顾曲"名堂,以周郎(周瑜)自比,作为知音,时常出入歌楼妓馆,与一些歌妓建立了较深的情感,因而效法前贤,创作了大量赠妓词,深受歌妓和民众的喜爱。《意难忘》便是周邦彦这类词中颇有代表性的一首:

衣染莺黄,爱停歌驻拍,劝酒持觞。低鬟蝉影动,私语口脂香。檐露滴,竹风凉,拚剧饮淋浪。夜渐深、笼灯就月,子细端相。　　知音见说无双,解移宫换羽,未怕周郎。长颦知有恨,贪要不成妆。些个事,恼人肠,试说与何妨。又恐伊、寻消问息,瘦减容光。

此词上片赞赏歌妓之美,香艳而不流俗;下片写临别之深悲,"而深悲仍出之以微婉,袭故弥新,沿浊更清,此美成之绝诣"(俞平伯《清真词释》)。这首词传唱久远,并被后代许多名作借鉴移用,如元代高明《琵琶记》二十九出中【意难忘】唱词,明代汤显祖《南柯记》三十八出《生恣》中【蛮儿犯】唱词,清代洪昇《长生殿》第二出《定情》中【古轮台】唱词,都曾化用周邦彦此词。可见,即便是昵狎绮艳的赠妓之词,也可以有其独特的鉴赏价值和动人的艺术魅力。

在周邦彦大量情词中,有些作品折射出他对家眷的思念,格调清新,情思缱绻。例如《荔枝香》:

照水残红零乱,风唤去。尽日测测轻寒,帘底吹香雾。黄昏客枕无憀,细响当窗雨。看两两相依燕新乳。
楼下水,渐绿遍、行舟浦。暮往朝来,心逐片帆轻举。何日迎门,小槛朱笼报鹦鹉。共剪西窗蜜炬。

上片写景生动,善于渲染烘托,以景传情;下片渴盼夫妻团聚,设想鲜活细腻,场面清晰如见。全篇构思精致,针线绵密,前后照应,表达了缠绵温馨的思归之情。

周邦彦词中另一类作品,便是羁旅行役之作。周邦彦一生中绝大部分时间客居他乡,或滞留京城,或外放各地,熟谙颠沛流离、沦落异乡之苦。王国维《清真先生遗事》说:"若夫悲欢离合、羁旅行役之感,常人皆能感之,而惟诗人能写之。故其入于人者至深,而行于世也尤广。"例如《满庭芳》:

风老莺雏,雨肥梅子,午阴嘉树清圆。地卑山近,衣润费炉烟。人静乌鸢自乐,小桥外、新绿溅溅。凭栏久,黄芦苦竹,拟泛九江船。　年年,如社燕,飘流瀚海,来寄修椽。且莫思身外,长近尊前。憔悴江南倦客,不堪听、急管繁弦。歌筵畔,先安簟枕,容我醉时眠。

这是周邦彦出京外放辗转来到溧水时所作。地卑山近的潮湿,黄芦苦竹的荒凉,映带出长年漂流的无奈,江南倦客的憔悴,"此中有多少说不出处,或是依人之苦,或有患失之心,但说得虽哀怨,却不激烈,沉郁顿挫中,别饶蕴藉"(陈廷焯《白雨斋词话》)。

再如,被人广泛传唱的代表作《兰陵王·柳》:

> 柳阴直,烟里丝丝弄碧。隋堤上、曾见几番,拂水飘绵送行色。登临望故国,谁识,京华倦客。长亭路、年去岁来,应折柔条过千尺。　闲寻旧踪迹,又酒趁哀弦,灯照离席。梨花榆火催寒食。愁一箭风快,半篙波暖,回头迢递便数驿,望人在天北。　悽恻,恨堆积。渐别浦萦回,津堠岑寂,斜阳冉冉春无极。念月榭携手,露桥闻笛。沉思前事,似梦里,泪暗滴。

这是周邦彦后期出京外任时留别京城故旧之作,词分三叠,以柳起兴,以景入情,引出临别酒席上的哀愁,以及坐船离开之后的感伤,"意与人同,而笔力之高,压遍今古。又沉郁,又劲直,有独往独来之概"(陈廷焯《云韶集》)。南宋时,此词盛行京城,广为传唱,被誉为"渭城三叠"(毛开《樵隐笔录》)。

周邦彦笔下的羁旅行役之恨,常常与离别之愁、相思之苦交织在一起,更增添了作品的厚度和情感的浓度。例如,他的名作《庆春宫》:

> 云接平冈,山围寒野,路回渐转孤城。衰柳啼鸦,惊风驱雁,动人一片秋声。倦途休驾,淡烟里、微茫见星。尘埃憔悴,生怕黄昏,离思牵萦。　华堂旧日逢迎,花艳参差,香雾飘零。弦管当头,偏怜娇凤,夜深簧暖笙清。眼波传意,恨密约、忽忽未成。许多烦恼,只为当时,一饷留情。

此是词人客途秋夜之作,上片写今日旅途离思,下片忆旧日华堂留情;上片旅途孤苦憔悴,与下片华堂笙歌温存,形成鲜明对照,感伤的情思愈益浓厚,全篇的意境更加浑融。

周邦彦行役作品中也包含一些出色的山水词。词人借清丽壮美的大自然景色,寄寓超然物外的情怀,表露厌倦宦途、渴望归隐的心愿。例如《一寸金》:

州夹苍崖,下枕江山是城郭。望海霞接日,红翻水面,晴风吹草,青摇山脚。波暖凫鹥作,沙痕退、夜潮正落。疏林外、一点炊烟,渡口参差正寥廓。　自叹劳生,经年何事,京华信漂泊。念渚蒲汀柳,空归闲梦,风轮雨楫,终孤前约。情景牵心眼,流连处、利名易薄。回头谢、冶叶倡条,便入渔钓乐。

这首词由睦州(今浙江建德梅城)山水佳景,引出长年劳顿漂泊之苦,兴发谢绝名利、归隐江湖之情,"写江路景物如画,好语穿珠,无懈可击"(俞陛云《宋词选释》)。

比较难得的是,周邦彦后期词作中,在厌倦仕途的同时,还有对奔竞利禄、追逐奢靡的世风的抨击,例如《黄鹂绕碧树》:

双阙笼嘉气,寒威日晚,岁华将暮。小院闲庭,对寒梅照雪,淡烟凝素。忍当迅景,动无限、伤春情绪。犹赖是、上苑风光渐好,芳容将煦。　草荚兰芽渐吐,且寻芳、更休思虑。这浮世、甚驱驰利禄,奔竞尘土。纵有魏珠照乘,未买得、流年住。争如盛饮流霞,醉偎琼树。

下片借题发挥,对京城里上层阶级贪婪腐败的现象做了鲜明尖锐的讽喻,这在他的词里是比较少见的。

周邦彦又善作咏物词,借各类物象以寄托悲欢离合之情与羁旅行役之恨。举凡咏梅花、咏梨花、咏蔷薇、咏柳、咏新月、咏春雨、咏雪等,皆托意深厚,寄情悠远。例如,他的自度名曲《六丑·蔷薇谢后作》:

> 正单衣试酒,恨客里、光阴虚掷。愿春暂留,春归如过翼,一去无迹。为问花何在?夜来风雨,葬楚宫倾国。钗钿堕处遗香泽,乱点桃蹊,轻翻柳陌。多情为谁追惜?但蜂媒蝶使,时叩窗隔。　　东园岑寂,渐蒙笼暗碧。静绕珍丛底,成叹息。长条故惹行客,似牵衣待话,别情无极。残英小、强簪巾帻。终不似、一朵钗头颤袅,向人欹侧。漂流处、莫趁潮汐。恐断红、尚有相思字,何由见得。

词人借落花起兴,落花与人之悲欢离合交织着写,回环曲折,层层铺展,"指与物化,奇情四溢,不可方物,人巧极而天工生矣"(黄苏《蓼园词话》)。

周邦彦的怀古词,则寄托有更深的盛衰之感、时世之忧,如《西河·金陵怀古》:

> 佳丽地,南朝盛事谁记?山围故国绕清江,髻鬟对起。怒涛寂寞打孤城,风樯遥度天际。　　断崖树,犹倒倚,莫愁艇子曾系。空遗旧迹郁苍苍,雾沉半垒。夜深月过女墙来,赏心东望淮水。　　酒旗戏鼓甚处市?想依稀、王谢邻里。燕子不知何世,入寻常巷陌人家相对,如说兴亡斜阳里。

后人仅以檃栝词目之,未免失之浮浅。周邦彦此词虽然借谢朓、刘禹锡等人几首诗加以熔铸,却非一味依傍古人,而是有所发挥创造,全篇构思精细,描绘生动,铺叙阔阔,意境悠远,寄慨深沉。古今词论家以为可与王安石《桂枝香·金陵怀古》、苏轼《念奴娇·赤壁怀古》并驾齐驱,清人陈廷焯《云韶集》更赞赏此词"气韵沉雄,苍凉悲壮,直是压遍古今",堪称金陵怀古词之"绝唱"。

周邦彦另一些写元宵、寒食、重阳及人日、春社的节序词,也颇为传诵,就中以《解语花·元宵》最负盛名:

风销焰蜡,露浥红莲,花市光相射。桂华流瓦,纤云散,耿耿素娥欲下。衣裳淡雅,看楚女、纤腰一把。箫鼓喧,人影参差,满路飘香麝。　　因念都城放夜,望千门如昼,嬉笑游冶。钿车罗帕,相逢处,自有暗尘随马。年光是也,惟只见、旧情衰谢。清漏移,飞盖归来,从舞休歌罢。

词人抚今追昔,怀念东京(开封)元夕盛况,感慨岁月流逝、旧情衰谢,写景华丽,唱叹深挚,情味醇厚;"如此等妙词,不独措辞精粹,又且见时序风物之胜,人家宴乐之同"(张炎《词源》)。从文本来看,李清照《永遇乐》(落日熔金)和辛弃疾《青玉案·元夕》两首元夕名作,很可能都受过周邦彦这首词的影响。

四

吴世昌《词林新话》指出:"学得清真之各种手法,然后读南宋诸家皆有来历,无所遁形矣。清真范围广,门户多,长调小令,皆自成楼阁,绝不相似。如游阿房之宫,五步一亭,十步一阁,莫可究诘,他人无此才力也。"周邦彦词绝出当时,垂范后世,主要就是因为他多姿多彩的创造性的艺术成就,为后来词人开了无数法门。这里仅举数端。

周邦彦的词,特别是他的慢词,在铺叙上更讲究章法架构,善于渲染勾勒,顿挫腾挪,特别注重叙事的时空错综变幻,从而打破了之前大部分词以直截感发为主的平铺直叙的写作方法。这就是清代周济所说的:"美成思力,独绝千古。""读得清真词多,觉他人所作,都不十分经意。"(《介存斋论词杂著》)例如,周邦彦《花犯·梅花》:

粉墙低,梅花照眼,依然旧风味。露痕轻缀,疑净洗铅华,无限佳丽。去年胜赏曾孤倚,冰盘同宴喜。更可惜、雪中高树,香篝熏素被。　今年对花最匆匆,相逢似有恨,依依愁悴。吟望久,青苔上、旋看飞坠。相将见、脆丸荐酒,人正在、空江烟浪里。但梦想、一枝潇洒,黄昏斜照水。

此词当是周邦彦溧水县令任满、奉调进京之前赏梅惜别之作,全篇之构思,立足今年对梅,回想去年赏梅,展望来年梦梅;时空交织,转接自如,思绪空阔,寄托遥深,因此赢得后人一片好评。南宋黄昇《花庵词选》赞赏曰:"此只咏梅花,而纡徐反覆,道尽三年间情事,昔人谓好诗圆美流转如弹丸,余于此词亦云。"明代吴从先《草堂诗馀隽》引李攀龙评语云:"机轴圆转,组织无痕,一片锦心绣口,端不减天孙妙手,宜占花魁矣。"近代陈匪石《宋词举》称赏曰"此词胜处,全在有雄浑之笔力,而出以和缓之辞气,倪来倜往,如神龙夭矫,不可捉摸","真神品也"。

再如《丁香结》:

苍藓沿阶，冷萤黏屋，庭树望秋先陨。渐雨凄风迅，澹暮色、倍觉园林清润。汉姬纨扇在，重吟玩、弃掷未忍。登山临水，此恨自古，销磨不尽。　　牵引，记试酒归时，映月同看雁阵。宝幄香缨，薰炉象尺，夜寒灯晕。谁念留滞故国，旧事劳方寸。唯丹青相伴，那更尘昏蠹损。

词人运用擅长的铺叙手法，从凄清的秋景，引入怀人之情，再从当下之景，闪回到往日一幕幕场景，复又转回到眼前情形，情景交织，时空变幻，切换自如，又善托物寄情，情思绵邈。所以，陈洵《海绡说词》(抄本)评此词作法曰："一步一转，一步一留，极顿挫之能事。"周邦彦这种精致细密而又独到的构思安排，善用回叙和插叙的时空交错的手法，已经初步展示了在近现代小说和现代电影里才习用的叙事技法，大大丰富了传统诗词的表现手段。

　　周邦彦杰出的铺叙才能，不仅见于他的慢词，也见于他的小令。在小令中增添叙事成分，增加时空变幻，渲染幽深沉郁的情思，也是周邦彦创造性的艺术成就。例如，周邦彦《点绛唇·伤感》：

　　辽鹤归来，故乡多少伤心地。寸书不寄，鱼浪空千里。　　凭仗桃根，说与凄凉意。愁无际，旧时衣袂，犹有东门泪。

此词当是大观三年(1109)，周邦彦乞假南归故乡，路过苏州时，怀念情人楚云之作。在这首篇幅不大的小令里，词人善于运用回环往复的笔法和时空交错的叙事手段，虚笔与实写结合，现在与过去错综，实景与回忆融合，语词典雅，情景如见，淋漓尽致地表达了入骨的相思与哀伤。

再如周邦彦名篇《少年游》：

> 并刀如水，吴盐胜雪，纤手破新橙。锦幄初温，兽烟不断，相对坐调笙。　　低声问向谁行宿，城上已三更。马滑霜浓，不如休去，直是少人行。

起首三句，乍一看，似乎是三幅零碎的片段画面，串起来则成为一组有机联络的图景，类似于现代电影中经过精心剪辑的三个蒙太奇镜头，展示出词人非同凡响、别开生面的技术手段，很能启发读者的艺术联想。至于词中对场景、人物的生动描绘，深情款款的对白，都具有后代戏剧影视般的临场效果。

周邦彦词颇为后人称道的是，语言精工典雅，极富表现力和创造力：描摹物态，曲尽其妙；言情状景，穷极工巧；善于炼字炼句，精于成串骈对；融化前人诗句一如己出，更有出蓝之妙。犹如陈廷焯《白雨斋词话》所言："美成词于浑灏流转中，下字用意皆有法度。"例如，周邦彦《苏幕遮》(燎沉香)中"叶上初阳干宿雨，水面清圆，一一风荷举"三句，描绘宿雨初晴时水面荷花迎风挺立之姿，"笔力清健，极体物浏亮之致"(俞陛云《宋词选释》)，"此真能得荷之神理者"(王国维《人间词话》)。《蝶恋花·秋思》中"唤起两眸清炯炯，泪花落枕红绵冷"二句，"其形容睡起之妙，真能动人"(王世贞《艺苑卮言》)。这些都是周邦彦用心描摹形态神韵的范例。

《玉楼春》(桃溪不作从容住)"烟中列岫青无数，雁背夕阳红欲暮"二句，兼用谢朓《郡内高斋闲望答吕法曹》"窗中列远岫"，李中《秋日途中》"列岫乱云收"，以及温庭筠《春日野行》"鸦背夕阳多"，李商隐《河清与赵氏昆季宴集得拟杜工部》"鸟没夕阳天",而运化自如,后出转精,骈对流美,写景如画;此词通篇对仗,"尽工巧于矩度,敛飞动于排偶"(俞平伯《清真词释》)。再如《满庭芳·溧水无想山作》"风老莺雏,雨肥梅子"二句,点化杜牧《赴京初入汴口晓景即事先寄兵部李郎中》"风蒲燕雏老",以及杜甫《陪郑广文游何将军山林十首》之五"红绽雨肥梅",而不露痕迹,属对精湛,"老"字"肥"字用得鲜活,较原句有过之而无不及;除点化杜牧、杜甫诗句外,此词还化用白居易、刘禹锡、温庭筠等人诗句,精心熔铸,自然流转,写得出神入化。

又如另一首《风流子》:

> 枫林凋晚叶,关河迥、楚客惨将归。望一川暝霭,雁声哀怨;半规凉月,人影参差。酒醒后,泪花销凤蜡,风幕卷金泥。砧杵韵高,唤回残梦;绮罗香减,牵起馀悲。
>
> 亭皋分襟地,难拚处、偏是掩面牵衣。何况怨怀长结,重见无期。想寄恨书中,银钩空满;断肠声里,玉箸还垂。多少暗愁密意,惟有天知。

此词措辞典雅绮丽,对仗精致唯美:对句"泪花销凤蜡,风幕卷金泥"二句,辞藻与意象并美;隔句相对的扇面对,如"一川暝霭,雁声哀怨;半规凉月,人影参差"四句,"砧杵韵高,唤回残梦;绮罗香减,牵起馀悲"四句,"寄恨书中,银钩空满;断肠声里,玉箸还垂"四句,成串对仗,借用赋笔,写得"魂芳魄艳,兼金石绮采之美"(卓人月《古今词统》引徐士俊评语)。

周邦彦又善叠用譬喻(博喻),如《浪淘沙》(昼阴重)"罗带光销纹衾叠,连环解、旧香顿歇"二句,一气连用四个比喻(罗带光销、纹衾叠、连环解、旧香顿歇),将一段旧情的消歇,表现得淋漓尽致,又惝恍迷离。

作为精通音律的专家，周邦彦新创词调之多，仅次于柳永，而在词律声韵的研究探索、发展变化上，其贡献与影响力则超越柳永。如张炎《词源》所说："美成诸人又复增演慢曲、引、近，或移宫换羽，为三犯、四犯之曲，按月律为之，其曲遂繁。"所谓犯，即犯调，也就是移换宫商，变化曲调；所谓三犯、四犯，即取三、四种宫调的声律合成一曲，使宫商相犯以增加乐曲的变化和美听。周邦彦自创的《玲珑四犯》即为四犯，《六丑》更是"犯六调，皆声之美者"（南宋周密《浩然斋雅谈》）。再如周邦彦自制的《瑞龙吟》词调，又别创"双拽头"，即在三叠以上的词中，第二叠与第一叠字数、句数、声律相同，形制上犹如第三叠的双头，故称之为"双拽头"。

至于周邦彦所创诸调用字审音之精细，更是备受后来专家推崇，被奉为金科玉律。《四库全书总目提要·和清真词提要》说周邦彦"所制诸调，不独音之平仄宜遵，即仄字中上、去、入三音亦不容相混，所谓分刌节度，深契微芒，故千里和词，字字奉为标准"。周邦彦词中某些关键句严用四声者，如《扫花游》首句"晓阴翳日"，《渡江云》次句"暖回雁翼"，以及《琐窗寒》之"小唇秀靥"等，皆为上平去入。南宋吴文英用周邦彦词调凡五六十调，多遵原典声律；方千里《和清真词》、杨泽民《和清真词》、陈允平《西麓继周集》更是逐首和周邦彦原韵，一一案谱填腔，不敢稍失尺寸。这种影响及于其他音律家之词，遂演化成南宋严守四声一派。

王国维《清真先生遗事》评周邦彦词声韵曰：

今其声虽亡，读其词者，犹觉拗怒之中，自饶和婉。曼声促节，繁会相宣；清浊抑扬，辘轳交往。两宋之间，一人而已。

五

根据我们已知的宋代以来的多种文献著录统计,宋代通行的周邦彦词集至少有十二种,而且式样繁多。这些宋本,以收词数量计,大致可分为九十余首、一百二十余首、一百八十余首三类;以卷次计,主要可分为十卷本、二卷本、三卷本;以书名看,可分为"清真诗馀"(清真词、清真集)、"美成词长短句"(美成词)、"片玉集"三类;以编撰方式论,则可分为分类编纂本、未分类编纂本,以及圈法本、注本、详注本、集解本等数类。此外,时人又合刻方千里、杨泽民、陈允平三家和词,号称《三英集》。周邦彦词影响之大,流播之广,由此可见一斑。遗憾的是,宋本周邦彦词集多数已经散佚。

宋刻陈元龙(少章)《详注周美成词片玉集》十卷本(一百二十七首词),是现存最早的,也是最精粹可靠的周邦彦词版本,今仅存二部,皆藏中国国家图书馆。其中一部旧藏黄丕烈(荛圃)处,"片玉"之义见于卷首刘肃(必钦)序文,盖谓陈元龙详注可使"美成之美益彰,犹获昆山之片珍,琢其质而彰其文,岂不快夫人之心目也"!此本字体俏丽,纸墨精良,但有缺页,刘肃序末有"时嘉定辛未杪腊"落款。而另一部,已删去刘肃序末"时嘉定辛未杪腊"年款,刻工稍粗,字多俗体,但注文较黄荛圃藏本为详,且完整无缺页。近代词学大师朱祖谋(彊村)细加比勘后,断定后一种为陈元龙手自校改覆刻本,远胜黄荛圃藏本(初刻本)。此覆刻本,今有"中华再造善本"影印版。本书即以此陈元龙校改覆刻宋本为底本,编排悉依其原本卷次及分类,简称"陈本"。我们精选宋代"陈本"为底本,更多的是出于正本清源、去伪存真的考量。今人不辨版本优劣者,或以随手改易、饱受争议之大鹤山人(郑文焯)校本为底本,或以后出转杂、难以尽信之吴则虞所依林大椿本为底本，而弃篇篇精粹、鲜少伪托之宋代善本，可谓舍本逐末，缘木求鱼。

　　本书参校的主要版本包括：明代毛晋汲古阁刻《宋六十名家词》本《片玉词》二卷，简称"毛本"；近代朱祖谋《彊村丛书》本《片玉集》十卷（即以朱认定之陈本为底本），简称"彊村本"，朱祖谋校记简称"朱校"；近代王鹏运《四印斋所刻词》仿元巾箱本《清真集》二卷（实则出于宋本系统），简称"四印斋本"。本书参校的其他版本包括：明代吴讷《唐宋名贤百家词》本《片玉集》十卷，简称《百家词》；清代丁丙《西泠词萃》本《片玉词》二卷，简称《词萃》；晚清大鹤山人（郑文焯）校本《清真集》二卷，简称"郑校本"。此外参考了现代吴则虞校《清真集》及罗忼烈《清真集笺注》。

　　本书参校的收有清真词的宋、明词总集包括：南宋曾慥编《乐府雅词》，简称《雅词》；黄昇（花庵）编《唐宋诸贤绝妙词选》（即《花庵词选》上部），简称《花庵》；赵闻礼编《阳春白雪》，简称《白雪》；何士信编《增修笺注妙选草堂诗馀》，简称《草堂》；明代陈耀文编《花草粹编》，简称《粹编》；卓人月编《古今词统》，简称《词统》；潘游龙编《古今诗馀醉》，简称《诗馀醉》；茅暎编《词的》。另外还参考了多种宋人笔记所载周邦彦词，以及沈辰垣编《历代诗馀》、唐圭璋编《全宋词》、蒋礼鸿《大鹤山人校本〈清真词〉笺记》等。

　　声律校勘方面，主要参考了万树《词律》、陈廷敬等《钦定词谱》、杨易霖《周词订律》、夏承焘《唐宋词论丛》等。同时，参照南宋方千里《和清真词》、杨泽民《和清真词》、陈允平《西麓继周集》，作为清真词字句、声律校勘的间接依据。

　　陈本以外之周邦彦词收入《清真词外编》，主要依据毛本《片玉词》及补遗、《百家词》本《片玉集抄补》、四印斋本《清真集外词》、吴曾《能改斋漫录》卷十六所录《烛影摇红》一首，以及吴则虞《清真集》补遗、《全宋词》周邦彦词补遗。这些集外词，除极少数作品为周邦彦所作，多数作品非常可疑，有些则可确定为伪作，如王国维《清真先生遗事》断定绝非周邦彦之词者，唐圭璋《宋词互见考》已考定为他人之词者，则径行删除。自南宋强焕溧水刻本搜补清真词至一百八十二首以来，增补之风遂盛。然而，诚如王国维《清真先生遗事》所论："惟伪词最多，强焕本所增，强半皆是。"片面追求收词之"多"而"全"，难免添词增伪、采真及滥之讥。后人更有据伪词及可疑之词，以"考订"周邦彦身世者，其"结论"自难凭信。故对于这部分集外词，仅作为附录，不出校记，不加注释、解读。另又编纂《历代周邦彦词总评选辑》及《周邦彦年表》，附于书末，以供读者深入研读周邦彦词之参考。

　　与张先、苏轼等词人喜用词题小序不同，周邦彦词绝少使用词题（今传清真词之词题绝大多数为后人所加）；又与晏几道词标明女子人名不同，周邦彦词中女子如"秋娘""萧娘""杨琼""文君"等多是用典应歌，皆未实指某人；清真词无一首步韵应酬之作，又多隐约之辞，多不愿直接披露时事，故周邦彦词素来不易解读。诚如陈廷焯《白雨斋词话》所言："美成意馀言外，而痕迹消融，人苦不能领略。"自宋代以来，清真词之笺释虽层出不穷，对词句出处多有发掘，对某些本事有所指证，对特殊掌故有所考证，对词旨幽深处有所疏解，然尚有未尽之处，且不免误解曲解者。如清人黄苏《蓼园词选》论清真词不乏妙解，然论及其中男女恋情，动辄解作"恋主之情"，难免穿凿附会；今人亦有逐句落实新旧党争之政治背景以解清真词者；更有捕风捉影式的"考订""编年"，既无实据，且多谬解，实难采信。至于不识训诂要义者，信口雌黄，而错讹之多，何啻百出；或遇不可解者则有意躲避，离题万里空谈理论。本书之注释、解读尽力回归原典，对词中掌故、语典、名物、人物、史事、地理、其他专有名词、疑难字词等,逐一笺注,并根据需要,作疏通串讲。引用、涉及相关古籍文献,对于某些特殊字词,尤其是容易误解歧义者,酌情保留繁体字或异体字。本书在前贤笺释基础上力求有所拓展,对前人未能涉及之处有所阐发,对各种不尽妥帖之笺释提出拙见,然而绝不敢以此自多。深知学殖有限,谬误在所不免,诚恳期待方家达人指正。

　　本书撰写修订历时多年,多蒙黄育海先生长期支持,浙江传媒学院罗仲鼎教授时加勉励,郑建钢先生为我添置多种研究资料,屈幼幼君馈赠重要古籍文献,佳殷君帮我校阅部分书稿,又承陈如江编审悉心审阅,责任编辑倾力运作,在此一并致以诚挚的谢意。

　　辛丑年(2021年)适值周邦彦先生谢世九百周年,仅以此书作为一瓣心香,敬献于先生长眠之钱塘故园。

郑小军
辛丑初春识于杭州良渚古城东

目录

卷一
春景

瑞龙吟(章台路)	1
琐窗寒(暗柳啼鸦)	8
风流子(新绿小池塘)	11
渡江云(晴岚低楚甸)	17
应天长(条风布暖)	20
荔枝香(照水残红零乱)	23
荔枝香(夜来寒侵酒席)	27
还京乐(禁烟近)	30
扫花游(晓阴翳日)	33

卷二
春景

解连环(怨怀无托)	37
玲珑四犯(秾李夭桃)	40
丹凤吟(迤逦春光无赖)	43
满江红(昼日移阴)	46
瑞鹤仙(悄郊原带郭)	51
西平乐(稚柳苏晴)	55

1

| 浪淘沙(昼阴重) | 60 |
| 忆旧游(记愁横浅黛) | 65 |

卷三
春景

蓦山溪(湖平春水)	69
少年游(南都石黛扫晴山)	72
少年游(朝云漠漠散轻丝)	73
秋蕊香(乳鸭池塘水暖)	76
渔家傲(灰暖香融销永昼)	78
渔家傲(几日轻阴寒测测)	80
南乡子(晨色动妆楼)	83
望江南(游妓散)	86
浣溪沙(争挽桐花两鬓垂)	87
浣溪沙(雨过残红湿未飞)	89
浣溪沙(楼上晴天碧四垂)	91
迎春乐(清池小圃开云屋)	93
迎春乐(桃蹊柳曲闲踪迹)	95
点绛唇(台上披襟)	97
一落索(眉共春山争秀)	99
一落索(杜宇思归声苦)	102
垂丝钓(缕金翠羽)	104

卷四
夏景

满庭芳（风老莺雏）	108
隔浦莲（新篁摇动翠葆）	113
法曲献仙音（蝉咽凉柯）	118
过秦楼（水浴清蟾）	121
侧犯（暮霞霁雨）	125
塞翁吟（暗叶啼风雨）	128
苏幕遮（燎沉香）	131
浣溪沙（日射欹红蜡蒂香）	134
浣溪沙（翠葆参差竹径成）	137
浣溪沙（薄薄纱厨望似空）	140
浣溪沙（宝扇轻圆浅画缯）	141
点绛唇（征骑初停）	143
诉衷情（出林杏子落金盘）	144

卷五
秋景

风流子（枫林凋晚叶）	147
华胥引（川原澄映）	152
宴清都（地僻无钟鼓）	156
四园竹（浮云护月）	159

3

齐天乐（绿芜凋尽台城路） 162
木兰花（郊原雨过金英秀） 166
霜叶飞（露迷衰草） 169
蕙兰芳引（寒莹晚空） 172
塞垣春（暮色分平野） 175
丁香结（苍藓沿阶） 178

卷六
秋景

氐州第一（波落寒汀） 182
解蹀躞（候馆丹枫吹尽） 185
少年游（并刀如水） 187
庆春宫（云接平冈） 190
醉桃源（冬衣初染远山青） 195
醉桃源（菖蒲叶老水平沙） 197
点绛唇（孤馆迢迢） 200
夜游宫（叶下斜阳照水） 201
夜游宫（客去车尘未敛） 203
诉衷情（堤前亭午未融霜） 205
伤情怨（枝头风势渐小） 207

冬景

红林檎近（高柳春才软） 209

红林檎近（风雪惊初霁） 211
满路花（金花落烬灯） 215

卷七
单题

解语花（风销焰蜡） 219
六么令（快风收雨） 223
倒犯（霁景对霜蟾乍升） 227
大酺（对宿烟收） 231
玉烛新（溪源新腊后） 235
花犯（粉墙低） 239
丑奴儿（肌肤绰约真仙子） 243
水龙吟（素肌应怯馀寒） 245
六丑（正单衣试酒） 251
虞美人（金闺平帖春云暖） 256
虞美人（廉纤小雨池塘遍） 259

卷八
单题

兰陵王（柳阴直） 261
蝶恋花（爱日轻明新雪后） 267
蝶恋花（桃萼新香梅落后） 269
蝶恋花（蠢蠢黄金初脱后） 271

5

蝶恋花(小阁阴阴人寂后) 273
西河(佳丽地) 275
归去难(佳约人未知) 281
三部乐(浮玉霏琼) 283
菩萨蛮(银河宛转三千曲) 286
品令(夜阑人静) 288
玉楼春(玉琴虚下伤心泪) 290
黄鹂绕碧树(双阙笼嘉气) 292
满路花(帘烘泪雨干) 296

卷九
杂赋

绮寮怨(上马人扶残醉) 299
拜星月(夜色催更) 303
尉迟杯(隋堤路) 307
绕佛阁(暗尘四敛) 310
一寸金(州夹苍崖) 314
蝶恋花(月皎惊乌栖不定) 317
如梦令(尘满一缾文绣) 321
如梦令(门外迢迢行路) 322
月中行(蜀丝趁日染干红) 324
浣溪沙(日薄尘飞官路平) 326
浣溪沙(贪向津亭拥去车) 327

浣溪沙（不为萧娘旧约寒） 329
点绛唇（辽鹤归来） 331
少年游（檐牙缥缈小倡楼） 334
望江南（歌席上） 336

卷十
杂赋

意难忘（衣染莺黄） 339
迎春乐（人人花艳明春柳） 344
定风波（莫倚能歌敛黛眉） 345
红罗袄（画烛寻欢去） 348
玉楼春（当时携手城东道） 350
玉楼春（大堤花艳惊郎目） 352
玉楼春（玉奁收起新妆了） 354
玉楼春（桃溪不作从容住） 356
夜飞鹊（河桥送人处） 360
早梅芳（花竹深） 364
早梅芳（缭墙深） 367
凤来朝（逗晓看娇面） 369
芳草渡（昨夜里） 371
感皇恩（露柳好风标） 374
虞美人（灯前欲去仍留恋） 376
虞美人（疏篱曲径田家小） 378
虞美人（玉觞才掩朱弦悄） 381

7

清真词外编

玉团儿（铅华淡伫新妆束） 384
玉团儿（妍姿艳态腰如束） 384
丑奴儿（南枝度腊开全少） 384
丑奴儿（香梅开后风传信） 385
蝶恋花（鱼尾霞生明远树） 385
蝶恋花（美盼低迷情宛转） 385
蝶恋花（晚步芳塘新霁后） 386
蝶恋花（叶底寻花春欲暮） 386
蝶恋花（酒熟微红生眼尾） 386
减字木兰花（风鬟雾鬓） 387
木兰花令（歌时宛转饶风措） 387
蓦山溪（楼前疏柳） 387
蓦山溪（江天雪意） 388
一剪梅（一剪梅花万样娇） 388
南柯子（宝合分时果） 388
南柯子（腻颈凝酥白） 389
关河令（秋阴时作渐向暝） 389
鹊桥仙令（浮花浪蕊） 389
花心动（帘卷青楼） 389
双头莲（一抹残霞） 390
长相思（举离觞） 390

长相思（马如飞）	391
长相思（好风浮）	391
长相思（沙棠舟）	391
大有（仙骨清赢）	392
万里春（千红万翠）	392
鹤冲天（梅雨霁）	392
鹤冲天（白角簟）	393
锁阳台（山崦笼春）	393
锁阳台（花扑鞭鞘）	393
锁阳台（白玉楼高）	394
西河（长安道）	394
瑞鹤仙（暖烟笼细柳）	395
浪淘沙慢（万叶战）	395
南乡子（秋气绕城闉）	396
南乡子（寒夜梦初醒）	396
南乡子（户外井桐飘）	396
南乡子（轻软舞时腰）	397
浣溪沙慢（水竹旧院落）	397
夜游宫（一阵斜风横雨）	398
诉衷情（当时选舞万人长）	398
虞美人（淡云笼月松溪路）	398
粉蝶儿慢（宿雾藏春）	398
红窗迥（几日来）	399

念奴娇（醉魂乍醒）	399
燕归梁（帘底新霜一夜浓）	400
南浦（浅带一帆风）	400
醉落魄（茸金细弱）	400
留客住（嗟乌兔）	401
长相思慢（夜色澄明）	401
看花回（秀色芳容）	402
看花回（蕙风初散）	402
月下笛（小雨收尘）	403
无闷（云作重阴）	403
琴调相思引（生碧香罗粉兰香）	404
青房并蒂莲（醉凝眸）	404
烛影摇红（芳脸匀红）	404
历代周邦彦词总评选辑	407
周邦彦年表	451
后记	472

卷一
春景

瑞龙吟①

　　章台路，还见褪粉梅梢，试花桃树②。愔愔坊陌人家，定巢燕子，归来旧处③。　　黯凝伫，因念个人痴小，乍窥门户④。侵晨浅约宫黄，障风映袖，盈盈笑语⑤。　　前度刘郎重到，访邻寻里，同时歌舞⑥。惟有旧家秋娘，声价如故⑦。吟笺赋笔，犹记燕台句⑧。知谁伴、名园露饮，东城闲步⑨。事与孤鸿去，探春尽是，伤离意绪⑩。官柳低金缕，归骑晚、纤纤池塘飞雨⑪。断肠院落，一帘风絮⑫。

注释

①《瑞龙吟》词调为周邦彦始创。陈本注调名"大石"，无题。《花庵》题作"春词"，又注："今按此词自'章台路'至'归来旧处'是第一段，自'黯凝伫'至'盈盈笑语'是第二段。此谓之双拽头，属正平调。自'前度刘郎'以下，即犯大石，系第三段。至'归骑晚'以下四句，再归正平。今诸本皆于'吟笺赋笔'处分段者，非也。"所谓"双拽头"，是指三叠以上的词中，第二叠与第一叠字数、句数、格律相同，形制上犹如第三叠的双头，故称之为"双拽头"。陈本原分上下片，即从"吟笺赋

詳註周美成詞片玉集卷之一

廬陵陳 元龍少章集註
建安蔡 慶之宗甫校正

春景

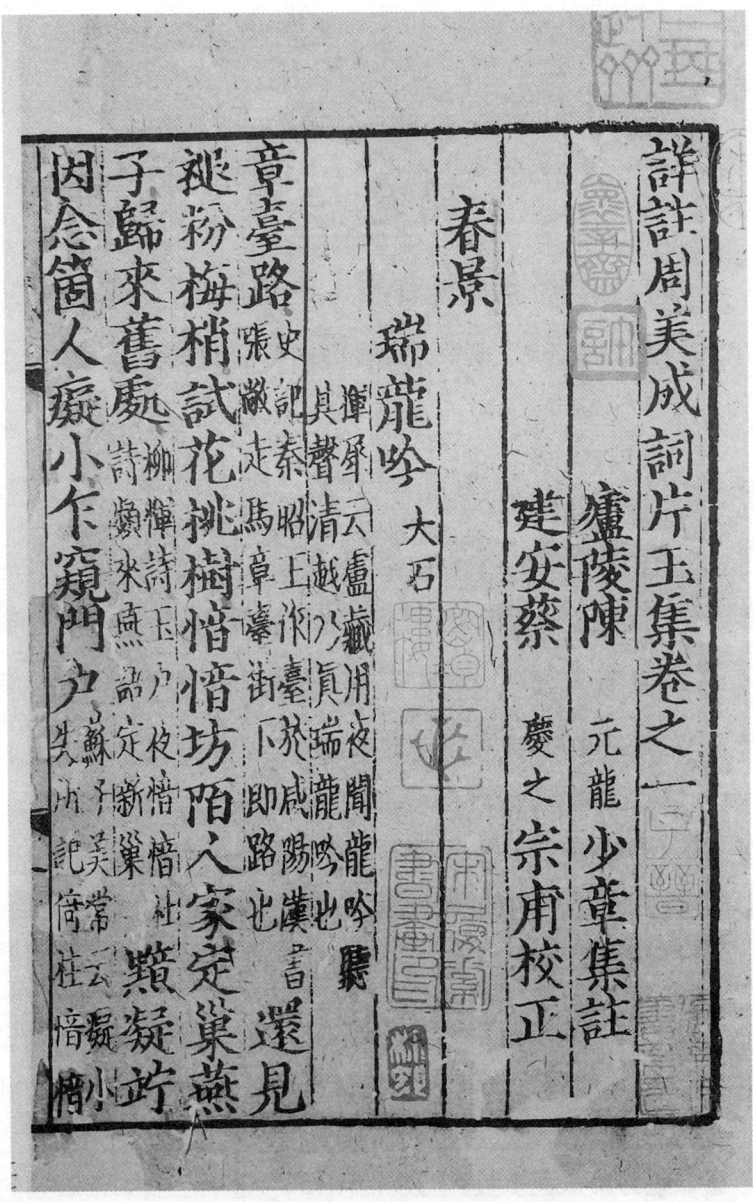

瑞龍吟 大石

章臺路。還見褪粉梅梢,試花桃樹。愔愔坊陌人家,定巢燕子歸來舊處。

黯凝佇。因念箇人癡小,乍窺門戶。

宋版周邦彦《片玉集》書影

笔"起为下片;此从《花庵》及毛本、彊村本、四印斋本,分为三叠。

② 章台路:汉代长安城中有章台街,因其间妓馆林立,后人遂以章台代指妓院聚集之地。冯延巳《鹊踏枝》:"玉勒雕鞍游冶处,楼高不见章台路。"还见:《草堂》《萃编》作"还是"。褪粉梅梢:意为梅树梢头花瓣凋残。褪,朱校谓"明本《乐府雅词》作'退'"。试花桃树:意为桃花初次绽放。张籍《新桃行》:"植之三年馀,今年初试花。"田艺蘅《香芋诗谈》:"今花始开曰试花。"

③ 愔(yīn 因)愔:幽深、幽静的样子。柳恽《长门怨》:"玉壶夜愔愔,应门重且深。"坊陌:唐时指妓女所居之地,亦称"曲陌""坊曲"。李贺《洛姝真珠》:"市南曲陌无秋凉,楚腰卫鬓四时芳。"王琦《李长吉歌诗汇解》:"市南曲陌,皆妓女所居之地。"又杨慎《词品》云"唐制,妓女所居曰坊曲",并引周邦彦此词"愔愔坊曲人家"为例,称"近刻《草堂诗馀》改作'坊陌',非也"。今参李贺诗,"坊陌"似不误,未必是后人擅改。"定巢"二句:入春燕子又飞回旧地筑巢。定巢,是指选定位置筑巢。语出杜甫《堂成》:"暂止飞乌将数子,频来语燕定新巢。"寇准《点绛唇》:"定巢新燕,湿雨穿花转。"

④ 黯(àn 暗):黯然,感伤的样子。凝伫(zhù 注):凝神伫立。参见柳永《西平乐》:"黯凝伫,台榭好、莺燕语。"因念:《雅词》作"曾记",《花庵》《白雪》、毛本作"因记"。个人:那人,指词人怀念、寻访之人。痴小:痴情而年少。白居易《井底引银瓶》:"寄言痴小人家女,慎勿将身轻许人。"乍窥门户:正倚门向外探望,意为招徕客人。门户,宋人称妓院为门户人家。

⑤ 侵晨:黎明,天色渐亮时。《雅词》作"清晨"。浅约宫黄:古代女子于额角涂黄色脂粉作妆饰,称额黄;以宫中所用者为最

上,称宫黄。浅约宫黄,即轻涂额黄,细细按抹。萧纲《美女篇》:"约黄能效月,裁金巧作星。"庾信《舞媚娘》:"眉心浓黛直点,额角轻黄细安。"障风映袖:举衣袖挡风遮面。映,遮蔽。参见李商隐《柳枝五首》序:"柳枝丫环毕妆,抱立扇下,风障一袖。"盈盈:形容欢乐神情充分流露。张先《踏莎行》:"波湛横眸,霞分腻脸。盈盈笑动笼香靥。"

⑥ "前度"三句:词人以刘郎自比,写重回当年的歌舞楼台,寻访昔日相好,探问当时的邻里、歌舞姐妹。刘郎,原是唐代诗人刘禹锡自指。刘禹锡在离开长安十年后,重返京城,写了《元和十年自朗州承召至京戏赠看花诸君子》诗:"紫陌红尘拂面来,无人不道看花回。玄都观里桃千树,尽是刘郎去后栽。"因语涉讥刺,被贬出京,十四年后,复为主客郎中,重游玄都观,桃树荡然无存,因作《再游玄都观》:"百亩庭中半是苔,桃花净尽菜花开。种桃道士归何处?前度刘郎今又来。"又,此处刘郎亦可能兼指刘晨。相传东汉刘晨与阮肇入天台山采药,遇两仙女于桃溪,受邀留宿,结为眷属,半载后返家,则亲旧零落,无复相识,子孙已历七世,后返回重寻仙女,行迹渺然。事见刘义庆《幽明录》。

⑦ "惟有"二句:只探听到从前相好的这位歌妓,声价依然很高。秋娘,唐代歌妓常以"秋娘"为名,如白居易《琵琶行》:"曲罢曾教善才伏,妆成每被秋娘妒。"杜牧有《杜秋娘》诗并序。后因以秋娘代指歌妓。

⑧ "吟笺"二句:借用唐代李商隐与柳枝故事。李商隐作有《燕台四首》,分题春夏秋冬,洛阳少女柳枝闻此诗心生爱慕,乃手断长带,托人赠诗人致意,并与诗人相约,因事未果,后柳枝为东诸侯娶去。李商隐乃有《柳枝五首》并序纪其事。又李商隐《梓州罢吟寄同舍》诗云:"楚雨含情皆有托,漳滨卧病

竟无憀。长吟远下燕台去,惟有衣香染未销。"此处借用柳枝故事,似暗示词人从前相好已属他人。

⑨ "知谁伴"二句:意为如今没有相好伴我在园中畅饮,城东漫步。露饮,此指露天宴饮。萧纲《六根忏文》:"风禅露饮,道高于六度。"东城闲步,暗用杜牧所述歌妓张好好故事。杜牧《张好好诗》序云:"牧大和三年,佐故吏部沈公江西幕。好好年十三,始以善歌来乐籍中。后一岁,公移镇宣城,复置好好于宣城籍中。后二岁,为沈著作述师以双鬟纳之。后二岁,于洛阳东城重睹好好,感旧伤怀,故题诗赠之。"

⑩ 事与孤鸿去:往日情事已随天上飞逝的孤雁远去。借用杜牧《题安州浮云寺楼寄湖州张郎中》诗句:"恨如春草多,事与孤鸿去。"探春:暗指探寻旧日相好消息。伤离意绪:离愁别绪的感伤情怀。

⑪ 官柳低金缕:意为柳枝低垂。官柳,指官府在官道上所植杨柳,亦泛指大道上柳树。杜甫《郑城西原送李判官兄武判官弟赴成都府》:"野花随处发,官柳著行新。"金缕,美称柳树枝条。刘禹锡《杨柳枝》:"御陌青门拂地垂,千条金缕万条丝。"骑(jì计):一人一马的合称。纤纤:此处形容雨的细微。

⑫ 一帘:《雅词》作"入帘"。风絮:随风飘飞的柳絮。末尾四句,可参看晏殊《寓意》:"梨花院落溶溶月,柳絮池塘淡淡风。"

解读

历代流传下来的清真词集诸多版本,排序不尽相同,唯独此词旧时诸本皆列为第一首,而且历来对此词的分析评论极为繁富,赞美之声不绝于耳。由此足以看出这首作品在后人心目中的地位和分量。俞平伯《清真词释》推为"压卷之作",自然有其道理。而清人周济《宋四家词选》评此词"不过桃花人面,旧曲翻新耳",意思是说,那只不过是唐人崔护《题都城南庄》"去年今日此门中,人面桃花相映红;人面不知何处去,桃花依旧笑春风"一诗的翻版。这不仅简单低估了周邦彦出色而丰富复杂的创作技艺,也很可能掩盖了词中隐秘的情怀寄托。

  关于这首词的作意,早在明朝,李攀龙就已指出:"此词负才抱志,不得于君,流落无聊,故托以自况。"(《草堂诗馀隽》引)近人陈思《清真居士年谱》系此词于绍圣三年(1096)。参酌陈谱,当是周邦彦四十一岁还京为国子主簿时,访邻寻里,有感而发之作。按周邦彦于元祐二年(1087)离开京城,先后为庐州、荆州教授及溧水知县,十年间辗转流落,至绍圣三年才返还京城,这情形与词中所说"前度刘郎重到",用刘禹锡被贬十余年后再返京城的故事,是大体相符的。所以,词人借故地重游、寻访旧日相好不遇,来寄托物是人非、怀抱难伸、感伤怅惘之情,是很有可能的。

  词写"伤离意绪",迂回盘曲,分为三叠。第一叠,叙故地重游,以写景为主。由"还见"引出故地景象,由"梅""桃"点出春季时令,由"章台""坊陌"点明特定地点,由此也暗示了所寻访的情人的歌妓身份。写燕子重归旧处,是借燕子映衬,用以自喻,表达怀旧之情。第二叠,闪回当年所见情人形象,以白描为主。承接上叠重到故地,凝神伫立门前,浮想联翩,激发出生动的回忆画面。词人特别选择初见情人时的场景,突出她倚门待客时形体娇小、天真稚嫩、妆容浅淡、举袖遮风、笑语相迎的情形,使得心上人可爱的形象鲜活如见,呼之欲出。这也为后文寻访无果的感伤预先做了铺垫。第三叠,抚今追昔,渐次揭示伊人不见,旧情已逝,引发浓郁的"伤离意绪"。先是借用刘禹锡诗意,接叙词人重返京城、寻访故地,不直说不见其人,而以"旧家秋娘""声价如故",婉转写出伊人已去,徒闻其声。复以李商隐《燕台》诗掌故,纡徐回顾当初与情人相好之原由,又隐隐透露旧情难续之惆怅。进而引出"知谁伴"以下,词人当下之孤独无伴、伤春落寞之情。直至"事与孤鸿去",方才一笔点破,将前情往事化为烟云。最后,以官柳低拂、归骑向晚、池塘飞雨、院落风絮等一系列意象,反复渲染凄迷哀婉的离愁别恨。全词至此,"顿挫而复缠绵,空灵而又沉郁。骤视之,几莫测其用笔之意,此所谓神化也"(吴梅《词学通论·概论》)。亦如南宋沈义父《乐府指迷》所论:"结句须要放开,含有馀不尽之意,以景结情最好。如清真之'断肠院落,一帘风絮',又'掩重关,遍城钟鼓'之类是也。"

　　为人称道的清真词的艺术技法,在这首作品里有集中的体现。其中最突出的便是丰富繁复的铺叙艺术。第一叠叙述当前景况,第二叠回叙过去情景,第三叠返回眼前场景,又交错叙说过去故事与目前情景,这种时空交错、今昔穿插的非线性叙事,充分展现了词人娴熟而又超前的艺术技能,也体现了词人出色的结构布局能力。词以写景开篇,又以写景收尾,中间穿插今昔情景对比,所谓"层层脱换,笔笔往复"(周济《宋四家词选》),写得回环曲折,而又井井有条,精致细腻,流利自如;通篇读来,圆融浑成。犹如龙榆生《清真词叙论》所言:"欲见周词之风格,毕竟当于高健幽咽、层深浑成处,参取消息焉。"至于词中情与景的有机融合,实写与虚写的错综串联,以及辞藻的华美优雅,用典的熨帖自如(所用刘禹锡、杜牧、李商隐等故事皆极合词境),对偶的精湛超妙(如"褪粉"二句、"名园"二句),等等,都充分展示了词人卓越不凡的艺术功力。近人夏孙桐手评《清真词》曰:"清真平写处与屯田(柳永)无异,至矫变处自开境界,其择言之雅,造句之妙,非屯田所及也。"以此词观之,柳永、周邦彦之高下,自不难判断。

7

琐窗寒①

暗柳啼鸦,单衣伫立,小帘朱户②。桐花半亩,静锁一庭愁雨③。洒空阶、夜阑未休,故人剪烛西窗语④。似楚江暝宿,风灯零乱,少年羁旅⑤。　　迟暮⑥。嬉游处,正店舍无烟,禁城百五⑦。旗亭唤酒,付与高阳俦侣⑧。想东园、桃李自春,小唇秀靥今在否⑨?到归时、定有残英,待客携尊俎⑩。

注释

① 《琐窗寒》词调为周邦彦始创。毛本、四印斋本作《锁窗寒》,《粹编》作《锁寒窗》。陈本注调名"越调",无题。《草堂》、《粹编》、毛本、四印斋本题作"寒食"。

② 暗柳啼鸦:幽暗浓密的柳荫里传来乌鸦的啼鸣。参见钱起《静夜酬通上人问疾》:"惊蝉出暗柳,微月隐回廊。"李贺《答赠》:"沉香熏小像,杨柳伴啼鸦。"单衣:用单层布料做的衣服。朱户:同朱门,红色大门。

③ 桐花:《草堂》《白雪》作"桐华",毛本、四印斋本作"桐阴",《词萃》作"花阴"。按桐树于寒食、清明时节开花,作"桐花"为是。《逸周书·时训》:"清明之日,桐始华。"华,同花。韩愈《寒食日出游》:"桐华最晚今已繁,君不强起时难更。"锁:这里有封盖、笼罩之意。

④ 洒空阶:"洒",《词统》作"滴"。参见何逊《临行与故游夜别》:"夜雨滴空阶,晓灯暗离室。"夜阑未休:深夜雨仍未停。夜阑,夜深,或指夜将尽时。夜阑,《草堂》《粹编》《词萃》作"更

阑"。"故人"句:借用李商隐《夜雨寄北》:"君问归期未有期,巴山夜雨涨秋池。何当共剪西窗烛,却话巴山夜雨时。"这里是词人在雨夜设想:何时能与老友重聚,在西窗下剪烛叙谈。

⑤ 楚江:长江中游一段。因古代长江中游地带属楚国,故名楚江。刘孝绰《棹歌行》:"日暮楚江上,江深风复生。"暝宿:夜宿。陆倕《以诗代书别后寄赠》:"朋故远追寻,暝宿清江阴。"风灯零乱:指风吹灯火晃动,灯影零乱。风灯,带罩的防风之灯。杜甫《船下夔州郭宿,雨湿不得上岸,别王十二判官》:"风起春灯乱,江鸣夜雨悬。"又杜甫《漫成一绝》:"江月去人只数尺,风灯照夜欲三更。"少年羁旅:羁旅,客居他乡。这里似借王粲年轻时寄居荆州郁郁不得志故事,来写自己早年客居荆州的凄凉情形。参见王粲写于滞留荆州时期的《七哀诗三首》之二:"羁旅无终极,忧思壮难任。"

⑥ 迟暮:晚年,暮年。屈原《离骚》:"惟草木之零落兮,恐美人之迟暮。"何逊《赠诸游旧诗》:"少壮轻年月,迟暮惜光辉。"

⑦ "嬉游处"三句:写寒食节情境。寒食节在夏历冬至后一百零五日,清明节前一二日,古代于寒食节禁烟火三日,只吃冷食,故寒食节又称"禁烟节""百五节"。旧时寒食节有上坟、踏青、宴饮、蹴鞠、秋千、赏花、斗百草等活动。参见元稹《连昌宫词》:"初过寒食一百六,店舍无烟宫树绿。"张籍《寒食书事二首》之一:"今朝一百五,出户雨初晴。"禁城,宫城,京城。颜延之《拜陵庙作》:"夙御严清制,朝驾守禁城。"

⑧ 旗亭:市楼,酒楼。因楼外悬旗,故称"旗亭"。李贺《开愁歌》:"旗亭下马解秋衣,请贳宜阳一壶酒。"高阳俦侣:即高阳酒徒。据《史记·郦生陆贾列传》记载:沛公(刘邦)引兵过陈留,高阳(今河南杞县高阳)人郦食其求见。使者入通报,沛公曰:"为我谢之,言我方以天下为事,未暇见儒人也。"使者

出以告。郦生瞋目按剑叱使者曰:"走!复入言沛公,吾高阳酒徒也,非儒人也。"遂延入,终受重用。后泛指狂放的酒徒。这两句是想念当年一起痛饮的酒友。参见柳永《思归乐》:"天幕清和堪宴聚,想得尽、高阳俦侣。"

⑨ "想东园"二句:设想回归家园后的情形。参见阮籍《咏怀八十二首》之三:"嘉树下成蹊,东园桃与李。"自春:自成春色,这里指桃李花开。自春,毛本作"经春"。小唇秀靥(yè页),形容桃李花犹如美女的小唇秀颊(靥,古代女子脸部的妆饰);兼指娇小秀美的心上人。李贺《兰香神女庙》:"团鬓分蛛巢,秾眉笼小唇。"又李贺《恼公》:"晓奁妆秀靥,夜帐减香筒。"

⑩ 残英:残花。客:归客,此处是词人自指。携尊俎(zǔ组):带上酒食。贾岛《蒋亭和蔡湘州》:"高斋无事后,时复一携尊。"尊俎,盛酒食的器具。

解读

  这是词人晚年旅居京城时,寒食节回忆往事,怀人思归之作。很可能作于政和六年至七年(1116—1117)间,词人六十一二岁时。

  上片写雨中旅思羁愁,看似闲淡写来,实则笔致细腻,富于变幻。先由户外场景,接入户内庭院;由暗柳啼鸦,转到雨打梧桐;再由黄昏一庭愁雨,延至深夜雨洒空阶,绵绵不绝;复由户外伫立,转入窗前怀想;由夜雨而话雨,进而引出与故人剪烛西窗之期许,以及少年时漂泊荆楚之回忆。可谓一步一景,层层递转,又笔笔情景勾连。"似楚江"三句,当前景况与往年情味,有机交融,写得鲜活而醇厚。周济《宋四家词选》评为"奇横"。俞平伯《清真词释》赞为"幻中之幻",又说:"夫同一羁旅也,而少年与迟暮则不同,在似乎极不相干的词句生出下片来,却有水到渠成、丝丝入扣之妙,似疏实密,疏而愈密,此中神理读者所宜深思潜玩也。"下片点出寒食景象,着重抒写节日情怀。过片"迟暮"二字,与前"少年"相对,轻轻勒回,浑然无迹,一气写出年华流逝,老怀落寞,佳节凄清,旗亭无分,酒徒云散,因而愈加思念家园桃李故人,切盼归乡,以期重拾旧欢。"小唇秀靥",兼指桃李与旧日情人,情思旖旎,引人入胜。而"残英""待客",照应"迟暮",又有无尽感伤凄楚。近代陈洵《海绡说词》评下片云:"设景设情,层层脱换,皆收入'西窗语'三字中。美成藏此金针,不轻与人。"俞平伯《清真词释》评末段云:"'想东园'以下直贯结尾,一气呵成,自为清真之惯技,固一篇之警策也。"皆中肯之言。

总之,这首写于暮年、带有回顾与展望性质的词,将现实场面,与往日景象及想象中的未来画面,巧妙地串联起来,有机地熔于一炉,构思精致,转折细微,实中带虚,情中带景,增添了笔法的变幻和情味的浑厚。

风流子①

新绿小池塘,风帘动、碎影舞斜阳②。羡金屋去来,旧时巢燕;土花缭绕,前度莓墙③。绣阁凤帏深几许,听得理丝簧④。欲说又休,虑乖芳信⑤;未歌先咽,愁近清觞⑥。　　遥知新妆了,开朱户、应自待月西厢⑦。最苦梦魂,今宵不到伊行⑧。问甚时说与,佳音密耗,寄将秦镜,偷换韩香⑨。天便教人,

风流子（遥知新妆了，开朱户、应自待月西厢）

霎时厮见何妨⑩。

注释

① 陈本注调名"大石",无题。《雅词》《粹编》题作"风情",《花庵》题作"初夏"。按此首周邦彦词,《历代诗馀》误作贺铸词,唐圭璋《宋词互见考》已指明。

② 新绿小池塘:据强焕《片玉词序》及王明清《挥麈馀话》,这是词人任溧水县令时县府后圃的池塘。风帘动:指晚风吹动帘子。参见寇准《春睡》:"绿幕朱栏日观明,回廊侧户风帘动。"碎影:指夕阳斜照下晚风摇动的帘子、草木及池塘倒映的影象。参见章楶《声声令》:"帘移碎影,香褪衣襟。"

③ "羡金屋"二句:羡慕原先在金屋筑巢的燕子如今仍能随意进出金屋。金屋,据《汉武故事》记载,汉武帝刘彻幼小时喜爱表妹陈阿娇,并说:"若得阿娇作妇,当作金屋贮之也。"这里指女子居住的华丽房屋。旧时巢燕,参见刘禹锡《乌衣巷》:"旧时王谢堂前燕,飞入寻常百姓家。""土花"二句:此前长着青苔的围墙上已经布满了苔藓。土花、莓,皆指苔藓。李贺《金铜仙人辞汉歌》:"画栏桂树悬秋香,三十六宫土花碧。"

④ 绣阁:形容女子居住的闺房。凤帏:闺中有凤凰图饰的帷帐。绣阁,毛本、四印斋本作"绣阁里";绣阁凤帏,《词源》作"凤阁绣帏"。深几许:参见欧阳修《蝶恋花》:"庭院深深深几许?杨柳堆烟,帘幕无重数。"理丝簧:演奏乐器。丝,弦乐器;簧,带有簧片的管乐器。参见韦元甫《木兰歌》:"木兰能承父母颜,却卸巾鞲理丝簧。"

⑤ 虑乖芳信:担心得不到情人的音信。乖,违背,隔绝。芳信,美称情人的书信。刘元济《怨诗》:"玉关芳信断,兰闺锦字新。"

⑥ 未歌先咽(yè 页):咽,哽咽。毛本作"噎"。参见苏轼《三部

乐》:"未语先咽。"欧阳修《诉衷情》:"拟歌先敛,欲笑还颦,最断人肠。"愁近清觞:意谓借酒浇愁。清觞,指美酒。《雅词》作"愁近清商",毛本作"愁转清商",则是借乐器以排遣愁绪。但据南宋方千里《和清真词》、杨泽民《和清真词》、陈允平《西麓继周集》,此处皆押"觞"韵,原文当是"清觞"。

⑦ 遥知:《雅词》作"暗想"。朱户:朱红色大门。应自:《雅词》作"应是"。待月西厢:言月夜开门期待情人。用元稹《会真记》(即《莺莺传》)故事。张生慕崔莺莺美艳,作《春词》两首,托红娘转赠莺莺,莺莺作《明月三五夜》相酬答,其词曰:"待月西厢下,迎风户半开。拂墙花影动,疑是玉人来。"

⑧ 最苦:《雅词》作"苦恨"。伊行(háng 杭):她那里。行,那里。

⑨ 说与:《雅词》、毛本作"却与"。佳音密耗:私密的好消息。耗,音信,消息。寄将秦镜:《雅词》作"暗将潘鬓",似非。秦镜:东汉秦嘉,陇西人,为郡吏,岁末奉命赴洛阳,时妻子徐淑因病还家,未能面别,秦嘉因作《赠妇诗》三首,并赠明镜、宝钗、芳香、素琴等物。其诗曰:"宝钗好耀首,明镜可鉴形。"又秦嘉《重报妻书》曰:"闻得此镜,既明且好。形观文彩,世所稀有。意甚爱之,故以相与。"韩香:西晋韩寿,为重臣贾充僚属,与贾充女儿贾午私通,贾午偷晋武帝赐贾充之西域奇香以赠韩寿,贾充闻得韩寿有奇香之气,知其与女儿私通,遂将女儿嫁与韩寿。事见《世说新语·惑溺》及《晋书》卷四十。以上"秦镜""韩香"皆指男女间所赠定情留念之物。参见庾信《燕歌行》:"盘龙明镜饷秦嘉,辟恶生香寄韩寿。"刘禹锡《泰娘歌》:"秦嘉镜有前时结,韩寿香销故箧衣。"

⑩ 教人:让人。霎时:片刻,瞬间。厮见:相见。《雅词》作"相见"。

解读

  南宋周必大《泛舟游山录》和强焕《周美成词序》,都提及实访周邦彦当年在溧水县令任上创作"新绿小池塘"词时的场景。与周必大、强焕同时代的王明清,在《挥麈馀话》里更具体地记录了有关这首词创作的一段桃色故事:周邦彦任溧水县令时,县主簿之室(一作主簿之姬)有姿色而聪慧,周邦彦常于酒席间与之亲密相会。传世的《风流子》词便是寄寓这方面情意的,词中"新绿""待月",都是主簿厅堂亭轩之名。王明清在故事末尾特别注明这是俞羲仲讲述的。对于这个传说,有信以为真,而加以批评的。如清代叶申芗《本事词》按语就说:"此词虽极情致缠绵,然律以名教,恐亦有伤风雅也。"也有对这一传说提出质疑的。如王国维《清真先生遗事》就说:"案明清记美成事,前后牴牾者甚多,此条疑亦好事者为之也。"后来有更多学者指斥这段故事牴牾失实。

  虽然上述桃色故事不足凭信,但这首词仍有可能是词人中年时在溧水县令任上所作。词写一段时过境迁、可望不可即的相思之情,现在读来,依然让人感觉惝恍迷离,情难自禁。全篇构思绵密,章法井然,铺叙极有层次,描述颇为精湛。上片写黄昏时分,池边听琴怀想。开篇男主人公伫立小池塘边,由池塘边夕阳映照下帘子舞动的倒影,带出池塘对岸女主人公的闺房与墙面。"羡金屋"四句,借景寄情,写得含蓄而凄婉。不直说自己已进不了那闺房,见不了心上人,只说羡慕燕子依旧能自在出入金屋;同时,"旧时""前度",也隐约暗示了之前此地曾有过的情缘,以及如今旧情难续的今昔之变。"绣阁凤帏"以下,通过深闺传来的琴声,细细设想闺中女子欲借琴曲歌声来传情达意:虽然她很想倾诉苦衷,却几度欲言又止;也很想唱出心中情愫,但歌未开唱,先自哽咽起来,于是只能以酒浇愁。下片写月下悬想,深夜慨叹。过片二句,进一步设想女主人公新妆打扮停当,如崔莺莺般待月西厢,企盼与自己幽会。"遥知"二字,写可望不可即的悬想,颇为传神。然而,此时的悬想毕竟只是幻想,不仅现实中不能与情人幽会,而且连做梦都见不到她,这就把"最苦"的相思写到了极致。尽管见面无望,但男主人公痴情不改,仍期盼何时能私订密约,互赠信物;进而对天长叹,呼吁哪怕片刻相见也好。作品在慨叹的高潮中戛然而止,情感却喷涌而来,奔腾不息。陈洵《海绡说词》(抄本)赞曰:"后路千回百折,逼出结句,画龙点睛,破壁飞去矣。"唐圭璋《唐宋词简释》评曰:"通篇皆是欲见不得见之词。至末句乃点破'见'字。"

这首词在写作上比较突出的特色:一是虚实相生,实景与悬想结合,想象鲜活生动;二是由此及彼,推己及人,兼写双方,可见彼此情思交融;三是擅长层层演进,从细腻婉约的内心活动,逐步推进到直白率性的情感抒发,透彻地写活了近在咫尺又远在天边、明明相恋却不能相见的苦情。

对于词中淋漓的情感表达,特别是词末率真奔放的情怀,旧时词论家颇有迂腐的微词。例如:南宋沈义父《乐府指迷》批评此词末两句"轻而露","便无意思,亦是词家病,却不可学也"。宋末元初张炎《词源》批评"最苦梦魂"及"霎时厮见何妨"数句,"一为情所役,则失其雅正之音","所谓淳厚日变,成浇风也"。对于这类迂执之见,后来词论家多有驳斥。如清代黄苏《蓼园词选》直言张炎见解为"胶柱鼓瑟之论也"。晚清况周颐《蕙风词话》则批沈义父见解"非真能知词者也",并赞周邦彦"最苦梦魂"等句:"此等语愈朴愈厚,愈厚愈雅,至真之情由性灵肺腑中流出,不妨说尽,而愈无尽。"堪称清真异代知己。

渡江云①

晴岚低楚甸,暖回雁翼,阵势起平沙②。骤惊春在眼,借问何时,委曲到山家③。涂香晕色,盛粉饰、争作妍华④。千万丝、陌头杨柳,渐渐可藏鸦⑤。

堪嗟⑥。清江东注,画舸西流,指长安日下⑦。愁宴阑、风翻旗尾,潮溅乌纱⑧。今宵正对初弦月,傍水驿、深舣蒹葭⑨。沉恨处,时时自剔灯花⑩。

注释

① 《渡江云》词调为周邦彦始创。陈本注调名"小石",无题。《花庵》题作"春词",《诗馀醉》题作"春景"。
② "晴岚"句:晴天山中的雾气低铺楚地旷野。岚,山林中的雾气。白居易《代春赠》:"山吐晴岚水放光,辛夷花白柳梢黄。"楚甸,指今湖北、湖南一带原野。谢朓《和伏武昌登孙权故城》:"鹊起登吴台,凤翔陵楚甸。""暖回"二句:入春天气转暖,一队队大雁从沙滩起飞,回归北方。阵势,指雁阵排列成行。起平沙,参见寇准《秋日原上》:"吟罢还西望,平沙起雁行。"
③ "骤惊"句:忽然惊觉春天已在眼前。春在眼,参见杜甫《庭草》:"楚草经寒碧,逢春入眼浓。""委曲"句:是说春天婉转曲折地来到山野人家。委曲,委婉曲折。
④ "涂香"二句:借美女涂抹香粉、晕染颜色,比喻鲜花香草争奇斗艳,装饰春天美景。妍华,美丽的花朵。柳宗元《戏题阶前芍药》:"凡卉与时谢,妍华丽兹晨。"

⑤ 陌头杨柳：参见王昌龄《闺怨》："忽见陌头杨柳色，悔教夫婿觅封侯。"陌头，路边。藏鸦：谓柳树枝叶浓密可荫蔽。南朝宋乐府《读曲歌》："暂出白门前，杨柳可藏乌。"萧纲《金乐歌》："槐香欲覆井，杨柳正藏鸦。"

⑥ 堪嗟：可叹。

⑦ 东注：向东流。画舸（gě 葛）西流：画船沿水路向西行。舸，大船。《扬子·方言》："南楚江湘，凡船大者谓之舸。"长安日下：这里是说词人要去的京城（开封）路途遥远。据《世说新语·夙惠》记载：晋明帝幼时，父亲曾问他，太阳与长安哪个近，明帝说："日远。不闻人从日边来，居然可知。"次日，在群臣宴会上，明帝回答父亲同一问题时又说："日近。举目见日，不见长安。"后常用此典故比喻帝京路途遥远。王勃《滕王阁诗序》："望长安于日下，指吴会于云间。"

⑧ 宴阑：酒宴将散。《史记·高祖本纪》："酒阑。"裴骃集解："阑言希也。谓饮酒者半罢半在，谓之阑。"旗尾：旗帜的尾端。杜甫《奉和严中丞西城晚眺十韵》："旗尾交龙会，楼头燕雀驯。"潮溅乌纱：潮水溅湿了头上的乌纱帽。参见杜甫《双枫浦》："浪足浮纱帽，皮须截锦苔。"乌纱，即乌纱帽，用乌纱制成，唐代是官民通用的便帽，宋代则士大夫交际时常戴乌纱帽（参见《宋史·舆服志》）。

⑨ 今宵：《草堂》《诗馀醉》作"今朝"，非。初弦月：农历每月初八前后的月亮，呈弓弦状，故名。虞世南《奉和月夜观星应令》："早秋炎景暮，初弦月彩新。"杜甫《遣意二首》之二："云掩初弦月，香传小树花。"傍：靠，靠近。水驿：水路驿站，供来往船只停泊的地方。岑参《送张升卿宰新滏》："水驿楚云冷，山城江树重。"舣（yǐ 倚）：停船靠岸。蒹葭（jiān jiā 兼加）：水草名，荻草与芦苇。《诗经·秦风·蒹葭》："蒹葭苍苍，白露为霜。"

⑩ 时时：《白雪》、毛本作"但时时"，"但"字衍。自剔灯花：剔除或剪去灯芯余烬。灯花，灯心燃烧时结成的花状物。唐彦谦《无题十首》之六："满园芳草年年恨，剔尽灯花夜夜心。"自剔，毛本、四印斋本作"频剔"。按"频"字与"时时"意思重叠，当以"自剔"为是。

解读

　　关于这首词写作的时间地点，历来歧说纷纭，未有定论。陈洵《海绡说词》（抄本）以为当是词人由荆南入都之作，王国维《清真先生遗事》谓是词人前期客居荆州时作，陈思《清真居士年谱》谓是政和六年（1116）自明州（今浙江宁波）还京之作。今人或以为是绍圣年间被召入京时重过荆州之作，隐含政治托喻；或谓系政和二年（1112）二月河中府（今山西永济）任上由渭水舟行赴长安之作；或谓客居荆州期间曾游长安之作。斟酌词意，应是词人自东向西，途经荆州，由水路赴京之作，时间当在绍圣三年（1096），是年词人四十一岁，溧水任期已满，赴京为国子主簿。

　　上片写景，描绘江行所见春天清丽景象。起首三句，写楚地青山旷野间云雾低垂，大地回暖，沙滩上群雁起飞北归。"低楚甸""起平沙"都是船上视角，体察入微，画面生动，只觉春意扑面而来，由此自然引出"骤惊春在眼"一句。"涂香"以下，先用反问句写春色已然深入山家，再用拟人句写春天姹紫嫣红，然后专门白描柳丝繁密，如此层层转换画面，变幻笔法，写足了春天的盎然生机。但是，词人极力渲染春天美景，是为了反衬下片的哀情。下片即事抒情，主要抒发旅思客愁，其中隐含仕途之忧。换头"堪嗟"二字，情调陡然一转，引起下片无限感叹。"清江"三句，叙明水路赴京城。"东注"与"西流"相对，盖此去与家园、友人渐行渐远，又隐然有逆水行舟、路途茫茫之意。"愁宴阑"二句,是回溯友人为自己饯行,宴罢人散,孤舟独行,一路风急浪高,又暗示前途堪忧。"今宵"以下,回到眼前情境,冷月之下,夜泊芦荻荒滩,独对残灯,无尽的客愁羁恨溢于言外。

　　陈廷焯《云韶集》盛赞此词"雅韵欲流,视《花间》、秦、柳如皂隶矣。笔力劲绝,是美成独步处,所谓'清真'。结句情真语切。"俞陛云《宋词选释》称"此词与柳屯田'晓风残月',皆善写客愁者。"王国维《清真先生遗事》又说:"若夫悲欢离合、羁旅行役之感,常人皆能感之,而惟诗人能写之。故其入于人者至深,而行于世也尤广。"周邦彦这首词就属于写羁旅行役而感人至深、行世尤广的名作。

应天长①

　　条风布暖,霏雾弄晴,池塘遍满春色②。正是夜堂无月,沉沉暗寒食③。梁间燕,前社客,似笑我、闭门愁寂④。乱花过,隔院芸香,满地狼籍⑤。
长记那回时,邂逅相逢,郊外驻油壁⑥。又见汉宫传烛,飞烟五侯宅⑦。青青草,迷路陌,强带酒、细寻前迹⑧。市桥远,柳下人家,犹自相识⑨。

注释

① 陈本注调名"商调",无题。《粹编》、毛本、四印斋本题作"寒食"。
② 条风:东风,春风,一名明庶风,主春分四十五日。因其条治

万物,故名。条风,《白雪》作"蕙风"。霏雾弄晴:晴天里有云雾飘荡。霏雾,飘拂的云雾。谢万《兰亭诗二首》之二:"玄崿吐润,霏雾成阴。""池塘"句:参见谢灵运《登池上楼》:"池塘生春草,园柳变鸣禽。"池塘,《白雪》、毛本、四印斋本作"池台"。

③ 夜堂:《钦定词谱》作"夜台"。寒食:寒食节,约在清明前一、二日,详见前《琐窗寒》(暗柳啼鸦)注⑦。此二句,化用白居易《寒食夜》:"无月无灯寒食夜,夜深犹立暗花前。"

④ 前社客:此前的社日来客。指燕子。旧传燕子于春社日(立春后第五戊日)由南飞北,秋社日(立秋后第五戊日)由北飞南,故称燕子为"社客"或"社燕"。欧阳澥《燕》:"长向春秋社前后,为谁归去为谁来。"前社,《白雪》、毛本、四印斋本作"社前"。愁寂:忧愁寂寞。《白雪》作"岑寂"。

⑤ 芸香:多年生草本植物,叶互生羽状,花色黄绿。花、叶香气浓郁,可入药,有驱虫、通经之用。《初学记》卷十二引《典略》:"芸香辟纸鱼蠹,故藏书台亦称芸台。"庾信《预麟趾殿校书和刘仪同诗》:"芸香上延阁,碑石向鸿都。"据此,本篇当作于词人为秘书省正字或校书郎期间。狼籍:散乱的样子,同"狼藉"。

⑥ 邂逅相逢:事先未约定而偶然相遇。语出《诗经·郑风·野有蔓草》:"邂逅相遇,适我愿兮。"驻:车马停留。油壁:即油壁车,古代女子乘坐的华丽车子,因用油漆涂饰车壁,故名。这里化用南齐钱塘名妓苏小小歌:"妾乘油壁车,郎骑青骢马。何处结同心?西陵松柏下。"

⑦ "又见"二句:又到了寒食禁火时节,唯有王侯重臣蒙受皇帝特殊恩赐而可以得到燃烛。化用韩翃《寒食》:"春城无处不飞花,寒食东风御柳斜。日暮汉宫传蜡烛,轻烟散入五侯

家。"唐《辇下岁时记》:"清明日取榆柳之火以赐近臣。"五侯,汉成帝时,王太后的五个兄弟王谭、王商、王立、王根、王逢时同日封侯,世称五侯。后泛指权贵豪门。
⑧ 青青草:参见汉乐府《饮马长城窟行》:"青青河边草,绵绵思远道。"路陌:道路。带酒:彊村本从元本改作"载酒"。
⑨ 市桥:参见杜甫《西郊》:"市桥官柳细,江路野梅香。"柳下人家:宋人习称妓院为"门户人家""柳巷",此处"柳下人家"意思相近。犹自:还,仍然,依旧。石道慧《阳春歌》:"兰萌犹自短,柳叶未能长。"

解读

　　周邦彦由溧水返回京城后,于寒食节追念旧日情人之作。有研究者根据《钦定词谱》引周邦彦此词异文"夜台无月",指出"夜台"系指坟墓,因而判定此词为悼念亡妻之作。但是,观词中苏小小之典及"柳下人家"云云,所念之人当非妻室;且其他各本均作"夜堂",单凭《钦定词谱》异文,悼亡之说难以成立。

　　词的上片写寒食时节春景,景中寄寓心事。"条风"三句,先写白天景象:春风送暖,晴日带雾,池塘边遍布花草。"霏雾弄晴",写得含蓄而精妙,将寒食时节阴晴不定、晴中隐含雨雾的气候特点细微地描绘出来;同时,也很自然地带出"正是"二句寒食夜景:阴云密布,黯然无月,夜堂一片沉闷。而这些景色又很巧妙地引出词人孤寂而复杂的心境。只是词人心事,绝不肯用直笔写出。"梁间燕"三句是侧写,借由燕子之眼,辗转写出"我"的"闭门愁寂";"乱花过"三句则是衬笔,借隔院乱花飘过、满地零落,暗衬"我"零乱的心绪。下片追忆旧情,寻访前迹,蕴含幽远的愁绪。"长记"三句,回忆与那女子初相识时的场景。"长记",见出时间之遥远,亦见出词人相思之长久。"油壁",借用南齐歌妓苏小小故事,既展示了当年的邂逅情景,也暗示了那女子的身份。"又见"二句,化用韩翃诗,转回到京城寒食节的现实场景。"青青草"以下,词人重访故地,则唯见芳草萋萋,一派凄凉,以至于迷失旧路,但词人不肯就此罢休,强打精神,带酒细寻旧踪,一路寻至市桥远处,找到当年的"柳下人家",那里居然还有人认得自己。全词至此戛然煞住,余韵悠悠,情思绵绵不绝。词人如何进一步询问消息?那女子是否还在?两人有无重逢可能?种种疑问,通通留给读者自己去设想解答了。

　　词人以迂曲辗转的铺叙,苍劲浑厚的笔触,凝练迫促的声韵(通篇押入声韵),和独特的开放式结局,把人事暌隔、旧情难觅的哀愁,写得恍惚凄迷,空灵深永。清初毛先舒《诗辩坻》认为周邦彦这首词属于"前半泛写,后半专叙","后段只说邂逅,乃更觉意长"。先著、程洪《词洁》称此词"空淡深远"。近代俞陛云《宋词选释》评曰:"下阕强寻前迹,而紫陌人遥,虽门巷依依,不异蓬山远隔。辞意之清永,如嚼水精盐,无尘羹俗味也。"俞平伯《清真词释》赞此词曰:"情致缠绵,笔意苍老,故不可及也。"诸家所论,各有会心之处。至于陈洵《海绡说词》所言"后阕全是闭门中设想",实在是不合词境,不能信从。盖上阕所写为昨夜之事,下阕所写"细寻前迹",则为次日(亦即今日)实事,此不可不知。

荔枝香①

　　照水残红零乱,风唤去②。尽日测测轻寒,帘底吹香雾③。黄昏客枕无憀,细响当窗雨④。看两两相依燕新乳⑤。　　楼下水,渐绿遍、行舟浦⑥。暮往朝来,心逐片帆轻举⑦。何日迎门,小槛朱笼报鹦鹉⑧。共剪西窗蜜炬⑨。

注释

① 毛本、四印斋本作《荔枝香近》。词调又作《荔枝香近拍》。陈本注调名"歇指"。

② 照水:谓飞花映水。参见张正见《溢城》:"城花飞照水,江月上明楼。"残红:残花,落花。谢灵运《读书斋》:"残红被径隧,初绿杂浅深。"风唤去:谓残花被风吹落。唤去,《粹编》作"掀去"。

③ 测测:寒冷的样子。同"恻恻"。韦应物《再游西山》:"测测石泉冷,暧暧烟谷虚。"这句化用韩偓《寒食夜》:"恻恻轻寒翦翦风,小梅飘雪杏花红。"香雾:指香气。参见李贺《秦宫诗》:"楼头曲宴仙人语,帐底吹笙香雾浓。人间酒暖春茫茫,花枝入帘白日长。"

④ 客枕:指寝居在外地。李商隐《酬令狐郎中见寄》:"朝吟支客枕,夜读漱僧瓶。"无憀(liáo 聊):因空虚而郁闷,无聊。参见温庭筠《菩萨蛮》:"时节欲黄昏,无憀独倚门。"当窗雨:韩偓《效崔国辅体四首》之三:"欲明天更寒,东风打窗雨。"

⑤ 燕新乳:指新出生的雏燕。《说文解字》称"人及鸟生子曰乳"。韦应物《长安遇冯著》:"冥冥花正开,飏飏燕新乳。"此句方千里、杨泽民、陈允平三家和清真词皆为九字句,柳永、吴文英《荔枝香》此句同为九字句,万树《词律》因疑清真词此句"看"字前或脱一"闲"字、"愁"字之类。彊村本因从郑校本,于"看"字前加缺字符号"□"。但陈本、毛本、四印斋本等

24

荔枝香(楼下水,渐绿遍、行舟浦。暮往朝来,心逐片帆轻举)

皆为八字句。

⑥ 楼下水:参见许浑《思归》:"殷勤楼下水,几日到荆江。"行舟浦:通航船的江河之滨或出海口。

⑦ "暮往"二句:看着朝来暮往的船只,不由得心随船帆而飞向故乡。"心逐"句,参见郑谷《登杭州城》:"岁穷归未得,心逐片帆还。"又柳永《引驾行》:"背都门,动消黯,西风片帆轻举。"

⑧ 迎门:出门迎接。借用杜牧《别家》:"扪头一别三千里,何日迎门却到家。""小槛"句:谓家中栏杆前鸟笼里的鹦鹉报道主人归来。槛(jiàn 建),栏杆。这两句化用唐代蒋防《霍小玉传》:"庭间有四樱桃树,西北悬一鹦鹉笼,见(李)生入来,即语曰:'有人入来,急下帘者!'"又陈注引《丽情集》载《小玉歌》:"西北槛前挂鹦鹉,笼中报道李郎来。"

⑨ "共剪"句:设想与亲人团聚夜谈。化用李商隐《夜雨寄北》"何当共剪西窗烛,却话巴山夜雨时"句意。蜜炬,蜡炬,蜡烛。李贺《河阳歌》:"觥船饫口红,蜜炬千枝烂。"末句毛本作"如今谁念凄楚",未知所据。案方、杨、陈三家和词末句皆押"炬"韵,当以"共剪西窗蜜炬"为是。

解读

此词应是周邦彦在外地时,惦念家室,思乡怀归之作。

上片写春日之景,景中带情。起句先描绘残花飘落水面,次句"风唤去",倒过来说明花落原因,又顺势领起下两句:整天寒风阵阵,从帘底吹进来落花芳香,弥漫室内。如此写来,承上启下,富于顿挫流转变化,生新鲜活,耐人玩味。零乱的落花,轻寒的春风,迷离的香雾,隐隐衬托出词人缭乱的愁绪。所以,"黄昏"三句,很自然地引出词人客愁无聊,傍晚卧听窗雨,闲看燕子两两相依哺育雏燕的情景。"窗雨"对应前面的寒风,补足说明落花飘零之原由,平添凄清的情调;两两相依的燕子,又鲜明地反衬出词人的孤单,同时为下片主旨预做铺垫。下片着重抒发思家怀归之情。承上片所写,因孤独难耐,乃伫立楼头,细看江景,浮想联翩:江浦渐渐绿遍,江上航船朝来暮往,自己的心随着船帆轻轻飞举,飞向家乡钱塘。不知哪天果真能回到家中,栏杆前笼中鹦鹉报道主人归来,家人欣喜地出门迎接,入夜能与妻子剪烛长谈,细诉衷肠。

  这首词写景生动,善于通过渲染烘托,以景传情;又想象飞腾,设想鲜活细腻,场面清晰如见。全篇构思精致,针线绵密,上下勾连,前后照应比对。上片起句"照水",与换头"楼下水"呼应,见出词人所居乃是临水楼房,故能俯瞰江河水景。上片"当窗雨",与下片"共剪西窗蜜炬",以及上片末句闲看成双的燕子,与下片末句幻想夫妻团聚,也都一一对应,强化了客居的孤独愁寂与思归的温馨缱绻。这些都可以看出周邦彦词作出神入化的艺术手段与细腻感人的抒情能力。

荔枝香[1]

  夜来寒侵酒席,露微泫[2]。舄履初会,香泽方薰[3]。无端暗雨催人,但怪灯偏帘卷[4]。回顾始觉惊鸿去云远[5]。 大都世间,最苦唯聚散[6]。到得春残,看即是、开离宴[7]。细思别后,柳眼花须更谁剪[8]。此怀何处消遣[9]?

注释

① 此首与前一首《荔枝香》,字数、句法、平仄均不同,当是同调异体,《词律》即订为二体。方千里、杨泽民、陈允平和词,大抵与清真此体相同,仅个别字偶有出入(个别出入还可能是好事之徒擅改)。郑文焯校语则断言《荔枝香》更无别体,谓"此词讹脱殊甚,方、杨、陈和作并沿其误",乃逐一纠正,必求与前一首字句相合。此举未免胶柱鼓瑟。杨易霖《周词订律》辨驳甚明,并称:"宋贤所作,同一调而字数、句法各异者,触处皆是。美成《瑞鹤仙》二首,字数、平仄、句法皆有异同,即其例证,不必强为之说也。"

② 泫(xuàn 眩):水珠下滴。谢灵运《从斤竹涧越岭溪行》:"岩下云方合,花上露犹泫。"

③ 舄(xì 细)履:通称鞋子。舄,原指复底厚鞋;履,原指单底鞋。参见司马迁《史记·滑稽列传》:"日暮酒阑,合尊促坐,男女同席,履舄交错,杯盘狼藉,堂上烛灭。"这句是指男女初会,脱鞋入室,同席而坐。香泽方薰:意为香气正散发。清人谢章铤《赌棋山庄词话》卷二录冯柳东语,谓"香泽方薰"四字后,"脱'遍'字是韵"。但方、杨、陈和词此句,皆为四字句。陈和词作"沉水微薰",则"香泽方薰"似不误。

④ 暗雨:夜雨。武元衡《长安秋夜怀陈京昆季》:"萤影疏帘外,鸿声暗雨中。"灯偏帘卷:郑校疑"偏"字为衍文。杨易霖《周词订律》则谓"偏"字当作"徧(遍)",疑原句当作"但怪帘卷灯徧",并称刘长卿《题灵祐上人法华院木兰花》"菡萏千灯徧,芳菲一雨均"是其故实,且较之方和词"是处池馆春徧"及杨和词"大白须卷歌徧",韵脚平仄正相同。可资参考。

⑤ 惊鸿:喻指体态轻盈的美人。曹植《洛神赋》:"其形也,翩若惊鸿,婉若游龙,荣曜秋菊,华茂春松。"去云远:毛本作"去远"。

⑥ 聚散:这里偏指散,指离别、分散。谢灵运《酬从弟惠连诗五章》之二:"悟对无厌歇,聚散成分离。"
⑦ 开离宴:举办送别的宴会。参见张说《奉和圣制送金城公主适西蕃应制》:"春野开离宴,云天起别词。"
⑧ 柳眼花须:形容春天的柳叶和花蕊。柳叶如眉眼,花蕊如髭须。元稹《遣春三首》之二:"柳眼开浑尽,梅心动已阑。"杜甫《陪李金吾花下饮》:"见轻吹鸟毳,随意数花须。"李商隐《二月二日》:"花须柳眼各无赖,紫蝶黄蜂俱有情。"
⑨ 消遣:消解、排遣(愁怀)。郑谷《渼陂》:"潸然四顾难消遣,只有伴狂泥酒杯。"

解读

这首《荔枝香》与上一首同调之作,可能并非同时所作。虽然此词具体创作时间地点难以确考(或谓早年临潼之作,惜无实证),但所写情景还是比较明晰的。在一次寒夜的酒会上,词人初见那位翩若惊鸿的歌妓,欢情方浓,无奈夜雨催人,匆匆席散,别后思量无限,因作此词以遣怀。

上片写初会与离别的场景。起首二句,即渲染夜宴上寒侵露泫,隐隐为下文席散人去伏笔。"舃履"二句,男女同席,比并而坐,闻得女子身上香气正浓,可以想见把酒言欢,两情甚洽。"无端"四句,笔锋陡然一转,可怪风雨骤至,灯偏帘翻,酒席匆匆结束,那位佳人翩然离去,一去便不知踪迹。"回顾""始觉",回应"无端""但怪",把突如其来又突然而去之事,写得恍惚错愕,引起下文无限思量之苦。下片抒发别后相思之情。过片承接上片猝然离别,直接抒发"最苦唯聚散"主旨,奠定全词基调。"到得"四句,都是设想之辞:到晚春时节,自己即将离去,届时送别宴席上,或许那位佳人还能光临,彼此还有重逢机会;只是分别以来,不知佳人近况如何,更有谁人怜惜呵护。"柳眼"句,以护理花柳借喻呵护佳人,留恋关切之情,耐人寻味。煞拍以反问收尾,照应"最苦唯聚散",进一步渲染无法排解的离别之苦,情味甚厚。

还京乐①

禁烟近,触处浮香秀色相料理②。正泥花时候,奈何客里,光阴虚费③。望箭波无际,迎风漾日黄云委④。任去远,中有万点相思清泪⑤。　　到长淮底⑥。过当时楼下,殷勤为说,春来羁旅况味⑦。堪嗟误约乖期,向天涯、自看桃李⑧。想而今、应恨墨盈笺,愁妆照水⑨。怎得青鸾翼,飞归教见憔悴⑩。

注释

① 《还京乐》词调为周邦彦始创。陈本注调名"大石"。
② 禁烟:指禁烟节,即寒食节,在清明前一两日。详见前《琐窗寒》(暗柳啼鸦)注⑦。触处:到处,处处。岑参《江上春叹》:"春风触处到,忆得故园时。"浮香:指飘浮的花香。卢照邻《曲江花》:"浮香绕曲岸,圆影覆华池。"秀色:此指秀丽的春色。料理:这里是逗引、引诱的意思。蒋礼鸿先生《大鹤山人校本〈清真词〉笺记》释此句曰:"'料理',犹言'撩拨''挑诱',言浮香秀色诱引人也。"参见韩愈《饮城南道边古墓上逢中丞过,赠礼部卫员外少室张道士》:"为逢桃树相料理,不觉中丞

喝道来。"

③ 泥(nì腻):迷恋,留连。客里:离家在外期间。虚费:白白地消耗浪费,虚度。

④ 箭波:比喻水波流动急速如飞箭。《慎子》佚文:"河之下龙门,其流驶如竹箭,驷马追弗能及。"卢照邻《江中望月》:"镜圆珠溜彻,弦满箭波长。"漾日:日光在水波上荡漾。黄云委:委,积聚,堆积。参见谢灵运《拟魏太子邺中集诗·阮瑀》:"河洲多沙尘,风悲黄云起。"

⑤ 相思清泪:参见李白《留别曹南群官之江南》:"及此北望君,相思泪成行。"李贺《金铜仙人辞汉歌》:"空将汉月出宫门,忆君清泪如铅水。"这句连同过片,可以参见苏轼《永遇乐》:"凭仗清淮,分明到海,中有相思泪。"又苏轼《江神子·恨别》:"回首彭城,清泗与淮通。寄我相思千点泪,流不到,楚江东。"

⑥ 长淮:即淮河。源出河南桐柏山,流域涉及今河南、湖北、安徽、山东、江苏诸省。王维《送方城韦明府》:"高鸟长淮水,平芜故郢城。"

⑦ 当时楼下:参见杜牧《题安州浮云寺楼寄湖州张郎中》:"当时楼下水,今日到何处?"羁(jī机)旅:寄居他乡。羁,同"羇"。况味:景况、情味。

⑧ 乖期:误了约定的期限。乖,违背。自看桃李:意谓独自看花赏春。

⑨ 而今:毛本作"如今"。恨墨盈笺:满纸都是怨恨的话。愁妆照水:水面映出女子的愁颜。

⑩ 青鸾:古代传说中凤凰一类的神鸟。赤色者为凤,青色者为鸾。多为神仙坐骑。庾信《谢赵王赉干鱼启》:"文鳐夜触,翼似青鸾。""怎得"句可参见朱昼《喜陈懿老示新制》:"将攀下风手,愿假仙鸾翼。"朱昼自注:"予欲见诗人孟郊,故寄诚于

此。"教(jiāo 交):令,使,让。

解读

  这是词人春天滞留他乡、思念恋人之作,写作时间难以确考。或谓似是别庐州、初至荆州之作,或谓知河中府时所作,或谓溧水任满返京途中经淮河而作,但均系推测,并无定论。

  作品起句点明时节:寒食将近,到处花卉飘香,春色诱人。由此顺势引出"正泥花"三句:当此节令,正该留恋花色,玩赏不足,无奈客居他乡,孤身一人,大好光阴白白虚度,实在有负春光花色。这意思里暗含辜负佳人之意,为下文相思之辞张本。"望箭波"以下,直至"羁旅况味",实际上是一连贯长句,这一长句冲破了上下片分隔,正如滚滚江河,顺流直下,不可遏制。词人望着如箭飞流的水波,浩渺无际,迎面清风吹拂,水中日光云影荡漾,不由得触动心绪,怆然洒泪。江水带着词人万点相思清泪,向远方奔流,一直流到淮河下游,经过当年与佳人相处的楼阁之下,就让含泪的江水代我向佳人倾诉春来滞留他乡、苦苦思念的情味吧。"箭波",形容水流迅疾,又暗含归心似箭之意,很自然地引出以下一段奇特的遐想浪潮。"堪嗟"二句,略作顿挫回旋,照应上片"泥花时候""客里光阴虚费",写出天涯羁旅、独看桃花之无奈,并补叙自己违约失期的歉疚和苦衷。"想而今"二句,从对方设想:她却未必能体谅我的苦衷和相思,估计终日怨恨连连,形诸笔墨,愁容惨淡,临水凝望。结句回到己方,复以出奇的想象,深情剖白自己的衷肠:要让她明了我的苦衷和相思,除非借青鸟羽翼,飞到她眼前,让她看看我因相思而憔悴的容颜,方知彼此相忆同样深邃。

  这首词善于写情,尤擅长淋漓酣畅的倾诉和绵密深挚的叙情,既善于从己方着笔,亦善于从对方落墨,既有连绵深远的诉说,又有辗转回环的顿挫,特别是想象飞驰,奇情异想,波澜叠起,炫人眼目,动人心魄。结构上不拘泥于传统的上下片界限,过片紧接上文,一气流注而下,适宜表达喷涌的情思。犹如俞平伯《清真词释》所说:"胸无不达之情,文无不尽之意,笔力之劲直透纸背,非虚誉也。"

扫花游[1]

晓阴翳日,正雾霭烟横,远迷平楚[2]。暗黄万缕,听鸣禽按曲,小腰欲舞[3]。细绕回堤,驻马河桥避雨。信流去,想一叶怨题,今在何处[4]。　　春事能几许,任占地持杯,扫花寻路[5]。泪珠溅俎,叹将愁度日,病伤幽素[6]。恨入金徽,见说文君更苦[7]。黯凝伫,掩重关、遍城钟鼓[8]。

注释

[1] 《扫花游》词调为周邦彦始创。《草堂》、四印斋本作《扫地花》。陈本注调名"双调",无题。《草堂》题作"春恨"。
[2] 晓阴:早晨的云雾。徐夤《鸡》:"守信催朝日,能鸣送晓阴。"翳(yì意):遮蔽。首句参看曹植《情诗》:"微阴翳阳景,清风飘我衣。"平楚:平林,意谓从高处远望,丛林树梢齐平;亦指平野。谢朓《宣城郡内登望》:"寒城一以眺,平楚正苍然。"
[3] 暗黄:此指春日柳枝吐芽的颜色。李贺《河南府试十二月乐词·正月》:"上楼迎春新春归,暗黄著柳宫漏迟。"鸣禽按曲:

谓禽鸟鸣叫动听悦耳,仿佛依曲歌唱。鸣禽,《白雪》《词萃》作"鸣琴"。按曲,依曲而唱,击节而唱。王台卿《咏筝》:"依歌时转韵,按曲动花钿。"小腰欲舞:形容风中柳枝仿佛细腰美人翩翩欲舞。参见李益《上洛桥》:"金谷园中柳,春来似舞腰。"白居易《杨柳枝》:"叶含浓露如啼眼,枝袅轻风似舞腰。"

④ 信流去:随水流去。信,随。戴叔伦《泛舟》:"飘飘信流去,误过子猷溪。"想一叶怨题:《草堂》、毛本、四印斋本无"想"字。按宋人庞元英《谈薮》引周邦彦《扫花游》句,作"想一叶怨题"。可知应有"想"字。一叶怨题,用红叶题诗故事。唐代孟棨《本事诗》载:顾况在洛阳与诗友游上苑,流水上得大梧叶,上有宫女题诗曰:"一入深宫里,年年不见春。聊题一片叶,寄与有情人。"顾况次日于上游亦题诗叶上,泛于波中,诗曰:"花落深宫莺亦悲,上阳宫女断肠时。帝城不禁东流水,叶上题诗欲寄谁?"后十余日,客来苑中,又得宫女叶上题诗,以示顾况,诗曰:"一叶题诗出禁城,谁人酬和独含情。自嗟不及波中叶,荡漾乘春取次行。"又据唐代范摅《云溪友议》载:中书舍人卢渥,应举之岁,偶临御沟,见一红叶上有宫人题诗云:"流水何太急,深宫尽日闲。殷勤谢红叶,好去到人间。"后卢渥得宣宗所退宫人,此宫人即昔日红叶题诗者。此外,五代孙光宪《北梦琐言》、北宋刘斧《青琐高议》等都有类似记载。今在:毛本、四印斋本作"今到"。

⑤ 春事:春天景色,春意。几许:多少。韩愈《奉和虢州刘给事使君三堂新题二十一咏·柳巷》:"柳巷还飞絮,春馀几许时。"任:即使,纵使。"占地"二句,谓野外饮酒,扫花游春。参见杜牧《惜春》:"怅望送春杯,殷勤扫花帚。"

⑥ 俎(zǔ组):原指祭祀或宴会时所用四脚方形青铜盘或木漆盘,此指野餐时盘上肉食。泪珠溅俎,参见韩愈《元和圣德

诗》:"戚见容色,泪落入俎。"李郢《早春送友人归江南》:"千里同来不同去,莫惊愁泪溅离杯。"将愁:带愁,伴愁。此句参见李商隐《夜冷》:"西亭翠被馀香薄,一夜将愁向败荷。"杜甫《寄岳州贾司马六丈、巴州严八使君两阁老五十韵》:"且将棋度日,应用酒为年。"幽素:冷落幽寂。语本李贺《伤心行》:"咽咽学楚吟,病骨伤幽素。"

⑦ 金徽:琴上系琴弦之绳,亦指琴面指示音节的标识。借指琴或琴弦、琴声。"恨入"二句:据《西京杂记》记载:司马相如将聘茂陵人女为妾,妻卓文君作《白头吟》曲以自绝,相如乃止。参见李益《蜀川闻莺》:"分明似写文君恨,万怨千愁弦上声。"另陈本注引杨亿诗:"不奈年来犹病渴,悔将幽恨写金徽。"

⑧ 黯凝伫:见前《瑞龙吟》(章台路)注④。掩重关:指紧闭门户。重关,两道闭门的横木。曹植《美女篇》:"青楼临大路,高门结重关。"韦应物《送李儋》:"归当掩重关,默默想音容。"遍城钟鼓:参见于武陵《夜与故人别》:"语来天又晓,月落满城钟。"

解读

　　这是词人客居他乡时,春日出游,避雨河桥,怀想情人之作。或谓词人任荆州教授期间所作,此说并无依据。或谓系词人因坐蔡京死党刘炳事而获遣出知河中府时所作,托寓君臣遇合之慨,且为自己曲意洗刷,此说与词意相去稍远。或谓政和二年知河中府时寄内之作,此亦属猜测,羌无实据。

　　此词上片写景为主,即景叙情。先写远景,景象朦胧:清晨天色阴沉,原野上云雾弥漫,一片迷茫。这为下文"避雨"预做铺垫,更为后面凄迷的情绪奠定基调。接下来转写近景,变得有声有色:万千缕柳丝渐黄,禽鸟鸣声悦耳动听,柳条在风中翩翩欲舞。看来是一派春风骀荡、春色宜人的景象。但紧接着又是一转：词人在河堤上徘徊流连，似乎在寻觅旧踪，这时阵雨袭来，只能歇马，到河桥廊亭避雨。"信流去"三句，"宕笔有远神"（俞陛云《宋词选释》）。词人凝望桥下流水，联想到红叶题诗故事，逐渐披露心绪，怀念起旧日的情人：不知佳人今在何方，近况如何。下片抒情为主，最后以景结情。"春事"三句，意谓即使还能席地饮酒，扫花游春，春色也不多了。"春事能几许"，既写春日难持久，也暗示旧情难长久，是全词感伤的主旨。"泪珠"三句，再推进一步，具体抒写相思的哀愁、孤独的忧伤。"恨入"二句，复从对方着想，估计佳人此时亦是满腹幽怨，情形更加凄苦。结句"掩重关、遍城钟鼓"，则将感伤凄苦之情推向高潮，情味浓郁，余韵悠悠不尽，颇受后人好评。南宋沈义父《乐府指迷》就说："结句须要放开，含有馀不尽之意。以景结情最好，如清真之……'掩重关、遍地钟鼓'之类是也。"近人陈洵《海绡说词》（抄本）亦赞结句"游思缥缈，弥见沉郁"。

俞平伯《清真词释》评曰："此阕似是写景多，而意在写胸中之幽怨，所谓幽素是也。故上半点景，曲曲含情，下片一经指明，神态都活。然若无以前之细针密缕，则亦不见下半之入骨萦心，此实以众妙成一妙，最足耐人寻味者也。"对清真词的评析可谓细致通透，切中肯綮。

卷二
春景

解连环①

怨怀无托,嗟情人断绝,信音辽邈②。信妙手、能解连环,似风散雨收,雾轻云薄③。燕子楼空,暗尘锁、一床弦索④。想移根换叶,尽是旧时,手种红药⑤。　　汀洲渐生杜若,料舟移岸曲,人在天角⑥。谩记得、当日音书,把闲语闲言,待总烧却⑦。水驿春回,望寄我、江南梅萼⑧。拚今生,对花对酒,为伊泪落⑨。

注释

① 《解连环》词调为周邦彦始创。旧谓此调始自柳永,以词有"信早梅、偏占阳和"及"时有香来,望明艳、遥知非雪"句,名《望梅》。实则此《望梅》词为无名氏所作,应晚于周邦彦,《草堂》误以为柳永作。《全宋词》已纠正。毛本于词牌下注云:"谱名《玉连环》。"陈本注调名"商调",无题。《花庵》、毛本题作"怨别",《草堂》《粹编》题作"闺情"。

② 无托:《花庵》《粹编》《诗馀醉》作"难托",《草堂》《词萃》作"谁托"。情人:《粹编》作"行人"。信音:即音信。辽邈:遥远渺茫。

③ 信妙手:《花庵》、毛本作"纵妙手",《粹编》作"忆妙手"。观前句已有"信"字,复按词意,似以"纵妙手"为胜。解连环:解开

难解的玉连环,比喻解决难题。据《战国策·齐策六》记载:秦始皇尝遣使者遗君王后玉连环,曰:"齐多智,而解此环不?"君王后以示群臣,群臣不知解。君王后引椎破之,谢秦使曰:"谨以解矣。""似风散"二句:比喻男女之情,事过境迁,渐行渐远。

④ "燕子"二句:谓情人已去,徒剩空楼,仅留旧时所用弦乐器而已。苏轼《永遇乐·夜宿燕子楼》:"燕子楼空,佳人何在?空锁楼中燕。"用唐代燕子楼故事。据白居易《燕子楼》诗序记载:徐州张尚书(张愔)有爱妓名盼盼,善歌舞,极有风姿,张尚书宴请白居易,曾让盼盼助兴,白居易赠诗云:"醉娇胜不得,风袅牡丹枝。"张尚书去世后,归葬东洛,而徐州有张氏旧宅,其中有小楼名燕子楼,盼盼因念旧爱而不嫁,居燕子楼十余年,幽然独处。后人以"燕子楼"泛指女子居所。弦索,原指弦乐器上的弦,后亦指弦乐器。

⑤ 移根换叶:参见苏轼《意难忘·妓馆》:"怎禁得恓惶。待与伊移根换叶,试又何妨。"后常借喻彻底变换处境。红药:芍药花。

⑥ "汀洲"句:化用屈原《九歌·湘夫人》:"搴汀洲兮杜若,将以遗兮远者。"又谢朓《怀故人》:"芳洲有杜若,可以赠佳期。"汀洲,水中陆地。杜若,香草名。舟移岸曲:参见陆倕《以诗代书别后寄赠》:"归舟随岸曲,犹闻歌棹音。"舟移,毛本、四印斋本作"舟依"。人在天角,形容人在遥远之地。苏轼《次韵僧潜见赠》:"故人各在天一角,相望落落如晨星。"

⑦ 谩:同"漫",徒然。《草堂》、《粹编》、毛本均无"谩"字。待总:《草堂》《粹编》作"尽总"。音书:音信,书信。烧却:参见汉乐府《有所思》:"闻君有他心,拉杂摧烧之。摧烧之,当风扬其灰。"

⑧ 水驿：水上驿站，为船只停泊之所。"望寄我"句：用陆凯寄赠范晔梅花事。《荆州记》载：陆凯与范晔交善，自江南寄梅花一枝，诣长安与晔，兼赠诗曰："折花逢驿使，寄与陇头人。江南无所有，聊赠一枝春。"梅萼，梅花的花蕾。

⑨ 拚(pàn 盼)：舍弃不顾，豁出去。牛峤《菩萨蛮》："须作一生拚，尽君今日欢。"对花对酒：《草堂》《粹编》《诗馀醉》作"对酒对花"。

解读

明代文学家李攀龙评此词曰："形容闺妇哀情，有无限怀古伤今处，至末尤见词语壮丽，体度艳冶。"（《草堂诗馀隽》引）唐圭璋《唐宋词简释》又说："此首托为闺怨之词。"但是，寻绎词意，似非闺怨之词，应是男主人公抒发对音信断绝的情人的思恋哀怨。从"燕子楼""弦索"等处来看，那位情人很可能是青楼歌妓，有人怀疑是李师师，有人以为即扬州歌妓楚云，但都不足凭信。至于词中是否寄托无限怀古伤今之情，那是见仁见智的话题了。

周邦彦许多情词的写法，往往一开始不露声色，逐层铺垫，到后来才点明主旨。这首情词，却是开门见山，一开篇就直抒胸臆，抒发对情人音信断绝的怨怀，后面则层层补叙生发。"信妙手"三句，回应"怨怀无托""情人断绝"，续说往事很难挽回，旧情仿佛烟消云散。"燕子"以下五句，由虚转实，即景怀人：男主人公故地重游，则伊人早已人去楼空，唯见当年弹奏乐器蒙尘、亲植芍药移根换叶而已。下片多是设想之辞。过片承接上片末句，由红药过渡到江洲杜若，借屈原《九歌》诗意，连接到对远方情人的思念，想象她沿江漂泊，远走天涯。"谩记得"三句，因她一去无音信，一转而为怨恨：还记得当年相恋时，书信往还，柔情蜜意；现在看来，不过是"闲语闲言"的空话罢了，不如统统点火烧了。"水驿"二句，再是一转，毕竟此情难以割舍，如今仍抱着一线希望，也许春回大地之时，她会从江南寄来梅花，表达她的相思之情。末三句又是一转，希望终究虚幻渺茫，也许终生都难续旧情，来日唯有对花对酒，排遣愁思，长久地为她黯然洒泪了。况周颐《蕙风词话》赞末三句曰："此等语愈朴愈厚，愈厚愈雅，至真之情，由性灵肺腑中流出，不妨说尽，而愈无尽。"俞平伯《清真词释》评结尾曰："写情至此，可谓怨而不怒，温柔敦厚矣。故此篇乃纯写情格也。"

  这首词以回环曲折的写情和空灵映带的设景取胜，历来评论家不乏赞赏之词。陈洵《海绡说词》（抄本）评曰："全是空际盘旋，'无托'起，'泪落'结，中间'红药'一情，'杜若'一情，'梅萼'一情，随手拈来，都成妙谛。""篇中设景设情，纯是空中结想，此周词之极幻者。"俞平伯《清真词释》曰："凡写情者，如抽茧，如剥蕉，回环往复，一注于此，虽旁及景物，无非借寓，此篇是也。"

玲珑四犯[①]

  秾李夭桃，是旧日潘郎，亲试春艳[②]。自别河阳，长负露房烟脸[③]。憔悴鬓点吴霜，细念想、梦魂飞乱[④]。叹画阑玉砌都换，才始有缘重见[⑤]。 夜深偷展香罗荐，暗窗前、醉眠葱蒨[⑥]。浮花浪蕊都相识，谁更曾抬眼[⑦]。休问旧色旧香，但认取、芳心一点[⑧]。又片时、一阵风雨恶，吹分散[⑨]。

注释

① 《玲珑四犯》词调为周邦彦始创。陈本注调名"大石",无题。《草堂》《粹编》题作"春思"。

② 秾李夭桃:美丽的李花和鲜艳的桃花。也用来形容佳人貌美。沈佺期《芳树》:"夭桃色若绶,秾李光如练。"潘郎:指西晋美男潘岳。据《晋书》记载:"(潘)岳美姿仪,少时常挟弹出洛阳道,妇人遇之者皆连手萦绕,投之以果,遂满车而归。"徐凝《洛阳道》:"潘郎车欲满,无奈掷花何。"这里以潘郎自比。亲试春艳:指潘岳亲自栽种的桃李花。据《白氏六帖·县令》记载:"潘岳为河阳县令,树桃李花,人号曰'河阳一县花'。"

③ 河阳:今河南孟州。参见上面注②。另参江淹《别赋》:"君居淄右,妾家河阳。"长负:意为长期不见。负,辜负。露房烟脸:带着露水、如烟似雾的繁花。白居易《新秋》:"风池明月水,衰莲白露房。"王融《芳树》:"相望早春日,烟华杂如雾。"

④ 鬓点吴霜:意为鬓发花白。语出李贺《还自会稽歌》:"吴霜点归鬓,身与塘蒲晚。"细念想:陈本原无"细"字。按方、杨、陈和词此句均为七字句。此依彊村本,从毛本补"细"字。梦魂飞乱:参见韦庄《清平乐》:"梦魂飞断烟波,伤心不奈春何。"

⑤ 画阑玉砌都换:形容历时之久,变化之大。画阑玉砌,华美的栏杆和台阶。李煜《虞美人》:"雕阑玉砌应犹在,只是朱颜改。"才始:方才,才。

⑥ 罗荐:丝织的席褥。弘执恭《和平凉公观赵郡王妓》:"小堂罗荐陈,妙妓命燕秦。"葱蒨(qiàn 欠):形容草木青翠茂盛。张九龄《南还以诗代书赠京师旧僚》:"树晚犹葱蒨,江寒尚渺弥。"

⑦ 浮花浪蕊:轻浮的花蕊。此指桃李花之外的其他花朵。参见韩愈《杏花》:"浮花浪蕊镇长有,才开还落瘴雾中。"抬眼:抬

起眼睛来看。
⑧ 旧色:《草堂》《百家词》《粹编》《词萃》作"蒨色",当是形近而误。认取:记得,记住。芳心:花蕊。喻指女子内心。参见戴叔伦《相思曲》:"落红乱逐东流水,一点芳心为君死。"
⑨ 又片时:毛本作"奈又片时"。末二句,参见陆龟蒙《和袭美重题蔷薇》:"更被夜来风雨恶,满阶狼藉没多红。"又皮日休《桃花赋》:"狂风猛雨,一阵红去。"

解读

　　这是词人多年后重返故地,与旧日情人相会,又匆匆分别时所作。罗忼烈《清真集笺注》以为"'自别河阳',喻当时出都远行","此首似为词人重返汴京赠旧欢之作"。按"河阳"仅为一县之地,岂能喻指京城? 罗说似难成立。从词人自比潘岳县令看,应是重返当年主政之地。

　　这首词的一大特色,是自始至终,兼写花与人,巧于以花喻人,以花叙事,通篇双关,笔法独到,读来情味深浓。开篇言"秾李夭桃"是自己当年亲自栽种,暗指旧日情人姿色美艳,颇得自己眷顾,两厢情浓。"自别"以下,以花叙事,表面说自从离开此地后,长久未见艳丽的桃李花,暗喻与情人分别后许久未见,长期以来魂牵梦绕,苦苦思念,以至两鬓染霜。可叹过去那么多年,画阑玉砌都已改变,历经人世沧桑,这才有缘返回故地,与情人重逢。过片承接上片末句"有缘重见",写夜来与情人幽会欢饮,直至醉眠窗前。"浮花"以下,复以花喻人,意为各种轻浮妖艳的女子所见尽多,却未尝留意动心。这是拿"浮花浪蕊"反衬出心上人之"芳心"。时光荏苒,眼前的女子不复当年的"旧色旧香",但其芳心依旧,所以难能可贵,令人留恋不舍。煞拍仍以花作比,却陡然一转作结,谓片刻间一阵狂风暴雨,将花朵吹落飘散,喻指有情人被迫匆匆分别。重逢的难得,和芳心的珍贵,反逼出离别的辛酸和凄苦,道尽了人生悲欢离合的万般无奈。

俞陛云《宋词选释》称赏"此调精湛处,在'旧色''芳心'二句。已色衰香退,而芳心一点,历久不渝,句意并美,宜为后人传诵",又赞"'浮花'句用垫笔有力,收句尤劲绝"。评点颇为精到。

丹凤吟①

迤逦春光无赖,翠藻翻池,黄蜂游阁②。朝来风暴,飞絮乱投帘幕③。生憎暮景,倚墙临岸,杏靥夭邪,榆钱轻薄④。昼永惟思傍枕,睡起无憀,残照犹在庭角⑤。　况是别离气味,坐来但觉心绪恶⑥。痛引浇愁酒,奈愁浓如酒,无计消铄⑦。那堪昏暝,簌簌半檐花落⑧。弄粉调朱柔素手,问何时重握⑨?此时此意,长怕人道着⑩。

注释

① 《丹凤吟》词调为周邦彦始创。陈本注调名"越调",无题。《草堂》、《粹编》、《词统》、毛本题作"春恨"。
② 迤逦(yǐ lǐ 以里):连绵不断的样子。无赖:无聊,令人生厌,恼人。徐陵《乌栖曲二首》之二:"唯憎无赖汝南鸡,天河未落犹争啼。"春光无赖,参见杜甫《送路六侍御入朝》:"剑南春色还无赖,触忤愁人到酒边。"又杜甫《绝句漫兴九首》之一:"眼见

客愁愁不醒,无赖春色到江亭。"翠藻:绿色水藻。"翠藻"句,化用钱起《中书遇雨》:"色翻池上藻,香裛鼎前杯。"

③ 风暴:风迅猛。"飞絮"句:参见黎逢《小苑春望宫池柳色》:"垂丝遍阁榭,飞絮触帘旌。"

④ 生憎:深恨,痛恨。生,深、甚、极其。杜甫《送路六侍御入朝》:"不分桃花红胜锦,生憎柳絮白于绵。"暮景:暮春景色,亦指黄昏景色。杏靥(yè叶):形容杏花盛开,如美人笑脸。靥,面颊上的酒窝。王安石《再用前韵寄蔡天启》:"黄寻远莲须,红阅邻杏靥。"夭邪:形容姿态妖冶婀娜的样子。毛本、四印斋本作"夭斜",义同。参见白居易《和春深二十首》之二十:"杭州苏小小,人道最夭斜。"榆钱:即榆荚,因其形状似钱而小,故名。施肩吾《戏咏榆荚》:"风吹榆钱落如雨,绕林绕屋来不住。"轻薄:轻佻,轻浮。杜甫《绝句漫兴九首》之五:"颠狂柳絮随风舞,轻薄桃花逐水流。"

⑤ 昼永:白天时间长。惟思:只想。《草堂》《粹编》《词统》作"思惟",似误。傍枕:指靠枕而睡。无憀(liáo聊):空虚而郁闷,无聊。"无憀"二句参见前《荔枝香》(照水残红零乱)注④。庭角:四印斋本作"亭角"。

⑥ 气味:情形,景况。白居易《忆微之》:"三年隔阔音尘断,两地飘零气味同。"坐来:本来。马戴《汧上劝旧友》:"坐来生白发,况复久从戎。"但觉:《草堂》作"便觉"。郑校曰:"宜据以校正。""况是"二句,意谓本来心情就差,更何况是离别时候。

⑦ 痛引:毛本、《词萃》作"痛饮"。按,引酒,义同饮酒。白居易《春至》:"闲拈蕉叶题诗咏,闷取藤枝引酒尝。"浇愁酒:参见韩愈《感春四首》之四:"乾愁漫解坐自累,与众异趣谁相亲。数杯浇肠虽暂醉,皎皎万虑醒还新。"苏轼《二月八日与黄焘僧昙颖过逍遥堂何道士宗一问疾》:"问疾来三士,浇愁有半

瓶。"浓如酒:参见韩琮《春愁》:"劝君年少莫游春,暖风迟日浓于酒。"消铄:消融,消除。

⑧ 那堪:哪堪。昏暝:黄昏,傍晚。籁(sù素)籁:纷纷下落的样子。苏轼《浣溪沙》:"籁籁衣巾落枣花,村南村北响缲车。"半檐花落:参见杜甫《醉时歌》:"清夜沉沉动春酌,灯前细雨檐花落。"

⑨ 弄粉调朱:调弄脂粉以妆饰。李商隐《木兰》:"弄粉知伤重,调红或有馀。"柔素手:指女子柔软白皙之手。参见《古诗十九首·青青河畔草》:"娥娥红粉妆,纤纤出素手。"

⑩ 长怕:《词统》、毛本、《词萃》、四印斋本作"生怕"。

解读

此篇集中写春天里男主人公整天百无聊赖的心情,读到后来才知道,原来他深深思念情人,因难以相聚,而郁积了满腹浓愁。

词的上片写景为主,景中带情。通过写春天无聊光景,折射出主人公烦恼心境。起句说"春光无赖",实则是铺垫照应下文的睡起无聊。"翠藻"以下,具体描写池中绿藻翻动,阁上黄蜂飞舞,早晨狂风大作,吹起柳絮乱飞帘幕,这些都是为了映衬男子挥之不去的缭乱的愁绪,引出"生憎"的厌恶心境,以至于看着墙外岸边的杏花、榆荚都感觉太过妖艳、轻薄了。既然看着春景都不爽,白日又漫长难熬,便只有傍枕而睡,以消磨时光;但醒来一看,夕照还停留在庭院一角,白昼还未过去。从"朝来"到"残照",写足了一整天漫长时光的无聊。陈洵《海绡说词》评上片作法曰:"已'残照'矣,始念'朝来';已'暮景'矣,因思'昼永'。笔笔断,笔笔逆,为'迤逦'二字曲曲传神,以垫起换头'况是'二字。"分析颇为精湛。下片抒情为主,揭示无聊心境源自无计消解的别离相思。换头二句,点明上述无聊并非一般的春愁,而是更让人"心绪恶"的别离之愁。"痛引"三句,进一层说明这种别离相思之愁,像酒一样浓,借酒浇愁亦无法消除。从上片的"无赖""无憀",转入下片"无计"的颓丧,层层提升愁绪的浓度和深度。"三'无'字极幻化。"(陈洵《海绡说词》)"那堪"二句,更以黄昏时节檐花飘零景象映衬,推波助澜,暗示好景难久,由此引出以下两句伤感的反问:是否还能与情人重逢?何时才能重握佳人之纤纤素手?浓烈的相思之情至此达到高潮。但临了又是一转:"此时此意,长怕人道着。"直白的抒情一变而为幽婉的蕴藉,真是峰回路转,欲说还休,把一腔深情写得细致入微,穷极变幻。

俞陛云《宋词选释》评此词曰:"上阕写景,下阕写情,而因恼人春色,益动离心,则景与情仍融成一片。转头以下五句,笔转如环。更用'昏暝''花落'二句作回旋顿挫,以蓄笔势。且'昏暝'二字,回应上文之暮景残照,章法周密。结处仍意不说尽。全阕无一率懈之笔。"体会得细微深切。

满江红[①]

昼日移阴,揽衣起、春帷睡足[②]。临宝鉴、绿云撩乱,未忺妆束[③]。蝶粉蜂黄都褪了,枕痕一线红生肉[④]。背画栏、脉脉悄无言,寻棋局[⑤]。　　重会面,犹未卜[⑥]。无限事,萦心曲[⑦]。想秦筝依旧,尚鸣金屋[⑧]。芳草连天迷远望,宝香薰被成孤宿[⑨]。最苦是、蝴蝶满园飞,无人扑[⑩]。

满江红（临宝鉴、绿云撩乱，未忺妆束）

47

注释

① 陈本注调名"仙吕",无题。《草堂》《粹编》《词统》《诗馀醉》《词的》题作"春闺"。

② 昼日移阴:日影移动。这里指太阳已升得较高。揽衣起:披衣而起。汉乐府《满歌行》:"揽衣起瞻夜,北斗阑干。"白居易《长恨歌》:"揽衣推枕起徘徊,珠箔银屏迤逦开。"春帏:借指春闺。睡足:参见白居易《自问行何迟》:"酒醒夜深后,睡足日高时。"

③ 宝鉴:宝镜。房篆《金乐歌》:"登台临宝镜,开窗对绮钱。"绿云:形容女子头发。杜牧《阿房宫赋》:"明星荧荧,开妆镜也;绿云扰扰,梳晓鬟也。"未忺(xiān 先)妆束:不想打扮。忺,想要,高兴,乐意。未忺,毛本作"未欢"。妆束,打扮,穿着。刘禹锡《历阳书事七十韵》:"容华本南国,妆束学西京。"

④ 蝶粉蜂黄:原是唐代宫妆,此指女子粉面额黄的化妆。参见李商隐《酬崔八早梅有赠兼示之作》:"何处拂胸资蝶粉,几时涂额藉蜂黄。"又,罗大经《鹤林玉露》卷四:"杨东山言:《道藏经》云,蝶交则粉退,蜂交则黄退。周美成词云'蝶粉蜂黄浑退了',正用此也。而说者以为宫妆,且以'退'为'褪',误矣。"其言虽可备一说,但求之此词语境,当指妆容为是。褪了:《草堂》《粹编》《词统》《诗馀醉》《词的》作"过了",误。"枕痕"句:言睡起脸上犹留枕痕,一线红印生于白肉中。红生肉:《草堂》、《词的》、毛本作"红生玉"。

⑤ 脉(mò 莫)脉:默默用眼神或动作传情达意。《古诗十九首·迢迢牵牛星》:"盈盈一水间,脉脉不得语。"悄无言:毛本作"尽无言"。寻棋局:晋《子夜歌四十二首》之九:"今日已欢别,合会在何时?明灯照空局,悠然未有棋。"(此诗一作南朝宋《读曲歌》)这是以"棋"谐"期",盼望重逢之期。另,棋可消

遣解闷。《唐语林》记李远诗句:"青山不厌三杯酒,长日惟消一局棋。"苏轼《司马君实独乐园》:"樽酒乐馀春,棋局消长夏。"

⑥ 未卜:难以占卜预测。李昌符《寄栖白上人》:"相逢应未卜,余正走嚣氛。"犹未卜,《草堂》《粹编》《诗馀醉》作"何时卜"。

⑦ 无限事:参见白居易《琵琶行》:"低眉信手续续弹,说尽心中无限事。"萦心曲:缠绕心中。心曲,内心深处。参见高孝纬《空城雀》:"日暮萦心曲,横琴聊自奖。"

⑧ 秦筝:相传筝为秦人蒙恬所造,故名。金屋:华美的房屋,指女子的居室。见前《风流子》(新绿小池塘)注③。

⑨ "芳草"句:参见王安礼《点绛唇》:"凭高不见,芳草连天远。"宝香:熏香的美称。薰被:参见庚丹《秋闺有望》:"罗襦晓长褰,翠被夜徒薰。"孤宿:参见韦庄《谒金门》:"有个娇饶如玉,夜夜绣屏孤宿。"

⑩ 蝴蝶满园飞:据苏鹗《杜阳杂编》记载:唐穆宗时,殿前种千叶牡丹,花始开,香气袭人,宫中每夜有黄白蛱蝶万数,飞集于花间,辉光照耀,达晓方去,宫人竞以罗巾扑之,无有获者。无人扑:《草堂》、《粹编》、《诗馀醉》、毛本作"无心扑"。按姜夔《满江红》(仙姥来时)序云:"《满江红》,旧调用仄韵,多不协律。如末句云'无心扑'三字,歌者将'心'字融入去声,方谐音律。"则宋时版本已有作"无心扑"的。

解读

前《解连环》(怨怀无托)一词,旧本有后人所加标题"闺情",却不尽合乎词意,因为那词实际是由男主人公来表达相思之情的。不过,这首《满江红》词,旧本或题作"春闺",虽非词人原题,却大致合乎词意。词为代言体,写闺中女子春日晚起,孤寂无

49

聊,切盼远方情人归来。

　　上片着重通过形貌和动作描绘,展示女主人公慵懒无聊,幽思脉脉。开篇"昼日"二句,描写女子日高时方才起床,"移"字出色,点出日影移动多时,日上三竿,自然带出"春帷睡足"。女主人公刚一出场,慵懒散漫情状已见一斑。"临宝鉴"三句,更具体形容女子懒散无聊形状:她对镜自照,无心梳妆,只见头发散乱,宿妆都褪,枕痕红印生于白肉之中。"枕痕"句照应"睡足",极为传神,颇得后人佳评,明代王世贞《弇州山人词评》即赞曰:"其形容睡起之妙,真能动人。"既然懒得梳妆,便移步出户,却又无心观赏园中春景,她背倚栏杆,独自脉脉无言,目光却在寻找两人曾经对弈过的棋盘。俞平伯《清真词释》评"寻棋局"曰:"岂有心去寻棋局乎?此句几疑有趁韵之病矣。"又说:"'棋局'云云,直是心绪无聊,梦梦然走近棋局去耳。"实际上,自从晋朝民歌《子夜歌》有"今日已欢别,合会在何时?明灯照空局,悠然未有棋"以来,"棋"字谐"期",就有了归期之意。所以,这里绝非趁韵无谓之言,除寻棋解闷外,更暗示切盼情郎归期,这是引起过片"重会面"的重要关纽。下片具体揭示女主人公别离相思的心绪和孤栖独宿的凄苦。换头紧接上片"寻棋局",言重逢之期,难以预测,因而有无限心事萦绕心头。"想秦筝"二句,是女子的回想幻景:当年和情郎一起弹奏的秦筝,现在仍在眼前,那悠扬悦耳的乐音似乎还在闺中回响。"芳草"二句回到现实:而今情郎远去,浪迹天涯,闺中徒有宝香熏被,无奈只能独处孤眠。煞拍二句,言春色满园,蝴蝶纷飞,却无人共我玩赏,情景十分凄苦。近人杨铁夫《清真词选笺释》论末二句曰:"久不到园,故曰'无人扑',作'无心扑'者尚浅一层。"这是很有见地的,可作定论。

瑞鹤仙①

　　悄郊原带郭,行路永,客去车尘漠漠②。斜阳映山落,敛馀红犹恋,孤城栏角③。凌波步弱,过短亭、何用素约④。有流莺劝我,重解绣鞍,缓引春酌⑤。　　不记归时早暮,上马谁扶,醒眠朱阁⑥。惊飚动幕,扶残醉,绕红药⑦。叹西园已是,花深无地,东风何事又恶⑧。任流光过却,犹喜洞天自乐⑨。

注释

① 《瑞鹤仙》词调始见于黄庭坚、周邦彦所作,后来词家多依周邦彦此体。陈本注调名"高平",无题。《草堂》《粹编》题作"春游"。
② 郊原:郊外原野。上官仪《谢都督挽歌》:"怅然郊原静,烟生归鸟度。"带郭:绕城外郭,邻近外城。郭,外城。皎然《寻陆鸿渐不遇》:"移家虽带郭,野径入桑麻。"永:长,久。漠漠:这里形容尘埃迷蒙的样子。杜甫《秋日夔府咏怀奉寄郑监李宾客一百韵》:"兵戈尘漠漠,江汉月娟娟。"
③ "敛馀红"二句:谓夕阳余晖将收,而犹映照留恋于孤城栏杆上。化用杜甫《暮登四安寺钟楼寄裴十四迪》:"孤城返照红将敛,近市浮烟翠且重。"
④ 凌波步弱:化用曹植《洛神赋》中形容洛神步态的名句:"凌波微步,罗袜生尘。"这里形容同行的女子步态纤弱。短亭:古时于城外五里处设亭子曰短亭,城外十里处设亭子曰长亭,设于路旁,供往来行旅休息。素约:原先的约定,旧约。《史记·

韩世家》:"且楚韩非兄弟之国也,又非素约而谋伐秦也。"

⑤ "有流莺"三句:这里是指歌妓劝我再解鞍歇息,慢饮春日之酒。参见白居易《三月二十八日赠周判官》:"柳絮送人莺劝酒,去年今日别东都。"流莺:原指婉转鸣叫的黄莺鸟。春酌:春日饮酒,春日宴会。参见陶渊明《读山海经十三首》之一:"欢然酌春酒,摘我园中蔬。"杜甫《醉时歌》:"清夜沉沉动春酌,灯前细雨檐花落。"

⑥ 不记:记不得,记不清。早暮:早晚。上马谁扶:参见李白《鲁中都东楼醉起作》:"昨日东楼醉,还应倒接䍦。阿谁扶上马,不省下楼时。"晏几道《玉楼春》:"来时醉倒旗亭下,知是阿谁扶上马。"

⑦ 惊飙:暴风,狂风。曹植《吁嗟篇》:"惊飙接我出,故归彼中田。"动幕:吹动帘幕。扶残醉:《挥麈馀话》《词苑丛谈》作"犹残醉"。红药:芍药花。

⑧ 西园:汉上林苑别名西园,魏邺都上林苑亦有西园。此泛指园林。李中《春晚招鲁从事》:"南陌草争茂,西园花乱飞。"花深无地:此指落花满地。

⑨ 流光:如流水般逝去的时光。李白《古风五十九首》之十一:"逝川与流光,飘忽不相待。"过却:过去,逝去。犹喜:《挥麈馀话》《玉照新志》及《词苑丛谈》作"归来"。洞天:道教指神仙所居之地,意为洞中别有天地。顾况《短歌行六首》之六:"周流三十六洞天,洞中日月星辰连。"后亦泛指风景名胜。

解读

宋人王明清在《挥麈馀话》里记载了这首词的本事,大略谓:周美成晚年归钱塘乡里,梦中得《瑞鹤仙》(悄郊原带郭)一阕。不久方腊起,自桐庐拥兵入杭,时美成方会客,闻讯仓皇出奔,至西湖郊外。时落日在山,忽见故人之妾亦逃避而来,约下马小饮于道旁,闻莺声于树杪。分别后抵庵中,尚有余醺,困卧小阁之上,恍如词中情景。逾月平定,入城,则故居皆遭蹂践,修缮而居。继而得请提举杭州洞霄宫,遂终老焉,皆符前作。美成原有自记甚详,今遗失原本,姑追记其略云。王明清在后来编写的《玉照新志》里,又转录其父亲王铚所记相关本事,与《挥麈馀话》所述又不尽相同,大略谓:周美成以待制提举南京(今河南商丘)鸿庆宫,自杭州徙居睦州(今浙江建德梅城),梦中作《瑞鹤仙》一阕,醒后犹能全记,惟不详其所谓。不久方腊起,美成方还杭州,始入钱塘门,但见杭人仓皇奔避,视落日半在鼓角楼檐间,即词中所云"斜阳映山落,敛馀红犹恋,孤城栏角"者应矣。美成旧居既不可往,是日无处得食,饥甚,于人群中忽逢乡人之侍儿,素所识者,因受邀过酒家,连饮数杯散去,乃词中所谓"凌波步弱,过短亭、何用素约。有流莺劝我,重解绣鞍,缓引春酌"之句验矣。饮罢微醉,耳目惶惑,宿于一无人小寺经阁,即词中所谓"上马谁扶,醒眠朱阁"又应矣。后渡江居扬州,闻方腊将涉江至淮泗,因自计方领南京鸿庆宫,有斋厅可居,乃携家前往,则词中所谓"念西园已是,花深无路,东风又恶"之语应矣。至鸿庆不久病逝,则"任流光过了,归来洞天自乐"又应身后矣。其将死之际,梦中得句,而字字俱应,岂偶然哉。据王明清所记,周美成守颍上(按指顺昌府,今安徽阜阳)时与他父亲王铚相识,美成至鸿庆宫,又以此词寄给他父亲。所以,后来学者多有相信这首词作于周邦彦去世前一年或去世当年,即宣和二年或三年(1120或1121)。至于故事中过于神异的部分,采信者自然不多。

  这首词实际是叙写送客归来遇妓饮酒及醉后一段情事,大致包括郊外送客、归途遇妓欢饮、醉后醒来惜花、抒发人生感怀四部分内容,时间上则跨越了两天。上片写前一天事。"悄郊原"六句,叙写行至郊外,送客归去,唯见车尘迷蒙,前路茫茫,夕阳行将落山,残照余红仍映照着城楼栏杆一角,似乎留恋不舍。"车尘漠漠"映衬"我"心迷蒙,"馀红犹恋"映照"我"心留恋,都是词人将主观感情投射于客观外物上,使外物带有内心的主观色彩,所谓"以我观物,故物皆着我之色彩"(王国维《人间词话》),以此渲染惜别之情。"凌波"五句,叙写送客后返城途中,陪"我"送客的歌妓一路行来,颇感腿脚疲软,于是来到短亭歇脚,不意竟遇见"我"熟识的另一位歌妓,真是人生何处不相逢,巧遇何需预约。她悦耳动听的嗓音犹如黄莺,殷勤劝"我"下马解鞍,再慢慢喝上几杯春酒。明代沈际飞《草堂诗馀正集》评"流莺劝我"句曰:"目空海内人物,真醉人情事。"至于"重解绣鞍,缓引春酌",一个"重"字,说明前面送客时应该已经喝过饯行酒,所以傍晚再喝,酣醉情状是可想而知的。下片写第二天醉后醒来之事。"不记"三句,应接上片昨晚春酌,醒来后发现自己睡在红楼里,朦朦胧胧地记不得昨晚是什么时候回来的,也不知是谁把醉醺醺的"我"扶上马的。写酣然宿醉,情态逼真。"惊飙"三句,看到帘幕在大风中翻动,不由得从恍惚中惊醒过来,想到夜来狂风不知吹落多少花朵,于是急切起身,带着残醉,匆匆来到西园,绕着凋零的芍药花流连徘徊,面对飘落满地的红花,哀叹残暴的东风为何又如此作恶。伤春惜花,自然寄托着作者时光易逝、无可奈何之情。但结尾二句,笔锋一转,故作达观超脱之辞,聊以自慰,却难掩韶光不再、世途坎坷之慨。

这篇作品纡徐雍容地叙说人生悲欢离合之事,意境幽约遥深,笔力矫健灵变,情味沉挚浓郁,引发后来评论者无限感慨赞叹。清人周济《宋四家词选》赞此词下片曰:"结构精奇,金针度尽。"近人俞陛云《宋词选释》引夏孙桐(闰庵)评语曰:"此阕与《兰陵王》《浪淘沙》《大酺》《六丑》诸作,人巧至而天机随,词中之圣,与史迁之文、杜陵之诗,同为古今绝作,无与抗手者。"评价可谓至高无上。陈匪石《宋词举》评此作曰:"词境、词意、词笔融合为一,此化境也。……奇幻之境,矫变之笔,沉郁之思,开后人门径不少。收句拙朴,尤北宋人擅长处。"亦是赞赏有加,推崇备至。

西平乐①

元丰初,予以布衣西上,过天长道中。后四十馀年,辛丑正月二十六日,避贼复游故地,感叹岁月,偶成此词②。

稚柳苏晴,故溪歇雨,川迥未觉春赊③。驼褐寒侵,正怜初日,轻阴抵死须遮④。叹事逐孤鸿尽去,身与塘蒲共晚,争知向此,征途迢递,伫立尘沙⑤。追念朱颜翠发,曾到处、故地使人嗟⑥。　道连三楚,天低四野,乔木依前,临路欹斜⑦。重慕想、东陵晦迹,彭泽归来,左右琴书自乐,松菊相依,何况风流鬓未华⑧。多谢故人,亲驰郑驿,时倒融尊,劝此淹留,共过芳时,翻令倦客思家⑨。

注释
① 陈本未注调名,无题。彊村本、四印斋本皆注调名"小石"。《草堂》题作"春游"。

② 陈本无序,毛本及四印斋本、朱校有序文,当为周邦彦原序,据补。元丰:宋神宗赵顼年号,公元1078—1085年间使用。布衣:指平民身份。西上:词人由故乡钱塘往西北行,上京城为太学生。天长:北宋时县名,今属安徽省天长市。辛丑:此指宋徽宗赵佶宣和三年(1121)。二十六日:四印斋本及朱校无此四字,此据毛本补。避贼:指躲避方腊起义军。

③ 稚柳:指柳树新发的枝芽。苏晴:在晴日里苏醒。故溪:指早年曾经过的溪流。歇雨:犹言雨歇。歇雨,毛本作"渴雨",似误。川迥(jiǒng窘):河流绵长,或平原辽阔。迥,远。春赊(shē奢):春日来得迟。韦元旦《奉和圣制春日幸望春宫应制》:"九重楼阁半山霞,四望韶阳春未赊。"

④ 驼褐(hè赫):用骆驼毛做里子的粗布衣袄。这句化用欧阳修《下直》:"轻寒漠漠侵驼褐,小雨班班作燕泥。"寒侵:毛本作"侵寒"。怜:爱,喜爱。初日:刚升起的太阳。何逊《晓发》:"早霞丽初日,清风消薄雾。"轻阴:淡云,薄云。抵死:竭力,总是。须:却。"驼褐"三句是说,身上的驼毛衣服难挡寒气侵袭,正喜初春阳光送暖,不料阳光又被阴云竭力遮住了。

⑤ 事逐孤鸿尽去:言往事如孤雁一去不复返。化用杜牧诗句,见前《瑞龙吟》(章台路)注⑩。尽去,毛本作"去尽"。身与塘蒲共晚:化用李贺诗句。李贺有感于"庾肩吾于梁时尝作《宫体谣引》,以应和皇子。及国事沦败,肩吾先潜难会稽,后始还家。仆意其必有遗文,今无得焉,故作《还自会稽歌》以补其悲"。歌中有云:"吴霜点归鬓,身与塘蒲晚。"周邦彦当时的情况与李贺诗中所说的庾肩吾晚年悲凉情状颇为相似,所以借以自况,形容自己身老鬓白。塘蒲,指水塘中凋零的蒲叶。争知:怎知。向此:指来此天长故地。迢递:遥远。迢递,《草堂》、毛本作"区区"。伫立尘沙:参见杜甫《行次昭

陵》:"松柏瞻虚殿,尘沙立暝途。"

⑥ 朱颜翠发:红颜黑发,此指四十多年前词人青年时代。嗟:叹息,感伤。

⑦ 三楚:战国时楚地疆域辽阔,秦、汉时分为西楚、东楚、南楚,合称"三楚"。《史记·货殖列传》以淮北沛、陈、汝南、南郡为西楚,彭城以东东海、吴、广陵为东楚,衡山、九江、江南、豫章、长沙为南楚。其地相当于今安徽、湖北、湖南、江西、浙江、江苏一带。按天长位于今安徽东部,与江苏接壤,当时属淮南东路扬州,为交通要冲。"天低"三句:参见孟浩然《宿建德江》:"野旷天低树,江清月近人。"乔木:高大的树木。依前:依旧,照旧。欹(qī凄)斜:倾斜。

⑧ 慕想:仰慕向往。东陵晦迹:据《史记·萧相国世家》记载,召平原是秦东陵侯,秦亡后为布衣,种瓜于长安城东,瓜味甚美,世称"东陵瓜"。晦迹,隐居匿迹,指召平隐居田园。彭泽归来:东晋陶渊明曾为彭泽县令,因不愿为五斗米折腰向乡里小人,遂解印辞官,回归田园,赋《归去来兮辞》。左右琴书自乐:《高士传·陈仲子》记陈仲子妻曰:"夫子左琴右书,乐在其中矣。"陶渊明《归去来兮辞》:"悦亲戚之情话,乐琴书以消忧。"松菊相依:陶渊明《归去来兮辞》:"三径就荒,松菊犹存。"风流:此指风雅潇洒,闲逸超脱。鬓未华:鬓发尚未花白。陶渊明壮年辞官,故言"鬓未华"。

⑨ 故人:老朋友,旧交。亲驰郑驿:《史记·汲郑列传》记西汉大臣郑当时殷勤好客,"孝景时,为太子舍人。每五日洗沐,常置驿马长安诸郊,存诸故人,请谢宾客,夜以继日,至其明旦,常恐不遍"。此以郑当时比喻殷勤好客的天长故人。时倒融尊:《后汉书·孔融传》记汉末孔融十分好客:"及退闲职,宾客日盈其门。常叹曰:'坐上客恒满,尊中酒不空,吾无忧

矣。'"尊,酒樽。此处以孔融比喻天长故人热情置酒招待。淹留:久留,长期逗留。这句化用韩愈《南溪始泛三首》之二:"馈我笼中瓜,劝我此淹留。"芳时:花开时节,良辰。翻:反而,却。倦客思家:参见王翰《春日归思》:"杨柳青青杏发花,年光误客转思家。"

解读

  多亏毛本保留下来的可信的词序,这首作品的写作时间、地点以及缘起、立意,都有了确切的答案。此词作于宣和三年(1121)正月二十六日,周邦彦六十六岁时。因为当年五月前词人去世,所以此词是迄今已知的词人最后的词作。元丰二年(1079),二十四岁的周邦彦入京城为太学生,由钱塘赴京途中,曾经过天长。四十年后,周邦彦出知真定府(今河北正定),改顺昌府(今安徽阜阳),徙知处州(今浙江丽水),不久罢官,提举南京(今河南商丘)鸿庆宫。周邦彦回杭州时,适逢方腊起义军攻下杭州,他于宣和三年正月避难至扬州,随后又北上奔赴南京(商丘)。正月下旬途经四十二年前旧游之地——天长,感慨岁月,思绪万千,写了这首沉郁厚重的作品。

  这首词在结构上别具一格,既非习见的上片景、下片情,或者上片情、下片景结构,亦非上片追忆往事、下片叙写当下之类结构,乍一看似乎上下片之间缺乏应有的章法与逻辑。龙榆生在《清真词叙论》中就批评这首词说:"结构亦不及前述诸作之谨严,所谓'深劲'之风格,骎不复有。年龄环境与作风之消长,从可知矣。"此说亦未必然。细研此词,实际上是采用上下片写法相似的对称结构,即上片先写景后抒情,下片也是先写景后抒情,上下片都是在当下场景中蕴涵着对过往的感慨,结构十分精湛而又不落俗套,而且词人的笔力风格亦并未因年龄之故而稍有衰懈。起首三句,炼字考究,描画细腻,通过嫩柳溪水、原野草木,写出了早春复苏的鲜活感,词人在兵荒马乱逃难时,似乎看到了一线安宁而温馨的希望。但是"驼褐"三句,笔锋悄然一转:虽有驼毛厚衣,却难挡料峭的寒气;难得沐浴初春的阳光,那太阳很快又被阴云竭力遮住。有了这样的转折铺垫,后面凄怆的即景抒怀就很自然地流淌出来:可叹人生往事都随那北飞的孤雁消逝在空中,自身也跟池塘里的蒲苇一同衰老枯败;谁能想到,老来还要这样长途跋涉,怆然独立于茫茫尘沙之中。"追念"二句,承接老来感怀,照应小序,继续"感叹岁月":回想红颜黑发、风华正茂的青年时代,曾经游历天长,四十二年后故地重游,令人有无限的今昔感慨。下片仍从写景起笔,"道连"两句总摄天长形胜,气象闳阔辽远,风调郁勃苍凉。由"天低四野"的凝重压抑及个人在旷野中的渺小孤独,带出当年的乔木如今临路倾斜的衰颓画面,隐隐然有"树犹如此,人何以堪"的叹息。接下来"重慕想"五句的人生感怀,自然是顺势而下,不得不发:多么仰慕东陵侯召平和彭泽令陶渊明那样的古代高士,在鬓发未白、风流倜傥的时候,见机而退,鄙弃功名,归隐田园,以琴书自娱,与松菊相伴。着一"重"字,说明词人在浮沉漂泊的官宦生涯中经常有退隐的念头,内心的"慕想"也透露出词人老来对于未能及早退出官场、归隐田园的追悔。"多谢故人"以下,转回到现实情景,老朋友殷勤好客,车马迎接,美酒款待,劝我留下来,共同度过芬芳的春天。老友的热情虽然令人感动,但更触发了词人这样一个老来漂泊的倦客的思乡之情。末句看起来似乎又是一转,实际上呼应小序"感叹岁月"和上片末句"故地使人嗟",前后情思脉络相连,层层转折尽在情理之中。

王国维在《清真先生遗事》中评价周邦彦说:"而词中老杜,则非先生不可。"后来论者或以为此言太过,或以为此说仅就某些技艺言而非就内容意境言。实事求是地说,这首词感叹岁月人事沧桑,情调凄楚悲怆,风格沉郁顿挫,笔力苍劲通透,结构细巧精深,无论从内容意境看,还是从写作功力看,都可以作为"词中老杜"的范例之一。

浪淘沙①

昼阴重、霜凋岸草,雾隐城堞②。南陌脂车待发,东门帐饮乍阕③。正拂面垂杨堪揽结,掩红泪、玉手亲折④。念汉浦离鸿去何许,经时信音绝⑤。　　情切,望中地远天阔。向露冷风清无人处,耿耿寒漏咽⑥。嗟万事难忘,惟是轻别⑦。翠尊未竭,凭断云、留取西楼残月⑧。罗带光销纹衾叠,连环解、旧香顿歇⑨。怨歌永、琼壶敲尽缺⑩。恨春去、不与人期,弄夜色,空馀满地梨花雪⑪。

注释

① 陈本原作《浪涛沙》,此从彊村本改为《浪淘沙》。此词为《浪淘沙》慢词,与小令《浪淘沙》有别,《草堂》、《粹编》、毛本、《词萃》作《浪淘沙慢》。陈本注调名"商调",无题。《草堂》题作"春别",毛本题作"恨别"。又清代朱彝尊《词综》及张惠言《词选》所收此词皆分为三叠,即从"罗带"起为第三叠。
② 昼阴:白日阴暗的天色。司马相如《长门赋》:"浮云郁而四塞

浪淘沙（情切，望中地远天阔）

兮,天窈窈而昼阴。"昼阴,毛本、《词萃》、四印斋本作"晓阴"。霜凋岸草:参见曹摅《思友人》:"严霜凋翠草,寒风振纤枯。"雾隐城堞(dié碟):参见吴均《与柳恽相赠答诗六首》之四:"白日隐城楼,劲风扫寒木。"皎然《奉和袁使君高,郡中新亭会张炼师昼会二上人》:"置亭隐城堞,事简迹易幽。"城堞,城上矮墙。

③ 南陌:南面的道路。沈佺期《李舍人山园送庞邵》:"东邻借山水,南陌驻骖騑。"脂车:以油脂涂车轴,以利运转。萧纲《大同八年秋九月》:"时余守西掖,脂车归北宫。"东门帐饮:在东门外张设帷帐,宴饮送别。帐饮,《草堂》、毛本作"怅饮",似误。据《汉书·疏广传》记载,疏广告老还乡时,"公卿大夫、故人邑子设祖道,供帐东都门外,送者车数百两,辞决而去"。江淹《别赋》:"帐饮东都,送客金谷。"柳永《雨霖铃》:"都门帐饮无绪,留恋处、兰舟催发。"乍阕:刚结束。

④ "正拂面"二句:写临别之际,垂杨拂面,女子含泪折柳相送。参见韦庄《河传》:"翠娥争劝临邛酒,纤纤手,拂面垂丝柳。"揽结,采摘系结。参看晋乐府《月节折杨柳歌十三首·七月歌》:"折杨柳,揽结长命草,同心不相负。"揽,陈本原作"缆",此据朱校,从毛本改。红泪,据《拾遗记》载:魏文帝所爱美人薛灵芸,常山人,灵芸离别父母,唏嘘累日,泪下沾衣,至登车上路,以玉唾壶承泪,壶呈红色,自常山至京师,壶中泪凝如血。后世因称美人之泪为"红泪"。

⑤ 汉浦离鸿:借郑交甫故事,写江滨一别,佳人杳无踪影。据《太平广记》引《列仙传》:郑交甫曾游汉江,见江妃二女,皆丽服华装,佩两明珠,大如鸡卵,交甫见而悦之,不知其神人也;交甫下请其佩,二女手解佩以与交甫,交甫受而怀之,即趋而去,行数十步,视怀空无珠,二女忽不见。汉浦,汉江之滨。

离鸿,喻离别远去之人。参见陆琼《长相思》:"鸿已去,柳堪结。"何许:何处。经时:经历很长时间。《古诗十九首·庭中有奇树》:"此物何足贵,但感别经时。"信音:消息,音信。《历代诗馀》《词萃》作"音信"。

⑥ 露冷风清:参见何逊《入西塞示南府同僚》:"露清晓风冷,天曙江晃爽。"柳永《二郎神》:"乍露冷风清庭户,爽天如水,玉钩遥挂。"耿耿寒漏咽:指漫漫长夜因思念忧伤而不能入眠。耿耿,心中有所挂念,烦躁不安的样子。《诗经·邶风·柏舟》:"耿耿不寐,如有隐忧。"屈原《远游》:"夜耿耿而不寐兮,魂茕茕而至曙。"寒漏咽:寒夜漏壶(计时器)的滴水声像在呜咽。化用毛文锡《恋情深》:"滴滴铜壶寒漏咽,醉红楼月。"

⑦ 轻别:轻易分别。钱起《送杨著作归东海》:"酒酣暂轻别,路远始相思。"轻别,《百家词》作"离别"。

⑧ 翠尊:用翠玉装饰的酒器。曹植《七启》:"于是盛以翠樽,酌以雕觞,浮蚁鼎沸,酷烈馨香。"尊,同樽。未竭:指酒未喝完。这两句参见白居易《城上对月,期友人不至》:"况此迢迢夜,明月满西楼。复有盈尊酒,置在城上头。"

⑨ 罗带:丝织的衣带。纹衾叠:绣被叠置一旁。连环解、旧香顿歇:这里皆暗指两厢联系断绝。连环解,参见前《解连环》(怨怀无托)注③。

⑩ 永:长,久。琼壶敲尽缺:边歌边敲击玉壶,以致壶边尽缺。用晋人王敦故事。《晋书·王敦传》:"(王敦)每酒后辄咏魏武帝乐府歌曰:'老骥伏枥,志在千里。烈士暮年,壮心不已。'以如意打唾壶为节,壶边尽缺。"

⑪ 期:期约,约定时间。满地梨花雪:参见毛熙震《菩萨蛮》:"梨花满院飘香雪,高楼夜静风筝咽。"

解读

　　这是周邦彦久负盛名的作品,被后人誉为"千秋绝调"。词中主要抒发久别之后对情人的思念。从"东门帐饮"用典看,有可能是词人离开都城后所作;具体创作时间难以考定,虽然学者对此有各自推测,但均无实据。

　　关于这首词的分段,陈本、毛本都分作两段,毛注曰:"时刻在'情切'分段。"到了清朝,朱彝尊《词综》及张惠言《词选》,分为三叠。这里仍依早期版本分为两段。上片回忆当时分别场景。起三句描写秋日凄迷苍凉的景象,渲染分别时感伤的氛围:天空阴沉,浓云密布,岸边的野草在严霜摧残下枯萎凋零,城上的矮墙隐没在迷雾里。"南陌"四句,具体描绘临别情景:南街上马车待发,东门外离宴已罢;杨柳随风拂面,佳人掩面而泣,又亲手折柳,殷勤留别。"念汉浦"二句,拉回到现在场景,感念那翩若惊鸿的美人不知去了何方,一别经年,音信断绝。着一"念"字,既点明以上全是追忆,又引起下片别后思念之情,上下勾连甚是精巧。换头"情切"二句,情思凝重,境界开阔,周济所谓"空际出力"(《宋四家词选》)。"地远天阔"既指情人所在辽远难觅,回应"信音绝",又言自己情思悠远绵邈,极富表现力。"向露冷"二句,言露冷风清、孤寂无人之寒夜,唯闻漏壶滴水声凄楚呜咽,更让人烦闷忧伤。"寒漏咽"又隐喻内心之呜咽,情意深邃。"嗟万事"二句,则是正面直写,以"难忘""轻别",引起"翠尊"二句之借酒浇愁,独自举杯邀月。"凭断云"句,想象奇幻,神思飘荡,寄意深切。"罗带"二句复一转,以四个比喻(罗带光销、纹衾叠、连环解、旧香顿歇),曲笔写旧情消歇。"怨歌永"句,又转而以直笔抒发幽怨别情。末三句复作顿挫,所谓"春去不与人期"是反说,"本是人去不与春期"(谭献评《词辨》),"正恨人去无情,春来有信"(俞平伯《清真词释》);而此遗恨,最终以春夜满地梨花收束,用空灵幽深之景寄托缥缈凄艳之思,"在空际写怨"(俞陛云《宋词选释》),"勾勒劲健峭举"(周济《宋四家词选》),"化景入情,倍觉幽咽不尽"(俞平伯《清真词释》),别有一种动人心魄的感染力。

清人万树《词律》盛赞此词"精绽悠扬,真千秋绝调"。晚清陈廷焯《白雨斋词话》评"罗带"以下曰:"蓄势在后,骤雨飘风,不可遏抑。歌至曲终,觉万汇哀鸣,天地变色,老杜所谓'意惬关飞动,篇终接混茫'也。"王国维《人间词话》(删稿)曰:"长调自以周、柳、苏、辛为最工。美成《浪淘沙慢》二词(按另一首《浪淘沙慢》见于集外),精壮顿挫,已开北曲之先声。"这些评论都点出了周邦彦长调名篇的优胜之处。

忆旧游[①]

记愁横浅黛,泪洗红铅,门掩秋宵[②]。坠叶惊离思,听寒螀夜泣,乱雨潇潇[③]。凤钗半脱云鬓,窗影烛光摇[④]。渐暗竹敲凉,疏萤照晚,两地魂销[⑤]。　迢迢。问音信,道径底花阴,时认鸣镳[⑥]。也拟临朱户,叹因郎憔悴,羞见郎招[⑦]。旧巢更有新燕,杨柳拂河桥[⑧]。但满目京尘,东风竟日吹露桃[⑨]。

注释

① 《忆旧游》词调为周邦彦始创。陈本注调名"越调",无题。《草堂》题作"春恨"。

② 愁横浅黛:忧愁布满眉宇。浅黛,用黛墨浅画的眉毛。张先

《卜算子慢》:"欲上征鞍,更掩翠帘相盼,惜弯弯浅黛长长眼。"红铅:胭脂和铅粉。参见武元衡《代佳人赠张郎中》:"心爱阮郎留不住,独将珠泪湿红铅。"温庭筠《金虎台》:"倚瑟红铅湿,分香翠黛嚬。"

③ 寒螀(jiāng 江):昆虫名,似蝉而较小,色青赤,秋天啼叫。李中《访澄上人》:"石渠堆败叶,莎砌咽寒螀。"潇潇:形容风狂雨骤的样子。《诗经·郑风·风雨》:"风雨潇潇,鸡鸣胶胶。"《白雪》、毛本作"萧萧"。

④ 凤钗:一种华贵的发钗。相传最初秦始皇命人以金银制作凤形钗头,以玳瑁为脚,号称凤钗。半脱:指发钗松脱。云鬓:形容女子盛美如云的鬓发。这句可参看欧阳修《应天长》:"一弯初月临鸾镜,云鬓凤钗慵不整。"烛光:《草堂》、《百家词》、《粹编》、毛本、四印斋本作"烛花"。当以"烛光"为胜。

⑤ 暗竹敲凉:参见郑谷《池上》:"露荷香自在,风竹冷相敲。"疏萤照晚:参见萧纲《初秋》:"晚花栏下照,疏萤篁上飞。"鲍溶《秋晚铜山道中宿隐者》:"秋窗照疏萤,寒犬吠落木。"又,这两句可参见杜甫《倦夜》:"竹凉侵卧内","暗飞萤自照"。照晚,毛本作"照晓"。魂销:形容哀伤到极点,如魂魄离开躯体。化用江淹《别赋》:"黯然销魂者,唯别而已矣。"

⑥ 道:此指对方回答说。径底:道路里,路上。底,宋人口语,相当于"里"。鸣镳(biāo 标):马嚼子两端露出嘴外的部分,系以銮铃。借指乘骑。

⑦ 拟:打算。临朱户:此指登门探访情郎。"叹因"二句:可叹因思念情郎而瘦损,又因瘦损而羞见情郎。化用元稹《会真记》中莺莺所赋诗:"自从消瘦减容光,万转千回懒下床。不为旁人羞不起,为郎憔悴却羞郎。"

⑧ "旧巢"句:参见陶渊明《拟古九首》之三:"翩翩新来燕,双双

入我庐。先巢故尚在,相将还旧居。"张泌《酒泉子》:"旧巢中,新燕子,语双双。""杨柳"句:参见韩偓《春昼》:"藤垂戟户,柳拂河桥。帘幕燕子,池塘伯劳。"河桥,此指京城(开封)汴河上的桥。

⑨ 满目:《草堂》、《粹编》、毛本、《词萃》作"满眼"。京尘:此指东京(开封)之尘。借用陆机《为顾彦先赠妇二首》之一:"京洛多风尘,素衣化作缁。"京尘,《白雪》作"惊尘"。竟日:终日,整天。露桃:语本汉乐府《鸡鸣》:"桃生露井上,李树生桃傍。"后因用"露桃"指桃花或桃树。顾况《瑶草春》:"露桃秾李自成蹊,流水终天不向西。"末句参见崔道融《槿花》:"东风吹桃李,须到明年春。"

解读

这是周邦彦在东京(开封)时怀念昔日情人之作。近人俞陛云《宋词选释》已疑词中"旧巢更有新燕"句别有含意:"感光阴之易过耶?抑喻人事之更新耶?"今人罗忼烈《清真集笺注》则更进一步,以为此词似有弦外之音,疑作于元丰末、元祐初,将出都教授庐州之前,盖其时哲宗幼年继位,高太后主政,逐新党,起旧党,是所谓"旧巢更有新燕",与十年后周邦彦自溧水还京所赋《瑞龙吟》之"定巢燕子,归来旧处",两相印证,托意自见。又旧党得政之初,亦稍招揽新党之可用者,而周邦彦无趋奉之迹,或是"羞见郎招"之意。俞释、罗笺固有其理,然不宜落实太过。

上片回忆当时与情人离别之夜情形。起句一个领字"记",领起以下三个对仗句(鼎足对),点明那是记忆犹新、刻骨铭心的场景:临别的秋夜,房门静掩,彼此默默相对,只见情人愁眉紧锁,泪洗粉面。"坠叶"三句,承接"秋宵",描绘秋夜凄苦外景而满含离思:惊闻落叶坠地,寒蝉抽泣,室外凄风乱雨,无不触动离愁。词人通过"惊""听"的感受,将强烈的主观情感映射到外物之中,突出渲染离人的临别情绪;同时,蝉泣对应人泣,雨水照应泪水,情景相融,笔致精细入微。"凤钗"二句,复转回室内场景:情人云鬓缭乱,凤钗半脱,窗前烛影摇曳,彼此情思迷离。"渐暗竹"三句,将回忆画面切回到当下场景:风中竹枝敲击生凉,稀疏的流萤映照夜色,孤独的"我"与情人分隔两地,黯然神伤。下片写别后相思。过片"迢迢"二字,承接上段末句"两地魂销",又引出下段音信问答:"我"探问对方音信,她回复说:时常于路边花荫,辨认车马,盼郎归来;也曾想亲临朱门与郎相会,可叹因思念情郎而容颜憔悴,又羞于见郎。写女方的相思之情,熨帖细腻,真切可感。"旧巢"以下四句,转写自己,情思非常含蓄,主要以景语出之。旧巢新燕,柳拂河桥,京尘满目,春风吹桃,感怀遥深而不说破,任由读者诠解。正如先著、程洪《词洁》点评:"如琴曲泛音,尽而不尽。"复如俞陛云《宋词选释》所说:"仍寄情于空际,弥觉蕴藉","词境入空明之界矣。"又如俞平伯《清真词释》所评:"惟其难言,乃索性不说也。故'旧巢'以下虽是一片空虚,实乃本篇主句。全在虚神笼罩之中,透出回肠百转,此其所以为神欤?"

  陈廷焯《云韶集》称赞本篇曰:"无限凄凉,炼字炼句,精劲绝伦。""精劲绝伦"固毋庸置疑,然岂止是炼字炼句,通篇实则更重炼景炼意:昔日分别时风雨凄迷之秋景,与今日回忆时风吹桃花之春景,遥相对应;伊人追认车马殷殷企盼之情状,与词人满目京尘落花之苦思,又遥相呼应。今昔情景交错,两地情思相映,立意精炼,架构精致,境界空明,是这首词突出的艺术特色。

卷三
春景

蓦山溪[①]

　　湖平春水,菱荇萦船尾[②]。空翠入衣襟,拊轻桹、游鱼惊避[③]。晚来潮上,迤逦没沙痕,山四倚,云渐起,鸟度屏风里[④]。　　周郎逸兴,黄帽侵云水[⑤]。落日媚沧洲,泛一棹、夷犹未已[⑥]。玉箫金管,不共美人游,因个甚,烟雾底,独爱莼羹美[⑦]。

注释

① 陈本注调名"大石",无题。
② 菱荇(xìng 性):菱和荇菜,皆为水生植物。王维《青溪》:"漾漾泛菱荇,澄澄映葭苇。"菱荇,毛本作"藻荇"。
③ "空翠"句:参见王维《阙题二首》之一:"山路元无雨,空翠湿人衣。"空翠,青色的潮湿的雾气。入衣襟,毛本作"扑衣襟"。拊(fǔ 抚):击,敲击。桹(láng 郎):拴在船舷上敲打船舷作响以赶鱼入网的长木棍。皮日休《奉和鲁望渔具十五咏·鸣桹》:"尽日平湖上,鸣桹仍动桨。"
④ "迤逦"句:是说曲折的水边,沙滩旧痕被涨潮淹没。这句可参见杜甫《春水》:"三月桃花浪,江流复旧痕。朝来没沙尾,碧色动柴门。"山四倚:意为周边群山相连。"鸟度"句:意思是鸟在如画的景色里飞翔。借用李白《清溪行》:"人行明镜中,鸟度屏风里。"

⑤ "周郎"二句：写词人泛舟之云水雅兴。周郎，原指三国吴将周瑜，这里是词人自指。逸兴，超逸豪迈的意兴。黄帽，汉时船夫戴黄帽，后也借指船夫或泛舟者。杜甫《奉酬寇十侍御锡见寄四韵，复寄寇》："南瞻按百越，黄帽待君偏。"侵云水，参见齐己《过商山》："云水侵天老，轮蹄到月残。"

⑥ "落日"句：意谓落日为滨水之地增添光彩。参见谢灵运《初往新安至桐庐口》："江山共开旷，云日相照媚。"沧洲，滨水之地。古时常用以称隐逸之处。谢朓《之宣城郡出新林浦向板桥》："既欢怀禄情，复协沧洲趣。"泛一棹：指泛舟。杨衡《送孔周之南海谒王尚书》："泛棹若流萍，桂寒山更青。"夷犹：犹豫，迟疑不前。屈原《九歌·湘君》："君不行兮夷犹，蹇谁留兮中洲。"谢朓《新亭渚别范零陵云》："停骖我怅望，辍棹子夷犹。"李商隐《无题》："万里风波一叶舟，忆归初罢更夷犹。"未已：不已，不止。

⑦ "玉箫"二句：是说船上没有乐妓吹箫助兴，相伴同游。反用李白《江上吟》："木兰之枻沙棠舟，玉箫金管坐两头。美酒尊中置千斛，载妓随波任去留。"玉箫金管，原指华美的管乐器。因个甚：为了什么。《百家词》、毛本作"因甚个"。独爱：毛本、四印斋本作"偏爱"。莼羹：《晋书·张翰传》："翰因见秋风起，乃思吴中菰菜、莼羹、鲈鱼脍，曰：'人生贵得适志，何能羁宦数千里以要名爵乎？'遂命驾而归。"这里"独爱莼羹美"寓思乡归隐之意。

解读

本篇是周邦彦泛舟游湖之作。词人悠游山水之间，抒发闲情逸兴之余，透露出厌倦羁宦、思归乡里之意。崇宁三年(1104)，周邦彦校书郎秩满，乞假南归，曾游越州(今浙江绍兴)，有《二月十四日至越州置酒泛湖欲往诸刹风作不能前》《次韵周朝宗六月十日泛湖五首》等诗,其中《泛湖五首》之二有云:"眷言江海期,百年行欲半。"之四有云:"人间好风味,鱼鸟同聚散","逐乐嗟已迟,蚤还犹及半。"是作者将近五十岁时之作。《蓦山溪》立意相同,或即同时所作。

词的上片描绘泛舟所见湖光山色之清景。首四句,写游船行于平湖春水之上,船尾水草萦绕,水气浪花渗入衣襟,就这么随意拍打船舷,惊得鱼儿四散逃避。描写鲜活逼真,读来仿佛坐船同行,与自然融为一体。"晚来"五句,写流连湖上时光之久,不知不觉已是傍晚时分,湖边沙滩已见涨潮,蓦然回首,群山环绕,暮云四合,鸟在美如屏风的画卷里飞翔。画面由近景、中景转为广角全景,景象空阔无际。"鸟度"句似乎还隐含着一层意思:倦鸟都要还巢了,人却还没回归。下片着重抒发游湖引起的感想。过片二句,承接上片远景,引出以下词人(周郎)云水逸兴:面对水滨落日美景,行舟观览,自在舒畅,流连忘返;虽然没有管乐助兴,没有美人相伴,却让人独爱烟水之地的莼羹鲈鱼美味。莼羹典故出自晋人张翰,常用来借指辞官还乡。联系上片飞鸟知还的隐喻,联系周邦彦《泛湖五首》归隐江海之期,以及词人晚年在《西平乐》中所说"重慕想、东陵晦迹,彭泽归来,左右琴书自乐,松菊相依,何况风流鬓未华",不难看出,他在羁旅宦途长年奔波中,内心是常存辞官还乡想法的。

这首作品遣词华美,善于点化前人诗句,一如己出;写景鲜活,画面传神,水色山光,历历在目,气象万千;风格澄净疏旷,兴味清远悠长。

少年游①

南都石黛扫晴山,衣薄耐朝寒②。一夕东风,海棠花谢,楼上卷帘看③。　　而今丽日明如洗,南陌暖雕鞍④。旧赏园林,喜无风雨,春鸟报平安⑤。

注释

① 陈本注调名"黄钟",无题。《白雪》、毛本、四印斋本题为"荆州作"。
② "南都"句:描写女子用南都出产的石墨来画眉毛。徐陵《玉台新咏序》:"南都石黛,最发双蛾;北地燕脂,偏开两靥。"南都,具体所指难以确考。东汉张衡《南都赋》以南阳为南都,曹魏以许昌为南都,后赵以洛阳为南都,唐朝曾以成都、江陵为南都。石黛,女子画眉用的石墨一类的青黑色矿物颜料。田艺蘅《留青日记》载:"广东始兴县溪中出石墨,妇女取以画眉,名画眉石。"扫晴山,形容石墨画眉,眉色有如晴明之远山。李商隐《代赠二首》之二:"总把春山扫眉黛,不知供得几多愁。"《赵飞燕外传》:"(赵合德)为薄眉,号远山黛。"耐:同"奈",无奈,怎奈。毛本作"奈"。这句参见韩偓《浣溪沙》:"六铢衣薄惹轻寒。"李煜《浪淘沙》:"罗衾不耐五更寒。"
③ "海棠"二句:化用韩偓《懒起》:"海棠花在否,侧卧卷帘看。"
④ 丽日明如洗:参见张正见《赋得日中市朝满》:"云阁绮霞生,旗亭丽日明。""南陌"句:南面向阳的道路上,坐骑沐浴着温暖的阳光。参见戎昱《赠别张驸马》:"飞龙骑马三十匹,玉勒雕鞍照初日。"王安石《送丁廓秀才归汝阴三首》之一:"殷勤陌上日,为客暖征鞍。"雕鞍,雕饰有精美图案的马鞍,也泛指坐骑。

⑤ 报平安:参见杜甫《夕烽》:"夕烽来不近,每日报平安。"

解读

在《阳春白雪》、毛本、四印斋本里,这首词题为"荆州作"。推究原文,未必是荆州之作,此题亦非周邦彦原题。写情侣或夫妻间的阔别与重逢,虽是习见题材,但此词构思井然有序,精巧别致,描绘细腻蕴藉,前后比对鲜明,耐人品味。

上片写女子闺中情形。起二句先写女子早晨起来梳妆与穿衣。她用南都出产的石墨画眉,画出晴明的远山模样。(这里,不论"南都"所指何地,不过是石墨的出产地,未必是女子所在地。)她的穿着比较单薄,经不得早晨寒气的侵袭。"一夕"三句,接写她因为"朝寒",所以卷起楼上窗帘,探看户外园林天气:原来一夜东风劲吹,海棠花零落满地。这里的风雨摧折,与前面描晴明远山眉的美好愿景,形成鲜明的反差。整个上片隐隐写她的孤独无依,郎君不在,无人怜惜,美好的韶光转瞬即逝。下片写男子归来景象。过片"而今"一转,不仅是时间上的转换,也是天气上的转换,更是心境上由悲到喜的转换。今日天公作美,阳光明媚,碧天如洗,郎君自南街骑马归来,一派温暖喜人景象,旧日园林不再有风雨侵袭,春鸟欢快地歌唱,似乎在报道郎君平安归来。重逢的欢乐,内心的喜悦,借由外景描写生动流利地表达出来。上片的孤单无依的"寒",为下片欢乐重逢的"暖",做了很好的反衬。

少年游①

朝云漠漠散轻丝,楼阁淡春姿②。柳泣花啼,九街泥重,门外燕飞迟③。　　而今丽日明金屋,春色在桃枝④。不似当时,小桥冲雨,幽恨两人知⑤。

注释

① 陈本无题。毛本题作"雨后"。
② 漠漠:密布。刘长卿《硖石遇雨,宴前主簿从兄子英宅》:"硖石云漠漠,东风吹雨来。"散轻丝:飘洒细雨。张协《杂诗十首》之三:"腾云似涌烟,密雨如散丝。"司马光《小雨》:"映空轻丝乱,著物细珠明。"春姿:春日风采,春光。杜甫《乾元中寓居同谷县,作歌七首》之六:"呜呼六歌兮歌思迟,溪壑为我回春姿。"
③ 柳泣花啼:描写花柳带雨,如美人含泪啼哭。李咸用《和殷衙推春霖即事》:"柳眉低带泣,蒲剑锐初抽。"九街:都城四通八达的街路。薛能《送浙东王大夫》:"九街鸣玉勒,一宅照红旌。"这句反用韩偓《初赴期集》:"轻寒著背雨凄凄,九陌无尘未有泥。"燕飞迟:燕子羽毛淋湿,因而飞行迟缓。参见萧纲《赋得入阶雨》:"渍花枝觉重,湿鸟羽飞迟。"
④ 金屋:指华美的屋宇。"春色"句:参见林逋《梅花》:"惭愧黄鹂与蝴蝶,只知春色在桃溪。"
⑤ 小桥:毛本、四印斋本作"小楼",非。冲雨:冒雨。韩偓《即目》:"须信闲人有忙事,早来冲雨觅渔师。""幽恨"句:变用韩偓《春闷偶成十二韵》:"相思不相信,幽恨更谁知。"

解读

　　前后两首《少年游》,在结构、立意、措辞上不乏相似之处,仿佛姊妹篇,都是写情侣或夫妻之间今昔之慨,可以交互参看。

词的上片写往日幽会。那是个阴云密布、雨丝飘散的清晨，两人在春意惨淡的小楼上相会，路旁花柳带雨，街上满是泥水，门外的燕子羽毛全湿，因而飞得十分迟缓。上片至此戛然而止，当时的幽会怎样发展，词人含住不说，直到下片末三句才有所交待，这是词人善于顿挫的地方。不过，从上片描绘的惨淡凄苦景象看，这对情侣自有一段苦情。那柳泣花啼，正是美人含泪；那九街泥重、燕子难飞，似隐喻两情遭遇诸多阻力。下片写今日欢会。过片"而今"一转，情形陡然翻转，但见春光明媚，华屋敞亮，桃花盛开，两人幸福地生活在一起，不再像当初那样，冒着春雨，踏过小桥，踩着泥水，匆匆幽会，含恨而别。末三句补足了上片幽会的整个过程；而往日的苦雨、楼阁、柳泣花啼与而今的丽日、金屋、桃枝春色等，逐一形成对比，突出了欢聚的幸福和来之不易，可以看出词人构思的精巧和针线的细密。

俞陛云《宋词选释》评曰："'不似当时'句，淡语也，而得力全在此句，使通篇筋骨俱动。"吴世昌《词林新话》解读末三句则说："应该很快乐了。可是，又觉得有点不大满足。回想起来，才觉得这情景反不如以前那种紧张、凄苦、怀恨而别、彼此相思的情调来得意味深长。"那又是另一种倒转过来的解读了，但未必切合原篇情境与词人原意，亦未必符合常情常理。原文"不似当时"其实是说得比较明确的：并非说而今反不如当时，而是说而今明媚欢快不像当时那般凄苦幽恨。乍看起来，似乎这句不那么"深刻曲折"，多少有些浅近平淡，但正如俞陛云所说，这一"淡语"恰是全篇得力所在。

秋蕊香①

乳鸭池塘水暖,风紧柳花迎面②。午妆粉指印窗眼,曲里长眉翠浅③。　　问知社日停针线,探新燕④。宝钗落枕梦春远,帘影参差满院⑤。

注释

① 陈本注调名"双调",无题。
② "乳鸭"句:参见苏轼《惠崇春江晚景》:"竹外桃花三两枝,春江水暖鸭先知。"乳鸭:雏鸭,刚孵出不久的小鸭。李贺《恼公》:"曲池眠乳鸭,小阁睡娃僮。"水暖,《雅词》作"烟暖"。"风紧"句:参见庾信《和宇文内史春日游山》:"风逆花迎面,山深云湿衣。"柳花,柳絮。李白《金陵酒肆留别》:"风吹柳花满店香,吴姬压酒唤客尝。"
③ "午妆"句:写女子中午起来化妆后,以手指余粉印于窗格之孔。王楙《野客丛书》卷十曾专门阐发此句:"'午妆粉指印窗眼',非工于词,讵至是。或谓眉间为窗眼,谓以粉指印眉心耳。此说非无据,然直作窗牖之眼,亦似意远。盖妇人妆罢,以馀粉指印于窗牖之眼,自有闲雅之态。仆尝至一巷舍,见窗壁间粉指无限,诘其所以,乃其主人尝携诸妓抵此。因思周词,意恐或然。"又,张泌《妆楼记》载:"徐州张尚书妓女多涉猎,人有借其书者,往往粉指痕并印于青编。"曲里:指妓女所居之处。孙棨《北里志》:"平康里,入北门东回三曲,即诸妓所居之聚也。妓中有铮铮者,多在南曲、中曲。其循墙一曲,卑屑妓所居,颇为二曲轻斥之。"盖唐人称妓女聚居之地为"曲"。长眉翠浅:言女子眉毛细长浅淡。这句参见李贺

《许公子郑姬歌》:"自从小靥来东道,曲里长眉少见人。"又白居易《江南喜逢萧九彻因话长安旧游戏赠五十韵》:"眉残蛾翠浅,鬟解绿云长。"

④ 问知:《雅词》、《白雪》、《百家词》、《粹编》、毛本作"闻知"。社日停针线:唐宋时,遇春秋社日,有妇女忌动针线习俗。张邦基《墨庄漫录》卷九记载:"今人家闺房,遇春秋社日,不作组紃,谓之忌作。故周美成《秋蕊香》词:'乳鸭池塘水暖……'予见张籍《吴楚词》云:'庭前春鸟啄林声,红夹罗襦缝未成。今朝社日停针线,起向朱樱树下行。'乃知唐时已有此忌,循习至今也。"探新燕:《百家词》、毛本作"贪新燕",似误。新燕,按此词所说社日乃春社日,即立春后第五戊日,时间约在春分前后,正是新燕来时。参见晏殊《破阵子》:"燕子来时新社,梨花落后清明。"

⑤ 梦春远:陈本原作"春梦远",此据朱校,从《雅词》改。毛本作"梦魂远"。于情于理考量,均以"梦春远"为胜。参差(cēn cī 岑阴平疵):形容影子凌乱。

解读

根据词中"曲里""粉指印窗眼"等词句,这首作品写的是坊曲妓女春日的慵懒无聊和迷离情思。今人或以为这是词人赠妻之作,那是未审词意的误读。

上片写女主角晚起化妆。首二句先写景:春日池塘水暖,乳鸭水中嬉戏,东风一阵紧似一阵,柳絮漫天飞舞,扑面而来。"午妆"二句,由春景引出女子的恹恹春困,迟迟不起,直到晌午才起身梳妆,描画坊曲流行的细长浅淡的眉形,她沾了脂粉的手指不时地在窗上摁个印子,又愣愣地对着窗外发呆。读到这里可以看出,前面的春景都是女子眼中的窗外景象。这两句近似晚唐温庭筠《菩萨蛮》的"懒起画蛾眉,弄妆梳洗迟",但周邦彦写得更具体传神。下片写女主角春日情思,表现得比较含蓄婉转。"问知"二句,是说她迷迷糊糊,都不记得具体什么日子,问过才知已是春社日(别本作"闻知"便少了这层意思),按习俗女子当天不做针线活;既然无所事事,于是乎就去探看新来燕子,仿佛能探得什么信息。"宝钗"二句,终因百无聊赖,还是返回闺房歇息,于是在满庭帘影飘动的寂寞中,又昏昏睡去,宝钗斜落枕上,枕上女主角正在做梦,梦中明媚的春天渐渐远去,女子的美好年华也在无聊空虚中渐渐流逝。俞平伯《清真词释》专门评析"梦春远"三字曰:"一篇之警策只在'宝钗'一句,而此一句之中,尤以三字为佳耳。将平仄问题搁开,试易'梦春远'为'春梦远',颠倒一字而神味顿减,其故耐人寻思也。盖娇慵姿悦,以'梦'字撰之;所梦伊何,以'春'字括之;春梦何凭,'远'字尽之。遂觉唐诗'啼时惊妾梦,不得到辽西'之犹滞形迹也。又与南唐词之'细雨梦回鸡塞远'异曲同工,惟彼词'远'字蒙'鸡塞'言,此'远'字独用,尤为浑成耳。"剖析颇为细致通透。

渔家傲①

灰暖香融销永昼,葡萄架上春藤秀②。曲角栏干群雀斗,清明后,风梳万缕亭前柳③。　　日照钗梁光欲溜,循阶竹粉沾衣袖④。拂拂面红如着酒,沉吟久,昨宵正是来时候⑤。

注释

① 陈本注调名"般涉",无题。

② 灰暖香融:香烧尽而灰尚暖。化用李贺《谢秀才有妾缟练改从于人,秀才引留之不得,后生感忆,座人制诗嘲诮,贺复继四首》之三:"灰暖残香炷,发冷青虫簪。"销永昼:消磨漫长的白天。销,彊村本改作"消"。"葡萄"句:参见李峤《藤》:"色映蒲萄架,花分竹叶杯。"架上:《白雪》作"上格",毛本作"上架"。

③ 曲角:拐角。群雀斗:参见雍陶《刘补阙秋园寓兴六首》之三:"雀斗翻檐散,蝉惊出树飞。""风梳"句:参见司马彪《诗》:"堂前柳随风,疏林树萧索。"王元《登祝融峰》:"云湿幽崖滑,风梳古木香。"

④ 日照钗梁:语本李百药《笙赋》:"风摇裙佩,日照钗梁。"钗梁,钗的主干部分。庾信《镜赋》:"悬媚子于搔头,拭钗梁于粉絮。"溜:滑,光滑。李煜《浣溪沙》:"佳人舞点金钗溜,酒恶时拈花蕊嗅。"循阶:沿石阶。竹粉:笋壳脱落时附着在竹节旁的白色粉末。竹粉沾衣袖,参见姚合《游春十二首》之十一:"嚼花香满口,书竹粉黏衣。"

⑤ 拂拂:红光闪耀的样子。顾况《公子行》:"红肌拂拂酒光凝,当街背拉金吾行。"着酒:醉酒。如着酒,毛本、四印斋本作"新著酒",《白雪》作"新酌酒"。沉吟:深深思念。曹操《短歌行》:"但为君故,沉吟至今。"

解读

这首词写闺中女子春日情思,写得轻盈流利而又含蓄蕴藉,直到最后方才点破,颇耐人回味。

上片写景为主,景中含情。"灰暖"句,先写闺中场景:熏香渐渐烧为灰烬,灰中残留着余温,室内弥漫着香气,漫长的白天就这样慢慢消逝。"葡萄"以下四句,实际上是女子透过窗户看到的室外春日景象:院中葡萄架上藤叶翠绿,生机盎然;栏杆转角处,一群麻雀在欢快地嬉戏吵闹;再看户外,清明过后,亭前的垂柳枝条繁盛,在风中翩翩起舞。所谓"一切景语皆情语"(王国维《人间词话》),生动鲜活的春藤、群雀、垂柳,莫不隐隐折射出女子春心萌动、欢快雀跃的内心世界,为后文预做铺垫。下片正面写女子情态,逐步揭示其内心隐秘。"日照"二句,描绘她走出闺房的形象:她款款走来,春日阳光映照在她的宝钗上,光彩流动;她拾阶而下,顾不得阶边新竹的竹粉沾满了她的衣袖。"拂拂"句特写她红光满面,仿佛沉醉在美好的回忆中,既羞涩又激动。直到最后两句,才揭示出她隐秘的幽情:原来昨天晚上,正是情郎来赴约会的时候,——这段情让她回味、陶醉了一整天。词人精湛的构思,娴熟的勾勒,轻快传神的描绘,直到最后才点破谜底的手法,也足以让读者品味沉吟良久。

渔家傲[①]

几日轻阴寒测测,东风急处花成积[②]。醉踏阳春怀故国,归未得,黄鹂久住如相识[③]。　　赖有蛾眉能暖客,长歌屡劝金杯侧[④]。歌罢月痕来照席,贪欢适,帘前重露成涓滴[⑤]。

注释

① 陈本无题。《草堂》《粹编》题作"春恨"。

② 轻阴:指天色微阴。张旭《山中留客》:"山光物态弄春晖,莫为轻阴便拟归。"测测:寒冷的样子。同"恻恻"。见前《荔枝香》(照水残红零乱)注③。彊村本从毛本改作"恻恻"。方、杨、陈和词此处均押"恻"韵。"东风"句:参见罗邺《春闺》:"梨花满院东风急,惆怅无言倚锦机。"李郢《阳羡春歌》:"石亭梅花落如积,玉藓斓班竹姑赤。"花成积,指落花满地。

③ 醉踏阳春:参见来鹄《清明日与友人游玉粒塘庄》:"归穿细荇船头滑,醉踏残花屐齿香。"邢凤《梦中美人歌》:"长安少女踏春阳,何处春阳不断肠。舞袖弓弯浑忘却,罗衣空换九秋霜。"怀故国:此指怀念故乡。孟浩然《他乡七夕》:"不见穿针妇,空怀故国楼。"怀,《百家词》作"思"。"黄鹂"句:借用戎昱《移家别湖上亭》:"黄莺久住浑相识,欲别频啼四五声。"

④ 赖:幸亏,幸而。蛾眉:原指美人的秀眉,借指美人。此指歌妓。参见谢朓《夜听妓诗二首》之二:"蛾眉已共笑,清香复入襟。"暖客:以酒食款待客人。或解作温暖客人。《词萃》作"缓客",郑校本从之,误。蒋礼鸿先生《大鹤山人校本〈清真词〉笺记》辨析曰:"以酒食饷人曰'餪',俗以'软'字为之,音'暖',亦以'暖'字为之,见《邵氏闻见后录》卷二十九。此云'暖客',下句即接以长歌劝酒金杯侧;金杯劝饮,即是'暖客','暖'字不误。改作'缓'字,岂谓缓其愁思乎,是则所谓增文解义矣。"侧:倾侧,倾倒。

⑤ 月痕:月光,月影。张祜《赠内人》:"禁门宫树月痕过,媚眼唯看宿燕窠。"照席:参见杜甫《送孔巢父谢病归游江东,兼呈李白》:"罢琴惆怅月照席,几岁寄我空中书。"欢适:欢乐惬意。白居易《咏怀》:"先务身安闲,次要心欢适。"重露成涓滴:浓

重的露水凝聚成许多小水珠,一点点滴落下来。借用杜甫《倦夜》:"重露成涓滴,稀星乍有无。"

解读

上一首《渔家傲》是写闺中春情,这一首《渔家傲》则是写词人春日羁愁、怀归之情。

上片写醉踏阳春,引发故乡之思。起二句渲染连日阴天,春寒阵阵,东风急促,落花成堆。开篇即写得如此凄切,如同"急拍哀弦"(近人乔大壮手批《片玉集》),由此哀景引出断肠乡思,极撼人心魄。"醉踏阳春"化用唐人诗句"长安少女踏春阳,何处春阳不断肠",又加一"醉"字,情景更不堪矣。其根源在于久滞他乡,欲归不得。"黄鹂"句绝妙,"最俊而慧"(明代潘游龙《古今诗馀醉》),不正面说自己孤独落寞,而是侧面借黄鹂映衬,点出长期以来唯有黄鹂和自己相依为伴,这样来写举目无亲、孤独无伴,别有一份酸楚。明代卓人月《古今词统》评此句曰:"美成久住之'鹂',同叔归里之'燕',一样因缘。"以为此句可比美晏殊(同叔)"似曾相识燕归来"之情境。下片写歌女劝酒,暂得一时欢适。黄鹂终究不能开解人的乡思羁愁,所幸还有歌女殷勤款待,长歌劝酒,让异乡客暂时忘却乡愁。然而,虽沉溺一时欢乐,歌罢月光照席,终不免曲终人散。这是以暖衬寒、以欢衬哀的手法。而月光照席,亦是常用的思乡怀旧的意象,如李白的"床前明月光"、杜甫的"罢琴惆怅月照席"。煞拍以帘前凉露点点坠落的景语作结,与上片"东风急处花成积"遥相呼应,情味浓郁,奠定了全篇凄楚哀伤的基调。

南乡子[①]

晨色动妆楼,短烛荧荧悄未收[②]。自在开帘风不定,飕飕,池面冰澌趁水流[③]。　　早起怯梳头,欲绾云鬟又却休[④]。不会沉吟思底事,凝眸,两点春山满镜愁[⑤]。

注释

① 陈本注调名"商调",无题。《草堂》《词统》《诗馀醉》题作"晓景"。

② "晨色"句:参见元稹《连昌宫词》:"寝殿相连端正楼,太真梳洗楼上头。晨光未出帘影黑,至今反挂珊瑚钩。"荧荧:光闪烁的样子。秦嘉《赠妇》:"飘飘帷帐,荧荧华烛。"李白《捣衣篇》:"琼筵宝幄连枝锦,灯烛荧荧照孤寝。"

③ "自在"句:谓风不停地吹着帘子自由摆动。参见苏轼《听武道士弹贺若》:"清风终日自开帘,凉月今宵肯挂檐。"李煜《应天长》:"重帘静,层楼迥,惆怅落花风不定。"飕(sōu 搜)飕:形容风声。王昌龄《长歌行》:"旷野饶悲风,飕飕黄蒿草。"《百家词》、毛本、《词萃》作"飔飔"。冰澌(sī 斯):解冻时随水流动的冰块。吴均《梅花落》:"流连逐霜彩,散漫下冰澌。"

④ 绾(wǎn 挽):把长条形东西盘绕起来打成结。彊村本作"挽"。云鬟:高耸的环形发髻。参见李白《久别离》:"云鬟绿鬓罢梳结,愁如回飙乱白雪。"

⑤ 不会:不知。底事:何事。罗隐《淮南高骈所造迎仙楼》:"子细思量成底事,露凝风摆作尘埃。"凝眸:目不转睛地看。元

南乡子(早起怯梳头,欲绾云鬟又却休)

积《何满子歌》："定面凝眸一声发,云停尘下何劳算。"两点春山:形容皱起来的两眉犹如春日双峰。参见杨凝《别李协》:"明月峡添明月照,蛾眉峰似两眉愁。"满镜愁:参见常理《古别离》:"小胆空房怯,长眉满镜愁。"

解读

这是一首闺情词,写初春时节,一位闺中女子晨起梳妆,对镜凝眸,独自发愁。她愁的是什么,词人并未具体交代,推想起来,不外乎离愁别绪。俞陛云《宋词选释》认为此词与《蝶恋花》(月皎惊乌栖不定)"皆纪晓别,各擅风情"。可备一说。

上片以记内外场景为主。前两句写室内之景,点明时辰:晨光映射到闺阁中来,残烛还摇曳着余火没有熄灭。"动"字生动,隐隐有催动女主人起床之意,为下片梳妆伏笔。后三句写屋外之景,点出节候:早春寒风阵阵,不停地吹着帘子自在翻飞,池面的冰渐渐融化,冰块随水流动。上片虽然没有正面写女子形象,但主要是通过女子所见所感、由内而外来写景,景中隐含着女子的心境。下片正面揭示女子的哀愁。过片两句,写女子想梳妆却又怕梳妆,想盘起秀发来却又作罢,活画出她迟疑恍惚的神态和内心深处难言之隐。末三句进一层写她的神态:她这样沉吟不语,究竟想什么心事呢?只见她盯着镜子,两条眉毛皱成双峰,镜子里满是愁容。全词至此戛然收尾,留下来的疑问,让读者自己去推测猜想了。

这首词写景真切,善于映衬;描写人物形态惟妙惟肖,勾勒人物神态更是入木三分。明代卓人月《词统》和潘游龙《古今诗馀醉》都说末句"工在'满镜'二字",是有一定道理的,虽然唐人常理《古别离》诗里早已写过"长眉满镜愁"的诗句。

望江南①

　　游妓散,独自绕回堤②。芳草怀烟迷水曲,密云衔雨暗城西③。九陌未沾泥④。　　桃李下,春晚未成蹊⑤。墙外见花寻路转,柳阴行马过莺啼⑥。无处不悽悽⑦。

注释

① 陈本注调名"大石",无题。毛本题作"春游"。
② 游妓:陪同游赏的歌妓。参见苏味道《正月十五夜》:"游伎皆秾李,行歌尽落梅。"回堤:曲折回环的堤岸。
③ 怀烟:含烟雾。陆龟蒙《和袭美送孙发百篇游天台》:"闲窥碧落怀烟雾,暂向金庭隐姓名。"水曲:水流弯曲处。"密云"句:语本《易·小畜》:"密云不雨,自我西郊。"
④ 九陌:原指汉长安城中九条大道。后泛指都城街道。这句化用韩偓诗句,见前《少年游》(朝云漠漠散轻丝)注③。
⑤ "桃李"两句:《史记·李将军列传》:"谚曰:桃李不言,下自成蹊。"谚语意思是,桃李虽不能言,但它有花和果实,吸引人们频繁地在它下面行走,便走出一条小路。这里反用其意。春晚,晚春,春暮。蹊,小路。未成蹊,《百家词》、毛本作"自成蹊"。
⑥ 过莺啼:参见骆宾王《代女道士王灵妃赠道士李荣》:"千回鸟信说众诸,百过莺啼说长短。"
⑦ 悽悽:凄凉悲伤的样子。杜昆吾《送贺秘监归会稽》:"落落神仙意,悽悽离别情。"

解读

  暮春时节的一天,浓云密布,天欲降雨,热闹的城西郊游聚会匆匆结束,陪同游乐的歌妓们纷纷散去,词人独自骑马回转,一路游春,所到之处,所见所感,无不凄清悲凉。这应该是词人早期作品,表达热闹繁华过后的孤寂落寞,主要是通过景物描写细细地透露出来的。

  上片写曲终席散后,独自沿堤岸行进。"游妓散"一句,开篇即点明规定情景,凄恻的氛围笼罩全篇。犹如俞平伯《清真词释》所说:"猛下'游妓散'三字,便觉繁华过眼而空,笔力竟直注结尾矣。""芳草"三句,写词人独自绕堤所见凄迷景象:芳草被烟雾笼罩,迷失在弯曲的河道边;浓密的乌云含雨欲下,压得城西黑暗阴沉,虽然城区道路上暂时还没有泥水。"怀""迷""衔""暗"等字,字字精湛提炼,场面鲜活,情景传神,呼之欲出。下片续写独自寻春。到了晚春时节,桃李树下依然没有路人踩踏的痕迹——这是说所到之处人迹罕至,草木荒凉。见到墙外之花,才得以寻着道路——这是说地段偏僻,几乎无路可通。骑马穿过柳荫,听得莺啼——这是说周遭无人,唯有黄莺相伴。每一句景语里,都隐含着浓浓的情感,婉转蕴藉,耐人细品,这是词人高明之处。正如俞平伯《清真词释》所评:"句句摹景,句句含情,末轻点一'悽悽',以'无处不'三字重压之,便全神俱活,而款款欲飞。"

浣溪沙①

争挽桐花两鬓垂,小妆弄影照清池②。出帘踏袜趁蜂儿③。　　跳脱添金双腕重,琵琶拨尽四弦悲④。夜寒谁肯剪春衣⑤。

注释

① 此词调陈本均作《浣沙溪》。今从彊村本,统一改为《浣溪沙》。陈本注调名"黄钟"。此首无题。
② "争挽"句:写女子们争相将桐花盘插于两鬓。按南宋白玉蟾《端午述怀》所咏"桐花入鬓彩系臂",便是这类习俗传存。或谓桐花为发髻之一种。小妆:即淡妆、浅妆,稍作妆饰。弄影:此指临水顾影。照清池:参见梅尧臣《梦与公度同赋藕华,追录之》:"西施魂不灭,娇艳照清池。"
③ 出帘:毛本作"珠帘",似误。踏袜:不穿鞋只穿袜子走路。杜牧《池州送孟迟先辈》:"呼儿旋供衫,走门空踏袜。"趁:追逐。
④ 跳脱:手镯,金钏。繁钦《定情诗》:"何以致契阔,绕腕双跳脱。""琵琶"句:化用白居易《琵琶行》:"曲终收拨当心画,四弦一声如裂帛。"拨尽:毛本、《词萃》作"破拨"。
⑤ 剪春衣:缝制春衣。参见王维《送綦毋潜落第还乡》:"江淮度寒食,京洛缝春衣。"

解读

周邦彦词里写歌妓的作品不少,这是其中较有特色的一首。

上片写歌妓年少时天真烂漫、活泼好动的形状情态,突出她原先的"欢":桐花盛开时节,她争着采摘桐花,把花盘插在两边鬓发上;稍作打扮,又跑到清澈的水池边,对着水面端详自己的身影;回到室内后,看到蜜蜂从帘前飞过,她连鞋子都没穿,只穿着袜子就跑出去追蜜蜂去了。下片写她沉重而酸楚的歌舞生涯,突出她而今的"悲":她戴着手镯歌舞,只感觉那镯子沉重;她弹奏琵琶,那四根丝弦流淌的尽是悲凉的乐音;夜来天寒,除了自己动手,又有谁肯来帮着剪裁春衣呢。

这首词用上片的"欢",来反衬下片的"悲",倾注了词人对于歌妓的深切的关注与怜惜。俞平伯《清真词释》评此词曰:"低徊今昔,俯仰盛衰。玉腕笼金,顾端凝而可讶;琵琶挑弄,省欢笑之甚遥。隔鬓桐花,寻蜂划袜,虽儿情如昨,而回首俱非。"这是很洞明透彻的诠释。

浣溪沙[1]

雨过残红湿未飞,珠帘一行透斜晖[2]。游蜂酿蜜窃香归[3]。 金屋无人风竹乱,衣篝尽日水沉微[4]。一春须有忆人时。

注释

[1] 陈本无题。《草堂》题作"春怀"。又,此首周邦彦词,类编本《草堂诗馀》误作欧阳修词,唐圭璋《宋词互见考》已指明。

[2] 残红:指落花。湿未飞:参见庾信《同颜大夫初晴》:"湿花飞未远,阴云敛向低。"珠帘一行:毛本作"疏篱一带",《草堂》《粹编》《词萃》作"珠帘一带",《雅词》《百家词》作"珠帘一桁"。语本李煜《浪淘沙》:"一行(一本作"一桁")珠帘闲不卷,终日谁来。"蒋礼鸿先生《大鹤山人校本〈清真词〉笺记》以为下阕言"金屋"夜香,则以"珠帘一桁"为是。斜晖:傍晚西斜的阳光。萧纲《序愁赋》:"玩飞花之入户,看斜晖之度寮。"

③ 游蜂:指游荡飞舞、采集花蜜花粉的蜜蜂。沈佺期《芳树》:"啼鸟弄花疏,游蜂饮香遍。"酿蜜:参见庾信《陪驾幸终南山和宇文内史》:"树宿含樱鸟,花留酿蜜蜂。"窃香归:参见温庭筠《牡丹二首》之一:"蝶繁经粉住,蜂重抱香归。"

④ 金屋:形容华美的屋宇。见前《风流子》(新绿小池塘)注③。李白《长门怨二首》之一:"天回北斗挂西楼,金屋无人萤火流。"刘方平《春怨》:"纱窗日落渐黄昏,金屋无人见泪痕。"风竹乱:参见苏轼《聚星堂雪》:"众宾起舞风竹乱,老守先醉霜松折。"衣篝(gōu 勾):架在火上用于熏衣的竹制熏笼。《雅词》、《草堂》、《粹编》、毛本、《词萃》、四印斋本作"夜篝",非。下文既言"尽日",不宜专言"夜篝"。水沉:水沉香,一种熏香料,因置于水中会下沉,故名"水沉"或"沉水"。此处化用顾敻《木兰花》:"博山炉冷水沉微,惆怅金闺终日闭。"

解读

这是一首代言体作品,写闺中女子企盼郎君归来的情怀,却主要是通过一系列场景画面,逐层含蓄婉转地铺垫渲染,到最后才抒发出来。

上片主要描绘春末傍晚室外雨后景象。一场春雨过后,落花满地,花片贴地沾水,微风也吹不起来;斜阳透过珠帘,照进了闺房;游荡在外的蜜蜂,采够了蜜,也归蜂巢了。这些景象都是从闺中女子视角看出去,隐隐折射出女子微妙的心理。比如,"残红湿未飞",能够让人联想到难以释怀、挥之不去的愁绪,仿佛周邦彦《玉楼春》写的"情似雨馀粘地絮"。"酿蜜窃香",能够让人联想到男女的欢情;而游蜂归巢,却暗暗反衬所思之人不归,这与过片的"无人"(指除了自己别无他人)是巧妙衔接的。下片逐步转向室内写女子的思绪。华丽的屋内冷清寂寞,只听得室外竹子在风中摇曳作响;室内熏笼里水沉香的香气,经过一整天,也渐渐稀薄微弱了。这是写她孤寂无聊,又虚度一整天,就这样日复一日在漫长等待中度过。"风竹乱",既反衬屋内寂静,又暗示女子心绪之缭乱。"水沉微",似乎在暗示希望也渐渐变得微茫无望起来。经过前面由外到内层层景象铺垫,最后引出女子内心感叹:我又苦苦等待了一个春天,他总该有想到我的时候吧!

俞陛云《宋词选释》评此词曰:"上阕写雨后春光明媚,风景宛然。下阕风篁成韵,香霭初残。凡静景撩人,最易幽怀怅触,有'风竹'二句蓄势,则昼静怀人之意,自注笔端矣。"

浣溪沙[1]

楼上晴天碧四垂,楼前芳草接天涯[2]。劝君莫上最高梯[3]。　　新笋已成堂下竹,落花都上燕巢泥[4]。忍听林表杜鹃啼[5]。

注释

[1] 陈本无题。毛本注:"或刻李易安。"按《诗词杂俎》本《漱玉词》,以及《古今词统》《历代诗馀》,皆题李易安(清照)作。而南宋曾慥《乐府雅词》收归周邦彦名下。唐圭璋《宋词互见考》定为周邦彦词。
[2] "楼上"句:参见韩偓《有忆》:"愁肠泥酒人千里,泪眼倚楼天四垂。"魏玩《阮郎归》:"夕阳楼外落花飞,晴空碧四垂。"四垂,四边。芳草接天涯:参见汉乐府《饮马长城窟行》:"青青

河边草,绵绵思远道。"又卿云《长安言怀寄沈彬侍郎》:"故园梨岭下,归路接天涯。"

③ 最高梯:参见应玚《侍五官中郎将建章台集诗》:"欲因云雨会,濯羽陵高梯。"白居易《寄远》:"坐看新落叶,行上最高楼。"

④ "新笋"句:参见王僧孺《春怨》:"厌见花成子,多看笋为竹。"崔曙《古意》:"绿笋总成竹,红花亦成子。"已成,《雅词》、《草堂》、毛本作"看成"。"落花"句:落花融入泥中,燕子衔此带花之泥筑成燕巢。参见《西清诗话》引唐皮光业诗句:"行人折柳和轻絮,飞燕衔泥带落花。"都上,《雅词》、《粹编》、毛本作"都入"。

⑤ "忍听"句:参见李中《钟陵禁烟寄从弟》:"交亲书断竟不到,忍听黄昏杜宇啼。"忍,怎忍,何忍。林表,林外。杜鹃啼,相传古代蜀帝杜宇死后,其魄化为杜鹃鸟,至春末昼夜悲鸣,啼至血出乃止。后亦常用作思归之意,谓杜鹃啼声如曰"不如归去"。参见周邦彦《一落索》:"杜宇思归声苦,和春催去。"

解读

以上三首《浣溪沙》题材内容都各不相同,亦非一时之作。这首是词人滞留他乡、思家怀归之作。

上片写登楼远眺,寓望乡之意。首句从晚唐韩偓诗句"泪眼倚楼天四垂"化出,而意蕴婉转,韵味醇厚,领起下句芳草连天,境界开阔。清代王士禛《花草蒙拾》肯定此词首句与韩偓诗句"不妨并佳",同时评欧阳修《浣溪沙》"拍堤春水四垂天"和柳永《少年游》"目断四天垂"两句,"皆本韩句,而意致稍减"。可见在王士禛眼里,至少周邦彦这句是不输给欧阳修和柳永的。这里词人登楼远望,是作为一个浪迹天涯的游子,思念远在天边的家乡,一想到"王孙游兮不归,春草生兮萋萋",自然是思绪绵绵,乡愁不断,所以才怕登高临远。只是这里侧转来写,不直说自己怕登高伤怀,而是劝人莫上最高层,笔致腾挪顿挫,用意沉郁深婉。下片引出思归之意。"新笋"两句,对仗流利自如,写新笋已长成高竹,落花成泥被燕子衔去筑巢,又一个春天行将过去,自己依然滞留他乡,有家难回。所以,面对此情此景,结句慨叹:怎忍听林外杜鹃声声啼叫"不如归去"!

全篇构思精致,写景生动,景中含情。上下片均是前两句写景,末句婉转抒情,意蕴深厚。俞平伯《清真词释》评曰:"此词一气呵成,空灵完整,对句极自然,《浣溪沙》之正格也。"又道:"结句轻轻即收,不堕入议论恶道,与上片之结并其微婉。乍读之,似不过瘾,却是清真工力深稳处,正类二王妙楷,中锋直下如痴冻蝇也。"

迎春乐①

清池小圃开云屋,结春伴、往来熟②。忆年时、纵酒杯行速,看月上、归禽宿③。　　墙里修篁森似束,记名字、曾刊新绿④。见说别来长,沿翠藓、封寒玉⑤。

注释
① 陈本注调名"双调",连续二首《迎春乐》均无题。
② 云屋:高楼;云雾缭绕之屋。班婕妤《自悼赋》:"仰视兮云屋,双涕兮横流。"丘迟《芳树》:"发景傍云屋,凝晖覆华池。"春

93

伴:指春游的伙伴。
③ 年时:当年,往年时节。卢殷《雨霁登北岸寄友人》:"忆得年时冯翊部,谢郎相引上楼头。"纵酒杯行速:谓快速酣畅饮酒。行,行酒,酌酒。归禽宿:陈注引师旷《禽经》:"陆鸟曰栖,水鸟曰宿。"
④ 修篁:修长的竹子。森似束:形容竹林茂密。语本元稹《连昌宫词》:"连昌宫中满宫竹,岁久无人森似束。""记名字"句:曾在新竹上刊刻名字。
⑤ 见说:听说。"沿翠藓"句:是说苔藓已经封住竹子,遮没了原先刻字处。沿,毛本作"冷"。翠藓,绿色苔藓。寒玉,喻指竹。雍陶《韦处士郊居》:"门外晚晴秋色老,万条寒玉一溪烟。"按陈注引《挥犀集》云:"楚竹初生,苔封之,土人斫之,浸水中,洗去藓,故藓痕成紫晕封拥着也。"

解读

词人通过回顾往昔的一段春游,深婉地抒发了别后怀念旧友之情。

上片写往年春游酣饮情景仍历历在目。在清澈的池塘边、精致的花圃前,有高耸的楼阁,当年经常结伴来此游春,往来甚熟,大家开怀畅饮,直玩到皓月升空,禽鸟归宿。下片回想当年游伴们题竹刻名,主要借这一细节寄寓深切的怀人之情。词人仍清晰记得当时游伴们在墙里茂密的新竹上题刻名字的场面,听说分别以来,竹子已经长得很高,苔藓滋生,已封住竹子,遮盖了原先所刻名字。作品至此结束,一片思念深情见诸言外。

俞陛云《宋词选释》评此词"情景皆真,清空一气",颇得要领。罗忼烈《清真集笺注》以为此词当是怀念荆南旧游之作:"词结拍所言藓封寒玉,是楚竹常见之象。味'见说别来'一语,当去荆南不久,疑是在溧水时忆昔游之作。"其推测可备一说。虽然藓封寒玉之象不限于荆南一地,而且藓封寒玉说明离开时间比较久了。

迎春乐

桃蹊柳曲闲踪迹,俱曾是、大堤客①。解春衣、贳酒城南陌,频醉卧、胡姬侧②。　　鬓点吴霜嗟早白,更谁念、玉溪消息③。他日水云身,相望处、无南北④。

注释

① 桃蹊柳曲:指桃柳众多春景艳丽之处。亦借指游冶之处。参见刘禹锡《踏歌词四首》之二:"桃蹊柳陌好经过,灯下妆成月下歌。"白居易《和元九与吕二同宿话旧感赠》:"争入杏园齐马首,潜过柳曲斗蛾眉。"大堤客:谓曾与友人一同冶游大堤。语本南朝乐府《襄阳乐九曲》之一:"朝发襄阳城,暮至大堤宿。大堤诸女儿,花艳惊郎目。"李白《忆襄阳旧游赠马少府巨》:"昔为大堤客,曾上山公楼。"

② "解春衣"句:意为典当春衣,在城南酒店赊酒喝。贳(shì 世)酒,买酒赊欠。萧纲《大堤》:"炊雕留上客,贳酒逐神仙。"陌,指街市。这句化用杜甫《曲江二首》之二:"朝回日日典春衣,每日江头尽醉归。""频醉卧"句:借用阮籍醉酒故事。《晋书·阮籍传》载:"邻家少妇有美色,当垆沽酒。籍尝诣饮,

醉,便卧其侧。籍既不自嫌,其夫察之,亦不疑也。"胡姬,辛延年《羽林郎》:"依倚将军势,调笑酒家胡。胡姬年十五,春日独当垆。"后常以胡姬指在胡人酒店中卖酒的年轻女子。

③ 鬓点吴霜:比喻鬓发花白。语本李贺《还自会稽歌》"吴霜点归鬓"。玉溪:李商隐号玉溪生。李商隐年轻时曾受到令狐楚的赏识和栽培,后因卷入牛李党争,受到令狐楚之子令狐绹的疏远和排斥,李商隐晋见无门,写了《九日》诗表达不满和希冀,有句云:"十年泉下无消息(一本作"无人问"),九日樽前有所思。"此处词人以李商隐自比。

④ 水云身:原为佛教语,指行脚僧,因其身如行云流水,居无定处,故称。这里指来去自由、无所羁绊之身。无南北:无论南北,不知南北。

解读

前后两首《迎春乐》都是怀念当年游春的伴侣的。这一首从"大堤客"等语来看,应该是怀念曾经相伴在荆南一带冶游的旧友。

上片回忆往昔。词人当年与好友出入"桃蹊柳曲",曾在大堤一带携妓冶游。"大堤客",隐含南朝乐府《襄阳乐九曲》之一诗意:"朝发襄阳城,暮至大堤宿。大堤诸女儿,花艳惊郎目。"周邦彦在《庆春宫》(云接平冈)、《玉楼春》(大堤花艳惊郎目)等作品中屡用此意。词人也曾在城南典当春衣,与游伴狂饮酒肆中,醉卧胡姬旁,极尽放纵恣肆。下片感怀当下,情调陡然一转,并隐约流露出退隐江湖之意。随着时光流逝,如今两鬓早白,孤独落寞,更有谁来挂念问候我的消息呢。来日云游四方,与旧友相望,更是天南地北,遥不可及。

近人乔大壮手批《片玉集》赞煞拍"结语高横",杨铁夫《清真词选笺释》说"'水云身'应起句,'相望'应'醉卧'",都是很能体会具体词境的。罗忼烈《清真集笺注》言词中"玉溪消息"一语用李商隐事,"似有所托",盖绍圣间新党已再执政,周邦彦犹在溧水任,未见知遇,故以令狐绹、李商隐事为喻。词人"自元祐二年出都,至绍圣三年,为时十载,正所谓'十年泉下无消息'也。时年逾四十矣,故有'鬓点吴霜'之叹。偃蹇薄宦,故有归隐水云之思耳"。其说近是。

点绛唇①

台上披襟,快风一瞬收残雨②。柳丝轻举,蛛网粘飞絮③。　极目平芜,应是春归处④。愁凝伫,楚歌声苦,村落黄昏鼓⑤。

注释

① 陈本注调名"仙吕",无题。
② "台上"二句:典出宋玉《风赋》:"楚襄王游于兰台之宫,宋玉、景差侍。有风飒然而至,王乃披襟而当之,曰:'快哉此风!寡人所与庶人共者邪?'"披襟,敞开衣襟。
③ 柳丝轻举:参见杜甫《白丝行》:"落絮游丝亦有情,随风照日宜轻举。"蛛网粘飞絮:参见元稹《春馀遣兴》:"馀英间初实,雪絮萦蛛网。"粘,彊村本作"黏"。
④ 极目平芜:参见王粲《登楼赋》:"平原远而极目兮,蔽荆山之高岑。"平芜,草木繁盛的平原旷野。高适《田家春望》:"出门何所见,春色满平芜。"春归处:参见陆龟蒙《阖闾城北有卖花

翁,讨春之士往往造焉,因招袭美》:"若要见春归处所,不过携手问东风。"

⑤ 凝伫(zhù 注):凝神伫立。楚歌声苦:《史记·项羽本纪》:"项王军壁垓下,兵少食尽,汉军及诸侯兵围之数重。夜闻汉军四面皆楚歌,项王乃大惊,曰:'汉皆已得楚乎?是何楚人之多也。'"刘长卿《秋日夏口涉汉阳,献李相公》:"楚歌悲远客,羌笛怨孤军。"村落黄昏鼓:相传自北朝李崇开始,村落设置鼓楼。据《北史·李崇传》记载:"兖土旧多劫盗,崇乃村置一楼,楼悬一鼓,盗发之处,双槌乱击,四面诸村闻鼓皆守要路。俄顷之间,声布百里。"杜甫《屏迹三首》之一:"村鼓时时急,渔舟个个轻。"

解读

从作品中连用楚地掌故来看,此词应是周邦彦滞留荆州一带时登台抒怀之作,创作时间大致有两种可能:一是青少年时代游学荆州时所作,大抵在熙宁五年至八年(1072—1075)之间;二是元祐五年至七年(1090—1092)出任荆州教授等职期间。

词的上片写登台所见景象,景中寓情。起首二句,词人登上楼台,敞开衣襟,快风入怀,一瞬间雨收云散。看起来似乎心胸豁然开朗,所有烦恼忧愁都飘然而去。其实不然,且看"柳丝"二句,虽有柳条随风轻举,毕竟柳絮粘在蛛网上不得脱身飞去,好似那挥之不去的愁思,依然萦绕心间。这就为下文抒发愁绪做了巧妙的铺垫。下片写登临之愁,以情入景。"极目"二句,临高望远,表面望的是平野尽处的春归之所,实则何尝不是远方的故园(或者京城),而春有归处,自己何尝有归时。所以,唯有凝神伫立,愁听凄苦楚歌、黄昏村鼓。词人流落他乡之悲,羁旅漂泊之苦,思乡怀归之情,全寓景中;歌鼓深击人心,心绪溢于言表。

杨铁夫《清真词选笺释》赞曰:"末五字坚如铁铸,妙在不著一听闻字。"龙榆生《清真词叙论》评曰:"看似清丽,而弦外多凄抑之音。"都是深得此词情境的。

一落索①

眉共春山争秀,可怜长皱②。莫将清泪湿花枝,恐花也、如人瘦③。　　清润玉箫闲久,知音稀有④。欲知日日倚栏愁,但问取、亭前柳⑤。

注释

① 陈本注调名"双调",前后二首《一落索》皆无题。毛本注曰:"《清真集》作《洛阳春》。"按《一落索》别名《洛阳春》。《词统》又作《一洛索》。
② "眉共"二句:参见孙光宪《菩萨蛮》:"晓堂屏六扇,眉共湘山远。争奈别离心,近来尤不禁。"共,与。春山,古人常以远山春色比拟佳人秀眉。
③ 清泪湿花枝:参见李商隐《天涯》:"莺啼如有泪,为湿最高花。"苏轼《古别离送苏伯固》:"酒罢月随人,泪湿花如雾。"恐花:《词统》作"怕花"。如人瘦:《百家词》作"知人瘦"。
④ 清润玉箫:谓玉箫之声清越而润泽。《礼记·聘义》记玉有五德,包括"温润而泽,仁也","叩之,其声清越以长,其终诎然,乐也"。知音稀有:参见《古诗十九首·西北有高楼》:"不惜歌者苦,但伤知音稀。"
⑤ "欲知"二句:参见王昌龄《闺怨》:"闺中少妇不知愁,春日凝

一落索（欲知日日倚栏愁，但问取、亭前柳）

妆上翠楼。忽见陌头杨柳色,悔教夫婿觅封侯。"许浑《秋晚云阳驿西亭莲池》:"空怀远道难持赠,醉倚阑干尽日愁。"但,只,只要。亭前柳,此指长亭前之柳树。

解读

沈雄《古今词话》引宋人陈鹄《耆旧续闻》曰:"周美成至汴京,主角妓李师师家,为作《洛阳春》(按即《一落索》),师师欲委身而未能也。"按照这一传说,此词是为汴京(开封)名妓李师师所作。不过这故事与宋代许多相关传闻一样,疑点颇多,且与词境不尽相合,不足凭信。就作品本身看,是词人代女子抒写怀人之情,很可能是词人早期付歌妓吟唱之作。而"知音稀有"云云,也可能寄托有作者失意落寞的情怀。

上片描绘女子的容貌,清秀中带着哀伤凄苦。起句醒豁,写女子眉清目秀,胜似青山秀色,令人眼前一亮,但作者在这里主要是用她楚楚动人的眉眼,来反衬她忧伤寂寞的情怀:只见她皱眉蹙额,黯然泪下。词人至此情不自禁地感叹:佳人啊,切莫把你的清泪落在花枝上,只怕那花也跟你人一般消瘦,禁不得许多愁啊!这里比较精巧的是,不直说女子消瘦憔悴,而是转用花枝引出来说,笔致婉转,回味悠长。犹如杨铁夫《清真词选笺释》所评:"瘦从花说,人瘦带点,是烘云托月之法。"下片刻画女子内心愁绪,继续用侧笔烘托着来写。过片不直说所思之人长久不见,而说玉箫闲置已久,只因为没有知音来光顾。由此引发末两句的相思之愁。只是这愁绪的表达,词人仍不肯用直笔倾诉,而是巧用辗转的问答形式和拟人手段,让亭前柳作为见证人,含蓄地来诉说女主人公日日倚栏盼望的愁苦之情。这样的表达,婉曲深折,情思自然更为浓厚。正如杨铁夫《清真词选笺释》所评:"问柳知愁,湿枝恐瘦,皆以无知物看作有知意,以婉曲而愈深。"

这首作品文辞清秀流便,描绘细腻生动,情思温润入微,笔法婉转自如,难怪陈廷焯《云韶集》盛赞周邦彦《一落索》"情词双绝,奴婢秦、柳"。单就这类小令的手法而论,周邦彦艺术水准确实在北宋诸名家之上。也难怪此词对后来词人产生了较大的影响。例如朱敦儒《桃源忆故人》"巧画远山不就,只为眉长皱","今夜月明如画,人共梅花瘦",李清照《醉花阴》"莫道不销魂,帘卷西风,人比黄花瘦",程垓《摊破江城子》"一夜无眠连晓角,人瘦也,比梅花、瘦几分",朱淑真《菩萨蛮》"人怜花似旧,花不知人瘦;独自倚栏杆,夜深花正寒",周密《桃源忆故人》"相思谩寄流红杏,人瘦花枝多少;郎马未归春老,空怨王孙草",等等,都可以看出受周邦彦这首词影响的痕迹。

一落索

　　杜宇思归声苦,和春催去①。倚栏一霎酒旗风,任扑面、桃花雨②。　　目断陇云江树,难逢尺素③。落霞隐隐日平西,料想是、分携处④。

注释

① "杜宇"二句:杜鹃鸟叫声凄苦,不单催人归去,也把春天催走了。相传古蜀帝杜宇死后,其魄化为杜鹃鸟,杜鹃鸟叫声很像"不如归去",古时常用作思归或催人归去之辞。参见雍陶《闻杜鹃二首》之二:"蜀客春城闻蜀鸟,思归声引未归心。"梅尧臣《杜鹃》:"蜀帝何年魄,千春化杜鹃。不如归去语,亦自古来传。"思归,毛本作"催归"。催去,毛本作"归去"。

② 酒旗风：酒帘在春风中招展。酒旗，古代酒店门前高挂的布招牌。参见杜牧《江南春绝句》："千里莺啼绿映红，水村山郭酒旗风。"桃花雨：形容桃花纷纷飘落。化用李贺《将进酒》："况是青春日将暮，桃花乱落如红雨。"

③ 目断：极目远望，一直望到看不见。宋之问《送赵六贞固》："目断南浦云，心醉东郊柳。"陇云：陇山之云。陇山在今陕西、甘肃、宁夏一带，亦泛指边塞。张先《酒泉子》："陇头云，桃源路，两魂消。"江树：参见谢朓《之宣城郡出新林浦向板桥》："天际识归舟，云中辨江树。"尺素：小幅的绢帛，指书信。汉乐府《饮马长城窟行》："客从远方来，遗我双鲤鱼。呼儿烹鲤鱼，中有尺素书。"

④ "落霞"句：参见戴叔伦《寄刘禹锡》："五年不见西山色，怅望浮云隐落霞。"徐铉《和太常萧少卿近郊马上偶吟》："怪得仙郎诗句好，断霞残照远山西。"隐隐，隐约。日平西，指日落西山。分携：分手。孟贯《寄伍乔》："蹉跎春又晚，天末信来迟。长忆分携日，正当摇落时。"

解读

上一首《一落索》是代言体的思妇词，这一首则是披露自己思归怀人心绪的作品。或谓这是词人早年由襄阳入陕时所作，可备一说。

上片写客途思归。起句以杜鹃鸟凄苦的"不如归去"的催归声，引出词人倦游思归的凄苦心境，继而又以暮春凋零景象渲染烘托凄凉情怀。杜鹃鸟的叫声，不仅催人归去，更催春天匆匆而去。倚栏一瞬间，词人便深深感受到了春天的凋零残败：一阵阵风吹过酒旗，携带着飘落的桃花扑面而来。词人漂泊无依的心绪隐寓景中。下片写远眺怀人。"目断"承接上片"倚栏"而来，直接带出凭栏远望的无限思念。词人极目陇云江树,感慨与情人天各一方,音信隔绝;只隐约地感到,那辽远的日落之处,大约就是当时和心上人分别之处吧。杨铁夫《清真词选笺释》评末二句说:"遥见落霞,知当日送行之远,惜别深情,俱在言外。……'尺素'句已将情说尽,乃忽以'落霞隐隐日平西'句押入,撑得起,脱得开,正是金针度人处。"

在这首词里,思归之情与杜鹃催归、桃花飘飞交织着写,怀人之情与陇云江树、落霞残照糅合着写,情与景浑然一体,堪称情景交融、意境闳远的典范。俞陛云《宋词选释》评论说:"'倚阑'二句,写景俊逸,拟诸诗境,有'十里晓风吹不断,乱红飞雨过长亭'意境。'落霞'二句,离思与落霞、孤鹜齐飞矣。"乔大壮手批《片玉集》亦推崇"此首取境尤重大"。

垂丝钓[①]

缕金翠羽,妆成才见眉妩[②]。倦倚绣帘,看舞风絮[③]。愁几许,寄凤丝雁柱[④]。　　春将暮,向层城苑路[⑤],钿车似水,时时花径相遇[⑥]。旧游伴侣,还到曾来处,门掩风和雨[⑦]。梁燕语,问那人在否[⑧]。

注释

① 《垂丝钓》词调为周邦彦始创。陈本注调名"商调",无题。此词上下片分段,各本不尽相同。毛本以"钿车似水"为上片结句,《词律》已指斥其不叶韵,显误不可从。《词萃》与《宋四家

词选》以"向层城苑路"为上片结句,与赵彦端、吴文英同调词分段相同。《粹编》以"春将暮"为上片结句,与陈允平和词同。统观词意,陈本以"雁柱"为上片结句的分段较为恰当,方千里和词、《百家词》、四印斋本与陈本相同。

② 缕金:以金丝妆饰于脸面。相传原是南唐后期宫中妃嫔的一种妆饰。据陶穀《清异录·妆饰门》记载:"江南晚季,建阳进油茶花子,大小形制各别,极可爱,宫嫔缕金于面,皆以淡妆,以此花饼施于额上,时号'北苑妆'。"或说缕金指缕金衣(即金缕衣);参词中下文所言,此说似非。翠羽:形容女子眉毛乌黑发亮。语本宋玉《登徒子好色赋》:"眉如翠羽,齿如含贝,肌如白雪,腰若束素。"眉妩:用汉代张敞画眉故事。据《汉书·张敞传》记载,张敞为京兆尹,数为妻画眉,长安中传张京兆眉妩。这里指女子化妆后面容妩媚动人。

③ "倦倚"二句:化用李商隐《访人不遇留别馆》:"闲倚绣帘吹柳絮,日高深院断无人。"绣帘,毛本作"玉奁"。看舞风絮,《百家词》作"看舞絮",非。宋人此调,此句皆为四字。

④ 凤丝:美称琴弦。温庭筠《和沈参军招友生观芙蓉池》:"桂栋坐清晓,瑶琴商凤丝。"雁柱:指古筝上整齐排列的弦柱。路德延《小儿诗》:"帘拂鱼钩动,筝推雁柱偏。"

⑤ 层城:原为上古神话中昆仑山上的高城,借指京城、高城。陆机《赠尚书郎顾彦先诗二首》之二:"朝游游层城,夕息旋直庐。"苑路:指京城上苑。据周邦彦《汴都赋》记载,当时皇上"方欲与百姓同乐,大开苑囿"。毛本作"宛路",形近而误。

⑥ 钿(diàn甸)车似水:用金花装饰的车子往来如流水不绝。参见《后汉书·明德马皇后纪》:"前过濯龙门上,见外家问起居者,车如流水,马如游龙。"白居易《浔阳春·春来》:"金谷踏花香骑入,曲江碾草钿车行。"似水,毛本作"如水"。

⑦ 旧游伴侣：词人自指。门掩风和雨：谓人去楼空，唯有风雨交加。
⑧ "梁燕语"二句：是说词人向梁上燕子打探那佳人如今是否还在。罗虬《比红儿诗》："晓月雕梁燕语频，见花难可比他人。"另参苏轼《永遇乐·夜宿燕子楼》："燕子楼空，佳人何在？空锁楼中燕。"详见前《解连环》(怨怀无托)注④。梁燕语，陈本原作"梁间燕语"。按宋人此调，此处皆为三字句。朱校谓"原本'梁'下衍'间'字"，是。此依朱校，从四印斋本，删去"间"字。

解读

绍圣三年(1096)，四十一岁的词人由溧水返回京城后，细寻前踪，怀念往日相好，觅而不见，乃作此篇以寄意。旧时论者往往喜欢拿周邦彦这类作品与唐人崔护《题都城南庄》相提并论，未免失之浮浅。晚清陈廷焯《云韶集》就很不以为然："重寻旧迹，却写得如许凄凉，唐人'桃花依旧笑春风'不及此也。"

此词上片回想往日，那位佳人的形容神态鲜活地浮现在眼前。首二句写其妆容，缕金装点，细画眉毛，更见容颜精致美艳，妩媚动人。"倦倚"二句，写她慵懒地倚靠门窗，看着柳絮飞舞，独自发愣出神。由此点出下二句她的孤闷闲愁，要借弹筝来排遣。词人通过形神兼备的勾勒，活画出一幅美人起居图。同时，通过悬想女子的相思之愁，自然引起下片词人的相思，写出彼此呼应的情思。下片写词人故地重游。暮春时节，驱车向京城上苑，一路车如流水马如龙，不时地跟游客熟人相遇，当时与佳人一同春游的情景恍惚又在眼前浮现。一路寻去，终于找到当年佳人住过的那所楼房，可惜风雨交加之中，门掩楼空，那佳人踪迹全无，只有梁上燕子独自呢喃，似在诉说如烟往事。词人不由得上前询问燕子:那佳人如今还在吗?作品至此,戛然收尾,耐人寻思。近人杨铁夫《清真词选笺释》赞收尾二句说:"在与不在,妙不明说,又妙不作答,有弦外音。"

在这首词中,工笔细描的精致传神,悬想、实写的交错变幻,人燕对话的奇妙空灵,以及神余言外的情思寄托,都不是唐人崔护一首"人面桃花"所能企及的。

卷四
夏景

满庭芳①

夏日溧水无想山作②

风老莺雏，雨肥梅子，午阴嘉树清圆③。地卑山近，衣润费炉烟④。人静乌鸢自乐，小桥外、新绿溅溅⑤。凭栏久，黄芦苦竹，拟泛九江船⑥。　　年年，如社燕，飘流瀚海，来寄修椽⑦。且莫思身外，长近尊前⑧。憔悴江南倦客，不堪听、急管繁弦⑨。歌筵畔，先安簟枕，容我醉时眠⑩。

注释

① 陈本注调名"中吕"。
② 陈本原无题。毛本、四印斋本题为"夏日溧水无想山作"，当是清真词原题，据补。溧水：宋代县名，属江宁府，今属江苏南京。无想山：在溧水南。六朝时在此建无想寺，山或因寺而得名。周边群山苍翠，湖光山色相映。
③ "风老"二句：幼小的莺鸟在和风中逐渐长大，梅子在雨水中结出丰硕的果实。这里"老"和"肥"，都作动词用。"风老"句，化用杜牧《赴京初入汴口晓景即事先寄兵部李郎中》："露蔓虫丝多，风蒲燕雏老。""雨肥"句，化用杜甫《陪郑广文游何

将军山林十首》之五:"绿垂风折笋,红绽雨肥梅。"午阴嘉树清圆:中午时分,阳光直射绿树,树荫清凉而圆正。参看刘禹锡《昼居池上亭独吟》:"日午树阴正,独吟池上亭。"嘉树,意同"佳树",《雅词》作"槐影",《词统》、毛本作"佳树"。参看温庭筠《酬友人》:"闲云无定貌,佳树有餘阴。"

④ "地卑"二句:靠近山脚,地势低下潮湿,衣物容易受潮,需要常用薰炉来烘干。地卑,参见贾谊《鵩鸟赋序》:"谊既谪居长沙,长沙卑湿,谊自伤悼,以为寿不得长,乃为赋以自广也。"杜甫《遣兴》:"地卑荒野大,天远暮江迟。"白居易《琵琶行》有"住近湓江地低湿"句。衣润,参见白居易《代书诗一百韵寄微之》:"润销衣上雾,香散室中芝。"贯休《寄王涤》:"梅月多开户,衣裳润欲滴。"

⑤ "人静"句:陈本注引杜甫诗"人静乌鸢乐"。按今传杜甫诗集无此句。人静,《雅词》作"人去"。乌鸢(yuān 渊),乌鸦和老鹰。王安石《永济道中寄诸舅弟》:"似闻空舍乌鸢乐,更觉荒陂人马劳。"新绿:指清澈的流水。《雅词》、毛本、四印斋本作"新渌"。溅(jiān 兼)溅:水急速流动的样子。沈约《早发定山》:"归海流漫漫,出浦水溅溅。"又形容流水声。萧衍《游钟山大爱敬寺》:"幽谷响嘤嘤,石濑鸣溅溅。"

⑥ 凭栏:倚靠着栏杆。"黄芦"二句:意思是说,就像当年白居易贬谪江州(今江西九江),置身低湿荒凉之地。黄芦,芦苇的一种;一说指枯黄的芦苇。苦竹,竹子的一种,初夏生笋,可食用,味略苦。拟,类似,好像。《雅词》《花庵》"拟"作"疑",非。蒋礼鸿先生《大鹤山人校本〈清真词〉笺记》据《汉书》颜注、《后汉书》、梅尧臣诗,考订曰:"拟者,比也,似也。……'拟泛九江船',犹云'似泛九江船'耳。改'拟'为'疑',于文似为径易,然恐转失其实矣。"九江船,化用白居易事。白居

易曾被贬为江州司马,所作《琵琶行》记江船上闻琵琶女弹琵琶并自述身世,因而有"同是天涯沦落人"之感,诗中有"黄芦苦竹绕宅生"句。

⑦ "年年"四句:谓自己年年都像燕子一样漂泊在外,寄身他乡犹如筑巢于屋椽。社燕,即燕子,旧传燕子于春社日(立春后第五戊日)由南飞北,秋社日(立秋后第五戊日)由北飞南,故称"社燕"。欧阳澥《咏燕上主司郑愚》:"长向春秋社前后,为谁归去为谁来。"瀚海,本作翰海,原指北方之海(今之贝加尔湖,或呼伦湖、贝尔湖),后泛指边远荒凉之地。《史记·卫将军骠骑列传》:"(霍去病)封狼居胥山,禅于姑衍,登临翰海。"《索隐》引崔浩云:"北海名,群鸟之所解羽,故云翰海。"修椽(chuán 船),房顶用来承屋瓦的长木。杜甫《陈拾遗故宅》:"拾遗平昔居,大屋尚修椽。"

⑧ "且莫"二句:不要去想那些身外之事,还不如时常饮酒开怀。化用杜甫《绝句漫兴九首》之四:"莫思身外无穷事,且尽尊前有限杯。"杜牧《张好好诗》:"身外任尘土,樽前极欢娱。"尊,酒樽。

⑨ 憔悴:困顿,失意。杜甫《梦李白》:"冠盖满京华,斯人独憔悴。"江南倦客:作者自指。白居易《泛小舲二首》之一:"醉卧船中欲醒时,忽疑身是江南客。"急管繁弦:指急促繁复的管弦乐。参见杜甫《陪王使君晦日泛江就黄家亭子》:"不须吹急管,衰老易悲伤。"钱起《送孙十尉温县》:"急管繁弦催一醉,颍阳不驻引征镳。"繁弦,《雅词》《花庵》作"危弦"。

⑩ 歌筵:有乐工歌唱伴酒的宴席。安:安置。簟(diàn 垫):竹席。簟枕,《草堂》《粹编》《诗馀醉》作"枕簟"。容我醉时眠:用陶潜(渊明)故事。《宋书·陶潜传》:"(陶)潜若先醉,便语客:'我醉欲眠卿可去。'其真率如此。"李白《山中与幽人对酌》:"我醉欲眠卿且去,明朝有意抱琴来。"

解读

　　这是清真词中脍炙人口的名篇,也是周邦彦任溧水县令时期的代表作,写于元祐八年至绍圣二年间(1093—1095),很可能是词人到溧水第一年(1093)在无想山消夏时的作品,是年词人三十八岁。

　　上片写景为主,景中含情。开篇两句,描绘初夏梅雨时节典型环境里动植物(莺雏、梅子)生长的鲜活景致,场面生动,属对考究,措辞精美,"老"字"肥"字,"字法俱灵"(卓人月《古今词统》)。又如陈廷焯《云韶集》所赞:"起笔绝秀,以意胜,不以词胜,笔墨真高。""午阴"句,转写雨后艳阳下树底清凉圆正的树荫,也是夏日中午典型场景的鲜活呈现,同时隐隐引出消夏主人公的身影,为下文铺垫。"地卑"二句,写当地地势低下又近山,气候潮湿,湿衣服很难烘干,渐渐透露出词人沦落到僻远地区的哀怨。"人静"二句,写乌鸦老鹰自乐,山前溪水奔流,看似笔调转为欢快,实则是以乌鸦、老鹰与流水的欢乐,反衬人的孤寂无聊,以引起下文。周济《宋四家词选》称赏"人静"二句:"体物入微,夹入上下文中,似褒似贬,神味最远。""凭栏久"三句,承接"小桥"句,以景入情:词人久倚栏杆,感慨周遭黄芦苦竹的荒凉,感觉自己犹如当年白居易贬谪江州的情形。由此很自然地为下半述怀蓄势。下片抒情为主,而情绪上颇有顿挫收放的变化。"年年"四句,承接上片,直抒胸臆,感叹自己多年漂泊,寄居异乡,好比筑巢于他人屋椽的燕子。周邦彦于元祐二年(1087),离开京城(开封)外放,先是教授庐州,继又滞留荆州,再辗转到溧水任上,至此至少有七八年时间。用词人在《重进汴都赋表》的话说:"臣命薄数奇,旋遭时变,不能俯仰取容,自触罢废,飘零不偶,积年于兹。"可见当时心境。"且莫"二句,荡开一笔:还是多喝酒,别去想那些烦心的身外之事。此二句,"自为开合"(杨铁夫《清真词选笺释》），好比"杜诗韩笔"（谭献评《词辨》）。词人原本到山间避暑休闲，是很希望在"无想"的境界里，达到"莫思身外"的超脱，可是，现实世界里他终究忘不了远离京城、沦落江南的失意倦客的处境，无怪乎听不得筵席上的急管繁弦，最后还是要靠纵酒醉眠来忘却内心的苦闷。梁启超《饮冰室评词》品结语曰："最颓唐语，却最含蓄。"

　　这首词描绘景致，摹写物态，皆能曲尽其妙，耐人细品；抒情则哀而不伤，怨而不怒，别饶雍容娴雅之气；善于融化杜甫、白居易、刘禹锡、杜牧、温庭筠等人诗句，精心熔铸，自然流转，词境出神入化。历来词论家对这首词评价颇高。许昂霄《词综偶评》谓"通首疏快，实开南宋诸公之先声"。陈廷焯《白雨斋词话》评曰："乌鸢虽乐，社燕自苦，九江之船，卒未尝泛。此中有多少说不出处，或是依人之苦，或有患失之心，但说得虽哀怨，却不激烈，沉郁顿挫中，别饶蕴藉。后人为词，好作尽头语，令人一览无馀，有何趣味。"陈洵《海绡说词》称赞"词境静穆，想见襟度，柳七所不能为也"；《海绡说词》（抄本）又赞此词"层层脱卸，笔笔勾勒，面面圆成"。陈匪石《宋词举》曰："统观前遍，皆写实境，以情融入景中，'倦客'之苦，在若隐若现之间，极匣剑帷灯之妙。过变以下，如流泉下泻，直抒胸臆；而旋垂旋缩，又如因风成漪，叠澜不定。"俞陛云《宋词选释》称道："通首气脉之贯注，顿挫之蓄势，自是大家。"俞平伯《清真词释》对此词更是推崇备至："词为清真中年之作，气恬韵穆，色雅音和，萃众美于一篇，会声辞而两得，在本集固无第二首，求之两宋亦罕见其俦。"

隔浦莲①

中山县圃姑射亭避暑作②

新篁摇动翠葆,曲径通深窈③。夏果收新脆,金丸落、惊飞鸟④。浓霭迷岸草,蛙声闹,骤雨鸣池沼⑤。　水亭小,浮萍破处,帘花檐影颠倒⑥。纶巾羽扇,困卧北窗清晓⑦。屏里吴山梦自到,惊觉,依然身在江表⑧。

注释

① 《隔浦莲》词调为周邦彦始创。白居易有《隔浦莲》诗,调名取此。毛本、四印斋本作《隔浦莲近拍》,《诗馀醉》作《隔浦莲近》,皆为别名。陈本注调名"大石"。
② 陈本原无题。毛本、四印斋本题为"中山县圃姑射亭避暑作",当是清真词原题,据补。《景定建康志》卷三十七《文籍志五·乐府》引周邦彦此词,题为"溧水县圃姑射亭避暑作"。中山:山名,在溧水县东南。据《太平寰宇记》卷九十《升州·溧水县》载:"中山,又名独山,在县东南十里,不与群山连接。"县圃:县衙所属园圃。又,传说中昆仑山顶神仙居处亦名"县圃"。姑射(yè页)亭:溧水县衙所属园圃中的亭子。据强焕《片玉词序》载:"于所治后圃,得其(周邦彦)遗政,有亭曰'姑射',有堂曰'萧闲',皆取神仙中事,揭而名之,可以想象其襟抱之不凡。而又睹新绿之池,隔浦之莲,依然在目。"姑射,出自《庄子·逍遥游》:"藐姑射之山,有神人居焉,肌肤

隔浦莲（屏里吴山梦自到）

若冰雪,淖(绰)约若处子,不食五谷,吸风饮露,乘云气,御飞龙,而游乎四海之外。"

③ 新篁:新竹。翠葆:形容青翠茂盛的枝叶。谢朓《侍宴华光殿曲水奉敕为皇太子作诗》九章之七:"翠葆随风,金戈动日。""曲径"句:参见常建《题破山寺后禅院》:"曲径(一作"竹径")通幽处,禅房花木深。"深窈,幽深。《雅词》作"深杳"。

④ "夏果"句:是说夏日收获新鲜脆嫩的果子。参见宋之问《登粤王台》:"冬花采卢橘,夏果摘杨梅。"韩愈《李花二首》之一:"冰盘夏荐碧实脆,斥去不御惭其花。"金丸:原指金制的弹丸。《西京杂记》卷四:"韩嫣好弹,常以金为丸,所失者日有十馀。长安为之语曰:'苦饥寒,逐金丸。'京师儿童每闻嫣出弹,辄随之,望丸之所落,辄拾焉。"这里金丸形容金色的果子。这句化用李白《少年子》"金丸落飞鸟,夜入琼楼卧",而意思变为:树上果子落下来,惊飞了树上的鸟。此句毛本注谓"一作'金丸落飞鸟'",非。

⑤ 浓霭(ǎi 蔼):浓重的水气云雾。彊村本作"浓翠",与上文"翠葆"语意重合,非。陈本与《雅词》、《花庵》、《草堂》、《粹编》、毛本、《词萃》、四印斋本皆作"浓霭"。蛙声闹:参见韩愈《答柳柳州食虾蟆》:"强号为蛙蛤,于实无所校","鸣声相呼和,无理只取闹"。骤雨:忽然而至的急雨、暴雨。岑参《太一石鳖崖口潭旧庐招王学士》:"骤雨鸣淅沥,飕飗溪谷寒。"骤雨,《雅词》作"暴雨"。池沼:池塘。

⑥ 毛本、《词萃》以"水亭小"属上片,自"浮萍"起属下片。浮萍破处:化用张先《题西溪无相院》:"浮萍破处见山影,小艇归时闻棹声。""帘花"句:帘子上的花卉图案和屋檐的影子倒映在水中。帘花檐影,《雅词》作"檐花帘影",则可参见丘迟《答徐侍中为人赠妇》"共取落檐花",以及杜甫《醉时歌》"灯前细

雨檐花落"诗句。杨慎《词品》曰："(檐花)盖谓檐前雨映灯光如花尔。"聊备一说。

⑦ 纶(guān 关)巾羽扇：戴着丝带编成的头巾，手持羽毛扇子。形容仪态娴雅从容。《晋书·谢万传》："万著白纶巾，鹤氅裘，履版而前。"《太平御览》卷七零二引晋裴启《语林》："武侯与宣王在渭滨将战，武侯乘素舆，葛巾，白羽扇，指挥三军，三军皆随其进止。"吕岩《雨中花》："岳阳楼上，纶巾羽扇，谁识天人。"困卧北窗：化用陶渊明《与子俨等疏》："常言五六月中，北窗下卧，遇凉风暂至，自谓是羲皇上人。"困卧，《草堂》作"醉卧"。清晓：清晨，天刚亮时。李贺《潞州张大宅病酒，遇江使，寄上十四兄》："病客眠清晓，疏桐坠绿鲜。"

⑧ 屏里吴山：指屏风上画的词人故乡山水。吴山，词人故乡之山，在今杭州市西湖东南，亦称胥山、城隍山。这句化用温庭筠《春日》："屏上吴山远，楼中朔管悲。"惊觉：睡梦中惊醒。李白《冬夜醉宿龙门，觉起言志》："中夜忽惊觉，起立明灯前。"依然：《草堂》、毛本作"依前"。江表：指长江以南地区，从中原看，地在长江之外，故称江表。此处指长江之南的溧水。

解读

　　这首词与前一首《满庭芳》都是周邦彦任溧水县令时期的作品，皆为夏日山间避暑所见所感，当是先后之作。

　　上片描绘姑射亭外围景象。新竹在夏日清风中摇曳生姿，曲折的小径通向竹林深处，一派翠绿荫凉。竹林过来是一片果园，金色的果实挂满枝头，新鲜脆嫩，正是收获时节，成熟的果子像弹丸似的落下来，惊飞了果树上的小鸟。果园尽处是一汪池水，水边的草木在清晨的浓雾下若隐若现，池塘里蛙鸣声和急雨声响成一片。下片写姑射亭之景与景中之词人，寄托怀乡之情。

小巧的姑射亭矗立水滨,词人在亭中凝望水面,到处是莲叶浮萍,浮萍空缺处,门帘花纹和屋上飞檐倒映水面。看着水面景致,不由得一阵倦意袭来,头戴纶巾、手持羽扇的词人便睡倒在北窗之下。在梦中,词人恍惚进入了床边屏风画里的家乡山水,回到了阔别已久的钱塘故里。但是,等到梦中惊醒过来,才发现自己依然滞留在江南他乡。词人沦落漂泊的惆怅失落之情,溢于言外。

陈廷焯《白雨斋词话》说:"美成词有前后若不相蒙者,正是顿挫之妙。"《隔浦莲》和《满庭芳》都是颇具顿挫之妙的佳作。初看起来,这首《隔浦莲》前面极写各种清丽佳景,后面忽然转出思乡之梦、失落之情,似乎前后不搭,实则与前一首《满庭芳》相类似,是有意以清景欢情来反衬哀情;同时,以"水亭小""困卧""惊觉"逐次铺垫,渐渐点出所居之地的局促困顿,引出结尾的怅惘之情,实际上是顺势而下,顺理成章,构思非常细腻缜密。词人铺叙的章法,从空间上看,是由远至近,由外及里,从外围的竹林果园,写到池塘,再写到水亭和亭中之人,步步推进,层层深入,极有条理。从时间上看,上片到下片前三句,是惊醒后所见之景,是现在时;困卧北窗,梦到吴山,是回溯倒叙,是过去时。正如近人陈洵《海绡说词》(抄本)评析:"'纶巾''困卧',却用逆叙。'身在江表',梦到吴山,船且到,风辄引去,仙乎仙乎。周词固善取逆势,此则尤幻者。"这个评论是符合周邦彦擅长的铺叙技法的。此外,作品前后呼应十分细致。比如,上片之"惊飞鸟"以及"蛙声闹""骤雨鸣",与下片之"惊觉",遥相呼应;上片之"浓霭迷岸草",与下片之梦吴山,以及醒后之迷惘惆怅,遥遥相对。至于词中措辞华美,韵律邃密,描绘精湛,着彩鲜丽,有声有色,自是清真一贯的长技。

法曲献仙音①

蝉咽凉柯，燕飞尘幕，漏阁签声时度②。倦脱纶巾，困便湘竹，桐阴半侵朱户③。向抱影凝情处，时闻打窗雨④。　　耿无语⑤。叹文园、近来多病，情绪懒，尊酒易成间阻⑥。缥缈玉京人，想依然、京兆眉妩⑦。翠幕深中，对徽容、空在纨素⑧。待花前月下，见了不教归去⑨。

注释

① 陈本注调名"大石"，无题。《草堂》《粹编》题作"初夏"。
② 蝉咽：蝉鸣幽咽。徐陵《山池应令》："猿啼知谷晚，蝉咽觉山秋。"凉柯：荫凉的树枝。尘幕：指帘幕。参见刘禹锡《同乐天和微之深春二十首》之六："画堂帘幕外，来去燕飞斜。""漏阁"句：阁楼按时传来报时之声。漏阁，置有漏壶的楼阁。元稹《生春二十首》之五："殿阶龙旆日，漏阁宝筝风。"漏，漏壶，古代铜制带孔的计时器，可滴水或漏沙，以刻度标志计时。签声，古代晚间报更时更筹掷地的响声。《陈书·世祖纪》："每鸡人伺漏，传更签于殿中，乃敕送者必投签于阶石之上，令鎗然有声，云'吾虽眠，亦令惊觉也'。"欧阳修《夫人阁》之五："玉殿签声玉漏催，彩花金胜巧先裁。"
③ 纶(guān 关)巾：一种头巾。见前《隔浦莲》(新篁摇动翠葆)注⑦。"困便"句：困了就安卧于竹席。便(pián 骈)，安。此指安于枕席。湘竹，指用湘竹编制的竹席。黄滔《题道成上人院》："簟舒湘竹滑，茗煮蜀芽香。""桐阴"句：桐树树荫遮了半

个门户。朱户,红色大门。毛本作"庭户"。

④ 抱影:守着影子,形容孤独。左思《咏史诗八首》之八:"落落穷巷士,抱影守空庐。"凝情:情思专注。打窗雨:参见韩偓《效崔国辅体四首》之三:"欲明天更寒,东风打窗雨。"

⑤ 耿:忧伤,不安。参见李群玉《秋怨》:"凝情耿不寐,揽涕起疏慵。"毛本"耿无语"三字属上片结句。观词意,当依陈本属下片为是。

⑥ "叹文园"句:以司马相如自比,感叹近来体弱多病。化用杜甫《赠李八秘书别三十韵》:"文园多病后,中散旧交疏。"汉朝司马相如曾任孝文园令,后人以文园借指司马相如。《史记·司马相如列传》记其"常有消渴疾","称病闲居"。"尊酒"句:意谓不能饮酒,亦指不能与旧交对饮言欢。尊酒,犹言杯酒。间阻,阻隔。

⑦ 缥缈:高远,隐隐约约。玉京人:犹言仙女。这里美称所爱的佳人。卢绛《梦白衣妇人歌词》:"玉京人去秋萧索,画檐鹊起梧桐落。"玉京,道家称天帝所居之处,后亦指帝都。京兆眉妩:用张敞画眉典故。见前《垂丝钓》(缕金翠羽)注②。这里是说心爱的女子妩媚动人。

⑧ 翠幕:翠色帷幕。参见韩愈《华山女》:"云窗雾阁事恍惚,重重翠幕深金屏。""对徽容"句:是说只能空对着画像观赏佳人容颜。徽容,美好的容颜。亦用来美称人物画像。徽,美,善。谢惠连《豫章行》:"愿子保淑慎,良讯代徽容。"陈本注引唐代歌妓崔徽使人画其形容寄裴敬中故事,似误。纨素,白色绸绢。此指画有人像的细绢。

⑨ 花前月下:参见白居易《和刘汝州酬侍中见寄长句因书集贤坊胜事戏而问之》:"闻道郡斋还有酒,花前月下对何人。"不教(jiāo 交):不让。

119

解读

明代王世贞《艺苑卮言》曾说"美成能作景语,不能作情语"。后来论词者,多不赞同此说。比如,清初沈谦《填词杂说》里特别举了周邦彦《风流子》"天便教人,霎时厮见何妨",以及本篇"花前月下,见了不教归去"的例子,赞道:"卞急迂妄,各极其妙。美成真深于情者。"清人徐喈凤《荫绿轩词证》从另一角度表达了不同于王世贞的看法:"愚谓词中情景不可太分,深于言情者,正在善于写景。"周邦彦这首写于外放时期,感叹沦落孤寂,怀念京城情人的作品,可以说是既善于写景又深于言情的范例。

上片写夏夜之景和词人夜不能寐情形。起首三句,蝉鸣枝头,燕穿帘幕,阁楼传来报更之声,都是以动衬静,写夜深人静,引起以下主人公孤寂凄清的情景:一阵困倦袭来,脱下头巾,卧于竹席,但又无法入睡,看着梧桐半遮门户,听着夜雨敲打窗口,独对孤灯,形影相吊,凝神陷入沉思。下片自叹多病,思念情人。换头"耿无语"三字,承上"抱影凝情",衔接自然,流利地引出下片抒情。词人以司马相如自比,感叹像他那样潦倒多病,情绪慵懒,欲与故人把酒言欢而不可得;遥想京城中那位旧相好,一定美丽如初,但而今只能空对着她的画像出神发愣,心里唯有一个执念:有朝一日,花前月下重逢,一定要把她留下,不再让她回去。

这首词以景引情,融情入景;写景如在眼前,如临其境,写情则浑朴俊朗,深挚动人。历来词论家,尤其对后段抒情赞不绝口。沈际飞《草堂诗馀正集》评曰:"'不教归去',痴心语,实快心语。"周济《宋四家词选》赞曰:"结是本色俊语。"俞陛云《宋词选释》道:"后阕虽寄怀宛转,而纯用舒朗之笔,绝无缋饰,见格调之高。"杨铁夫《清真词选笺释》说:"于今日不可见时作将来见了想,在俗手不知作如何浓艳语。看其止说'不教归去',朴而大方。此等语最难学。"

过秦楼①

水浴清蟾,叶喧凉吹,巷陌马声初断②。闲依露井,笑扑流萤,惹破画罗轻扇③。人静夜久凭栏,愁不归眠,立残更箭④。叹年华一瞬,人今千里,梦沉书远⑤。　空见说、鬓怯琼梳,容销金镜,渐懒趁时匀染⑥。梅风地溽,虹雨苔滋,一架舞红都变⑦。谁信无悰为伊,才减江淹,情伤荀倩⑧。但明河影下,还看稀星数点①。

注释

① 毛本注:"《清真集》作《选官子》,或作《惜馀春慢》。"按《选官子》即《选冠子》,与《惜馀春慢》皆为《过秦楼》别名。陈本注调名"大石",无题。《花庵》题作"夜景"。

② 水浴清蟾:指水中浮着明月的倒影。清蟾,指清澄的月亮。古代神话传说姮(嫦)娥奔月,化为蟾蜍。《初学记》引《淮南子·览冥训》:"羿请不死之药于西王母,姮娥窃以奔月……托身于月,是为蟾蜍,而为月精。"叶喧凉吹:指树叶在凉风中簌簌作响。参见李商隐《雨》:"秋池不自冷,风叶共成喧。"鲍照《秋夕》:"幽闺溢凉吹,闲庭满清晖。"巷陌:街巷。马声:《词萃》作"雨声"。

③ 露井:没有覆盖的井。参见李商隐《临发崇让宅紫薇》:"桃绶含情依露井,柳绵相忆隔章台。""笑扑"二句:化用杜牧《秋夕》:"银烛秋光冷画屏,轻罗小扇扑流萤。"流萤,飞行无定的萤火虫。画罗轻扇,带画的轻便丝质团扇。

④ 立残更箭:意思是夜里站了很长时间。更箭,古代计时器刻漏里浮在水上指示时间的箭头。参见杜甫《湖城东遇孟云卿,复归刘颢宅宿宴,饮散因为醉歌》:"岂知驱车复同轨,可惜刻漏随更箭。"

⑤ 一瞬:一眨眼。形容极其短暂的时间。参见独孤及《酬皇甫侍御望天灊山见示之作》:"度世若一瞬,昨朝已千载。"梦沉书远:是指梦中见不到,寄信又因路远而难寄到。

⑥ 空:徒然,枉然。见说:听说。鬓怯琼梳,容销金镜:因为鬓发稀疏,面容消瘦,所以怕对镜梳妆。琼梳,饰有美玉的发梳,泛指精美的梳子。金镜,铜镜。参见江淹《采石上菖蒲》:"瑶琴久芜没,金镜废不看。"趁时匀染:赶时髦涂抹打扮。

⑦ 梅风地溽(rù 入):梅雨时节的风使得地面潮湿。溽,湿热,湿润。参见许敬宗《麦秋赋应诏》:"扇渐秀于梅风,润岐苗于谷雨。"地溽,《白雪》作"地湿"。虹雨苔滋:夏日的阵雨使得苔藓滋生。虹雨,此指夏季的阵雨。因为乍雨乍晴,雨后常见彩虹,故称。参见王筠《杂曲二首》之二:"丹霞映白日,细雨带轻虹。"苔滋,参见杜甫《雨四首》之四:"楚雨石苔滋,京华消息迟。"虹雨,《草堂》、《白雪》、《粹编》、毛本作"红雨",则与下文"舞红"重出,误。"一架"句:是说曾经盛开的一架鲜花都已凋零。舞红,飘落飞舞之花。参见孙光宪《浣溪沙》:"花渐凋疏不耐风,画帘垂地晚堂空,堕阶萦藓舞愁红。"

⑧ 无憀(liáo 聊):空虚郁闷,无聊。伊:她,此指所思念的女子。才减江淹:意即江淹才减。据《南史·江淹传》记载:江淹"尝

宿于冶亭,梦一丈夫自称郭璞,谓淹曰:'吾有笔在卿处多年,可以见还。'淹乃探怀中得五色笔一以授之。尔后为诗绝无美句,时人谓之才尽。"这里以江淹自比,说自己困于相思,而才思减退。情伤荀倩:意即荀倩情伤。荀倩,即荀粲,字奉倩,三国魏玄学家,与妻子感情甚深,妻亡后黯然神伤,痛悼不已。据《世说新语·惑溺》记载:"荀奉倩与妇至笃,冬月妇病热,乃出中庭自取冷,还以身熨之。妇亡,奉倩后少时亦卒。"刘孝标注引《粲别传》:"妇病亡。未殡,傅嘏往喭粲,粲不哭而神伤。嘏问曰:'妇人才色,并茂为难。子之聘也,遗才存色,非难遇也,何哀之甚?'粲曰:'佳人难再得!顾逝者不能有倾城之异,然未可易遇也。'痛悼不能已已。岁馀亦亡。时年二十九。"这里以荀奉倩自比,言为情而伤。情伤:《白雪》作"神伤"。

⑨ 明河:银河。稀星:参见杜甫《倦夜》:"重露成涓滴,稀星乍有无。"

解读

这是词人漂泊在外时怀人之作。罗忼烈《清真集笺注》曰:"梅风虹雨,江南初夏;露井流萤,庭院清宵;绮情未衰,离思自苦:此殆亦溧水之作也。"今人或谓熙宁七年(1074)在长安时思念妻室之作。然皆系推测,并无确据。

上片是词人回忆感怀。首三句写秋夜景象:明亮的圆月倒映在清澈的水面,仿佛在水中快乐地沐浴,树叶在清凉的秋风中簌簌作响,街道上渐渐安静下来,没有了白天车马的喧嚣声。初一看,容易误认为这是词人当下所见景象,实际上,这三句连同下面"闲依露井"三句,全是词人记忆里闪回的场面:在那样美好静谧的秋夜里,我和她在井栏边玩耍,她嬉笑地追逐扑打萤火虫,把手中的轻罗画扇都弄破了。"人静"以下六句,拉回到现实场景:初夏之夜,夜深人静,我独自靠着栏杆,满怀相思之愁,久久不愿回房休息;可叹美好的年华转瞬即逝,如今彼此相隔千里,做梦也梦不到,书信也寄不到。"叹年华"三句是全词主旨。下片承接上片"人今千里",分写两地相思之情。先写对方情形。过片用"空见说"领起,是照应"梦沉书远",没有确切信息,只能靠耳闻来悬想她的近况:她因为整日思念,以至于鬓发稀疏零乱,面容消瘦憔悴,都不敢对镜梳妆,渐渐地也懒得赶时髦打扮了。"梅风"三句,描绘当下景象,进一步以景衬情:初夏梅雨时节的风风雨雨,使得地面潮湿,苔藓滋生,满架的鲜花也遭风吹雨打,零落殆尽。"谁信"三句,转写自己情形:谁知我为了她,日思夜想,百无聊赖,已像江淹那样才情顿减,藻思枯涩,又像是苟奉倩那样为情所困,哀伤不已。末二句,再进一步以景衬情,以景结情:仰望长空,但见银河横斜,稀星数点,天色即将破晓。这一结尾,既回应了上片"夜久凭栏,愁不归眠",将无尽的相思,尽寓景中,又连接了双方彼此遥望、同此星河影下的场景,心绪浩茫,情思悠远,耐人久久品味。

全篇时空交错,今昔对比,前后照应,虚实结合,情景交织,写得辞采华茂,情思飞动,具有很强的艺术感染力。明代吴从先《草堂诗馀隽》引李攀龙批语曰:"出口成词,平平铺叙,自有一种闲情,不当以凡品目之。"此言尚未品到深处。清代陈廷焯《云韶集》赞叹道:"婉约芊绵,凄艳绝世,满纸是泪,而笔墨极尽飞舞之致。"庶几得其神髓。又,南宋沈义父《乐府指迷》说:"词中用事,使人姓名,须委曲得不用出最好。清真词多要两人名对使,亦不可学也。如《宴清都》云'庾信愁多,江淹恨极',《西平乐》云'东陵晦迹,彭泽归来',《大酺》云'兰成憔悴,卫玠清羸',《过秦楼》云'才减江淹,情伤苟倩'之类是也。"后来附和者甚众。实际上,周邦彦擅长辞赋,每以赋笔入词,"水浴"二句,"闲依"二句,"鬓怯"二句,"梅风"二句,"才减"二句,皆属对精湛熨帖。而对句善用人名,并无不妥,如杜甫《春日忆李白》"清新庾开府,俊逸鲍参军",何尝不是名句。

侧 犯①

暮霞霁雨,小莲出水红妆靓②。风定,看步袜江妃照明镜③。飞萤度暗草,秉烛游花径④。人静,携艳质,追凉就槐影⑤。　　金环皓腕,雪藕清泉莹⑥。谁念省,满身香,犹是旧荀令⑦。见说胡姬,酒垆寂静⑧;烟锁漠漠,藻池苔井⑨。

注释

① 《侧犯》词调为周邦彦始创。陈本注调名"大石",无题。《花庵》题作"荷花",《诗馀醉》题作"夏夜"。
② 暮霞霁(jì记)雨:黄昏雨停,晚霞满天。参见王昌龄(一作高适)《酬鸿胪裴主簿雨后北楼见赠》:"暮霞照新晴,归云犹相逐。"霁,雨止转晴。小莲出水:参见何逊《看伏郎新婚》:"雾夕莲出水,霞朝日照梁。"红妆靓(jìng静):比喻莲花如红妆佳人般娴静美丽。靓,淑静,美丽。
③ 步袜江妃:用传说中的洛神和江妃比拟莲花。步袜,曹植《洛神赋》形容洛神于水上"凌波微步,罗袜生尘"。江妃,见前《浪淘沙》(昼阴重)注⑤。照明镜:谓莲花映于水面。

④ "飞萤"句:夜间萤火虫飞度草丛。参见王融《古意诗二首》之二:"况复飞萤夜,木叶乱纷纷。""秉烛"句:化用《古诗十九首·生年不满百》:"昼短苦夜长,何不秉烛游。"

⑤ 艳质:美艳的资质。此处指美人。陈后主《玉树后庭花》:"丽宇芳林对高阁,新妆艳质本倾城。"追凉:乘凉,纳凉。参见杜甫《羌村三首》之二:"忆昔好追凉,故绕池边树。"就:靠近。

⑥ 金环皓腕:美人洁白的手腕上戴着金环。语本曹植《美女篇》:"攘袖见素手,皓腕约金环。"雪藕:洗藕。雪,洗刷。化用杜甫《陪诸贵公子丈八沟携妓纳凉,晚际遇雨二首》之一:"公子调冰水,佳人雪藕丝。"莹:形容泉水清澈澄明。

⑦ 念省(xǐng醒):思念问候。省,问候。《礼记·曲礼上》:"昏定而晨省。"郑玄注:"省,问其安否何如。""满身"二句:用荀彧故事,以荀彧自比。荀彧,字文若,东汉末投曹操,官至侍中,守尚书令,人敬称"荀令君",亦简称"荀令"。荀彧仪容伟美,好熏香,久之身上自带香气。据习凿齿《襄阳记》载:刘和季曰:"荀令君至人家,坐处三日香。"另参见李商隐《韩翃舍人即事》:"桥南荀令过,十里送衣香。"

⑧ 见说:听说。胡姬:胡人酒店中卖酒的年轻女子。见前《迎春乐》(桃蹊柳曲闲踪迹)注②。胡姬,毛注:"或作'文姬',非。"酒垆:卖酒处安置酒瓮的砌台。借指酒馆。这两句连同前句,似从南朝张正见《艳歌行》"满酌胡姬酒,多烧荀令香"演化而来。寂静:此"静"韵,与前"人静"之"静"韵重复。《历代诗馀》作"深迥"。朱校:"方、杨及陈允平和作,并押'迥'字。"按:今所见陈允平和词一本押"静"韵。

⑨ 烟锁漠漠:谓烟云笼罩。漠漠,密布的样子。参见谢朓《游东田》:"远树暧阡阡,生烟纷漠漠。"藻池苔井:长满水藻的小池,布满苔藓的井台。形容荒凉景象。李建勋《归燕词》:"待

侣临书幌,寻泥傍藻池。"李端《山中期张芬不至》:"药栏虫网遍,苔井水痕稀。"

解读

  一个夏日雨后的夜晚,词人来到莲花池畔纳凉游玩,情不自禁回想起当年曾经同游的佳人,由此兴发出一番今昔之变的人生感慨。罗忼烈《清真集笺注》以为此词亦是溧水时期所作:出水芙蓉、步袜江妃,所写当是隔浦之莲;槐影追凉、花径秉烛,皆县圃夏夜行乐情景;熏香荀令、当垆胡姬,则缅怀汴京少年游也。"时在绍圣,旧党既去,新党登坛,未见召命,故有所思耳。"可备一说。但也有可能是词人离开京城后出任庐州教授时期所作。

  词的上片描写夏夜出游情景。起句从黄昏雨收风定、晚霞满天的美景写起,带出清凉水池中出水莲花的红妆,恍如凌波仙子的旖旎风采。"飞萤"二句引出景中之人;飞萤与游人,萤火与烛光,暗草与花径,一一相映成趣。"人静"三句,写夜深人静时候,词人携艳丽佳人,来到槐树底下乘凉。这三句初看似乎是眼前情景,但联系下文,细品前后脉络,不如说是词人此时脑海里的闪回场景。而"艳质"佳人形象的闪现,又与前文小莲红妆、步袜江妃的形象微妙呼应。下片抒写由回忆怀念引发的今昔之慨。过片"金环"二句,衔接上文,都是回忆中"艳质"佳人的影像。词人专门选取皓腕洗藕的特写,既与荷花池畔的联想吻合,又鲜活地写出了佳人的清纯可爱。"谁念省"以下,拉回到现实场景,抒发无限感慨:如今我心依然,但还有谁仍记着我呢?委婉地道出了物是人非、旧情难再的苦况。"见说"二句,通过传闻,追补说明佳人(似即"胡姬")音信渺茫、昔日繁华不再的情形。末二句,以荒凉之景收尾,凄怆落寞之情溢于言外。

  这首词里,莲花与佳人形象映带着描写,现实场景与回忆画面交织着铺叙,词人抒发的今昔之慨,则主要是通过香草美人的手法深婉浓郁地宣泄出来,从而使作品有了一种迷蒙奇幻的凄美,情味无穷,感人至深。

塞翁吟①

暗叶啼风雨,窗外晓色珑璁②。散水麝,小池东,乱一岸芙蓉③。蕲州簟展双纹浪,轻帐翠缕如空④。梦远别,泪痕重,淡铅脸斜红⑤。　忡忡⑥。嗟憔悴、新宽带结,羞艳冶、都销镜中⑦。有蜀纸、堪凭寄恨,等今夜、洒血书词,剪烛亲封⑧。菖蒲渐老,早晚成花,教见薰风⑨。

注释
① 《塞翁吟》词调为周邦彦始创。陈本注调名"大石",无题。毛本、《词萃》题作"夏景"。
② "暗叶"句:化用李贺《伤心行》:"秋姿白发生,木叶啼风雨。"晓色:拂晓时的天色。珑璁(lóng cōng 龙匆):同"昽疃",迷蒙或微明的样子。参见李贺《河南府试十二月乐词·九月》:"鸡人罢唱晓珑璁,鸦啼金井下疏桐。"
③ 水麝(shè 社):指用动物水麝分泌的麝香制成的香料。李时珍《本草纲目·兽二·麝》集解引苏颂《图经本草》曰:"又有一种水麝,其香更奇,脐中皆水,沥一滴于斗水中,用洒衣物,其香不歇。"这里以水麝比拟荷花散发的香气。参见萧纲《南

湖》:"荷香乱衣麝,桡声随急流。"一岸芙蓉:岸边一片荷花。

④ 蕲(qí齐)州簟(diàn垫):古代蕲州(今湖北蕲春一带)出产的竹席,以色泽晶莹、篾质柔滑著称,为宋朝贡品。双纹浪:指蕲州竹席编织成的重叠波浪纹。参见欧阳修《有赠余以端溪绿石枕与蕲州竹簟,皆佳物也,余既喜睡而得此二者,不胜其乐,奉呈原父舍人圣俞直讲》:"端溪琢出缺月样,蕲州织成双水纹。""轻帐"句:有绿丝装饰的蚊帐轻盈透明。

⑤ 梦远别:陈本原作"梦念远别"。按方、杨、陈和词,此处皆为三字句,彊村本作"梦远别",据改。泪痕重(chóng虫):谓泪痕层叠。淡铅:淡施铅粉。铅粉,女子搽脸的化妆品,用铅白与香料等汇制而成。斜红:古代女子一种特殊的面饰。梳妆时,在太阳穴下两侧,画上竖起的红色新月形装饰。参见萧纲《艳歌篇十八韵》:"分妆间浅靥,绕脸傅斜红。"

⑥ 忡(chōng充)忡:忧愁烦闷的样子。《诗经·召南·草虫》:"未见君子,忧心忡忡。"

⑦ 新宽带结:意为近来衣带宽松。指因为相思而消瘦。带结,衣带系结。参见萧骥《咏袙复》:"纤腰非学楚,宽带为思君。""羞艳冶"句:是说原先艳丽的容颜日渐憔悴,因而都羞于对镜自照了。艳冶,娇艳,妖艳。

⑧ "有蜀纸"句:是说可以用蜀纸来写信寄恨。蜀纸,蜀地(今四川一带)出产的精美的纸,可用来写信、题诗等。参见韩偓《寄恨》:"秦钗枉断长条玉,蜀纸虚留小字红。"洒血书词:化用韩愈《归彭城》:"刳肝以为纸,沥血以书辞。"书词,彊村本改作"书辞"。剪烛亲封:谓取烛蜡以封信。

⑨ 菖蒲:水生植物,多年生草本,有香气,地下有根茎,可作香料。"早晚"二句:意为只要让菖蒲遇见夏季和风,迟早会开花。按菖蒲开黄绿色花,花期通常在夏季或夏秋之际。早

129

晚,迟早。教,使,让。薰风,暖风,特指夏季南风。参见李贺《河南府试十二月乐词·正月》:"官街柳带不堪折,早晚菖蒲胜绾结。"

解读

　　一位闺中女子思念远行在外的郎君,怀想日久,形容憔悴,以至于要写血书来寄托自己的哀怨离恨。这是周邦彦代言体的闺怨词。

　　上片以写景为主,后面带出景中之人。前五句从室外之景写起,是闺中女子透过窗户所见景象:木叶在风雨中啼哭,天色渐渐放亮,小池塘东边,一片荷花在风雨中不住地摇曳,散发出阵阵荷香。"啼""乱"都是女子鲜明的主观情愫的折射,也为后面的"泪痕"预做铺垫。"蕲州"二句转到室内,着重描绘香闺卧榻——精致柔滑的蕲州竹席,轻盈透明的翠色纱帐,由此带出闺中女子清晨梦醒、含泪带恨、泪洗红粉的形象。其中"远别"是女子泪痕重重的原因,亦是全篇关钮所在,由此引起下半部分。下片以抒情为主。"忡忡"三句,直写远别相思的后果——整天忧愁烦闷,日渐衣宽带松,可叹美貌变得憔悴,都羞于对镜自照了。"有蜀纸"三句,则是离恨的直白痛切的表达——今夜要准备蜀纸,洒血写字,剪烛封信,以寄离恨。末三句忽作顿挫,不复直写,而转用比体,借助意象抒发深意——虽然百花凋零,菖蒲渐老,但只要让菖蒲遇见夏日暖风,迟早还会开花!女主人公浓郁的情愫,深挚的相思,化为执着的信念——情郎终将归来!俞陛云《宋词选释》引夏孙桐(闰庵)评语曰:"通首任笔直写,结语用宕,神味无穷。"

苏幕遮[①]

燎沉香,消溽暑[②]。鸟雀呼晴,侵晓窥檐语[③]。叶上初阳干宿雨,水面清圆,一一风荷举[④]。 故乡遥,何日去。家住吴门,久作长安旅[⑤]。五月渔郎相忆否,小楫轻舟,梦入芙蓉浦[⑥]。

注释

① 陈本注调名"般涉",无题。
② "燎沉香"二句:薰烧水沉香,消除夏天湿热之气。沉香,水沉香,一种薰香料。详前《浣溪沙》(雨过残红湿未飞)注④。参见李商隐《隋宫守岁》:"沉香甲煎为庭燎,玉液琼苏作寿杯。"溽(rù 入)暑:潮湿闷热之气。溽,潮湿。沈约《休沐寄怀》诗:"临池清溽暑,开幌望高秋。"
③ 侵晓:天色渐亮时,拂晓。窥檐:指鸟雀于屋檐上向外窥探。参见杨广《晚春》:"窥檐燕争人,穿林鸟乱飞。"徐璧《失题》:"双燕今朝至,何时发海滨。窥檐向人语,如道故乡春。"
④ "叶上"句:在朝阳映照下,荷叶上残留的昨夜的雨水,逐渐收干。初阳,朝阳。宿雨,隔夜之雨。水面清圆:形容水面上的荷叶清润圆正。路德延《小儿诗》:"贮怀青杏小,垂额绿荷圆。"风荷:风中的荷叶。白居易《答元八宗简同游曲江后明日见赠》:"水禽翻白羽,风荷袅翠茎。"
⑤ 吴门:此指词人故乡钱塘(今浙江杭州)。长安:这里代指北宋都城东京(今河南开封)。
⑥ 渔郎:年轻的渔夫。许浑《灞上逢元九处士东归》:"旧交已变

苏幕遮（五月渔郎相忆否，小楫轻舟，梦入芙蓉浦）

新知少,却伴渔郎把钓竿。"小楫(jí及)轻舟:参见李远(一作李群玉)《黄陵庙词》:"轻舟小楫唱歌去,水远山长愁杀人。"小楫,短桨。芙蓉浦:遍布荷花的水边。参见皎然《奉和颜鲁公真卿落玄真子舴艋舟歌》:"停纶乍入芙蓉浦,击汰时过明月湾。"

解读

宋神宗元丰二年(1079)至宋哲宗元祐元年(1086),年轻的周邦彦入京为太学生,到担任太学正,一直客居东京。其间的某个夏日早晨,久居京城的他,对着水面风荷,不禁想到了家乡钱塘湖中荷花,由此勾起了怀乡思归之情。今人或将"长安"落实为古都长安,谓词人熙宁七年(1074)夏初入长安月余后作。按一个多月时间,不能谓"久",与"久作长安旅"情形不合,此说实难成立。

词的上片描绘眼前所见景象。先从室内薰香消暑写起,渐次写到屋檐下的鸟雀一早欢呼天空放晴,再写到室外水池上荷花在风中婀娜摇曳,清圆荷叶上的雨珠在朝阳映照下渐渐收干。由近及远,由内而外,脉络清晰,极有章法;"呼晴"与"宿雨","侵晓"与"初阳","风荷"与下文"芙蓉",前后逐一照应,针线颇密;又纯用白描手法,不事雕琢,不加藻饰,不用掌故,却勾勒得生新鲜活,分外传神。所以,清人周济《宋四家词选》评上片曰:"若有意,若无意,使人神眩。""叶上"三句,尤为后人称道。王国维《人间词语》评此三句曰:"此真能得荷之神理者。觉白石《念奴娇》《惜红衣》二词,犹有隔雾看花之恨。"俞陛云《宋词选释》亦赞云:"笔力清健,极体物浏亮之致。"下片抒发思乡之情。"故乡遥"四句,抒发由"风荷"引发的故园之思、羁旅之恨,直抒胸臆,一气呵成。乔大壮手批《片玉集》云:"'家住'二句,与东坡《醉落魄》'家在西南,常作东南别',句同境异,可供研玩。""五月渔郎"以下,笔法一转,从家乡儿时伙伴着墨,由对方相忆,侧面来写自己怀想,继而以小桨轻舟驶入芙蓉浦的梦境作结,写情深得灵动变幻、清旷超逸之妙。

晚清陈廷焯《云韶集》盛赞此词曰:"不必以词胜,而词自胜。风致绝佳,亦见先生胸襟恬淡。"这也是本篇广为后人传诵的原因之一。

罗忼烈《清真集笺注》对词中"家住吴门"献疑曰:"古吴县城亦称吴门,张继《闾门即事》诗'试上吴门窥郡国'是也,即今之苏州市。清真乃钱塘人,词不云家住钱塘而曰吴门,或假借言之,或曾移家于此,未可知也。"按:此说不尽妥帖。盖不知钱塘素称吴门。钱塘之山亦称吴山,如周邦彦《隔浦莲》梦想家山曰"屏里吴山梦自到"即是。钱塘之水亦称吴江,如唐人长孙镒《浙江逢楚老》"雁度吴江万木秋"即是。钱塘素称三吴都会,如柳永《望海潮》"东南形胜,三吴都会,钱塘自古繁华"即是。故钱塘称"吴门"自不需要假借。唐代韦应物《送房杭州(孺复)》诗:"专城未四十,暂谪岂蹉跎。风雨吴门夜,恻怆别情多。"权德舆《送二十叔赴任馀杭尉》诗云:"春草吴门绿,秋涛浙水深。"这两首诗里说的"吴门",皆指钱塘。周邦彦以"吴门"指称钱塘,当无疑义。

浣溪沙①

日射欹红蜡蒂香,风干微汗粉襟凉②。碧纱对掩簟纹光③。　自剪柳枝明画阁,戏抛莲荚种横塘④。长亭无事好思量⑤。

注释

① 陈本均作《浣沙溪》,此依彊村本,统一改为《浣溪沙》。自此以下四首《浣溪沙》,陈本皆无题。

② "日射"句:早晨的阳光透进室内,照在倾斜的红烛上,残烛底部融开的蜡,形如花蒂,散发着烛香。参见李商隐《日射》:"日射纱窗风撼扉,香罗拭手春事违。"欹(qī 凄)红,倾斜的红烛。蜡蒂,参见温庭筠《碌碌古词》:"融蜡作杏蒂,男儿不恋家。"韩偓《无题》:"紫蜡融花蒂,红绵拭镜尘。"风干微汗:风吹干了身上的微汗。萧纲《美人》:"轻花鬓边堕,微汗粉中光。"粉襟,粉胸。崔珏《有赠》:"莫道妆成断客肠,粉胸绵手白莲香。"

③ 碧纱:指绿色纱帐。王涣《悼亡》:"春来得病夏来加,深掩妆窗卧碧纱。"碧纱,《词统》、毛本作"碧绡"。对掩,《雅词》、《草堂》、毛本、《词萃》作"对卷"。簟(diàn 垫)纹:竹席纹路。参见萧纲《咏内人昼眠》:"簟文生玉腕,香汗浸红纱。"李商隐《灯》:"影随帘押转,光信簟文流。"

④ "自剪"句:因为柳树遮挡楼阁,于是亲手剪柳枝,使楼阁透光明亮。明,作动词用,使……明亮。画阁,对楼阁的美称。《词萃》作"幽阁",非。"幽"字按律应作仄声。莲茢(dì 帝):莲子。亦作"莲的"。郭橐驼《种树书》卷下:"以莲茢投靛瓮中,经年移种,发碧花。"另参皇甫松《采莲子二首》之二:"无端隔水抛莲子,遥被人知半日羞。"横塘:泛指水塘、池塘。《雅词》作"池塘"。

⑤ "长亭"句:长亭歇息,闲来无事,无限思量。参见白居易《官舍小亭闲望》:"亭上独吟罢,眼前无事时。"长亭,古时每隔十里所设亭子,供行人往来休息。思量,思念,记挂。

解读

这是一首构思非常细腻又很别致的闺情词。整体章法与前《浣溪沙》（雨过残红湿未飞）颇为相似，而本篇末句场景切换更妙。

上片写清晨闺房内光景。起句描绘初阳透进室内，照在快要烧尽的倾斜的红烛上，室内还飘散着缕缕烛香。这句隐隐地让人想象闺中女子长夜难眠的情形。次句接写女子身上微汗被凉爽的晨风吹干，又可以设想她将起未起的赖床情形。第三句顺着描写她的床帏——绿色纱帐掩映下的光滑的竹席，使得读者对精致的闺房与妍丽的女子有了一个比较感性的印象。这个画面堪与苏轼《南歌子》"簟纹如水玉肌凉"媲美，而周邦彦写得更为蕴藉，更耐细品。正如俞陛云《宋词选释》所说："虽仅言粉襟纹簟，而丽影已绰约其间。"下片转写室外之景。"自剪"句，写佳人修剪柳枝，以使楼阁透光敞亮，便于观望。这似乎是暗示了她平日的期盼眺望。"戏抛"句，写佳人游玩似的把莲子抛到池塘里播种。莲子，因为字音如同"怜子"，意思犹如"爱你"，在古代往往会与男女情爱联系起来。比如南朝《西洲曲》："低头弄莲子，莲子清如水。"唐代皇甫松《采莲子二首》之二："无端隔水抛莲子，遥被人知半日羞。"又像后来清朝纳兰性德《四时无题诗十六首》之六："戏将莲茵抛池里，种出花枝是并头。"由此可知这位佳人抛莲子的深层意思了。以上都是写闺中女子孤寂无聊，字里行间都隐含着浓浓的相思。末句是全篇关键。俞陛云《宋词选释》评"结句以含蕴出之，尤耐寻抱"，可惜语焉不详。这最后一句，其实是词人在漫漫征途中长亭歇息时的无限思量。有了这一句点拨，我们才恍然大悟，原来前面五句，全是词人脑海里悬想的佳人情形，通过写对方，来寄托自己的相思。这是此词比较创辟出新的地方。明人潘游龙《古今诗馀醉》赞"'好思量'三字妙",近人乔大壮手批《片玉集》说此词"颇见新意",皆非虚言。

浣溪沙

翠葆参差竹径成,新荷跳雨泪珠倾①。曲栏斜转小池亭②。　　风约帘衣归燕急,水摇扇影戏鱼惊③。柳梢残日弄微晴。

注释

① 翠葆:形容青翠茂盛的枝叶。参差(cēn cī 岑阴平疵):错落,长短不齐。杜甫《过南邻朱山人水亭》:"相近竹参差,相过人不知。""新荷"句:雨点在新荷上跳动,然后又如泪珠般倾泻下来。参见钱起《苏端林亭对酒喜雨》:"濯锦翻红蕊,跳珠乱碧荷。"吴融《微雨》:"惆怅池塘上,荷珠点点倾。"泪珠,《雅词》、毛本作"碎珠"。

② 曲栏斜转:参见张泌《寄人》:"别梦依依到谢家,小廊回合曲阑斜。"池亭:临池水的亭子。白居易《偶吟二首》之二:"活计纵贫长净洁,池亭虽小颇幽深。"

③ "风约"句:风与帘幕互动,似有相约;燕子为避风雨而急归,度入帘幕之内。帘衣,帘子,帘幕。据《南史·夏侯亶传》载:夏侯亶"晚年颇好音乐,有妓妾十数人,并无被服姿容,每有客,常隔帘奏之,时谓帘为夏侯妓衣"。后因称帘幕为帘衣。陆龟蒙《寄远》:"画扇红弦相掩映,独看斜月下帘衣。""水摇"句:水面摇扇者的倒影,惊动了嬉戏的鱼儿。参见杜甫《城西陂泛舟》:"鱼吹细浪摇歌扇,燕蹴飞花落舞筵。"何逊《与崔录

浣溪沙（翠葆参差竹径成，新荷跳雨泪珠倾）

事别兼叙携手》:"川平看鸟远,水浅见鱼惊。"扇影,《雅词》作"花影",非。

解读

　　这首《浣溪沙》也是别创一格的佳作。全词六句,句句写景,一句一景,由六幅画面组成了一套连贯的夏日清景图。从景致看,此词有可能是周邦彦在溧水任上消夏时所作。

　　上片首句是一幅宁静的竹径荫翳图:茂密的翠竹高低错落,中间开出一条幽深的竹径,送来阵阵阴凉。词人《隔浦莲》中"新篁摇动翠葆,曲径通深窈"二句,可作本句注释。次句是一幅动感的雨荷跳珠图:池塘里的新荷在雨中充满生机,雨点在荷叶上跳动,接着又如泪珠般倾泻下来。第三句则是一幅引人入胜的曲栏池亭图:转过曲折的栏杆,前面是一个精致小巧的水亭。下片首句描绘的是归燕入帘图:室外风雨飘摇,燕子趁着帘子翻动,急着穿过门帘,入室回巢避雨。次句描绘的是扇影惊鱼图:词人带扇临水观鱼,原本嬉戏的鱼儿,看见水面扇影摇动,受到惊吓而纷纷逃散。俞陛云《宋词选释》说:"'归燕'二句,宛似宋人诗集佳句。"确实,"风约"句便可媲美晏殊《假中示判官张寺丞王校勘》诗和《浣溪沙》词里的名句"似曾相识燕归来",以及欧阳修《采桑子》中的佳句:"垂下帘栊,双燕归来细雨中。"末句则是柳梢残照图:黄昏雨过天晴,夕阳在轻轻摇曳的柳梢头慢慢落下。

　　这词六句六幅画面看似各自独立,实则微妙联络,彼此呼应,整篇浑融一体。比如:"风"照应前面的"雨","戏鱼"回应前面的"新荷","柳梢"对应前面的"竹径"。通篇没有一句直接抒情,而闲适消散之情贯穿其中。杨铁夫《清真词选笺释》说"此词佳处在句不在局",讲得并不确切。

浣溪沙

薄薄纱厨望似空，簟纹如水浸芙蓉①。起来娇眼未惺憽②。　　强整罗衣抬皓腕，更将纨扇掩酥胸③。羞郎何事面微红④。

注释

① 纱厨：同"纱幮"，古代一种橱形帐子。司空图《王官二首》之二："尽日无人只高卧，一双白鸟隔纱厨。""簟纹"句：意思是说，竹席的纹路形如水波，睡在席上的美人貌若芙蓉。参见李珣《浣溪沙》："翠叠画屏山隐隐，冷铺文簟水潾潾。"苏轼《南堂五首》之五："扫地焚香闭阁眠，簟纹如水帐如烟。"李贺《美人梳头歌》："辘轳咿哑转鸣玉，惊起芙蓉睡新足。"

② 娇眼：美人娇媚的眼睛。张泌《浣溪沙》："东风斜揭绣帘轻，慢回娇眼笑盈盈。"惺憽（xīng sōng 星松）：清醒，睡醒。同"惺忪""惺憽"。彊村本改作"惺忪"。

③ 罗衣：绮罗衣，丝质衣服。曹植《洛神赋》："披罗衣之璀粲兮，珥瑶碧之华琚。"皓腕：女子白嫩的手腕。曹植《洛神赋》："攘皓腕于神浒兮，采湍濑之玄芝。"纨扇：用细绢制成的团扇。班婕妤《怨歌行》："新裂齐纨素，鲜洁如霜雪。裁为合欢扇，团团似明月。"酥胸：指洁白润泽的胸部。敦煌歌辞《南歌子·奖美人》："翠柳眉间绿，桃花脸上红，薄罗衫子掩酥胸。"

④ "羞郎"句：用晋《团扇歌》故事。《晋书·乐志下》："《团扇歌》者，中书令王珉与嫂婢有情，爱好甚笃，嫂捶挞婢过苦，婢素善歌，而珉好捉白团扇，故制此歌。"《团扇歌》云："团扇复团扇，持许自遮面。憔悴无复理，羞与郎相见。"词末句即化用此歌。

解读

这首作品描绘的是一幅夏日佳人睡起图。

上片写佳人初醒欲起时的情景。首句从床帏写起,形容纱帐材质轻薄,精致透明,望去仿佛空空无物。次句推进写床席,由花纹精美、如水清凉的竹席,引出席上美艳如芙蓉的佳人。这句比喻大约是从李贺"惊起芙蓉新睡足",以及苏轼"簟纹如水帐如烟"诗句衍化而来,但经过周邦彦精心剪裁熔铸,整个比喻浑然一体,新鲜流利。第三句描写佳人初醒将起时眼神迷离、尚未清醒的娇态。杨铁夫《清真词选笺释》说:"'未惺忪',疑'未'应作'尚'。"看来杨铁夫并未完全了解"惺忪"的词义。惺忪,有两种意思:其一是形容刚睡醒而眼睛模糊不清,其二是指睡醒、清醒。周邦彦此处用的是后一种意思。未惺忪,就是说未睡醒。各本皆作"未"而不作"尚",自有其道理。下片写佳人起床后情形。前两句描写佳人抬起雪白的手,披上华美的罗衣,并仔细地前后整理;看到洁白的酥胸露出一片,又不由得拿团扇来遮掩。末句以佳人与情郎四目相对时粉脸微微羞红的表情作结,写得风情无限,艳而不俗,耐人品味。杨铁夫《清真词选笺释》评末句曰:"回想昨夜,亦是缩字诀。"这一评语比较精到,点出了隐藏于句子背后的实情。

浣溪沙

宝扇轻圆浅画缯,象床平稳细穿藤①。飞蝇不到避壶冰②。　翠枕面凉频忆睡,玉箫手汗错成声③。日长无力要人凭④。

注释

① 宝扇:这里指团扇。浅画缯(zēng 增):指丝绢扇面上有浅色的画。缯,丝织品的统称。象床:用象牙装饰的床。《战国策·齐策三》:"孟尝君出行国,至楚,献象床。"鲍彪注:"象齿为床。"鲍照《代白纻舞歌词四首》之二:"象床瑶席镇犀渠,雕屏匼匝组帷舒。"细穿藤:床面用细密的藤穿成,指藤床。白居易《苦热中寄舒员外》:"藤床铺晚雪,角枕截寒玉。"

② "飞蝇"句:古代常以玉壶装冰,去暑降温,兼驱蚊蝇。参见鲍照《代白头吟》:"直如朱丝绳,清如玉壶冰。……食苗实硕鼠,点白信苍蝇。"

③ 频忆睡:毛本作"偏益睡"。"玉箫"句:因手指上有汗,按箫孔时易滑,难免失误而有错音。

④ 要人:《雅词》作"看人"。凭:倚靠,扶。这句参见白居易《长恨歌》:"侍儿扶起娇无力,始是新承恩泽时。"

解读

这首《浣溪沙》与上一篇相近,也是代言体的夏日闺情词。

上片描摹物态,下片描绘佳人,结构精致,层次分明。首句先写佳人所用之扇,丝绢团扇质地轻盈,扇面图画浅淡古朴。次句写佳人所睡之床,象牙装饰高贵典雅,细密藤床清凉舒适。第三句写佳人所用冰壶,既能消暑降温,又能驱除蚊蝇。上片句句写物,一句一物,皆紧扣夏令,又句句与人有关,可以想见闺中佳人华贵的身份。过片转入写佳人,也是一句一个情景,一句一个形态。先写佳人夏日贪凉嗜睡,长久不起。次写佳人吹箫解闷,无奈汗多手滑,时常按错笛孔,频频吹出错音。末写佳人起居娇贵,行动都要仆人搀扶。

此词写物穷极精巧,写人细腻传神,佳人夏日慵懒无聊情状栩栩如生,呼之欲出。俞陛云《宋词选释》叹赏曰:"赋景物,极妍丽之采;状闺情,尽娇慵之态。《草堂诗馀》选词,以春夏秋冬之景分隶之。此词洵夏令之绝妙好词也。"

点绛唇[①]

征骑初停,酒行莫放离歌举[②]。柳汀莲浦[③],看尽江南路。　苦恨斜阳,冉冉催人去[④]。空回顾,淡烟横素,不见扬鞭处[⑤]。

注释

① 陈本注调名"仙吕",无题。
② 征骑(jì计):出行的人和马。骑,一人一马的合称。酒行:即行酒,酌酒奉客。崔峒《寄上礼部李侍郎》:"任风舟去远,待月酒行迟。"莫放离歌举:莫让离别之歌唱响,意谓莫催行人启程离去。参见许浑《东游留别李丛秀才》:"烦君沽酒强登楼,罢唱离歌说远游。"举,演奏,演唱。《礼记·杂记下》:"母有服,声闻焉,不举乐。""酒行"句,毛本注:"《清真集》作'画筵欲散离歌举'。"《雅词》作"酒杯欲散离歌举",郑校本作"酒行欲散离歌举",皆非。
③ 柳汀(tīng听):杨柳岸。莲浦:彊村本作"烟浦"。按陈本与《雅词》、毛本、四印斋本皆作"莲浦"。"莲"与"柳"植物对举,较胜;且作"烟"又与下片"烟"字重出。
④ 苦恨:深恨,极恨。冉冉:这里是匆忙、匆匆的意思。何逊《聊

作百一体》:"生途稍冉冉,逝水日滔滔。"

⑤ 横素:形容横着一片白色云雾。素,原指素练,白色绢帛。
"不见"句:犹言不见出发之处。

解读

　　词人在江南漫长的行旅途中有感而作。据近人陈思《清真居士年谱》,此词是大观三年(1109)周邦彦乞假南归途中的作品。是年词人五十四岁。

　　上片写途中歇息与回顾。风尘仆仆的马儿好不容易停下来了,友人在途中设酒食款待,既然难得歇脚畅饮,就不要让感伤的离歌催促行人了。回想一路行来,尽是杨柳依依的堤岸、遍布莲荷的河塘,熟悉的江南景色让人格外想家。下片写歇息后重新出发。与朋友开怀畅饮,倾诉衷肠,自然痛快,无奈时光飞逝,转瞬间天色已晚,夕阳西下,催人匆匆离去。斜阳催人,不仅限于催人赶路这一层意思,更有岁月催人老之慨。这首词比较出色的是以景结情的末三句:骑马扬鞭,重上征途,蓦然回首,暮色苍茫,淡云泛起,方才挥鞭告别之处转瞬望不见了。境界辽邈空阔,余音悠悠不尽,浓郁的感慨溢于言外。犹如近人杨铁夫《清真词选笺释》所评:"以'淡烟横素'四字,化上阕为烟云矣。"

　　晚清陈廷焯在《云韶集》里盛赞此词:"情景兼胜,笔力高绝,较柳耆卿'今宵酒醒何处'更高一着。"近人乔大壮手批《片玉集》亦称赏此篇"小词而能臻重大之境",又赞末尾"结意厚"。

诉衷情①

出林杏子落金盘,齿软怕尝酸②。可惜半残青紫,犹有小唇丹③。　　南陌上,落花闲,雨班班④。不言不语,一段伤春,都在眉间⑤。

注释

① 陈本注调名"商调",无题。毛本题作"残杏"。
② 出林杏子:采自林中的杏子。元稹《奉和浙西大夫李德裕述梦四十韵》:"祇园一林杏,仙洞万株桃。"金盘:铜一类金属制成的餐盘。王维(一作王缙)《送孙秀才》:"玉枕双文簟,金盘五色瓜。""齿软"句:化用韩偓《幽窗》:"手香江橘嫩,齿软越梅酸。"
③ "可惜"二句:是说半青半紫的杏子有点酸,佳人咬了一半就搁下了,上面还留有佳人小红唇的印迹。唇丹,嘴唇红润。语本《庄子·盗跖》:"面目有光,唇如激丹,齿如齐贝。"另参李贺《兰香神女庙》:"团鬓分蛛巢,秾眉笼小唇。"青紫,毛本作"青子"。按"青子"与"杏子"意有重复,当以"青紫"为胜。犹有,彊村本作"犹印"。朱校:"原本'印'作'有',从元本。"
④ 南陌:南面的道路。落花闲:参见李白《赠黄山胡公求白鹇》:"夜栖寒月静,朝步落花闲。"班班:斑点众多的样子,同"斑斑"。彊村本作"斑斑"。参见李商隐《细雨成咏献尚书河东公》:"稍稍落蝶粉,班班融燕泥。"
⑤ "一段"二句:参见苏轼《蝶恋花·佳人》:"学画鸦儿犹未就,眉尖已作伤春皱。"

解读

　　这首词写初夏时节闺中女子伤春落寞情怀,题材虽旧,写法上却别出心裁,颇具巧思。

上片写女子品尝酸涩杏子。开篇二句,不从女主角写起,偏从杏子写起,出人意表。林子里新采摘的杏子放在精致的果盘里,她拿起来品尝,刚咬了一口便觉牙齿酸软,只能放下。"可惜"二句,交待果子酸涩的原因,描绘被女子咬过的果子:这颗杏子半青半紫,半生不熟,咬过的果子上还残留着女子小唇的红印。光看上半片,尚不能尽知此词主旨所在。词到下片才渐次揭示出女子伤春情怀。换头三句先写景:南面道路上,随着阵阵风雨,鲜花纷纷飘落。原来已是春去夏来、落英缤纷、繁花将尽时节。由此引起女主人公不言不语,凝聚在眉间的伤春、惜春的情怀,这种情怀可能是自伤身世,感叹韶光流逝,也可能是念远怀人。

　　此词别致新颖之处在于,伤春从品尝杏子写起,初看似乎无甚关联,细品却大可回味:伤春的酸楚,先有品杏的酸涩做铺垫;伤春的愁眉,前有尝酸的皱眉相呼应。词人善于将伤春之情形象化、具体化,构思新颖脱俗,描绘鲜活,读来画面生动,一一可触可感。所以,乔大壮手批《片玉集》评此词说:"闺咏亦新,不似柳公尘下。"称赏周邦彦的闺情词比起柳永来,更加新颖典雅。

卷五
秋景

风流子①

秋怨②

枫林凋晚叶,关河迥、楚客惨将归③。望一川暝霭,雁声哀怨;半规凉月,人影参差④。酒醒后,泪花销凤蜡,风幕卷金泥⑤。砧杵韵高,唤回残梦;绮罗香减,牵起馀悲⑥。　　亭皋分襟地,难拚处、偏是掩面牵衣⑦。何况怨怀长结,重见无期⑧。想寄恨书中,银钩空满;断肠声里,玉箸还垂⑨。多少暗愁密意,惟有天知⑩。

注释
① 陈本注调名"大石"。
② 陈本原题如此,《百家词》《词统》《诗馀醉》同题。《花庵》题作"秋词"。毛本无题。
③ "枫林"句:化用王褒《咏定林寺桂树》:"岁馀凋晚叶,年至长新围。"杜甫《秋兴八首》之一:"玉露凋伤枫树林,巫山巫峡气萧森。"晚叶,老叶。关河:古指秦国东有函谷、蒲津、龙门、合河等关与黄河。《史记·苏秦列传》:"秦四塞之国,被山带渭,东有关河,西有汉中。"后亦泛指关山河川。迥(jiǒng

风流子(想寄恨书中,银钩空满;断肠声里,玉箸还垂)

窅):遥远。楚客:客居楚地的人,也可泛指客居他乡的人。这里是词人自指。参见柳恽《赠吴均诗二首》之二:"秋风度关陇,楚客奏归音。"惨将归:参见宋玉《九辩》:"悲哉!秋之为气也,萧瑟兮草木摇落而变衰。憭栗兮若在远行,登山临水兮送将归。"首三句,参见李白《愁阳春赋》:"明妃玉塞,楚客枫林,试登高而望远,痛切骨而伤心。"

④ 一川:一片平川,满地。暝霭(míng ǎi 明矮):傍晚的烟霭。雁声哀怨:参见郎士元《郢城秋望》:"白首思归归不得,空山闻雁雁声哀。"半规:半圆。谢灵运《游南亭》:"密林含馀清,远峰隐半规。"凉月:指秋月。谢朓《移病还园示亲属》:"停琴伫凉月,灭烛听归鸿。"人影参差(cēn cī 岑阴平疵):这里是形容月光下的影子错杂凌乱。参见沈约《咏檐前竹》:"风动露滴沥,月照影参差。"

⑤ "泪花"句:意为蜡烛流着烛泪。参见杜牧《赠别二首》之二:"蜡烛有心还惜别,替人垂泪到天明。"凤蜡,美称蜡烛。典出《南齐书·王僧虔传》:"僧虔年数岁,独正坐采蜡烛珠为凤凰。""风幕"句:是说有金泥装饰的帘幕随风翻卷。化用李煜《临江仙》:"画帘珠箔,惆怅卷金泥。"金泥,用来做装饰物的金粉、金屑。

⑥ 砧杵(zhēn chǔ 真楚)韵高:意思是捣衣声很响。砧杵,用以捣制寒衣的垫石和棒槌。也指捣衣。参见谢惠连《捣衣》:"榈高砧响发,楹长杵声哀。"何逊《赠族人秣陵兄弟》:"萧索高秋暮,砧杵鸣四邻。"唤回残梦:犹言惊醒残梦。参见王安石《同陈和叔游北山》:"邻壁黄粱炊未熟,唤回残梦有鸣驺。"残梦,零乱不全之梦。绮罗香减:暗示佳人已经离开。绮罗,华丽的衣服。馀悲:无尽的悲伤。杜甫《水槛》:"人生感故物,慷慨有馀悲。"

⑦ 亭皋(gāo 膏):水边平地。王勃《饯韦兵曹》:"亭皋分远望,延想间云涯。"分襟:分别,别离。《雅词》作"分袂"。骆宾王《秋日送侯四得弹字》:"岐路分襟易,风云促膝难。"难拚(pàn 判):难以割舍。毛本作"难堪"。柳永《昼夜乐》:"早知恁地难拚,悔不当时留住。"掩面:遮住脸面。这里形容悲伤哭泣。卢仝《楼上女儿曲》:"箜篌历乱五六弦,罗袖掩面啼向天。"牵衣:形容不忍离别的挽留情状。曹丕《见挽船士兄弟辞别》:"妻子牵衣袂,抆泪沾怀抱。"

⑧ 怨怀:《草堂》《粹编》作"愁怀"。长结:长期郁闷。蔡邕《太傅安乐侯胡公夫人灵表》:"日月忽以将暮,抱长结以含愁。"重见无期:参见李频《关东逢薛能》:"唯君一度别,便似见无期。"

⑨ 寄恨书中:在信中抒发别离之恨。参见李商隐《夜思》:"寄恨一尺素,含情双玉珰。"银钩:比喻婉曲遒劲的书法。《晋书·索靖传》:"盖草书之为状也,婉若银钩,飘若惊鸾。"断肠声里:参见李商隐《赠歌妓二首》之一:"红绽樱桃含白雪,断肠声里唱阳关。"玉箸(zhù 助):原指玉制筷子,比喻女子的两行眼泪。陈注引《白氏六帖》:"魏甄后面白,泪双垂如玉箸。"薛涛《春望词四首》之四:"玉箸垂朝镜,春风知不知。"还垂:《雅词》《花庵》《诗馀醉》作"偷垂"。按"偷"与"空"对,字义较胜。

⑩ 暗愁:《雅词》作"旧愁"。密意:私密的情意。徐陵《洛阳道二首》之二:"相看不得语,密意眼中来。"天知:参见苏伯玉妻《盘中诗》:"君有行,妾念之。出有日,还无期。结巾带,长相思。君忘妾,天知之。"

解读

一个凄清惨淡的秋夜,词人感伤地告别深爱的情人;在离别之后酒醒之际，回想起临别时难舍难分的情形，悬想日后遥遥无期的相思之苦，不由得悲从中来，写下了这首作品。清代黄苏《蓼园词选》以为此词"自是以待制出知顺昌时作，而恋主之情，婉曲周至"。其说无甚依据，且好附会，与词意不合。陈思《清真居士年谱》系此词于熙宁十年（1077），谓是词人早年离开长安时惜别之作，因来自荆州，故曰楚客。现已知熙宁十年，词人守父丧在家（杭州），陈思所言，难以成立。今人或调整为熙宁七年（1074），词人游学长安时，别于关河，将归荆州之作。又据罗忼烈《清真集笺释》推测，当是元祐七年（1092）秋间，溧水县令任命已下，词人即将离开荆州时所作。观词意，当是离别后之作，而诸家所说，未必皆切合词境。

　　上片写将别之时与已别之后。起首二句，点明离别时节和即将奔赴远方。深秋季节，枫叶飘零，既是实写当下节候，更是渲染悲凉氛围；"关河迥"点出"将归"之地的遥远和重重阻隔，为下文铺垫。"望"字作为领字，领起以下四句，更具体地描绘离别的场景：抬眼遥望，黄昏的平野一片烟霭迷离，大雁的叫声哀怨凄厉；半轮月亮下，人影零乱，离宴匆匆散去。归雁"哀怨"，隐隐寄托归人哀伤，是移情及物手法。"一川暝霭"、"人影参差"，看得朦胧，可以想见词人泪眼模糊光景。"酒醒后"以下七句，写既别之后：午夜梦回，酒意渐消，眼前只有残烛在流着烛泪，饰金的门帘在风中翻卷；原来是响亮的捣衣声将词人从残梦中惊醒，情人的衣香已经淡去，只剩下自己孤独地悲伤。下片回忆临别情境，设想别后景象。换头二句，承接上片，是梦醒之后的回想：水边分别之际，本来已经难舍难分，偏偏情人又紧紧拉住自己的衣服，掩面痛哭，情景更是不堪。"怨怀长结，重见无期"，补充说明这次离别之所以如此悲切惨痛的原因。"想寄恨"四句，设想离别之后，情人把离恨写在信中，但即使满纸相思，也是徒然；又设想情人弹奏断肠哀曲来倾泻衷情,弹着弹着,还是禁不住泪流粉脸。歇拍二句,以质朴而浓郁的抒情收尾,言之不尽的离恨别愁,溢于词外。况周颐《蕙风词话》赞末二句曰:"此等语愈朴愈厚,愈厚愈雅,至真之情,由性灵肺腑中流出,不妨说尽,而愈无尽。"

  这首词除情景交融、情景兼胜之外,非常突出的是构思细密,铺叙有致。上片按顺序直叙,都是实景,但实中有虚。比如"人影参差",是虚写离宴散去,至后文"酒醒后"才点出。下片转用逆叙,又加预想,笔法翩翻灵动,都是浮想虚写,但虚中皆实,场景一一如在眼前。此外,此词措辞典雅绮丽,对仗精致唯美。如"泪花"二句,语词与意象并美。词人特别擅长隔句相对的扇面对,如"一川暝霭"四句,"砧杵韵高"四句,"寄恨书中"四句,可称是"魂芳魄艳,兼金石绮采之美"(卓人月《古今词统》引徐士俊评语)。

华胥引①

秋思②

  川原澄映,烟月冥濛,去舟如叶③。岸足沙平,蒲根水冷留雁唼④。别有孤角吟秋,对晓风鸣轧⑤。红日三竿,醉头扶起还怯⑥。　　离思相萦,渐看看、鬓丝堪镊⑦。舞衫歌扇,何人轻怜细阅⑧。点检从前恩爱,但凤笺盈箧⑨。愁剪灯花,夜来和泪双叠⑩。

注释

① 《华胥引》词调为周邦彦始创。陈本注调名"黄钟"。
② 陈本原题如此,《百家词》、四印斋本同题。《草堂》题作"秋怨"。毛本无题。
③ 川原澄映:意谓河流清澄明净。语本桓玄《南游衡山诗序》:"清川穷澄映之流,涯涘无纤埃之秽。"韩愈《和李相公摄事南郊,览物兴怀,呈一二知旧》:"川原共澄映,云日还浮飘。"此处川原指江河。《汉书·沟洫志赞》:"中国川原以百数,莫著于四渎,而河为宗。"川原,《草堂》《粹编》作"川源"。烟月:云雾笼罩的月亮,朦胧的月色。冥濛:昏暗,模糊不清。王泠然《夜光篇》:"游人夜到汝阳间,夜色冥濛不解颜。"去舟如叶:参见萧绎《燕歌行》:"乍见远舟如落叶,复看遥舸似行杯。"如叶,《百家词》、《诗馀醉》、毛本作"似叶"。斟酌声律及语句出处,当以"如叶"为胜。
④ 岸足沙平:参见欧阳炯《南乡子》:"岸远沙平,日斜归路晚霞明。"岸足,犹言岸阔。"蒲根"句:参见李商隐《子初全溪作》:"战蒲知雁唼,皱月觉鱼来。"杜牧《初春雨中舟次和州横江,裴使君见迎,李赵二秀才同来,因书四韵,兼寄江南许浑先辈》:"蒲根水暖雁初浴,梅径香寒蜂未知。"蒲,水生草本植物,根可食用,叶可编席制扇。唼(shà 霎),鸟或鱼吃食。
⑤ 孤角吟秋:号角声在清晨秋风里孤鸣。呜轧(wū yà 巫讶):形容号角声。杜牧《题齐安城楼》:"呜轧江楼角一声,微阳潋潋落寒汀。"
⑥ "红日"二句:化用杜牧《醉题》:"醉头扶不起,三丈日还高。"红日三竿,形容太阳已经升得很高。欧阳修《满路花》:"春禽飞下,帘外日三竿。"醉头扶起还怯,意谓宿醉未醒,以手扶头,犹觉晕眩。怯,虚弱。

153

⑦ 离思相萦：离别后的思念时时缠绕心间。参见杜牧《寄内兄和州崔员外十二韵》："好风初婉软，离思苦萦盈。"鬓丝堪镊：意为鬓角上白发渐多，需要拔除。镊，用镊子拔除。参见卢纶《秋中野望寄舍弟绶兼令呈上西川尚书舅》："尘容不在照，雪鬓那堪镊。"

⑧ 舞衫歌扇：古诗中多指歌妓舞女歌舞时服饰道具。阴铿《侯司空宅咏妓》："莺啼歌扇后，花落舞衫前。"庾信《和赵王看伎》："绿珠歌扇薄，飞燕舞衫长。"轻怜：爱怜，爱抚。柳永《洞仙歌》："情眷恋，向其间、密约轻怜事何限。"细阅：仔细观赏。吴感《折红梅·梅花馆小鬟》："重吟细阅，比繁杏夭桃，品格真别。"

⑨ 点检：清点，查检。《粹编》作"检点"。白居易《闲游》："春来点检闲游数，犹自多于年少人。"但：只（有），唯（有）。《草堂》、毛本、四印斋本无此"但"字。凤笺（jiān 兼）：有凤纹的精美纸张，供题诗、写信之用。这里借指书信或诗作。皇甫枚《非烟传》："（非烟）鄙武生粗悍，非良配耳，乃复酬篇，写于金凤笺。"晏几道《清平乐》："书得凤笺无限事，犹恨春心难寄。"盈箧（qiè 怯）：装满箱子。箧，小箱子。谢惠连《捣衣》："盈箧自余手，幽缄俟君开。"

⑩ 灯花：灯心余烬结成的花状物。庾信《对烛赋》："刺取灯花持桂烛，还却灯檠下烛盘。"和泪双叠：是说人的眼泪和灯烛之泪共流。

解读

　　词人由水路离开京城后怀念相好之作。具体写作年代难以确考，有可能是词人第二次离京外任时所作，即政和二年（1112）离京赴隆德府任时所作。清人黄苏《蓼园词选》则推测是词人晚年在顺昌时所作:"美成由徽猷阁待制出知顺昌府,徙处州,此词或在顺昌作乎?"刘永济《唐五代两宋词简析》附和黄苏之说,谓是出知顺昌府时所作。但周邦彦第三次离京外任,是先到真定府任,之后才改知顺昌府,所以黄苏之说亦是随意猜测,难以信从。

词的上片叙别后水路行进情形,以写景为主。起首三句,点明夜间出发:月色虽然朦胧,但月下河水依然清澄明净,词人就在这月夜里乘坐一叶小舟,离开京城。这是广角全景。"岸足"二句,则是局部特写,为作者船中所见:岸边沙滩平展,清冷的水中孤雁在啃食蒲根。"别有"二句,由所见转写所闻,同时由空间变换写到自夜至晨的时间推移:号角声伴随着晨风,在秋日空中鸣轧作响。"红日"二句,承接晓风,一直写到日上三竿,正面引出宿醉未醒的词人形象,又隐隐回溯昨夜饯别酒会,为下文预做铺垫,辞意浓郁,描绘精妙。清初毛先舒《诗辩坻》特别欣赏这两句:"词家刻意、俊语、浓色,此三者皆作者神明,然须有浅淡处平处,忽著一二乃佳耳。如美成秋思,平叙景物已足,乃出'醉头扶起还怯',便动人工妙。"下片写别后相思萦绕情形,以抒情为主。换头"离思相萦"是全词主旨所在,正因为满怀离愁,挥之不去,所以才会两鬓斑白。"舞衫"二句,点出所思之人,乃一歌妓,当时词人对她爱怜有加,而今离别之后又有谁会细心爱惜她呢?"点检"二句,又点出所思之事,回忆往日一段段恩爱,唯有捧读满箱情书。正所谓"未卜后会,且忆前情"(杨铁夫《清真词选笺释》)。末二句,复回到夜间场景,写出自夜至晨,又从早到晚,日夜思念情状。"和泪双叠",古今注家解释多偏。黄苏《蓼园词选》谓"叠,凤笺也",杨铁夫《清真词选笺释》谓"双叠旧笺",皆未得清真词旨。盖未顾及上句"愁剪灯花"。此处实谓词人之泪与灯烛之泪双叠,倍见情思悲苦,身影寂寞。

这首词,写秋景凄清幽冷,写秋思哀感顽艳,景中寓情,情随景发;铺叙则空间变幻,日夜交叠,由此透出深永动人的离情别恨。诚如陈洵《海绡说词》(抄本)所言:"日高醉起,始念夜来离思,即景叙情,顺逆伸缩,自然深妙。"

宴清都①

地僻无钟鼓,残灯灭,夜长人倦难度②。寒吹断梗,风翻暗雪,洒窗填户③。宾鸿谩说传书,算过尽、千俦万侣④。始信得、庾信愁多,江淹恨极须赋⑤。　凄凉病损文园,徽弦乍拂,音韵先苦⑥。淮山夜月,金城暮草,梦魂飞去⑦。秋霜半入清镜,叹带眼、都移旧处⑧。更久长、不见文君,归时认否⑨?

注释

① 《宴清都》词调为周邦彦始创。陈本注调名"中吕",无题。《草堂》《粹编》《诗馀醉》题作"秋思"。

② "地僻"句:偏僻的小地方,听不到钟鼓乐音。参见白居易《琵琶行》:"浔阳地僻无音乐,终岁不闻丝竹声。"王建《原上新居十三首》之十:"住处钟鼓外,免争当路桥。"钟鼓,钟和鼓,古代礼乐器,亦借指音乐。"夜长"句:参见欧阳修《锦香囊》:"一寸相思无著处,甚夜长难度。"

③ 寒吹断梗:寒风吹着折断的苇梗到处飘转。断梗,折断的苇梗。李贺《咏怀二首》之一:"梁王与武帝,弃之如断梗。"暗

雪:此指暗夜之雪。雪,《草堂》《百家词》《粹编》《诗馀醉》作"雨"。参下句"洒窗填户",以"雪"为是。填户:指铺满门前。户,门。

④ "宾鸿"二句:意思是说,别说鸿雁能传书信,算起来飞过千万鸿雁,没有传来任何书信。宾鸿:指鸿雁。语出《礼记·月令》:"季秋之月,……鸿雁来宾。"谩说,犹言休说。传书,指大雁传递书信。《汉书·李广苏建传》记有雁足传信之说:"(常惠)教使者谓单于,言天子射上林中,得雁,足有系帛书,言(苏)武等在某泽中。"

⑤ 庾信愁多:南北朝文学家庾信撰有《愁赋》,全文已佚,今仅剩残文:"攻许愁城终不破,荡许愁门终不开。何物煮愁能得熟?何物烧愁能得然?闭门欲驱愁,愁终不肯去。深藏欲避愁,愁已知人处。"又云:"谁知一寸心,乃有万斛愁。"见叶廷珪《海录碎事》卷九下《愁乐门》。江淹恨极须赋:南朝文学家江淹撰有《恨赋》,赋中有云:"于是仆本恨人,心惊不已。直念古者,伏恨而死。""已矣哉!春草暮兮秋风惊,秋风罢兮春草生。绮罗毕兮池馆尽,琴瑟灭兮丘垄平。自古皆有死,莫不饮恨而吞声。"此处词人以庾信、江淹自比,极言哀愁遗恨之多且深,须作辞赋排遣。

⑥ 病损文园:以文园令司马相如自比,言己多病。见前《法曲献仙音》(蝉咽凉柯)注⑥。"徽弦"二句:弹琴才开始,就满是凄苦之音。徽弦,琴上的徽和弦,泛指琴弦。徽,指琴上系琴弦的绳,亦指琴面指示音节的标识。韩愈《秋怀诗十一首》之七:"有琴具徽弦,再鼓听愈淡。"乍,才,刚。

⑦ 淮山:指庐州(今安徽合肥)一带山峦。北宋时庐州属淮南西路,故称其间山峦为淮山。淮山,《粹编》《诗馀醉》作"淮水"。按此句平平仄仄,作"淮山"为是。金城:合肥西北之金牛城,

简称金城。一说指合肥西九十里之金城河(即铁索涧),此二句是以山水对举。

⑧ "秋霜"句:是说明镜里照出花白头发。秋霜比喻花白头发。化用李白《秋浦歌十七首》之十五:"不知明镜里,何处得秋霜。"清镜,《诗馀醉》作"青镜"。"叹带眼"句:意思是,感叹自己日渐消瘦,腰带宽松,常需移动衣带之孔。带眼,即衣带之孔。参见沈约《与徐勉书》:"百日数旬,革带常应移孔。"杨亿《此夕》:"程乡酒薄难成醉,带眼频移奈瘦何。"

⑨ 文君:卓文君,西汉临邛富商卓王孙之女,姿色娇美,精通音律,善弹琴,有文名,后与司马相如结为夫妻。这里当以文君比拟妻子。

解读

　　清人黄苏《蓼园词选》论此词曰:"曰文园,曰文君,似为旅宦思家之作。或别有所托,亦未可知,而词旨自尔凄然欲绝。"从作品中的地名、词意推断,参酌黄苏之见与陈思《清真居士年谱》,此词应是周邦彦三十二岁出京任庐州(今安徽合肥)教授后思念家室之作,其时在元祐二年或三年(1087或1088)秋冬间。

　　上片写离开京城后羁留偏僻之地的苦况。起首三句,即点明客居偏僻,不闻钟鼓之音,入夜残灯既灭,人已困倦,却又无法安眠,漫漫长夜极为难熬。"寒吹"三句,具体描绘夜间凄冷景象,说明无法入眠的外在原因:寒风吹着断枝残叶到处飘转,雪花在夜空中翻飞,又落下来洒满门窗。"寒吹断梗"隐喻漂泊他乡苦况,耐人品味。"宾鸿"四句,进而说明不能安寝的内在原因:因为偏僻,千万鸿雁过境都不肯传书,所以音信不通。"千俦万侣"反衬一己之孤独无侣,情辞酸楚。有此孤苦处境,因而特别理解庾信、江淹辞赋里写的离愁别恨。下片接上文"愁多""恨极",着重写思念家人之苦。换头三句,以司马相如自比,言己积愁成病,欲弹琴排遣愁怀,但琴音凄苦,徒增伤悲。"淮山"三句,只能转而寄托梦境,欲乘夜月暮色,飞跃淮山、金城,飞回家中。"秋霜"二句,分写两鬓染霜,与腰身瘦损,见出思念之深。煞拍二句,总结思亲之意,悬想夫妻重逢情形:因为长久不见,自己身形消瘦,面容憔悴,妻子还认得出来吗?写得深挚哀婉,可谓声泪俱下。

　　清代先著、程洪品读此词后,提出了很有代表性的鉴赏体验:"美成词,乍近之觉疏朴苦涩,不甚悦口。含咀之久,则舌本生津。"(《词洁》卷五)近代俞陛云《宋词选释》则给出了更具体的评价:"通首情与景融成一片,合为凄异之音。此调当在浑灏流转处着眼。结句涉想悠然,怨入秋烟深处矣。"

四园竹[①]

　　浮云护月,未放满朱扉[②]。鼠摇暗壁,萤度破窗,偷入书帏[③]。秋意浓,闲伫立、庭柯影里,好风襟袖先知[④]。　　夜何其?江南路绕重山,心知谩与前期[⑤]。奈向灯前堕泪,肠断萧娘,旧日书辞犹在纸[⑥]。雁信绝,清宵梦又稀[⑦]。

注释

① 《四园竹》词调为周邦彦始创。陈本注曰:"官本作《西园竹》。"又注调名"小石",无题。《草堂》题作"秋怨"。

② 浮云护月:参见杜甫《季秋苏五弟缨江楼夜宴崔十三评事韦少府侄三首》之二:"明月生长好,浮云薄渐遮。""未放"句:是说月光被遮,未能照见整个门户庭院。朱扉,红漆大门。柳永《凤栖梧》:"玉砌雕阑新月上,朱扉半掩人相望。"

③ 摇:骚扰,扰乱。王安石《登宝公塔》:"鼠摇岑寂声随起,鸦矫荒寒影对翻。"萤度:萤火虫越过。参见白居易残句:"空夜窗闲萤度后,深更轩白月明初。"书帏:书斋的帷帐。借指书斋。这两句化用齐己《萤》:"透窗穿竹住还移,万类俱闲始见伊。……后代儒生懒收拾,夜深飞过读书帏。"

④ 庭柯:庭院中的树木。陶渊明《停云》四章之四:"翩翩飞鸟,息我庭柯。""好风"句:语本杜牧《秋思》:"微雨池塘见,好风襟袖知。"

⑤ 夜何其(jī基):夜已经到什么时辰了?其,语尾助词。语出《诗经·小雅·庭燎》:"夜如何其?夜未央,庭燎之光。"谩与前期:随意做的约定。谩与,随便对付。前期,事前的约定,预定。谢灵运《赠从弟弘元》六章之五:"人道分虑,前期靡托。"

⑥ 奈向:同奈何。晏殊《殢人娇》:"罗巾掩泪,任粉痕沾污。争奈向,千留万留不住。"奈向,《粹编》作"奈何",形近而误。"何"字平声,此处当用仄声字。萧娘:据《南史·梁临川靖惠王宏传》记载:萧宏受诏统军征魏,闻魏援军近,畏懦不敢进,魏人知其不武,遗以巾帼,北军歌曰:"不畏萧娘与吕姥,但畏合肥有韦武。"萧娘,即姓萧的女子,歌中将萧宏比作怯懦的女子。后以"萧娘"为女子的泛称,诗词中则常称男子所恋女子为"萧娘"。"肠断"二句,化用杨巨源《崔娘诗》:"风流才子多春思,肠断萧娘一纸书。"方、杨和词,以"辞""纸"皆为韵脚,似不当。陈和词,七字相连,"纸"为韵脚,断句较胜。

⑦雁信绝:指书信断绝。相传雁能传信,故称雁信。参见萧淳《长相思》:"壶关远,雁书绝。"另见前《宴清都》(地僻无钟鼓)注④。清宵:清静的夜晚。梦又稀:参见毛熙震《菩萨蛮》:"斜月照帘帷,忆君和梦稀。"

解读

这是清秋深夜怀想情人之作,也是周邦彦提到"萧娘"的三首词之一(另两首为《夜游宫》"叶下斜阳照水"以及《浣溪沙》"不为萧娘旧约寒")。今人对于此词的写作时间、地点,有各种猜测推断,但大多缺少依据,难以凭信。斟酌词意,应是词人在北方时怀念一位江南佳人。

词的上片描写眼中所见之景。起二句先写浮云遮月,朱门夜色暗淡。尚未叙事述情,阴影已然笼罩全篇。"鼠摇"三句,接写黑暗中老鼠在墙上打洞,萤火虫穿越窗户破纸,偷偷钻进书房。一派荒芜凄凉景象,衬出词人的孤寂落寞情形。"秋意浓"三句,正面引出词人深夜伫立形象,通过感知秋意之浓、树影之深、秋风之凉,显示伫立之久、怀想之深。下片抒写断肠彻骨之情。换头"夜何其"三字,承上启下,照应上片夜深伫立,带出以下所思之人。那位佳人远在南方,相隔重重山峦,虽有相约之期,心知难以重逢。无奈之下,只有返回室内,于灯下重温佳人旧时书信,回想佳人历历往事,不由得悲从中来,肝肠寸断,暗自落泪。如今书信久已断绝,梦中又难得相见,真是悲上加悲,悲恨交加,凄怆欲绝。

陈洵《海绡说词》(抄本)点评曰:"'鼠摇''萤度',于静夜怀人中见,有《东山》诗人之意。'犹在纸'一语惊人,是明明有'前期'矣,读结语则仍是'谩与'。此等处皆千回百折而出之,尤佳在拙朴。"

齐天乐①

秋思②

绿芜凋尽台城路,殊乡又逢秋晚③。暮雨生寒,鸣蛩劝织,深阁时闻裁剪④。云窗静掩,叹重拂罗裀,顿疏花簟⑤。尚有練囊,露萤清夜照书卷⑥。

荆江留滞最久,故人相望处,离思何限⑦。渭水西风,长安乱叶,空忆诗情宛转⑧。凭高眺远,正玉液新篘,蟹螯初荐⑨。醉倒山翁,但愁斜照敛⑩。

注释

① 《齐天乐》词调为周邦彦始创。陈本注调名"正宫"。
② 陈本原题如此,四印斋本同题。《花庵》题作"秋词",《粹编》题作"秋"。
③ 绿芜:丛生的绿草。白居易《酬张太祝晚秋卧病见寄》:"露湿绿芜地,月寒红树阴。"凋尽:凋敝衰竭。台城:古城名。故址在今南京市玄武湖南。本三国吴后苑城,东晋成帝时改建,为东晋、南朝台省和宫殿所在地,故名。参见刘禹锡《金陵五题·台城》:"台城六代竞豪华,结绮临春事最奢。万户千门成野草,只缘一曲后庭花。"殊乡:异乡,他乡。屈同仙《燕歌行》:"厌向殊乡久离别,秋来愁听捣衣声。"
④ 暮雨生寒:参见戎昱《罗江客舍》:"山县秋云暗,茅亭暮雨寒。"杜甫《雨》:"凄凄生馀寒,殷殷兼出雷。""鸣蛩"二句:蛩(qióng琼),蟋蟀。蟋蟀遇寒而鸣,似促妇人织布制作寒衣,

故别名"促织"。参见谢朓《秋夜》:"秋夜促织鸣,南邻捣衣急。"钱起《晚次宿预馆》:"回云随去雁,寒露滴鸣蛩。"鸣蛩,《雅词》作"鸣蛙",误。闻裁剪:化用韩偓《倚醉》:"分明窗下闻裁翦,敲遍阑干唤不应。"

⑤ 云窗:指华美的窗户。拂:铺展。罗裀(yīn 因):丝制褥子。亦作"罗茵"。鲍令晖《代葛沙门妻郭小玉作诗二首》之一:"明月何皎皎,垂幌照罗茵。"顿疏花簟:一转眼就弃用竹席了。疏,疏远,指弃用。花簟(diàn 垫),有花纹的竹席。徐陵《走笔戏书应令》:"片月窥花簟,轻寒入锦巾。"

⑥ "尚有"二句:意思是说,秋夜还有萤火虫,可以装在袋子里来照明读书。用晋人车胤"囊萤照书"故事,借指自己夜读。《晋书·车胤传》:"胤恭勤不倦,博学多通。家贫,不常得油。夏月则练囊盛数十萤火以照书,以夜继日焉。"練(shū 书)囊,粗丝织物做的袋。此处指装萤火虫的袋子。与"练囊"意思相近。《雅词》、《白雪》、毛本、《词萃》作"练囊",似误。此句仄仄平平,"练"字仄声不合律,当以平声"練"字为是。露萤,秋露中的萤火。参见李嘉祐《咏萤》:"夜风吹不灭,秋露洗还明。"韩愈《城南联句》:"露萤不自暖。"

⑦ 荆江:长江中游湖北枝城到湖南城陵矶一段的别称。因流经古荆州地区,故名。郑谷《寄南浦谪官》:"望阙怀乡泪,荆江水共流。"留滞:停留,羁留。吴均《发湘州赠亲故别诗三首》之二:"安得久留滞,商山饶白薇。"何限:无限,无边。蒋涣《途次维扬望京口寄白下诸公》:"北望情何限,南行路转深。"

⑧ "渭水"二句:化用贾岛《忆江上吴处士》:"秋风生渭水,落叶满长安。"渭水,即渭河,黄河最大支流。源出甘肃渭源,向东流经长安一带,至潼关入黄河。西风,指秋风。宛转:含蓄曲折,委婉。钟嵘《诗品》卷中:"范诗清便宛转,如流风回雪。"

⑨ 凭高眺远：登高望远。参见李白《天台晓望》："凭高远登览，直下见溟渤。"玉液新篘(chōu 抽)：美酒新滤出来。玉液，形容美酒。《雅词》作"渌液"。刘潜《谢晋安王赐宜城酒启》："忽值瓶泻椒芳，壶开玉液。"篘，原是一种竹制滤酒器具，这里作动词用，指滤酒。参见白居易《浔阳秋怀赠许明府》："试问陶家酒，新篘得几多？"蟹螯(áo 敖)初荐：连同上句，化用晋人毕卓语。《晋书·毕卓传》记毕卓谓人曰："得酒满数百斛船，四时甘味置两头，右手持酒杯，左手持蟹螯，拍浮酒船中，便足了一生矣。"蟹螯，螃蟹的第一对脚，状似钳子。荐，进献(佳肴)。

⑩ 醉倒山翁：晋人山简，字季伦，山涛幼子，性嗜酒，镇守襄阳，常游园池，置酒辄醉，时有儿童歌曰："山公出何许？往至高阳池。日夕倒载归，酩酊无所知。时时能骑马，倒著白接䍦。举鞭问葛彊：何如并州儿？"见《晋书·山简传》。这里以山翁自比。李白《襄阳歌》："傍人借问笑何事，笑杀山翁醉似泥。"斜照敛：指夕阳西下。

解读

元初张炎《国香》(莺柳烟堤)词小序里提到："沈梅娇，杭妓也，忽于京都见之。把酒相劳苦，犹能歌周清真《意难忘》《台城路》(按指《齐天乐》)二曲。"是说元初的大都(今北京)，还有歌妓传唱周邦彦《齐天乐》《意难忘》词，其影响力可见一斑。这首《齐天乐》写作的地点，清人周济《宋四家词选》以为荆南之作，"身在荆南，所思在关中"。王国维《清真先生遗事》则以为作于金陵，其说为后人重视。唯写作年代，王国维以为当在知溧水前后，则与原作迟暮之感不合。陈洵《海绡说词》(抄本)以为是词人晚年重游荆南之作，词人此行由金陵(今江苏南京)入荆南，又将由荆南人开封。罗忼烈《清真集笺注》称陈洵之说"确不可移",并进而推论:当是政和五年(1115)明州(今浙江宁波)离任,"入都为秘书监,取道金陵,至荆南九日(按指重阳节)作,故用把酒持螯事。旧地重游,回首当年,故有'荆江留滞最久'之语。用山简事,极切合所在地。秘书监掌图书,故有'露萤清夜照书卷'之喻。政和五年,六十岁矣,故结拍有日暮之悲。"其说较为通达。今人或以为此系词人二十岁时所作,此说完全无视作品中"山翁"的迟暮之感,其谬误不言自明。

词题曰"秋思",自然是写秋日情思,但另一方面,又蕴含着暮年的感怀。上片主要描写秋日情景。起首二句,以六朝古都的台城为背景,极写其萧瑟凋零之景,兼之老来客居他乡,时节又属晚秋,真是层层叠加的沉郁悲凉,颇具深邃的沧桑之感。诚如陈廷焯《云韶集》所言:"只起二句,便觉黯然销魂。"亦如俞陛云《宋词选释》所评:"起二句,笼罩一切。""暮雨"三句,接着从词人的视觉、触觉、听觉,来细细铺写秋日凄婉的情思:入夜风雨交加,寒意袭人,耳畔又传来促织哀鸣与深阁女子裁剪寒衣的声响。"云窗静掩",补叙一己之孤独寂寥。"叹重拂"二句,意谓转眼秋寒,一下子弃用竹席,换上丝褥;用"叹"字"顿"字,饱含时节轮转、岁月如流的感慨,又隐含"秋扇弃捐"式的人情冷暖、世态炎凉的悲哀。"尚有"二句一转,用晋人典故,写自己清夜读书,勉力自慰,寄寓超越世俗、优雅高洁的情怀。下片主要是追忆往昔旧游,抒发当下情怀。换头三句,回想荆州旧游,滞留最久,与故人交谊深厚,离愁别绪自是无穷无尽。"故人相望处",不直写自己怀念,而是悬想对方相望,情思婉转细腻。"渭水"三句,点化唐人诗句,转忆昔日与京城故友结伴同游、深情唱和情形,而今天各一方,徒有回忆怀想而已。后人对"渭水西风,长安乱叶"二句赞不绝口。谭献评《词辨》曰:"点化成句,开后来多少章法。"王国维《人间词话删稿》评曰:"'西风吹渭水,落叶满长安',美成以之入词,白仁甫以之入曲,此借古人之境界为我之境界也。然非自有境界,古人亦不为我用。"乔大壮手批《片玉集》亦称赏曰:"'渭水'八字作对,慢词于此加入重大之境,非《片玉》不能为之。""凭高眺远"以下,照应"故人相望",转回自己当下登高远眺,手持蟹螯,以酒浇愁,酣然醉倒情状,末句以斜阳西下,愁绪满怀作结,人生迟暮之悲,溢于言外。

这首词将秋节萧瑟凋敝之景,与人生飘零之感、老来寂寥之情,融为一体,悬想虚写与现场实写相结合,忆旧念远,怀人伤己,意绪深沉,笔力苍劲,是词人晚年带有回顾性质的代表作,与杜甫《登高》"万里悲秋常作客,百年多病独登台",堪称异世同调。清代陈廷焯《云韶集》则将此词与李白《忆秦娥》相提并论:"下字用意,无不精炼。沉郁苍凉,太白'西风残照'后,有嗣音矣。"俞平伯《清真词释》又推誉此词"情景融会无间,悲秋绝调也"。

木兰花[①]

暮秋饯别[②]

郊原雨过金英秀,风拂霜威寒入袖[③]。感君一曲断肠歌,劝我十分和泪酒[④]。　　古道尘清榆柳瘦,系马邮亭人散后[⑤]。今宵灯尽酒醒时,可惜朱颜成皓首[⑥]。

注释

① 陈本原作《木栏花》，此从彊村本改。此系令词，毛本、四印斋本作《木兰花令》。陈本注调名"高平"。

② 陈本原题如此，毛本、四印斋本同题。《粹编》无题。

③ 郊原：郊外平原，原野。苏轼《过云龙山人张天骥》："郊原雨初足，风日清且好。"金英：金黄色花。指菊花。王筠《摘园菊赠谢仆射举》："菊花偏可憙，碧叶媚金英。"风拂霜威：风带着霜的寒威吹来。拂，掠过，吹拂。风拂，毛本、《词萃》、四印斋本作"风扫"。霜威，寒霜肃杀的威力。参见王勃《九日怀封元寂》："九日郊原望，平野遍霜威。"

④ "感君"二句：化用白居易《晓别》："请君断肠歌，送我和泪酒。"劝我，毛本作"送我"，似据白诗改。"劝"字通达，亦习用，如韩愈《醉赠张秘书》"人皆劝我酒"，李贺《浩歌》"筝人劝我金屈卮"等。不必作"送"。

⑤ 尘清：意谓人马散去，尘埃落定。照应下句"人散后"。榆柳瘦：指榆柳叶子经风霜而稀疏凋零。参见柳宗元《田家三首》之三："风高榆柳疏，霜重梨枣熟。"邮亭：古时供信使和旅客歇宿的馆舍。刘长卿《送耿拾遗归上都》："想到邮亭愁驻马，不堪西望见风尘。"人散后：参见杜甫《送重表侄王砅评事使南海》："俄顷羞颇珍，寂寥人散后。"

⑥ "今宵"句：参见柳永《雨霖铃》："今宵酒醒何处，杨柳岸、晓风残月。"皓首：白头，白发。参见孟郊《暮秋感思》："上有噪日蝉，催人成皓首。亦恐旅步难，何独朱颜丑。"

解读

暮秋时节一个清冷的雨后的傍晚，友人在郊外为词人饯行；

分别之后,词人独宿客馆,感慨岁月蹉跎,写了这首作品。

上片描写郊外饯行场景。起首两句叙明饯别的地点与时间,为全词感伤意绪先做铺垫:郊外荒野,菊花秀发,时属暮秋,阴雨过后,风霜更烈,寒气袭人。后两句具体描述饯别景象,感伤的场面如在眼前:友人深情献唱离别断肠之曲,殷勤劝我喝下满杯的带泪之酒。下片抒发别后寂寥衰谢之感。过片二句,写席散人去后凄凉孤寂景象:古道冷清,尘土不扬,唯有路旁叶子凋零的柳树和榆树相伴;独自来到旅店,拴好马准备歇息。结尾二句,直接抒发岁月催人老的感慨。今人或不解"朱颜"之意,误以为这是词人十八岁时作于咸阳的作品,这样就无法解释"可惜朱颜成皓首"。所谓可惜,谓已然之事(成皓首)可惜。而"朱颜",非指年轻,实是指前面友人劝饮十分酒,以至于醉得满脸通红。所以这里是说,待到夜尽天亮,酒醒红退,则不复红颜,唯有苍颜白发而已。词人以谐谑自嘲的方式,表达了岁月如流、人生易老的感喟。

《木兰花》词,每句七字,一共八句,单从字数句数看,似乎与七律相同,其实不然。此词有上下片之分,且平仄与七律不同,又押的是仄声韵。同时,《木兰花》与同是七字八句押仄韵的《玉楼春》词,亦不尽相同。周邦彦此首《木兰花》,体式声律上又比较别致:上片平起,下片却是仄起,而且上下片前两韵都押去声韵,后一韵都押上声韵。全篇读来,音节顿挫拗折,气韵苍劲浑厚,很能体现词人后期作品沉郁凄怆的特点。

霜叶飞①

露迷衰草,疏星挂,凉蟾低下林表②。素娥青女斗婵娟,正倍添悽悄③。渐飒飒丹枫撼晓,横天云浪鱼鳞小④。似故人相看,又透入、清晖半饷,特地留照⑤。　　迢递望极关山,波穿千里,度日如岁难到⑥。凤楼今夜听秋风,奈五更愁抱⑦。想玉匣哀弦闭了,无心重理相思调⑧。见皓月、牵离恨,屏掩孤鞶,泪流多少⑨。

注释

① 陈本注调名"大石",无题。《草堂》题作"秋怨",《粹编》题作"秋夜"。
② "疏星"二句:化用李商隐《燕台四首·秋》:"月浪冲天天宇湿,凉蟾落尽疏星入。"凉蟾,指秋月。见前《过秦楼》(水浴清蟾)注②。低下林表,逐渐往树林下落。林表,林梢。
③ "素娥"句:化用李商隐《霜月》:"青女素娥俱耐冷,月中霜里斗婵娟。"素娥,即嫦娥。《文选·谢庄〈月赋〉》:"引玄兔于帝台,集素娥于后庭。"李周翰注:"常娥窃药奔月,因以为名。月色白,故云素娥。"青女,传说中掌管霜雪的女神。《淮南子·天文训》:"至秋三月,……青女乃出,以降霜雪。"高诱注:"青女,天神,青霄玉女,主霜雪也。"斗婵娟,争艳比美。悽悄:伤感寂寞。
④ 飒飒丹枫:指风吹得红枫叶飒飒作响。飒飒,象声词,形容风

声。屈原《九歌·山鬼》："风飒飒兮木萧萧,思公子兮徒离忧。"撼晓:撼动拂晓。云浪:如浪之云。李商隐《送从翁东川弘农尚书幕》："锦水湔云浪,黄山扫地春。"鱼鳞:此指鱼鳞状的云。《淮南子·览冥训》："故山云草莽,水云鱼鳞,旱云烟火,涔云波水,各象其形类,所以感之。"高诱注:"水气出云似鱼鳞。"王筠《春日》："风生似羊角,云上若鱼鳞。"

⑤ "似故人"三句:意为月亮落下去之前,像情人依依相看一般,月光特地多留照半晌。故人,此指旧日情人。似故人,《草堂》、《百家词》、毛本作"见皓月"。似前后错位而误,参见注⑨。若作"见皓月",则又"见"又"看",又"皓月"又"清晖",语多堆叠,更无一丝余味。与"似故人"之比拟深宛,相去甚远。

⑥ 迢递:形容遥远。薛道衡《豫章行》："荡子从来好留滞,况复关山远迢递。"波穿千里:谓眼波望穿千里。度日如岁:即度日如年。参见柳永《戚氏》："孤馆度日如年,风露渐变,悄悄至更阑。"

⑦ 凤楼:美称女子的居处。江淹《征怨》："荡子从征久,凤楼箫管闲。"今夜听秋风:参见薛稷《秋朝览镜》："客心惊落木,夜坐听秋风。"秋风,《草堂》作"西风"。奈:无奈,怎奈。五更:第五更的时候,指天快亮时。张谓(一作严维)《同王征君湘中有怀》："还家万里梦,为客五更愁。"愁抱:忧伤的情怀。江淹《灯赋》："秋夜如岁,秋情如丝,怨此愁抱,伤此秋期。"

⑧ "想玉匣"二句:遥想对方已关闭琴盒,无心再演奏哀伤的相思之曲。化用崔珏《孤寝怨》："自君辽海去,玉匣闭春弦。"玉匣,玉饰的匣子。此指精美的琴匣。理,弹奏。相思调,相思曲。陶毂《春光好》："琵琶拨尽相思调,知音少。"

⑨ 见皓月:《草堂》、《百家词》、毛本作"念故人"。屏掩孤颦(pín

频):屏风遮掩了女子的孤独愁苦的面容。颦,皱眉。化用李商隐《燕台四首·秋》:"云屏不动掩孤颦,西楼一夜风筝急。"

解读

按照近人陈洵《海绡说词》(抄本)的说法,这首写秋夜相思的词"只是'美人迈兮音尘绝,隔千里兮共明月'二句耳"。所言近是,但此词的意蕴技法,显然不是谢庄《月赋》里这两句所能简单概括的。

词的上片着重描写秋夜之景。起三句,先描绘秋夜月色下凄迷景象:露重草枯,疏星高挂,秋月渐渐从高处往树林边落下。接着"素娥"二句,点化李商隐《霜月》诗句,以幽冷的月亮,寒冷的秋霜,逼出内心的凄冷。"渐飒飒"二句,回应上文凉月下落,点明时间推移,已到拂晓时分,风吹枫树飒飒作响,仿佛要摇醒秋晓,云横天际,如浪似鳞,黎明的光影逐渐显露。这里"撼晓"二字极富表现力,颇为后人称道。清人陈廷焯《云韶集》评赞曰:"写秋夜景色,字字凄断。'撼'字下得精神。晓何可撼?'撼晓'何可解?惟其不可撼,所以为奇妙;惟其不可解,所以为神化也。"而时光的推移,又微妙地暗示了主人公长夜不眠的情形。"似故人"三句承上启下:月亮又特地从云中透出清辉来多照一会,好像情人临别相看,留连不舍。"写得月似人多情,语朴而挚"(杨铁夫《清真词选笺释》)。这一方面收拾总结了上片月下秋景,另一方面又巧妙引出下片思念情人的主题,堪称衔接自如,勾连入神。下片着重铺叙相思之情。换头三句,点明彼此相隔遥远,关山重重,怅望千里,度日如年,极写相思之苦,带出后文所思之人。"凤楼"以下,全是从对方着想之辞,一气贯注到底:今夜她也应该是孤枕难眠,愁听秋风,直到黎明;想来她早已将琴盒锁了,无心再弹那凄美的相思曲调;她仰望皓月,触动无尽的离愁别恨,不由得躲到屏风后面,愁眉紧锁,独自哭泣,不知流下多少眼泪!这些想象中的形象、情景,一一鲜活如见,打动了后来许多读者。明人沈际飞《草堂诗馀正集》就说:"下片后半,曼声冶容。"近人俞陛云《宋词选释》评曰:"后段言情,'秋风''玉匣'四句,凄清欲绝。"

词人写景入妙,情思飞驰,将同一秋月下的两地相思有机地串联起来,情景相生,心心相印,意境深远。犹如近人陈洵《海绡说词》(抄本)所评:"一边写景,即景见情;一边写情,即情见景。双烟一气,善学者自能于意境中求之。"

蕙兰芳引①

寒莹晚空,点清镜、断霞孤鹜②。对客馆深扃,霜草未衰更绿③。倦游厌旅,但梦绕、阿娇金屋④。想故人别后,尽日空疑风竹⑤。　　塞北氍毹,江南图障,是处温燠⑥。更花管云笺,犹写寄情旧曲⑦。音尘迢递,但劳远目⑧。今夜长,争奈枕单人独⑨。

注释

① 《蕙兰芳引》词调为周邦彦始创。《百家词》作《蕙兰芳》。陈本注调名"仙吕",无题。《草堂》题作"秋怨",毛本、《词萃》题作"秋怀"。

② 寒莹晚空:寒冷又透明的傍晚天空。"点清镜"句:片段的晚霞和孤飞的野鸭,点缀在明镜般的天空。化用王勃《滕王阁

诗序》:"落霞与孤鹜齐飞,秋水共长天一色。"点,点缀,装点。清镜,明镜。比喻天空。参见湛方生《天晴》:"青天莹如镜,凝津平如研。"清镜,《草堂》、《百家词》、毛本、四印斋本作"青镜"。断霞,片段的云霞。萧纲《舞赋》:"似断霞之照彩,若飞鸾之相及。"鹜(wù 务),野凫,俗称野鸭,一种会飞的水鸟。

③ 客馆:招待宾客的住所,旅馆。扃(jiōng 坰):原指门闩,此指上闩闭门。陈本注引吴融《咏晓赋》:"旅馆犹扃。""霜草"句:化用谢朓《酬王晋安德元》:"春草秋更绿,公子未西归。"霜草,经霜的秋草。

④ 阿娇金屋:用汉武帝欲娶阿娇做妇,以金屋贮之故事,见前《风流子》(新绿小池塘)注③。此处借指爱侣的住所。

⑤ 故人:此处自指,是从对方来说。空疑风竹:听到风吹竹响,便无端猜疑是故人来了。参见李益《竹窗闻风寄苗发司空曙》:"开门复动竹,疑是故人来。"按唐代蒋防《霍小玉传》引李益诗前句作"开帘风动竹"。其写法源自南朝乐府《华山畿》二十五首之二十三:"夜相思,风吹窗帘动,言是所欢来。"

⑥ 氍毹(qú shū 瞿书):毛织的地毯。汉乐府《陇西行》:"请客北堂上,坐客毡氍毹。"图障:指绘有图画的屏风或软障。李肇《唐国史补》卷下:"李益诗名早著,有'征人歌且行'一篇,好事者画为图障。"是处:到处,处处。温燠(yù 玉):温暖。白居易《浔阳三题·湓浦竹》:"浔阳十月天,天气仍温燠。"

⑦ 花管:笔管饰有花纹的毛笔。云笺:有云状花纹的纸。寄情:寄托相思之情。

⑧ 音尘:音信,踪迹。迢递:遥远。劳:烦劳,劳神。远目:远望。

⑨ 今夜长:参见曹丕《杂诗二首》之一:"漫漫秋夜长,烈烈北风凉。"争奈:怎奈,无奈。枕单人独:参见白居易《冬至宿杨梅馆》:"若为独宿杨梅馆,冷枕单床一病身。"

解读

与上一首相似,这首也是词人客途秋夜思念情人之作。近人杨铁夫《清真词选笺释》认为此词是"在荆南时怀人之作","观'霜草未衰更绿',知身在南方矣"。可备一说。又说:"'塞北氍毹'指长安北妓家,'江南图障'指台城南妓家。"则未必然。今人有单凭"塞北"句,而推测写于重和元年至宣和元年(1118—1119)词人出守真定时。此说自是拘执一端,未窥全豹,固不足凭信。

首二句,从秋日傍晚寒冷又晶莹的天空写起,以清澈的明镜来形容,又借王勃《滕王阁序》中"落霞与孤鹜齐飞"的美景加以渲染。由上面澄净华丽的美景,反衬出以下二句闭门客馆中孤客的落寞怀抱。"霜草未衰更绿",表面看是写景,深一层看却是化用谢朓"春草秋更绿,公子未西归"诗句,暗藏的是客游未归的情思。所以,接下来"倦游"二句衔接得非常自然,词人早已厌倦了到处漂泊的宦游,而魂牵梦绕、念念不忘的则是心上的情人。"想故人"二句,是设想分别以后对方的情形:她整天牵肠挂肚,以至于一听到风吹竹响,便以为是故人回来了。明代沈际飞《草堂诗馀正集》评点说:"'想故人'句,一部《西厢》只此句。"词人描写对方心理活动无疑是成功的,但沈际飞的评语说差了。要知道《西厢记》中莺莺答张生的诗"待月西厢下,迎风户半开;拂墙花影动,疑是玉人来",直接源自唐代元稹的《莺莺传》,更不用说南朝乐府诗里早已有"风吹窗帘动,言是所欢来"诗句,唐朝李益也已经有"开门复动竹,疑是故人来"的名句。所以,周邦彦也是借鉴前人。换头"塞北"以下五句,是词人温暖的回忆:无论是在北方还是在南方,都曾留下了情人的美好印记;即使分别以后,还曾书信往还,谱写情曲,倾诉衷肠。然而,这些美好回忆都是为了反逼出现实的苦况。"音尘"以下,转回到客馆现实情境,以哀叹收尾:如今相隔遥远,音信断绝,只能徒劳地遥望空盼;天寒夜长,形单影只,孤枕难眠,徒唤奈何。乔大壮手批《片玉集》点评曰:"'夜长'则不能'梦绕',情景可思。"

《蕙兰芳引》是周邦彦原创的词调,除写景鲜活,抒情劲直外,声韵也有很强的表现力。上片四韵,下片四韵,全押入声韵,读来情挚意切,声声叩击人心。

塞垣春[1]

暮色分平野,傍苇岸、征帆卸[2]。烟村极浦,树藏孤馆,秋景如画[3]。渐别离气味难禁也,更物象、供潇洒[4]。念多材、浑衰减,一怀幽恨难写[5]。追念绮窗人,天然自、风韵娴雅[6]。竟夕起相思,谩嗟怨遥夜[7]。又还将、两袖珠泪,沉吟向、寂寥寒灯下[8]。玉骨为多感,瘦来无一把[9]。

注释

[1] 陈本注调名"大石",无题。《粹编》题作"秋怨"。
[2] 分:分布。平野:平坦开阔的原野。参见王绩《过汉故城》:"空城寒日晚,平野暮云黄。"苇岸:长满芦苇的水岸。参见李中《泊秋浦》:"苇岸风高宿雁惊,维舟特地起乡情。"征帆卸:远行的船只中途卸帆停靠。参见何逊《赠诸游旧诗》:"无由下征帆,独与暮潮归。"
[3] 极浦:遥远的水滨。屈原《九歌·湘君》:"望涔阳兮极浦,横

塞垣春（烟村极浦，树藏孤馆，秋景如画）

大江兮扬灵。"王逸注:"极,远也;浦,水涯也。"烟村极浦,化用戎昱《采莲曲二首》之一:"烟生极浦色,日落半江阴。"孤馆:孤寂的旅馆。许浑《瓜州留别李诩》:"孤馆宿时风带雨,远帆归处水连云。"秋景如画:参见晏殊《诉衷情》:"远村秋色如画,红树间疏黄。"

④ 气味:意绪,情绪。难禁(jīn 金):难以承受。物象:景物,风景。潇洒:这里是凄清的意思。参见杜甫《玉华宫》:"万籁真笙竽,秋色正萧洒。"

⑤ 多材:同多才。《尚书·周书·金縢》:"予仁若考,能多材多艺,能事鬼神。"浑衰减:全然减弱衰退。幽恨难写:参见苏轼《蝶恋花》:"只有离人,幽恨终难洗。"

⑥ 绮窗人:指词人思念的闺中女子。绮窗,雕刻或绘饰精美的窗户,借指闺阁。天然:天生的,生来就具备的。风韵娴雅:指女子的仪态气韵文静优雅。参见陈本注引《丽情集·莲花妓序》:"富辞艳色,风韵娴雅。"娴雅,毛本、《词萃》作"闲雅"。

⑦ "竟夕"二句:化用张九龄《望月怀远》:"情人怨遥夜,竟夕起相思。"竟夕起相思,谓彻夜不眠,苦苦相思。谩嗟,空叹。谩,同"漫"。怨遥夜,怨恨漫漫长夜。

⑧ "又还将"二句:化用李商隐《别薛岩宾》:"还将两袖泪,同向一窗灯。"珠泪,指眼泪。因泪滴如珠,故称。张率《长相思二首》之一:"空望终若斯,珠泪不能雪。"沉吟,形容深深思念。曹操《短歌行》:"但为君故,沉吟至今。"寂寥寒灯下,参见卢纶《长安疾后首秋夜即事》:"楚客病来乡思苦,寂寥灯下不胜愁。"寂寥,《粹编》作"寂寞"。

⑨ "玉骨"二句:形容因多愁善感而极度消瘦。化用李商隐《偶成转韵七十二句赠四同舍》:"天官补吏府中趋,玉骨瘦来无一把。"玉骨,形容女子清瘦秀丽的身架、体态。

解读

水路客途中,遥想情人之作。应该是词人后期作品。

上片写晚泊荒浦,离愁别绪涌上心头。起二句,点明停泊的时间地点:天光向晚,暮色笼罩旷野,船只卸帆,靠芦苇岸停泊。"烟村"三句,描绘眼前烟水迷蒙的小村荒浦,掩映在树林深处的旅舍,俨然一幅秋日水村暮色图卷。"渐别离"四句,转写入夜独宿孤馆,更兼四围萧瑟凄清的秋意袭来,渐渐地抑制不住离情别绪涌上心头;原先虽然多才多艺,善作词赋,而今才力衰退,纵有满腔别恨,也难尽情抒写出来。下片追念心上人,全是脑海里悬想的对方情形。换头"追念"一语,接应上片的"别离气味""幽恨",落到具体的思念对象——"绮窗人"。词人随处点化唐人诗句,都能为我所用,一气贯注而下,一幕幕情景仿佛就在眼前:她天生的气韵优雅,美艳动人;只见她徘徊空闺,长夜不眠,苦苦相思,徒然叹息哀怨;又见她泪满衣袖,孤苦伶仃地在寒灯下沉吟抽泣;再看她身形,因为多愁善感害相思,瘦骨嶙峋,腰身都快没一把了。全词到这里戛然而止,并没有再转回到自己客途情境,这跟词人惯用的现场——追想——现场的铺叙模式不一样,更突出了令词人断肠的情人形象。所以,明人沈际飞《草堂诗馀正集》评曰:"结语奇,恐惊肉眼。"又如近人杨铁夫《清真词选笺释》精切的评点:"全从对面着笔,因念而怨,因怨而泪,因泪而瘦,一层深一层,如牟尼一串。说到瘦,恝然便止,并未拍合旅况,此又一法。"

丁香结[①]

苍藓沿阶,冷萤黏屋,庭树望秋先陨[②]。渐雨凄风迅,澹暮色、倍觉园林清润③。汉姬纨扇在,重吟玩、弃掷未忍④。登山临水,此恨自古,销磨不尽⑤。　　牵引,记试酒归时,映月同看雁阵⑥。宝幄香缨,薰炉象尺,夜寒灯晕⑦。谁念留滞故国,旧事劳方寸⑧。唯丹青相伴,那更尘昏蠹损⑨。

注释

① 《丁香结》词调为周邦彦始创。陈本注调名"商调",无题。
② 苍藓沿阶:苍苔沿着石阶滋生。苏颋《利州北佛龛前重于去岁题处作》:"卧石铺苍藓,行塍覆绿条。"冷萤黏(nián 年)屋:幽冷的萤火贴着墙屋发光。望秋先陨(yǔn 允):草木将近秋天就先败落凋零。据《世说新语·言语》记载:顾悦与晋简文帝同年,而发早白。简文曰:"卿何以先白?"顾悦对曰:"蒲柳之姿,望秋而落;松柏之质,经霜弥茂。"又沈括《梦溪笔谈·采草药》:"岭峤微草,凌冬不凋;并汾乔木,望秋先陨。"陨,陨落,凋零。
③ 雨凄风迅:雨凄冷而风迅疾。凄,寒冷。参见《诗经·郑风·风雨》:"风雨凄凄,鸡鸣喈喈。"澹(dàn 淡)暮色:参见杜甫《宿凿石浦》:"回塘澹暮色,日没众星嘒。"澹,同"淡"。园林清润:参见萧颖士《陪李采访泛舟蓬池宴李文部序》:"晚林未疏,堤草更绿,经雨泛洒,微风清润。"清润,清凉湿润。
④ "汉姬"二句:以汉姬班婕妤比拟词人所爱女子,意谓反复吟咏把玩恋人留下的纨扇,到了秋天都不忍丢弃一旁。反用汉成帝嫔妃班婕妤所作《怨歌行》(又名《纨扇诗》):"新裂齐纨素,鲜洁如霜雪。裁为合欢扇,团团似明月。出入君怀袖,动

摇微风发。常恐秋节至,凉飚夺炎热。弃捐箧笥中,恩情中道绝。"

⑤ 登山临水:语出宋玉《九辩》:"憭栗兮若在远行,登山临水兮送将归。""此恨"二句:谓离别之恨,从古到今,难以磨灭。参见王延彬《哭徐夤》:"延寿溪头叹逝波,古今人事半销磨。"

⑥ 牵引:引起,引出。此指引出后面的回忆片段。试酒:品尝新酿成的酒。毛本作"醉酒"。映月:《百家词》、毛本作"对月"。雁阵:排成队列而飞的雁群。王勃《滕王阁诗序》:"雁阵惊寒,声断衡阳之浦。"

⑦ 宝幄:精美的帐子。参见李白《捣衣篇》:"横垂宝幄同心结,半拂琼筵苏合香。"香缨:古代女子所佩饰物。语出《礼记·内则》:"男女未冠笄者……衿缨,皆佩容臭。"孔颖达疏:"以缨佩之者,谓缨上有香物也。"薰炉象尺:语本温庭筠《织锦词》:"象尺薰炉未觉秋,碧池已有新莲子。"象尺,象牙做的尺子。灯晕:此指灯的光晕模糊。参见韩愈《宿龙宫滩》:"梦觉灯生晕,宵残雨送凉。"

⑧ 故国:此指旧都、古都。《粹编》作"故园"。劳方寸:劳心费神。方寸,方寸之心,亦指心神、心绪。参见李敬方《遣兴》:"何必劳方寸,岖崎问远公。"

⑨ 丹青:指画像,图画。此指心上人的画像。那更:更哪堪。尘昏蠹(dù 肚)损:指画像遭受尘侵虫蛀。化用郑谷《代秋扇词》:"一片山溪从蠹损,数行文字任尘侵。"蠹,蛀蚀器物的虫子。

解读

这首词是词人滞留古都时,见团扇而怀念家室或情人之作。上片先从庭院园林秋景写起,酝酿一种凄冷的情调:苔藓布满石阶滋生,萤火虫贴在墙脚发光,庭中树木将近秋天时早已凋零;暮色降临,渐渐雨骤风急,园林经过洗礼,更觉清冷湿润。接着"汉姬纨扇"二句承秋景而发,因为入秋天凉,扇子弃用,而词人反复沉吟把玩团扇,不忍弃掷,由此引出下文怀人主题来,只因这是心上人曾用之物。"登山"三句,情景一转,但仍围绕思念主题抒写:即便登山临水,纵目远眺,以寄情思,但从古到今,此种离愁别恨都无法磨灭。下片着重抒发怀人主题。换头"牵引"一语,回应"汉姬纨扇",牵出"记试酒"以下五句的回忆场景:曾经跟她一起试酒酣饮,归来时又一同赏月,仰看雁群飞翔;那个美好的夜晚,精美的帷帐,她佩挂的香袋,考究的薰炉象尺,寒夜里灯火的光晕……一幕幕场景历历在目。然而,这些美好的记忆,都是为了反衬现在的孤独悲凉。"谁念"以下至结束,转回到当下场景:如今自己滞留古都,每到夜深人静,一段段往事萦绕心头,只能捧着她的肖像画寄托相思,更无奈的是,经年累月,那肖像画早已尘积虫蚀,看不清了。一层更深一层的无奈,写透了自古"销磨不尽"的悲哀。

  词人运用擅长的铺叙手法,从凄清的秋景,引入怀人之情,又从当下之景,切回到往日一幕幕场景,复转回到眼前情形,情景交织,时空变幻,运化自如,又善托物寄情,情思绵邈。近人俞陛云《宋词选释》评曰:"后半'试酒以下'五句,追写旧时之事,情态依依。结句凄韵绕梁,非特语有含蓄也。"陈洵《海绡说词》(抄本)论此词写法:"一步一转,一步一留,极顿挫之能事。"皆深得清真笔意。

卷六
秋景

氏州第一①

波落寒汀,村渡向晚,遥看数点帆小②。乱叶翻鸦,惊风破雁,天角孤云缥缈③。官柳萧疏,甚尚挂、微微残照④。景物关情,川途换目,顿来催老⑤。　　渐解狂朋欢意少,奈犹被思牵情绕⑥。座上琴心,机中锦字,觉最萦怀抱⑦。也知人、悬望久,蔷薇谢、归来一笑⑧。欲梦高唐,未成眠、霜空又晓⑨。

注释

① 《氐州第一》词调为周邦彦始创。毛本注:"《清真集》作《熙州摘遍》,字句稍异。"陈本注调名"商调",无题。《草堂》题作"秋怨",《粹编》《诗馀醉》题作"秋思"。

② 波落:指潮退。朱长文《谒郭道冲唐师德登台偶作》:"雪馀山色佳,浦浚湖波落。"寒汀(tīng 听):清寒冷落的水岸或小岛。骆宾王《在江南赠宋五之问》:"秋江无绿芷,寒汀有白蘋。"向晚:天色将晚,傍晚。看数点帆小:参见李端《送周长史》:"云阴出浦看帆小,草色连天见雁遥。"

③ 乱叶翻鸦:纷纷落叶惊起了栖息的乌鸦。翻,飞。惊风破雁:狂风吹破了大雁的行列。参见杜甫《送高三十五书记》:"惊

风吹鸿鹄,不得相追随。"另参江总《并州羊肠坂》:"惊风起朔雁,落照尽胡桑。"惊风,猛烈强劲的风。缥缈:高远漂浮的样子。罗隐《送臧濆下第谒窦鄜州》:"万里故乡云缥缈,一春生计泪澜汍。"

④ 官柳:见前《瑞龙吟》(章台路)注⑪。《百家词》、毛本、四印斋本作"宫柳",误。萧疏:稀疏。孟郊《洛桥晚望》:"榆柳萧疏楼阁闲,月明直见嵩山雪。"甚:为甚,为什么。尚挂:《草堂》《粹编》《诗馀醉》作"上挂"。残照:落日余晖。参见戎昱《过东平军》:"画角初鸣残照微,营营鞍马往来稀。""官柳"二句是说,太阳已经下山,为什么稀疏的柳枝上还透出微弱的余晖?

⑤ 川途换目:水路行来,眼前景物不断变换。化用陶渊明《始作镇军参军经曲阿》:"目倦川途异,心念山泽居。"换目,《草堂》作"换日",误。催老:参见李咸用《喻道》:"不知流水潜催老,未悟三山也是尘。"

⑥ 狂朋:行为狂放的朋友。柳永《戚氏》:"况有狂朋怪侣,遇当歌、对酒竞留连。"奈:无奈,怎奈。思牵情绕:参见薛涛《秋泉》:"长来枕上牵情思,不使愁人半夜眠。"

⑦ 座上琴心:用司马相如以琴心挑卓文君事。《史记·司马相如列传》:"相如不得已,彊往,一坐尽倾。酒酣,临邛令前奏琴曰:'窃闻长卿好之,愿以自娱。'相如辞谢,为鼓一再行。是时,卓王孙有女文君新寡,好音,故相如缪与令相重,而以琴心挑之。"琴心,琴声表达的情意。机中锦字:用苏蕙织锦作回文璇玑图诗赠夫故事。《晋书·列女传·窦滔妻苏氏》:"窦滔妻苏氏,始平人也,名蕙,字若兰,善属文。滔,苻坚时为秦州刺史,被徙流沙,苏氏思之,织锦为回文旋图诗以赠滔。宛转循环以读之,词甚凄惋,凡八百四十字。"李白《乌夜啼》:"机中织锦秦川女,碧纱如烟隔窗语。"萦:萦绕,牵挂。

183

⑧悬望：不安地盼望，挂念。"蔷薇"句：约定蔷薇花谢时节归来，届时当相逢一笑。化用杜牧《留赠》："不用镜前空有泪，蔷薇花谢即归来。"

⑨欲梦高唐：用楚怀王梦见巫山神女事，比喻词人想梦见心中女神。典出宋玉《高唐赋》序："昔者先王尝游高唐，怠而昼寝，梦见一妇人曰：'妾，巫山之女也，为高唐之客。闻君游高唐，愿荐枕席。'王因幸之。去而辞曰：'妾在巫山之阳，高丘之阻，旦为朝云，暮为行雨。朝朝暮暮，阳台之下。'"霜空：秋冬季的晴空。参见许敬宗《奉和元日应制》："霜空澄晓气，霞景莹芳春。"又晓：《草堂》、毛本、四印斋本作"已晓"。"又"字义胜，意谓不止一晚失眠。

解读

　　此篇与《塞垣春》相近，都是秋天水路客途中，思念情人或家室之作，也都是词人后期作品。

　　上片主要写秋景。起首三句，描绘黄昏乡村渡口景象：清冷的水岸潮水消退，远处几艘帆船，渐行渐小。这是隐写泊船村渡，上岸住宿。"乱叶"三句，转换视角，描写上空景象：狂风吹落树叶，惊飞了栖息树上的乌鸦，狂风也横扫天空，惊散了原本整齐的雁行，天际只有一抹孤云独自飘荡。这些景中都隐含自己漂泊他乡的孤独落寞。"官柳"二句，细写秋日黄昏晚景：秋柳萧条，稀疏柳枝上还挂着微微余晖。一个"甚"字，逼出"景物关情"三句，黄昏凄凉的晚景，一路萧瑟的秋色，触发了词人岁月催人老的感慨，也牵引出下片的情思。下片着重抒发怀人之情。换头二句，写狂朋欢意少，实是自况，只是换一种笔法，"奈"字一转，引出自己"思牵情绕"的怀想。周济《宋四家词选》评此词上下片转接曰："竭力逼迫得换头一句出，钩转'思牵情绕'，力挽六钩。""座上"三句,连用两个情人夫妻思恋的典故,揭示此词思念情人或妻子的主题。"也知人"二句,从对方着笔,写她在闺中盼望已久,直等到蔷薇花谢时节,郎君归来,欣然相逢,嫣然一笑。场面生动如见,却纯是设想。结尾二句转回到真实的眼下场景来:词人独宿荒村,多想梦中与佳人相逢,无奈长夜难眠,梦既不成,天又破晓。全词至此戛然而止,凄冷之情溢于词外。

这首作品写景鲜活,情依景生,情景相融无间。同时善作顿挫,叙情迂曲深折,又擅以欢乐相逢之虚笔,反衬独自漂泊孤栖之实况,读来倍感哀婉悲凉。清人黄苏《蓼园词选》论此词曰:"词旨凄清,情怀暗淡,其境地可于笔墨外思之。"陈廷焯《云韶集》评曰:"写秋景凄清,如闻商音羽奏。语极悲婉,一波三折,曲尽其妙。美成词大半皆以迂徐曲折制胜,妙于迂徐曲折中有笔力,有品骨,故能独步千古。"

解蹀躞[①]

候馆丹枫吹尽,面旋随风舞[②]。夜寒霜月,飞来伴孤旅[③]。还是独拥秋衾,梦馀酒困都醒,满怀离苦[④]。　　甚情绪,深念凌波微步[⑤]。幽房暗相遇,泪珠都作,秋宵枕前雨[⑥]。此恨音驿难通,待凭征雁归时,带将愁去[⑦]。

注释

①《解蹀躞(dié xiè)》词调为周邦彦始创。陈本注调名"商

调",无题。《花庵》题作"秋词",《草堂》题作"秋怨",毛本题作"秋思"。

② 候馆:接待过往官员的馆舍。张继《晚次淮阳》:"候馆临秋水,郊扉掩暮山。"丹枫吹尽:参见杜甫《秋峡》:"衣裳垂素发,门巷落丹枫。"丹枫,经霜泛红的枫叶。面旋:原为舞姿名。宋人诗词中常用来形容落叶、落花等徘徊飞旋的样子。《词萃》作"回旋",误。参见欧阳修《蝶恋花》:"面旋落花风荡漾,柳重烟深,雪絮飞来往。"

③ 夜寒霜月:参见鲍照《和王护军秋夕》:"散漫秋云远,萧萧霜月寒。"霜月,寒夜的月亮。飞来:谓霜月自天上飞来。孤旅:独自旅行在外的人。

④ 独拥秋衾(qīn 亲):指秋夜独自裹被半卧。衾,被子。参见冯延巳《南乡子》:"玉枕拥孤衾,挹恨还闻岁月深。"酒困:饮酒过多造成的醉困。化用欧阳修(一作晏殊)《蝶恋花》:"中夜梦馀消酒困,炉香卷穗灯生晕。"离苦:离别之痛苦。李白《远别离》:"海水直下万里深,谁人不言此离苦。"

⑤ 凌波微步:语出曹植《洛神赋》"凌波微步,罗袜生尘"。原是形容洛神的步态徐缓轻逸,这里写词人思念的女子轻盈的动态形象。

⑥ 幽房:幽深的房间。繁钦《定情诗》:"思君即幽房,侍寝执衣巾。"枕前雨:参见晚唐江淮名妓徐月英残句:"枕前泪与阶前雨,隔个窗儿滴到明。"北宋都下名妓聂胜琼借此二句写入《鹧鸪天》:"枕前泪共帘前雨,隔个窗儿滴到明。"

⑦ 音驿:书信传递。《后汉书·马援传》:"前别冀南,寂无音驿。"凭:依托,托付。征雁:迁徙的大雁,常指秋天由北方迁徙南飞的大雁。带将:《花庵》作"寄将"。

解读

深秋寒夜,独宿旅馆,怀念佳人之作。具体写作时间、地点难以确考。陈思《清真居士年谱》系此词于大观三年(1109),无甚依据,聊备一说。

上片写客馆独宿的情景。开篇二句,先点出地点、时节,渲染客馆周围红枫飘落殆尽的深秋凋零景象,为下文述怀蓄势。"夜寒"二句,由景及人,引出词人寒夜孤栖的情形。孤身羁旅,偏说尚有霜月相伴,言外更增冷清凄苦之感。接下来三句,正面写出"满怀离苦"。"独拥秋衾",加上"还是"二字,语轻浅而意沉重,透露出时常漂泊独宿的痛苦。"梦馀"句,不叙托梦相思、借酒浇愁,而直写梦断酒醒之后,用笔省简而情味浓郁,耐人细品愁上添愁情状。下片抒发相思之情。过片"甚情绪",承接"离苦",引出深深思念之人。她身姿绰约,步态飘逸,仿佛洛神。最难忘那次幽房相会,两心相许,极尽缱绻。如今天各一方,怀想往事,不由得泪如秋雨,抛洒枕席。明人沈际飞《草堂诗馀正集》评曰:"秋雨都是泪,泪何多也!文人之舌,地老天荒。"末三句,感叹山高水远,此种离愁别恨,无法通过驿站传递音信,只能等鸿雁回归时节,托鸿雁传递,把离愁寄去。鸿雁传书,只是传说;带将愁去,难上加难。所以,末二句的期待亦只能是聊以自慰的痴情空想而已。俞陛云《宋词选释》引近代夏孙桐(闰庵)评语曰:"音驿难通,而征雁翻能带去,似不可解,而中有至情,词中措语之妙也。"

少年游[①]

并刀如水,吴盐胜雪,纤手破新橙[②]。锦幄初温,兽烟不断,相对坐调笙③。　　低声问向谁行宿,城上已三更④。马滑霜浓,不如休去,直是少人行⑤。

注释

① 陈本注调名"商调",无题。《草堂》《词统》题作"冬景",毛本题作"感旧"。

② 并(bīng冰)刀:古代并州(今山西太原)出产的刀剪,以锋利著称。参见杜甫《戏题王宰画山水图歌》:"焉得并州快剪刀,剪取吴松半江水。"吴盐胜雪:吴地海滨出产的盐皎洁胜雪。化用李白《梁园吟》:"玉盘杨梅为君设,吴盐如花皎白雪。"古人习惯对带酸的水果施以盐花,以去其酸涩。纤手:女子柔细的手。宋子侯《董娇饶》:"纤手折其枝,花落何飘飏。"纤手,《雅词》、《词统》、毛本、《词萃》作"纤指"。破:剖开。破,《雅词》作"割"。

③ 锦幄初温:华美的帷帐里,室温初暖。兽烟:兽形香炉内焚香散发的烟。参见陈注:"长安巧工丁缓作博山香炉,为奇禽怪兽,烟自兽口出。"兽烟,《雅词》、《百家词》、《词统》、毛本作"兽香",则是指兽形之香。调笙:吹笙。《礼记·月令》:"仲夏之月,调竽、笙、竾、簧。"刘禹锡《早夏郡中书事》:"高帘覆朱阁,忽尔闻调笙。"笙,通常用十三根长短不同的竹管制成的吹奏乐器。调笙,毛本作"吹笙"。王建《宫词一百首》之八十九:"院院烧灯如白日,沉香火底坐吹笙。"毛本注云:"《清真集》又作'相对坐调筝'。"四印斋本作"相对坐调筝"。

④ 谁行(háng航):哪边,何处。《雅词》作"谁边"。城上:指报时的城楼。三更:指半夜十一时至翌晨一时。

⑤ 马滑霜浓：参见杜甫《放船》："直愁骑马滑，故作泛舟回。"又杜甫《水会渡》："霜浓木石滑，风急手足寒。"直是：确实是，正是。《雅词》《草堂》《诗馀醉》《词的》作"直自"。

解读

南宋张端义在《贵耳集》里记载了这首词的本事："道君（徽宗）幸李师师家，偶周邦彦先在焉，知道君至，遂匿于床下。道君自携新橙一颗，云江南初进来，遂与师师谑语。邦彦悉闻之，隐括成《少年游》云（词略）。"说此词是周邦彦记录宋徽宗与京师名妓李师师的一段艳闻。此事后人交相传播，津津乐道，影响极大。但是，自王国维、郑文焯以来许多学者，已辨明此则传闻漏洞甚多，出于附会，不足凭信。

这首词不过写一对男女的恋情，很可能只是写乐妓与客人的欢会，但叙事新颖别致，描摹栩栩如生，传情幽微深婉，所以深得历代词论家的好评，是周邦彦小令中颇有代表性的名作。上片主要描写女子动作和室内氛围。起头三句，是由三幅相对独立的画面组成，类似现代电影中经过剪辑的三个蒙太奇镜头，可谓不拘一格，非同凡响，别开生面，很能启发读者的艺术联想。如果单看"并刀如水"，不看下文，则不知所云，需联系以下语句，重新梳理组接，借助艺术想象，才能得到完整连贯的场景：那位佳人用纤纤素手，拿起鲜亮如水的刀具，切开橙子，放入盘中，再撒上雪白的细盐，以去除橙子的酸涩，以此款待眼前的男子。杨铁夫《清真词选笺释》说"起处略去景语，专说事实，是一变例"，并未完全了解周邦彦的创辟之妙。"锦幄"三句，扩展画面，继续用精湛独到的笔法，展现温馨可人的场景：室内，精美的帷帐低垂，香炉飘出袅袅烟气，室温逐渐回暖；她与男子相对而坐，开始为男子吹奏起柔美迷人的笙曲来。软玉温香，旖旎风情，跃然纸上。王又华《古今词论》引毛先舒(稚黄)评语曰:"'锦幄'数语,似为上下太淡宕,故着浓耳。"下片纯记女子款留言语,又别是一格,而口吻毕肖,情景如见。盖夜深人静,男子起身欲与女子道别,女子乃轻声细语问道:这都半夜三更了,你到哪儿去投宿啊?外面天寒地冻,路滑霜浓,街上行人稀少,不如就别走了吧。这段话,既显露了女子的真率缠绵的性情,也展示了女子婉转层折的说话艺术,可见词人体察深细,刻画入微,拿捏得体。为此,清代词论家们赞不绝口。如沈谦《填词杂说》所评:"言马,言他人,而缠绵偎倚之情自见。若稍涉牵裾,鄙矣。"王又华《古今词论》引毛先舒评语曰:"只以'低声问'三字贯彻到底,蕴藉袅娜,无限情景,都自纤手破橙人口中说出,更不必别著一语,意思幽微,篇章奇妙,真神品也。"孙麟趾《词径》推此下片为深婉范例:"恐其平直,以曲折出之,谓之婉。如清真'低声问'数句,深得婉字之妙。"谭献评《词辨》曰:"丽极而清,清极而婉。然不可忽过'马滑霜浓'四字。"陈廷焯《云韶集》赞赏曰:"情急而语甚婉约,妙绝古今。"陈廷焯《白雨斋词话》又称赞:"美成艳词,如《少年游》《点绛唇》《意难忘》《望江南》等篇,别有一种姿态,句句洒脱,香奁泛语,吐弃殆尽。"

庆春宫[1]

云接平冈,山围寒野,路回渐转孤城[2]。衰柳啼鸦,惊风驱雁,动人一片秋声[3]。倦途休驾,淡烟里、微茫见星[4]。尘埃憔悴,生怕黄昏,离思牵萦[5]。　　华堂旧日逢迎,花艳参差,香雾飘零[6]。

弦管当头,偏怜娇凤,夜深簧暖笙清⑦。眼波传意,恨密约、忽忽未成⑧。许多烦恼,只为当时,一饷留情⑨。

注释

① 《庆春宫》词调为周邦彦始创。陈本注调名"越调",无题。《粹编》题作"秋怨",毛本、《词萃》题作"悲秋"。

② 云接:《雅词》作"天接"。平冈:平坦的山脊。沈约《宿东园》:"茅栋啸愁鸱,平冈走寒兔。"寒野:寒冷的原野。皇甫冉《送志弥师往淮南》:"独行寒野旷,旅宿远山青。"路回渐转:《雅词》作"路长乍转"。

③ 衰柳啼鸦:参见杜甫《遣怀》:"天风随断柳,客泪堕清笳","夜来归鸟尽,啼杀后栖鸦。"惊风驱雁:狂风驱赶雁群。参见鲍照《代白纻曲二首》之一:"穷秋九月荷叶黄,北风驱雁天雨霜。"另参前《氐州第一》(波落寒汀)注③。驱雁,《雅词》作"过雁"。动人一片秋声:参见欧阳修《秋声赋》:"欧阳子方夜读书,闻有声自西南来者,悚然而听之,曰:'异哉!'初淅沥以萧飒,忽奔腾而砰湃,如波涛夜惊,风雨骤至。其触于物也,铮铮铮铮,金铁皆鸣;又如赴敌之兵,衔枚疾走,不闻号令,但闻人马之行声。……予曰:'噫嘻悲哉!此秋声也。'"

④ 休驾:停住车马歇息。杜甫《积草岭》:"卜居尚百里,休驾投诸彦。"微茫见星:参见韦庄《江城子》:"角声呜咽,星斗渐微茫。"微茫,隐约模糊。《粹编》、毛本作"微芒"。

⑤ 尘埃憔悴:意谓在尘世中奔波而疲惫消瘦。牵萦:缠绕,牵挂。

⑥ 华堂:装饰华美的厅堂。花艳:这里指美女娇艳如花。南朝乐府《襄阳乐》九曲之一:"大堤诸女儿,花艳惊郎目。"参差

庆春宫（云接平冈，山围寒野，路回渐转孤城）

(cēn cī 岑阴平疵):此处形容美女纷纭繁多。香雾:指香气。刘孝标《送橘启》:"采之风味照座,劈之香雾噀人。"飘零:此指飘散。

⑦ "弦管"二句:面对着一班演奏音乐的女子,最爱头里一位发声如娇凤的美女。弦管,弦乐和管乐。《粹编》作"管弦",平仄有误。当头,正对面,迎面。王建《宫词一百首》之三十二:"红蛮捍拨贴胸前,移坐当头近御筵。"又,唐崔令钦《教坊记》:"伎女入宜春院,谓之内人,亦曰前头人,常在上(皇帝)前头也。"偏怜娇凤,《雅词》作"惟他绝艺",语辞平庸。娇凤,形容词人偏爱的那位吹笙的女子。参见秦韬玉《吹笙歌》:"纤纤软玉捧暖笙,深思香风吹不去。檀唇呼吸宫商改,怨情渐逐清新举。岐山取得娇凤雏,管中藏著轻轻语。"簧暖笙清:笙的簧片经过暖熏,吹出来的乐音才清越纯正。参见周密《齐东野语》卷十七记赵元父祖母齐安郡夫人徐氏谈吴郡王家、平原郡王家侈盛之事:"只笙一部,已是二十馀人。自十月旦至二月终,日给焙笙炭五十斤,用锦熏笼藉笙于上,复以四和香熏之。盖笙簧必用高丽铜为之,靧以绿蜡,簧暖则字正而声清越,故必用焙而后可。陆天随诗云:'妾思冷如簧,时时望君暖。'乐府亦有'簧暖笙清'之语。"簧暖,毛本作"篁暖",似误。

⑧ 眼波传意:参见韩偓《偶见背面是夕兼梦》:"眼波向我无端艳,心火因君特地然。"密约:私密的约会。参见韩偓《幽窗》:"密约临行怯,私书欲报难。"忽忽:仓促,急急忙忙。

⑨ 只为:《雅词》作"都为"。当时:四印斋本作"常时",非。一饷(xiǎng 想):片刻,一时间。留情:《雅词》作"心情"。

解读

这是清真词中广受好评的言情名篇。词人于客途秋夜回想起往日一段幽情,情不能已,慨然而作。陈思《清真居士年谱》以为是大观二年(1108)冬词人南行途中之作。其说亦无甚依据。又,此首周邦彦词,至正本《草堂诗馀》误作柳永词,毛本《梦窗词》误作吴文英词,唐圭璋《宋词互见考》已经辨明。

上片写旅途所见景象,引出离思。开篇三句,先呈现开阔的视野:秋云低压平冈,群山环绕着清寒的原野,几番峰回路转,眼前渐渐显露出一座孤城来。这主要是从行进中的视觉展开来写山野的萧条、孤城的荒芜。接下来"衰柳"三句,则结合着视觉和听觉来写。"衰柳啼鸦"是眼前所见所闻,"惊风驱雁"是远处所见所闻,由此组成由近及远、浑然一片的令人感伤的秋景秋声。栖宿在衰柳上的孤独的啼鸦,被秋风驱赶着的惊飞的旅雁,都是长途苦旅的主人公的投影。"倦途"以下,写一天奔波下来,天色渐暗,云烟迷蒙,星光朦胧,于是停车驻马,投宿歇息;长途劳顿,风尘仆仆,面容憔悴,每到黄昏时分安静下来,独自一人,最怕离愁别绪涌上心头,萦绕不去。这五句,叙事、描绘、抒情交织成一片,情景融汇,形神兼备,将主人公外在的憔悴与内心的思绪都淋漓地揭示出来。下片接应"离思牵萦",回忆当时与乐妓相识相思的情景:那晚在华堂筵席上,与一群娇艳如花、香气飘逸的美女相逢,管弦并作,歌舞喧阗,在众多佳人中,词人独爱眼前那位吹笙美人,她演奏的笙乐如同凤鸣一般的娇美动人,宁静的深夜里,她发出的声音是那么清亮悦耳。众目睽睽之下,词人只能与她眉目传情,无奈时间匆忙,没能与她私订密约,就这样满含遗恨作别。只因为那一时的眉目传情,留下了今日离思牵萦的许多烦恼。宋末元初张炎《词源》批评末三句曰"一为情所役,则失其雅正之音","所谓淳厚日变,成浇风也"。所言不免迂腐,后来论者多不以为然。如王国维《人间词话删稿》便盛赞曰:"词家多以景寓情,其专作情语而绝妙者,如……美成之'许多烦恼,只为当时,一晌留情'。此等词,求之古今人词中,曾不多见。"

　　此词描画细腻,情景浑融,构思精致,章法井然。上片写今日旅途离思,下片忆旧日华堂留情;上片旅途孤苦憔悴,与下片华堂笙歌温存,形成鲜明对照。正如陈洵《海绡说词》(抄本)所评:"前阕离思,满纸秋气;后阕留情,一片春声。而以'许多烦恼'一句,作两边绾合,词境极浑化。"此外,词中对仗,如"云接"二句,"衰柳"二句,"花艳"二句,以及句中对如"簧暖笙清",精湛华美,都是传诵众口的名句。

醉桃源[①]

　　冬衣初染远山青,双丝云雁绫[②]。 夜寒袖湿欲成冰,都缘珠泪零[③]。　　情黯黯,闷腾腾,身如秋后蝇[④]。若教随马逐郎行,不辞多少程[⑤]。

注释

① 毛本注曰:"《清真集》作《阮郎归》。"按《阮郎归》别名《醉桃源》。四印斋本作《阮郎归》。陈本注调名"大石",前后两首《醉桃源》皆无题。

②"冬衣":是说新添置的冬衣染成远山青颜色。远山青:参见何逊《登石头城》:"天暮远山青,潮去遥沙出。""双丝"句:织成云雁图样的双丝绫。参见杨方《合欢诗五首》之一:"衣共双丝绢,寝共无缝裯。"以及温庭筠《菩萨蛮》:"金雁一双飞,泪痕沾绣衣。"绫,一种很薄的丝织品。首二句参见白居易《缭绫》:"去年中使宣口敕,天上取样人间织。织为云外秋雁行,

染作江南春水色。"

③ 袖湿:指泪湿衣袖。参见郑谷《鹧鸪》:"游子乍闻征袖湿,佳人才唱翠眉低。"欲成冰:参见白居易《寒闺夜》:"笼香销尽火,巾泪滴成冰。"另参王仁裕《开元天宝遗事》:"杨贵妃初承恩召,与父母相别,泣涕登车,时天寒,泪结为红冰。"缘:因为。

④ 黯(àn暗)黯:沮丧忧愁的样子。参见李群玉《请告南归留别同馆》:"书阁乍离情黯黯,彤庭回望肃沉沉。"腾腾:形容某种情状达到厉害的程度。参见王建《谢田赞善见寄》:"年少力生犹不敌,况加憔悴闷腾腾。"秋后蝇:参见杜甫《早秋苦热,堆案相仍》:"每愁夜来皆是蝎,况乃秋后转多蝇。"李商隐《洞庭鱼》:"闹若雨前蚁,多于秋后蝇。"

⑤ "若教"二句:以"苍蝇附骥尾"比拟愿逐郎而行,虽千里万里不辞。《史记·伯夷列传》:"颜渊虽笃学,附骥尾而行益显。"司马贞索隐:"苍蝇附骥尾而致千里。"逐郎行,参见南朝乐府《黄淡思歌》四曲之一:"归归黄淡思,逐郎还去来。"

解读

闺思之词,代言之体。有可能是词人前期作品。

上片描绘闺中女子孤独感伤情形。首二句,着重描写女子身上新添冬衣的颜色、质地、花纹:衣服底色是远山般黛青颜色,精细的双丝织品上有云雁图样。华丽精美的双丝服饰,甚至可能是双飞的大雁图案,都是为了反衬下文女子的孤单哀泣。这也许是受到温庭筠《菩萨蛮》"金雁一双飞,泪痕沾绣衣"的启发。"夜寒"二句,通过聚焦衣袖,来写女子的闺愁。写法上,不是简单地直说她独自垂泪,而是先写结果——寒夜里衣袖湿透,几乎结冰,然后再揭示缘由——那都是因为她泪水涟涟的缘故。这样写来,既衔接了上文的服饰描绘,同时又有顿挫曲折之妙,凸显了女子的哀泣。下片抒发女子相思之情。"情黯黯"二句,照应上片"珠泪零",点明她是为情所困,因别离而黯然伤神。"身如秋后蝇"这句,连接末二句,一气连贯而下,用了一个古老的比喻——"苍蝇附骥尾而致千里",表达女子愿逐郎而行,虽千里万里在所不辞的执着的心声。这一比拟,似俗实雅,似拙实巧,因而引发古今文人的许多赞赏。明代卓人月《古今词统》引徐士俊评语曰:"'身如'三句,蝇附骥尾,极陈之语,用得极新。"俞平伯《清真词释》赞许为"妙喻天然",又说:"不知艰难,一厢情愿,写女子之善怀,盖有如此者。情不知所起,一往而深,深不知所终,而终归于柔厚。"现代作家废名专门写了短文《蝇》来赞美周邦彦这个比喻:"看他拿蝇子来比女子,而且把这个蝇子写得多么有个性,写得很美好。看起来文学里没有可回避的字句,只看你会写不会写,看你的人品是高还是下。若敢于将女子与苍蝇同日而语之,天下物事盖无有不可以入诗者矣。……我们谁都觉得这些蝇儿可恶,若女儿自己觉得自己闷得很,自己觉得那儿也不是安身的地方,行不得,坐不得,在离别之后理应有此人情,于是自己情愿自己变做苍蝇,跟着郎的马儿跑,此时大约拿鞭子挥也挥不去,而自己也理应知道不该逐这匹马矣。因了这个好比喻的原故,把女儿的个性都表现出来了,看起来那么闹哄哄似的,实在闺中之情写得寂寞不过,同时路上这匹马儿也写得好,写得安静不过,在寂寞的闺中矣。"

醉桃源

菖蒲叶老水平沙,临流苏小家①。画栏曲径宛秋蛇，金英垂露华②。　　烧蜜炬，引莲娃，酒香薰脸霞③。再来重约日西斜，倚门听暮鸦④。

注释

① 菖蒲：水生草本植物。见前《塞翁吟》(暗叶啼风雨)注⑨。水平沙：水与沙岸齐平。这句参见李白《送祝八之江东赋得浣纱石》："桃李新开映古查，菖蒲犹短出平沙。"以及王贞白《送友人南归》："南国菖蒲老，知君忆钓船。"临流：临水。苏小家：借指歌楼妓馆。苏小，即苏小小，南朝钱塘(今浙江杭州)名妓。参见温庭筠《苏小小歌》："吴宫女儿腰似束，家在钱唐小江曲。"
② "画栏"句：形容栏杆小径弯弯曲曲，宛如秋蛇。秋蛇，语出《晋书·王羲之传论》："(萧)子云近出，擅名江表，然仅得成书，无丈夫之气，行行若萦春蚓，字字如绾秋蛇。"原来是比喻书法曲折无状，这里是比喻曲折。"金英"句：化用陈叔达《咏菊》："霜间开紫蒂，露下发金英。"金英，指菊花。露华，露水。
③ 蜜炬：蜡烛。莲娃：采莲女。柳永《望海潮》："羌管弄晴，菱歌泛夜，嬉嬉钓叟莲娃。"亦可指莲花般美丽的女子。"酒香"句：意谓酒后脸上如泛红霞。薰，毛本作"醺"。脸霞，参见韩偓《咏手》："背人细撚垂胭鬓，向镜轻匀衬脸霞。"这句和下句，化用晏殊《浣溪沙》："鬓鬔欲迎眉际月，酒红初上脸边霞。一场春梦日西斜。"
④ "再来"二句：意思是说，相约重游故地，但一直等到太阳西下，仍不见伊人，唯闻暮鸦啼叫而已。

解读

　　依照约定重来故地与情人相会，而情人已不见踪迹矣。词人倚门而叹,因有此作。从词意、风格看,应该是词人早期作品。

上片写秋日景象,初看似不动声色,但细参下片,充分发挥想象,自可悟出这景色中女主人公的身影。秋水上涨,与沙岸齐平,水岸菖蒲叶老,随风飘零,——这是女主人公家临水景象。"苏小家",既隐含女子绝世之美,也点出女子的歌妓身份。画栏小径蜿蜒曲折,路旁满是沾着露水的菊花,——在这幽美小径上,可以想见女子一路婀娜的形态和娇媚的容貌。"烧蜜炬"三句,打破上下片界限,紧承上片景象,在银烛蜡炬映照下,终于"引"出这美景中的女子的真容:她美艳若莲花,满脸绚丽如红霞,嘴边散发出酒气的芳香。——这里有多少两人欢会故事,并未一一细述,任由读者去想象了。末两句陡然一转:如约重来故地,无奈已不见佳人踪影,倚门直到太阳西斜,仍无半点音信,徒闻暮鸦凄厉啼叫而已。原来前面情景全是回想,末两句才是令人感伤的现实。前面写得再美好,都只能加倍衬出结局的悲凉。

俞平伯《清真词释》有甲乙两稿评析此词,皆极为推赞。其甲稿赏析尤为精湛:"此词有三奇,一章法之奇,二句法之奇,三意境之妙。调凡八句,以四句写景,两句记艳(过片三三句法,即破七字句为二,以乐拍言只是一句,连'酒香醺脸霞'为两句),似乎明白,然忆之与想,真之与幻,今之与昔,咸不辨也,全为虚宕之笔,得末两句叫破之,此章法陡变之奇也。……起首至'脸霞'此三十五字一种境界,宜为一句,而下之七字却分为三段,'再来'是一,'重约'是二,'日西斜'三也。合结尾言,实为跨句格,'日西斜'与'倚门听暮鸦'宜为一句,皆实景也。此句法繁简互用,分合变幻之奇也。……以临歧一语之难忘,所谓未免有情,谁能遣此,漫谓之践约而来也,岂真尚有约之可践哉。寥落襟怀,苍茫境界,都在意中,而皆若意外,文心之细,文笔之佳,文情之厚,斯为三绝已。"

点绛唇①

孤馆迢迢,暮天草露沾衣润②。夜来秋近,月晕通风信③。　　今日原头,黄叶飞成阵④。知人闷,故来相趁,共结临岐恨⑤。

注释

① 陈本注调名"仙吕",无题。
② 孤馆:孤寂的旅馆。迢(tiáo 条)迢:形容遥远偏僻。暮天:此指傍晚的天气。草露沾衣润:化用王粲《从军诗五首》之三:"下船登高防,草露沾我衣。"
③ 秋近:《雅词》作"秋尽"。月晕(yùn 运):月亮周围的光圈。古人认为月晕是天气变化起风的预兆。通风信:通报风的信息。参见孟浩然《彭蠡湖中望庐山》:"太虚生月晕,舟子知天风。"
④ 原头:原野。毛本作"源头"。"黄叶"句:参见王勃《山中》:"况属高风晚,山山黄叶飞。"成阵,形容树叶纷纷飘落的阵势。
⑤ 相趁:相随,相伴。临岐:面临歧路,指临别、分别。岐,同歧。临岐,《雅词》作"分歧"。末句反用杜甫《送梓州李使君之任》:"不作临岐恨,惟听举最先。"

解读

俞陛云《宋词选释》解读此词创作背景曰:"因送别之时,风吹黄叶,信手拈来,便成此解。可见随处景物,能手遇之,便能运用。"所言自有其道理,但这首词里,是否有人相送,答案却是未必。

上片写昨夜孤馆之景。开篇两句交待地点,先用"孤"字点出夜宿旅馆之偏僻荒远,四周渺无人烟,继用暮色苍茫中草露沾衣,进一层渲染孤寂荒凉氛围,词人孤旅之凄苦可想而知矣。"夜来"二句交待时间节候,近秋之夜,月亮周边一圈光晕,预示来日凄风将至。下片写今朝临别之恨。换头二句,照应上片"月晕通风信",果不其然,今朝原野上,阵阵凄风劲吹,黄叶纷纷飘坠,零落满地。末三句,写今朝孤身又将远行,说不尽的旅愁离恨,不直接倾诉出来,也不是借友人相送依依作别来渲染,而是借飘飞的黄叶,曲折地来表达。黄叶飘飞,自然象征了词人漂泊的身世,所以黄叶之于词人,自有一种知己之感:想来那黄叶一定懂得词人的苦闷,所以特地来相伴相随,彼此抚慰离别之恨。此词单写黄叶临别相伴,则此番似乎并无友人相送。此种婉曲而又独特的表达,把词人的漂泊之苦和孤独之感,更加深切具体地提炼出来。犹如杨铁夫《清真词选笺释》所言:"是以无知之物看作有知,加倍真挚缠绵。"

夜游宫①

叶下斜阳照水,卷轻浪、沉沉千里②。桥上酸风射眸子,立多时,看黄昏,灯火市③。　　古屋寒窗底,听几片、井桐飞坠④。不恋单衾再三起,有谁知,为萧娘,书一纸⑤。

注释

① 陈本注调名"般涉",前后两首《夜游宫》皆无题。此首《词统》

题作"秋晚",毛本题作"秋暮晚景"。

② "叶下"句:树下可见落日余晖映照水面。沉沉:形容水势深沉的样子。参见鲍照《观漏赋》:"波沉沉而东注,日滔滔而西属。"

③ 酸风射眸子:语本李贺《金铜仙人辞汉歌》:"魏官牵车指千里,东关酸风射眸子。"酸风,形容刺人的寒风。灯火市:参见王建《江馆》:"客亭临小市,灯火夜妆明。"

④ 井桐飞坠:指井台边梧桐叶子飞落下来。参见庾肩吾《九日侍宴乐游苑应令》:"玉醴吹岩菊,银床落井桐。"井桐,《词统》作"井梧"。

⑤ 单衾(qīn 亲):薄被。韦应物《冬夜》:"单衾自不暖,霜霰已皑皑。""为萧娘"二句:只因为接到了萧娘的一封信。化用杨巨源《崔娘诗》"肠断萧娘一纸书"。萧娘,对女子的泛称。此指词人所恋女子。见前《四园竹》(浮云护月)注⑥。

解读

这是秋夜思念情人之作,具体写作时间、地点难以确考。陈思《清真居士年谱》以为是大观三年(1109)秋间杭州之作。今人或以为是熙宁七年(1074)长安之作,"萧娘"指长安歌妓。所说皆系猜测,缺乏实据,且未必切合词境。

上片写黄昏时分伫立桥头,凝神眺望。首二句,是词人桥上所见水面景象:透过斑驳的秋叶,可见夕阳余晖映照水面,闪出一片金光,桥下的河水翻卷着轻浪,汇成深沉浩大的水势,流向千里之外。写景如画,景中含情,——词人无尽的情思也像这滔滔河水流淌不息。"桥上"四句,照应上两句,补叙词人视角,并进一步描写久立桥上的触觉和视觉:迎着深秋刺眼的寒风,词人长时间站立,出神凝望着灯火初上的街市,久久不曾离去。寒风之苦,伫立之久,凝神之深,无一不隐示着词人深挚凄苦的情思。下片由室外转到室内,由黄昏时分转到夜深人静时候。过片二句,写古老小屋内,凄清寒窗下,难以入眠的词人,听着窗外一片片梧桐叶飘落井台。词人无尽的心事蕴涵其中。"不恋单衾再三起",呼应上片"立多时",把这种心绪推向高潮:词人辗转反侧,心潮起伏,久久难以平息,漫漫寒夜里再三起身。由此引出最后三句,揭示作者之所以"立多时"与"再三起"的原因:原来是心上人(萧娘)寄来的一封情书,激起了词人难以抑制的相思之情。

这首词在写作上极尽含蓄蕴藉之妙,层层铺垫,步步顿挫,处处蓄势,一路设置悬念,直到最后才把入骨的相思揭示出来。回头看去,"方觉精力弥满"(清人周济《宋四家词选》)。同时,这首词绘景出神入化,即景写情,融情入景,细品意蕴醇厚。现代词学家薛砺若《宋词通论》称赞此词"把秋暮晚景,写得明净如画。即中西最高的诗篇,其写景美妙处,亦不能过此。"此外,词人融化李贺、杨巨源等人诗句入词,浑然天成,一如己出,又恰到好处,起到了画龙点睛的作用。至于这首作品是否借男女之情,别有寄托,前人亦有推测。近人陈思在《清真居士年谱》里就说过:"集中令慢,固儿女情多,然楚雨含情,意别有托,亦复不少。如《浣溪沙》之'不为萧娘旧约寒,何因容易别长安',《夜游宫》之'为萧娘,书一纸',其中所指,断非所欢,惜文集久佚,无术探索。"

夜游宫

客去车尘未敛,古帘暗、雨苔千点①。月皎风清在处见,奈今宵,照初弦,吹一箭②。　　池曲河声转,念归计、眼迷魂乱③。明日前村更荒远,且开樽,任红鳞,生酒面④。

注释

① 敛:收起。此指车尘落下。古帘暗:语出李贺《崇义里滞雨》:"南宫古帘暗,湿景传签筹。"古帘,《词萃》作"空阶"。雨苔:湿苔。贾岛《赠弘泉上人》:"旧峰邻太白,石座雨苔濛。"

② 月皎风清:月色皎洁,夜风清凉。裴铏《传奇·薛昭》:"及夜,风清月皎,见阶前有三美女,笑语而至。"在处:到处,处处。奈:无奈,怎奈。初弦:指阴历每月初七、初八的月亮。因其时月形半圆如弓弦,故称。一箭:形容迅疾的风。徐昌图《木兰花》:"沉檀烟起盘红雾,一箭霜风吹绣户。"这里是说,迅疾的风吹着船飞速前行。参见周邦彦《兰陵王·柳》:"愁一箭风快,半篙波暖,回头迢递便数驿。"

③ 河声转:指河道弯曲处水声转急。李频《送友人之扬州》:"河声入峡急,地势出关低。"归计:回家乡的计划、打算。刘沧《晚秋洛阳客舍》:"未成归计关河阻,空望白云乡路赊。"眼迷魂乱:形容一片迷茫。参见韩愈《李花赠张十一署》:"迷魂乱眼看不得,照耀万树繁如堆。"

④ 开樽:指举杯(饮酒)。杜甫《独酌》:"步屧深林晚,开樽独酌迟。""任红鳞"二句:意谓任凭酒红上脸。红鳞,形容酒后脸上红晕。参见方干《题越州袁秀才林亭》:"坐牵蕉叶题诗句,醉触藤花落酒杯。白鸟不归山里去,红鳞多自镜中来。"

解读

前来送行的客人乘车离去,月白风清之夜,孤独的词人无奈地踏上征程,由水路顺风前行,渐行渐远,所到之处景象也越来越荒凉,这样的情境下,只有独自借酒来排遣满腹的愁思了。

上片写离别。起首两句,是词人在船上掀起斑驳潮湿的窗帘看岸上的景象:前来送行的客人,已经坐车离去,眼前只剩下一片扬起的尘土。词人内心别离的感伤,通过画面生动地传递出来。"月皎"四句,用月夜美景、如箭迅捷的秋风和流水,反衬离别的不舍和无奈。下片写旅愁。换头三句,写河流曲折之处,水势起伏,水声转急;词人面对滔滔流水,想到遥遥无期的归期,眼前一片茫然。"明日"四句,眼见得越行越远,明天经过的孤村僻野会越来越荒芜,浓浓的旅愁乡思涌上心头,"何以解忧?唯有杜康",只能借酒浇愁,一醉方休了。

关于这首作品,近人杨铁夫《清真词选笺释》有比较奇特的解说,比如诠释"池曲河声转"句说:"'河声',天河之声,天河何以有声?因天风有声,疑为天河之声耳。何以在池曲?影落池中也。"真可谓煞费苦心,强为之解,但终不免捉襟见肘。今人不知其误,争相沿袭。须知上片末句"吹一箭",写风势之快,正为照应过片实写水路船行,以河流湍急、船行迅疾,反衬留连不舍。这与周邦彦名篇《兰陵王·柳》中"愁一箭风快,半篙波暖,回头迢递便数驿",正是同一手法。

诉衷情[①]

堤前亭午未融霜, 风紧雁无行[②]。重寻旧日岐路, 茸帽北游装[③]。　　期信杳, 别离长, 远情伤[④]。风翻酒幔, 寒凝茶烟, 又是何乡[⑤]。

注释

① 陈本注调名"商调",无题。
② 亭午:正午,中午。杜甫《发刘郎浦》:"挂帆早发刘郎浦,疾风飒飒昏亭午。"风紧雁无行:急风吹得大雁排不成行。化用杜甫《冬晚送长孙渐舍人归州》:"云晴鸥更舞,风逆雁无行。"
③ 岐路:岔路,此指离别分手处。王勃《杜少府之任蜀州》:"无为在岐路,儿女共沾巾。"茸帽:细绒毛皮帽子。
④ 期信:约定的时间。顾敻《荷叶杯》:"一去又乖期信,春尽。"杳(yǎo咬):指毫无音信,全无踪影。参见张乔《送宾贡金夷吾奉使归本国》:"东风未回日,音信杳难期。"远情伤:参见顾敻《浣溪沙》:"惆怅经年别谢娘,月窗花院好风光,此时相望最情伤。"
⑤ 酒幔(màn曼):酒店门前悬挂的酒帘。窦叔向《夏夜宿表兄话旧》:"明朝又是孤舟别,愁见河桥酒幔青。"茶烟:烘焙茶叶时散发的烟雾。白居易《即事》:"室香罗药气,笼暖焙茶烟。"

解读

词人冒寒北行途中,重寻故地,怀念旧日情人之作。应该是词人后期作品。

上片写旅途之寒冷。开篇两句,分写近景、远景,点明时节:近处堤岸上,到中午霜还未化,可见阴冷;远处天空上,寒风凄紧,吹得大雁不成行列,可见凄冷。此处旅雁的苦况,正是词人苦旅的投影。"重寻"两句,点出茸帽冬装,北行之旅,重寻故地,旧日分别场景依稀在目,由此引出下片怀人主题。换头三句,凝练地概括出词的主旨:与情人分手后,一别经年,音信渺茫,相隔遥远,相见无期,令人神伤。末三句,复以凄迷景致相衬,以茫然不知何地、凄然不知所向收尾,情境凄凉。

　　近人乔大壮手批《片玉集》曰:"'期信'二句作对,下接'远情'三字,乃真北法。"实际上,稍微仔细地看,又哪里只是"期信"二句作对,明明是"期信杳,别离长,远情伤"三句作对,也就是我们常说的"鼎足对";再看下去,"风翻酒幔,寒凝茶烟",又是连贯作对。读来自然流利,不见雕琢痕迹,词人娴熟驾驭词句的能力,于此亦可见一斑。

伤情怨[①]

　　枝头风势渐小,看暮鸦飞了[②]。又是黄昏,闭门收返照[③]。　　江南人去路缈,信未通、愁已先到[④]。怕见孤灯,霜寒催睡早。

注释

① 《伤情怨》即《清商怨》,又名《关河令》。陈本注调名"林钟",无题。
② 风势:《百家词》、毛本作"风信"。暮鸦飞了:参见严维《丹阳送韦参军》:"日晚江南望江北,寒鸦飞尽水悠悠。"了,完,尽。
③ "又是"二句:参见杜甫《返照》:"楚王宫北正黄昏,白帝城西过雨痕。返照入江翻石壁,归云拥树失山村。衰年肺病唯高枕,绝塞愁时早闭门。"司马光《和端式十题·烟际钟》:"苍茫返照收,羃历寒烟起。"返照,夕照,傍晚的阳光。
④ 路缈:路遥。彊村本作"路渺"。愁已先到:参见陈陶《番禺道中作》:"博罗程远近,海塞愁先入。"

解读

　　这是秋夜怀人之作,写作时间、地点难以考定。

　　上片写秋日黄昏景象。起首二句,写风势由大逐渐转小,乌鸦久立枝头到黄昏飞走,暗含了时间的迁移流逝;一个"看"字,点出上片暮景全系主人公视角,又隐隐引出主人公痴立形象,写得含蓄而深沉。"又是"二句,承接前二句,点明痴立良久,直到黄昏时分,夕阳西下,方才关门,返回室内。"又"字,言如此痴立,远非一日;"收"字,言痴立良久,并无收获,仅收斜照而已。所以陈廷焯《云韶集》赞叹道:"'又'字妙,'收'字妙。"下片抒发相思之情。换头二句,指明所思之人,揭示愁绪由来,盖"江南人"一去之后,相距遥遥,音问不通。"信未通,愁已先到",表述极为别致,所以陈廷焯《词则·别调集》称赏此句"警绝"。末二句,写寒夜孤灯,百无聊赖,唯有早睡寻梦,但不直说,"乃用'怕见孤灯'四字,何等悱恻"!(杨铁夫《清真词选笺释》)

　　乔大壮手批《片玉集》评此词曰:"宋人亦有此作。"大约是赞叹此词颇有唐五代名篇的流风余韵。

冬景

红林檎近①

高柳春才软，冻梅寒更香②。暮雪助清峭，玉尘散林塘③。那堪飘风递冷，故遣度幕穿窗④。似欲料理新妆，呵手弄丝簧⑤。　　冷落词赋客，萧索水云乡⑥。援毫授简，风流犹忆东梁⑦。望虚檐徐转，回廊未扫，夜长莫惜空酒觞⑧。

注释

① 《红林檎(qín禽)近》词调为周邦彦始创。陈本注调名"双调"，无题。《草堂》《粹编》题作"冬雪"，毛本题作"咏雪"。

② 高柳春才软：参见萧纲《和湘东王阳云楼檐柳》："柳枝无极软，春风随意来。"冻梅寒更香：参见杜牧《早春寄岳州李使君》："返照三声角，寒香一树梅。"

③ 清峭：清俊挺拔。玉尘：比喻雪。何逊《和司马博士咏雪》："若逐微风起，谁言非玉尘。"白居易《酬皇甫十早春对雪见赠》："漠漠复霏霏，东风散玉尘。"林塘：树林池塘。

④ 那堪：哪堪，怎能禁受。飘风：旋风，暴风。递：送。"故遣"句：是说寒风故意送雪花从帘幕和窗缝里进来。度幕穿窗，参见谢惠连《雪赋》："联翩飞洒，徘徊委积。始缘甍而冒栋，终开帘而入隙。"

⑤ 料理新妆：参见王禹偁残句："佳人方素面，对镜理新妆。"料理，整理，梳理。呵手：向手呵气使暖。欧阳修《诉衷情·眉

意》:"清晨帘幕卷轻霜,呵手试梅妆。"弄丝簧:演奏乐器。参见韦元甫《木兰歌》:"木兰能承父母颜,却卸巾鞲理丝簧。"丝簧,弦乐器和管乐器,泛指乐器。

⑥ 辞赋客:原指司马相如,参见注⑦。这里借以自比。萧索:形容雪飘散的情状。参见谢惠连《雪赋》:"其为状也,散漫交错,氛氲萧索。"又萧索亦指萧条冷落。陶潜《自祭文》:"天寒夜长,风气萧索。"水云乡:指江南水云弥漫、景色清幽之地。

⑦ "援毫"二句:怀念西汉梁孝王与司马相如等在梁园赏雪作赋的风流雅事。参见谢惠连《雪赋》:"梁王不悦,游于兔园。乃置旨酒,命宾友。召邹生,延枚叟。相如末至,居客之右。俄而微霰零,密雪下。王乃歌北风于卫诗,咏南山于周雅。授简于司马大夫,曰:'抽子秘思,骋子妍辞,侔色揣称,为寡人赋之。'"援毫,执笔。授简,给予简札,意为嘱人写作。东梁,指梁园,亦名兔园,汉梁孝王的东苑,在今河南商丘。

⑧ "望虚檐"二句:指雪花缓缓飘转于屋檐间,回廊上积满了雪。参见谢惠连《雪赋》:"初便娟于墀庑,末萦盈于帷席。""回散萦积之势,飞聚凝曜之奇,固展转而无穷,嗟难得而备知。"空酒觞(shāng 商):意为把酒喝光。觞,古代盛酒器。

解读

这首作品借咏雪,抒发了词人沦落萧索水云之乡的凄清落寞之感。陈思《清真居士年谱》引《太平寰宇记》《江宁府志》,推论两首《红林檎近》为周邦彦任溧水县令时所作。创作时间当在元祐八年至绍圣二年(1093—1095),词人三十八至四十岁之间。

上片描绘暮雪飘飞时的场景。开篇二句起兴,意为柳枝要到春天才开始变得柔软,而梅花在漫天飞雪的寒冬则更加芬芳。这一方面自然是应节写景,另一方面则是借寒梅隐喻词人孤芳自赏的品性,为下文"冷落词赋客"预做铺垫。"暮雪"以下,由室外飘洒树林、池塘的清冷的暮雪,写到随着旋风钻入琐窗朱户、风帘翠幕,进入室内的雪片。这是由外而内的正面实写。"似欲"二句,忽而转入虚拟的遐想,切入由雪引发的情思:词人的思绪仿佛飞到了吹进雪花的佳人的闺房,只见她呵着玉手,似乎要整理新的妆容,又似乎要演奏乐器。想象神奇恍惚,而衔接自然生动。下片抒写由夜雪触发的感慨。换头两句,是此词主旨所在。前面一再渲染暮雪寒冷清峭,都是为了映衬沦落溧水(水云乡)的词人(辞赋客)的冷落孤寂。回想元丰七年(1084),周邦彦进献《汴都赋》,获得宋神宗赏识,由诸生提拔为太学正,一时间声名震耀海内。所以,词中回想司马相如奉梁王之命对雪作赋的风流雅事,应该是怀念自己当年因献赋而闻名海内的荣耀。但是,宋神宗去世后,高太后临朝,周邦彦遭遇时局变迁,元祐二年(1087)离开京城,出任庐州教授,不久转任荆州教授等职,元祐八年(1093)又来到冷清的溧水任知县,其内心之失落可想而知,"冷落""萧索"不仅是写景,亦是此时此地内心的真实写照。末三句,词人望着雪花飘转于屋檐,积满回廊,无尽的哀愁萦绕心头,犹如积雪扫之不尽,漫长寒夜里只有对雪痛饮,长醉遣愁了。

此词将冰冷的雪景与凄冷的心境融合起来写,堪称即景述情的范例。同时,点化前人诗赋与掌故,为我所用,曲而能达;实写与虚写相结合,穿插点染,浑然一体。乔大壮手批《片玉集》评此词"是古乐府作法,高浑难及",是有一定道理的。

红林檎近①

风雪惊初霁,水乡增暮寒②。树杪堕飞羽,檐牙挂琅玕③。才喜门堆巷积，可惜迤逦销残④。渐看低竹翩翻，清池涨微澜⑤。　　步展晴正好，宴席晚方欢⑥。梅花耐冷，亭亭来入冰盘⑦。对前山横素，愁云变色，放杯同觅高处看⑧。

注释

① 陈本无题。《草堂》《粹编》题作"冬初"，毛本题作"雪晴"。按此首周邦彦词，《粹编》误以为万俟咏所作，唐圭璋《宋词互见考》已辨明。

② 霁(jì 计)：雨雪停止，天气放晴。参见江淹《谢法曹惠连赠别》："幸及风雪霁，青春满江皋。"首二句，化用祖咏《终南望馀雪》："林表明霁色，城中增暮寒。"

③ "树杪(miǎo 秒)"句：形容树梢上的积雪如白羽般随风吹落。参见钱起《禁闱玩雪寄薛左丞》："细绕回风转，轻随落羽浮。"杪，树枝的梢头。飞羽，毛本、《词萃》作"毛羽"。以对偶而言，"毛羽"与"琅玕"相对为佳。"檐牙"句：屋檐下垂挂着玉石般晶莹的冰条。参见王融《阻雪连句遥赠和》："珠霙条间响，玉溜檐下垂。"檐牙，檐际翘出如牙的部分。杜牧《阿房宫赋》："五步一楼，十步一阁，廊腰缦回，檐牙高啄。"琅玕(láng gān 郎甘)，原指似玉的美石。此处比喻冰凌。

④ 门堆巷积：《草堂》《粹编》作"堆门积巷"。迤逦(yǐ lǐ 以礼)：这里是逐渐、渐次的意思。苏轼《与杨元素书》之八："厥直六百千，先只要二百来千，馀可迤逦还。"销残：指积雪消融。

⑤ 低竹翩翻：原先被雪压弯的竹子，在雪融之后舒展摇曳。毛本、《词萃》作"翩翩"。涨微澜：此指因冰雪融化而池水见涨。

红林檎近(风雪惊初霁,水乡增暮寒)

参见许浑《看雪》:"山明迷旧径,溪满涨新澜。"

⑥ 步屐(jī机):闲行,散步。杜甫《答郑十七郎一绝》:"雨后过畦润,花残步屐迟。"步屐,《百家词》作"步履"。

⑦ 亭亭:直立的样子,又指高洁的样子。冰盘:指洁净如冰的大瓷盘。韩愈《李花二首》之一:"冰盘夏荐碧实脆,斥去不御惭其花。"一说此处冰盘指月亮。

⑧ 前山横素:当指横山积雪。横山,溧水山名。据《景定建康志》记载:"横山在城东南一百二十里,周回八十里,高二百丈。……四面望之皆横,故有是名。"又嘉庆《江宁府志》载:"横山在江宁东南一百二十里,古曰衡山,又曰横望山,其半入溧水。"前山,陈本原作"山前",此依彊村本,从毛本、四印斋本改。愁云变色:参见谢惠连《雪赋》:"岁将暮,时既昏。寒风积,愁云繁。"庾信《拟咏怀诗二十七首》之一:"风云能变色,松竹且悲吟。"高处看:参见刘禹锡《终南秋雪》:"闲时驻马望,高处卷帘看。"

解读

前后两首《红林檎近》堪称姊妹篇,应该都是周邦彦溧水任上同一时期所作。俞平伯《论诗词曲杂著》中《周邦彦词〈红林檎近〉》一文说:"《红林檎近》两首写雪景,由初雪而大雪,而晴雪,而再雪,两首可作一篇读。文笔细腻,写景明活,在清真长调中也是突出的作品。"品评精到。只是这两首作品的心境不尽相同,本篇随着天色转晴,词人的心境也逐渐变得明朗起来。

上片主要描写雪后放晴景象。起四句,以带有强烈主观感受的"惊"字,引出令人惊叹的黄昏雪霁场面:漫天风雪已然停止,但傍晚天气更加寒冷,树梢上不时飘下白羽般的积雪,屋檐下挂满了晶莹剔透的冰条。这四句,皆为五言,且都用对句,颇有汉魏六朝古体诗醇雅的风味。所以,沈雄《古今词话·词辨》引《古今词谱》曰:"四句起似古风。"卓人月《古今词统》也说"起句亦胜"。"才喜"四句,写积雪消融的景象:刚刚还在欣赏门前巷口的积雪,可惜不知不觉间雪已逐渐融化;再看原先被雪压低的竹子在雪融后随风轻快起舞,清澈的水池也因为冰雪消融而水位高涨,水波荡漾。词从高处写到低处,从白雪堆积写到冰雪消融,在空间和时间上体现了词人眼中雪景的生动变化。下片着重写宴饮赏雪。换头二句,照应"渐看"二句,既然天气放晴,景色宜人,那正是观景宴饮的好时光。"正好""方欢",点出了词人内心的欢悦。"梅花"二句,不直接写宴席主宾,而是笔锋一转,引梅花入席,以客为主。大约宴席上投来月光下梅花的高洁影子,传来梅花清幽的香气,所以突发奇想地说梅花"来入冰盘",这不仅照应了上一首"冻梅寒更香"之氛围,也照应了词人另一首咏梅名作《花犯》"去年胜赏曾孤倚,冰盘同宴喜"之情景,其中寄寓了词人高洁的品性。末三句,面对阴云变幻、前山(横山)再度飞雪,理当暂停饮酒,乘兴往高处去观赏雪景。词人的雅兴,也在结句达到了高峰。

这两首词,除了即景述情,情景融合,描绘生动鲜活,笔法辗转翻飞之外,作为原创的词调,大半使用对句,如上片前六句全是对句,下片还有四句对句,皆古朴醇雅,略无雕琢堆垛痕迹,显示了词人深厚的语言艺术功底。

满路花[①]

金花落烬灯,银砾鸣窗雪[②]。夜深微漏断,行人绝③。风扉不定,竹圊琅玕折④。玉人新间阔,着甚情悰,更当恁地时节⑤。　　无言欹枕,帐底流清血⑥。愁如春后絮,来相接⑦。知他那里,争信人心切⑧。除共天公说。不成也还,似伊无个分别⑨。

注释

① 陈本注调名"仙吕",无题。毛本题作"咏雪"。
② 金花:比喻灯烛的光焰。王珪《宫词》:"素英飘洒作宵寒,一寸金花烛泪残。"落烬:指灯烛的灰烬。陈叔宝《宴光璧殿咏遥山灯》:"照耀浮辉明,飘遥落烬轻。"银砾(lì粒):比喻雪粒。参见萧纲《同刘谘议咏春雪》:"晚霞飞银砾,浮云暗未开。"银砾,陈本原作"银铄",此依彊村本,从毛本、四印斋本改。
③ 夜深:《草堂》、《粹编》、《诗馀醉》、毛本作"庭深"。微漏断:微弱的报时漏声已停歇。指夜深。行人绝:参见宋之问《冬宵引赠司马承祯》:"河有冰兮山有雪,北户墐兮行人绝。"
④ 风扉不定:风中的门摇摆不定。化用杜甫《雨》:"风扉掩不定,水鸟过仍回。"琅玕(láng gān 郎甘):这是以青玉比喻翠竹。参见杜甫《郑驸马宅宴洞中》:"主家阴洞细烟雾,留客夏簟青琅玕。"又王禹偁《苦热行》:"仙芝瑶草不敢茁,湘川竹焦琅玕折。"
⑤ 玉人:指亲人或情人。魏承班《黄钟乐》:"遥想玉人情事远,音容浑似隔桃溪。"间阔:远别,阔别。权德舆《奉和郎州刘大夫麦秋出师遮虏有怀中朝亲故》:"间阔劳相望,欢言幸早陪。"着甚情悰(cóng丛):有什么心情。悰,心情,情绪。着甚情悰,毛本作"著这情怀"。蒋礼鸿先生《大鹤山人校本〈清

真词〉笺记》认为此阕应以"著这"为是,作"甚"字,于义为短。恁(nèn嫩)地:这样,如此。柳永《昼夜乐》:"早知恁地难拚,悔不当初留住。"

⑥ 欹(qī凄):斜倚,斜靠。清血:指伤痛的眼泪。杜牧《杜秋娘诗》:"清血洒不尽,仰天知问谁。"

⑦ "愁如"二句:言相思之愁,犹如入春后的柳絮接着冬天的雪花,连续不断,挥之不去。参见杜牧《题安州浮云寺楼寄湖州张郎中》:"楚岸柳何穷,别愁纷若絮。"晏几道《木兰花》:"墙头丹杏雨馀花,门外绿杨风后絮。"

⑧ 知:不知,怎知。争信:怎信,怎知。人心切:言自己思念心切。

⑨ 除共天公说:除非跟天公诉说。"不成"二句:难道天公和他没啥区别,也像他那样懵懂不知思念。不成,难不成,难道。

解读

此是代言体闺思词,以女子的口吻,抒发风雪之夜相思之情。写作年代难以确考。

上片写深夜情境。首二句描绘寒冬雪夜,女主人公枯坐室内,独对孤灯的凄凉画面。"落烬灯"写出寒夜漫长,"鸣窗雪"写出雪夜凄冷。"夜深"以下四句,加重写风雪之夜凄凉外景:街上报更之声停歇,路上行人断绝;门外风声大作,传来阵阵门户撞击声,竹园里竹子不时被风折断。"玉人"三句,转写女主人公心绪,点出此词主旨:心上人前不久出门远行,剩下自己独守空房,内心已是不堪,更何况碰上如此恶劣的风雪之夜。"玉人新间阔",揭示"着甚情悰"起因;"更当恁地时节",既呼应开篇前六句,又自然引出下片情绪。下片着重写离愁。换头二句,承接上片"着甚情悰",具体勾勒女主人公斜靠枕上、帐下抽泣的形象。

"愁如"二句，以鲜活的譬喻，说明此种哀愁如春天的柳絮接续冬天的雪花，缭乱不绝，连续不断，挥之不去。"知他"以下，直抒女子心声：他那边怎知我相思心切，看来只有跟天公诉说，想来天公不会和他一般，不至于像他那样懵懂不知思念。痴心的话，几经翻折，情味极浓。如明代沈际飞《草堂诗馀正集》评曰："'知他'几语，如食橄榄，多回味。"清人贺裳《皱水轩词筌》曰："词家用意极浅，然愈翻愈妙。如周清真《满路花》后半云：'愁如春后絮，……似伊无个分别。'酷尽无聊赖之致。"

此词以景引情，情由景生，起承转合，勾连入妙，衔接细密。犹如近人陈洵《海绡说词》所言："'玉人新间阔'，脱。'更当恁地时节'，复上六句。后阕全写'著这情怀'。前用虚提，后用实证。"同时，写景多用雅词，场景如见，声色撼人；述情多用口语，言辞鲜活，口吻毕肖。

卷七
单题

解语花①

元宵②

风销焰蜡,露浥红莲,花市光相射③。桂华流瓦,纤云散,耿耿素娥欲下④。衣裳淡雅,看楚女、纤腰一把⑤。箫鼓喧,人影参差,满路飘香麝⑥。　　因念都城放夜,望千门如昼,嬉笑游冶⑦。钿车罗帕,相逢处,自有暗尘随马⑧。年光是也,惟只见、旧情衰谢⑨。清漏移,飞盖归来,从舞休歌罢⑩。

注释

① 《解语花》词调当为周邦彦始创。陈本注调名"高平"。按《钦定词谱》所收秦观《解语花》(窗涵月影),似非秦观所作,宋乾道本《淮海居士长短句》、毛本《淮海词》等,皆未收秦观此词。
② 陈本原题如此,《白雪》、四印斋本同题。毛本题作"上元"。元宵:旧历正月十五日称上元节,当天晚上称元宵,亦称元夕、元夜,自古以来就有观赏花灯、乐舞百戏等风俗。
③ 风销焰蜡:蜡炬在风中燃烧而逐渐消融。焰蜡,正在燃烧的蜡烛。毛本作"绛蜡"。浥(yì意):沾湿,湿润。红莲:此指莲花灯。红莲,陈本原作"烘炉",毛本、《词萃》作"红莲"。蒋礼

鸿先生《大鹤山人校本〈清真词〉笺记》引夏承焘先生《姜白石词编年笺校》所举宋人元夕词,如欧阳修《蓦山溪·元夕》"纤手染香罗,剪红莲满城开遍"等,证"红莲"谓灯,作"烘炉"则于情事不切矣。此依夏、蒋之说,从毛本、《词萃》改。"花市"句:参见欧阳修《生查子》:"去年元夜时,花市灯如昼。"花市,毛本、《词萃》作"灯市"。

④ 桂华流瓦:指月光照到屋瓦上。桂华,古代传说月亮上有桂花树,因以桂华代指月亮。段成式《酉阳杂俎》:"旧言月中有桂,有蟾蜍,故异书言月桂高五百丈,下有一人常斫之,树创随合。"韩愈《明水赋》:"桂华吐耀,兔影腾精。"流瓦,参见谢庄《月赋》:"白露暧空,素月流天。"以及李商隐《陈后宫》:"茂苑城如画,阊门瓦欲流。"耿耿:明亮的样子。素娥:指月中女神嫦娥。见前《霜叶飞》(露迷衰草)注③。"耿耿"句,参见张正见《秋河曙耿耿》:"耿耿长河曙,滥滥宿云浮。天路横秋水,星衡转夜流。月下姮娥落,风惊织女秋。"

⑤ 衣裳淡雅:参见周密《武林旧事·元夕》:"妇人皆戴珠翠……而衣多尚白,盖月下所宜也。"楚女纤腰:相传古代楚国美女腰身纤细。《管子·七臣七主》:"夫楚王好细腰,而美人省食。"后亦泛指南方美女细腰。杜牧《遣怀》:"落魄江湖载酒行,楚腰纤细掌中轻。"纤腰,《白雪》作"宫腰"。

⑥ 箫鼓喧:指鼓乐喧天。祖咏《望蓟门》:"燕台一望客心惊,箫鼓喧喧汉将营。"这里指元夜街上乐奏喧闹。参见白居易《正月十五夜月》:"灯火家家市,笙歌处处楼。"参差(cēn cī 岑阴平疵):这里是形容人影纷纭繁杂。香麝(shè 射):指麝香一类化妆品的香气。刘遵《繁华应令》:"腕动飘香麝,衣轻任好风。"香麝,《白雪》作"兰麝"。

⑦ 都城:指国都、京城。《草堂》《诗馀醉》作"帝城"。放夜:指上

元节期间京城取消宵禁,准许百姓夜行游乐。据高承《事物纪原·岁时风俗·放夜》记载:"唐睿宗先天二年正月望,初弛门禁。……《国朝会要》曰:乾德五年,诏:'朝廷无事,区宇咸宁,况年谷屡丰,宜士民之纵乐,上元可更增十七、十八两夜。'自后至十六日,开封府以旧例奏请,皆诏放两夜也。《僧史略》曰:'太平兴国六年,敕然灯放夜为著令。'"千门如昼:谓元夜京城千门万户灯火通明,如同白昼。参见《太平御览》引韦述《两京新记》:"正月十五夜,敕金吾弛禁,前后各一日以看灯,光若昼日。"如昼,《粹编》作"如画"。陈本注:"易斋云:旧本作'千门如画'者,误也。虽有妙手,安能画其明耶?"按此句无需押韵,于义亦以"如昼"为胜。游冶:出游寻乐。

⑧ 钿(diàn 电)车:用金宝嵌饰的华丽的车子。刘禹锡《同乐天和微之深春二十首》之十三:"饮馔开华幄,笙歌出钿车。"罗帕:丝织方巾。古代女子的随身用品,兼作佩戴饰物。参见杜甫《骢马行》:"赤汗微生白雪毛,银鞍却覆香罗帕。"暗尘随马:指车马过后尘土飞扬。语本苏味道《正月十五夜》:"暗尘随马去,明月逐人来。"

⑨ 年光是也:大意是说,每年元夕的热闹光景依旧。只见:《白雪》作"只有"。衰谢:衰退,衰减。

⑩ 清漏:原指古代计时器漏壶发出的清晰的滴漏声。此借指时间。飞盖:驱车。盖,原指车篷,借指车。参见曹植《公宴》:"清夜游西园,飞盖相追随。"从舞休歌罢:任由别人尽情歌舞到结束为止。从,任凭,听凭。舞休歌罢,参见吴少微《古意》:"歌终舞罢欢无极,乐往悲来长叹息。"

解读

这是清真词中传唱千古的名作。周邦彦在外地为官时,适

221

逢元宵,抚今追昔,怀念东京(开封)元夕盛况,感慨岁月流逝、旧情衰谢,因作此篇。关于作品的写作时间、地点,清人周济《宋四家词选》据词中"看楚女纤腰一把",遂称"此美成在荆南作,当与《齐天乐》同时";近人陈思《清真居士年谱》引周密《武林旧事》所记南宋时武林(今浙江杭州)元夕情景,与此词互参,以证《旧事》所记"仍沿浙东西之旧俗也",因定此词为周邦彦知明州(今浙江宁波)期间所作,时在政和五年(1115)。比较而言,周济仅依"楚女"而定为荆南所作,尚不足凭信(后世用"楚女"多有泛指者);陈思所言"浙东西之旧俗",光景相近,且政和五年词人已六十岁,情思亦相合,故作于明州之说较为可取。

作品的上片描绘眼前(应该是明州)元夕景象。起二句对仗精美,写风中蜡烛、沾露莲灯,都是元宵应节之物,"销"和"浥"又微妙点出元夜光照和游乐时间之长。"花市"句,写街上华灯齐上,交相辉映,既照应前两句,又巧妙引出下文另一交相映射之月光。"桂华"三句,写上元之夜,纤云散尽,满月清辉洒落街市屋瓦,仿佛月中仙子嫦娥翩翩欲下。王国维《人间词话》评"桂华"句"境界极妙,惜以'桂华'二字代'月'耳"。王国维忌讳词中用替代词,固然有其道理,但此"桂华"兼有月亮之影与月夜之香气,色香影俱全,境界词义皆妙,也是通感的范例。"衣裳"二句,由月中仙子引发联想,精妙地接入月下人间美女倩影,犹如电影中经典的蒙太奇镜头,堪称奇幻神笔。"衣裳淡雅",正宜月下观赏;"纤腰一把",勾勒出窈窕身姿。"箫鼓"三句,进一步铺展开来写节日热闹情形。"箫鼓喧",从听觉上渲染;"人影参差",则从视觉上强调;"飘香麝",更从嗅觉上来体味。但全词的主旨还在后半段。下片怀念昔日京城元宵游乐盛况,感叹旧情衰谢。过片以"因念"二字一转,领起年轻时在京城欢度元宵的美好回忆:当夜都城取消宵禁,千门万户张灯结彩,男男女女嬉笑游乐,场面如同白昼。"钿车"三句,专写男女游冶之事:华丽马车上的美女以香巾罗帕相招,引得路上男子策马追随,扬起一片尘埃。这里隐约写出词人年轻时与京城歌妓舞女交游的如烟情事。"年光"二句,兜回现实场景,发出深沉感慨,是全词主旨所在:元夕光景依旧,但屈指流年,一切皆成往事,旧日情怀已难追回。晚清陈廷焯《云韶集》赞叹道:"此种着笔,何等姿态,何等情味!"近人杨铁夫《清真词选笺释》亦赞赏曰:"'衰谢'二字,神理更足。"乔大壮手批《片玉集》又说:"'年光'一转,见重大之笔。"末三句,以夜深歌舞未歇,词人却匆匆归来收尾,回应"旧情衰谢",无尽的感慨尽在言外。

  此词措辞俊逸,描绘绝胜:元夜灯月光影相射,人物声色气味俱全,街衢乐舞车马喧腾;又上下勾连映带,细密精巧,如"风销"二句与"清漏移"首尾呼应,"桂华"与"飘香麝"暗暗相应,"素娥"与"淡雅""楚女"奇妙相接等;而在情怀上,今昔之感沉郁醇厚,唱叹深挚。从文本来看,李清照《永遇乐》(落日熔金)和辛弃疾《青玉案·元夕》两首元夕名作,很可能都受过周邦彦这首词的影响。宋末元初张炎《词源》论节日词曰:"昔人咏节序,不为不多,付之歌喉者,类是率俗,不过应时纳祜之声耳。……岂如美成《解语花》赋元夕云……如此等妙词,不独措辞精粹,又且见时序风物之胜,人家宴乐之同。"陈廷焯《白雨斋词话》则极赞此词后半阕"纵笔挥洒,有水逝云卷、风驰电掣之感"。

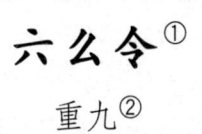

六么令①

重九②

快风收雨,亭馆清残燠③。池光静横秋影,岸柳如新沐④。闻道宜城酒美,昨日新醅熟⑤。轻镳相逐,冲泥策马,来折东篱半开菊⑥。　华堂花艳对列,一一惊郎目⑦。歌韵巧共泉声,间杂琮琤玉⑧。惆怅周郎已老,莫唱当时曲⑨。幽欢难卜,明年谁健,更把茱萸再三瞩⑩。

注释

① 《六么令》:彊村本改作《六幺令》。按"么"读音 yāo,同"幺"。陈本注调名"仙吕"。

② 陈本原题如此,《百家词》、四印斋本同题。毛本题作"重阳"。重九:又称重阳。旧历九月初九日,中国传统节日。历来有赏菊、饮酒、登高等风俗。

③ 快风:畅快之风。用宋玉《风赋》中楚襄王语:"快哉此风!"见前《点绛唇》(台上披襟)注②。亭馆:供人游憩住宿的亭台馆舍。刘禹锡《夏日寄宣武令狐相公》:"近来潦暑侵亭馆,应觉清谈胜绮罗。"清残燠(yù 欲):清除了残留的暑热。燠,热。首二句化用权德舆《侍从游后湖宴坐》:"宿雨荡残燠,惠风与之俱。"

④ "池光"句:意为池水倒映着秋天的景象。参见杜牧《九日齐安登高》:"江涵秋影雁初飞,与客携壶上翠微。"新沐:刚洗过的头发。此处比喻雨后的柳丝。如新沐,毛本作"知新沐",似误。

⑤ 宜城酒:古代襄州宜城(今湖北宜城)出产的美酒。据《方舆胜览》记载:宜城县东一里有金沙泉,造酒极美,世谓宜城春,又名竹叶酒。参见孟浩然《九日怀襄阳》:"谁采篱下菊,

应闲池上楼。宜城多美酒,归与葛强游。"新醅(pēi胚)熟:新酿成酒。参见萧纲《乌栖曲四首》之二:"宜城酝酒今行熟,停鞍系马暂栖宿。"白居易《问刘十九》:"绿蚁新醅酒,红泥小火炉。"

⑥ 轻镳(biāo标):指轻骑、奔马。镳,马嚼子两端露出嘴外的部分,借指乘骑。王融《游仙诗五首》之五:"命驾随所即,烛龙导轻镳。"冲泥:谓踏泥而行,不避泥泞。杜甫《崔评事弟许相迎不到,应虑老夫见泥雨怯出,必愆佳期,走笔戏简》:"虚疑皓首冲泥怯,实少银鞍傍险行。"策马:用马鞭驱马,使马快跑。东篱:陶渊明《饮酒诗二十首》之五:"采菊东篱下,悠然见南山。"后因以东篱指种菊之处、菊圃。

⑦ "华堂"二句:华丽的厅堂上,如花娇艳的美女对列两行,每一位都让男儿惊艳。化用南朝乐府《襄阳乐》九曲之一:"大堤诸女儿,花艳惊郎目。"另参孟棨《本事诗·高逸》:杜牧为御史,分务洛阳时,李司徒罢镇闲居,声伎豪华,为当时第一。杜赴李酒会,见会中女奴百余人,皆绝艺殊色,乃求其中名紫云者,李俯而笑,诸妓亦皆回首破颜。杜饮三卮,又自饮三爵,朗吟而起曰:"华堂今日绮筵开,谁唤分司御史来?忽发狂言惊满座,两行红粉一时回。"

⑧ 间杂:错杂,夹杂。琮琤(cóng chēng丛称):象声词,形容玉声。孟郊、韩愈《城南联句》:"竹影金琐碎,泉音玉淙琤。"郑损《玉声亭》:"汉佩琮琤寒溜雨,秦箫缥缈夜敲风。"

⑨ 周郎:原指三国吴将周瑜。因其年少,故称。《三国志·吴志·周瑜传》:"瑜时年二十四,吴中皆呼为周郎。……瑜少精意于音乐,虽三爵之后,其有阙误,瑜必知之,知之必顾,故时人谣曰:'曲有误,周郎顾。'"词人姓周,又精通音律,故名其堂曰"顾曲",词中亦每以周郎自比。

⑩幽欢难卜:是说来年的幽会难以预测。幽欢,幽会的欢乐。变用杜甫《宴王使君宅题二首》之二:"泛爱容霜发,留欢卜夜闲。""明年"二句:化用杜甫《九日蓝田崔氏庄》:"明年此会知谁健,醉把茱萸子细看。"茱萸(zhū yú 朱于):落叶小乔木,香气辛烈,可入药。古俗于重阳节佩茱萸,以祛邪消灾。瞩:注视,看。陈本原作"嘱"。蒋礼鸿先生《大鹤山人校本〈清真词〉笺记》:"据杜诗'看'字,此'嘱'字当为'瞩'之形近之误无疑。易'看'为'瞩',以叶韵耳。"所言极是,据改。

解读

据罗忼烈《清真集笺注》,此词当是词人晚年重过荆南之作。今人或以为熙宁七年(1074)自长安归至宜城时作。按熙宁七年词人才十九岁,与"周郎已老"相去甚远,其说不值一驳。罗说虽无确据,于词境较合。

上片写重阳清景以及饮酒、采菊等应节之事。前四句描绘秋日雨后之清新:畅快的清风吹散了秋雨,也驱散了余热,给客馆带来一片清凉;池塘里草木云影倒映,池边的柳树犹如刚出浴的佳人袅娜多姿。"闻道"二句,写重阳饮酒:久闻宜城美酒驰名,恰好昨日美酒新成,值此佳节得以酣饮宜城佳酿。"轻镳"三句,写重阳采菊:雨后不避泥水,策马飞奔,彼此竞逐,来到东篱边采摘鲜嫩的半开菊花。这是因为旧时重阳有饮菊花酒的习俗。下片写佳节观赏乐妓歌舞,生发出人生易老、盛景难再的惆怅。换头二句,写华堂上对列两行歌女,个个貌美如花,鲜艳夺目,令人惊叹。"花艳"暗接上片半开之花,笔致曼妙。"歌韵"二句,写佳人悠扬悦耳的歌声,间杂清亮的泉水声,和玉佩撞击声,分外动听。"惆怅"以下,笔势陡然一转,直抒人生惆怅:当年风流倜傥、通晓音律的"周郎"(词人),如今已老,时过境迁,再也听不得当年的欢歌;人生苦短,不知明年重阳佳节,是否依然健硕,还能一起欢聚,再来细细品赏茱萸。

品味全词,回看"轻鑣相逐,冲泥策马",不过是"老夫聊发少年狂"而已;前面极写重阳佳景之清新,以及饮酒采菊之乐,歌女如花、乐声动听之美,都是以乐景衬哀情,重点是为了突出而今"周郎已老"的"惆怅",所以读至篇末五句,令人倍觉凄怆酸楚。

倒　犯①

新月②

霁景对霜蟾乍升,素烟如扫③。千林夜缟,徘徊处、渐移深窈④。何人正弄、孤影蹁跹,西窗悄⑤。冒霜冷貂裘,玉脋邀云表⑥。共寒光,饮清醥⑦。　淮左旧游,记送行人,归来山路窅⑧。驻马望素魄,印遥碧,金枢小⑨。爱秀色初娟好,念漂浮、绵绵思远道⑩。料异日宵征,必定还相照⑪。奈何人自衰老⑫。

注释

① 《倒犯》词调为周邦彦始创。毛本注曰:"《清真集》作《吉了犯》。"四印斋本作《吉了犯》。按《吉了犯》为《倒犯》别名。陈本注调名"仙吕调"。
② 陈本原题如此,四印斋本同题。毛本题作"咏月"。

倒犯（驻马望素魄，印遥碧，金枢小）

③ 霁(jì纪)景：雨雪之后晴朗的景色。李颀《龙门西峰晓望刘十八不至》："丛林远山上，霁景杂花里。"霜蟾：指月亮。因月光皓白如霜，又传说月中有蟾蜍，故称。贯休《诗》："吟向霜蟾下，终须神鬼哀。"乍：初，刚。素烟：白烟。沈约《郊居赋》："素烟晚带，白雾晨萦。"

④ 缟(gǎo稿)：原是一种白绢，此处指月光映照下的白色。徘徊(pái huái排怀)：这里形容月光缓缓移动。曹植《七哀诗》："明月照高楼，流光正徘徊。"深窈：指幽深处。

⑤ 孤影蹁跹(pián xiān骈仙)：谓月下独自旋转舞动。蹁跹，形容旋转的舞态。以上几句化用李白《月下独酌四首》之一："我歌月徘徊，我舞影零乱。"

⑥ 冒霜冷貂裘：用东汉东平王刘苍故事。《后汉书·光武十王列传》："六年冬，(刘)苍上疏求朝。……帝以苍冒涉寒露，遣谒者赐貂裘，及太官食物珍果，使大鸿胪窦固持节郊迎。"冒霜，毛本作"冒露"。玉斝(jiǎ甲)：玉杯。斝，古代一种圆口三足的盛酒器。邀云表：意为邀约云外之月。表，外部，外表。此句用李白《月下独酌四首》之一"举杯邀明月"之意。

⑦ 寒光：指清冷的月光。清醥(piǎo瞟)：清酒。左思《蜀都赋》："吉日良辰，置酒高堂，……觞以清醥，鲜以紫鳞。"

⑧ 淮左：指淮河以东地区。北宋神宗时分淮南路为淮南东路、淮南西路，淮南东路治所在扬州。窎(diào钓)：远，长。

⑨ 素魄：指月亮。参见萧纲《京洛篇》："夜轮悬素魄，朝光荡碧空。"遥碧：遥远的碧空。刘禹锡《白鹭儿》："前山正无云，飞去入遥碧。"金枢：传说中西方月亮落入之处。杜甫《大历三年春白帝城放船出瞿塘峡》："落霞沉绿绮，残月坏金枢。"

⑩ 初娟好：指新月清秀美丽。参见鲍照《玩月城西门廨中》："末映东北墀，娟娟似蛾眉。"漂浮：漂泊，漂流。绵绵思远道：语

229

本古乐府《饮马长城窟行》:"青青河边草,绵绵思远道。"绵绵,连续不断的样子。

⑪ 宵征:夜行。《诗经·召南·小星》:"肃肃宵征,夙夜在公。"还相照:参见王维《竹里馆》:"深林人不知,明月来相照。"

⑫ "奈何"句:参见刘彻《秋风辞》:"欢乐极兮哀情多,少壮几时兮奈老何。"自衰老,毛本作"自老"。按方、杨、陈和词末句皆五字,吴文英此调末句亦五字。毛氏当有依据。

解读

这首词很可能是词人晚年重过扬州时,缅怀往事,借咏新月,以抒发羁旅漂泊之愁及人生易老之慨。创作时间当在宣和三年(1121)正月由杭州避乱北上途经扬州时,那是他生命的最后一年。

上片描绘月夜之景,以及孤身邀月对饮情景。前四句先推出月夜全景,既包含了天上地下开阔的空间,又包含了不断推移的时间:入夜天空放晴,皓月露出脸来开始上升,在月光辉映下,原本一片白雾似乎被清扫一空;广袤的丛林沐浴在洁白的月色中,月轮不断移动,渐渐移向天空深处。"何人"六句,再推出寒冷的月光下词人孤独的身影。不直说自己,偏问"何人",写孤单善于顿挫。"孤影""悄"点出了夜深人静时形单影只。以下一直写到冒着风霜独立野外,举杯邀云外寒月共饮,都是从李白《月下独酌四首》之一"我歌月徘徊,我舞影零乱"和"举杯邀明月"化出,却缺少了李白的潇洒超脱,多了一分感伤凄冷。下片回忆旧时月色,预想他日夜行之月光,感叹自己在漂泊中衰老。"淮左"六句,回顾昔日游历淮南东路,曾经送别友人,回来山路崎岖漫长;途中歇息,驻马眺望,只见一轮月亮印在遥远的碧空,渐渐向西移动。"爱秀色"二句,将旧时月色巧妙地切回到眼前月色,昔日的回忆自然地转回到现实的忧思:月亮固然清秀美好,但眼前征途漫漫,独自漂泊,因而特别思念远方的亲友。收尾三句点出明月长在而人生易老的主旨:展望来日,夜间赶路,必定还会有月亮映照,月色依然美丽,无奈人在征程中日渐衰老。

这首词写寒夜月色,沁人心脾,写人生征途,感慨幽远,是情景交融、时空交错的佳作。姜夔《踏莎行》中名句"淮南皓月冷千山",有可能受了周邦彦此词意境的影响。今人也可能因此而把词中"淮左",直接解释成"淮南",例如罗忼烈《清真集笺注》就说:"淮左旧游:谓教授庐州旧事。宋庐州属淮南西路,在淮水以南,故曰淮左,犹江南之称江左。"此说不尽确切。古汉语的表达方式,"左"在地理方位上指的是东方,"江左"指的是江东(长江下游以东地区),淮左指的是淮东(淮河以东地区),而不是淮南,更不是淮西。因此,"淮左旧游"并非指淮南西路的庐州(今安徽合肥)旧事,而应该是指淮南东路(治所在扬州)的旧事。

大　酺①

春雨②

对宿烟收,春禽静,飞雨时鸣高屋③。墙头青玉旆,洗铅霜都尽,嫩梢相触④。润逼琴丝,寒侵枕障,虫网吹粘帘竹⑤。邮亭无人处,听檐声不断,困眠初熟⑥。奈愁极顿惊,梦轻难记,自怜幽独⑦。　　行人归意速,最先念、流潦妨车毂⑧。怎奈向、兰成憔悴,卫玠清羸,等闲时、易伤心目⑨。未怪平阳客,双泪落、笛中哀曲⑩。况萧索、青芜国⑪。红糁铺地,门外荆桃如菽⑫,夜游共谁秉烛⑬?

注释

① 《大酺(pú 葡)》词调为周邦彦始创。陈本注调名"越调"。此首周邦彦词,毛本《梦窗四稿》误收,唐圭璋《宋词互见考》已指明。

② 陈本原题如此,《白雪》、毛本、四印斋本同题。

③ 宿烟收:用刘禹锡《登陕州北楼却忆京师亲友》:"尘息长道白,林清宿烟收。"宿烟,夜里的烟雾。《诗馀醉》作"雨烟",非。若是"雨烟收",与下文"飞雨"句不合。春禽静:参见姚合《寄题蔡州蒋亭兼简田使君》:"树宿山禽静,池通野水遥。"春禽,春鸟。"飞雨"句:化用杜甫《立秋雨院中有作》:"飞雨动华屋,萧萧梁栋秋。"

④ 青玉旆(pèi 配):比喻竹梢上摇曳着的柔枝嫩叶。旆,古代旗末端状如燕尾的垂旒。铅霜:原指化妆用的铅粉。此指竹皮上的白色粉痕。这两句化用刘禹锡《庭竹》:"露涤铅粉节,风摇青玉枝。"

⑤ 润逼琴丝:雨天的潮气渗透了琴弦。参见王充《论衡·变动篇》:"故天且雨,蝼蚁徙,丘蚓出,琴弦缓,固疾发,此物为天所动之验也。"枕障:枕前屏风。张泌《浣溪沙》:"枕障熏炉隔绣帷,二年终日两相思。"虫网:指蜘蛛网。参见释洪偃《游钟山之开善定林息心宴坐引笔赋诗》:"石苔时滑屐,虫网乍粘衣。"粘:彊村本改作"黏"。帘竹:即竹帘。

⑥ 邮亭:古时供信使和旅客歇宿的馆舍。檐声:下雨时屋檐的

流水声。齐己《春寄尚颜》:"檐声未断前旬雨,电影还连后夜雷。"困眠初熟:参见苏轼《贺新郎》:"渐困倚、孤眠清熟。"

⑦ 顿惊:《白雪》、毛本作"频惊"。幽独:幽寂孤独。刘长卿《雨中过员稷巴陵山居赠别》:"积雨悲幽独,长江对别离。"

⑧ 流潦(lǎo 老):地面流动的积水。曹植《赠白马王彪》:"霖雨泥我涂,流潦浩纵横。"车毂(gǔ 古):车轮中心插轴的部分。借指车轮或车。柳宗元《田家三首》之二:"东乡后租期,车毂陷泥泽。"

⑨ 向:语气助词。常用在"怎""争""怎奈""如何"等词语后,起加强语气作用。兰成憔悴:庾信,小字兰成。他作为南朝使者出使北方,被迫长期留居北方,为此创作了许多魂牵故国的忧伤哀愁的作品,如《哀江南赋》《愁赋》等。卫玠清羸(léi 雷):卫玠,晋朝玄学家,官至太子洗马。风神秀异,喜清谈,但体弱多病,英年早逝。《世说新语·容止》:"卫玠从豫章至下都,人久闻其名,观者如堵墙。玠先有羸疾,体不堪劳,遂成病而死。时人谓'看杀卫玠'。"卫玠,《白雪》、毛本作"乐广",误。清羸,清瘦虚弱。以上以庾信、卫玠自比。等闲时:平常时候。伤心目:伤心流泪。参见于濆《秦原览古》:"当时行路人,已合伤心目。"

⑩ "未怪"二句:未怪,难怪,怪不得。平阳客,指东汉经学家、文学家马融。他曾客居郿县平阳坞中,故称平阳客。马融《长笛赋》序曰:"融既博览典雅,精核数术,又性好音,能鼓琴吹笛。而为督邮,无留事,独卧郿平阳坞中。有洛客舍逆旅,吹笛为《气出》《精列》《相和》。融去京师逾年,暂闻,甚悲而乐之。"赋中又有"泣血泫流,交横而下"及"涕洟流漫"诸语,是即"双泪落、笛中哀曲"之所本。此处亦以马融自比。

⑪ 萧索:萧条冷落,凄凉。青芜国:指杂草丛生之地。化用温庭

筠《春江花月夜》:"玉树歌阑海云黑,花庭忽作青芜国。"

⑫ 红糁(shēn 深):红色散粒状之物。此指满地落花。荆桃:即樱桃。《尔雅·释木》:"楔,荆桃。"郭璞注:"今樱桃。"菽(shū 叔):豆子。这两句化用韩愈《送无本师归范阳》:"始见洛阳春,桃枝缀红糁。"

⑬ "夜游"句:化用《古诗十九首·生年不满百》:"昼短苦夜长,何不秉烛游。"秉烛,谓手持蜡烛以照明。

解读

关于这首词写作背景,清人黄苏《蓼园词选》指出:"观'平阳客'句,用马融去京事,知为由待制出知顺昌后作。写得凄清落寞,令人恻恻。"若照黄苏的推测,此词应是宣和元年(1119)词人知顺昌府时之作。但更有可能是政和二年(1112)词人出知隆德府,或政和八年(重和元年,1118)出知真定府时所作。作品写行旅途中为雨所困,寄宿孤馆,幽独自伤的心境,是周邦彦传世名篇之一。

上片描绘春雨场景,引出词人客馆孤宿的情境。前六句,先写屋外之景:夜间烟雾渐散,春鸟归巢而寂静无声,只有飞雨敲打屋顶的声音时时响起;高出墙头的翠竹,在风雨中不停地摇曳,竹皮上的粉痕已被冲洗干净,细嫩的竹梢相互撞击。"润逼"三句,转写室内之景:潮气使琴弦变得松弛,寒意直透屏风枕席,风吹得蛛网粘在竹帘上。"邮亭"六句,接写屋内词人:客馆寂寥无人,听着屋檐上的滴水声持续不断,不由得困倦昏沉,渐入梦乡;无奈满怀愁绪太浓,一下又从梦中惊醒,飘忽轻浅的梦境难以追寻,只能自怜自伤孤苦落寞。下片承接"幽独",主要抒发羁愁旅恨。"行人"以下七句,言人在旅途,归心似箭,偏偏为雨所阻,车马不通,最让人揪心;更何况自己像庾信一样憔悴,卫玠那般清瘦,平时多愁善感,容易伤心落泪;因此特别理解马融当年离开京师后独卧平阳客馆,闻哀伤笛曲,会凄然泪下了。这里连用三位古人掌故,将上片情景都归入"伤心目"中,颇具表现力;尤其是"兰成"二句,对仗精致,语词简约,而意蕴深沉。沈义父《乐府指迷》说"词中用事,使人姓名,须委曲得不用出最好",举周邦彦"兰成"二句等例子,批评"清真多要两人名对使,亦不可学也"。此说未免迂腐。"况萧索"以下,复转入门外雨中景象加以渲染,绿草丛生,一片萧条,落花满地,樱桃结出小果;借此引出末句感喟:春天行将归去,又有谁和我秉烛夜游、流连残春呢?"共谁秉烛",实际是无谁共我秉烛,回应上片"自怜幽独",意极凄恻。

这首被宋人王灼赞许为"最奇崛"(《碧鸡漫志》)的词,写景鲜活如见,语词精粹,领字出色,句法流利,声韵顿挫。构思尤为细密,既有层次,又变幻转接自如。上片写景由室外转至室内,又由室内而至室内之人,由景转情;下片写情,复又转入外景收结,景中寄情,前后呼应贯通,情景融合无间。诚如吴从先《草堂诗馀隽》引李攀龙所言:"'自怜幽独',又'共谁秉烛',如常山蛇势,首尾自相击应。"又如陈洵《海绡说词》所评:"顾盼含情,神光离合,乍阴乍阳,美成信天人也。"

玉烛新①

梅花②

溪源新腊后,见数朵江梅,剪裁初就③。晕酥砌玉,芳英嫩、故把春心轻漏④。前村昨夜,想弄月黄昏时候⑤。孤岸峭、疏影横斜,浓香暗沾襟袖⑥。

尊前赋与多材,问岭外风光,故人知否⑦?寿阳谩斗,终不似、照水一枝清瘦⑧。风娇雨秀,好乱插繁花盈首⑨。须信道、羌管无情,看看又奏⑩。

注释

① 陈本注调名"双调"。
② 陈本原题如此,《百家词》同题。毛本、四印斋本题作"早梅"。
③ 溪源:溧水境内溪流,秦淮河上游水源之一。参见陈思《清真居士年谱》:"溪源即出庐山三派入秦淮之水。"按《太平寰宇记》:"溧水县庐山,在县东二十里,有水源三派,流入秦淮合大江。"新腊:刚入腊月(农历十二月)。江梅:一种野生梅花。参见范成大《梅谱》:"江梅,遗核野生、不经栽接者,又名直脚梅,或谓之野梅。凡山间水滨荒寒清绝之趣,皆此本也。花稍小而疏瘦有韵,香最清,实小而硬。"剪裁初就:比喻梅花初放犹如天工新裁剪而成。萧绎《咏石榴》:"叶翠如新剪,花红似故裁。"就,成,完成。
④ 晕酥:形容梅花如酥酪晕染。参见林逋《山园小梅二首》之二:"剪绡零碎点酥干,向背稀稠画亦难。"砌玉:形容朵朵梅花如玉连缀。砌,连缀,累积。砌玉,《粹编》《诗馀醉》作"破玉"。芳英:芬芳的花朵。故把春心轻漏:意思是有意透露了春情。参见释延寿《永明山居诗》:"报晓音声栖鸟语,漏春消息早梅香。"
⑤ 前村昨夜:化用齐己《早梅》:"前村深雪里,昨夜一枝开。""想

弄月"句:化用林逋《山园小梅二首》之一"暗香浮动月黄昏"句。

⑥ 疏影横斜:语本林逋《山园小梅二首》之一"疏影横斜水清浅"句。"浓香"句:参见《古诗十九首·庭中有奇树》:"馨香盈怀袖,路远莫致之。"

⑦ 尊前:在酒樽之前。多材:同多才。问:《粹编》作"向",误。岭外:五岭以南地区。此专指大庾岭,在今江西大余与广东南雄交界处,其上多梅花,又名梅岭。参见《白氏六帖》:"大庾岭上梅,南枝落,北枝开。"李商隐《对雪二首》之一:"梅花大庾岭头发,柳絮章台街里飞。"故人知否:暗用王维《杂诗三首》之二:"君自故乡来,应知故乡事。来日绮窗前,寒梅著花未?"

⑧ 寿阳:用南朝宋武帝女寿阳公主梅花点额故事。《太平御览》卷九七〇引《宋书》:"武帝女寿阳公主人日卧于含章檐下,梅花落公主额上,成五出之华,拂之不去,皇后留之。自后有梅花妆,后人多效之。"谩斗:徒然争奇斗艳。一枝清瘦:参见道潜《梅花寄汝阴苏太守》:"一树轻明侵晓岸,数枝清瘦耿疏篱。"

⑨ 风娇:参见李贺《三月过行宫》:"渠水红繁拥御墙,风娇小叶学娥妆。"乱插繁花:语本杜甫《苏端薛复筵简薛华醉歌》:"安得健步移远梅,乱插繁花向晴昊。"盈首:满头。参见唐无名氏《咏春》:"菊黄堪泛酒,梅红可插头。"

⑩ 须信道:犹言须知、应信。参见柳永《瑞鹧鸪》:"须信道,缘情寄意,别有知音。"羌管:即羌笛。《草堂》作"羌笛"。古代管乐器,双管并在一起,每管有多个音孔,竖着吹。因出于羌中,故名。按古代笛曲有《梅花落》(亦名《落梅花》)。奏:演奏,吹奏。

解读

腊月筵席上与友人饮酒咏梅之作。近人陈思《清真居士年谱》谓词中"溪源即出庐山三派入秦淮之水",因定此词为周邦彦溧水任上所作。写作时间当在元祐八年至绍圣二年(1093—1095)间。又,《梅苑》以此词为李清照作,四印斋本《清真集》及《漱玉词》两收之,唐圭璋《宋词互见考》已裁定为周邦彦词。

词的上片描写梅花姿容品性。开篇三句,先点明地点和时节——溪源、腊月初,再引出本篇吟咏的对象——刚绽放的梅花。"晕酥"二句,写早梅洁白娇嫩,又如同少女,早早就透露芳心春情,形容新巧鲜活,又隐隐为后面"寿阳谩斗"埋下伏线。"前村"四句,化用齐己和林逋咏梅诗句,糅为昨夜所见景象:回想昨夜前村梅花,黄昏时候摇曳生姿,傲寒弄月;树影峭立孤岸,横斜水滨,浓郁的芳香悄悄地沾满衣袖。将梅花的孤芳与词人身世品性融为一体,写得微妙。李清照《醉花阴》"东篱把酒黄昏后,有暗香盈袖",约略近之。下片写筵席上品赏梅花,表达爱梅惜梅之情。换头三句,转回现场筵席,席间与多才的友人一起饮酒赏梅,题咏赋词,想到赏梅胜地大庾岭梅花,此时风光不知如何,不由得向友人询问起来。"寿阳"二句,再转到历史掌故,以衬梅花无可比拟之美:南朝宋武帝女寿阳公主梅花点额,可谓美艳之极,但终究比不过水边清瘦的天然梅花那绝世风采。明代沈际飞《草堂诗馀正集》赞曰:"下阕全是一团梅花精灵,寿阳公主犹不似,誉梅极矣,爱梅极矣。""风娇"以下,又转回到酒席上赏梅情思:无论风吹雨打,梅花都是如此清秀娇美,正可以插满头上;无奈羌笛无情,眼看梅花就要凋零,羌笛还在吹奏《梅花落》的曲子。结尾寄情深婉,令人动容。

词人调度各种手段、多种场景、不同形象来形容梅花之美:或赞誉为天工巧手裁剪,或比拟为少女芳容春心;或叙昨日黄昏弄月,或写今日风娇雨秀;或置之孤岸水滨,或联想至岭外风光;又借寿阳公主衬托,种种方式不一而足。但此词最重要的手法是借梅花寄托词人幽情。浓香沾袖,繁花盈首,不为别的,只为那峭立孤岸、栉风沐雨、一枝照水的清瘦形象,俨然是词人流落外地、孤芳自赏的鲜活写照。

花　犯①

梅花②

粉墙低,梅花照眼,依然旧风味③。露痕轻缀,疑净洗铅华,无限佳丽④。去年胜赏曾孤倚,冰盘同宴喜⑤。更可惜、雪中高树,香篝熏素被⑥。　　今年对花最匆匆,相逢似有恨,依依愁悴⑦。吟望久,青苔上、旋看飞坠⑧。相将见、脆丸荐酒,人正在、空江烟浪里⑨。但梦想、一枝潇洒,黄昏斜照水⑩。

注释

① 《花犯》词调为周邦彦始创。陈本注调名"小石"。

② 陈本原题如此,《白雪》、四印斋本同题。《诗馀醉》题作"梅",毛本题作"咏梅"。《雅词》《粹编》无题。

③ 粉墙低:参见张先《菊花新》:"院深池静娇相妒,粉墙低、乐声时度。"梅花照眼:参见萧衍《子夜四时歌·春歌四首》之一:"阶上香入怀,庭中花照眼。"旧风味:杜甫《八哀诗·赠太子

太师汝阳郡王琎》：" 温温昔风味，少壮已书绅。"

④ 露痕轻缀：谓露水点缀于梅花上。参见郑璧《奉和陆鲁望白菊》："白艳轻明带露痕，始知佳色重难群。"鱼玄机《和新及第悼亡诗二首》之一："朝露缀花如脸恨，晚风欹柳似眉愁。""疑净洗"二句：形容成片的梅花如无数洗净脂粉的美女。疑，这里是类似、好像的意思。铅华，古代女子化妆用的铅粉。参见曹植《洛神赋》："芳泽无加，铅华弗御。"佳丽，《雅词》《花庵》《白雪》作"清丽"。《粹编》作"佳期"，误。

⑤ 胜赏：快意的观赏。《陈书·孙瑒传》："每良辰美景，宾僚并集，泛长江而置酒，亦一时之胜赏焉。"冰盘：指大的白瓷盘。详前《红林檎近》(风雪惊初霁)注⑦。同：《草堂》《粹编》《词统》作"共"。郑校以为"共"即"供"字，较"同"字义长，"同"字与上句"孤倚"义未洽。按："同"者，同梅花耳，与"孤倚"句正合。郑校未必是。宴喜：宴饮喜乐，欢宴。语本《诗经·小雅·六月》："吉甫燕喜，既多受祉。"燕，同宴。

⑥ 可惜：可爱，爱惜。白居易《洛阳春赠刘李二宾客》："尊前春可惜，身外事勿论。"更可惜，《白雪》作"最好是"。雪中高树：指梅树。参见杜甫《江梅》："雪树元同色，江风亦自波。"高树，《雅词》作"高士"。"香篝(gōu 勾)"句：比喻雪覆盖梅树，犹如白色被子覆盖于熏笼之上。香篝：即熏笼，覆盖于火炉上供熏香、烘物或取暖的一种器物。

⑦ 忽忽：仓促，短暂。最忽忽：《花庵》《词统》《诗馀醉》作"太忽忽"。有恨：《花庵》作"有限"，形近而误。依依：依恋不舍的样子。愁悴：忧伤憔悴。王逸《楚辞章句·天问》："屈原放逐，忧心愁悴。"愁悴，《词统》作"憔悴"。

⑧ 吟望：沉吟凝望。《雅词》《花庵》《粹编》作"凝望"。"青苔"句，可参见李白《久别离》："待来竟不来，落花寂寂委青苔。"

旋:随即,不久。飞坠:指梅花飘落。
⑨ 相将:行将,即将。脆丸:指清脆的青梅。参见萧纲《奉答南平王康赉朱樱》:"宁异梅似丸,不羡萍如日。"脆丸,《花庵》《诗馀醉》、毛本、《词萃》作"脆圆"。荐酒:下酒。参见鲍照《代挽歌》:"忆昔好饮酒,素盘进青梅。"另参南宋林洪《山家清供》:"剥白梅肉少许,浸雪水,以梅花酝酿之,露一宿取出,蜜渍之,可荐酒。"空江:空阔寂静的江面。孟郊《伤歌行》:"还舟空江上,波浪送铭旌。"烟浪:指烟雾苍茫的水面。白居易《泛溢水》:"烟浪始渺渺,风襟亦悠悠。"
⑩ "一枝"二句:化用林逋《山园小梅二首》之一:"疏影横斜水清浅,暗香浮动月黄昏。"

解读

在周邦彦几首咏梅词中,这首是佳评如潮、传诵千年的名篇。何士信《增修笺注妙选群英草堂诗馀》和黄苏《蓼园词选》皆推此为"梅词第一"。乔大壮手批《片玉集》盛赞:"此是古今绝唱,读之可悟词境。"其影响力可见一斑。这篇作品当是周邦彦溧水县令任满、奉调进京之前赏梅之作,参见罗忼烈《清真集笺注》:"清真以元祐八年(1093)二月知溧水,至绍圣三年(1096)三月何愈继任,旋入京任国子主簿。此词为在溧水最后一次赏梅之作,盖其时已奉诏命矣,故有'相将见、脆丸荐酒,人正在、空江烟浪里'之叹,疑此篇作于绍圣二年冬或三年春初梅开之候。"

上片由今年梅花风采,回想去年之赏梅情景。起首三句,直接点题,引出低矮粉墙上明艳照人的梅花,一如既往的风采。"露痕"三句,承接"照眼"风采,进一步作具体描摹:一朵朵带露的梅花,晶莹剔透,宛如一个个洗净铅华、天生丽质的绝世佳人。"去年"以下四句,由眼前景象,转入回忆,对应上文"旧风味":去年梅花开放时,我也曾倚靠梅树,独自观赏,对花饮酒,与花同乐;更爱那被雪覆盖的高大梅树,仿佛香笼上盖了一层洁白的被子,阵阵幽香从雪中传出。比拟新异,耐人细品。近人陈匪石《宋词举》品评曰:"'冰盘共宴喜'是赏花对酒,与后遍之'脆圆荐酒'相映照,其不至犯复者,此是花供赏玩,彼以梅实供食品也。"辨析精细得宜。至于去年赏梅情形,可参照周邦彦《红林檎近》:"步屧晴正好,宴席晚方欢。梅花耐冷,亭亭来入冰盘。"下片复由今年对花情怀,设想未来离开后怀念梅花情形。过片三句,转回到今年:今年赏梅太过匆忙,与梅相逢之时,见梅花似有余恨,依依不舍,面容憔悴。此是借梅花婉转地传达自己临别的心绪,所谓"梅花传心"(明代沈际飞《草堂诗馀正集》)。"吟望"二句,写梅花凋零,照应"对花最匆匆"和"愁悴":我凝望良久,吟咏低徊,眼见得片片梅花飞落到青苔之上。"相将见"以下,设想将来情形:很快梅花落尽,结出梅子,等到青梅佐酒时节,我已经离开此地,漂泊在烟波空阔的江上了,那时只有在梦寐中想见黄昏时分梅花照水的潇洒风姿。晚清谭献评《词辨》谓"吟望久"以下"筋摇脉动",又赞"相将见"二句"如颜鲁公书,力透纸背"。末二句,健笔勒回,首尾相应,余韵悠悠不绝。如近人陈洵《海绡说词》所说:"'正在'应'相逢','梦想'应'照眼',结构天然,浑然无迹。"

　　此词写临别之际流连徘徊的惜别之意,和四处漂泊的落寞情怀,却是借梅花来传递情愫。构思上,立足今年对梅,回想去年赏梅,展望未来梦梅;时空交织,转接自如,思绪空阔,寄托遥深,是这首词最大特点。至于描摹曲尽其妙,设喻玲珑晶莹,还在其次。南宋黄昇《花庵词选》评曰:"此只咏梅花,而纡徐反覆,道尽三年间情事,昔人谓好诗圆美流转如弹丸,余于此词亦云。"明代吴从先《草堂诗馀隽》引李攀龙评语云:"机轴圆转,组织无痕,一片锦心绣口,端不减天孙妙手,宜占花魁矣。"清代黄苏《蓼园词选》赏析此词曰:"总是见宦迹无常,情怀落寞耳。忽借梅花以写,意超而思永。言梅犹是旧风情,而人则离合无常。去年与梅共安冷淡,今年梅正开而人欲远别,梅似含愁悴之意而飞坠;梅子将圆,而人在空江中,时梦见梅影而已。"陈洵《海绡说词》品评曰:"此词体备刚柔,手段开阔","只'梅花'一句点题,以下却在题前盘旋。换头一笔钩转。'相将'以下,却在题后盘旋。收处复一笔钩转。往来顺逆,盘控自如,圆美不难,难在拙厚。"陈匪石《宋词举》则谓"此词胜处,全在有雄浑之笔力,而出以和缓之辞气,倏来倏往,如神龙夭矫,不可捉摸,而文之波澜,仍依时之次第。平庸者固望洋而叹,矜才使气者又不能如此之安详。真神品也。"诸家评说各有会心之处。

丑奴儿[①]

梅花[②]

　　肌肤绰约真仙子,来伴冰霜[③]。洗尽铅黄,素面初无一点妆[④]。　　寻花不用持银烛,暗里闻香[⑤]。零落池塘,分付馀妍与寿阳[⑥]。

注释

① 《丑奴儿》即《采桑子》。陈本注调名"大石"。
② 陈本原题如此,四印斋本同。毛本题作"咏梅"。《粹编》无题。

③"肌肤"句:形容梅花柔美洁白如仙女肌肤。典出《庄子·逍遥游》:"藐姑射之山,有神人居焉,肌肤若冰雪,淖(绰)约若处子。"绰约,柔婉美好的样子。参见白居易《长恨歌》:"楼阁玲珑五云起,其中绰约多仙子。"伴冰霜:谓梅花于风霜冰雪中绽放。

④"洗尽"二句:以不施脂粉的本色美女比拟梅花。铅黄,铅粉和雌黄,古代女子化妆用品。素面,用唐代虢国夫人素面不施脂粉故事。参见宋初乐史《杨太真外传》卷上:"(唐玄宗)封大姨为韩国夫人,三姨为虢国夫人,八姨为秦国夫人,同日拜命,皆月给钱十万,为脂粉之资。然虢国不施妆粉,自炫美艳,常素面朝天。"

⑤"寻花"句:反用李商隐《花下醉》:"寻芳不觉醉流霞,倚树沉眠日已斜。客散酒醒深夜后,更持红烛赏残花。"暗里闻香:参见林逋《山园小梅二首》之一"暗香浮动月黄昏"句,以及王安石《梅花》"遥知不是雪,为有暗香来"句。

⑥池塘:有可能即《风流子》之"新绿小池塘",参见该词注②。"分付"句:意谓让梅花落在寿阳公主额头上。见前《玉烛新》(溪源新腊后)注⑧。

解读

这首咏梅词,也有可能是词人溧水任上所作,时在元祐八年至绍圣二年(1093—1095)间。

上片刻画梅花形象,连用两个掌故。起二句,用《庄子·逍遥游》"藐姑射山神人"作比,因为神人肌肤洁白如冰雪,体形绰约若处女,所以拿来比拟白梅,并且放在冰霜背景中,来凸显梅花的孤高圣洁、斗霜傲寒的品性。"洗尽"二句,则用了唐代虢国夫人不施粉黛、素面朝天的掌故,展现梅花天生丽质、清新脱俗的本色。下片写寻访梅花的情思。过片二句,反用李商隐"寻芳不觉醉流霞","更持红烛赏残花"诗句,又化用林逋"暗香浮动月黄昏"句意,谓入夜寻访梅花,不必秉烛前行,暗夜里只需用鼻子即可闻到那幽香。末二句,看片片花瓣飘落池塘,希望其美丽余韵仍能妆点公主额上,继续受人爱赏。这里隐约寄托有词人漂流外地的身世之感和期望得到垂注赏识的意味。

虽然是一首不长的小令,而且主要是借助历史掌故和前人诗意来写,但仍能曲折委婉地透露自己的幽怀和希望。而且在表现手法上,也富有变幻。上片运典,以虚写为主,但虚中有实,以冰霜实景相衬;下片实景,以实写为主,景中寄情,实中带虚,煞拍是虚笔渲染。

水龙吟①

梨花②

素肌应怯馀寒,艳阳占立青芜地③。樊川照日,灵关遮路,残红敛避④。传火楼台,妒花风雨,长门深闭⑤。亚帘栊半湿,一枝在手,偏勾引、黄昏泪⑥。　　别有风前月底,布繁英、满园歌吹⑦。朱铅退尽,潘妃却酒,昭君乍起⑧。雪浪翻空,粉裳缟夜,不成春意⑨。恨玉容不见,琼英谩好,与何人比⑩?

水龙吟（素肌应怯馀寒,艳阳占立青芜地）

注释

① 陈本注调名"越调"。

② 陈本原题如此,诸本同题。唯《雅词》无题。

③ 素肌:白色肌肤。此处比喻洁白的梨花。怯馀寒:害怕残余的春寒。参见林逋《山园小梅二首》之二:"日薄从甘春至晚,霜深应怯夜来寒。"艳阳:此处形容光艳美丽。李白《古风五十九首》之四十七:"偶蒙东风荣,生此艳阳质。"占立:《草堂》《粹编》《诗馀醉》作"占尽"。青芜地:青草丛生之地。

④ 樊川:汉武帝园名。参见《艺文类聚》卷八十六"梨"引《三秦记》:"汉武帝园,一名樊川,一名御宿,有大梨,如五升瓶,落地则破。其主取者,以布囊盛之,名'含消梨'。"照日:犹言映日。《草堂》作"照月",《词萃》作"照目",皆误。灵关:山名,在今四川宝兴南。山上多种梨,树密遮路。参见谢朓《谢随王赐紫梨启》:"味出灵关之阴,旨珍玉津之茎。岂徒真定归美,大谷惭兹。"灵关,《草堂》作"灵光",误。残红敛避:意为梨花盛开时,其他残花落红皆退避匿迹。敛避,退避。

⑤ 传火:古代寒食节禁火后重行举火,先是宫中取火以赐近臣,后传递至民家,故称。楼台:借指富贵之家。妒花风雨:意为风雨因嫉妒而摧折花朵。参见杜甫《风雨看舟前落花戏为新句》:"影遭碧水潜勾引,风妒红花却倒吹。"刘长卿《鄂杜郊居》:"寂寞游人寒食后,夜来风雨送梨花。"长门深闭:汉武帝陈皇后失宠后退居长门宫。司马相如《长门赋》序:"孝武皇帝陈皇后时得幸,颇妒,别在长门宫,愁闷悲思。"刘长卿《长门怨》:"何事长门闭,珠帘只自垂。月移深殿早,春向后宫迟。蕙草生闲地,梨花发旧枝。芳菲自恩幸,看却被风吹。"可知长门深闭,隐含梨花,即用刘长卿诗意。

⑥ 亚:压,低垂。帘栊半湿:参见苏轼《连雨江涨二首》之二:"微

明灯火耿残梦,半湿帘栊浥旧香。"帘栊,窗帘和窗牖,亦泛指窗户。《草堂》作"帘笼"。一枝在手:参见岑参《江行遇梅花之作》:"摘得一枝在手中,无人远向金闺说。""偏勾引"句:化用薛昭蕴《离别难》:"红蜡烛,青丝曲,偏能钩引泪阑干。"勾引,《草堂》作"勾得";《粹编》作"勾引得","得"字衍。以上"一枝"二句,亦化用白居易《长恨歌》中形容杨贵妃泪容名句:"玉容寂寞泪阑干,梨花一枝春带雨。"

⑦ 繁英:此指繁盛的梨花。《雅词》、《白雪》、毛本作"繁阴"。满园歌吹:暗用唐玄宗梨园旧事。《新唐书·礼乐志十二》:"玄宗既知音律,又酷爱法曲,选坐部伎子弟三百教于梨园,声有误者,帝必觉而正之,号'皇帝梨园弟子'。宫女数百,亦为梨园弟子,居宜春北院。"歌吹,指歌声和乐声。白居易《新丰折臂翁》:"惯听梨园歌管声,不识旗枪与弓箭。"

⑧ 朱铅退尽:犹言洗尽脂粉,比喻梨花天然之美。朱铅,指女子化妆用的胭脂和铅粉。潘妃却酒:潘妃,南朝齐东昏侯萧宝卷的宠妃,小字玉儿,洁美有国色。据《南史·齐废帝东昏侯纪》记载:东昏侯以阅武堂为芳乐苑,穷奇极丽;又于苑中立市肆,以潘妃为市令,自为市吏录事;又开渠立埭,躬自引船,埭上设店,坐而屠肉。于时百姓歌云:"阅武堂,种杨柳。至尊屠肉,潘妃酤酒。"按潘妃饮酒则脸红,推却不饮则脸白,以此喻梨花。潘妃,《雅词》作"潘郎",误。昭君乍起:昭君,即王昭君(后世又称明君、明妃),汉元帝时宫女,因汉与匈奴和亲,元帝将昭君赐予匈奴呼韩邪单于。《文选》卷十六江淹《恨赋》:"若夫明妃去时,仰天太息。"李周翰注:"王昭君,齐国王襄女也。年十七,献汉元帝。会匈奴遣使,请一女子,帝谓后宫:'欲至单于者起。'昭君喟然而叹,越席而起。乃赐单于。"昭君乍起,即用其事。乍,忽然。又《后汉书·南匈奴

传》记"昭君丰容靓饰，光明汉宫，顾景裴回，竦动左右"。此处即以昭君乍起之光艳照人，比喻梨花之明艳动人。另，陈注引《琴操·昭君歌》："梨叶萋萋其叶黄，有鸟处此，集于苞桑。"欲说明昭君与"梨叶"之关系。但今传《昭君歌》(《怨旷思惟歌》)为："秋木萋萋，其叶萎黄；有鸟爰止，集于苞桑。"无"梨叶"。

⑨ 雪浪翻空：比喻梨花盛开如白浪滔天。参见韩愈《李花赠张十一署》："风揉雨练雪羞比，波涛翻空杳无涘。"粉裳缟（gǎo 稿）夜：形容梨花如同白衣裳映照黑夜。缟，映照。参见王安石《寄蔡氏女子二首》之一："积李兮缟夜，崇桃兮炫昼。"不成春意：意思是说，一片皓白，让人感觉不是春天的景象。春意，《雅词》作"春思"。

⑩ 玉容不见：是说见不到上述陈皇后、杨贵妃、潘妃、王昭君等美女。玉容，美称女子的容颜，借指美女。参见白居易《长恨歌》之"马嵬坡下泥土中，不见玉颜空死处"，以及"玉容寂寞泪阑干"。琼英：原指似玉的美石，此处比喻美丽的梨花。谩好：空好，空美。与何人比：还能与哪个美女相比。

解读

周邦彦咏花名作。创作的时间地点，据罗忼烈《清真集笺注》推测，或作于词人晚年出知真定府（今河北正定）时。《艺文类聚》卷八十六引魏文帝诏曰："真定郡梨，甘若蜜，脆若凌，可以解烦饴。"又引何晏《九州论》云："安平好枣，中山好栗，魏郡好杏，河内好稻，真定好梨。"可知真定自古以梨著称，而周邦彦咏物词每由当地草木而发。

词的上片主要描写梨花在白天时的各种情境。开篇二句，先用拟人手法，把梨花比作肌肤洁白的佳人，她虽然还有点怕春

249

天残余的寒气,但依然光艳美丽,亭亭玉立于青草地上。"樊川"六句,连用几个相关典故,展开来描绘或晴或雨时的梨花形象:樊川梨园里的梨花在阳光下光彩动人,灵关山上梨树繁盛得遮住道路,而此时其他各种花差不多都已凋零;寒食清明时节,风雨绵绵不断,似乎因为妒忌而要摧残梨花,庭院门户紧闭,梨花深锁在春光烟雨里。"亚帘栊"三句,由梨花引出词人形象:半湿的梨花压在窗户上,词人闲折一枝仔细端详,偏偏勾引出几多黄昏之泪。这原是从白居易"梨花一枝春带雨"名句化出,却是翻过来用,正如近人杨铁夫《清真词选笺释》所言:白氏"诗意是人泪比之花雨,此说花雨而引人堕泪,运用灵妙无匹"。下片着重描绘夜里梨花的各种情境。换头"别有"一转,流利地导入"风前月底"之夜景,繁花似锦的皇家梨园里,回荡着梨园弟子动听的歌管之声。"朱铅"三句,再由皇家梨园,自然引出皇宫二位绝色美人,加以渲染比拟:那梨花天然美艳,洗尽铅华,犹如潘妃辞酒不饮,面色白皙,又如昭君越席而起,靓丽惊人。"雪浪"三句,复用两个比喻加以形容:一片片高低起伏的梨花,好似雪浪翻天,又好比佳人白衣映照黑夜,那一片皓白仿佛冬雪降临,不像是春天情景。杨铁夫《清真词选笺释》解"雪浪"二句为"梨花纷纷落时状态,故曰'不成春意'"。此说未审词意,今人喜随声附和,愈不知所云。按,此指繁花高低错落,非曰纷纷飘落,必谓落花,则周词当作"满地梨花雪",而非"雪浪翻天";且解作落花,则与下文"琼英谩好"前后抵触;再寻此二句出处——韩愈、王安石咏李花诗,皆形容花之盛开,而非陨落。或以为"雪浪"三句,指李花不成春色,难比梨花。可备一说。末三句收束全篇:只恨陈皇后、杨贵妃、潘妃、王昭君等古代美女而今已不复见,梨花再美,更与何人相比?言外盛赞梨花无可比拟之妍美,又隐含孤芳自赏、幽独落寞情味,余韵袅袅,耐人细品。难怪俞陛云《宋词选释》赞曰:"结句'比'字韵,语新而情重,洵芳徘善怀者。"

这首托意深沉的咏梨花词,在写作上主要运用辞赋笔法,铺陈绚丽,而通篇不着一"梨"字。词人善于选取串联日月风雨各种场景,展现梨花风采;或铺采摛文,正面形容描摹;或驱使各朝掌故、各地梨花、历代佳人,侧面渲染映衬;尤擅四言骈对,如"樊川"二句,"传火"二句,"潘妃"二句,"雪浪"二句,"玉容"二句;辞采妍雅,声韵顿挫,笔势翻飞。犹如近代乔大壮手批《片玉集》所言:"体物之笔,以秾艳著。四字句法,足资师守。转接处,动荡处,尤开无数法门。"

六　丑[①]

蔷薇谢后作[②]

正单衣试酒,恨客里、光阴虚掷[③]。愿春暂留,春归如过翼,一去无迹[④]。为问花何在?夜来风雨,葬楚宫倾国[⑤]。钗钿堕处遗香泽,乱点桃蹊,轻翻柳陌[⑥]。多情为谁追惜?但蜂媒蝶使,时叩窗隔[⑦]。　　东园岑寂,渐蒙笼暗碧[⑧]。静绕珍丛底,成叹息[⑨]。长条故惹行客,似牵衣待话,别情无极[⑩]。残英小、强簪巾帻[⑪]。终不似、一朵钗头颤袅,向人欹侧[⑫]。漂流处、莫趁潮汐[⑬]。恐断红、尚有相思字,何由见得[⑭]。

注释

① 《六丑》词调为周邦彦始创。陈本注调名"中吕"。

② 陈本原题"落花"。《草堂》、《白雪》、《百家词》、《词统》、《词的》、四印斋本同题。毛本、《词萃》题作"蔷薇谢后作",题意较胜,据改。

③ 试酒:品尝新酿成的酒。宋代风俗,通常于农历四月初品尝新酒。参见周密《武林旧事》卷三:"户部点检所十三酒库,例于四月初开煮,九月初开清,先至提领所呈样品尝,然后迎引至诸所隶官府而散。"此指农历四月初春天逝去时节。恨:《草堂》《粹编》《词统》《诗馀醉》《词的》作"怅"。客里:离乡在外期间。李颀《崔五宅送刘跂入京》:"乡中饮酒礼,客里行路难。"光阴虚掷:白白地浪费时间。掷,丢弃。参见岑参《西蜀旅舍春叹寄朝中故人呈狄评事》:"功业悲后时,光阴叹虚掷。"

④ 春归:春去,春尽。白居易《送春》:"三月三十日,春归日复暮。"过翼:飞过的鸟。杜甫《夜二首》之二:"城郭悲笳暮,村墟过翼稀。"

⑤ 花何在:《草堂》《粹编》《词统》《诗馀醉》《词的》《词萃》作"家何在"。"夜来"二句:化用韩偓《哭花》:"若是有情争不哭,夜来风雨葬西施。"葬,《草堂》《粹编》作"送"。楚宫倾国,此处以楚宫美女喻蔷薇花。倾国,指绝色美女,典出西汉李延年歌:"北方有佳人,绝世而独立,一顾倾人城,再顾倾人国。宁不知倾城与倾国,佳人难再得。"

⑥ "钿钿(diàn垫)"句:以美女遗落的钿钿比喻落花。钿钿,女子首饰。据《新唐书·杨贵妃传》记载:"国忠既遥领剑南,每十月,帝幸华清宫,五宅车骑皆从,家别为队,队一色,俄五家队合,烂若万花,川谷成锦绣,国忠导以剑南旗节。遗钿堕舄,瑟瑟玑琲,狼藉于道,香闻数十里。"周词即用此典。又白

居易《长恨歌》写杨贵妃死时情景:"花钿委地无人收,翠翘金雀玉搔头。"另参徐夤《蔷薇》:"朝露洒时如濯锦,晚风飘处似遗钿。"桃蹊(xī 西):桃树下的路。柳陌:绿柳成荫的路。参见刘禹锡《踏歌词四首》之二:"桃蹊柳陌好经过,灯下妆成月下歌。"

⑦ 为谁:《草堂》《粹编》《词统》《词萃》作"更谁"。毛本作"最谁",非。追惜:追思而叹惜。蜂媒蝶使:在花与花之间吸花蜜、采花粉的蜜蜂和蝴蝶。参见杜甫《绝句六首》之二:"蔼蔼花蕊乱,飞飞蜂蝶多。"裴说《牡丹》:"游蜂与蝴蝶,来往自多情。"叩(kòu 扣):敲,打。窗隔:即窗格、窗槅,窗上的木格子,古时在上面糊纸或纱以挡风。亦指窗扇。《词统》《诗馀醉》《词的》作"窗槅"。

⑧ "东园"句:《白雪》、毛本此句属上片,非。岑寂,寂寞,冷清。参见苏轼(一作黄庭坚)《东园》:"岑寂东园可散愁,胶胶扰扰梦神州。"蒙笼:草木茂盛的样子。吕温《白云起封中》:"攒柯初缭绕,布叶渐蒙笼。"

⑨ 珍丛:指花丛。这句参见韩偓《大庆堂赐宴元珰而有诗呈吴越王》:"笙歌风紧人酣醉,却绕珍丛烂熳看。"另参刘缓《看美人摘蔷薇》:"绕架寻多处,窥丛见好枝。"成叹息:参见欧阳修《折刑部海棠戏赠圣俞二首》之一:"绕之重吟哦,归坐成叹息。"

⑩ "长条"二句:带刺的蔷薇长枝条似乎有意钩人衣服,好像要留住行客,想倾诉什么。参见储光羲《蔷薇》:"袅袅长数寻,青青不作林。……高处红须欲就手,低边绿刺已牵衣。"另参萧绎《看摘蔷薇》:"横枝斜绾袖,嫩叶下牵裾。"无极:无穷,无限。萧统《有所思》:"怅望情无极,倾心还自伤。"

⑪ 残英:残花。强簪(zān 糌)巾帻(zé 责):勉强插戴在头巾上。

簪,插,戴。巾帻,头巾,以幅巾制成的帽子。

⑫ "一朵"句:指蔷薇花插在美女钗头上轻微颤动。参见韩偓《三月二十七日自抚州往南城县舟行见拂水蔷薇因有是作》:"绿刺红房战裛时,吴娃越艳醮酣后。"另参柳永《木兰花·海棠》:"美人纤手摘芳枝,插在钗头和凤颤。"欹(qī 凄)侧:倾斜,歪斜。

⑬ "漂流处"句:叮嘱落花莫随潮水漂逝。趁,追随,追逐。

⑭ "恐断红"二句:承上一句,意谓只恐那落花上面还写着相思的字,一旦落花随潮水漂逝,如何还看得到那相思的字呢。断红,飘零的花瓣。此用红叶题诗故事,详前《扫花游》(晓阴翳日)注④。断红,陈本原作"断鸿"。《草堂》《百家词》、毛本、《词萃》、四印斋本同。朱校曰:"《阳春白雪》'鸿'作'红'。按庞元英《谈薮》谓:御沟红叶,本朝词人罕用其事,惟清真《六丑》咏落花云'恐断红、尚有相思字'。则'鸿'字疑误。"郑校亦称"此句上承漂流之意,本作'断红',其意甚显,有《阳春白雪》可证",《谈薮》"更为宋本作'红'得一佐证"。此参朱校、郑校,据词意及《谈薮》《白雪》,改为"断红"。何由:《白雪》作"无由"。

解读

据周密《浩然斋雅谈》记载:宣和中,周邦彦因赋《少年游》(并刀如水)而通显,"既而朝廷赐醺,师师又歌《大酺》《六丑》二解,上顾教坊使袁绹问,绹曰:'此起居舍人新知潞州周邦彦作也。'问《六丑》之义,莫能对。急召邦彦问之,对曰:'此犯六调,皆声之美者,然绝难歌。昔高阳氏有子六人,才而丑,故以比之。'"《六丑》之义,可供参考,至于文中故事,王国维《清真先生遗事》已指出其失实,且前后牴牾。本篇创作年代,难以确考。或是词人后期外出为官时所作，其中也包括在隆德府（即潞州，今山西长治）任上创作的可能性；亦有可能是词人中期离京外任时所作，包括在庐州、溧水任上创作的可能性。词人借咏蔷薇凋落，寄托远宦落寞之感，兼寓追惜光阴、离别相思之情。

上片由伤春写到惜花。起句由"正"字领起"单衣试酒"，用侧笔具象地写出春去夏来时节，再将春去与个人羁愁客恨、虚度光阴、辜负春光联系起来，笔力矫健，起承自如。"愿春"三句，表达惜春留春心愿，是通过反写春光飞逝，而且是一去无迹，来突显事与愿违的无奈惆怅。清人周济《宋四家词选》评此三句"十三字千回百折，千锤百炼"，并非虚夸溢美之辞。"为问"六句，转入惜花。先自设问，稍作顿挫，再自行作答，具体描摹风雨摧残下蔷薇飘零的情形，或用凄美的比拟——如楚宫倾国倾城佳人下葬，如美人钗钿遗落一地散发余香；或用传神的白描——零乱地飘坠在桃花小径，轻盈地翻飞于柳荫道上。谭献评《词辨》称赏"为问"三句"搏兔用全力"，颇能体会词人心中落花的分量。"多情"三句，仍用自问自答形式：还有谁多情地来追惜落花呢？只有花的媒人蜜蜂、蝴蝶，还时时叩击着窗格，似乎在表达惜花之情。这实际是侧写无人追惜，感慨深婉。下片由惜花写到插戴残花、嘱咐落花。换头四句，承接上文而来：花既凋零，徒剩茂密绿叶，无人光临，东园一片寂静，只有词人悄悄徘徊于花丛之下，深深叹息。"长条"三句，接上文静绕花丛，转从对方落笔：那长条花枝，故意钩着行人衣裳，仿佛要拉住客人，倾诉无尽的惜别之情。善用拟人法，设想新异，笔致灵动。"残英"三句，再转回词人惜花：拾取凋残小花，勉强插在头巾上，总不如一朵盛开鲜花插在美人钗头上，颤动摇曳，向人妩媚地倾斜。盛衰比对，更觉韶光难以暂留；伤春惜花，又兼怀人绮思，意蕴深厚。末三句,更是异想天开,叮嘱落花:切莫随那潮水漂流远去,唯恐那凋零的花上,还写着相思的字句,要是漂走了如何还看得见呢?这一结尾,从唐代故事化出,将惜花与相思糅合起来,人花对话,别开生面,"脱胎换骨之妙极矣"(庞元英《谈薮》)。下片"长条"以下,想入非非,层层旋转,越转越奇,犹如周济《宋四家词选》所评:"不说人惜花,却说花恋人。不从无花惜春,却从有花惜春。不惜已簪之'残英',偏惜欲去之'断红'。"

此词精深华妙,姿态万千。题为咏蔷薇凋谢,却不局限于写落花,花与人交织融合着写,回环曲折,层层铺展,"言情体物,穷极工巧"(王国维《人间词话》),表现了词人丰富复杂、细腻隐微的思绪。清代黄苏《蓼园词选》评曰:"自叹年老远宦,意境落寞,借花起兴。以下是花是自己,比兴无端。指与物化,奇情四溢,不可方物,人巧极而天工生矣。结处意致尤缠绵无已,耐人寻绎。"晚清陈廷焯《云韶集》赞曰:"如泣如诉,语极呜咽,而笔力沉雄,如闻孤鸿,如听江声。笔态飞舞,反覆低徊,词中之圣也。结笔愈高。"又说:"美成词大半皆以纡徐曲折制胜,妙于纡徐曲折中,有笔力,有品骨,故能独步千古。"近人乔大壮手批《片玉集》盛推此词曰:"古今绝唱,妙在直笔而能绝处转回,慢词至此,可叹观止。"都指出了这首词出类拔萃的艺术成就。

虞美人[①]

金闺平帖春云暖,昼漏花前短[②]。玉颜酒解艳红销,一面捧心啼困不成娇[③]。　　别来新翠迷行径,窗琐玲珑影④。砑绫小字夜来封，斜倚曲栏凝睇数归鸿⑤。

注释

① 陈本注调名"正宫"。前后两首《虞美人》皆无题。
② "金闺"句：闺阁中床帐低垂，如春云般温暖。化用高蟾《偶作二首》之一："丁当玉佩三更雨，平帖金闺一觉云。"金闺，对闺阁的美称。平帖，床前帷帐。《释名·释床帐》："床前帷曰帖，言帖帖而垂也。"春云，比喻笼罩的帷帐。参见李贺《蝴蝶飞》："杨花扑帐春云热，龟甲屏风醉眼缬。"昼漏：指白天的时间。漏，漏壶，古代计时器具。皮日休《吴中苦雨因书一百韵寄鲁望》："高谈繄无尽，昼漏何太促。"
③ "玉颜"句：言女子酒醒后脸上红潮退去。语词化用李白《古风五十九首》之四十四："玉颜艳红彩，云发非素丝。"白居易《王昭君二首》之一："满面胡沙满鬓风，眉销残黛脸销红。"销，彊村本作"消"。《百家词》作"绡"，形近而误。一面捧心：借用西施因病而捧心皱眉故事。《庄子·天运》："故西施病心而矉(颦)其里，其里之丑人见之而美之，归亦捧心而矉其里。"一面，毛本、《词萃》、郑校本作"一向"。
④ 新翠：春天草木萌发的新绿。迷行径：迷路。黄滔《省试奉诏涨曲江池》："沙没迷行径，洲宽恣跃鳞。""窗琐"句：意为窗上映出细巧的影子。参见鲍照《中兴歌十首》之四："白日照前窗，玲珑绮罗中。"韩愈《题百叶桃花》："百叶双桃晚更红，窥窗映竹见玲珑。"窗琐，同琐窗。彊村本作"窗锁"。
⑤ 砑(yà 亚)绫：一种经过碾压光滑而有花纹的丝织品，供书写用。参见韩偓《余作探使以缭绫手帕子寄贺因而有诗》："解

寄缭绫小字封,探花筵上映春丛。……缠处直应心共紧,研时兼恐汗先融。"凝睇(dì第):注视,凝视。归鸿:归雁。嵇康《赠兄秀才入军》十八章之十四:"目送归鸿,手挥五弦。"

解读

周邦彦《虞美人》词凡六首(含集外一首),俞陛云《宋词选释》认为"此六首由将别而录别、而别后,细审词意,当是一事。"又将六首词重编先后次序,然未必切当。各首《虞美人》皆写离别之愁、相思之情。此首为代言体闺思词,是从女方着笔,写别后相思,当为词人前期作品。

上片写佳人白日春情。首二句刻画金闺女子赖在温暖床帐里,迟迟未起,白天时光很快过去了。"金闺平帖",见出女子身份。"春云暖"暗示久卧不起,笔法微妙。"花前短",则不仅指白昼时光短促,更隐喻韶光短暂,写来含蓄蕴藉。"玉颜"二句,追叙困卧不起原因,盖昨晚饮酒浇愁,醉至大白天,脸上酒红才逐渐消退,但酒消而愁绪未消,仍旧捧心啼哭,玉颜憔悴,困卧不起。下片写佳人夜来相思。"别来"句,承接上片,揭示捧心啼哭原由:与他分别以来,草木葱茏,已经遮满道路,仍不见他归来。这是暗用《楚辞·招隐士》"王孙游兮不归,春草生兮萋萋"之意。所以,每到晚上,只剩自己窗前身影,格外孤单。末二句,叙入夜写信寄托相思,封好信却无从寄出,只有斜倚栏杆仰望归雁。凝望归鸿,既是希望鸿雁能够传信,更盼望情郎能像归雁那样早早归来。

这首小令,通篇都是传神画面,闺中情境、佳人神韵,都在画面中生动传递出来;文字深婉,辞约义丰,语短情长,耐人细品良久。杨铁夫《清真词选笺释》评末句曰:"此若言寄书则失之直矣,今但曰'倚曲阑''数归鸿',得此一缩,饶有馀味。"品评比较细腻。

虞美人

廉纤小雨池塘遍,细点看萍面①。一双燕子守朱门,比似寻常时候易黄昏②。　　宜城酒泛浮香絮,细作更阑语③。相将羁思乱如云,又是一窗灯影两愁人④。

注释

① 廉纤:细微,细小。参见韩愈《游城南十六首·晚雨》:"廉纤晚雨不能晴,池岸草间蚯蚓鸣。""细点"句:参见李商隐《细雨》:"气凉先动竹,点细未开萍。"萍面:长满浮萍的水面。看萍面,毛本作"破萍面"。"破"字仄声,不合声律,以"看"(平声)为是。

② 一双燕子:参见温庭筠《春日》:"一双青琐燕,千万绿杨丝。"比似:比起,相比。毛本作"此似",形近而误。

③ 宜城酒:古代宜城出产的美酒。详前《六么令》(快风收雨)注⑤。泛:酒上面有浮沫,故称泛。《周礼·天官·酒正》:"辨五齐之名,一曰泛齐。"郑玄注:"泛者,成而滓浮,泛泛然。"萧统《将进酒》:"宜城溢渠碗,中山浮羽卮。"香絮:形容酒面浮沫。毛本作"春絮"。更阑:更深夜残。牟融《秋夜醉归有感而赋》:"衔杯谁道易更阑,沉醉归来不自欢。"

④ 相将:相共,相偕。毛本、四印斋本作"相看"。羁(jī)思:此指离愁别绪。乱如云:参见欧阳修《春日西湖寄谢法曹歌》:"参军春思乱如云,白发题诗愁送春。"两愁人:参见李商隐《戏赠张书记》:"心知两愁绝,不断若寻环。"

解读

　　这首词集中写一对男女离别前的一天一夜。写作时间难以确考，当是词人前期之作。写作地点，或据"宜城酒"，以为即作于宜城；或以为"宜城酒"泛指名酒，不必坐实为宜城之作。按照俞陛云《宋词选释》编排周邦彦六首《虞美人》的次序，此当为第一首，在未别之际。

　　上片写白天到黄昏的时光，截取室外画面，以写景为主。开篇二句，描绘屋前池塘的雨景，雨是绵绵小雨，细细地落在长满浮萍的水面。没有一句情语，而情自在景中，那绵绵小雨与绵绵愁绪细细地融合在一起。"一双"二句，先用富有象征意义的一对燕子守在门前燕窝的形象，为下片"一窗灯影两愁人"预做铺垫，再从时间上写雨天的黄昏比平时来得早，暗示行将离别的人们，心理上的时间过得太快。下片写黄昏到黑夜将尽的时光，选取室内场景，以写情为主。过片二句，叙二人彻夜不眠，相对共饮，喁喁细语，直到夜色将尽。末二句，分别时刻来临，离愁别绪缭乱如云，窗前摇曳的烛光映照出二人凄凉愁苦的身影。"又是"，说明二人聚少离多，这种分别的场景远非一二次而已。两个愁人与一双燕子，前后呼应，画面鲜活，形象感人。

卷八
单题

兰陵王①

柳②

柳阴直,烟里丝丝弄碧③。隋堤上、曾见几番,拂水飘绵送行色④。登临望故国,谁识,京华倦客⑤。长亭路、年去岁来,应折柔条过千尺⑥。闲寻旧踪迹,又酒趁哀弦,灯照离席⑦。梨花榆火催寒食⑧。愁一箭风快,半篙波暖,回头迢递便数驿,望人在天北⑨。　　凄恻,恨堆积⑩。渐别浦萦回,津堠岑寂,斜阳冉冉春无极⑪。念月榭携手,露桥闻笛⑫。沉思前事,似梦里,泪暗滴⑬。

注释

① 《兰陵王》词调为周邦彦始创。陈本注调名"越调"。按《词苑英华》本《少游诗馀》有《兰陵王》(雨初歇),《钦定词谱》遂以为此调始于秦观该词;然而宋乾道本《淮海居士长短句》、毛本《淮海词》等均未收该词。据饶宗颐跋《词苑英华》本《少游诗馀》,及罗忼烈《清真集笺注》校记,所传秦观《兰陵王》不可凭信,当系后人伪托。又,南宋毛开《樵隐笔录》明言《兰陵

王》出自大晟乐府,参后"解读"引文。

② 陈本原题如此。《花庵》、《草堂》、《百家词》、毛本、四印斋本同题。《词统》题作"咏柳"。《雅词》《粹编》无题。

③ 柳阴直:描绘平直的岸边成行的柳树。柳阴,同柳荫。参见庾信《奉在司水看治渭桥》:"平堤石岸直,高堰柳阴长。"宋代孟元老《东京梦华录》卷一开篇即记录东京(开封)城壕内外遍植杨柳景象:"东都外城,方圆四十馀里,城壕曰护龙河,阔十馀丈,濠之内外,皆植杨柳。"烟里:毛本作"烟缕"。丝丝弄碧:形容碧绿的柳丝随风摇曳。参见李商隐《曲池》:"张盖欲判江滟滟,回头更望柳丝丝。"

④ 隋堤:隋炀帝时沿通济渠(后世亦称汴河)、邗沟河岸修筑的御道,道旁皆植杨柳,后人称作隋堤。词中所指的即是流经东京的汴河的堤岸道路。拂水:指柳枝拂水。参见杨玉环《赠张云容舞》:"轻云岭上乍摇风,嫩柳池边初拂水。"飘绵:指柳絮飘飞。参见李商隐《齐梁晴云》:"缓逐烟波起,如妒柳绵飘。"张先《少年游慢》:"春城三二月,禁柳飘绵未歇。"送行色:即送行。行色,此指行旅、出行。参见王禹偁《送河阳任长官》:"谁解吟诗送行色,茂陵多病老相如。"

⑤ 故国:指故乡。晁端礼《金盏子》:"断魂凝睇,望故国迢迢,倦摇征辔。"谁识:《草堂》《粹编》作"谁惜"。京华倦客:久居京城之倦客,词人自指。京华,京城之美称。因京城为物华、人才汇荟萃之地,故称。杜甫《奉赠韦左丞丈二十二韵》:"骑驴十三载,旅食京华春。"

⑥ 长亭:古代驿路上每隔十里所设的供行人休息的亭子。近城者常为送别之处。"应折"句:古人有折柳赠别的习俗,经年累月,送客所折柳条当超过千尺。典出《三辅黄图·桥》:"霸桥在长安东,跨水作桥。汉人送客至此桥,折柳赠别。"应折,

《雅词》作"攀折"。柔条,指垂柳枝条。曹丕《柳赋》:"修干偃蹇以虹指兮,柔条阿那而蛇伸。"

⑦ 酒趁哀弦:酒席上演奏着感伤的音乐。趁,伴随,随着。哀弦,哀伤的弦乐。参见曹丕《善哉行二首》之二:"哀弦微妙,清气含芳。"离席:饯别的宴席。谢朓《送江水曹还远馆》:"日暮有重城,何由尽离席。"

⑧ "梨花"句:寒食节在清明前一二日,详见前《琐窗寒》(暗柳啼鸦)注⑦。梨花榆火都是寒食、清明期间应节之物。梨花开时多在寒食。参见钱起《下第题长安客舍》:"梨花度寒食,客子未春衣。"白居易《陵园妾》:"眼看菊蕊重阳泪,手把梨花寒食心。"榆火:《周礼·夏官·司爟》"四时变国火"郑玄注:"郑司农说以鄹子曰:'春取榆柳之火。'"谓春天钻榆、柳之木以取火种。唐宋时习俗,寒食禁火后,宫中于清明取榆柳之火,以赐近臣。参见李峤《寒食清明日早赴王门率成》:"槐烟乘晓散,榆火应春开。"

⑨ 一箭风快:谓船行顺风顺水,快疾如箭。见前《还京乐》(禁烟近)注④。另参李白《巴女词》:"巴水急如箭,巴船去若飞。"白居易《开龙门八节石滩诗二首》之一:"竹篙桂楫飞如箭,百筏千艘鱼贯来。"一箭,《粹编》作"一剪"。半篙波暖:谓撑船的竹篙半入温暖的水波。因时已暮春,故称波暖。参见李郢《山行》:"自忆东吴榜舟日,蓼花沟水半篙强。"李中《送阖侍御归阙》:"鼓棹烟波暖,还京雨露新。"回头:《粹编》作"回首"。迢(tiáo 条)递:遥远。数驿:几个驿站的距离,形容相去之远。人在天北:参见苏辙《中秋夜八绝》之七:"行人已天北,思妇隔江南。"

⑩ 悽恻:悲伤,哀伤。江淹《别赋》:"是以行子肠断,百感凄恻。"恨:遗憾,怅恨。

263

⑪ 别浦：河流有小口别通称浦，亦称别浦。王融《奉辞镇西应教》："风旗萦别浦，霜琯迥遥洲。"萦回：回旋迁曲。津堠(hòu后)：渡口上供瞭望的土堡。岑寂：寂静，冷清。冉冉：渐渐落下的样子。春无极：春色无边。

⑫ 念：《雅词》作"空"，《花庵》作"记"。月榭(xiè谢)：赏月的楼台。榭，建在台上的敞屋。庾信《哀江南赋》："月榭风台，池平树古。"携手：参见《诗经·邶风·北风》："惠而好我，携手同行。"露桥：布满露水之桥。闻笛：魏晋间，向秀经亡友嵇康山阳旧居，闻邻人笛声，感怀故人，作《思旧赋》。其序曰："余逝将西迈，经其旧庐。于时日薄虞渊，寒冰凄然。邻人有吹笛者，发声寥亮。追思曩昔游宴之好，感音而叹，故作赋云。"又古代笛曲中有《折杨柳》，多为伤春惜别之声。参见李白《春夜洛城闻笛》："此夜曲中闻折柳，何人不起故园情。"闻笛：《草堂》《粹编》《词统》作"吹笛"。

⑬ 沉思：《雅词》作"追思"。似梦里：毛本作"似梦魂里"，"魂"字衍。

解读

南宋张端义《贵耳集》记载：周邦彦窃闻徽宗与李师师语，隐括成《少年游》(并刀如水)词。后李师师歌此词，徽宗问谁作，李师师奏云"周邦彦词"。徽宗大怒，旋下旨："周邦彦职事废弛，可日下押出国门。"隔一二日，徽宗复幸李师师家，不见李师师。问其家，知送周监税。坐久，至更初，李始归，愁眉泪睫，憔悴可掬。徽宗大怒云："尔往那里去？"李奏："臣妾万死！知周邦彦得罪，押出国门，略致一杯相别，不知官家来。"徽宗问："曾有词否？"李奏云："有《兰陵王》词。"徽宗云："唱一遍看。"李奏云："容臣妾奉一杯，歌此词为官家寿。"曲终，徽宗大喜，复召周邦彦为大晟乐正,后官至大晟乐府待制。《贵耳集》所载,近于小说,流传甚广,但与史实多不合,王国维《清真先生遗事》已斥其乖谬失实。相对而言,南宋毛开《樵隐笔录》里有关此词的记载较有参考价值:"绍兴初,都下盛行周清真咏柳《兰陵王慢》,西楼南瓦皆歌之,谓之'渭城三叠'。以周词凡三换头,至末段声尤激越,唯教坊老笛师能倚之以节歌者。其谱传自赵忠简家。忠简于建炎丁未九日南渡,泊舟仪真江口,遇宣和大晟乐府协律郎某,叩获九重故谱,因令家伎习之,遂流传于外。"比较可信地记录了此词在南宋传唱的盛况以及曲谱流传始末。龙榆生《清真词叙论》据《樵隐笔录》所述指出:"此越调《兰陵王》,疑为当时大晟府因旧曲创新声之一,而又谓为'九重故谱',则非坊曲流行之曲可知。"此词以"柳"为题,不过是借柳起兴,主旨在抒发离京外放时惜别感伤之情。具体的创作时间,据罗忼烈《清真集笺注》推断,当是重和元年(1118)春,周邦彦由徽猷阁待制提举大晟府出知真定府(今河北正定)时,留别京城故旧之作。是年词人六十三岁。

全词共三叠。第一叠写离开京城前依依惜别之情。这一叠里始终紧扣"柳"来写别情,这跟古代习俗有关,汉朝人送客至都城长安东郊灞桥,折柳赠别,后来相沿成习。盖"柳"与"留"谐音,以示留别之意。起句即点"柳"字,以京城河堤上成行柳树的碧绿柳丝在烟霭里摇曳,兴起全篇离别之情。"隋堤"二句正面点出送别,自己曾经几番在这柳丝拂水、柳絮飘绵的隋堤上,见证送别的场景,暗示而今自己也将再一次离别京城,为下文水路离京伏笔。按周邦彦平生可考的离京外放主要有三次:第一次是元祐二年(1087)由太学正出京教授庐州(今安徽合肥),第二次是政和二年(1112)以奉直大夫直龙图阁知隆德府(今山西长治),第三次(当即本次)由徽猷阁待制出知真定府。"登临"三句,先顿开一笔,写登高望远的思乡之情,再转回到长期宦游漂

265

泊、无人赏识自己(京华倦客)的孤寂落寞。"长亭"二句,复回扣"柳",照应"隋堤"二句:年年岁岁,长亭送别,每次折柳相赠,累计所折柳枝应该超过千尺。这两句沉重地写出了人生长别离的酸楚和无奈,为第二、第三叠详写离情张本。第二叠写临别酒席上的哀愁。"闲寻"四句,是说在华灯照耀的离宴上,回想京华旧踪、如烟往事,又一次举杯道别,哀怨的弦乐不断在耳边回响,那正是梨花盛开,寒食将至,春光明媚的时节。"又"字点出这是自己又一次离开京城。"催"字写出时光催人、离别在即的促迫。"愁一箭"四句,是忧愁这一旦分别,风吹着船如离弦之箭疾行,很快就过了几个驿站,回头看人,已经远在天边。此四句预想别后,一气流转而下,笔法亦可谓"一箭风快"。第三叠写坐船离开之后的感伤之情。如果说前叠的"愁"还是忧愁、预想,那么这叠的前两句"悽恻,恨堆积",就是实写分别后一路的凄怆和遗恨了。"渐别浦"三句,描绘渐行渐远的水路沿途之景,即景寄情:渐渐地水岸迂回曲折起来,渡口的土堡一片冷清寂静,夕阳缓缓下落,春色浩荡无际。清代谭献评《词辨》称赏"斜阳"七字曰:"微吟千百遍,当入三昧,出三昧。"梁启超《饮冰室评词》则赞此七字"绮丽中带悲壮,全首精神提起"。末五句,照应第二叠"闲寻旧踪迹",特别是那离宴相送、转眼天各一方之人。如果说前面还只是虚提,那么这里就是实证:记得曾在月榭之中、露桥之上,携手同游、谛听笛曲,共度良宵,沉思一幕幕往事,恍如身在梦中,禁不住暗自落泪。陈廷焯《白雨斋词话》赞末三句曰:"妙在才欲说破,便自咽住,其味正自无穷。"唐圭璋《唐宋词简释》评末段:"文字亦如百川归海,一片苍茫。"

这首词铺陈精致有序,顺叙之中,又带闪回和预想,前后映照,丝丝入扣,以柳起兴,以景入情,情由景生,情景浑融一体,意境苍凉而深阔,是周邦彦最负盛名的代表作之一,历代词论家推崇备至。南宋王灼《碧鸡漫志》就赞赏"周《大酺》《兰陵王》诸曲，最奇崛"。清人周济《介存斋论词杂著》则说："周美成《兰陵王》、东坡《贺新凉》，当筵命笔，冠绝一时。"陈廷焯《云韶集》评此词曰："意与人同，而笔力之高，压遍今古。又沉郁，又劲直，有独往独来之概。"近人乔大壮手批《片玉集》推此词为"古今绝唱，必须记诵"。

蝶恋花①

柳②

爱日轻明新雪后，柳眼星星，渐欲穿窗牖③。不待长亭倾别酒，一枝已入骚人手④。　　浅浅揉蓝轻蜡透，过尽冰霜，便与春争秀⑤。强对青铜簪白首，老来风味难依旧⑥。

注释

① 陈本注调名"商调"。
② 陈本原题如此，应是连续四首《蝶恋花》词的总题。毛本题作"咏柳"。
③ 爱日：原指冬天可爱的太阳。此指冬末初春的太阳。典出《左传·文公七年》："酆舒问于贾季曰：'赵衰、赵盾孰贤？'对曰：'赵衰，冬日之日也；赵盾，夏日之日也。'"杜预注："冬日可爱，夏日可畏。"轻明：轻丽明媚。姚康《礼部试早春残

雪》:"微暖春潜至,轻明雪尚残。"首句毛本注:"《清真集》作'缓日轻明新霁后'。"柳眼:指初生的柳叶如人睡眼初展。元稹《生春二十首》之九:"何处生春早,春生柳眼中。"星星:形容一点一点遍布的样子。穿窗牖(yǒu有):参见敦煌曲子词《别仙子》:"穿窗牖,人寂静,满面蟾光如雪。"窗牖,窗户。

④ 长亭:古时于道路每隔十里设长亭,以供行旅停息。常为送别之处。许浑《送从兄别驾归蜀》:"远道书难达,长亭酒莫持。"别酒:送别之酒。"一枝"句:是说折柳枝以赠别。参见韩翃《寄柳氏》:"纵使长条似旧垂,也应攀折他人手。"骚人:诗人,文人。朱校曰:"劳巽卿钞振绮堂本'骚'作'离'。"

⑤ 挼(ruó)蓝:浸揉蓝草作染料。此处形容浅蓝色。挼蓝,毛本作"柔黄"。轻蜡:形容淡黄色如蜡融化。参见元稹《生春二十首》之九形容"柳眼":"绿误眉心重,黄惊蜡泪融。"与春争秀:参见裴说《春日山中竹》:"无限野花开不得,半山寒色与春争。"

⑥ 青铜:指青铜镜。参见白居易《照镜》:"皎皎青铜镜,斑斑白丝鬓。"簪(zān):插,戴。风味:风采,风度。

解读

连续四首《蝶恋花》,以咏柳为主,都是借咏柳来抒发羁旅之愁和别离之恨,间有叹老或怀旧之感慨,且押同一韵部,当是词人后期所作组词。这一首是词人长亭别宴上的作品,词咏雪后新柳,陈本大致是依照四季时序,把它排在四首词中的第一首。

此词上下片都是相同结构,先写景后抒情:前三句写景,后二句抒情;前三句写柳,后二句转写人。上片前三句描绘春雪初霁,艳阳回暖,柳叶冒出星星点点的嫩芽,仿佛美人睡眼初展,柳枝渐长,好像要伸进窗户里来。词人连用两个拟人手法,写出了新柳可爱鲜活的形象。"不待"二句,转写词人临别之感。把柳和离别联系起来的,是临别折柳相赠的习俗。长亭离宴上,还没来得及喝完酒,送别的友人已经赠上柳枝,分别的时刻已经来到。下片前三句,再描绘柳叶的新姿:浅淡的青蓝里透出嫩黄,在冰霜融化之后,它就开始展露姿色,与春争秀。"强对"二句,又转回写临别的词人:接过友人递来的新柳枝,对着青铜镜勉强插在白发上,老来的情形,跟年轻时的风采相比,确实不可同日而语了。作者用鲜嫩秀丽、富于生命力的新柳叶,反衬自己满头白发、倦于宦游的老态,充满了对人生的深沉感慨。

蝶恋花

桃萼新香梅落后,暗叶藏鸦,苒苒垂亭牖①。舞困低迷如着酒,乱丝偏近游人手②。　　雨过朦胧斜日透,客舍青青,特地添明秀③。莫话扬鞭回别首,渭城荒远无交旧④。

注释

① "桃萼"句:梅花飘落之后,桃花散发新的花香。参见元稹《琵琶歌》:"胭脂耀眼桃正红,雪片满溪梅已落。"桃萼,桃花的花蕾。谢灵运《酬从弟惠连》五章之五:"山桃发红萼,野蕨渐紫苞。"暗叶藏鸦,是说柳叶已经茂密可以荫蔽。见前《渡江云》(晴岚低楚甸)注⑤。暗叶,毛本作"叶暗"。苒(rǎn 冉)苒:形容柳枝柔软的样子。毛本作"冉冉",义同。王粲《迷迭赋》:"布

萋萋之茂叶兮,挺苒苒之柔茎。"亭牖:长亭的窗户。
② "舞困"句:形容柳枝随风摇曳如美人醉舞。参见元稹《崔徽歌》:"舞态低迷误招拍。"欧阳修《玉楼春》:"美人争劝梨花盏,舞困玉腰裙缕慢。"低迷,迷离,恍惚。着酒,醉酒。乱丝:指柳丝。参见沈约《春咏》:"杨柳乱如丝,绮罗不自持。"
③ 斜日透:傍晚时西斜的太阳从云雾中透出光来。客舍青青:语本王维《送元二使安西》(亦名《渭城曲》):"渭城朝雨浥轻尘,客舍青青柳色新。劝君更尽一杯酒,西出阳关无故人。"添明秀:谓柳色增添明媚秀美。
④ 回别首:临行时回首告别。"渭城"句:化用王维《渭城曲》,见前注③。渭城,秦时咸阳城,汉代改称渭城,在今陕西咸阳东北,渭水北岸。交旧,旧友,知交。

解读

　　这首词写春天柳叶青青时的一次别离。从"渭城"句看,词人要去的地方似乎是咸阳或长安,但也可能仅仅是用《渭城曲》典故而已。

　　上片描绘春光明媚中的柳枝柳叶。起首三句,先点明时节,是在梅花已经凋谢、桃花含苞欲放的大好春光里,再引出吟咏的主体柳树:柳叶渐渐茂盛,可以遮蔽乌鸦;柳枝柔软绵长,垂向长亭的窗户。这里暗暗点出了长亭中的行客(词人),为下文别情预做铺垫。"舞困"二句,继续形容描绘那柳枝:它随风摇曳,犹如美人醉舞,舞着舞着就撩向行客之手。词人用他擅长的拟人手笔,把柳枝写得栩栩如生,翩翩多姿,同时悄悄地把柳枝引向离别的主旨:折柳赠别的时刻到了。下片由咏柳转向写别情。过片以下,基本化用王维那首脍炙人口的送别曲《渭城曲》,但并非亦步亦趋,在时间上把王诗里早晨的景象,改为黄昏情境,而且增加了王诗所没有的雨后斜阳,更切合词人此时的境况。只见细雨过后,夕阳从朦胧云雾中透出光来,长亭客舍旁柳色青青,柳枝在雨后斜阳映照下更显明媚秀丽,临行回首,策马扬鞭,哽咽无语,因为要去的边城,荒凉偏远,没有一个熟悉的老友。与上一首相似,这首也用反衬手法,以"明秀"的柳枝,来比对漂泊落寞的词人,读来令人慷慨生哀。

蝶恋花

蠢蠢黄金初脱后,暖日飞绵,取次粘窗牖①。不见长条低拂酒,赠行应已输先手②。　　莺掷金梭飞不透,小榭危楼,处处添奇秀③。何日隋堤萦马首,路长人远空思旧④。

注释

① 蠢蠢:形容众多而杂乱的样子。黄金初脱:指柳叶脱黄而转青。参见李白《宫中行乐词八首》之二:"柳色黄金嫩,梨花白雪香。"飞绵:指飘飞的柳絮。祖孙登《咏柳》:"抽翠争连影,飞绵乱上空。"取次:随便,随意。粘:彊村本作"黏"。

② "不见"二句:意思是说,不见柳枝长条低拂酒杯,应是被送行者抢先折去了。长条低拂酒,参见萧绎《绿柳》:"长条垂拂地,轻花上逐风。"王维《戏题盘石》:"可怜盘石临泉水,复有垂杨拂酒杯。"赠行,指折柳赠别。慕幽《柳》:"今古凭君一赠行,几回折尽复重生。"输先手,参见吴圆《答李曜》:"韶光今

271

已输先手,领得蠙珠掌上看。"先手,郑校本据劳权抄本作"纤手",非。黄侃《郑校〈清真集〉批语》曰:"此因不见长条,故云应有先折者,作'纤'字无义,劳氏抄本殊不足据。"蒋礼鸿先生《大鹤山人校本〈清真词〉笺记》亦云:"'不见长条'者,长条已为前之赠行之人折去,而今欲折以赠行,则已后矣,故曰'输先手'。若作'纤手',则与'输'字何涉乎?"

③ 莺掷金梭:形容黄莺飞入柳树中,如掷金梭。参见杜牧《鸜鹆》:"芝茎抽绀趾,清唳掷金梭。"另参叶梦得《石林诗话》引唐末诸子诗句:"鱼跃练江抛玉尺,莺穿丝柳织金梭。"飞不透:意思是柳树枝叶浓密。小榭危楼:指高高低低的亭台楼阁。危楼,高楼。

④ 隋堤:见前《兰陵王》(柳阴直)注④。萦马首:谓柳枝或柳絮缭绕马首。参见宋祁《柳花》:"白门暝早随鸦背,京兆情多拂马头。"人远:毛本、四印斋本作"人倦"。

解读

　　这首词写柳絮飘飞时节离开京城远行的感伤。在结构章法上,与前《蝶恋花》"爱日轻明新雪后"一首相似,上片和下片都是前三句写柳,后二句写别情。

　　上片起首三句,描绘春天暖日下的柳树:柳叶转青,褪尽黄色;柳絮翻飞,粘住窗户。暗衬缭乱的离愁别绪,也像这飞絮挥之不去。"不见"二句,由柳条转入别情:离席上不见柳树长条低拂酒杯,应是被先前送行者抢先折去了,再想折柳送行已经落了后手。下片前三句,仍转回描绘柳树:莺飞柳树,如掷金梭,柳叶繁茂,莺飞不过;亭台楼阁,高低错落,柳色点缀,处处奇秀。这是为了反衬离别:京城春光虽美,楼台虽秀,终非我有,我终将离去。所以末二句,逆转写别情:不知何时还能牵马再游隋堤,让堤上柳条柳絮披拂马头,让我重赏京城春光;无奈前方征途漫漫,转眼人各一方,只能空怀思旧之情。在奇秀的春光里,词人远去的背影分外寂寞落魄。

蝶恋花

小阁阴阴人寂后,翠幕褰风,烛影摇疏牖①。夜半霜寒初索酒,金刀正在柔荑手②。　彩薄粉轻光欲透,小叶尖新,未放双眉秀③。记得长条垂鹢首,别离情味还依旧④。

注释

① 阴阴:幽暗的样子。齐己《杨柳枝》:"凤楼高映绿阴阴,凝碧多含雨露深。""翠幕"句:参见温庭筠《菩萨蛮》:"玉钩褰翠幕,妆浅旧眉薄。"翠幕,翠色的帷幕,也可以比喻苍翠浓荫的林木。褰(qiān 千)风,被风掀起。疏牖(yǒu 有):格子稀疏或破损的窗户。参见元稹《感石榴二十韵》:"新帘裙透影,疏牖烛笼纱。"

② 索酒:要酒喝(以驱寒)。杜甫《少年行三首》之三:"不通姓字粗豪甚,指点银瓶索酒尝。""金刀"句:写女子正裁剪衣裳。金刀,美称剪刀。参见陈标《长安秋思》:"金刀玉指裁缝促,水殿花楼弦管长。"唐僖宗宫人《金锁诗》:"玉烛制袍夜,金刀呵手裁。"柔荑(tí 题)手:喻指女子柔软嫩白的手。语出《诗经·卫风·硕人》:"手如柔荑,肤如凝脂。"荑,原指茅草

嫩白的芽。

③ "彩薄"三句:丝质衣料色泽淡雅,轻盈透光,而衣料上的柳叶花饰新颖秀美,不让女子双眉专美于前。彩薄粉轻,毛本作"粉薄丝轻"。

④ 长条:指柳条。鹢(yì益)首:古代船头上画着鹢鸟,故称船首为"鹢首",亦借指船。《淮南子·本经训》:"龙舟鹢首,浮吹以娱。"这两句是说,当年坐船别离时的情景依然在眼前。

解读

这首词写离情别绪,却不直写自己,而是从女方落墨,其间穿插作为映衬的柳的意象。从时序上看,写在寒秋时节,所以在这组《蝶恋花》词里,排在最后。

上片写闺阁女子寒夜裁制新衣。起三句先渲染环境,描绘夜的阴冷:夜深人静,楼阁幽暗,寒风吹动翠色帘幕,烛影在窗前不停地摇晃。"翠幕褰风",既可指风掀起翠色帷幕,也可以指风吹动柳枝起舞。因为在古诗文里,翠幕是常用来比喻苍翠浓荫的林木的。所以此处将这组词共有的咏柳的元素微妙地表现出来了。"夜半"二句,接写阴冷闺阁里的女主人公形象:她嫩白的纤手正用刀剪裁制新衣,因为半夜霜冷,便传唤下人添上热酒,要借酒驱寒。下片由裁衣写到别情。"彩薄"三句,通过描绘新衣质地、色彩和花饰,引出女子的神情:那衣料色泽淡雅,轻盈透光,衣服上柳叶花饰,新颖秀美,胜过女子的双眉。"小叶"微妙,一语而涵多重意蕴,既照应上片"翠幕",又比对女子柳叶眉,复引起下文"长条",使"柳"贯通全篇。"未放双眉秀",又婉转地侧写女子双眉微皱,神情黯然,为末二句写离情伏笔。"记得"二句,最终点出主旨所在:还记得当年分别时的场景,柳条轻拂船头,似乎要留住心上人,那离别的滋味至今仍旧萦绕心头。全词经过前面层层铺叙蓄力,到最后才说出原委,道破别离情思。细细品读,回味深永。

西 河①

金陵怀古②

佳丽地,南朝盛事谁记③?山围故国绕清江,髻鬟对起④。怒涛寂寞打孤城,风樯遥度天际⑤。断崖树,犹倒倚,莫愁艇子曾系⑥。空遗旧迹郁苍苍,雾沉半垒⑦。夜深月过女墙来,赏心东望淮水⑧。　　酒旗戏鼓甚处市⑨?想依稀、王谢邻里。燕子不知何世,入寻常巷陌人家相对,如说兴亡斜阳里⑩。

注释

① 《西河》词调为周邦彦始创。陈本注调名"大石"。按此词毛本分为上下片,即将一、二叠合为上片,非。《花庵》与方、陈和词及吴文英《西河》皆为三叠。毛本注亦云:"《花庵词选》作三叠,'风樯遥度天际'作一截,'赏心东望淮水'又作一截。"又云:"《清真集》在'空馀旧迹'分段。"
② 陈本原题"金陵",《百家词》、四印斋本同题。《景定建康志》《花庵》、《草堂》、《粹编》、《词统》、《诗馀醉》、毛本皆作"金陵

西河（山围故国绕清江，髻鬟对起。怒涛寂寞打孤城，风樯遥度天际）

怀古",据改。金陵:古邑名,今南京市别称。战国楚威王灭越后设金陵邑,治所在今南京市清凉山(石城山)。三国吴、东晋,南朝宋、齐、梁、陈,以及南唐先后在金陵(又称建业、建康)建都。

③ 佳丽地:秀美之地。此指金陵。语本谢朓《入朝曲》:"江南佳丽地,金陵帝王州。"南朝盛事:中国南北朝时期存在于南方的宋、齐、梁、陈四个朝代,合称南朝,皆建都于金陵(建康),南朝的建康城是当时世界上最大的城市。

④ "山围故国"句:化用刘禹锡《金陵五题·石头城》:"山围故国周遭在,潮打空城寂寞回。"故国,故都,古都。指金陵。清江,指流经金陵的水色清澄的长江。髻鬟(jì huán 记环)对起:以美女的髻鬟比喻相对而立的青山。髻鬟,古代女子发式,将头发环曲束于头顶。

⑤ "怒涛"句:化用刘禹锡《金陵五题·石头城》诗句,见前注④。孤城,《景定建康志》《花庵》作"空城"。风樯(qiáng 墙):指扬帆的船。樯,船上挂风帆的桅杆,引申为帆或帆船。刘禹锡《鱼复江中》诗:"风樯好住贪程去,斜日青帘背酒家。"天际:参见谢朓《之宣城郡出新林浦向板桥》:"天际识归舟,云中辨江树。"

⑥ "断崖"二句:参见李白《蜀道难》:"连峰去天不盈尺,枯松倒挂倚绝壁。"断崖,指陡峭的悬崖绝壁。莫愁艇子:莫愁是古乐府中传说的女子,一说为洛阳人,嫁为卢家少妇;一说为郢州石城(在今湖北钟祥)人。古乐府《莫愁乐二首》之一:"莫愁在何处?莫愁石城西。艇子打两桨,催送莫愁来。"李商隐《莫愁》:"若是石城无艇子,莫愁还自有愁时。"韩偓《南浦》:"应是石城艇子来,两桨咿哑过花坞。"洪迈《容斋三笔》质疑周邦彦错把郢州石城当作金陵石头城:"莫愁者,郢州石城

人,今郢有莫愁村,画工传其貌,好事者多写寄四远。……近世周美成乐府《西河》一阕,专咏金陵,所云'莫愁艇子曾系'之语,岂非误指石头城为石城乎?"系(jì记):拴住(缆绳)。

⑦空遗:毛本、四印斋本作"空馀"。郁苍苍:形容草木苍翠茂盛。曹植《赠白马王彪》:"太谷何寥廓,山树郁苍苍。"雾沉:指云雾弥漫。周贺《宿甄山南溪昼公院》:"馀雾沉斜月,孤灯照落泉。"半垒:指残余的营垒。据《建康实录》记载,东晋时金陵有白石垒和药园垒。

⑧"夜深"二句:化用刘禹锡《金陵五题·石头城》:"淮水东边旧时月,夜深还过女墙来。"女墙,城墙上呈凹凸形的小墙。赏心,赏心亭,北宋前期建,旧称金陵第一胜概。《景定建康志》:"赏心亭在下水门之城上,下临秦淮,尽观览之胜。丁晋公谓建。"赏心,《景定建康志》《花庵》《词统》《诗馀醉》作"伤心"。东望,《草堂》《粹编》作"东畔"。淮水,指贯穿金陵的秦淮河,长江下游右岸支流,汉代起称淮水,唐代改称秦淮。

⑨酒旗:挂在酒店门前的酒帘,酒店的招牌。戏鼓:演戏所用鼓乐器。甚处:什么地方,哪里。市:《景定建康志》、毛本作"是"。

⑩"想依稀"四句:化用刘禹锡《金陵五题·乌衣巷》:"朱雀桥边野草花,乌衣巷口夕阳斜。旧时王谢堂前燕,飞入寻常百姓家。"依稀,模糊;好像。王谢邻里,东晋时王导、谢安两大家族,都居住在金陵乌衣巷,曾显赫一时。至唐时,王、谢大族早已衰落,乌衣巷亦沦为寻常人家里巷。入寻常,《景定建康志》《花庵》《诗馀醉》、毛本、四印斋本作"向寻常"。

解读

南宋词人刘过在《清平乐·赠妓》末二句提到周邦彦这首《西河》词:"我自金陵怀古,唱时休唱《西河》。"这一方面是刘过有感于宋室南渡以来偏安一隅的局面近于南朝,所以不忍再听周邦彦那首感喟六朝盛衰的词;另一方面也说明周邦彦此词在南宋时传唱流布颇广。另一位宋末词人刘辰翁在《大圣乐》词里写道:"伤心处,斜阳巷陌,人唱《西河》。"也提到周邦彦这首词在当时传唱的情况。这说明在南宋国势日非的时候,此词容易引起人们的共鸣。

在这首脍炙人口的怀古名作中,周邦彦通过观览金陵的山川形胜和苍茫旧迹,抒发了千古兴亡的历史感慨。关于此词写作时间,大致有两种说法:第一种说法是中年之作,词人元祐八年至绍圣三年(1093—1096)知溧水期间游金陵时作;第二种说法是晚年之作,宣和二年(1120),方腊起义爆发,周邦彦从睦州(今浙江建德)返回杭州,继而北上,途经金陵时作。从作品沉郁苍凉的古今兴衰之慨来看,第二种说法似乎更切合原作。

全词分为三叠。第一叠,着重描写金陵的山川形胜。起句醒目,率先点出号称"江南佳丽地,金陵帝王州"(谢朓《入朝曲》)的吟咏主体,接着一个问句:"南朝盛事谁记?"唤醒读者,暗示山川依旧而南朝当年盛事早已风流云散,隐隐为后文感慨伏笔。"山围"四句,主要是融化刘禹锡《石头城》诗前两句景象,而加以拓展:南朝故都四周山环水绕,长江两岸峰峦如美人发髻相对而立;怒潮拍打着孤城,而又寂寞地退回,远处高挂风帆的船只,一直驶向天边。"风樯"句景象,为刘禹锡诗所无,幽思渺远,意境空阔。俞陛云《宋词选释》引夏孙桐(闰庵)评语曰:"佳处在境界之高。若仅以点化唐人诗意论之,尚浅。"这是比较切当的评议。第二叠,描绘金陵石头城遗迹,着重呈现了三组场景。"断崖"三句,是写传说中的莫愁女遗迹:古树倒挂的断崖下,曾是莫愁小船停泊的地方。这是点化古乐府《莫愁乐》及李商隐等人的莫愁诗而成。"空遗"二句,是写古代作战遗迹:郁郁苍苍的草木间,雾气沉沉,笼罩着残败荒废的营垒。"夜深"二句,写月光映照下的城堞与秦淮河:夜深人静之际,月亮悄悄地爬过凹凸的城墙,再由赏心亭向东凝望秦淮河水。这是融化刘禹锡《石头城》诗后两句景象。第三叠,借燕子来诉说六朝兴亡。"酒旗"句,承接"赏心东望淮水",聚焦赏心亭东秦淮河边坊巷(乌衣巷),先发一问,与第一叠"南朝盛事谁记"问句,前后呼应,引起末段兴亡总结。"想依稀"以下,用刘禹锡《乌衣巷》诗意,而善于剪裁熔铸,借燕子、斜阳,点出古今兴亡主题,感慨凝重而深远。近人杨铁夫《清真词选笺释》评末段云:"不曰是王谢邻里,而曰'想依稀',最得吊古神理。""曰不知何世,曰为说兴亡,其沉痛比《哀江南赋》之从实处写者,又别具一格。"俞陛云《宋词选释》又说:"余谓第三段'燕子''斜阳'数语,在神韵之远。若仅以点化'王谢堂前'诗意论之,尚浅。"这些评价,皆具真知灼见。

这首词通常被归为檃栝体。所谓檃栝体,是指借前人的文章、诗词加以剪裁、改写而成的那一类作品。檃栝词在北宋时颇为兴盛。与周邦彦同时代的苏轼、黄庭坚、贺铸等都擅长檃栝体,例如苏轼《定风波》(与客携壶上翠微)檃栝杜牧《九日齐山登高》,《水调歌头》(昵昵儿女语)檃栝韩愈《听颖师弹琴》,《浣溪沙》(西塞山边白鹭飞)檃栝张志和《渔歌子》等。与苏轼这类"文人偶然游戏"(王士禛《花草蒙拾》)之作不同,周邦彦这首词主要借前人几首诗加以熔铸,又非全然依傍古人,时有发挥创造。题为怀古,却不拘泥于具体史实,主要从景上叙说;全篇构思精细,描绘生动,铺叙阔阔,意境悠远,感慨深沉,在众多怀古词中,出类拔萃,独树一帜,颇受后人推崇。明代卓人月《古今词统》引徐士俊评语,以及明人沈际飞《草堂诗馀正集》评语,异口同声说:"介甫《桂枝香》独步不得。"意谓周邦彦此词不让王安石《桂枝香·金陵怀古》独步于北宋。清人陈廷焯《云韶集》则给予更高评价："此词纯用唐人成句融化入律,气韵沉雄,苍凉悲壮,直是压遍古今。金陵怀古词古今不可胜数,要当以美成此词为绝唱。"唐圭璋《唐宋词简释》称赞"全篇疏荡而悲壮,足以方驾东坡",认为周邦彦此词足以与苏轼《念奴娇·赤壁怀古》并驾齐驱。

归去难①

期约②

佳约人未知,背地伊先变③。恶会称亭事,看深浅④。如今信我,委的论长远⑤。好来无可怨,洎合教伊,因些事后分散⑥。　　密意都休,待说先肠断⑦。此恨除非是,天相念。坚心更守,未死终相见⑧。多少闲磨难,到得其时,知他做甚头眼⑨。

注释

① 《归去难》为《满路花》别名。陈本注调名"仙吕"。
② 期约:约期,约会。陈本原题如此,毛本、四印斋本同题。《粹编》无题。
③ 伊先变:他先变卦。陈本原作"伊变",脱"先"字。此依朱校,从毛本、四印斋本补。
④ 恶(wū乌):同"乌"。疑问词,哪,何。称亭:彊村本作"称停",义同。意为称量平正。比喻公平、恰当地评判。

⑤ 信：这里是知、知道的意思。委的：的确，确实。论长远：指期望两情长远。
⑥ 好来：好在，还好。彊村本作"好采"，毛本作"好彩"。"洎（jì记）合"二句：意思是说，差一点让他因为一些小事而分手。洎合，几乎。毛本作"自合"。因些，毛本作"推些"。
⑦ 密意：亲密情意。休：指休说。待说：要说，欲说。
⑧ 恨：遗憾，遗恨。"天相念"三句：化用杨贵妃、唐玄宗故事。陈鸿《长恨歌传》记杨贵妃之言曰："或为天，或为人，决再相见，好合如旧。"白居易《长恨歌》："但令心似金钿坚，天上人间会相见。"相见，毛本作"厮见"。
⑨ 闲磨难：《粹编》作"关磨难"。头眼：犹言眉眼。指神情、表情、面目。

解读

　　这首词以一个年轻女子的口吻，用通俗鲜活的口语，诉说一段历经曲折的爱情，表达她爱恨交加的复杂心情以及充满希望的美好愿景。

　　上片是说：我俩私下订了佳期密约，别人都不知道，没承想他背地里先变卦了。他哪里会冷静客观地考量事情的是非深浅？到如今他应该知道我的心意，我真的是期待两情长远。好在没什么可特别抱怨的，当时差一点就因为他的缘故而分手。下片紧接着说：那些柔情蜜意的话都别说了，要说起来真的伤心断肠。我这份遗恨，除了老天爷，没人能懂。但愿彼此能坚守这份爱，只要不死，终究有一天还会相见。这段情不知经历了多少曲折磨难，待到和他重新见面的时候，又不知他会是怎样一副面目。

　　通篇作品由女子独白构成，上下片打通，一气贯注而下，读来如见其人,如闻其声。"此恨"四句,暗用唐明皇、杨贵妃情爱誓言,堪称一往情深,生死相守。乔大壮手批《片玉集》赞赏"'坚心'九字自好"。

三部乐①

梅雪②

浮玉霏琼,向邃馆静轩,倍增清绝③。夜窗垂练,何用交光明月④。近闻道、官阁多梅,趁暗香未远,冻蕊初发⑤。倩谁摘取,寄赠情人桃叶⑥。

回文近传锦字,道为君瘦损,是人都说⑦。忔知染红着手,胶梳粘发⑧。转思量、镇长堕睫,都只为、情深意切⑨。欲报消息,无一句、堪愈愁结⑩。

注释

① 陈本注调名"商调"。
② 陈本原题如此,毛本、四印斋本同题。《粹编》无题。
③ 浮玉:比喻飘飞的雪花。任昉《同谢朏花雪》:"散葩似浮玉,飞英若总素。"霏(fēi飞)琼:以飘飞的玉屑比喻飞雪。霏,飘扬,飘飞。刘义恭《夜雪》:"云闭星月,飞琼集庭。"霏琼,毛本、四印斋本作"飞琼"。邃(suì岁)馆:深广的屋宇。黄庭坚《满庭芳·雪中戏呈友人》:"今宵里,香闺邃馆,幽赏事偏宜。"静轩:幽静的长廊或屋子。轩,有窗的长廊或小屋。清

绝:清冷至极;也可指美妙至极。

④ "夜窗"二句:夜窗前积雪如垂白练,何须再用明月来交相辉映。变用杜甫《湖城东遇孟云卿复归刘颢宅宿宴饮散因为醉歌》:"照室红炉促曙光,萦窗素月垂文练。"反用姚合《咏雪》:"与月交光呈瑞色,共花争艳傍寒梅。"又李商隐《无题》:"如何雪月交光夜,更在瑶台十二层。"

⑤ 近闻道:毛本作"闻道",脱"近"字。官阁多梅:谓官署梅花繁盛。化用杜甫《和裴迪登蜀州东亭送客逢早梅相忆见寄》:"东阁官梅动诗兴,还如何逊在扬州。"暗香:指梅香,化用林逋《山园小梅二首》之一"暗香浮动月黄昏"句。冻蕊:指梅花。陆希声《梅花坞》:"冻蕊凝香色艳新,小山深坞伴幽人。"

⑥ 倩(qiàn欠):请,央求。摘取:毛本作"折取"。寄赠:毛本作"持赠"。桃叶:原为东晋王献之爱妾名。借指所爱恋女子。皇甫松《江上送别》:"隔筵桃叶泣,吹管杏花飘。"

⑦ 回文:用苏蕙织锦作回文诗赠夫故事。见前《氐州第一》(波落寒汀)注⑦。是人:人人,任何人。姚合《赠张籍太祝》:"古风无手敌,新语是人知。"

⑧ 祅(yāo妖)知:情知,想见。《历代诗馀》《钦定词谱》《词萃》作"衹知",彊村本据改,非。殊不知"祅知"为宋人习用俗语。如赵长卿《贺新郎》词:"毒害心肠祅知是,怕你生烦到底。"林淳《鹧鸪天》:"天近祅知雨露浓,湖山无日不春风。"染红着手:化妆时手上染了红粉。胶梳粘发:梳头时梳子粘了头发。粘,彊村本作"黏"。

⑨ 镇长(cháng常):经常,常常。堕睫:落泪。欧阳修《舟中望京邑》:"挥手秫琴空堕睫,开樽鲁酒不忘忧。"

⑩ 消息:毛本作"信息"。堪愈:可以治愈。毛本作"堪喻"。愁结:忧愁郁结。

解读

这首词题为"梅雪",却并非专咏梅雪,实际是以梅雪起兴,寄托对情人的思念。或以为是词人早年在汴京时忆扬州歌妓之作,但此说缺乏实据。

上片写夜雪与梅花,引起相思主旨。前五句,先写雪景,善用比喻、映衬手法:雪花翻飞,如飘浮飞扬的玉屑,飘向幽静的屋宇长廊,倍添清寒之美;深夜窗前,沾满白雪,挂满冰条,如垂白练,自有晶莹皎洁之美,所以又何须明月交相辉映呢?"近闻"五句,由写雪转向写梅。如果说前面写雪,是眼前实景,那么接下来写梅,则是侧笔虚写,属于想象之辞:近来听说官署里有许多梅花,那就趁着梅花傲雪初放,暗香尚未飘散,请谁替我摘取梅花,寄给远方的情人。"倩谁"二句,转换巧妙,是连接上下片的关键,串联梅雪与情思的纽带。令人联想到三国陆凯《赠范晔》诗:"折花逢驿使,寄与陇头人。江南无所有,聊赠一枝春。"以及南朝《西洲曲》:"忆梅下西洲,折梅寄江北。"下片写相思之苦。换头三句,先从女方近期寄来的情书说起,信上说:人人都看得出自己消瘦憔悴,那都是因为苦苦思念情郎的缘故。"袄知"四句,接写词人读信后,遥想女方日常情形:她化妆时手指上染了红色,梳头时头发掉得厉害,粘满梳子;可以想见她时常独自落泪,泪水盈睫,只因为情深意切,思念不已。末二句,转写自己,想要给她回信,通报近况,却没有一句话可以尽情倾诉自己的愁肠,也没有一句话可以安慰治愈对方的相思之苦。

此词写相思之愁,含蓄蕴藉,纡徐辗转,又善用想象穿线,写来丝丝入扣。先由夜雪而想到雪中绽放之梅,由梅而想到折梅以寄,由寄梅而引出对方寄信来,由来信而悬想对方相思情状,复由来信而想到如何回信,却又是欲寄不寄,欲言又止,满腹的相思深情溢于言表。罗忼烈《清真集笺注》评曰:"下阕愈说愈开,令人莫测,此中定有寄托。""令人莫测",情有所然;"定有寄托",则未必然。

菩萨蛮①

梅雪②

银河宛转三千曲,浴凫飞鹭澄波绿③。何处是归舟,夕阳江上楼④。　　天憎梅浪发,故下封枝雪⑤。深院卷帘看,应怜江上寒⑥。

注释

① 陈本注调名"正平"。
② 陈本原题如此,四印斋本同题。毛本无题。
③ 银河:原指天空上众多星星构成的银白色光带。这里借指宛转曲折的江河。王安石《桂枝香·金陵怀古》"彩舟云淡,星河鹭起,画图难足",即以银河借指金陵一带江河。浴凫(fú 浮)飞鹭:指水中的野鸭和飞起的鹭鸟。化用杜甫《涪城县香积寺官阁》:"小院回廊春寂寂,浴凫飞鹭晚悠悠。"澄波绿:毛本作"澄波渌"。
④ "何处"二句:参见谢朓《之宣城郡出新林浦向板桥》:"天际识归舟,云中辨江树。"何逊《慈姥矶》:"客悲不自已,江上望归舟。"李白《菩萨蛮》:"暝色入高楼,有人楼上愁……何处是归程,长亭更短亭。"
⑤ 浪发:随便乱开。下封枝雪:下雪封盖梅花枝条。参见鲍照

《发长松遇雪》:"振风摇地局,封雪满空枝。"萧纲《咏栀子花》:"疑为霜里叶,复类雪封枝。"
⑥ 江上寒:参见孟浩然《江上思归》:"木落雁南度,北风江上寒。"

解读

　　这首题为"梅雪"的词,与上一首相似,并非专咏梅雪,而是借梅雪抒发羁旅怀归之情。

　　上片写自己江行途中之景与思归之情。开篇二句绘景,起笔气势不凡,让人想见白雪皑皑的银色世界里,一条碧绿的大江蜿蜒曲折地穿越大地,绵延千里,作者坐船行进江上,随处可见水中的野鸭和起飞的鹭鸟。"何处"二句,由凄清冷落之景,引入思归之情:哪里是行舟回归之处?就在夕阳西下时候,遥远的江边楼上有人凝望的地方。这不禁让人联想起李白的《菩萨蛮》:"平林漠漠烟如织,寒山一带伤心碧。暝色入高楼,有人楼上愁。　玉阶空伫立,宿鸟归飞急。何处是归程?长亭更短亭。"可以看出周邦彦受李白影响的痕迹,只是周邦彦仍有自己的特点,写情宛曲层叠,把自己的江行之舟和佳人凝望之楼,两面融合起来写,衔接无缝,意味深浓,又为下文从对方落墨预做铺垫。下片写大雪封梅,悬想对方在闺中担忧情形。换头二句,点出"梅雪",但奇思异想,别开生面。先不直说梅花被大雪封盖,偏说因为梅花放浪乱开,引起老天憎恨,受到老天惩罚,因而被大雪封盖了花枝。清人周济《宋四家词选》说这两句"造语奇险",自是确论。末二句,回转说明梅雪之景是对方深院卷帘所见,因见大雪凄寒,而深忧江上行舟之人。"应怜"二字,表明这些都是作者悬想对方情景。而"江上",又回接篇首"银河",可谓针线绵密,首尾照应。

　　词以江景起,以江上结,境界开阔,情意深挚;实写与虚写

(悬想),己方与对方,错综融合,情景流转,笔势翻飞自如,体现了词人高超的技艺。晚清陈廷焯《词则·大雅集》说:"美成小令,于温、韦、晏、欧外,别开境界,遂为南宋诸名家所祖。"这首小令便是绝佳范例。

品　令①

梅花②

夜阑人静,月痕寄、梅梢疏影③。帘外曲角栏干近,旧携手处,花发雾寒成阵④。　　应是不禁愁与恨,纵相逢难问,黛眉曾把春衫印⑤。后期无定,肠断香消尽⑥。

注释

① 陈本注调名"商调"。
② 陈本原题如此,毛本、四印斋本同题。《雅词》无题。
③ 夜阑:夜将尽时,夜残。月痕:月影,月光。张祜《赠内人》:"禁门宫树月痕过,媚眼唯看宿燕窠。"寄:这里是映照的意思。
④ 旧携手:毛本作"蒨携手",形近而误。"花发"句:参见沈约《八咏诗·会圃临春风》:"游丝暧如网,落花雾似雾。"吴均《同柳吴兴乌亭集送柳舍人》:"云山离晻暧,花雾共依霏。"于志宁《冬日宴群公于宅各赋一字得杯》:"色动迎春柳,花发犯

寒梅。"花发,《雅词》、毛本无"发"字。毛注曰:"按谱第五句宜五字,且沈诗'落花纷似雾',增一'发'字便少味。"彊村本从毛本、《雅词》,删去"发"字。吴则虞校记谓"发"字不当删,此体上片末句疑是六字句,似当从宋本为是,且"花发雾寒成阵"语极隽雅,"花雾寒成阵"反平实矣。此处从吴校,仍依陈本原貌,存"发"字。

⑤ 不禁愁与恨:参见杜甫《暮秋将归秦留别湖南幕府亲友》:"途穷那免哭,身老不禁愁。""黛眉"句:意为曾以春衫擦泪,因此春衫上留下眉黛印痕。黛眉,古代女子以黛画眉,因指女子之眉。参见南朝梁刘氏《赠夫诗》:"看梅复看柳,泪满春衫中。"

⑥ 后期:后会之期。参见李频《送新安少府》:"后期谁可定,临别语空长。"黄滔《别后》:"梦里相逢无后期,烟中解珮杳何之。"肠断:陈本原作"断肠"。此据彊村本,从毛本、《雅词》改为"肠断"。于平仄应作"肠断"。

解读

这首词亦非专咏梅花,实由梅花而引发对情人的怀念。写作的时间地点难以确考。罗忼烈《清真集笺注》以为此篇与《花犯》(粉墙低)似为同时同地之作,即绍圣二年(1095)冬或三年(1096)春初梅开之时作于溧水。今人或以为词人大观三年(1109)初春告假归钱塘经扬州之作。但均系推测,并无实据。

上片写月夜之梅,引起旧情回忆。首二句,描绘夜深人静时候,清澈的月光映照出梅枝横斜的疏影。开篇点出梅花的同时,又暗示作者长夜不寐,为下文幽情伏笔。"帘外"三句,由眼前之景,转入往日之景的闪回:就在帘外靠近曲折栏杆的梅花树下,当时曾和情人携手漫步,一同赏梅,那梅花在朦胧迷雾和阵阵寒气中绽放飘香。这一回忆场景,类似电影里的叠影,出入今昔,如梦似幻。下片抒发相思之愁。"应是"以下,承接上片幽情,直抒胸臆,一气到底:回想那段旧情,不胜今昔之慨,禁不住满腔哀愁和幽恨;纵然现在与情人重逢,亦难问近况与未来;当年她靠在我怀里,曾把泪水和黛眉之痕印在我春衫上;如今前景茫茫,后会之期既无法预定,春衫之旧香与梅花之幽香亦消散殆尽,思之令人断肠。"后期无定"与"相逢难问"相呼应,"香消尽"与"花发雾寒成阵"及"黛眉曾把春衫印"相对应,而往日携手,实则一去不返,其愁与恨,自是哀痛欲绝。

南宋姜夔咏梅名篇《暗香》末段云:"长记曾携手处,千树压、西湖寒碧。又片片、吹尽也,几时见得?"显然是受了周邦彦这首词的影响。

玉楼春①

惆怅②

玉琴虚下伤心泪,只有文君知曲意③。帘烘楼迥月宜人,酒暖香融春有味④。　　萋萋芳草迷千里,惆怅王孙行未已⑤。天涯回首一消魂,二十四桥歌舞地⑥。

注释

① 陈本注调名"仙吕"。

② 陈本原题如此,四印斋本同题。毛本无题。
③ 玉琴:玉饰的琴。常用以美称琴。王融《咏幔》:"每聚金炉气,时驻玉琴声。"文君知曲意:用司马相如以琴心挑卓文君,卓文君与之私奔故事。见前《氐州第一》(波落寒汀)注⑦。《乐府诗集》卷六十引《琴集》曰:"司马相如客临邛。富人卓王孙有女文君新寡,窃于壁间见之。相如以琴心挑之,为《琴歌》二章。"其一:"凤兮凤兮归故乡,遨游四海求其凰。时未遇兮无所将,何悟今夕升斯堂。有艳淑女在闺房,室迩人遐毒我肠。何缘交颈为鸳鸯,胡颉颃兮共翱翔。"其二:"凰兮凰兮从我栖,得托孳尾永为妃。交情通体心和谐,中夜相从知者谁?双翼俱起翻高飞,无感我思使余悲。"词中"文君"借指作者所恋女子。
④ 帘烘:帘暖。李商隐《石城》:"簟冰将飘枕,帘烘不隐钩。"又,《无题四首》之三:"楼响将登怯,帘烘欲过难。"楼迥(jiǒng窘):楼远。毛本作"楼迫",形近而误。杜甫《垂白》:"江喧长少睡,楼迥独移时。""酒暖"句:参见李贺《秦宫诗》:"人间酒暖春茫茫,花枝入帘白日长。"春有味,参见郑谷《宜春再访芳公言公幽斋写怀叙事因赋长言》:"顾渚一瓯春有味,中林话旧亦潸然。"柳永《木兰花》:"黄金万缕风牵细,寒食初头春有味。"
⑤ "萋萋"二句:化用《楚辞·招隐士》:"王孙游兮不归,春草生兮萋萋。"萋萋,草木茂盛的样子。
⑥ 消魂:彊村本改作"销魂"。二十四桥:在今江苏省扬州市。杜牧《寄扬州韩绰判官》:"二十四桥明月夜,玉人何处教吹箫?"沈括《梦溪补笔谈·杂志》:"扬州在唐时最盛。旧城南北十五里一百一十步,东西七里三十步,可纪者有二十四桥。"又,清人李斗《扬州画舫录》以为"二十四桥即吴家砖桥,一名红药桥"。

解读

　　这首词系作者远行途中怀念扬州情人之作,具体写作时地难以考定。周邦彦另有《谩书》诗三首,其三云:"丽日烘帘幔影斜,酒馀春思托韶华。高楼不隔东南望,苦雾浮云莫谩遮。"(见《永乐大典》卷八九九引《清真集》)与本词情景相近,可以参阅。又,毛本注此词曰:"或另见别卷,或刻秦少游。"但至今所见各本秦观《淮海词》,皆无此篇。此为周邦彦词殆无异议。

　　词的上片回首往事。开篇二句,点出情人知音。意谓自己所作琴曲,徒含伤心之泪,不为他人所知,唯有此女子,若卓文君之听司马相如琴曲,深知曲意,两情相契。"帘烘"二句,回忆扬州春夜二人欢会情景:暖帘温馨,远楼静谧,月色宜人;佳酿暖身,酒香四溢,春夜味浓。此"有味",兼指春酒、春色、春情有味,写得温柔缱绻,浓情蜜意,反衬出下文别情凄苦。下片抒发羁愁别恨。"萋萋"二句,化用《招隐士》诗意,写千里远别,一路春草,征程漫漫,苦行不已。言外暗示重逢无期,点出"惆怅"主旨。末二句,照应上片扬州情事:如今天涯回首,黯然销魂,扬州二十四桥歌舞场景只能留存于记忆中了。意绪凄怆,感慨深远。"歌舞地",与之前"知曲意""月宜人""春有味"一一对接,可知词人爱恋的这位女子,应是歌舞场中的一位乐妓。近人杨铁夫《清真词选笺释》评此词主旨曰:"此伤知己之无人,姑向青楼混迹也。"可备一说。

黄鹂绕碧树[①]

春情[②]

　　双阙笼嘉气,寒威日晚,岁华将暮[③]。小院闲庭，对寒梅照雪，淡烟凝素④。忍当迅景，动无限、伤春情绪⑤。犹赖是、上苑风光渐好，芳容将煦⑥。

草荚兰芽渐吐，且寻芳、更休思虑⑦。这浮世、甚驱驰利禄，奔竞尘土⑧。纵有魏珠照乘，未买得、流年住⑨。争如盛饮流霞，醉偎琼树⑩。

注释

① 陈本注调名"双调"。
② 陈本原题如此。《百家词》、四印斋本同题。《粹编》、毛本无题。
③ 双阙(què 确)：古代宫殿前两边高台上的楼观。《古诗十九首·青青陵上柏》："两宫遥相望，双阙百馀尺。"嘉气：祥瑞之气。毛本作"佳气"。潘孟阳《元日和布泽》："北阙祥云迥，东方嘉气繁。"寒威日晚：傍晚严寒逞威。岁华将暮：将至年底。《古诗十九首·凛凛岁云暮》："凛凛岁云暮，蝼蛄夕鸣悲。"岁华，指岁时，一年；也指年华。
④ 淡烟：轻烟薄雾。凝素：洁白。
⑤ 忍：怎忍，岂忍。迅景：指快速流逝的光阴。谢惠连《豫章行》："促生靡缓期，迅景无迟踪。"伤春情绪：参见《楚辞·招魂》："目极千里兮，伤春心。"柳永《内家娇》："早是伤春情绪，那堪困人天气。"
⑥ 上苑：皇家园林。芳容将煦(xù 序)：谓将迎来绚丽和煦之春。这二句，参见独孤授《花发上林》："上苑韶容早，芳菲正吐花。"李煜《谢新恩》："秦楼不见吹箫女，空馀上苑风光。"
⑦ 草荚(jiá 夹)：一种瑞草，又名蓂荚、历荚。相传古人曾以草荚

293

计历。兰芽:兰的嫩芽。这句是说花草已经发芽。寻芳:游赏美景。韦应物《陪元侍御春游》:"赏酒宣平里,寻芳下苑中。"休思虑:参见李觏《次韵阎判官除夜》:"世事休思虑,年华任短长。"

⑧ 浮世:人世。古时认为人世间浮沉聚散不定,故称"浮世"。廖匡图《和人赠沈彬》:"名利最为浮世重,古今能有几人抛。"奔竞尘土:在风尘俗世中奔走竞逐,以求名利。语本干宝《晋纪总论》:"悠悠风尘,皆奔竞之士;列官千百,无让贤之举。"

⑨ 魏珠照乘:用魏王以宝珠照车故事。典出《史记·田敬仲完世家》:"(齐威王)二十四年,与魏王会田于郊。魏王问曰:'王亦有宝乎?'威王曰:'无有。'梁王曰:'若寡人国小也,尚有径寸之珠照车前后各十二乘者十枚,奈何以万乘之国而无宝乎?'""纵有"二句是说,即使有珍宝,也买不回时光。

⑩ 争如:怎如,不如。盛饮流霞:谓畅饮美酒。流霞,传说中天上神仙的饮料。王充《论衡·道虚》:"(项曼都)曰:'有仙人数人,将我上天,离月数里而止。……口饥欲食,仙人辄饮我以流霞一杯,每饮一杯,数月不饥。'"后常借指美酒。庾信《卫王赠桑落酒奉答》:"愁人坐狭邪,喜得送流霞。"盛饮流霞,毛本作"剩引榴花"。蒋礼鸿先生《大鹤山人校本〈清真词〉笺记》谓唐宋以"剩"为"多",美成之言饮酒多曰"引",而"榴花"为酒名,且与"琼树"相对,故毛本作"剩引榴花"是也。偎:亲密地靠着,紧挨着。琼树:这里喻指美女。典出《陈书·皇后传·后主张贵妃》:"后主每引宾客对贵妃等游宴,则使诸贵人及女学士与狎客共赋新诗,互相赠答。……其曲有《玉树后庭花》《临春乐》等,大指所归,皆美张贵妃、孔贵嫔之容色也。其略曰:'璧月夜夜满,琼树朝朝新。'"

解读

　　这是周邦彦晚年旅居东京(开封)时的作品,主要抒发年去岁来、光阴飞逝的感伤和畅饮美酒、及时行乐的情怀,同时表达了对奔竞尘土、追逐利禄、奢靡炫富的世俗风气的厌恶鄙弃。

　　上片写早春景色为主,景中带情。起首三句,点明地点和时间:在祥瑞之气笼罩的京城宫阙前,傍晚寒气袭人,转眼一年又将过去。"小院"三句,转写自己此时正在庭院里悠闲地踱步,对着雪中绽放的寒梅,对着一片淡烟薄雾出神。庭中之"闲",与下文俗世"驱驰""奔竞"之"忙",恰成鲜明对比。"寒梅照雪",俨然是词人人格写照。"忍当"二句,接写对景之感:冬去春来,日月如梭,引发无尽的伤春情绪。这里的伤春,既是感慨春去秋来,好景不长,更是感伤岁月无情,年华老去。与"岁华将暮"一样,都是带有双重涵义。"犹赖"二句,又转到对皇城园林春天美景的憧憬,聊以自慰感伤情绪。下片抒情为主,就景述怀。换头二句,承接上片"芳容将煦",进一步安慰自己:当此花草萌发时节,暂且去探寻观赏初春美景,把忧伤思虑抛在脑后。"这浮世"四句,笔锋一转,从反面事例劝慰自己:你看那浮华俗世,人们多热衷于奔走尘土,追名逐利,但即使钱财再多,也买不到青春常驻。末二句,复转回正面,寻求自我开解:所以,还不如畅饮美酒,醉倚美人,及时行乐。

　　南宋楼钥《清真先生文集序》说,周邦彦"虽归班于朝,坐视捷径,不一趋焉","盖其学道退然,委顺知命,人望之如木鸡,自以为喜,此尤世所未知者"。楼序所言与清真词里蕴涵的恬淡超脱、鄙弃竞逐利禄的志趣,是吻合的。近人陈思《清真居士年谱》以绍圣、元符以来党争论此词,评"甚驱驰"四句曰:"谓始以党败人,终以党败国也。"今人罗忼烈《清真集笺注》更直言"此篇盖刺徽宗及蔡京党人之作"。按此篇主旨,讽诫世风有之,刺徽宗、蔡京则未必。

满路花①

思情②

帘烘泪雨干,酒压愁城破③。冰壶防饮渴,培残火④。朱消粉退,绝胜新梳裹⑤。不是寒宵短,日上三竿,殢人犹要同卧⑥。　　如今多病,寂寞章台左⑦。黄昏风弄雪,门深锁。兰房密爱,万种思量过⑧。也须知有我。着甚情悰,你但忘了人呵⑨。

注释

① 陈本注调名"仙吕"。
② 陈本原题如此,《百家词》同题。毛本题作"冬景"。四印斋本无题。
③ "帘烘"句:谓帘内暖热,泪痕自干。见前《玉楼春》(玉琴虚下伤心泪)注④。"酒压"句:谓借酒破愁。反用庾信《愁赋》:"攻许愁城终不破,荡许愁门终不开。"详前《宴清都》(地僻无钟鼓)注⑤。
④ "冰壶"二句:意为用微火温茶,可用来消酒渴。冰壶,盛冰的玉壶。韩偓《昼寝》:"烦襟乍触冰壶冷,倦枕徐敧宝髻松。"
⑤ 朱消粉退:指脸上脂粉消退。参见冯延巳《忆江南》:"玉人贪睡坠钗云,粉消妆薄见天真。"梳裹:梳妆打扮。柳永《定风波》:"暖酥消,腻云亸,终日厌厌倦梳裹。"
⑥ 短:吴则虞校记以为"短"字宜叶韵,此字疑是"矬"字之讹。按:此句亦可不叶韵,且各本皆作"短","短"字自不误。日上

三竿:太阳升起来离地已有三根竹竿那么高。形容天已大亮,时间已不早。约为上午八九点钟。殢(tì 替)人:缠人,黏人。柳永《玉蝴蝶》:"要索新词,殢人含笑立尊前。"

⑦ 章台:旧指妓女聚居之地。见前《瑞龙吟》(章台路)注②。左:左近,附近,一带。李白《少年子》:"青云少年子,挟弹章台左。"

⑧ 兰房:犹言香闺。旧指女子所居之室。晋乐府《子夜四时歌·秋歌十八首》之七:"兰房竞妆饰,绮帐待双情。"亦指妓女所居之室。王绩《咏妓》:"妖姬饰靓妆,窈窕出兰房。"思量:相思,思念。

⑨ 着:有。情悰(cóng 丛):情怀,情绪。毛本作"情怀"。李珣《临江仙》:"别愁春梦,谁解此情悰。"但:只是,可是。

解读

这是一首代言体词,以一青楼女子口吻,述说一段被辜负了的情事。可能是词人早期付歌妓之作。按此首周邦彦词,《类编草堂诗馀》误作朱敦儒词,唐圭璋《宋词互见考》已指明。

词的上片回忆往日情爱。首二句,描写寒冬之夜香闺场景,暖室之中,泪水渐干,二人对饮,美酒解忧,力压愁城。"冰壶"二句,接写悉心照料对方,以微火热冰壶,准备消酒茶水。"朱消"二句,言当时自己之美,虽然夜里脂粉消褪,但天然美颜依旧动人,远胜于那些刚刚梳妆打扮出来的。也正因为如此迷人,"不是"三句便接写对方恋己之深,日头高照,他还缠着我,仍要跟我同卧。这为下文所说的"兰房密爱""须知有我",提供了实据。下片写如今寂寞凄清的情形。过片以下,情景全然反转,眼下自己体弱多病,独处青楼一带,境况孤独凄凉。"黄昏"二句,以景写情,进一步加以渲染:傍晚时分,寒风吹雪,院门深锁,倍添凄

297

冷孤寂。末五句,全写心理活动。香闺中如此浓情密爱的一幕幕场景,魂牵梦绕,回闪过千万遍,想来情郎心里应该有我,但不知道他内心究竟是什么样的情怀,事实上情郎你如今是忘了我啊!全词至此收束,一个被遗弃了的女子酸楚而无助的哀叹,久久回荡在凄冷的风雪之夜。

卷九
杂赋

绮寮怨①

思情②

上马人扶残醉,晓风吹未醒③。映水曲、翠瓦朱檐,垂杨里、乍见津亭④。当时曾题败壁,蛛丝罩、淡墨苔晕青⑤。念去来、岁月如流,徘徊久、叹息愁思盈⑥。　去去倦寻路程,江陵旧事,何曾再问杨琼⑦。旧曲凄清,敛愁黛、与谁听⑧?尊前故人如在,想念我、最关情⑨。何须《渭城》,歌声未尽处,先泪零⑩。

注释

① 《绮寮怨》词调为周邦彦始创。陈本注调名"中吕"。
② 陈本原题如此,《百家词》、四印斋本同题。《粹编》、毛本无题。
③ "上马"句:见前《瑞鹤仙》(悄郊原带郭)注⑥。晓风吹未醒:参见许浑《下第贻友人》:"花前失意共寥落,莫遣东风吹酒醒。"
④ 水曲:水流曲折处,水滨。翠瓦:绿色琉璃瓦。沈亚之《送文颖上人游天台》:"露花浮翠瓦,鲜思起芳丛。"朱檐:红色屋

檐。毛本作"朱帘"。乍见:忽然看见。津亭:建于渡口旁供人休息的亭馆。参见钱珝《江行无题一百首》之五十五:"晚泊武昌岸,津亭疏柳风。"

⑤ 败壁:残破的墙壁。苔晕:苔藓的模糊痕迹。这句可参见欧阳炯《贯休应梦罗汉画歌》:"芭蕉花里刷轻红,苔藓文中晕深翠。"

⑥ 岁月如流:参见谢灵运《拟魏太子邺中集诗八首·序》:"岁月如流,零落将尽。撰文怀人,感往增怆。"盈:充满。这两句可参见江淹《别赋》:"明月白露,光阴往来,与子之别,思心徘徊。是以别方不定,别理千名,有别必怨,有怨必盈。"

⑦ 去去:谓远去。蔡琰《悲愤诗》:"去去割情恋,遄征日遐迈。""江陵"二句:用唐代江陵(今湖北荆州)歌妓杨琼故事。参见元稹《和乐天示杨琼》:"我在江陵少年日,知有杨琼初唤出。腰身瘦小歌圆紧,依约年应十六七。去年十月过苏州,琼来拜问郎不识。青衫玉貌何处去,安得红旗遮头白。我语杨琼琼莫语,汝虽笑我我笑汝。汝今无复小腰身,不似江陵时好女。杨琼为我歌送酒,尔忆江陵县中否?江陵王令骨为灰,车来嫁作尚书妇。卢戡及第严涧在,其馀死者十八九。我今贺尔亦自多,尔得老成余白首。"自注:"杨琼本名播,少为江陵酒妓。去年姑苏过琼叙旧,及今见乐天此篇,因走笔追书此曲。"白居易《寄李苏州兼示杨琼》:"为问苏台酒席中,使君歌笑与谁同?就中犹有杨琼在,堪上东山伴谢公。"又白居易《问杨琼》:"古人唱歌兼唱情,今人唱歌唯唱声。欲说向君君不会,试将此语问杨琼。"这里"江陵旧事"当指词人早年与荆州歌妓的一段情事。

⑧ 敛愁黛:皱起愁眉。黛,古代女子画眉用的青黑色颜料,借指女子眉毛。吴融《玉女庙》:"愁黛不开山浅浅,离心长在草萋萋。"

⑨ 尊前：在酒樽之前，指酒筵上。关情：动心，牵动情怀。萧纲《美女篇》："佳丽尽关情，风流最有名。"
⑩ 渭城：王维《送元二使安西》诗，谱入乐府，即以诗中首二字"渭城"名曲，称《渭城曲》。见前《蝶恋花》(桃萼新香梅落后)注③。泪零：落泪。元稹《莺莺传》："于喧哗之下，或勉为语笑；闲宵自处，无不泪零。"

解读

近人陈思《清真居士年谱》系此词于大观三年(1109)，词人南归途经苏州时所作，并认为词人所欢必姓杨且能歌，故借用杨琼事。所言近是。陈洵《海绡说词》则推想这词当别有寄托："顾曲周郎，其亦有身世之感乎？"

上片写寻访旧迹。词从醉中被人扶上马的情景开始，一起笔，但见马上醉人劈面而来，突兀奇崛。自己无力上马，要靠人扶，见出醉酒程度之深；至清晨而宿醉未醒，见出醉酒时间之长。而醉酒之缘由，先自按下不表，留足悬念，有待读者在下文逐次寻绎。俞陛云《宋词选释》评此词"起二句，工于发端"，是颇有见地的。"映水曲"二句，先见曲折水滨倒映的绿色琉璃瓦与红色房檐，再抬头见岸上杨柳间绿瓦红檐之正影，写来顿挫有味——原来那水中倒影，就是岸上亭馆。下一"乍"字，极为传神，绘出忽见旧迹之态，描出宿醉忽醒之状。"当时"二句，流利切入寻访旧踪：当年曾在这亭馆破败的墙上题词，如今在蛛网笼罩之中，苔藓滋生之下，早已是字迹模糊，墨色暗淡。由此引出作者的人生感喟：长期来回奔波，岁月犹如逝水，流连旧迹，徘徊良久，愁思潮涌，叹息不已。下片写思念旧情。换头三句，承接上片"徘徊久""叹息"，逐渐转入此词正题——"思情"。长路漫漫，不免还要策马远行，但长年奔波，已倦怠不堪，懒得再寻前路；实际上

301

词人欲行不行,最放不下的,还是当年与那江陵歌妓的一段旧情往事,大约词人在苏州席间听闻了当年歌妓的一些消息,颇有触动。"何曾再问杨琼",虚掩一笔,实在是欲盖弥彰之法,毕竟难掩牵肠挂肚之情,只是伊人不见,又无从仔细询问,抑郁怅惘而已。"旧曲"以下,无一不是内心对那位歌妓的叩问与浮想:她唱那凄清的旧曲时愁眉不展的形象仿佛还在眼前,但如今她还能唱给谁听呢?如果她现在仍在酒席上的话,一定会深知我心,最为动情;何须唱送别的《渭城曲》呢,那凄清的旧曲尚未唱完,我早已热泪涟涟!陈洵《海绡说词》(抄本)评下片曰:"所谓'何曾再问',正急于欲问也。'旧曲''谁听','念我''关情',问之不已,特不知故人在否耳。拙重之至,弥见沉浑。"俞陛云《宋词选释》则曰:"下阕'旧曲'三句,作一顿挫,以下如乘溜放舟,不须篙橹,其情词之幽咽,若清夜啼猿,令人不怡也。"

　　这首词神奇之处在于,送别筵席上现实的唱曲场景,和词人回想中歌妓唱曲的场景迷离地叠合在一起;而下片离宴上的场景,实际是上片"上马人扶残醉"前事的回叙。除了构思铺叙的奇妙深曲、描绘的出神入化、写情的沉郁浩茫之外,作品的声律音韵也极为精审考究。夏承焘先生《唐宋词字声之演变》论此词字声云:"作'平去平'者,如《绮寮怨》一首中六句如此:'晓风吹未醒平''淡墨苔晕青''叹息愁思盈''去去倦寻路程''何须渭城''歌声未尽处,先泪零'。去声最为拗怒,取介在两平之间,有击撞夐捺之妙;今虽词乐失传,但依字声读之,犹含异响。"仅此一端,足见此词在声律上之精切动人。

拜星月①

秋思②

夜色催更,清尘收露,小曲幽坊月暗③。竹槛灯窗,识秋娘庭院④。笑相遇,似觉琼枝玉树,暖日明霞光烂⑤。水盼兰情,总平生稀见⑥。　　画图中、旧识春风面,谁知道、自到瑶台畔⑦。眷恋雨润云温,苦惊风吹散⑧。念荒寒、寄宿无人馆,重门闭、败壁秋虫叹⑨。怎奈向、一缕相思,隔溪山不断⑩。

注释

① 《拜星月》词调为周邦彦始创。此系慢词,毛本、四印斋本作《拜星月慢》。陈本注调名"高平"。
② 陈本原题如此,《百家词》、四印斋本同题。《草堂》《词统》《诗馀醉》《词的》题作"秋怨"。《粹编》、毛本无题。
③ 夜色催更:夜色降临,时而响起报更的鼓声。清尘收露:清轻的尘埃,被露水覆盖。小曲幽坊:指坊曲,妓女所居之地。见前《瑞龙吟》(章台路)注③。
④ 竹槛(jiàn 建):竹栏杆。秋娘:唐代歌妓女伶的通称。后遂代指歌妓。见前《瑞龙吟》(章台路)注⑦。
⑤ 琼枝玉树:此处形容佳人容颜体态华丽娇美。参见江淹《古离别》:"愿一见颜色,不异琼树枝。"柳永《尉迟杯》:"绸缪凤枕鸳被,深深处、琼枝玉树相倚。"另见前《黄鹂绕碧树》(双阙笼嘉气)注⑩。"似觉"句:毛本作"似觉琼枝玉树相倚"。郑

303

拜星月（画图中、旧识春风面，谁知道、自到瑶台畔）

校本、彊村本从毛本,增"相倚"二字。按陈允平和词此句为六字句,其所据版本自为六字句。又《草堂》、《百家词》、《词统》、《词的》、四印斋本皆无"相倚"二字。故此处仍依陈本原貌。明霞光烂:形容女子明媚娇艳,光彩动人。参见曹植《洛神赋》写洛神之美:"远而望之,皎若太阳升朝霞。"

⑥ 水眄(miǎn 勉)兰情:形容佳人似水眼波,如兰幽情。陈注引《韩琮集》:"吴鱼岭雁无消息,水眄兰情别来久。"水眄,毛本注:"或作'木眄',非。"

⑦ "画图"句:原本在画图中就见识了"秋娘"美丽的面容。化用杜甫《咏怀古迹五首》之三:"画图省识春风面,环佩空归月夜魂。""谁知道"句:谁知竟能到瑶台与"秋娘"相会。瑶台,传说中神仙居处。王嘉《拾遗记·昆仑山》:"傍有瑶台十二,各广千步,皆五色玉为台基。"李白《清平调词三首》之一:"若非群玉山头见,会向瑶台月下逢。"这里瑶台代指"秋娘庭院"。

⑧ 雨润云温:比喻男女欢会。典出宋玉《高唐赋》序,见前《氐州第一》(波落寒汀)注⑨。云温,《粹编》作"云湿",非,"湿"与"润"重叠,平仄亦不协。

⑨ 无人馆:《词统》作"无人管",误。败壁秋虫叹:参见欧阳修《秋声赋》:"但闻四壁虫声唧唧,如助余之叹息。"

⑩ 怎奈向:怎奈。向,语气助词。《草堂》作"怎奈何",《词统》《词的》作"争奈何"。

解读

词人远行途中,寄宿于荒寒孤馆,回忆往日一段幽情,思念远方佳人,情动于衷,写下了这首刻骨铭心的相思之作。具体写作时间地点,难以考索。清人黄苏《蓼园词选》谓是"美成以内廷供奉出守顺昌"途中所作,未知所据;又谓"依依恋主之情,'隔溪山不断',饶有敦厚之致",则未免游离文本,穿凿附会。

　　上片回想往日相逢情形。开篇三句,欲引出女主角,便先从她所在的环境写起:夜色降临,仿佛在催促着报更的鼓声,转眼就要到三更天了;清轻的尘埃,被晶莹的露水浸润,路上纤尘不起;在那坊曲幽巷深处,月色朦胧之地,便是歌楼妓馆所在。由此引出竹栏灯窗、庭院之中,初识那歌妓的情形:相遇时,难忘她笑靥可人,明艳华美犹如琼枝玉树,神采照人又如暖日彩霞般绚烂,明眸善睐如同秋水澄澈动人,性情优雅又似兰花温馨幽静。如此绝色佳人,真是世间罕见。此处描绘女子形象之胜,不在摹形,重在传神,堪比曹植《洛神赋》。所以,清人周济《宋四家词选》评论道:"但读前阕,几疑是赋也。"下片感念云雨之情,又感叹转瞬天各一方。换头三句,紧接上片惊艳之感,进一层渲染这份情缘:原先只在图画里见过她的肖像,心中徒生倾慕而已,谁知道竟然有机会造访香闺,一亲仙女芳泽,更有云雨缠绵之情,让人眷恋不已。但"苦惊风吹散"一句,陡然一跌,前情忽如风卷云雨而去。周济《宋四家词选》评曰:"换头再为加倍跌宕之,他人万万无此力量。""念荒寒"以下,回到现实场景,抒写离愁别恨:如今我独自远行在外,投宿在荒凉偏僻、孤寂凄冷的客馆,重重门户紧闭,破墙残壁间,只有秋虫在声声哀叫;纵然与她万水千山相隔,怎么也隔不断我那一缕相思之情。明代卓人月《古今词统》点评说:"虫曰'叹',奇。"并说王实甫《西厢记》第四本《草桥店梦莺莺》许多铺写,当为此一"叹"字屈首。近人俞陛云《宋词选释》评析亦甚精湛:"下阕'雨润云温',何等旖旎;秋虫空馆,何等荒寒。两相写照,情孰能堪!人与秋蛩,同声叹息矣。"

　　此词擅胜之处,首先是叙事辗转腾挪,笔力矫健,又妙入毫芒。诚如陈廷焯所评:"迤逦写来,入微尽致"(《云韶集》),"曲折恣肆,笔情酣畅"(《词则·别调集》)。又如乔大壮手批《片玉集》

所论:"此篇转折酣美,学此法者不可不知。"其次,刻画佳人形象,神韵飞动,呼之欲出。如唐圭璋所言:"'笑相遇'以下数句,极称人情态缠绵。"(《唐宋词简释》)再次,语词妍丽典雅,对仗丰美别致。比如,既有"夜色催更,清尘收露"这样通行的对句,又有"小曲幽坊""竹槛灯窗""水昑兰情""雨润云温"等一连串的句中对,更有"似觉"两个六字句中"琼枝玉树"与"暖日明霞"这样特殊的对法,可见词人艺术技法之娴熟丰富。

尉迟杯①

离恨②

隋堤路,渐日晚、密霭生深树③。阴阴淡月笼沙,还宿河桥深处④。无情画舸,都不管、烟波隔南浦。等行人、醉拥重衾,载将离恨归去⑤。　　因念旧客京华,长偎傍疏林,小槛欢聚⑥。冶叶倡条俱相识,仍惯见、珠歌翠舞⑦。如今向、渔村水驿,夜如岁、焚香独自语⑧。有何人、念我无憀,梦魂凝想鸳侣⑨。

注释

① 陈本注调名"大石"。
② 陈本原题如此,《百家词》、四印斋本同题。《草堂》、《词统》、

《诗馀醉》、《词的》、毛本题作"离别",《粹编》题作"离情"。

③ 隋堤:见前《兰陵王》(柳阴直)注④。密霭(ǎi 蔼):浓云密雾。深树:枝叶繁茂之树。

④ 阴阴:形容光色幽暗。淡月笼沙:化用杜牧《泊秦淮》:"烟笼寒水月笼沙,夜泊秦淮近酒家。"

⑤ "无情"四句:化用郑文宝《柳枝词》:"亭亭画舸系寒潭,直到行人酒半酣。不管烟波与风雨,载将离恨过江南。"画舸(gě 葛),画船,装饰华美的船。南浦,南面的水边。诗赋中特指送别之地。屈原《九歌·河伯》:"子交手兮东行,送美人兮南浦。"江淹《别赋》:"春草碧色,春水渌波,送君南浦,伤如之何。"南浦,毛本作"前浦"。蒋礼鸿先生《大鹤山人校本〈清真词〉笺记》以为周词全用"亭亭画舸系寒潭"一诗语,"与'南浦'无涉,当作'前浦'。'前浦'者,去程之所经者也。"可备一说。拥,裹。重衾(chóng qīn 虫亲),两层被子。

⑥ 因念:毛本作"因思"。京华:京城之美称。此指东京(开封)。偎傍:紧挨,紧靠。柳永《凤栖梧》:"旋暖熏炉温斗帐,玉树琼枝,迤逦相偎傍。"小槛(jiàn 建):小栏杆,代指亭台。吴融《凉思》:"松间小槛接波平,月澹烟沉暑气清。"

⑦ 冶叶倡条:形容杨柳枝叶婀娜多姿。借指歌妓。语本李商隐《燕台四首·春》:"蜜房羽客类芳心,冶叶倡条遍相识。"珠歌翠舞:指女子美妙的歌舞。珠翠,原指珍珠和翡翠,女子华贵的饰物,代指歌妓。参见王灼《碧鸡漫志》:"宫妓佩七宝璎珞舞此曲,曲终,珠翠可扫。"

⑧ 渔村:《诗馀醉》《词的》作"鱼村"。水驿:水路驿站。夜如岁:谓孤独之夜漫长如年。

⑨ 无憀(liáo 聊):空虚而郁闷,无聊。参看白居易《代书诗一百韵寄微之》:"无憀当岁杪,有梦到天涯。"凝想:凝神想念。陈

本原作"疑想",此依彊村本,从毛本改。鸳侣:鸳鸯伴侣,喻指爱侣、情侣。温庭筠《偶游》:"与君便是鸳鸯侣,休向人间觅往还。"柳永《女冠子》:"绮罗丛里,有人人、那回饮散,略曾谐鸳侣。"

解读

词人由水路离开东京(开封)赴外任,途中夜宿于荒僻的渔村水驿,回想京城繁华,思念昔日情侣,不胜今昔之慨,因作此篇。据黄苏《蓼园词选》推想,"此词应是美成由待制出知顺昌,初出汴京时作"。按周邦彦于政和八年(重和元年,1118)出知真定府(今河北正定),次年才改知顺昌府(今安徽阜阳);故即使参考黄苏之见,亦应改为出知真定府时所作才是。是年词人六十三岁。品味词意,似乎更有可能是元祐二年(1087)词人三十二岁离京赴庐州(今安徽合肥)时所作,也有可能是政和二年(1112)词人五十七岁出京知隆德府(今山西长治)时所作。

上片写景为主,状离京情境。前四句绘入夜之景,引出河桥深处泊船之所:隋堤路上,天色渐晚,浓密的夜雾弥漫在幽深的柳树间,阴冷暗淡的月光笼罩着水边沙滩,河桥深处停泊的便是即将出行之船。俞平伯《清真词释》解释说:"古人行旅,有二境焉。陆路无论车马或步行,多在绝早起身上路,如'鸡声茅店月,人迹板桥霜'是也。水行则多在傍晚上船,开船在半夜或侵晨,然总在醉梦朦胧之际,故别有一番风味。""无情"以下四句,即写深夜醉梦间乘船离京:精美的画船最是无情,它根本不管人间离情,就在烟波迷蒙的南浦行将启动;等到行人在离宴上喝得大醉,裹上厚厚的被子,船便满载着离愁别恨出发了。下片写情为主,抒今昔之慨、相思之愁。"因念"五句,回想京城欢乐时光;往日在京师,常到小树林边的亭台楼阁嬉游欢聚;青楼中那些歌妓

309

舞女我都认识,也看惯了她们华丽的服饰、美妙的歌舞。"如今"以下四句,笔锋一转,回到冷清的现实世界:现在向荒凉的渔村水驿行宿,漫漫长夜,难熬如年,独自焚香,喃喃自语;又有谁知道我如此无聊,只寄望在梦中能和情侣相逢。后人对此词末句颇有不同评价。南宋沈义父《乐府指迷》批评末句"轻而露","便无意思,亦是词家病,却不可学也";清代周济《宋四家词选》说"一结拙甚";谭献评《词辨》亦说"收处颇率意"。近人况周颐《蕙风词话》则批评沈义父"非真能知词者",赞赏周邦彦"此等语愈朴愈厚,愈厚愈雅,至真之情由性灵肺腑中流出,不妨说尽,而愈无尽"。唐圭璋《唐宋词简释》亦赞许说:"末句,言此际无人念我,我则念人不置,用意极朴拙浑厚。"

这首词构思缜密,沿用上景下情结构,而景中含情,写情亦带画面。同时,叙述上,顺序而下,中间又穿插闪回,所以读来鲜活灵动,不板不滞。周济《宋四家词选》评曰:"南宋诸公所断不能到者,出之平实,故胜。"出之平实,亦有灵变,此方是南宋词人断不能到者。此外,词人亦善用对比之法,以往昔京城热闹欢娱,反衬而今寂寞冷清,以梦想与情侣欢会,反衬现实中长夜难熬、孤独自语。这些都能深化离愁别恨的主题。

绕佛阁[①]

旅情[②]

暗尘四敛,楼观迥出,高映孤馆[③]。清漏将短,厌闻夜久,签声动书幔[④]。桂华又满,闲步露草,偏爱幽远⑤。花气清婉，望中迤逦，城阴度河岸⑥。

倦客最萧索，醉倚斜桥穿柳线⑦。还似汴堤，虹梁横水面⑧。看浪飐春灯，舟下如箭⑨。此行重见，叹故友难逢，羁思空乱⑩。两眉愁、向谁舒展⑪。

注释

① 《绕佛阁》词调为周邦彦始创。陈本注调名"大石"。戈载《宋七家词选》谓此词应是三叠，以"桂华又满"为第二叠起句，盖字数相等，合双拽头之体。夏承焘先生《唐宋词字声之演变》亦谓《绕佛阁》为双拽头，且四声多合。又，毛本《梦窗词》误收此词。

② 陈本原题如此，《百家词》、四印斋本同题。《草堂》、毛本题作"旅况"。

③ 暗尘：累积的尘埃。李隆基《同刘晃喜雨》："飒飒飞平野，霏霏静暗尘。"楼观：指楼殿之类的高大建筑物。《后汉书·宦者传·单超》："其后四侯转横，……皆竞起第宅，楼观壮丽，穷极伎巧。"迥(jiǒng窘)出：高耸，突出。映：映衬。

④ 清漏：清晰的滴漏声。古代以漏壶滴漏计时。清漏亦借指时间。清漏将短，是说春分后夜晚时间将变短。签声：古代晚间报更时，更筹掷地的响声。见前《法曲献仙音》(蝉咽凉柯)注②。动：惊动。书幔：书房的帷幔。借指书房。

⑤ 桂华：指月亮。见前《解语花》(风销焰蜡)注④。露草：指带露水的草地。李端(一作顾况)《春游乐二首》之一："褰裳踏露草，理鬓回花面。"幽远：幽静僻远之地。皎然《郭北寻徐主簿别业》："近依城北住，幽远少人知。"

⑥ 清婉:清新美好。迤逦(yǐ lǐ 以礼):曲折连绵的样子。城阴:指月夜中城墙的影子。杜甫《东楼》:"楼角临风迥,城阴带水昏。"度河岸:指城墙倒影一直伸展到城河对岸。

⑦ 萧索:凄凉,萧条冷清。倚斜桥:参见韦庄《菩萨蛮》:"骑马倚斜桥,满楼红袖招。"柳线:即柳丝,细长的柳枝。范云《送别》:"东风柳线长,送郎上河梁。"皮日休《谏议以罢郡将归以六韵赐示因伫酬献》:"隔花攀去棹,穿柳挽行衣。"

⑧ 汴堤:汴京(开封)的河堤。虹梁:此指汴京虹桥。参见孟元老《东京梦华录》卷一:"自东水门外七里至西水门外,河上有桥十三。从东水门外七里,曰虹桥,其桥无柱,皆以巨木虚架,饰以丹艧,宛如飞虹。"

⑨ 飐(zhǎn 展):原指风吹颤动。此指摇动。春灯:春夜之灯。杜甫《船下夔州郭宿,雨湿不得上岸,别王十二判官》:"风起春灯乱,江鸣夜雨悬。"舟下如箭:形容船行迅疾。

⑩ 羁思:客居异乡之愁思。鲍照《绍古辞七首》之三:"纷纷羁思盈,慊慊夜弦促。"

⑪ 两眉愁:参见杨凝《别李协》:"明月峡添明月照,蛾眉峰似两眉愁。"向谁舒展:毛本作"向谁行展"。蒋礼鸿先生《大鹤山人校本〈清真词〉笺记》谓"行"作"舒",写者妄改之,此"谁行"即《少年游》词"低声问向谁行宿"之"谁行","行"犹"边"也。可备一说。

解读

近人陈思《清真居士年谱》系此词于大观三年(1109),推测似是词人南归过苏州时所作,"故友难逢"盖谓岳楚云(参见后《点绛唇·伤感》之"解读")。聊备一说。今人又有政和六年(1116)词人还京途中所作等不同说法,然皆无依据,难以凭信。

上片写景,描绘夜宿孤馆时所见所闻。首三句,先点时间地点,引出夜间寄宿的客馆:四处的尘埃平息下来,高耸的楼观灯火辉煌,映衬出客馆的冷清孤寂。"清漏"二句,由室外转入室内,由所见转向所闻:深夜短促的滴漏报更声传入书房,颇影响看书歇息,令人十分生厌。"桂华"六句,复由室内转向室外:因为室内受到搅扰,所以走出门外散心;外面月光清澈,又是月圆时候,漫步在布满露水的芳草地上,特别喜欢这幽静僻远之地,花香清新淡雅,远远望去,月光下连绵不断的城墙的阴影,一直投射到城河对岸。下片述情,抒发倦客(词人)羁旅怀人之情。换头承接上片,点出主旨,并引起对京城的回忆:我这疲倦的行客,多么凄凉孤苦!醉意朦胧地靠在挂满柳丝的斜桥上,好像就站在汴京隋堤横跨水面的虹桥上,看着风浪摇晃灯火,目送载着友人的船如飞箭一般地离去。"此行"以下,又转回到现实场景:此次出行,旧景重见,可叹旧友难逢,只能空怀一腔缭乱的客愁;聚结在双眉间的愁绪,还能向谁去舒展呢!

这首词构思精巧,铺叙辗转,富有变化。外景转回内景,内景复转至外景;眼前实景幻化至往昔场面,复切回当下场景:时空辗转,皆驾驭自如,操控流利。乔大壮手批《片玉集》说"此篇组织甚密,不可轻之",自有其道理。其次,写景如画,语辞俊美。例如俞陛云《宋词选释》评"桂华"六句与"看浪飑"二句曰:"写景真切,语复俊逸,惟清真擅此,柳屯田差相伯仲。"此外,字声考究,更是词人绝技。例如夏承焘先生《唐宋词字声之演变》说:"此(按指此词上半部分)十句五十字中,'敛'上去通读,'迤''动''迥'阳上作去,'出'清入作上:四声盖无一字不合;此开后来方千里、吴梦窗全依四声之例;《乐章集》中,未尝有也。"至于杨铁夫《清真词选笺释》说"拙朴为此调特色",犹是泛泛之谈。

313

一寸金①

新定作②

州夹苍崖，下枕江山是城郭③。望海霞接日，红翻水面，晴风吹草，青摇山脚④。波暖凫鹥作，沙痕退、夜潮正落⑤。疏林外、一点炊烟，渡口参差正寥廓⑥。　　自叹劳生，经年何事，京华信漂泊⑦。念渚蒲汀柳，空归闲梦，风轮雨楫，终孤前约⑧。情景牵心眼，流连处、利名易薄⑨。回头谢、冶叶倡条，便入渔钓乐⑩。

注释

① 陈本注调名"小石"。
② 陈本原题"江路"，四印斋本同题。《花庵》题作"新定作"，毛本题作"新定词"。此据《花庵》改。新定：唐天宝元年(742)改睦州为新定郡，治建德(今浙江建德梅城)；乾元元年(758)复改新定郡为睦州；北宋至周邦彦时代仍沿称睦州。
③ "州夹"二句：描绘浙江中上游睦州一带山水形胜。参见周邦彦《睦州建德县清理堂记》："浙西之壤，与江而接者，穷于新定。大江渺绵，陆地险阻，其势若与下流诸郡斗绝。重山复岭，环抱万室，朝霏夕岚，与人俯仰。"此文载《永乐大典》卷七千四百二十一"堂"字韵。
④ "望海霞"四句：参见李白《早望海霞边》："四明三千里，朝起

赤城霞。日出红光散,分辉照雪崖。"杜甫《晴二首》之一:"碧知湖外草,红见海东云。"

⑤ 凫鹥(fú yī 扶医):野鸭和鸥鸟,泛指水鸟。《诗经·大雅·凫鹥》:"凫鹥在泾,公尸来燕来宁。"赵嘏《发青山》:"凫鹥声暖野塘春,鞍马嘶风驿路尘。"作:起。《钦定词谱》"作"作"泳"。沙痕退:指潮退露出沙痕。参见梅尧臣《黄河》:"川气迷远山,沙痕落秋涨。"

⑥ 疏林:稀疏的林木。参差(cēn cī 岑阴平疵):形容水波高低起伏。这两句连同上两句,可参见苏轼《书李世南所画秋景二首》之一:"野水参差落涨痕,疏林欹倒出霜根。"寥廓:空阔广远。

⑦ 劳生:指辛苦劳累的生活。语本《庄子·大宗师》:"夫大块载我以形,劳我以生,佚我以老,息我以死。"经年:积年,多年。京华:指京城。信:确实,的确。

⑧ 渚(zhǔ主)蒲汀(tīng厅)柳:水中的蒲草和岸边的杨柳。渚,水中小块陆地。渚蒲,《百家词》作"渚芦"。风轮雨楫(jí集):风中车轮,雨中船桨。形容凄风苦雨的行旅。辜:违背,辜负。

⑨ "流连"句:谓流连风景,容易看淡名利。

⑩ 谢:辞却,谢绝。冶叶倡条:指舞女歌妓。见前《尉迟杯》(隋堤路)注⑦。便入:朱校曰:"毛本'便'作'更'。"渔钓:指隐逸江湖。东汉严光(子陵)归隐富春山,垂钓江畔,后人名其钓处为严陵濑。

解读

这首词《花庵词选》题为"新定作"。王国维《清真先生遗事》称"先生晚年自杭徙居睦州","集中《一寸金》词,恐亦在睦州时改定也"。新定,即睦州,治所在今浙江省建德市梅城镇。据周邦彦建中靖国元年(1101)七月所作《睦州建德县清理堂记》推定,此词亦当作于同一年。是年词人四十六岁,告假自京城南归,曾至睦州。这首词由睦州山水佳景,引出长年劳顿漂泊之感叹,兴发谢绝名利、归隐江湖之愿景。

上片写睦州江山美景。开篇两句先是鸟瞰全景:睦州城青山夹峙,三江(富春江、新安江、兰江)汇流,城郭依山傍水而建,风光绝胜。"望海霞"四句,由远及近,极写水光山色之胜,由此引起江路所见之景:遥望海天,旭日东升,红霞绚烂,倒映江面;晴日和风吹拂,山脚下一片青葱,草木随风起伏摇曳。"波暖"四句,细细描出一幅幅特写画面:近看江面,春来水暖,各种水鸟在江面腾飞;夜间涨上来的潮水,正渐渐退去,沙滩露出层层水痕;远望疏林之外,一缕炊烟袅袅,渡口水波激荡,江天辽远空阔。俞陛云《宋词选释》评此词曰:"胜处全在上阕,写江路景物如画,好语穿珠,无懈可击。"下片抒发归隐江湖之情。换头三句,直抒胸襟,自叹人生辛劳,何苦长年漂泊,又徒然滞留京城。"念渚蒲"以下,转入退隐之思:长期水路所经,无非蒲叶岸柳,空留隐逸之思于梦中;经年长途漂泊,每多风雨苦旅,辜负先前归隐之约。所以,看到上片描述的江山美景,流连欣赏之余,更容易看淡名利,由此再次牵动内心归隐之情。末二句下了最终的决定:回头就谢绝京城里歌舞升平的生活,飘然归隐江湖,尽享渔钓之乐。这里词人想到汉代严光(子陵)隐逸垂钓的榜样,是因为严光钓台就在睦州辖境,也是词人江路必经之地。

此词上景下情,章法井然。写景历历如画,景别由远及近,复由近至远,视角富于变化。上片"海霞"四句,为扇面对,辞采华美,色泽鲜丽,光影灵动;下片"渚蒲"四句,亦为扇面对,就景写情,意近旨远,情思浓郁。

蝶恋花[①]

秋思[②]

月皎惊乌栖不定,更漏将残,辘轳牵金井[③]。唤起两眸清炯炯,泪花落枕红绵冷[④]。　　执手霜风吹鬓影,去意徊徨,别语愁难听[⑤]。楼上栏干横斗柄,露寒人远鸡相应[⑥]。

注释

① 陈本注调名"商调"。
② 陈本原题如此,《百家词》、四印斋本同题。《花庵》、毛本题作"早行",《草堂》《粹编》《词统》《诗馀醉》《词的》作"晓行"。
③ "月皎"句:参见庾信《就蒲州使君乞酒》:"鸟寒栖不定,池凝聚未流。"王昌龄《途中作》:"坠叶吹未晓,疏林月微微。惊禽栖不定,寒兽相因依。"月皎:月色洁白明亮。语本《诗经·陈风·月出》:"月出皎兮,佼人僚兮。"更漏将残:谓夜晚将尽。更漏,古代滴漏计时,夜间以滴漏刻度传更,故名。将残,《花庵》、《诗馀醉》、毛本作"将阑"。"辘轳"句:指室外有人早起,转动辘轳,从井里打水。参见吴均《行路难五首》之四:"唯闻哑哑城上乌,玉栏金井牵辘轳。"欧阳修《鹎鵊词》:"一声两声人渐起,金井辘轳闻汲水。"辘轳(lù lù 历鹿),辘轳的转动声。辘轳是装在井上用来汲取井水的起重装置。陈本原作"辘轳",彊村本从毛本、《草堂》改作"辘轳",当是基于平仄考虑。据改。金井,井栏上有雕饰的井。

蝶恋花(执手霜风吹鬓影,去意徊徨,别语愁难听)

④ 两眸(móu谋):两颗眼珠。清:清澈。毛本作"青"。炯(jiǒng窘)炯:形容双眼睁开而明亮的样子。《楚辞》严忌《哀时命》:"夜炯炯而不寐兮,怀隐忧而历兹。"红绵:同红棉,即木棉,因开花红色得名。此指用木棉做枕芯的枕头。红绵,《词统》注:"一作'胭脂'。"

⑤ 执手:握手,拉手。《古诗为焦仲卿妻作》:"执手分道去,各各还家门。"霜风:刺骨的寒风。萧衍《撰孔子正言竟述怀》:"仲冬寒气严,霜风折细柳。"吹鬓影:参见李贺《咏怀二首》之一:"弹琴看文君,春风吹鬓影。"鬓影,鬓发的影子,指鬓发。语本骆宾王《在狱咏蝉》:"那堪玄鬓影,来对白头吟。"徊徨(huái huáng怀皇):徘徊彷徨。形容心神不宁或惊悸不安。蔡邕《琴操》卷下引王嫱《怨旷思惟歌》:"虽得餧食,心有徊徨。"徊徨,毛本作"徘徊"。难听:难以为听,不忍听。

⑥ 栏干:《百家词》、四印斋本作"阑干",则是形容星斗横斜低转的样子。参见古乐府《善哉行》:"月没参横,北斗阑干。"斗柄:北斗七星中,一至四颗星像斗,五至七颗星像柄。横斗柄,意为夜将尽。杨广《月夜观星》:"更移斗柄转,夜久天河横。"末二句可参见刘禹锡《和河南裴尹侍郎宿斋天平寺诣九龙祠祈雨二十韵》:"咿喔晨鸡鸣,阑干斗柄垂。"

解读

　　清真词中脍炙人口的名篇。词写凄冷的清晨一对男女的离别场景。创作时间难以考定。近人陈思《清真居士年谱》以为大观二年冬南归时所作,其说并无实据。

　　上片描绘凌晨分别之前情状。起句先写月光皎洁,夜晚明亮如同白昼,使得夜乌难以入眠,惊啼不已。词人匠心独运,由巢中不眠之惊乌,暗暗引出闺中难眠之人;从夜半惊乌之啼,到将尽之夜漏声,以及邻人晨起打水之动静,逐次写出深夜至清晨之时间流逝,而种种声响皆由闺中之人听得,隐隐点出其长夜不寐情形。明代卓人月《古今词统》引徐士俊评语曰:"夜色晨光将断将续之际,写得黯然欲绝。""唤起"二句,写离别在即,凄然起床情景。男子行将出发,唤起女子,只见其双眸澄澈明亮,满含清泪,再看枕上,夜间泪水早已湿透枕芯,一片冰冷。此二句,不仅补足前三句之虚写,而且描述细致传神,写情透彻入骨,令后人赞叹不已。明朝文学家王世贞《艺苑卮言》评此二句曰:"其形容睡起之妙,真能动人。"清初词学家沈谦《填词杂说》赞"唤起"句道:"传神阿堵,已无剩美。"下片描绘临别与别后情景。"执手"三句,写离别之时依依不舍:送出门外,霜风凄冷,吹动鬓发,执手相看,泪眼朦胧,欲行又止,徘徊再三,临别之语,哀伤欲绝,不忍细听。末二句,写既别之后景象,将男女二人所处的不同空间,即清晨孤寂空冷的阁楼,与露冷人远、鸡声相应的旷野组合起来,以景结情,把难尽之言生动具象地描绘出来。诚如俞平伯《清真词释》所说:"末两句上写空闺,下写野景,一笔而两面俱彻。"

　　这首词以描写细腻传神著称,词人描绘场景,刻画人物,意象鲜活,声情并茂,言近旨远;同时,构思精致绵密,铺叙井然有序。俞陛云《宋词选释》评此纪别之词曰:"从将晓景物说起,而唤睡醒,而倚枕泣别,而临风执手,而临别依依,而行人远去,次第写出,情文相生,为自来录别者希有之作。结句七字神韵无穷,吟讽不厌。在五代词中,亦上乘也。"俞平伯《论诗词曲杂著》亦赞此词曰:"隐复之妙,直达上乘,所谓尺幅有千里之势,必此等作品方足以当之。至于文词之美犹其馀事。"

如梦令①

思情②

尘满一绷文绣,泪湿领巾红皱③。初暖绮罗轻,腰胜武昌官柳④。长昼,长昼,困卧午窗中酒⑤。

注释

① 毛本作《宴桃源》,为《如梦令》别名。陈本注调名"中吕"。
② 陈本原题如此,四印斋本同题。毛本无题。
③ "尘满"句:言女子无心刺绣,刺绣品弃置一旁,尘封已久。绷(pēng砰):素底没有花纹的丝织品。尘满一绷,毛本作"尘暗一枰",注云:"《清真集》作'尘满一绷文绣'。"文绣,刺绣。蒋礼鸿先生《大鹤山人校本〈清真词〉笺记》引周采泉、戴望舒之说,援戏曲、小说之例,言绷可为绷,单言绷,盖紧绑之义。依蒋说,一绷文绣即紧绑一丝织品以供刺绣者。领巾:披或系在脖子上的织品。庾信《春赋》:"镂薄窄衫袖,穿珠帖领巾。"
④ 绮罗:指华贵的丝绸衣服。"腰胜"句:意为腰身纤细消瘦可比柳枝。此句化用刘禹锡《有所嗟二首》之一:"庾令楼中初见时,武昌春柳似腰肢。"又王安石《送方劭秘校》:"武昌官柳年年好,他日春风忆此时。"官柳,指大道上的柳树。
⑤ 困卧:毛本作"闲卧"。中(zhòng众)酒:醉酒。岑参《与独孤渐道别长句兼呈严八侍御》:"中酒朝眠日色高,弹棋夜半灯花落。"

解读

　　这是一首代言体闺思词,描绘闺中女子思念郎君之情,大约是词人早期作品。

　　首句先从闺中废弃已久、布满灰尘的刺绣品写起,透露女主人公早已无心女红,暗示心上人出行良久、迟迟未归的讯息,婉转地为下文铺垫。"泪湿"句是正面描写女子忧思哀伤的情绪:不但泪湿领巾,而且红巾起皱,极写出泪水之多、忧伤之久。"初暖"二句,转写女子的身形:天气日渐转暖,换上轻薄的绮罗单衫,显露出纤细的柳枝般的腰身。这里并非赞美女主人公身形苗条,实在是形容她长期情思忧伤而消瘦憔悴。末三句,是说将近夏日,白天时间越来越长,女子无所事事,借酒浇愁,沉醉至中午,困卧窗下不起。这里除了可以洞见她百无聊赖、孤苦寂寞的情形外,还可以推想她夜不能寐的情状。

　　这首小令,写女主人公凄苦的相思之情,没有一句正面交待原委,没有一句直接抒发情思,以白描为主,寥寥数笔,鲜活地勾勒出闺中场景和女子泪容身形,语辞简约,而涵意蕴藉丰盈,耐人细品。

如梦令

闺情①

　　门外迢迢行路,谁送郎边尺素②。巷陌雨馀风,当面湿花飞去③。无绪,无绪,闲处偷垂玉箸④。

注释

① 陈本原题如此。《百家词》、《粹编》、毛本、四印斋本无题。
② 迢(tiáo 条)迢：道路遥远的样子。潘岳《内顾诗二首》之一："漫漫三千里，迢迢远行客。"萧统《饮马长城窟行》："行客行路遥，故乡日迢迢。"郎边：情郎那边，情郎那里。尺素：小幅的绢帛，古人多用来写信，因常以尺素代指书信。见前《一落索》(杜宇思归声苦)注③。
③ 巷陌：通称街巷。湿花飞去：参见庾信《同颜大夫初晴》："湿花飞未远，阴云敛向低。"
④ 无绪：没有情绪。何逊《下直出溪边望答虞丹徒》："伫立日将暮，相思忽无绪。"玉箸(zhù 助)：指女子的眼泪。见前《风流子》(枫林凋晚叶)注⑨。

解读

这也是一首闺思词，与上一篇《如梦令》或为同时期之作。

跟上一首含蓄蕴藉、不肯直叙原委不同，这首作品一开始就交代了闺中女主人公之情思：情郎出门远行，相隔千里迢迢，有谁知道情郎所在，能将情郎那边的音信送来，又能将我的书信捎去。"巷陌"二句，转而写景，以景衬情，借景宣情：雨后的街巷，阵阵冷风吹过，片片湿花在眼前飞过，飘零路上。这两句景语，多弦外之音，言外之意，既承接了上两句情语，以凄风苦雨渲染了愁苦的思绪，以凋零的花瓣隐喻了女子憔悴的面容，同时又自然地牵引起下文情语，可谓一举三得，衔接精妙。末三句承上文凄清景象，直抒胸臆：此情此景，令人黯然神伤，只能独自向隅而泣。

这首《如梦令》以抒情为主，抒情之中，又穿插着写景，直白的抒写胸臆,与婉转的借景寄情相结合,颇有顿挫辗转之妙,虽为小令,亦极有技法。

月中行①

怨恨②

蜀丝趁日染干红,微暖面脂融③。博山细篆霭房栊,静看打窗虫④。　　愁多胆怯疑虚幕,声不断、暮景疏钟⑤。团团四壁小屏风,啼尽梦魂中⑥。

注释

① 此首陈本未注宫调名。
② 陈本原题如此,《百家词》、四印斋本同题。《白雪》、《粹编》、《词统》、毛本无题。
③ 蜀丝:蜀地出产的丝织品。干红:深红色。项斯《旧宫人》:"自出先皇玉殿中,衣裳不更染深红。"面脂:润面的油脂。《词统》、毛本作"口脂"。
④ 博山:指博山香炉,古香炉名。因炉盖上造型似传闻之海上名山博山而得名。《西京杂记》卷一记载:长安巧工丁缓"作九层博山香炉,镂为奇禽怪兽,穷诸灵异,皆自然运动。"鲍照《拟行路难十八首》之二:"洛阳名工铸为金博山,千斫复万镂,上刻秦女携手仙。承君清夜之欢娱,列置帏里明烛前。外发龙鳞之丹彩,内含麝芬之紫烟。如今君心一朝异,对此长叹终百年。"后以博山炉代指名贵香炉。细篆:指焚香时所

起的烟缕。因细烟曲折如篆文,故称。细篆,《雅词》作"细炷"。靄(ǎi 蔼):原指云气、烟雾,这里作动词用,指烟气飘升。房栊:指窗棂,这里泛指房屋。《文选·张协〈杂诗十首〉之一》:"房栊无行迹,庭草萋以绿。"李周翰注:"栊亦房之通称。"打窗虫:化用李商隐《水斋》:"卷帘飞燕还拂水,开户暗虫犹打窗。"

⑤ 胆怯疑虚幕:因虚空的帘幕而疑心胆怯。陈注引张君房《丽情集》:"爱爱歌云:'帐虚胆怯梦易破。'"虚幕,参见庾信《窦氏墓志铭》:"空帷旧馆,虚幕新封。"暮景疏钟:日落时稀疏的钟声。参见周繇《登甘露寺》:"日暮疏钟起,声声彻广陵。"

⑥ 团团:《雅词》、《白雪》、《百家词》、《词统》、毛本作"团围"。"啼尽"句:《白雪》作"泪尽梦魂中",《粹编》、毛本作"泪尽梦啼中"。泪尽梦啼中,语出萧纶(一作萧绎)《代秋胡妇闺怨》:"知人相忆否,泪尽梦啼中。"

解读

　　这首闺怨词写闺中女子对迟迟不归的郎君的思念怨恨。应该是词人早期作品。

　　上片写白天闺中女子情形,以描摹女子外形为主,写来安静又空寂。在微暖阳光的映照下,女子身上的蜀丝衣服更加鲜红亮丽,脸上的面脂也开始慢慢融化。博山香炉中升起缕缕烟霭,飘散在闺房里。女主人看着扑打窗棂的飞虫,无聊地独自发呆。女子的情思,在下文进一步展示出来。下片写傍晚和夜间的闺中女子,以揭示女子内心为主,写得孤独而凄怆。多愁加上胆怯,使得女主人公在傍晚天暗下来之后,特别紧张敏感,风吹帘幕,也会让她疑心害怕,更何况阵阵钟声,平添了许多哀愁忧伤。在四面环绕的小屏风里,她终于昏昏睡去,但在睡梦中,她一直哭泣。

明代卓人月《古今词统》评此词曰："闺词千万，何以梦啼一事，直待美成始出。可见眼前情形，从来遗忘者甚多。"按闺词写梦啼一事，未必始于周美成，但美成词善于描绘闺中日夜场景，更善于摹写女主人百无聊赖的孤寂情形，以及忧思惊怯、魂牵梦绕的内心世界，确实是胜人一筹的。

浣溪沙①

日薄尘飞官路平，眼前喜见汴河倾②。地遥人倦莫兼程③。　　下马先寻题壁字，出门闲记榜村名④。早收灯火梦倾城⑤。

注释

① 陈本均作《浣沙溪》，此依彊村本，统一改为《浣溪沙》。陈本注调名"黄钟"，无题。
② 日薄：傍晚，天色将黑之时。官路：原指官府修建的大道，后泛指大道。眼前：《白雪》、毛本、四印斋本作"眼明"。汴河：流经汴京（开封）的河流，起于浚仪（今开封西北），向东流至今徐州东北汇入泗水。倾：倾泻，流淌。
③ 兼程：以加倍速度赶路，日以继夜地赶路，一天赶两天的路程。
④ 题壁字：指题写在壁上的诗文。出门：《白雪》作"入门"。榜村名：村口匾额上题署的村名。榜，题署。
⑤ 倾城：指倾国倾城的美女。见前《六丑》（正单衣试酒）注⑤。

解读

绍圣三年(1096),周邦彦溧水任满,奉召返京为国子主簿。四十一岁的词人在赴汴京(开封)途中写了这首作品。

上片写长路奔波的困倦与希冀。黄昏时分,车马在平坦的大道上飞奔,扬起一片尘土,路途漫漫,人困马乏,不免要停车歇息。这里隐约透露出词人离京十年流落各地的况味。客途中颇让词人喜悦的是,又见到了熟悉的汴河,京城似乎就在眼前,十年飘零后重返京城,人生又充满了希望。下片写故地重游的怀旧之情。虽然已是十分疲倦,但词人并不急着休息,因为眼下落脚的村子,曾是当年经行之地,所以先要寻找当时题在村壁上的文字,核实一下村口匾额上的村名,回味那段经年的旧情往事。之后,才收灯归寝,期待梦中能重见昔日相识的绝色美女。

这首词写景如在眼前,景中寄情,情真景切,颇耐人玩味。俞陛云《宋词选释》评此词曰:"长途倦客,薄晚停车,土壁认欹斜之字,茅檐访村落之名,皆陆行旅客确有之情景。写景以真切为贵,此等词是也。"

浣溪沙①

贪向津亭拥去车,不辞泥雨溅罗襦②。泪多脂粉了无馀③。　　酒酽未须令客醉,路长终是少人扶④。早教幽梦到华胥⑤。

注释

① 此首陈本无题。

② 贪向:贪恋。津亭:古代建于渡口旁的亭子。此指送别之所。王勃《江亭夜月送别二首》之一:"津亭秋月夜,谁见泣离群。"拥:通"壅",阻塞,阻挡。"不辞"句:参见裴虔馀《柳枝词咏篙水溅妓衣》:"从教水溅罗裙湿,还道朝来行雨归。"罗襦(rú 如):绸制短衣。

③ "泪多"句:意为泪水把脸上的脂粉全都冲洗掉了。了,完全,全然。

④ 酒酽(yàn 厌):酒浓,酒味厚。曹唐《小游仙诗九十八首》之十四:"酒酽春浓琼草齐,真公饮散醉如泥。"

⑤ 华胥(xū 须):华胥氏之国。典出《列子·黄帝》:"(黄帝)昼寝而梦,游于华胥氏之国。华胥氏之国在弇州之西,台州之北,不知斯齐国几千万里。盖非舟车足力之所及,神游而已。其国无帅长,自然而已;其民无嗜欲,自然而已……黄帝既寤,怡然自得。"后多用以指梦境。

解读

这首与上一首《浣溪沙》略有相同之处,都写到客路漫长,都提到要及早入梦,但两首词描写的场景、表达的情感及写作手法则颇不相同。这应该是词人后期离开州郡任所时的作品。

上片写临别之际歌妓的苦苦留恋。词人的马车即将离开驿亭上路,前来送行的歌妓不顾雨天车子溅起的泥水,上前极力拦阻挽留,满脸的泪水和着雨水,把妆容冲洗殆尽。描绘生动,场面如见,人物鲜活,而情景凄楚。罗忼烈《清真集笺注》以为"下片设想于登程以后"。此固是一说,然细玩词意,下片当是歌妓临别叮咛之言:此去沿途不可贪饮浓酒,毕竟路途漫长,一旦醉倒,孤苦伶仃的没人搀扶照应,所以不如早早歇息为好。犹如《少年游》(并刀如水)之下片,温存体恤,缱绻浓情,声声在耳,字字暖心。

如果说,上一首《浣溪沙》是从词人主体的活动感受来写的话,那么这一首却是从对方的言行来写,词人的主体感受是从对方的情感折射出来的。人到晚年,蕴含于作品中的客途之恨和离别之痛,深邃沉重,更令人难以释怀。

浣溪沙[①]

不为萧娘旧约寒,何因容易别长安[②]。预愁衣上粉痕干[③]。　幽阁深沉灯焰喜,小炉邻近酒杯宽[④]。为君门外脱归鞍[⑤]。

注释

① 此首陈本无题。
② 萧娘:见前《四园竹》(浮云护月)注⑥。此指之前所恋女子。旧约:原先的约定。寒:心寒。容易:轻易。长安:古都名,在今陕西西安;唐以后诗文常借指京城。此处应指东京(开封)。或以为此处实指长安。
③ 预愁:指在忧愁之中。李中《送朐山孙明府赴寿阳幕府辟命》:"预愁别后相思处,月入闲窗远梦回。"
④ 灯焰喜:灯烛的火花形成吉祥喜兆之状。参见杜甫《独酌成诗》:"灯花何太喜,酒绿正相亲。"酒杯宽:谓开怀酣饮。参见杜甫《遣闷戏呈路十九曹长》:"晚节渐于诗律细,谁家数去酒杯宽。"
⑤ 脱归鞍:指迎接归来,帮助卸下马鞍。

解读

　　这首词写男子因"萧娘"爽约,而离开京城伤心之地,归去与幽阁女子重逢。细品此词,可能是词人出京外任时所作,有意寻求情怀上的某种寄托。近人杨铁夫《清真词选笺释》直言"此厌旧喜新之作",未免有些武断。今人对此词写作背景有各种揣测,争议颇多,主要源于对原作的解读出现的较大分歧,故迄今未有定论。

　　上片写男子作别京城。首二句点明前因后果,隐含许多故事:如果不是那"萧娘"严重爽约,令人心寒,自己怎会轻易离开京城呢?"预愁"句,补足上两句,具体写离别"萧娘"、旧痕已干之哀愁。下片写幽阁女子迎接男子归来。"幽阁"二句,转写闺阁女子,先做种种铺垫:幽幽深闺里,灯焰预报喜讯;准备小炉暖酒,期待开怀畅饮。至末句,方点明上述喜讯,乃郎君骑马归来,故女子出门相迎,为郎君卸下马鞍,提取行李。作品至此,戛然而止。接风洗尘,欢颜笑语,推杯换盏情状,留待读者自行想象了。

　　此词上下片,从离京写到归去,从"萧娘"写到幽阁,从己方写到对方,从哀愁写到喜悦,顺序而下,脉络清晰。词人善于铺垫顿挫,前后对比,可谓极尽变幻之能事。俞陛云《宋词选释》评此词曰:"词人多作伤离之语,此乃言相见之欢。上阕三句作三折,不使一平衍之笔。观结句甫在门外下马,则'幽阁'二句,因见报喜之灯花,预暖洗尘之酒盏,皆代绿窗中人着笔也。语云:'欢娱之言难工,愁苦之音易好。'此词却工。"陈思《清真居士年谱》以为此词别有政治情怀寄托,并非纯写男女之情:"集中令慢,固儿女情多,然楚雨含情,意别有托,亦复不少。如《浣溪沙》之'不为萧娘旧约寒,何因容易别长安',《夜游宫》之'有谁知,为萧娘,书一纸',其中所指,断非所欢,惜文集久佚,无术探索。"

点绛唇①

伤感②

辽鹤归来,故乡多少伤心地③。寸书不寄,鱼浪空千里④。　　凭仗桃根,说与凄凉意⑤。愁无际,旧时衣袂,犹有东门泪⑥。

注释

① 陈本注调名"仙吕"。
② 陈本原题如此,四印斋本同题。《粹编》题作"寄楚云",《词统》题作"寄妓"。毛本无题。
③ 辽鹤:典出陶渊明《搜神后记》卷一:"丁令威,本辽东人,学道于灵虚山。后化鹤归辽,集城门华表柱。时有少年,举弓欲射之,鹤乃飞,徘徊空中而言曰:'有鸟有鸟丁令威,去家千年今始归。城郭如故人民非,何不学仙冢垒垒。'遂高上冲天。"归来:《碧鸡漫志》《夷坚三志》《粹编》《词统》作"西归",《雅词》作"重来"。故乡:《夷坚三志》《粹编》《词统》作"故人"。伤心地:《碧鸡漫志》《夷坚三志》《粹编》《词统》作"伤心事"。
④ 寸书:形容片言只语之短信。《碧鸡漫志》《夷坚三志》《粹编》《词统》作"短书",《雅词》作"锦书"。鱼浪空千里:照应前一句"寸书不寄",是说鱼随波浪空游千里,未曾带书信来。古代有借鱼腹传递书信的传说。刘向《列仙传》卷下记载,陵阳子明钓得白鱼,鱼腹中有书。又汉乐府《饮马长城窟行》:"客从远方来,遗我双鲤鱼。呼儿烹鲤鱼,中有尺素书。"韦皋《忆玉箫》:"长江不见鱼书至,为遣相思梦入秦。"

⑤ 凭仗:依托,依靠。桃根:东晋王献之爱妾桃叶的妹妹。王献之《桃叶歌三首》之二:"桃叶复桃叶,桃叶连桃根。相怜两乐事,独使我殷勤。"这里借指所爱女子之妹。凄凉:《碧鸡漫志》、《夷坚三志》、《粹编》、毛本作"相思"。

⑥ 无际:《碧鸡漫志》《夷坚三志》《粹编》《词统》作"何际"。衣袂(mèi 妹):衣袖,衣衫。东门泪:东门指送别之地,东门泪即别离之泪。《汉书·疏广传》记疏广告老还乡时,公卿大夫、故人邑子在东都门外为他饯行。见前《浪淘沙》(昼阴重)注③。另参曹植《圣皇篇》:"祖道魏东门,泪下沾冠缨。"杜牧《新柳》:"东门门外多离别,愁杀朝朝暮暮人。"东门,《碧鸡漫志》、《夷坚三志》、《雅词》、《粹编》、《词统》、毛本、四印斋本作"东风",非。

解读

宋代王灼《碧鸡漫志》里记录了有关这首词创作的一段背景故事:周邦彦当初在姑苏城时,与营妓岳楚云(岳七)交往很久。后来周邦彦从京师归来,首访楚云,得知楚云已经嫁人。次日,在苏州太守蔡峦(子高)酒席上,周邦彦碰巧遇见楚云的妹妹,于是创作了这首《点绛唇》带给楚云。之后,洪迈在《夷坚三志》里,重述了这段故事,结尾又加上一段,说楚云读了周邦彦这首词,接连几天感泣不已。清代学者许昂霄在《词综偶评》里称赏周邦彦这首词"淡淡写来,深情无限,宜楚云为之感泣也"。看来许昂霄不仅相信王灼讲的故事,更相信洪迈添加的感人的结尾。但王国维《清真先生遗事》对王灼的这则故事提出了疑问:"案《吴郡志》,自元丰至宣和,苏州太守并无蔡峦其人。"由此王国维认为:以其他书所记清真故事观之,这则故事疑亦属附会之谈。事实上,近人陈思《清真居士年谱》对此已有辨明。陈谱另据《苏州府志》历代郡守记录,查明蔡峦大观二年十一月至三年七月间在任；又据《吴门补乘》云："崧亦作崙，字子高。周美成在姑苏，曾饮于崙斋，见王灼《碧鸡漫志》。今按崙或崧字之误。"现在看来，这则故事跟其他书里的附会故事还不太一样。一是王灼与周邦彦同时，大约比周邦彦小二十几岁，他所听闻的故事当有比较可靠的来源；二是这则故事与词中所写内容，大致吻合；三是故事中提到的太守蔡崙（崧）确有其人。根据陈思的考辨，这首词当是大观三年（1109），周邦彦乞假南归故乡，路过苏州时，在苏州府崙酒席上所作。

  词的开篇两句，用丁令威化鹤归来掌故，写自己多少年后从京城回归，触目所见，物是人非。词人以虚笔运典，写得开阔疏荡，蕴涵丰满，将世事沧桑与人情冷暖尽寓其中。"寸书"两句，虽也用典，却是实笔追述"多少伤心"之原由：自从词人赴京游宦，与情人分别以来，情人音信全无，彼此相隔千里，终至旧情断绝。过片回到苏州府崙酒席的现实场景。这次故地重游，虽然没见到旧日情人，却意外在酒席上见到了情人的妹妹。这又一次勾起了词人无边无际的伤感哀愁，满腹的凄怆悲凉只能托付妹妹来向姐姐传递了。歇拍二句，以倾吐当年依依惜别、泪洒衣袖的情景作结，悠悠的思恋和沉沉的感伤溢于言外，读来情味深永，缠绵不尽。如俞陛云《宋词选释》所言：清真"极长调之能事，而集中小令，亦秀雅而含风韵，小晏、屯田无以过之。此词之'衣袂'两句，即其一也"。乔大壮手批《片玉集》亦赞此篇为"小词大作"，诚非虚言。

  周邦彦在这首篇幅不长的小令里，善于运用回环往复的笔法和时空交错的叙事手段，虚笔与实写结合，现在与过去错综，实景与回忆融合，语词典雅，情景如见，淋漓尽致地表达了词人入骨的相思与哀伤。难怪晚清词论家陈廷焯对这首词赞不绝口，他在《词则》里评价说："缠绵凄咽，措语亦极大雅，艳体正则也。"并在《白雨斋词话》里称道:"美成艳词,如《少年游》《点绛唇》《意难忘》《望江南》等篇,别有一种姿态,句句洒脱,香奁泛语,吐弃殆尽。"又赞"旧时衣袂"二句,"极其雅丽,极其凄秀"。

少年游①

楼月②

檐牙缥缈小倡楼,凉月挂银钩③。聒席笙歌,透帘灯火,风景似扬州④。　　当时面色欺春雪,曾伴美人游⑤。今日重来,更无人问,独自倚栏愁。

注释

① 陈本注调名"黄钟"。
② 陈本原题如此,《百家词》、四印斋本同题。《雅词》、《粹编》、毛本无题。
③ 檐牙:檐际翘出如牙的部分。见前《红林檎近》(风雪惊初霁)注③。缥缈:高远隐约的样子。毛本作"缥渺"。杜甫《白帝城最高楼》:"城尖径仄旌旆愁,独立缥缈之飞楼。"倡楼:倡女所居之楼,妓院。《雅词》《粹编》作"红楼"。萧纲《东飞伯劳歌二首》之二:"西飞迷雀东羁雉,倡楼秦女乍相值。"凉月:指秋月。见前《风流子》(枫林凋晚叶)注④。银钩:比喻弯月。许敬宗《奉和圣制登三台言志应制》:"旦云生玉舄,初月上银钩。"
④ 聒(guō 郭)席:指通宵宴饮,乐声喧闹。笙歌:泛指奏乐唱歌。

参见李白《少年行》："兰蕙相随喧妓女,风光去处满笙歌。"风景似扬州:参见王建《夜看扬州市》："夜市千灯照碧云,高楼红袖客纷纷。如今不似时平日,犹自笙歌彻晓闻。"陈羽《广陵秋夜对月即事》："霜落寒空月上楼,月中歌吹满扬州。相看醉舞倡楼月,不觉隋家陵树秋。"杜牧《题扬州禅智寺》："暮霭生深树,斜阳下小楼。谁知竹西路,歌吹是扬州。"

⑤ 欺春雪:言肤色白皙胜春雪。《雅词》作"期春雪",非。

解读

这首作品通过吟咏倡楼弯月,引出故地重游、伊人不见的一段旧情往事,抒发抚今追昔的惆怅落寞之感,是词人后期作品。今人有不识"风景似扬州"之"似"者,误以为此《少年游》即写在扬州。罗忼烈《清真集笺注》谓"缅怀昔游,似杜牧之在扬州也",其说近是。

上片写景为主。开头两句点明地点是在歌舞场所,透过楼上缥缈的旧时月色,带出歌舞喧天、灯火通明、恍如扬州的热闹繁华景象。这实际是回忆当年的情景,只是要到下文才点破。下片抒情为主。用"当时""今日"勾连,是词人交代时间、铺叙情境的简明之法。回顾当时,还是青春年少,面白胜雪,曾在这热闹繁华的倡楼,携美人同游,春风得意可想而知。如今不再是青春年华,故地重游,不复有美人相伴。词人不明说伊人不见,而是从无人问候、独自凭栏的孤独忧愁,写出了今非昔比、好景难再的无尽怅惘。

创作手法上,词人主要是通过大半部分热闹繁华、青春年少的美好欢乐的往日情景来强烈对比,反衬末三句凄凉落寞的今日情形,表达时过境迁、旧梦难寻的人生感怀。

望江南①

咏妓②

歌席上,无赖是横波③。宝髻玲珑欹玉燕,绣巾柔腻掩香罗④。人好自宜多⑤。 无个事,因甚敛双蛾⑥。浅淡梳妆疑见画,惺松言语胜闻歌⑦。何况会婆娑⑧。

注释

① 陈本注调名"大石"。
② 陈本原题如此,《百家词》、四印斋本同题。毛本无题。
③ "无赖"句:语本杨广《嘲罗罗》:"个侬无赖是横波,黛染隆颅簇小蛾。幸好留侬伴成梦,不留侬住意如何。"无赖:此指可爱,含亲昵意味。横波:借指女子的眼睛或眼神。因女子眼神流动,如水横流,故称横波。傅毅《舞赋》:"眉连娟以增绕兮,目流睇而横波。"
④ 宝髻(jì纪):古代女子的一种发髻。参见萧纲《三月三日率尔成诗》:"金鞍汗血马,宝髻珊瑚翘。兰馨起縠袖,莲锦束琼腰。"玲珑:精致细巧的样子。参见白居易《简简吟》:"玲珑云髻生花样,飘飖风袖蔷薇香。"欹(qī凄):倾斜,斜插。玉燕:即玉燕钗。典出郭宪《洞冥记》卷二:"神女留玉钗以赠帝,帝以赐赵婕妤。至昭帝元凤中,宫人犹见此钗。黄诔欲之。明日示之,既发匣,有白燕飞升天。后宫人学作此钗,因名玉燕钗,言吉祥也。"参见韩偓《春闷偶成十二韵》:"醉后金蝉重,

欢馀玉燕欹。"柔腻:柔软细腻。掩:盖,披。陈本与《浩然斋雅谈》、《百家词》、毛本、四印斋本皆作"掩",唯彊村本改作"染",未知所据。香罗:绫罗的美称。此指绫罗衣服。杜甫《端午日赐衣》:"细葛含风软,香罗叠雪轻。"

⑤ 好:指女子貌美。多:指多姿多彩。《浩然斋雅谈》此句作"何况会婆娑"。

⑥ 无个事:没什么事情。个,犹言"些个",意为一点儿。敛双蛾:皱眉。参见沈约《昭君辞》:"于兹怀九逝,自此敛双蛾。"

⑦ 浅淡梳妆:参见晏殊《浣溪沙》:"淡淡梳妆薄薄衣,天仙模样好容仪。"疑见画:参见王绩(一作卢照邻)《益州城西张超亭观妓》:"冶服看疑画,妆台望似春。"惺忪:形容声音轻快。晏殊《蝶恋花》:"莺舌惺忪如会意,无端画扇惊飞起。"

⑧ 婆娑(suō梭):形容舞蹈。《诗经·陈风·东门之枌》:"子仲之子,婆娑其下。"末句《浩然斋雅谈》作"好处是情多"。

解读

南宋周密《浩然斋雅谈》卷下记周邦彦自言:"某老矣,颇悔少作。"并称邦彦曾于亲王席上作此《望江南》小词赠舞鬟,其事后来被人上告,皇上知之,由此得罪。来历有关周邦彦的传闻故事,多失于附会,《浩然斋雅谈》所记亦不免失实,王国维《清真先生遗事》早有论列。不过,这首《望江南》是周邦彦早年赠舞妓之作,应该是没有疑问的。

全词咏舞妓之美。开篇两句,先点明地点场景是在歌舞场中,场中引人瞩目的中心当然是舞妓,她最吸引人的莫过于那顾盼流转的眼神。"宝髻"两句,进一步细描女子精致的发髻首饰和华美的衣着披巾。由此引出观者的感叹:人美真是百般皆宜,反正怎么打扮怎么好看。下片首两句,写女子无端颦眉,稍生波澜,略作顿挫,实际上仍是美赞舞妓无论颦眉还是巧笑都惹人爱怜。所以接下来"浅淡"两句,继续写她无论淡妆浓抹都美艳如画,即使说话也是娇软轻快,胜于歌唱。这样的描绘,犹如况周颐《蕙风词话》所评,堪称"熨帖入微之笔"。如此楚楚动人、百般皆宜的绝色女子,不但能歌,而且善舞,自然是让人叹赏不已。

晚清陈廷焯对这首艳词甚为赞许,他在《云韶集》中说:"此词最芊绵而有则,他手自不及。"在《词则·闲情集》中更盛赞曰:"艳词至美成,一空前人,独辟机杼,如此词下半阕,不用香泽字面,而姿态更饶,浓艳益至,此美成独绝处也。"在《白雨斋词话》里,陈廷焯又称道:"美成艳词,如《少年游》《点绛唇》《意难忘》《望江南》等篇,别有一种姿态,句句洒脱,香奁泛语,吐弃殆尽。"

卷十
杂赋

意难忘①

美咏②

衣染莺黄,爱停歌驻拍,劝酒持觞③。低鬟蝉影动,私语口脂香④。檐露滴,竹风凉,拚剧饮淋浪⑤。夜渐深、笼灯就月,子细端相⑥。　　知音见说无双,解移宫换羽,未怕周郎⑦。长颦知有恨,贪要不成妆⑧。些个事,恼人肠,试说与何妨⑨。又恐伊、寻消问息,瘦减容光⑩。

注释

① 《意难忘》词调为周邦彦始创。毛本《东坡词》有《意难忘》,注云:"妓馆,元刻不载。"系误收后人之词,非创调。陈本注调名"中吕"。

② 陈本原题如此,四印斋本同题。《草堂》《诗馀醉》题作"美人",《粹编》题作"佳人",《词的》题作"歌伎"。毛本无题。

③ 莺黄:浅黄色。温庭筠《舞衣曲》:"蝉衫麟带压愁香,偷得莺黄锁金缕。"张先《定风波令》:"碧玉篦扶坠髻云,莺黄衫子退红裙。"驻拍:停止敲击拍板,停止演奏。"爱停歌"句,《雅词》作"解停歌驻客"。觞(shāng商):古代称酒杯、酒器。

意难忘（衣染莺黄，爱停歌驻拍，劝酒持觞）

④ "低鬟"句:借用元稹《会真诗三十韵》:"低鬟蝉影动,回步玉尘蒙。"又白居易《江南喜逢萧九彻因话长安旧游戏赠五十韵》:"鬟动悬蝉翼,钗垂小凤行。"低鬟,低首,低头。形容美女娇羞之态。徐陵《奉和咏舞》:"低鬟向绮席,举袖拂花黄。"蝉影,即蝉鬟影。蝉鬟是古代女子的一种发式,两鬓薄如蝉翼,故称。"私语"句:借用白居易《江南喜逢萧九彻因话长安旧游戏赠五十韵》:"暗娇妆靥笑,私语口脂香。"

⑤ 檐露滴:《雅词》《词统》作"莲露冷",《花庵》《诗馀醉》作"荷露滴"。竹风凉:借用白居易《渭村退居寄礼部崔侍郎翰林钱舍人诗一百韵》:"望春花景暖,避暑竹风凉。"竹风,《草堂》作"竹松"。按"风"与"露"对,更胜。拚:此处同"拼"。剧饮:痛饮,狂饮。《三国志·魏志·华歆传》裴松之注引华峤《谱叙》:"歆能剧饮,至石馀不乱。"淋浪(láng郎):形容饮酒酣畅痛快的样子。王安石《信州回车馆中作二首》之二:"山木漂摇卧弋阳,因思太白夜淋浪。"

⑥ 笼灯就月:意为打着灯笼,借着月光。参见殷尧藩《宫词》:"夜深怕有羊车过,自起笼灯看雪纹。"子细:同仔细。《诗馀醉》作"细与"。端相:正视,细看。这句参见司空图《障车文》:"且子细思量,内外端相。""夜渐深"二句:《雅词》《花庵》作"漏渐深、移灯背壁,细与端相"。

⑦ 知音:通晓音律。《礼记·乐记》:"是故不知声者不可与言音,不知音者不可与言乐,知乐则几于礼矣。"见说:听说。解:懂得,理解。移宫换羽:指乐曲变换宫调。宫、羽是古代乐曲五音中的音调名。参见张炎《词源》卷下:"而美成诸人又复增演慢曲、引、近,或移宫换羽,为三犯、四犯之曲,按月律为之,其曲遂繁。"换羽,《雅词》作"换徵"。周郎:三国东吴知音律的周瑜,这里词人借以自比。见前《六么令》(快风收雨)注⑨。

⑧ 长颦(pín频):老是皱眉。萧纲《妾薄命篇十韵》:"玉貌歇红脸,长颦串翠眉。"长颦,《雅词》作"颦眉"。贪耍:贪玩。

⑨ 些个:犹言多少,几许,若干。恼人肠:《雅词》作"恼心肠"。试说与:《雅词》《词统》作"待说与"。

⑩ 伊:她。寻消问息:即寻问消息。问息,毛本作"听息"。瘦减容光:化用元稹《会真记》中莺莺诗句"自从消瘦减容光"。详见前《忆旧游》(记愁横浅黛)注⑦。瘦减,毛本作"瘦损"。吴世昌《词林新话》:"按'瘦损'双声,'容光'叠韵。周氏音律之细正于此等处见之,一改'减'字,便失神韵。"亦是一说。

解读

在周邦彦诸多美咏歌妓的作品中,这是流播广泛、传唱久远的一首名作。从内容与情调上看,当是词人早期作品。

上片写歌妓劝酒及词人酒兴。首句"衣染莺黄",描绘女子衣服颜色,着一"莺"字,又巧妙暗示了这位歌妓声如莺啼的特长。由此很自然引出她的音容之美,特别是她暂停演出、持杯劝酒时的温柔可爱。正如俞平伯《清真词释》分析的:"着一'爱'字,化景入情,即'惺忪言语胜闻歌'也。""低鬟"二句,纯用元稹、白居易诗原句,而不落痕迹,写女子殷勤体贴、相依相偎、柔声细语的劝酒,形容如在眼前。正因为是这样充满诱惑力的劝酒,所以词人饮得酣畅淋漓,直到深夜露滴风凉,意犹未尽,于是乘着酒兴,打着灯笼,就着月光,细细欣赏歌妓之美。下片暗写临别的忧愁。换头三句,先写歌妓音乐修养之高,独一无二,她熟谙乐曲宫调变换,不怕词人是音乐方面的行家,侧写出两人知音之情。"长颦"二句,接写她"有恨"又"贪耍",既幽怨,又娇痴,"是双面写美法"(俞平伯《清真词释》)。而歌妓的"长颦",又引出词人的烦恼。作者没有直接揭示这种烦恼就是临别之愁,而是通过微妙的心理活动,含蓄婉转地传递出来的:本来就这么个烦恼事,说给她听也无妨,但是又怕她追问消息,引发离愁别恨,以至于为此形容消瘦。恰如俞平伯《清真词释》所言,这种执手临歧之痛,"一经点破,上文艳冶都化深悲,而深悲仍出之以微婉,袭故弥新,沿浊更清,此美成之绝诣"。

清初沈谦《填词杂说》评曰:"长调极狎昵之情者,周美成之'衣染莺黄'、柳耆卿之'晚晴初'是也。于此足悟偷声变律之妙。"晚清陈廷焯《云韶集》称:"此词香艳极矣。但香艳不难,难在吐弃一切泛语。谁不能作香奁词,谁能如此摆脱有致!"此外,词中几处对仗都很有特点,犹如乔大壮手批《片玉集》所作点评:"'停歌'八字作对,甚密。'低鬟'十字作对,跳掷。'檐露'六字作对,写景。""'长颦'十字,甚新。"

周邦彦这首词,因其深情微婉、辞韵谐美,历来仿效者、传播者不绝。南宋程垓、朱用之、陈允平、刘埙、赵必瑑等词人都有步周邦彦原韵之《意难忘》。张炎《国香》小序提及元初杭妓沈梅娇"犹能歌周清真《意难忘》《台城路》二曲"。张炎《意难忘》小序又记吴中歌妓车秀卿"歌美成曲,得其音旨,余每听辄爱叹不能已"。元代高明《琵琶记》二十九出中【意难忘】唱段:"绿鬓仙郎,懒拈花弄柳,劝酒持觞。长颦知有恨,何事苦思量?(生唱)些介事,恼人肠。(贴)试说与何妨?(生)又只怕伊寻消问息,添我恓惶。"基本上袭用周邦彦《意难忘》词。明代兰陵笑笑生《金瓶梅》三十三回的回首词用的是周邦彦这首词的上阕。明代汤显祖《南柯记》三十八出《生恣》中【蛮儿犯】唱词"就月笼灯衫袖张",以及清代洪昇《长生殿》第二出《定情》中【古轮台】唱词:"下金堂,笼灯就月细端相,庭花不及娇模样。轻偎低傍,这鬓影衣光,掩映出丰姿千状。"都是从周邦彦《意难忘》化出。即此数例,已足以看出周邦彦此词对后世词曲、小说、戏曲的深远影响。

迎春乐[①]

携妓[②]

人人花艳明春柳,忆筵上,偷携手[③]。趁歌停舞罢来相就,醒醒个,无些酒[④]。　　比目香囊新刺绣,连隔座、一时薰透[⑤]。为甚月中归,长是他,随车后[⑥]。

注释

[①] 陈本注调名"双调"。
[②] 陈本原题如此,毛本、四印斋本同题。《粹编》无题。
[③] 花艳:艳丽。见前《迎春乐》(桃蹊柳曲闲踪迹)注①。毛本作"艳色"。蒋礼鸿先生《大鹤山人校本〈清真词〉笺记》认为"'花艳'为美成所常用,且有所本",当从"花艳"为是。春柳:比喻女子腰身纤细。见前《如梦令》(尘满一绷文绣)注④。筵上:酒席上。
[④] 歌停舞罢:参见张祜《观杭州柘枝》:"舞停歌罢鼓连催,软骨仙蛾暂起来。"舞罢,毛本作"舞歇"。相就:主动靠近,主动亲近。个:句末语气助词。苏轼《蝶恋花》:"病绪厌厌,浑似年时个。"无些:没有一点儿。
[⑤] 比目:指香囊上绣的比目鱼图案。古代常以比目鱼比喻相随而行、形影不离的情侣。隔座:相邻的座位。彊村本作"隔坐"。一时:一齐,一同。
[⑥] 月中归:参见李白《醉题王汉阳厅》:"时寻汉阳令,取醉月中

归。"随车后：参见韩愈《嘲少年》："只知闲信马，不觉误随车。"

解读

这首词应该是周邦彦早年的冶游之作。

上片写酒席上场景。开首描写席上歌妓舞女，个个明艳动人，身姿窈窕，歌舞翩翩。那男子趁着歌舞停歇的时候，醉意朦胧地凑到一位中意的歌妓前，偷偷拉着她的手。女子轻轻摇着他：你醒醒啊，应该没喝多少酒吧。下片写月夜携妓归途情形。坐在马车上，歌妓的刺绣香囊里散发出浓郁的香味，坐在边上的男子都被浓香薰透。而在马车后，还有另一位常见的追慕者，紧紧跟随着车上歌妓的身影。这下片末三句情形，与上片末二句情形，都是从女子口中说出。

此词写歌妓的明艳柔美，有用华丽的借喻合写，有用温存的话语来单写，有用她身上的浓香来突出渲染，更有用席上男子追求和马车后男子追随，做双重衬托，文字鲜活，笔法多样，情景善变，姿态万千，读来花艳满目，令人应接不暇。乔大壮手批《片玉集》称赏此词"见词家新意"，应该是体会到了词人鲜活创辟的多重手法的。

定风波①

美情②

莫倚能歌敛黛眉，此歌能有几人知③。他日相逢花月底，重理，好声须记得来时④。　　苦恨城头传漏水,催起,无情岂解惜分飞⑤。休诉金尊推玉臂,从醉,明朝有酒遣谁持⑥。

注释

① 陈本注调名"商调"。
② 陈本原题如此,《百家词》、四印斋本同题。《雅词》、毛本无题。
③ 敛:收拢,聚拢。此指皱眉。黛眉:用黛青颜料画的眉毛。指女子的眉毛。萧纲《赋乐器名得箜篌》:"欲知心不平,君看黛眉聚。""此歌"句:参见杜甫《赠花卿》:"此曲只应天上有,人间能得几回闻。"贯休《书石壁禅居屋壁》:"禅客相逢只弹指,此心能有几人知。"
④ 相逢:《雅词》作"风前"。花月底:参见刘禹锡《与歌童田顺郎》:"天下能歌御史娘,花前月(一作叶)底奉君王。"贯休《秋怀赤松道士》:"终期花月下,坛上听君弹。"理:理曲,此指演唱歌曲。
⑤ 苦恨:深恨,苦恼。传漏水:陈本原作"更漏永",四印斋本同。《雅词》《百家词》、毛本、《词萃》作"传漏永"。郑校本改作"传漏水"。按此句应与下句押仄声韵,"水"字是;于义亦宜作"水"字。故据郑校本改。漏水,指夜间计时的滴漏,借指夜里的时间。"苦恨"句是说,痛恨夜里时间过得快。催起:陈本无此二字,《百家词》、四印斋本皆无此二字。毛本此处为两个缺字□□。按《定风波》词调,此处应有平仄二字句,陈本当有脱漏。此据《雅词》补。"无情"句:参见徐夤《蝴蝶二首》之一:"无情岂解关魂梦,莫信庄周说是非。"岂解,《雅词》作"那解"。分飞,源出《古东飞伯劳歌》:"东飞伯劳西飞

燕,黄姑织女时相见。"后因以分飞指离别。分飞,《雅词》作"相思"。

⑥诉:推辞。此指辞酒。休诉,《雅词》作"莫诉"。金尊:酒尊的美称。从:任凭,听凭。"休诉"三句,化用韦庄《对梨花赠皇甫秀才》:"且恋残阳留绮席,莫推红袖诉金卮。腾腾战鼓正多事,须信明朝难重持。"韦诗源出沈约《别范安成》:"勿言一樽酒,明日难重持。"又下片亦化用韦庄《菩萨蛮》:"须愁春漏短,莫诉金杯满。"

解读

这是词人在酒席上赠别歌妓之作。写作的时间较难考定。

上片写听歌之感。歌女唱的应是离别之曲,唱功出色,技艺娴熟,情动于衷,不免蹙额。词人遂加开解,以知音互勉:此歌除你我之外,更有谁知? 期待来日花月之下重逢,再唱此曲,应记得好歌来之不易。品味言外之音,这酒席上唱的歌,应该就是词人专门为歌妓创作的。下片写临别劝酒。"苦恨"三句,写分离之际,不直说恋人难舍难分,而用侧笔,侧写夜间城楼上滴漏报时声,似乎急着催促行人起程,那无情的漏水怎能理解恋人惜别之情。"休诉"三句,以劝酒词作结:切莫推辞酒杯,今夜难得一醉方休,因为到早晨便将天各一方,明天即使有酒,又有谁来劝酒呢?

这首词既有从歌妓的表情和知音的劝慰,来写彼此情分契合;又有从未别而期盼重逢,来写彼此感情深切;更有从临别一醉方休,来写一刻千金的珍贵。由内而外,由此及彼,或正或侧,从眼前想到将来,细腻地刻画了离人的内心世界,淋漓尽致地写足了离别情境,无愧为赠别词中的佳作。

红罗袄①

秋悲②

画烛寻欢去,羸马载愁归③。念取酒东垆,樽罍虽近;采花南浦,蜂蝶须知④。自分袂、天阔鸿稀,空怀梦约心期⑤。楚客忆江蓠,算宋玉、未必为秋悲⑥。

注释

① 《红罗袄》词调为周邦彦始创。陈本注调名"大石"。
② 陈本原题如此,四印斋本同题。《百家词》题作"秋思"。《粹编》、毛本无题。
③ 画烛:有画饰的蜡烛。李峤《烛》:"兔月清光隐,龙盘画烛新。"羸(léi雷)马:瘦弱之马。李郢《浙河馆》:"千峰万濑水潺潺,羸马此中愁独行。"
④ 东垆(lú卢):指邻家的酒店。垆,酒店里安放酒瓮的土台子,借指酒店。樽罍(léi雷):泛指酒器。杜甫《赠特进汝阳王二十韵》:"尊罍临极浦,凫雁宿张灯。"南浦:南面的水滨。《百家词》、毛本、四印斋本作"南圃"。蜂蝶须知:参见欧阳修《陪饮上林院后亭见樱桃花悉已披谢因成七言四韵》:"清香肯以无人减,幽艳惟应有蝶知。"
⑤ 分袂(mèi妹):分别,离别。谢惠连《西陵遇风献康乐》五章之二:"饮饯野亭馆,分袂澄湖阴。"鸿稀:指音信稀少。空怀:毛本作"空怀乖",有误,"乖"或"怀"字衍。《词萃》作"空乖"。

梦约:《百家词》作"梦忆"。心期:心中期许,心愿。参见何逊《刘博士江丞朱从事同顾不值作》:"心期不会面,怀之成首疾。"

⑥ 楚客:原指屈原。这里借以自比。江蓠(lí 离):一种香草。参见屈原《离骚》:"扈江离与辟芷兮,纫秋兰以为佩。"李商隐《九日》:"不学汉臣栽苜蓿,空教楚客咏江蓠。""算宋玉"句:参见宋玉《九辩》:"悲哉,秋之为气也!萧瑟兮草木摇落而变衰。"又云:"坎廪兮贫士失职而志不平。"可见未必只是悲秋,是别有身世感怀的。

解读

罗忼烈《清真集笺注》说:"此云:'楚客忆江蓠。'是别后有忆而作,词情凄怨与客江陵诸篇同调,似是知溧水前、甫离荆时作,故与溧水及以后之作,格调殊异。"依罗说,则本篇似作于元祐八年(1093)初词人离开荆州后不久,是年词人三十八岁。

上片回顾在荆州时候的场景。开篇即展示秉烛夜游、客中寻欢的画面,容易让人联想到《古诗十九首》中"昼短苦夜长,何不秉烛游"的情怀。可惜事与愿违,寻欢不成,反添愁绪,只好骑着瘦马落寞而归。"念"作为领字,除了引起以下四句,同时也是照应前面两句,从而将上片的回忆都串联在一起。既然寻欢不成,那只能借其他的方法,来排遣客愁:或是到邻家酒店买醉,或是去南浦采花遣心。"樽罍虽近"与"蜂蝶须知"两个对句比较有趣,读来言犹未尽,意在言外,耐人猜寻。近人杨铁夫《清真词选笺释》解释道:"'虽近'者,去亦不常;'须知'者,归必载愁也。"可供参阅,亦不尽然。如"蜂蝶须知",玩味寓意,或有慨于飞短流长。下片抒发别后情怀。离开荆州之后,相去天阔地远,牵挂之人音信渺茫。因而,词人这种近乎单相思的怀恋,只能是无望的

"空怀"。这也可以从前面"寻欢""载愁归"等语句,看出头绪来。结拍二句,借楚国两位骚人的诗意,来委婉表达自己此刻的思绪:就像屈原忆江蓠、宋玉悲秋,都不是单纯着意于江蓠或秋,实在是有更深的寄托的。总括起来看,作者的无望的"空怀",更多的是有感于流离沦落、忧谗畏讥及种种身世际遇而发的。

这首词托意婉转,感慨幽深,欲吐还吞,回味浓厚。上片除了领字"念"字外,全是对仗。"画烛"一联,写事与愿违,属于反对,反差鲜明,对比强烈。"取酒"四句,则是隔句相对,即第一句对第三句,第二句对第四句,属于典型的扇面对,而又采用吞咽之法,语焉不尽,意味深长。这些都可以看出词人精深而又纯熟的技法。

玉楼春[1]

当时携手城东道,月堕檐牙人睡了[2]。酒边难使客愁轻,帐底不教春梦到[3]。 别来人事如秋草,应有吴霜侵翠葆[4]。夕阳深锁绿苔门,一任卢郎愁里老[5]。

注释

[1] 陈本注调名"大石",无题。
[2] 城东:即东城,暗用杜牧《张好好诗》序故事。见前《瑞龙吟》(章台路)注⑨。檐牙:指檐角。见前《红林檎近》(风雪惊初霁)注③。

③ 难:陈本注"一作'谁'"。毛本、四印斋本正作"谁"。轻:陈本原作"惊",又注"一作'轻'"。毛本正作"轻",意较通达,据改。帐底:帐里,此指床上。这句参见韩翃《赠王随》:"帐里炉香春梦晓,堂前烛影早更朝。"王安石《郑子宪西斋》:"晓枕一容春梦到,夜灯唯许月废台。"

④ 如秋草:比喻凋零衰落。参见苏轼《留题仙都观》:"舟中行客去纷纷,古今换易如秋草。"吴霜侵翠葆:吴地的霜侵凌摧残青翠的草木,比喻鬓发花白。语本李贺《还自会稽歌》"吴霜点归鬓",以及欧阳修《送赵山人归旧山》:"屈贾江山思不休,霜飞翠葆忽惊秋。"

⑤ "夕阳"句:参见冯延巳《采桑子》:"忍更思量,绿树青苔半夕阳。"绿苔,毛本作"绿杨"。卢郎:传说唐时有卢家子弟,年老仍为校书郎,因晚娶而遭妻怨。钱易《南部新书》丁卷:"卢家有子弟,年已暮犹为校书郎,晚娶崔氏女,崔有词翰,结褵之后,微有愧色。卢因请诗以述怀为戏。崔立成诗曰:'不怨卢郎年纪大,不怨卢郎官职卑;自恨妾身生较晚,不见卢郎年少时。'"卢郎,毛本注:"'卢郎'一作'庾郎',非。"按:如作"庾郎",则用庾信赋愁掌故,亦是一解,见前《宴清都》(地僻无钟鼓)注⑤。愁里老:参见杜荀鹤《秋宿临江驿》:"举世尽从愁里老,谁人肯向死前闲。"

解读

这是周邦彦后期的一首作品,写作地点难以确考。词中回顾早年的一段情事,抒发久别以来的深沉感伤。

上片回溯往事。从首句"城东道"暗用杜牧《张好好诗》序来看,当年那位情人应该是都城的一位歌妓,词人曾在月堕檐角、夜深人静时,与之携手漫步于城东道上,也曾举杯共饮,但依然难消客居他乡的忧愁,更可叹春梦难圆,无法成全这段情缘。下片写分别多年后的感慨。无奈分手以来,人事凋零,两鬓染霜,那位情人音信全无,似乎彻底忘了自己,任凭自己孤寂地在夕阳下荒凉的小屋内忧愁终老。

这首词上下片分写当时与如今,结构清晰,脉络分明;描绘渲染场景生动如见,取用景致物象意蕴深婉。"酒边"二句与"别来"二句,对仗流转自如,不着痕迹。此词与上一首《红罗袄》颇为相似的一点,就是作者深沉的寄托。词人借感伤一段不圆满的旧情往事,来抒发人事沧桑、夙愿难酬、老来无成的身世感怀。

玉楼春①

大堤花艳惊郎目,秀色秾华看不足②。休将宝瑟写幽怀,座上有人能顾曲③。　　平波落照涵頮玉,画舸亭亭浮淡渌④。临分何以祝深情,只有别愁三万斛⑤。

注释

① 此首陈本无题。
② "大堤"句:语本南朝乐府《襄阳乐》:"朝发襄阳城,暮至大堤宿。大堤诸女儿,花艳惊郎目。"大堤,原在襄阳府城外,东临汉江。花艳,形容女子艳丽。秀色:女子秀美的容色。张衡《七辩》:"淑性窈窕,秀色美艳。"秾华:指女子青春美貌。语出《诗经·召南·何彼秾矣》:"何彼秾矣,唐棣之华。"看不足:参

见李端《救生寺望春寄畅当》:"红黄绿紫花,花开看不足。"

③ 宝瑟:乐器瑟的美称。萧纲《七励》:"绿绮丽琴,丹山宝瑟。"写:倾诉,抒发。《诗经·邶风·泉水》:"驾言出游,以写我忧。""休将"句,可参见韩愈《幽怀》:"幽怀不能写,行此春江浔。"顾曲:用三国周瑜故事,借以自比。见前《六幺令》(快风收雨)注⑨。

④ 落照:落日余晖。赪(chēng 撑)玉:赤玉,此处形容红霞。赪,同赪。李贺《春归昌谷》:"谁揭赪玉盘,东方发红照。"画舸(gě 葛)亭亭:化用郑文宝《柳枝词》。见前《尉迟杯》(隋堤路)注⑤。亭亭,高耸的样子。淡渌(lù 录):清水。

⑤ 临分:临别。别愁:陈本原作"别离"。此依彊村本,从毛本改。三万斛(hú 胡):极言离愁之多。古代以十斗为一斛。末句化用庾信《愁赋》:"谁知一寸心,乃有万斛愁。"

解读

关于这首词写作的地点和时间,近代以来学者说法各异。揣摩原作,当是词人早年离开荆州或襄阳时的赠别之作。

上片写离宴上的场景。起首二句,先点明离别地点,是在大堤的码头上,照应下片词人坐船从水路走;接着重点拈出离宴上的乐妓,套用南朝乐府和《诗经》里的句子,来盛赞女子的艳丽秀美。"休将"二句,是告诉乐妓:不要轻易将隐秘的情怀寄托在琴曲里,须知筵席上有我这样懂曲的周郎。这话实际是说只有自己这样的风流才子才懂得女子的心事。下片写临别时的情景。过片两句写景,点明是黄昏晚霞满天时候,将要沿水路乘画船离去。煞拍两句抒情,直写胸臆,卒章显志,套用庾信《愁赋》里的话,揭示浓郁的离愁主题。

乔大壮手批《片玉集》评末两句:"结笔大处,非周不能。"不过总起来看,词中各句袭用前人诗意,未见有特别的出蓝之妙。此词跟周邦彦成熟时期杰作的精湛表现相比,还是有一定距离的。

玉楼春①

玉奁收起新妆了,鬓畔斜枝红袅袅②。浅颦轻笑百般宜,试着春衫犹更好③。　　裁金簇翠天机巧,不称野人簪破帽④。满头聊插片时狂,顿减十年尘土貌⑤。

注释

① 此首陈本无题。
② 玉奁(lián 连):玉制的梳妆盒。了:完毕,结束。鬓畔:鬓边。参见萧纲《美人》:"轻花鬓畔堕,微汗粉中光。"斜枝:此指斜插头上的花枝。袅袅:摇曳的样子。杨玉环《赠张云容舞》:"罗袖动香香不已,红蕖袅袅秋烟里。"
③ 浅颦(pín 频):微微皱眉。韩偓《无题》:"妆好方长叹,欢馀却浅颦。"百般宜:参见谢绛《菩萨蛮》:"娟娟侵鬓妆痕浅,双颦相媚弯如翦。一瞬百般宜,无论笑与啼。"着春衫:参见李商隐《饮席代官妓赠两从事》:"新人桥上着春衫,旧主江边侧帽檐。"犹更好:《百家词》、毛本作"应更好"。
④ 裁金簇翠:旧俗于正月七日(人日),裁剪金箔为人或花形,聚集翠羽为饰,插戴头上。宗懔《荆楚岁时记》:"正月七日为人

日。以七种菜为羹,剪彩为人或镂金箔为人,以贴屏风,亦戴之头鬓。又造华胜以相遗,登高赋诗。"曹植《洛神赋》:"戴金翠之首饰,缀明珠以耀躯。"簇翠,陈本原作"镞翠","镞"误。此依彊村本,从毛本、四印斋本改。天机巧:意为手工裁制花饰之机巧,犹如天工。参见庞元英《文昌杂录》卷三:"然公卿家尤重此日,莫不镂金刻缯,加饰珠翠,或以金银,穷极工巧,交相遗问焉。"不称(chèn 趁):不适合。野人:士人自谦之称。杜甫《赠李白》:"野人对膻腥,蔬食常不饱。"簪(zān):插,戴。破帽:用晋人王濛故事。据《晋书·王濛传》记载:王濛"美姿容","居贫,帽败,自入市买之,妪悦其貌,遗以新帽。时人以为达"。

⑤ "满头"二句:参见杜牧《九日齐安登高》:"尘世难逢开口笑,菊花须插满头归。"聊插:姑且插戴。毛本、《词萃》作"聊作"。片时:片刻。尘土貌:此指奔波流落外地时风尘仆仆的容貌。

解读

周邦彦于元祐二年(1087)出东京(开封),辗转庐州、荆州、溧水各地,经历十年,方才返回京城为国子主簿。观词中"裁金簇翠""顿减十年"云云,当作于绍圣四年(1097)正月七日京城歌席上,很可能是付歌女之作。是年词人四十二岁。

上片写新春席上歌女形象。首二句,描写歌女化好新妆,收拾完化妆盒,意犹未尽,按正月习俗,在鬓边再斜插上鲜红的花饰,更添娇美。"浅颦"二句,是从词人观感来说,歌女这般妆容,无论含娇带嗔,还是淡淡一笑,都是百般妩媚宜人。当时还是正月,天气尚寒,歌女穿的应该还是冬装,所以词人不由得设想,如果能换上轻盈靓丽的春装,歌女自当更加娇媚动人。下片写自己满头插戴应节饰品。正月人日应景,词人自不能免俗,便给自己戴上"裁金簇翠"、巧夺天工的首饰,虽然那鲜光亮丽的饰物,跟自己沧桑的形象、破旧的帽子实在不相配,但既然是新春里应节习俗,也不妨聊发片刻之狂,于是,仿佛一瞬间形容顿改,似乎十年的奔波飘零、凄苦落寞也一扫而空了。

这首词在写法上,有意以上片歌女插戴花枝的娇美妩媚的形象,来反衬下片自己插戴金翠仍难掩沦落十年的尘土之貌的形象。即使重回京城,可以聊发新春之狂,但岂能真正抚平十年的沧桑蹉跎,又岂能掩饰内心深处的无限怅惘感慨?乔大壮手批《片玉集》评下片"不是率笔,乃老到也",还是能够体会词人貌似疏放率性笔致下凄楚沉郁的心境的。

玉楼春①

桃溪不作从容住,秋藕绝来无续处②。当时相候赤栏桥,今日独寻黄叶路③。　　烟中列岫青无数,雁背夕阳红欲暮④。人如风后入江云,情似雨馀粘地絮⑤。

注释

① 此首陈本无题。《草堂》《词统》《诗馀醉》题作"天台"。
② 桃溪:用刘晨阮肇入天台采药,遇二仙女于桃溪上,相与居半年而归故事。见前《瑞龙吟》(章台路)注⑥。"秋藕"句:意为秋藕断后无法再接上。参见谢朓《在郡卧病呈沈尚书》:"夏李沉朱实,秋藕折轻丝。"

玉楼春（烟中列岫青无数，雁背夕阳红欲暮）

③ 赤栏桥:有红色护栏之桥。顾况《题叶道士山房》:"水边垂柳赤栏桥,洞里仙人碧玉箫。"温庭筠《杨柳枝》:"正是玉人肠断处,一渠春水赤栏桥。"相候赤栏桥:《草堂》《词的》《诗馀醉》作"无奈鸟声哀",语境与下句不合,似误。独寻:《草堂》《词的》作"重寻"。黄叶路:参见张祜《送外甥》:"白波舟不定,黄叶路难寻。"黄叶路,《草堂》《词统》《词的》作"芳草路",《粹编》作"黄叶渡"。

④ 烟中:云烟之中。列岫(xiù 袖):连绵的山峰。参见谢朓《郡内高斋闲望答吕法曹》:"窗中列远岫,庭际俯乔林。"李中《秋日途中》:"遥天疏雨过,列岫乱云收。""雁背"句:参见温庭筠《春日野行》:"蝶翎朝粉尽,鸦背夕阳多。"李商隐《河清与赵氏昆季宴集得拟杜工部》:"虹收青嶂雨,鸟没夕阳天。"夕阳,《词统》作"斜阳"。暮,太阳落山的时候,傍晚。

⑤ 风后入江云:参见杜甫《江阁对雨有怀行营裴二端公》:"野流行地日,江入度山云。"雨馀粘(nián 年)地絮:粘在雨后泥地里的柳絮。粘,彊村本作"黏"。

解读

在清真词集五首《玉楼春》中,这是最为后人称道的一首。关于这篇作品的写作背景,清代黄苏《蓼园词选》说是"美成由秘书监徽猷阁待制出知顺昌,是其被出后,借题寄托也",未知所据。罗忼烈《清真集笺注》认为当是元祐四年(1089)秋冬间,词人庐州教授任满离开时留别之作。此说亦少依据,且与原作情境不尽相合。而清人周济以为"只赋天台事,态浓意远"(《宋四家词选》)。从作品本身看,应是写与所恋女子分手后,故地重游,感伤旧情;只是写得幽微婉曲,值得细细品味。

起句借用刘晨阮肇遇仙女而终又分别故事,隐喻男主人公与情人的分手;"秋藕"断而难续的借喻,更进一步说明旧情不再、前缘难续。这里"藕"暗指"偶",谐音双关,耐人琢磨。"当时"二句,抚今追昔。当年曾与情人在春风吹拂、杨柳依依的赤栏桥边相约幽会,而今却只能独自一人,迎着萧瑟的秋风,在黄叶路上追寻旧踪往事。前后色彩、环境的鲜明对比,衬托出男子情怀心境的巨大变化,亦照应前面藕断难续之意。过片两句,写景鲜活如画,引人浮想联翩。云烟缭绕的连绵青山,让人想见怅望者迷惘而缭乱的心境,以及层层阻隔、难以到达的远方。而雁背夕阳,虽尚存残红余霞,毕竟行将坠落,难以挽回。近人杨铁夫分释此二句为"关山迢递""雁信渺茫"(《清真词选笺释》),亦约略得之。煞拍二句,将上述隐微曲折的描述,以明喻加以总结:情人如随风吹入江天的浮云,一去无回;自己的情思却如雨后粘在泥地里的柳絮,无法挣脱。正如陈廷焯《白雨斋词话》所概括的:"上言人不能留,下言情不能已。"

　　全词之章法,"上阕大意已足,下阕加以渲染,愈见精彩"〔陈洵《海绡说词》(抄本)〕。笔法上,多用对比照应法来写,如"桃溪"与"秋藕","当时"与"今日","赤栏桥"与"黄叶路","青无数"与"红欲暮","风后入江云"与"雨馀粘地絮",季节、色彩、远近、天地的对比,给读者留下深切鲜明的观感,而前后勾连又使全篇浑融一体。与此相关的突出一点,是通篇对仗。这在《玉楼春》词调中是不常见的,盖七言八句的仄声韵词,若全篇对仗,易流于呆板滞涩。但在清真笔下,于精工整饬中有灵动鲜丽之姿,沉郁凝重里有翻飞流利之妙,细品可以体会其大巧若拙的功力。如陈廷焯《白雨斋词话》评末二句:"似拙实工","呆作两譬,别饶姿态,却不病其板,不病其纤,此中消息难言"。亦如俞平伯《清真词释》所赞:"尽工巧于矩度,敛飞动于排偶。"

　　唐代白居易写过一首《板桥路》诗:"梁苑城西二十里,一渠春水柳千条。若为此路今重过,十五年前旧板桥。曾共玉颜桥上别,不知消息到今朝。"韩偓也写过一首《寒食日重游李氏园亭有怀》诗:"往年同在鸾桥上,见倚朱阑咏柳绵。今日独来香径里,更无人迹有苔钱。伤心阔别三千里,屈指思量四五年。料得他乡遇佳节,亦应怀抱暗凄然。"周邦彦词似乎受过这类诗的一些影响,但诗显词隐,白诗、韩诗一望而知,周词则颇耐寻绎。若论意境,清真词自是后来居上,更胜一筹。

夜飞鹊①

别情②

河桥送人处,凉夜何其③?斜月远堕馀辉,铜盘烛泪已流尽,霏霏凉露沾衣④。相将散离会,探风前津鼓,树杪参旗⑤。华骢会意,纵扬鞭、亦自行迟⑥。　　迢递路回清野,人语渐无闻,空带愁归⑦。何意重经前地,遗钿不见,斜径都迷⑧。兔葵燕麦,向残阳、欲与人齐⑨。但徘徊班草,欷歔酹酒,极望天西⑩。

注释

① 《夜飞鹊》词调为周邦彦始创。陈本注调名"道宫"。
② 陈本原题如此,《百家词》、毛本、四印斋本同题。《草堂》《诗

馀醉》题作"离别"。

③ 凉夜何其(jī 基):凉夜已经到了什么时辰。语本《诗经·小雅·庭燎》:"夜如何其?夜鄉晨,庭燎有煇。"凉夜,秋夜。《词统》、《诗馀醉》、毛本作"良夜"。其,表疑问的语气词。《草堂》作"期",误。

④ "斜月"句:残月带着馀辉渐渐向远处斜落。化用吴均《与柳恽相赠答诗六首》之五:"闲房肃已静,落月有馀辉。""铜盘"句:意为铜盘上的蜡烛已经烧尽。参见杜甫《相逢歌赠严二别驾》:"铜盘烧蜡光吐日,夜如何其初促膝。"杜牧《赠别二首》之二:"蜡烛有心还惜别,替人垂泪到天明。"李商隐《无题》:"春蚕到死丝方尽,蜡炬成灰泪始干。"霏霏:雨露很盛的样子。凉露沾衣:参见王粲《从军诗五首》之三:"下船登高防,草露沾我衣。"

⑤ 相将:行将,即将。离会:离别时饯行的聚会。《草堂》《百家词》《粹编》《诗馀醉》于"离会"后多一"处"字。津鼓:古代渡口设置的信号鼓。李端《古别离二首》之一:"天晴见海樯,月落闻津鼓。"树杪(miǎo 秒)参(shēn 申)旗:参旗星在树梢上空,意指已是黎明破晓时分。参见李商隐《明日》:"天上参旗过,人间烛焰销。"树杪,树梢。参旗,星名,属毕宿,共九星,在参星西。

⑥ 华骢(cōng 匆):同"花骢",毛色青白相间的马。亦泛指马。彊村本作"花骢",《草堂》作"骅骝"。会意:指领会主人依依惜别的情意。亦自行迟:参见于鹄《途中寄杨涉》:"前村见来久,羸马自行迟。"

⑦ 迢递:曲折的样子。清野:清旷的原野。郦道元《水经注·获水》:"耸望川原,极目清野,斯为佳处矣。"人语渐无闻:参见萧纲《伤离新体诗》:"远听寂无闻,遥瞻目有阂。"渐无闻,《诗馀醉》作"尽无闻"。

⑧ 重经前地:陈本原作"重红满地"。《词统》、毛本作"重经前地"。细味后文,以"重经前地"为胜,此从毛本改。遗钿(diàn 垫):美女遗落的首饰。《史记·滑稽列传》:"若乃州闾之会,男女杂坐,行酒稽留,六博投壶,相引为曹,握手无罚,目眙不禁,前有堕珥,后有遗簪。"另参《六丑》(正单衣试酒)注⑥。斜径:歪斜的小路,斜出的岔路。

⑨ 兔葵燕麦:形容荒凉的景象。语见刘禹锡《再游玄都观》序:"重游玄都,荡然无复一树,唯有兔葵燕麦动摇于春风耳。"兔葵,多年生草本植物,三四月开花,花白茎紫。参前《瑞龙吟》(章台路)注⑥。欲与人齐:《草堂》、毛本作"影与人齐"。

⑩ 班草:铺草而坐。班,铺。《后汉书·逸民传·陈留老父》:"陈留张升去官归乡里,道逢友人,共班草而言。"谢惠连《相逢行》:"行行即长道,道长息班草。"班草,毛本注:"或作'青草',非。"欷歔(xī xū 西须):叹息,抽泣。阮籍《咏怀八十二首》之五十九:"欢笑不终宴,俯仰复欷歔。"酹(lèi 类)酒:以酒浇地。极望天西:参见谢朓《三日侍宴曲水代人应诏》九章之七:"极望天渊,曲阻亭榭。"

解读

写离别之情、相思之愁,是周邦彦词中常见题材,这首词是这类题材中写得极为出色的传诵众口的名作。创作的时间地点难以考定。今人或以为政和二年(1112)自长安归河中府经临潼时作。此说并无实据,与文本情境又相去甚远,不足凭信。

词的上片写秋夜河桥送别情人。开篇二句,即点明送别的地点与时间。"河桥送人处",容易让人联想到古诗中"携手上河梁"的场景;"凉夜何其",虽是化用《诗经》句子,却通过问话,写活了告别的情境和离别者惜别的心理。"斜月"三句,既是写景,也是间接回复上面的问句,表明一夜野外饯别的时间推移:但见斜月渐渐下落,铜盘中的蜡烛也已烧尽,秋夜清凉的露水沾湿衣襟。每句景语都包含别情,尤其是"烛泪已流尽",化用杜牧"蜡烛有心还惜别,替人垂泪到天明",和李商隐"蜡炬成灰泪始干"诗句,以蜡烛拟人,蕴涵了离别的哀伤与哭泣。此时渡口开船的鼓声咚咚敲响,树梢上的参旗星也已斜落,情人就要坐船离去。"华骢"二句,画面回到送行者这边,情人坐船离去后,送行者骑着花骢马独自回去。这里妙在不直写自己留恋回顾,不忍匆匆离去,而是侧写马儿善解人意,即使挥鞭赶它,它仍是慢慢踱步,不忍快走。读来婉转蕴藉,别有余味,堪称"善状离情"(俞陛云《宋词选释》)。下片写离别之后及重访旧地。换头"迢递"三句,写送别后骑马归去,从热闹的河桥津渡,渐渐行至冷清僻静的郊野,独自承受离别之愁。这三句连接上片,将送别告一段落,也就是陈洵《海绡说词》所谓:"换头三句,将上阕尽化烟云,然后转出下句,事过情留,低徊无尽。""何意"句甚为关键。陈本原作"何意重红满地",毛本等作"何意重经前地",揣摩后文,毛本意思较为贴切。"何意"句可称为跳接,实际上是另一段的开始,以下写相隔一段时间后情景,很可能是次年春天,男主人公重回故地,细寻前迹,此前欢会时佳人遗留首饰已不复见,原先一起走过的斜岔小路也隐没难辨,唯见杂草丛生,高与人齐的兔葵燕麦,在夕阳映照下迎风摇摆。无奈只能在两人曾经依偎而坐的草地上流连徘徊,以酒浇地,向着情人远去的西方,纵目远眺,仰天叹息。俞陛云《宋词选释》赞赏"'重经'五句,在景中写情,方见深厚,为后人度尽金针"。

  这首作品,在写作上一个很重要特点,就是在词里增加了丰富的叙事成分,将一份离别之情,分成离别之时、既别之后以及重访旧地三段时空来写。前两段都是过去时,第三段才回到现在时。而在第三段中又有过去故事场景的闪回。这种精致细密而又独到的构思安排,以回叙和插叙为主的时空交错的手法,已经初步展示了在近现代小说和现代电影里才习用的叙事技法,大大丰富了传统诗词的表现手段。其次,写景出神入化,善于渲染勾勒,精于烘托映带,情景浑然一体。此外,自如熔铸前人诗文、辞采华美、属对精湛、声调协和,等等,都体现了清真词一贯擅长的本领。因此,历来词论家对此词评价颇高。清人黄苏《蓼园词选》赞此词曰:"层次井井,而意致绵密,词采秋深,时出雄厚之句,耐人咀嚼。"晚清陈廷焯《白雨斋词话》评下阕"何意"以下"哀怨而浑雅",进而指出这段对姜夔(白石)名篇《扬州慢》的直接影响:"白石《扬州慢》一阕从此脱胎,超处或过之,而厚意稍逊。"近人梁启超《饮冰室评词》更是盛赞:"'兔葵燕麦'二语,与柳屯田之'晓风残月',可称送别词中双绝,皆熔情入景也。"

早梅芳①

别恨②

花竹深,房栊好,夜阒无人到③。隔窗寒雨,向壁孤灯弄馀照④。泪多罗袖重,意密莺声小⑤。正魂惊梦怯,门外已知晓⑥。　　去难留,话未了,早促登长道⑦。风披宿雾,露洗初阳射林表⑧。乱愁迷远览,苦语萦怀抱⑨。谩回头,更堪归路杳⑩。

注释

① 毛本作《早梅芳近》,又注:"谱无'近'字。"陈本未注调名。彊村本注调名"正宫"。

② 陈本原题如此,《百家词》、四印斋本同题。《草堂》题作"冬景",《词统》《诗馀醉》题作"晓别"。毛本无题。

③ 花竹深:参见杜甫《游修觉寺》:"野寺江天豁,山扉花竹幽。"房栊:窗棂,窗户;亦泛指房屋。《汉书·外戚传下·孝成班倢伃》:"广室阴兮帷幄暗,房栊虚兮风泠泠。"阒(qù 去):寂静;空荡。此句语出《周易·丰卦》:"窥其户,阒其无人。"

④ "向壁"句:参见江总《和张记室源伤往诗》:"空帐临窗掩,孤灯向壁燃。"李贺《河南府试十二月乐词·八月》:"傍檐虫缉丝,向壁灯垂花。"

⑤ 罗袖:犹言衣袖。罗,质地稀疏的丝织品。意密:情意绵密。《粹编》作"密意",误。此二句属对,"意密"对"泪多"为是。莺声:比喻女子宛转悦耳的说话声。

⑥ 魂惊梦怯:参见陈陶《水调词十首》之九:"沙塞依稀落日边,寒宵魂梦怯山川。""门外"句:意为看门外已经天亮,指离别在即。晓,天明。

⑦ 促:催促。长道:远行之路。《古诗十九首·回车驾言迈》:"回车驾言迈,悠悠涉长道。"长道,《草堂》作"途道"。

⑧ 风披宿雾:风吹散隔夜之雾。披,吹开,吹散。参见陶渊明《咏贫士七首》之一:"朝霞开宿雾,众鸟相与飞。"杜甫《九日杨奉先会白水崔明府》:"天宇清霜净,公堂宿雾披。"林表:林梢,林外。谢朓《休沐重还丹阳道中》:"云端楚山见,林表吴岫微。"

⑨ 远览:远望。《晋书·杜预传》:"旷然远览,情之所安也。"苦语:凄苦之言。韩愈《忆昨行和张十一》:"危辞苦语感我耳,泪落不掩何漼漼。"

365

⑩谩(màn 漫)：莫，不要。堪：哪堪。杳(yǎo 咬)：遥远。

解读

俞平伯在《清真词释》里客观评价此词"在清真词集中非其至者"，但又谈到这首作品对自己早年影响颇深："昔年余辄爱诵之，时居江南，多作远游，园亭清晏之况惓惓于怀，不能无感耳。"结合俞平伯早年的体会，细细体味这首词，它有可能是周邦彦早期离开家乡远行时赠别家室之作。今人或以为此二首《早梅芳》是词人早年游长安时告别临潼歌妓之作，但略无实据，且求诸文辞，亦不相类。

词的上片写夜间至拂晓分别前的情景。前五句写景，先描绘庭院幽美的环境和短暂的安宁，反衬以下窗外寒雨、孤灯残照，预示临别的凄苦。后四句细细描述分别前夜的情形，彼此留恋不舍，泪满衣袖，女子莺声细语反复叮咛，稍后如梦似幻之中，忽然惊觉，此时门外天已放晓，离别在即，令人黯然销魂。下片写离别之际的场景和既别之后的情怀。过片三句，紧承上片后半段，写临别难以挽留，语多不能尽意，时光无情，催人踏上漫漫长路。"风披"二句，描绘早晨清新鲜活的画面，与上片开头三句描绘幽美环境的用意相似，是为了引入并反衬下文离别后满怀的"乱愁"和"苦语"。歇拍二句，以既别之后徒然回首，无奈归途迢迢、归期遥遥作结，是累积叠加法，倍添哀愁与苦痛。

这首词写得明白晓畅，绵密细腻，虽非清真词中极品，但叙景述情依然动人，如"泪多"二句、"乱愁"二句，情境如见，极尽缠绵凄苦，读来令人回肠荡气，情不能已。正如俞平伯《清真词释》所评："摹拟纤悉，示别绪之缠绵；抒写谐叵，见行踪之飘忽。善察调情而能用之者，莫如清真也。"不仅称赞他善于摹拟抒写，也称赏他擅长运用词调。

早梅芳

牵情①

缭墙深,丛竹绕,宴席临清沼②。微呈纤履,故隐烘帘自嬉笑③。粉香妆晕薄,带紧腰围小④。看鸿惊凤翥,满座叹轻妙⑤。　　酒醒时,会散了,回首城南道⑥。河阴高转,露脚斜飞夜将晓⑦。异乡淹岁月,醉眼迷登眺⑧。路迢迢,恨满千里草⑨。

注释

① 陈本原题如此。《百家词》、四印斋本同题。《雅词》、毛本无题。
② 缭墙:围墙。语本班固《西都赋》:"缭以周墙,四百馀里。"杜牧《华清宫三十韵》:"绣岭明珠殿,层峦下缭墙。"清沼:清澈的池塘。束晳《补亡诗·由仪》:"鱼游清沼,鸟萃平林。"
③ 微呈:微露。《词萃》作"渐呈"。纤履:指女子所穿纤细小巧的鞋子。烘帘:暖帘。见前《玉楼春》(玉琴虚下伤心泪)注④。
④ 粉香:《粹编》作"粉花",与下句"带紧"不对,非。妆晕:古代女子的妆容。韩偓《闺怨》:"时光潜去暗凄凉,懒对菱花晕晓妆。"带紧:腰带紧束。
⑤ 看:《雅词》作"叹"。鸿惊凤翥(zhù住):形容女子的舞姿轻捷曼妙,犹如鸿雁惊起,凤凰高飞。翥,鸟向上飞。参见曹植《洛神赋》:"翩若惊鸿,婉若游龙。"陆机《浮云赋》:"鸾翔凤翥,鸿惊鹤奋。"叹:赞叹,赞美。《雅词》作"看"。轻妙:轻盈

美妙。边让《章华赋》:"美繁手之轻妙兮,嘉新声之弥隆。"柳永《两同心》:"绮筵前、舞燕歌云,别有轻妙。"

⑥ 城南道:参见李商隐《河内诗二首》之二:"低楼小径城南道,犹自金鞍对芳草。"

⑦ 河阴:指银河之影。谢庄《七夕夜咏牛女应制》:"璇居照汉右,芝驾肃河阴。"高转:指银河斜转,意为即将天明。露脚斜飞:指露珠下滴。化用李贺《李凭箜篌引》:"吴质不眠倚桂树,露脚斜飞湿寒兔。"这句另可参见李隆基《喜雨赋》:"泛草泊树,垂珠点露","丝管合兮夜将晓,芙蓉开兮日未暮"。

⑧ 淹岁月:意为滞留时间长。淹,久留,滞留。参见贯休《送崔使君》:"子牟恋阙归阙,王粲下楼相别。食实得地,颇淹岁月。"登眺:登高远望。李白《寻高凤石门山中元丹丘》:"峰峦秀中天,登眺不可尽。"

⑨ 路迢迢:指归路遥远。孟郊《有所思》:"桔槔烽火昼不灭,客路迢迢信难越。"千里草:青草绵延千里。形容远道。参见江淹《青苔赋》:"青郊未谢兮白日照,路贯千里兮绿草深。"刘禹锡《武陵书怀五十韵》:"旅望花无色,愁心醉不惜。春江千里草,暮雨一声猿。"

解读

这是词人淹留千里之外他乡时,在一场宴席散后写的思念故乡的作品。

上片写宴席上观赏歌舞,是客中寻乐。起首三句描绘墙垣幽深、丛竹缭绕,展现池塘边清雅的宴会环境,由此引出宴席上舞女曼妙的形象。但词人不肯秉笔直写,先是"微呈""故隐",遮遮掩掩,引发读者无限联想;帘后嬉笑,但闻其声,令人愈加想见其人。这般若隐若现,几番引逗后,舞女方才带着粉香出场,只见天生丽质,淡施妆晕,紧束衣带,腰身纤柔,轻盈曼舞起来,翩翩如鸿雁惊飞,飘摇如凤凰高翔。轻盈美妙的演出,自然引来满堂喝彩。但词人写宴席上的欢快美妙,全都是铺垫,为的是强烈反衬下片会散酒醒后浓烈的孤独之感和思乡之情。酒席散时,早已是星河斜转,露珠飞滴,天将放晓时候;回首城南,登眺故乡,无奈醉眼蒙眬,所见一片迷蒙;想到久留他乡,离家千里,归期难卜,自是愁满胸臆,不可断绝。词人以"恨满千里草"收尾,寄情深远,遗恨含蕴不尽。

这首词构思细致,辞采精美,人物形象鲜明,情景描绘生动。词人善于铺垫勾连,尤其以上片乐景引发下片哀情,反衬鲜明,抒情效果极为强烈。乔大壮手批《片玉集》评这首词"小题大做,汴京之法"。其意思是说,此篇虽为小题材,却写得大气,融入了词人擅长的辞赋笔法——像他的大作《汴都赋》那样的手笔。

凤来朝[①]

佳人[②]

逗晓看娇面,小窗深、弄明未遍[③]。爱残朱宿粉云鬟乱,最好是、帐中见[④]。　　说梦双蛾微敛,锦衾温、酒香未断[⑤]。待起难舍拚,任日炙画栏暖[⑥]。

注释

① 《凤来朝》词调为周邦彦始创。陈本注调名"越调"。
② 陈本原题如此,毛本、四印斋本同题。《粹编》无题。

③ 逗晓:破晓,天刚亮。逗,临,到。梅尧臣《九月都下对雪寄永叔师鲁》:"阴风中夜鸣,密雪逗晓积。"看娇面:《粹编》作"香娇面",形近而误。弄明未遍:意为晨光尚未能照进小窗深处。未遍:《词统》、毛本、《词萃》作"未辨",沈雄《古今词话》引《耆旧续闻》同。

④ 残朱宿粉:夜间残留的脂粉。沈约《早行逢故人车中为赠》:"残朱犹暧暧,馀粉尚霏霏。"又王建《宫词一百首》之七十九:"宿妆残粉未明天,总立昭阳花树边。"残朱,《耆旧续闻》及《词统》、毛本、《词萃》作"残妆"。云鬟(huán 环):高耸的环形发髻。亦泛指浓密秀美的头发。最好:这里是最美的意思。

⑤ 双蛾微敛:指双眉微皱。锦衾(qīn 亲):锦缎被子。《诗经·唐风·葛生》:"角枕粲兮,锦衾烂兮。"酒香:《耆旧续闻》及《词统》、毛本作"兽香"。

⑥ "待起"句:《耆旧续闻》作"待起难抛舍"。毛本注:"《清真集》作'待起又如何拚'。"舍拚(pàn 叛),舍弃,割舍。日炙(zhì 至):太阳曝晒。韩愈《石鼓歌》:"雨淋日炙野火燎,鬼物守护烦扐呵。"画栏:有画饰的栏杆。《词统》、毛本作"画楼"。

解读

与不少有关周邦彦和李师师传说故事一样,这首《凤来朝》也被宋人笔记附会成是词人为李师师而作。沈雄《古今词话》引南宋陈鹄《耆旧续闻》曰:"周美成至汴京,主角妓李师师家,为作《洛阳春》,师师欲委身而未能也。与同起止,美成复作《凤来朝》云。"《耆旧续闻》这则传说,早已被不少学者斥为谬误失实,自然是不足凭信。这应该是词人早期冶游之作。单就内容言,也不过是描写一对男女,在天亮之后仍沉溺于温柔乡中,久久不愿起来的情形。

上片着意描绘男子眼中的女子，勾勒出一幅绝妙的晓窗凤帐睡美人图。词人抓住小窗幽深、晨光熹微的香闺环境，活画出美人初醒时在隐约的凤帐里朱残粉褪、云鬓凌乱、娇面迷醉的绝佳神韵。俞平伯《清真词释》评曰："笔致的挪转，语气的吐纳，顾盼飞扬，无垂不缩，上片结句遂于此回环往复中直下深微，而在琐窗罗帐间迟回一霎，宁耐的心情至此完全揭出。"下片写彼此缱绻温存、日高不起。"说梦"二句，蕴含对昨晚酒酣欢恣的温馨情景的回味。"双蛾微敛"当是含娇带嗔的表情。"锦衾温、酒香未断"，言外之意是说昨晚的欢情蜜意绵绵不断。这就很自然引出了末尾二句日照画栏仍缠绵不起的画面。结句让人想起词人《满路花》中"日上三竿，殢人犹要同卧"，也容易让人联想到柳永《慢卷䌷》词中"似恁偎香倚暖，抱着日高犹睡"的场景，只是周邦彦此词写得比较蕴藉婉转。

俞平伯《清真词释》用了八千字细细评析这首《凤来朝》的精妙，更盛赞道："清真慢词岂独两宋一人，即武断其冠冕百代可也，而于区区短曲仍用尽狮子搏兔之力，其天分已可妒，其学力更可畏，其诚又至可感也。"可见，即使是一篇带有花间风调的狎昵绮艳的小词，亦可以有其独特的审美价值和恒久的艺术魅力。

芳草渡①

别恨②

昨夜里，又再宿桃源，醉邀仙侣③。听碧窗风快，珠帘半卷疏雨，多少离恨苦④。方留连啼诉，凤帐晓,又是匆匆,独自归去⑤。　　愁睹,满怀泪粉,瘦马冲泥寻去路⑥。谩回首、烟迷望眼,依稀见朱户⑦。似痴似醉,暗恼损、凭栏情绪⑧。澹暮色,看尽栖鸦乱舞⑨。

注释

① 陈本未注调名。彊村本注调名"双调"。
② 陈本原题如此。《百家词》、四印斋本同题。《粹编》、毛本无题。
③ 宿桃源、邀仙侣:用刘晨、阮肇入天台山采药,遇二仙女于桃溪,受邀留宿故事。见前《瑞龙吟》(章台路)注⑥。另参见李存勖咏刘阮故事之《忆仙姿》:"曾宴桃源深洞,一曲清歌舞凤。长记别伊时,和泪出门相送。如梦,如梦,残月落花烟重。"仙侣,指美丽如仙女的伴侣。参见柳永《玉女摇仙佩·佳人》:"飞琼伴侣,偶别珠宫,未返神仙行缀。"
④ 碧窗:绿色纱窗。刘禹锡《海阳十咏·切云亭》:"波摇杏梁日,松韵碧窗风。""珠帘"句:化用王勃《滕王阁》:"画栋朝飞南浦云,珠帘暮卷西山雨。"珠帘,毛本作"疏帘"。疏雨,小雨,细雨。毛本作"愁雨"。离恨苦:参见孙光宪《更漏子》:"对秋深,离恨苦,数夜满庭风雨。"
⑤ 方留连:正留恋不舍。参见江淹《无锡县历山集》:"一闻清琴奏,歔泣方留连。"凤帐:有凤凰图案的帐子。温庭筠《清平乐》:"凤帐鸳被徒熏,寂寞花锁千门。"晓:天亮,天明。
⑥ 愁睹:毛本作"愁顾"。陈允平和词亦叶"顾"韵。满怀泪粉:满怀都是情人混着脂粉的泪水。冲泥:指冒着风雨,踏泥

而行。
⑦ 谩(màn 漫):徒然,空。朱户:此指所恋女子居所。
⑧ 似痴似醉:参见韦庄《倚柴关》:"杖策无言独倚关,如痴如醉又如闲。"又《秦妇吟》:"须臾主父乘奔至,下马入门痴似醉。"恼损:犹言恼杀、恼坏。参见柳永《集贤宾》:"近来云雨忽西东,诮恼损情悰。纵然偷期暗会,长是匆匆。"
⑨ 澹(dàn 但)暮色:参见杜甫《宿凿石浦》:"回塘澹暮色,日没众星嘒。"栖鸦乱舞:参见杜甫《遣怀》:"夜来归鸟尽,啼杀后栖鸦。"文同《冬晚书事》:"残日千鸦舞,孤云一雁号。"

解读

罗忼烈《清真集笺注》认为这首词本于唐庄宗(李存勖)《忆仙姿》,是用刘晨、阮肇入天台山遇仙女,受邀留宿故事。这个解读当然是有依据的,只是周邦彦此词所受的启发,所融汇的前人诗词,所展现的意象,岂止于此。举凡王勃、杜甫、温庭筠、韦庄、柳永等人诗词中意境情辞,皆有借鉴融入,而意象更有拓展,也更丰富。

此词写与情人再一次幽会又再一次匆匆分别的离愁别恨。上片回忆昨夜一晌欢会与拂晓仓促告别。写"再宿桃源,醉邀仙侣"的旖旎迷醉,以及"碧窗""珠帘""凤帐"的精致华美,都是为了强烈反衬凄风细雨、良辰苦短、匆匆告别、独自归去的离恨之苦,也是为下片如痴如醉的凭栏情绪预留伏笔,遥相照应。"方"字、"又"字,用得娴熟,"转笔可思"(乔大壮手批《片玉集》)。下片抒写别后情思愁绪。先写乍别之后情境:情人的泪痕粉泽还留在衣襟,却不得不骑上瘦马,冒雨踏泥离去;渐行渐远,仍忍不住回望情人朱户,但只能空见烟雨凄迷而已。"似痴似醉"以下,回到当前凭栏回忆时痴迷而又恼恨的情境。那满怀情绪既宣泄

373

不尽,便用作者擅长的以景结情的手法,用看尽暮色中"栖鸦乱舞"的景象收尾,遂觉情味愈加深浓,余韵久久不绝。

俞陛云《宋词选释》评此词"制胜尤在结末二句",并引夏孙桐(闰庵)评语曰:"无此二句,则此词无可生色矣。"末二句固然出彩生色,但其余各句亦颇足观。毕竟,这首作品自始至终情景交汇,融合无间。如"碧窗风快""珠帘半卷疏雨""瘦马冲泥寻去路""烟迷望眼"等,与末二句同样具有强化抒情的作用。其次,此词全用逆笔倒挽手法,从昨晚写到拂晓,从清晨再写到黄昏时节,最后拉回到现实场景。这样的逆挽,有助于表现词人久久难以平复的浓烈心绪。此外,词中随处化用前人诗词,而又圆融无迹,一如己出,也体现了清真一贯擅长的艺术技法。

感皇恩①

标韵②

露柳好风标,娇莺能语,独占春光最多处③。浅颦轻笑,未肯等闲分付④。为谁心子里,长长苦⑤。 洞房见说,云深无路,凭仗青鸾道情素⑥。酒空歌断,又被涛江催去⑦。怎奈向、言不尽,愁无数⑧。

注释

① 陈本注调名"大石"。
② 标韵:即风韵。陈本原题如此。《百家词》、四印斋本同题。

《粹编》、毛本无题。

③ 露柳:带露之柳。张耒《荒园》:"日暖风檐翻乳燕,晓寒露柳啭流莺。"这里形容女子轻盈水灵。好风标:指优美的姿容风采。娇莺能语:形容女子的声音娇美悦耳如莺啼。前二句可参见徐铉《月真歌》:"风前弱柳一枝春,花里娇莺百般语。"

④ 浅颦(pín 频):微微皱眉。等闲:轻易,随便。分付:表示,流露。

⑤ 心子里:犹言"心儿里",心里。长长苦:参见张祜《自君之出矣》:"千寻萦荔枝,争奈长长苦。"

⑥ 洞房:幽深的内室。指卧室、闺房。见说:听说。云深无路:形容难以到达。凭仗:依赖,依靠。青鸾(luán 栾):即青鸟。传说中为西王母传信的神鸟。《艺文类聚》卷九一引《汉武故事》:"七月七日,上(汉武帝)于承华殿斋,正中,忽有一青鸟从西方来,集殿前。上问东方朔,朔曰:'此西王母欲来也。'有顷,王母至。有两青鸟如乌,侠侍王母旁。"后遂以"青鸟(鸾)"指传送信息的使者。唐彦谦《无题十首》之五:"谁知别易会应难,目断青鸾信渺漫。"情素:亦作"情愫"。真情,真心。

⑦ 酒空:此指送别的酒已喝光。参见黄滔《别友人》:"雨夜扁舟发,花时别酒空。"歌断:此指离别之歌已唱完。许浑《陪越中使院诸公镜波馆饯明台裴郑二使君》:"舞移清夜月,歌断碧空云。"涛江:即江涛。《粹编》作"江涛"。催去:《粹编》、毛本作"催度";陈允平和词亦叶"度"韵。

⑧ 怎奈向:即怎奈,无奈。《粹编》作"怎奈何",毛本作"怎向"。朱校曰:"按律是句五字。柳永《过涧歇》、秦观《鼓笛慢》并有'怎向'语,可证。"言不尽:语本《周易·系辞上》:"子曰:'书不尽言,言不尽意。'"愁无数:参见欧阳修《鹤冲天》:"花无数,愁无数,花好却愁春去。"

375

解读

近人陈思《清真居士年谱》系此篇于大观三年(1109),以为是词人自京师南归过苏州,遇情人岳楚云之妹时所作,与《点绛唇》(辽鹤归来)等词皆为此行作品(详见前《点绛唇·伤感》之"解读")。陈谱更言:"'露柳好风标',谓楚云之妹;'洞房见说,云深无路',谓闻楚云从人;'凭仗青鸾道情素',谓以《点绛唇》转寄。"这个推断解读,大致还能贴合作品。当然,不排除此篇也可能是赠其他歌妓之作。

词的上片写席上所见歌妓(楚云之妹)的风采、歌声及满腹心事。描摹其身姿风韵,则如含露柳枝,摇曳婀娜,活色生香;形容其言谈歌声,又如黄莺娇语,婉转动听。故总括一句:独占春光最多。如此绰约多姿的美人,脸上表情却只有轻颦浅笑,未肯轻易吐露心声,不知其究竟为谁留情苦恼。下片由歌妓的满腹心事,转入词人的满腹心事,过渡衔接颇具巧思。苦心思念追慕的情人(楚云),听说已经嫁人,自然难以会面,所以词人只有托眼前的使者(楚云之妹)来传递音信了。满腹思念的话儿尚未尽情倾吐,转眼已是歌尽席散、匆匆又将坐船赶路之时。歇拍以直抒胸臆的方式,表达无奈又无尽的愁思。

这首作品构思精致,语辞清雅,描摹传神,写女子心理极为细微,抒自家情愫甚是浓厚,与《点绛唇》(辽鹤归来)同为有故事的言情佳作。

虞美人①

灯前欲去仍留恋,肠断朱扉远②。未须红雨洗香腮，待得蔷薇花谢便归来③。　　舞腰歌版闲时按，一任傍人看④。金炉应见旧残煤，莫使恩情容易似寒灰⑤。

注释

① 陈本注调名"正宫"。一连三首《虞美人》皆无题。
② 朱扉：朱门，红漆门。徐伯阳《日出东南隅行》："朱城璧日启朱扉，青楼含照本晖晖。"朱扉，《粹编》作"朱屏"。
③ "未须"二句：化用杜牧《留赠》："不用镜前空有泪，蔷薇花谢即归来。"未须，《粹编》、毛本作"不须"。红雨，比喻女子落泪。
④ "舞腰"二句：化用杜牧《留赠》："舞靴应任闲人看，笑脸还须待我开。"韩偓《厌花落》："半醉狂心忍不禁，分明一任傍人见。"歌版，同"歌板"，即拍板。歌唱时用以打拍子，故名。彊村本作"歌板"。李贺《酬答二首》之二："试问酒旗歌板地，今朝谁是拗花人？"傍人，即旁人。彊村本作"旁人"。《粹编》作"傍水"，似误。
⑤ "金炉"二句：劝谕莫忘旧情，莫使旧情如金炉煤炭，燃烧后便轻易变成寒灰。反用吴均《行路难五首》之五："玉阶行路生细草，金炉香炭变成灰。"另参鲍照《赠故人马子乔诗六首》之二："寒灰灭更燃，夕华晨更鲜。"又，苏轼《翻香令》："金炉犹暖麝煤残，惜香更把宝钗翻。"莫使，《草堂》、毛本作"莫遣"。

解读

　　这首词是赠给所恋歌妓的，主要写分别之际殷殷嘱咐之辞。写作时间无从考定。
　　上片记临别之情与劝慰之言。先写天将破晓，欲明未明之时,欲去不去之际,灯前缠绵,留恋再三,难以割舍。盖此一去,路途遥远,未知何时尚能重逢,想到遥遥无期的企盼,女子难免粉泪涟涟。因此词人勉力开解安慰,相约蔷薇花谢时节便归来,以确切之约定来安稳女子恍惚之心。"未须"二句,连同过片二句,都是从杜牧《留赠》诗化出,却颇切合此情此景,融化无迹,更将上下片嘱咐之词自然勾连起来,又为歇拍预做铺垫。下片全是词人临去殷殷叮咛歌妓之语:别后闲暇时光,自不免歌舞依旧,任由旁人观赏也罢;但愿心存旧情,念念不忘,如此两情方得长久红火,切莫如炉中残煤燃烧后轻易冷却,化作无情冷灰。

俞陛云《宋词选释》评此词曰:"宛转写来,如听喁喁情话。取譬炉灰,意新而情挚。"写临别情境之留恋断肠与喁喁情话之哀婉缠绵,无疑是清真词的长处。至于以炉灰作比,原不算新鲜,南朝吴均"金炉香炭变成灰"等诗句早就做过类似的比喻。晚唐李商隐《无题》诗中更有"春心莫共花争发,一寸相思一寸灰"的名句。关键须注意"莫使"与"轻易",实因歌舞场中此类爱恋,常如过眼烟云,本来就难保长久恩爱,正是有此隐忧担心,所以才有反复叮咛。观清真词多苦恋之作,个中情形可想而知矣。

虞美人

疏篱曲径田家小,云树开清晓①。天寒山色有无中,野外一声钟起送孤篷②。 添衣策马寻亭堠,愁抱惟宜酒③。菰蒲睡鸭占陂塘,纵被行人惊散又成双④。

虞美人（菰蒲睡鸭占陂塘，纵被行人惊散又成双）

注释

① 疏篱:稀疏的篱笆。白居易《小宅》:"小宅里闲接,疏篱鸡犬通。"曲径:弯曲的小路。萧绎《游后园》:"入林迷曲径,渡渚隔危峰。"清晓:天刚亮时。《雅词》、《词统》、毛本作"秋晓"。

② 山色有无中:借用王维《汉江临泛》:"江流天地外,山色有无中。"一声钟起:参见刘言史《冬日峡中旅泊》:"霜月明明雪复残,孤舟夜泊使君滩。一声钟出远山里,暗想雪窗僧起寒。"孤篷:指孤舟。皮日休《鲁望以轮钩相示缅怀高致,因作三篇》之三:"孤篷半夜无馀事,应被严滩聒酒醒。"

③ 亭堠(hòu 厚):即"亭候"。古代用以瞭望、监视敌情的岗亭、土堡。此处指供行人休息的驿亭候馆。愁抱:忧伤的怀抱,愁怀。这句参见杜甫《可惜》:"宽心应是酒,遣兴莫过诗。"

④ 菰蒲:两种水生草本植物。菰,生浅水中,嫩茎俗称"茭白";蒲,生水边或池沼内,嫩茎可食,叶片可编织席子、扇子等。鲍照《野鹅赋》:"立菰蒲之寒渚,托只影而为双。"陂(bēi 杯)塘:池塘。"纵被"句:《雅词》作"疑被行人惊散不成双",非。惊散,《词统》作"惊起"。

解读

这首作品写词人在客途中送别情人的哀伤忧愁。创作时间、地点难以考索。

上片描写山野田园景色为主,后面引出客中送客的词人。夜间寄宿田家,清晨醒来,疏篱曲径尽显生机,树林里晨雾慢慢散去,寒山在飘散的云雾中时隐时现,在一片安宁中忽然传来远方山寺的晨钟,仿佛在提醒并催促行人上船启程。"送孤篷"是暗写送别情人,为末二句预做铺垫。写景如淡淡水墨画,数句勾勒,便清新幽远,同时也隐隐埋伏下淡淡的忧愁;而野外的霜钟,终于打破这份宁静,径直撞击离人的心。下片抒写孤独愁怀为主,末了以景来渲染愁绪。送别情人以后,一路策马前行,寒意袭人,虽然添衣可以御寒,但终究挡不住哀愁侵凌,所以急急忙忙地要找歇脚的亭馆,借酒浇愁。歇拍二句,以景结情,将挥之不去的客途之愁与怀人之情辗转宣泄出来。写占据陂塘成双成对的睡鸭,即使被行人的马蹄声惊散,很快还会聚在一起,这是为了更强烈地反衬自己不能与情人聚在一起的孤独漂泊和无可奈何:人竟不如鸭。表现手法很是深沉有力。

《乐府雅词》末句作"疑被行人惊散不成双",盖不知词人此处更曲折一层的反衬手法,而只知简单直白的表达,表现效果自然会大打折扣。为此,蒋礼鸿先生《大鹤山人校本〈清真词〉笺记》直斥"《雅词》大谬",并斥郑文焯校本"不加平议,有污简牍矣"。语虽愤激,却入情入理。

虞美人

玉觞才掩朱弦悄,弹指壶天晓①。回头犹认倚墙花,只向小桥南畔便天涯②。　　银蟾依旧当窗满,顾影魂先断③。凄风犹飐半残灯,拟倩今宵归梦到云屏④。

注释

① "玉觞"句:是说饯别活动刚结束,离别在即。玉觞(shāng商),玉杯。泛指酒杯。朱弦,原指用熟丝制的琴弦。泛指琴瑟类弦乐器。弹指:捻弹手指作声。佛家多用以比喻时间短

暂。《翻译名义集·时分》："《僧祇》云：二十念为一瞬，二十瞬名一弹指。"壶天晓：意为天已放亮。壶天，古代传说壶中别有天地。据《后汉书·方术传下·费长房》记载：费长房为市掾时，市中有老翁卖药，悬一壶于肆头，市罢，跳入壶中。市人皆不能见，唯独长房于楼上见之，知为神人。乃拜见老翁，翁知长房之意，谓明日再来。次日复诣翁，翁乃与长房俱入壶中，唯见玉堂严丽，旨酒甘肴盈衍其中，共饮毕而出。又《云笈七签》卷二八引《云台治中录》记载：鲁人施存学大丹之道，常悬一壶如五升器大，变化为天地，中有日月如世间，夜宿其内，自号"壶天"，人谓曰"壶公"。

② "只向"句：意为跨过小桥便天各一方了。参见刘禹锡《和令狐相公别牡丹》："莫道两京非远别，春明门外即天涯。"小桥，《粹编》作"小楼"。天涯，陈本原作"生涯"，此依彊村本，从毛本、四印斋本改。

③ 银蟾(chán 蝉)：指月亮。传说月中有蟾蜍，故称。参见成彦雄《寒夜吟》："狷儿睡魇唤不醒，满窗扑落银蟾影。"顾影：自顾其影。有自怜之意。陆机《赴洛道中作诗二首》之一："伫立望故乡，顾影凄自怜。"魂先断：参见殷尧藩《醉赠刘十二》："别路魂先断，还家梦几迷。"魂先断，《词统》作"先魂断"。

④ 犹：《雅词》、《粹编》、毛本、四印斋本作"休"。飐(zhǎn 展)：风吹颤动。倩(qiàn 欠)：请，央求。云屏：有云形彩绘的屏风，或用云母做装饰的屏风。此借指所恋女子的居所。韦庄《天仙子》："梦觉云屏依旧空，杜鹃声咽隔帘栊。"

解读

　　这是告别情人后写的相思之词，有可能是赠给歌妓的。近人杨铁夫《清真词选笺释》就说："此冶游之作。"

上片回忆临别时依依不舍场面。饯行之酒刚喝完,送别之曲才停下,转瞬之间,天已放亮。临行之际,不时驻足回望倚墙而立的恋人,不忍心一下子跨过小桥,只因这一去,浪迹天涯,天遥地远,重逢无期。所谓倚墙花,并非写花,实是借喻恋人,言其美艳动人如花,令人恋恋不舍。下片写分别之后无限思量。孤独的夜晚,窗外皓月圆满,可叹人不团圆,强烈的反差对比,令人顾影自伤,黯然销魂。漫漫长夜,唯有凄风残灯相伴,这难熬之夜如何消磨?这满腹相思之愁何处寄托?无可奈何之下,只好请托梦神让自己在梦中与情人相聚了。

俞陛云《宋词选释》评此词曰:"如水柔情,曲而能达。"比较简练地点出了词中既细腻婉曲又凄怆动人的情思。

清真词外编

玉团儿

铅华淡伫新妆束,好风韵、天然异俗。彼此知名,虽然初见,情分先熟。　炉烟淡淡云屏曲,睡半醒、生香透肉。赖得相逢,若还虚过,生世不足。

玉团儿

妍姿艳态腰如束,笑无限、桃粗杏俗。玉体横陈,云鬟斜坠,春睡还熟。　夕阳斗转阑干曲,乍醉起、馀霞衬肉。搦粉搓酥,剪云裁雾,比並不足。

丑奴儿

南枝度腊开全少,疏影当轩。一种宜寒,自共清蟾别有缘。　江南风味依然在,玉貌韶颜。今夜凭阑,不似钗头子细看。

丑奴儿

香梅开后风传信,绣户先知。雾湿罗衣,冷艳须攀最远枝。　　高歌羌管吹遥夜,看即分披。已恨来迟,不见娉婷带雪时。

蝶恋花

鱼尾霞生明远树,翠壁黏天,玉叶迎风举。一笑相逢蓬海路,人间风月如尘土。　　剪水双眸云鬓吐,醉倒天瓢,笑语生青雾。此会未阑须记取,桃花几度吹红雨。

蝶恋花

美盼低迷情宛转,爱雨怜云,渐觉宽金钏。桃李香苞秋不展,深心黯黯谁能见。　　宋玉墙高才一觇,絮乱丝繁,苦隔春风面。歌板未终风色便,梦为蝴蝶留芳甸。

蝶恋花

晚步芳塘新霁后,春意潜来,迤逦通窗牖。午睡渐多浓似酒,韶华已入东君手。　嫩绿轻黄成染透,烛下工夫,泄漏章台秀。拟插芳条须满首,管交风味还胜旧。

蝶恋花

叶底寻花春欲暮,折遍柔枝,满手真珠露。不见旧人空旧处,对花惹起愁无数。　却倚阑干吹柳絮,粉蝶多情,飞上钗头住。若遣郎身如蝶羽,芳时争肯抛人去。

蝶恋花

酒熟微红生眼尾,半额龙香,冉冉飘衣袂。云压宝钗撩不起,黄金心字双垂耳。　愁入眉痕添秀美,无限柔情,分付西流水。忽被惊风吹别泪,只应天也知人意。

减字木兰花

风鬟雾鬓,便觉蓬莱三岛近。水秀山明,缥缈仙姿画不成。　　广寒丹桂,岂是夭桃尘俗世。只恐乘风,飞上琼楼玉宇中。

木兰花令

歌时宛转饶风措,莺语清圆啼玉树。断肠归去月三更,薄酒醒来愁万绪。　　孤灯翳翳昏如雾,枕上依稀闻笑语。恶嫌春梦不分明,忘了与伊相见处。

蓦山溪

楼前疏柳,柳外无穷路。翠色四天垂,数峰青、高城阙处。江湖病眼,偏向此山明,愁无语。空凝伫,两两昏鸦去。　　平康巷陌,往事如花雨。十载却归来,倦追寻、酒旗戏鼓。今宵幸有,人似月婵娟,霞袖举。杯深注,一曲黄金缕。

蓦山溪

江天雪意，夜色寒成阵。翠袖捧金蕉，酒红潮、香凝沁粉。帘波不动，新月淡笼明，香破豆，烛频花，减字歌声稳。　　恨眉羞敛，往事休重问。人去小庭空，有梅梢、一枝春信。檀心未展，谁为探芳丛，消瘦尽，洗妆匀，应更添风韵。

一剪梅

一剪梅花万样娇，斜插疏枝，略点眉梢。轻盈微笑舞低回，何事尊前，拍手相招。　　夜渐寒深酒渐消，袖里时闻，玉钏轻敲。城头谁恁促残更，银漏何如，且慢明朝。

南柯子

宝合分时果，金盘弄赐冰。晓来阶下按新声，恰有一方明月可中庭。　　露下天如水，风来夜更清。娇羞不肯傍人行，飐下扇儿拍手引流萤。

南柯子

腻颈凝酥白,轻衫淡粉红。碧油凉气透帘栊,指点庭花低映、云母屏风。　　恨逐瑶琴写,书劳玉指封。等闲赢得瘦仪容,何事不教云雨、略下巫峰。

关河令

秋阴时作渐向暝,变一庭凄冷。伫听寒声,云深无雁影。　　更深人去寂静,但照壁、孤灯相映。酒已都醒,如何消夜永。

鹊桥仙令

浮花浪蕊,人间无数,开遍朱朱白白。瑶池一朵玉芙蓉,秋露洗、丹砂真色。　　晚凉拜月,六铢衣动,应被姮娥认得。翩然欲上广寒宫,横玉度、一声天碧。

花心动

帘卷青楼,东风满、杨花乱飘晴昼。兰袂褪香,罗帐裹红,绣枕旋移相就。海棠花谢春融暖,恁人恁、娇波频溜。象床稳、鸳衾谩展,浪翻红绉。一夜情浓似酒,香汗渍鲛绡,几番微透。鸾困凤慵,娅姹双眉,画也画应难就。问伊可煞于人厚,梅萼露、胭脂檀口。从此后,纤腰为郎管瘦。

双头莲

一抹残霞,几行新雁,天染断红,云迷阵影,隐约望中,点破晚空澄碧。助秋色,门掩西风,桥横斜照,青翼未来,浓尘自起,咫尺凤帏,合有人相识。

叹乖隔,知甚时忞与,同携欢适。度曲传觞,并辔飞辔,绮陌画堂连夕。搂头千里,帐底三更,尽堪泪滴。怎生向、总无聊,但只听消息。

长相思

晓行

举离觞,掩洞房。箭水泠泠刻漏长,愁中看晓光。　整罗裳,脂粉香。见扫门前车上霜,相持泣路傍。

长相思
闺怨

马如飞,归未归。谁在河桥见别离,修杨委地垂。　掩面啼,人怎知。桃李成阴莺哺儿,闲行春尽时。

长相思
舟中作

好风浮,晚雨收。林叶阴阴映鹚舟,斜阳明倚楼。　黯凝眸,忆旧游。艇子扁舟来莫愁,石城风浪秋。

长相思

沙棠舟,小棹游。池水澄澄人影浮,锦鳞迟上钩。　烟云愁,箫鼓休。再得来时已变秋,欲归须少留。

大　有

仙骨清赢,沈腰憔悴,见傍人、惊怪消瘦。柳无言,双眉尽日齐斗。都缘薄倖赋情浅,许多时、不成欢偶。幸自也总由他,何须负这心口。　　令人恨,行坐呪。断了更思量,没心永守。前日相逢,又早见伊仍旧。却更被温存后,都忘了、当时偄僽。便擲撮、九百身心,依前待有。

万里春

千红万翠,簇定清明天气。为怜他、种种清香,好难为不醉。　　我爱深如你,我心在、个人心里。便相看、老却春风,莫无些欢意。

鹤冲天

溧水长寿乡作

梅雨霁,暑风和,高柳乱蝉多。小园台榭远池波,鱼戏动新荷。　　薄纱厨,轻羽扇,枕冷簟凉深院。此时情绪此时天,无事小神仙。

鹤冲天

白角簟,碧纱厨,梅雨乍晴初。谢家池畔正清虚,香散嫩芙蕖。　日流金,风解愠,一弄素琴歌韵。慢摇纨扇诉花笺,吟待晚凉天。

锁阳台

怀钱塘

山崦笼春,江城吹雨,暮天烟淡云昏。酒旗渔市,冷落杏花村。苏小当年秀骨,萦蔓草、空想罗裙。潮声起,高楼喷笛,五两了无闻。　凄凉,怀故国,朝钟暮鼓,十载红尘。但梦魂迢递,长到吴门。闻道花开陌上,歌旧曲、愁杀王孙。何时见,名娃唤酒,同倒瓮头春。

锁阳台

花扑鞭鞘,风吹衫袖,马蹄初趁轻装。都城渐远,芳树隐斜阳。未惯羁游况味,征鞍上、满目凄凉。今宵里,三更皓月,愁断九回肠。　　佳人,何处去,别时无计,同引离觞。但唯有相思,两处难忘。去即十分去也,如何向、千种思量。凝眸处,黄昏画角,天远路歧长。

锁阳台

白玉楼高,广寒宫阙,暮云如幛褰开。银河一派,流出碧天来。无数星躔玉李,冰轮动、光满楼台。登临处,全胜瀛海,弱水浸蓬莱。　　云鬟,香雾湿,月娥韵压,云冻江梅。况餐花饮露,莫惜裵徊。坐看人间如掌,山河影、倒入琼杯。归来晚,笛声吹彻,九万里尘埃。

西　河

长安道,潇洒西风时起。尘埃车马晚游行,霸陵烟水。乱鸦栖鸟夕阳中,参差霜树相倚。　　到此际,愁如苇,冷落关河千里。追思唐汉昔繁华,断碑残记。未央宫阙已成灰,终南依旧浓翠。　对此景、无限愁思,绕天涯、秋蟾如水,转使客情如醉。想当时、万古雄名,尽作往来人,凄凉事。

瑞鹤仙

暖烟笼细柳,弄万缕千丝,年年春色。晴风荡无际,浓于酒、偏醉情人词客。阑干倚处,度花香、微散酒力。对重门半掩,黄昏淡月,院宇深寂。　愁极,因思前事,洞房佳宴,正值寒食。寻芳遍赏,金谷里,铜驼陌。到而今、鱼雁沉沉无信息,天涯常是泪滴。早归来、云馆深处,那人正忆。

浪淘沙慢

万叶战,秋声露结,雁度砂碛。细草和烟尚绿,遥山向晚更碧。见隐隐云边新月白,映落照、帘幕千家,听数声何处倚楼笛,装点尽秋色。　脉脉,旅情暗自消释。念珠玉临水犹悲感,何况天涯客。忆少年歌酒,当时踪迹。岁华易老,衣带宽、懊恼心肠终窄。飞散后、风流人阻,蓝桥约、怅恨路隔。马蹄过,犹嘶旧巷陌。叹往事、一一堪伤,旷望极,凝思又把阑干拍。

南乡子

秋气绕城闉,暮角寒鸦未掩门。记得佳人冲雨别,吟吩,别绪多于雨后云。　　小棹碧溪津,恰似江南第一春。应是采莲闲伴侣,相寻,收取莲心与旧人。

南乡子

寒夜梦初醒,行尽江南万里程。早是愁来无会处,时听,败叶相传细雨声。　　书信也无凭,万事由他别后情。谁信归来须及早,长亭,短帽青衫走马迎。

南乡子
咏秋夜

户外井桐飘,淡月疏星共寂寥。恐怕霜寒初索被,中宵,已觉秋声引雁高。　　罗带束纤腰,自剪灯花试彩毫。收起一封江北信,明朝,为问江头早晚潮。

南乡子

拨燕巢

轻软舞时腰,初学吹笙苦未调。谁遣有情知事早,相撩,暗举罗巾远见招。　　痴騃一团娇,自折长条拨燕巢。不道有人潜看著,从教,掉下鬟心与凤翘。

浣溪沙慢

水竹旧院落,樱笋新蔬果。嫩英翠幄,红杏交榴火。心事暗卜,叶底寻双朵。深夜归青琐,灯尽酒醒时,晓窗明、钗横鬓嚲。　　怎生那,被间阻时多。奈愁肠数叠,幽恨万端,好梦还惊破。可怪近来,传语也无个。莫是嗔人呵。真个若嗔人,却因何、逢人问我。

夜游宫

一阵斜风横雨,薄衣润、新添金缕。不谢铅华更清素,倚筠窗,弄幺弦,娇欲语。　小阁横香雾,正年少、小娥愁绪。莫是栽花被花妒,甚春来,病恹恹,无会处。

诉衷情

当时选舞万人长,玉带小排方。喧传京国声价,年少最无量。　花阁迥,酒筵香,想难忘。而今何事,佯向人前,不认周郎。

虞美人

淡云笼月松溪路,长记分携处。梦魂连夜绕松溪,此夜相逢恰是梦中时。　海山陡觉风光好,莫惜金尊倒。柳花吹雪燕飞忙,生怕扁舟归去断人肠。

粉蝶儿慢

宿雾藏春,馀寒带雨,占得群芳开晚。艳姿初弄秀，倚东风娇懒。隔叶黄鹂传好音，唤入深丛中探。数枝新，比昨朝、又早红稀香浅。　　眷恋，重来倚槛。当韶华，未可轻辜双眼。赏心随分乐，有清尊檀板。每岁嬉游能几日，莫使一声歌欠。忍因循，片花飞、又成春减。

红窗迥

几日来，真个醉。不知道、窗外乱红，已深半指。花影被风摇碎，拥春醒乍起。　　有个人人，生得济楚，来向耳畔，问道今朝醒未。情性儿、慢腾腾地，恼得人又醉。

念奴娇

醉魂乍醒，听一声啼鸟，幽斋岑寂。淡日朦胧初破晓，满眼娇情天色。最惜香梅，凌寒偷绽，漏泄春消息。池塘芳草，又还是淑景催逼。　　因念旧日芳菲，桃花永巷，恰似初相识。荏苒时光因惯却，觅雨寻云踪迹。奈有离拆，瑶台月下，回首频思忆。重愁叠恨，万般都在胸臆。

燕归梁

咏晓

帘底新霜一夜浓，短烛散飞虫。曾经洛浦见惊鸿，关山隔，梦魂通。　　明星晃晃，津回路转，榆影步花骢。欲攀云驾倩西风，吹清血，寄玲珑。

南　浦

浅带一帆风，向晚来、扁舟稳下南浦。迢递阻潇湘，衡皋迥、斜舣蕙兰汀渚。危樯影里，断云点点遥天暮。菡萏里风，偷送清香，时时微度。　　吾家旧有簪缨，甚顿作天涯，经岁羁旅。羌管怎知情，烟波上、黄昏万斛愁绪。无言对月，皓彩千里人何处。恨无凤翼身，只待而今，飞将归去。

醉落魄

茸金细弱，秋风嫩、桂花初著。蕊珠官里人难学，花染娇黄，羞映翠云幄。　　清香不与兰荪约，一枝云鬟巧梳掠。夜凉轻撼蔷薇萼，香满衣襟，月在凤凰阁。

留客住

嗟乌兔，正茫茫、相催无定，只恁东生西没，平均寒暑。昨见花红柳绿，处处林茂，又睹霜前篱畔，菊散馀香，看看又还秋暮。　　忍思虑，念古往贤愚，终归何处。争似高堂，日夜笙歌齐举。选甚连宵彻昼，再三留住。待拟沉醉扶上马，怎生向、主人未肯交去。

长相思慢

夜色澄明，天街如水，风力微冷帘旌。幽期再偶，坐久相看，才喜欲叹还惊。醉眼重醒，映雕阑修竹，共数流萤。细语轻轻，尽银台、挂蜡潜听。自初识伊来，便惜妖娆艳质，美盼柔情。桃溪换世，鸾驭凌空，有愿须成。游丝荡絮，任轻狂、相逐牵萦。但连环不解,流水长东,难负深盟。

看花回

咏眼

秀色芳容,明眸就中奇绝。细看艳波欲溜,最可惜、微重红绡轻帖。匀朱傅粉,几为严妆时涴睫。因个甚,抵死嗔人,半饷斜盻费贴爕。　　斗帐里、浓欢意惬,带困时、似开微合。曾倚高楼望远,自笑指频眲,知他谁说。那日分飞,泪雨纵横光映颊。揾香罗,恐揉损,与他衫袖裹。

看花回

蕙风初散,轻暖霁景澄洁。秀蕊乍开乍敛,带雨态烟痕,春思纡结。危弦弄响,来去惊人莺语滑。无赖处,丽日楼台,乱丝歧路总奇绝。　　何计解、黏花系月,叹冷落、顿辜佳节。犹有当时气味,挂一缕相思,不断如发。云飞帝国,人在天边心暗折。语东风,共流转,谩作匆匆别。

月下笛

小雨收尘,凉蟾莹彻,水光浮璧。谁知怨抑,静倚官桥吹笛。映官墙、风叶乱飞,品高调侧人未识。想开元旧谱,柯亭遗韵,尽传胸臆。　　阑干四绕,听折柳徘徊,数声终拍。寒灯陋馆,最感平阳孤客。夜沉沉、雁啼正哀,片云尽卷清漏滴。黯凝魂,但觉龙吟万壑天籁息。

无闷

冬

云作重阴,风逗细寒,小溪冰冻初结。更听得悲鸣,雁度空阔。暮雀喧喧聚竹,听竹上清响风敲雪。洞户悄,时见香消翠缕,兽煤红爇。　　凄切,念旧欢、聚旧约,至此方惜轻别。又还是离亭,楚梅堪折。暗想莺时似梦里,又却是、似莺时节。要无闷,除是拥炉对酒,共谭风月。

琴调相思引

生碧香罗粉兰香,冷绡缄泪倩谁将。故人何在,烟水隔潇湘。　　花落燕□春欲老,絮吹思浪日偏长。一些儿事,何处不思量。

青房并蒂莲

维扬怀古

醉凝眸,正楚天秋晚,远岸云收。草绿莲红,□映小汀洲。芰荷香里鸳鸯浦,恨菱歌、惊起眠鸥。望去帆、一派湖光,棹声咿哑橹声柔。　　愁窥汴堤细柳,曾舞送莺时,锦缆龙舟。拥倾国纤腰皓齿,笑倚迷楼。空令五湖夜月,也羞照三十六宫秋。正浪吟、不觉回桡,水花风叶两悠悠。

烛影摇红

芳脸匀红,黛眉巧画官妆浅。风流天付与精神,全在娇波眼。早是萦心可惯,向尊前、频频顾盼。几

烛影摇红（烛影摇红，夜阑饮散春宵短）

回相见，见了还休，争如不见。　　烛影摇红，夜阑饮散春宵短。当时谁会唱阳关，离恨天涯远。争奈云收雨散，凭阑干、东风泪满。海棠开后，燕子来时，黄昏深院。

历代周邦彦词总评选辑

贺方回、周美成、晏叔原、僧仲殊各尽其才力，自成一家。贺、周语意精新，用心甚苦。

前辈云："《离骚》寂寞千年后，《戚氏》凄凉一曲终。"《戚氏》，柳所作也。柳何敢知世间有《离骚》，惟贺方回、周美成时时得之。贺《六州歌头》《望湘人》《吴音子》诸曲，周《大酺》《兰陵王》诸曲最奇崛。或谓深劲乏韵，此遭柳氏野狐涎吐不出者也。

江南某氏者解音律，时时度曲。周美成与有瓜葛，每得一解，即为制词，故周集中多新声。贺方回初在钱塘，作《青玉案》，鲁直喜之，赋绝句云："解道江南断肠句，只今惟有贺方回。"贺集中，如《青玉案》者甚众。大抵二公卓然自立，不肯浪下笔，予故谓语意精新，用心甚苦。

崇宁间，建大晟乐府，周美成作提举官，而制撰官又有七。万俟咏雅言，元祐诗赋科老手也。三舍法行，不复进取，放意歌酒，自称大梁词隐。每出一章，信宿喧传都下。政和初，召试补官，置大晟乐府制撰之职。新广八十四调，患谱弗传，雅言请以盛德大业及祥瑞事迹制词实谱。有旨依月用律，月进一曲，自此新谱稍传。时田为不伐亦供职大乐，众谓乐府得人云。

——［宋］王灼《碧鸡漫志》

文章政事，初非两途。学之优者，发而为政，必有可观。政有其暇，则游艺于咏歌者，必其才有馀办者也。溧水为负山之邑，官赋浩穰，民讼纷沓，似不可以弦歌为政。而待制周公，元祐癸酉春中为邑长于斯，其政敬简，民到于今称之者，固有馀爱。而其尤可称者，于拨烦治剧之中，不妨舒啸。一觞一咏，句中有眼，脍炙人口者，又有馀声，声洋洋乎在耳侧，其政有不亡者存。余慕周公之才名有年于兹，不谓于八十馀载之后，踵公旧踪，既喜而且愧。故自到任以来，访其政事，于所治后圃，得其遗政，有亭曰"姑射"，有堂曰"萧闲"，皆取神仙中事，揭而名之，可以想象其襟抱之不凡。而又睹"新绿"之地，"隔浦"之莲，依然在目。抑又思公之词，其橅写物态，曲尽其妙。方思有以发扬其声之不可忘者而未能，及乎暇日从容，式燕嘉宾，歌者在上，果以公之词为首唱，夫然后知邑人爱其词，乃所以不忘其政也。余欲广邑人爱之之意，故裒公之词，旁搜远绍，仅得百八十有二章，釐为上下卷，乃辍俸馀，鸠工锓木，以寿其传。非惟慰邑人之思，亦蕲传之有所托，俾人声其歌者，足以知其才之优于为邑如此。故冠之以序，而述其意云。公讳邦彦，字美成，钱塘人也。淳熙岁在上章困敦孟陬月围赤奋若，晋阳强焕序。

——［宋］强焕《周美成词序》

钱塘周公，少负庠校隽声。未及三十，作《汴都赋》凡七千言，富哉壮哉，极铺张扬厉之工。期月而成，无十稔之劳；指陈事实，无夸诩之过。赋奏，天子嗟异之，命近臣读于迩英殿，由诸生擢为学官，声名一日震耀海内，而皇朝太平之盛观备矣。未几，神宗上宾，公亦低徊不自表襮。哲宗始置之文馆，徽宗又列之郎曹，皆以受知先帝之故。以一赋而得三朝之眷，儒生之荣莫加焉。公之殁距今八十馀载，世之能诵公赋者盖寡，而乐府之词盛行于世，莫知公为何等人也。……公壮年气锐，以布衣自结于明主，又当全盛之时，宜乎立取贵显，而考其岁月仕宦，殊为流落，更就铨部试远邑，虽归班于朝，坐视捷径，不一趋焉。三绾州麾，仅登栈班，而旅死矣。盖其学道退然，委顺知命，人望之如木鸡，自以为喜，此又世所未知者。乐府传播，风流自命，又性好音律，如古之妙解，"顾曲"名堂，不能自已。人必以为豪放飘逸，高视古人，非攻苦力学以寸进者。及详味其辞，经史百家之言，盘屈于笔下，若自己出，一何用功之深而致力之精耶！故见所上献赋之书，然后知一赋之机杼；见《续秋兴赋后序》，然后知平生之所安。《磬镜》《乌几》之铭，可与郑圃、漆园相周旋；而《祷神》之文，则《送穷》《乞巧》之流亚也。骤以此语人，未必遽信，惟能细读之者，始知斯言之不为溢美耳。

——［宋］楼钥《攻媿集·清真先生文集序》

周美成以旁搜远绍之才，寄情长短句，缜密典丽，流风可仰。其征辞引类，推古夸今，或借字用意，言言皆有来历，真足冠冕词林。欢筵歌席，率知崇爱。知其故实者，几何人斯？殆犹属目于雾中花、云中月，虽意其美，而皎然识其所以美则未也。漳江陈少章，家世以学问文章为庐陵望族，涵泳经籍之暇，阅其词，病旧注之简略，遂详而疏之，俾歌之者究其事，达其意，则美成之美益彰，犹获昆山之片珍，琢其质而彰其文，岂不快夫人之心目也！因命之曰《片玉集》云。少章名元龙。时嘉定辛未杪腊，庐陵刘肃必钦序。

——［宋］刘肃《详注周美成词片玉集序》

周邦彦，字美成，钱塘人也。性落魄不羁，涉猎书史。元丰中，献《汴都赋》，神宗异之，自诸生命为太学正。绍圣中，除秘书省正字。徽宗即位，为校书郎，迁考功员外郎、卫尉、宗正少卿，又迁卫尉卿，出知隆德府，徙明州。召为秘书监，擢徽猷阁待制，提举大晟府。未几，知真定，改顺昌府，提举洞霄宫。卒，年六十六。邦彦能文章，世特传其词调云。

——［宋］王称《东都事略·文艺传》

邦彦以词行，当时皆称美成词，殊不知美成文笔大有可观，作《汴都赋》，如笺奏杂著，皆是杰作，可惜以词掩其他文也。

——［宋］张端义《贵耳集》

邦彦博文多能，尤长于长短句自度曲，其提举大晟府亦由此。既盛行于世，而他文未传。

（清真词）多用唐人诗语檃栝入律，浑然天成。长调尤善铺叙，富艳精工，词人之甲乙也。

——［宋］陈振孙《直斋书录解题》

周邦彦，字美成，自号清真。二百年来，以乐府独步。贵人、学士、市儇、妓女，知美成词为可爱。而能知美成为何如人者，百无一二也。……至于诗歌，自经史中流出，当时以诗名家如晁、张，皆自叹以为不及。……拟清真者，又当于乐府之外求之。

——［宋］陈郁《藏一话腴·外编》

长短句昉于唐，盛于本朝。余尝评之：耆卿有教坊丁大使意态；美成颇偷古句，温、李诸人，困于挦撦。

——［宋］刘克庄《跋刘叔安感秋八词》

410

求词于吾宋者，前有清真，后有梦窗。此非焕之言，四海之公言也。

——[宋]尹焕《梦窗词叙》

凡作词，当以清真为主。盖清真最为知音，且无一点市井气，下字运意，皆有法度，往往自唐宋诸贤诗句中来，而不用经史中生硬字面，此所以为冠绝也。学者看词，当以周词集解为冠。

结句须要放开，含有馀不尽之意，以景结情最好。如清真之"断肠院落，一帘风絮"，又"掩重关，遍城钟鼓"之类是也。或以情结尾亦好。往往轻而露，如清真之"天便教人，霎时厮见何妨"，又云"梦魂凝想鸳侣"之类，便无意思，亦是词家病，却不可学也。

如咏物，须时时提调，觉不分晓，须用一两件事印证方可。如清真咏梨花《水龙吟》，第三第四句，引用"樊川""灵关"事。又"深闭门"及"一枝带雨"事。觉后段太宽，又用"玉容"事，方表得梨花。若全篇只说花之白，则是凡白花皆可用，如何见得是梨花？

炼句下语，最是紧要。如说桃，不可直说破桃，须用"红雨""刘郎"等字。如咏柳，不可直说破柳，须用"章台""灞岸"等字。又咏书，如曰"银钩空满"，便是书字了，不必更说书字。"玉箸双垂"，便是泪了，不必更说泪。如"绿云缭绕"，隐然髻发；"困便湘竹"，分明是簟。

词中用事使人姓名，须委曲得不用出最好。清真词多要两人名对使，亦不可学也。如《宴清都》云"庾信愁多，江淹恨极"，《西平乐》云"东陵晦迹，彭泽归来"，《大酺》云"兰成憔悴，卫玠清羸"，《过秦楼》云"才减江淹，情伤荀倩"之类是也。

　　古曲谱多有异同，至一腔有两三字多少者，或句法长短不等者，盖被教师改换。亦有嘌唱一家，多添了字。吾辈只当以古雅为主，如有嘌唱之腔不必作，且必以清真及诸家目前好腔为先可也。

　　咏物词，最忌说出题字。如清真梨花及柳，何曾说出一个"梨""柳"字。梅川不免犯此戒，如《月上海棠·咏月出》，两个"月"字，便觉浅露。他如周草窗诸人，多有此病，宜戒之。

　　　　　　　　——［宋］沈义父《乐府指迷》

　　邦彦能文章，妙解音律，名其堂曰"顾曲"，乐府盛行于世。人谓之落魄不羁，其提举大晟亦由此。然其文，识者谓有工力深到处，《磬镜》《乌几》之铭，有郑圃、漆园之风，《祷神》之文，仿《送穷》《乞巧》之作，不但词调而已。自号清真居士，有集二十四卷。

　　　　　　　　——［宋］潜说友《咸淳临安志·人物传》

　　观欧、晏词，知是庆历、嘉祐间人语；观周美成词，其为宣和、靖康也无疑矣。声音之为世道邪？世道之为声音邪？有不自知其然而然者矣，悲夫！美成号知音律者，宣和之为靖康也，美成其知之乎？"绿芜凋尽台城路"，"渭水西风，长安乱叶"，非佳语也。"凭高眺远"之馀，"蟹螯""玉液"以自陶写，而终之曰"醉倒山翁，但愁斜照敛"，观此词，国欲缓亡，得乎？渡江后，康伯可未离宣和间一种风气，君子以是知宋之不能复中原也。近世辛幼安，跌荡磊落，犹有中原豪杰之气。而江南言词者宗美成，中州言词者宗元遗山，词之优劣未暇论,而风气之异,遂为南北强弱之占,可感已。《玉树后庭花》盛,陈亡;《花间》《丽情》盛,唐亡;清真盛,宋亡。可畏哉!

——[宋]赵文《青山集·吴山房乐府序》

美成、白石,逮今脍炙人口。知者谓丽莫若周,赋情或近俚;骚莫若姜,放意或近率。

——[宋]邓牧《张叔夏词集序》

古之乐章、乐府、乐歌、乐曲,皆出于雅正。粤自隋、唐以来,声诗间为长短句,至唐人则有《尊前》《花间》集。迄于崇宁,立大晟府,命周美成诸人讨论古音,审定古调,沦落之后,少得存者,由此八十四调之声稍传。而美成诸人又复增演慢曲、引、近,或移宫换羽,为三犯、四犯之曲,按月律为之,其曲遂繁。美成负一代词名,所作之词,浑厚和雅,善于融化诗句,而于音谱且间有未谐,可见其难矣。作词者多效其体制,失之软媚而无所取。此惟美成为然,不能学也。所可仿效之词,岂一美成而已。

词欲雅而正,志之所之,一为情所役,则失其雅正之音。耆卿、伯可不必论,虽美成亦有所不免。如"为伊泪落",如"最苦梦魂,今宵不到伊行",如"天便教人,霎时得见何妨",如"又恐伊、寻消问息,瘦损容光",如"许多烦恼,只为当时,一晌留情",所谓淳厚日变成浇风也。

美成词只当看他浑成处,于软媚之中有气魄。采唐诗融化如自己者,乃其所长。惜乎意趣却不高远。所以出奇之语,以白石骚雅句法润色之,真天机云锦也。

——[宋]张炎《词源》

余于近世诸家，惟清真犁然当于心。

——［宋］程钜夫《雪楼集·题晴川乐府》

唐小说记红叶事凡四……本朝词人罕用此事，惟周清真乐府两用之。《扫花游》云："随流去，想一叶怨题，今到何处？"《六丑》咏落花云："飘流处、莫趁潮汐，恐断红、上有相思字，何由见得。"脱胎换骨之妙极矣。

——［宋］庞元英《谈薮》

周邦彦，字美成，钱塘人。疏隽少检，不为州里推重，而博涉百家之书。元丰初，游京师，献《汴都赋》万馀言。神宗异之，命侍臣读于迩英阁，召赴政事堂，自太学诸生一命为正。居五岁不迁，益尽力于辞章。出教授庐州，知溧水县，还为国子主簿。哲宗召对，使诵前赋，除秘书省正字。历校书郎、考功员外郎、卫尉、宗正少卿，兼议礼局检讨，以直龙图阁知河中府。徽宗欲使毕礼书，复留之。逾年，乃知隆德府，徙明州，入拜秘书监，进徽猷阁待制，提举大晟府。未几，知顺昌府，徙处州。卒，年六十六，赠宣奉大夫。邦彦好音乐，能自度曲，制乐府长短句，词韵清蔚，传于世。

——［元］脱脱等《宋史·文苑传》

古人诗有翻案法，词亦然。词不用雕刻，刻则伤气，务在自然。周清真之典丽，姜白石之骚雅，史梅溪之句法，吴梦窗之字面，取四家之所长，去四家之所短，此翁（按指张炎，号乐笑翁）之要诀，学者所谓刻鹄不成尚类鹜者也。不可与俗人言，可与知者道。

词用虚字贵得所，雅则得所耳。当时俳体颇俗，屯田最甚，清真不免时见。白石、玉田，无不雅者也。

——［元］陆辅之《词旨》

宋初，因李太白《忆秦娥》《菩萨蛮》二词，以渐创制。至周待制领大晟府乐，比切声调，十二律各有篇目。柳屯田加增至二百馀调。一时文士复相拟作，而诗馀为极盛。

诗馀以婉丽流畅为美，即《草堂诗馀》所载，如周清真、张子野、秦少游、晏叔原诸人之作，柔情曼声，摹写殆尽，正词家所谓当行、所谓本色者也。

——［明］何良俊《草堂诗馀序》

之诗而词，非词也；之词而诗，非诗也。言其业，李氏晏氏父子、耆卿、子野、美成、少游、易安至矣，词之正宗也。温、韦艳而促，黄九精而险，长公丽而壮，幼安辨而奇，又其次也，词之变体也。

美成能作景语，不能作情语，能入丽字，不能入雅字，以故价微劣于柳。然至"枕痕一线红生玉"，又"唤起两眸清炯炯，泪花落枕红绵冷"，其形容睡起之妙，真能动人。

——［明］王世贞《艺苑卮言》

美成于徽宗时提举大晟乐府，故其词盛传于世。……若乃诸名家之甲乙，久著人间，无待余备述也。

——［明］毛晋《片玉词跋》

"天便教人，霎时厮见何妨"，"花前月下，见了不教归去"，卞急迂妄，各极其妙。美成真深于情者。

学周、柳不得见其用情处，学苏、辛不得见其用气处，当以离处为合。

——［清］沈谦《填词杂说》

仆意旨所好,不外周、柳、秦、黄、南唐李主、易安、同叔,俱所愿学,而曾无常师。……及夫盛宋美成,就官考谱;七郎奉旨填词,径辟歧分,不无阑入。甚至燔柴凤架,庆年颂治,下及退闲高咏,登眺狂歌,无不寻声按字,杂然交作。此为词之变调,非词之正宗也。至夫苏、辛壮采,吞跨一世,何得非佳?然方之周、柳诸君,不无伧父。

——［清］沈谦《答毛稚黄论填词书》

词家刻意、俊语、浓色,此三者皆作者神明,然须有浅淡处、平处,忽着一二乃佳耳。如美成《秋思》,平叙景物已足,乃出"醉头扶起寒怯",便动人工妙。

周美成词家神品。如《少年游》"马滑霜浓,不如休去,直是少人行",何等境味。若柳七郎,此处如何煞得住。

——［清］毛先舒《与沈去矜论填词书》

僻调之多,以柳屯田为最,此外则周清真、史梅溪、姜白石、蒋竹山、吴梦窗、冯艾子,集中率多自制新调,馀家亦复不乏。

欧、晏蕴藉,秦、黄生动,一唱三叹,总以不尽为佳。清真、乐章,以短调行长调,故滔滔莽莽处,如唐初四杰作七古,嫌其不能尽变。至姜、史、高、吴,而融篇炼句琢字之法,无一不备。

——［清］邹祗谟《远志斋词衷》

耆卿专主温丽，或失之俚俗；子瞻专主雄浑，或失之肆。……故论词于北宋，自当以美成为最醇。南渡以后，幼安负青兕之力，一意奔放，用事不休；改之、潜夫、经国尤而效之，无复词人之旨。由是尧章、邦卿别裁风格，极其爽逸芊绝；宗瑞、宾王、几叔、胜欲、碧山、叔夏继之。要其原皆自美成出。

——[清] 严沉《见山亭古今词选序》

词亦有初盛中晚，不以代也。牛峤、和凝、张泌、欧阳炯、韩偓、鹿虔扆辈，不离唐绝句，如唐之初未脱隋调也，然皆小令耳。至宋则极盛，周、张、柳、康，蔚然大家。至姜白石、史邦卿，则如唐之中。而明初比唐晚，盖非不欲胜前人，而中实枵然，取给而已，于神味处，全未梦见。

周美成不止不能作情语，其体雅正，无旁见侧出之妙。

——[清] 刘体仁《七颂堂词绎》

弇州谓美成能作景语，不能作情语。愚谓词中情景不可太分，深于言情者，正在善于写景。

——[清] 徐喈凤《荫绿轩词证》

宋人张玉田论词，极推少游、竹屋、白石、梅溪、梦窗诸家，而稍诎美成。梦窗之词虽雕绩满眼，然情致缠绵微为不足，余独爱其《除夕立春》一阕，兼有天人之巧。美成词如十三女子，玉艳珠鲜，政未可以其软媚而少之也。

辛稼轩"蓦然回首，那人却在，灯火阑珊处"，秦、周之佳境也。

——[清] 彭孙遹《金粟词话》

历观古今诸词,其以景语胜者,必芊绵而温丽者也;其以情语胜者,必淫艳而佻巧者也。情景合则婉约而不失之淫,情景离则儇浅而或流于荡。如温韦、二李、少游、美成诸家,率皆以称至之景,写哀怨之情,称美一时,流声千载。黄九、柳七,一涉儇薄,犹未免于淳朴变浇风之讥,他尚何论哉!

——［清］彭孙遹《松桂堂全集·旷庵词序》

夫温、韦视晏、李、秦、周,譬赋有《高唐》《神女》,而后有《长门》《洛神》。

——［清］王士禛《花草蒙拾》

予尝论宋词有三派:欧、晏正其始;秦、黄、周、柳、姜、史、李清照之徒备其盛;东坡、稼轩放乎其言矣。其馀子非无单词只句可喜可诵,苟求其继,难矣哉!

——［清］汪懋麟《梁清标棠村词序》

长调推秦、柳、周、康为翘律,然康惟《满庭芳》冬景一词,可称禁脔,馀多应酬铺叙,非芳旨也。周清真虽未高出,大致匀净,有柳敬花鲜之致,沁人肌骨处,视淮海不徒娣姒而已。弇州谓其能入丽字,不能入雅字,诚确;谓能作景语,不能作情语,则不尽然,但生平景胜处为多耳。

——［清］贺裳《皱水轩词筌》

词工,则有目者可共为击节;调协,则非审音者不辨矣。柳永以"乐章"名集,其词芜累者十之八。必若美成、尧章,宫调、语句两皆无憾,斯为冠绝。

韵,小乘也;艳,下驷也。词之工绝处,乃不主此。今人

418

多以是二者言词，未免失之浅矣。盖韵则近于佻薄，艳则流于亵媟，往而不返，其去吴骚市曲无几。必先洗粉泽，后除雕缋，灵气勃发，古色黯然，而以情兴经纬其间。虽豪宕震激而不失于粗，缠绵轻婉而不入于靡。即宋名家固不一种，亦不能操一律以求。美成之集自标"清真"，白石之词无一凡近，况尘土垢秽乎！

词家正宗，则秦少游、周美成。然秦之去周，不止三舍。宋末诸家，皆从美成出。

美成词，乍近之觉疏朴苦涩，不甚悦口，含咀之久，则舌本生津。

美成如杜，白石兼王、孟、韦、柳之长。与白石并有中原者，后起之玉田也。

——［清］先著、程洪《词洁》

清真词香艳精致，最有法度。方千里和清真词，四声无一字不合，则知词不可任意为平仄以自便也。今人随笔填凑，惟喜顺口，于法度坏尽矣。

——［清］许田《屏山词话》

南宗词派，推吾乡周清真，婉约隐秀，律吕谐协，为倚声家所宗。自是里中之贤，若俞青松、翁五峰、张寄闲、胡苇航、范药庄、曹梅南、张玉田、仇山村诸人，皆分镳竞爽，为时所称。元时嗣响，则张贞居、凌柘轩。明瞿存斋稍为近雅，马鹤窗阑入俗调，一如市伶语，而清真之派微矣。

——［清］厉鹗《樊榭山房集·吴尺凫玲珑帘词序》

渔洋王司寇云："……有诗人之词，唐、蜀、五代诸人是也。文人之词，晏、欧、秦、李诸君子是也。有词人之词，柳永、周美成、康与之之属是也。有英雄之词，苏、陆、辛、刘是也。至是，声音之道乃臻极致。"

华亭宋尚木徵璧曰："……苟举当家之词，如柳屯田哀感顽艳，而少寄托；周清真蜿蜒流美，而乏陡健；康伯可排叙整齐，而乏深邃。"

——[清] 田同之《西圃词说》

词坛领袖属周郎，雅擅风流顾曲堂。南渡诸贤更青出，却亏蓝本在钱塘。

——[清] 江昱《论词绝句》

知音尽妙数清真，换骨能将古句新。风月漫夸天上有，莺花长发意中春。

——[清] 汪筠《读〈词综〉书后》

其词多用唐人诗句檃栝入调，浑然天成。长篇尤富艳精工，善于铺叙。陈郁《藏一话腴》谓其"以乐府独步，贵人、学士、市侩、伎女皆知其词为可爱"，非溢美也。又邦彦本通音律，下字用韵，皆有法度。故方千里和词，一一案谱填腔，不敢稍失尺寸。

邦彦妙解声律，为词家之冠，所制诸调，不独音之平仄宜遵，即仄字中上、去、入三音亦不容相混，所谓分刌节度，深契微芒，故千里和词，字字奉为标准。

——[清]《四库全书总目提要》

北宋自东坡"大江东去"，秦七、黄九踵起，周美成、晏叔原、柳屯田、贺方回继之，转相矜尚，曲调愈多，派衍愈别。

——[清]李调元《雨村词话序》

宋之词家，号为极盛，然张先、苏轼、秦观、周邦彦、辛弃疾、姜夔、王沂孙、张炎渊渊乎文有其质焉。其荡而不反，傲而不理，枝而不物，柳永、黄庭坚、刘过、吴文英之伦，亦各引一端，以取重于当世。而前数子者，又不免有一时放浪通脱之言出于其间。

——[清]张惠言《词选序》

词之为体，大略有四：风流华美，浑然天成，如美人临妆，却扇一顾，《花间》诸人是也，晏元献、欧阳永叔诸人继之。施朱傅粉，学步习容，如宫女题红，含情幽艳，秦、周、贺、晁诸人是也，柳七则靡曼近俗矣。姜、张诸子，一洗华靡，独标清绮，如瘦石孤花，清笙幽磬，入其境者，疑有仙灵，闻其声者，人人自远；梦窗、竹屋，或扬或沿，皆有新隽，词之能事备矣。至东坡以横绝一代之才，凌厉一世之气，间作倚声，意若不屑，雄词高唱，别为一宗；辛、刘则粗豪太甚矣。其馀幺弦孤韵，时亦可喜。溯其派别，不出四者。

——[清]郭麐《灵芬馆词话》

夫北宋也，苏之大，张之秀，柳之艳，秦之韵，周之圆融，南宋诸老，何以尚兹。

——[清]吴衡照《莲子居词话》

美成思力，独绝千古，如颜平原书，虽未臻两晋，而唐初之法，至此大备。后有作者，莫能出其范围矣。

读得清真词多，觉他人所作，都不十分经意。

钩勒之妙，无如清真。他人一钩勒便薄，清真愈钩勒愈浑厚。

——［清］周济《介存斋论词杂著》

晋卿初好玉田，余曰："玉田意尽于言，不足好。"余不喜清真，而晋卿推其沉着拗怒，比之少陵。牴牾者一年，晋卿益厌玉田，而余遂笃好清真。

——［清］周济《词辨自序》

清真，集大成者也。稼轩敛雄心，抗高调，变温婉，成悲凉。碧山餍心切理，言近指远，声容调度，一一可循。梦窗奇思壮采，腾天潜渊，返南宋之清泚，为北宋之秾挚。是为四家，领袖一代。馀子莘莘，以方附庸。……问涂碧山，历梦窗、稼轩，以还清真之浑化，余所望于世之为词人者盖如此。

清真浑厚，正于钩勒处见。他人一钩勒便刻削，清真愈钩勒愈浑厚。

少游最和婉醇正，稍逊清真者辣耳。少游意在含蓄，如花初胎，故少重笔。然清真沉痛至极，仍能含蓄。

周、柳、黄、晁皆喜为曲中俚语，山谷尤甚，此当时之软平勾领，原非雅音。若托体近俳，而择言尤雅，是名本色俊语，又不可抹煞矣。

词笔不外顺逆反正，尤妙在复在脱。复处无垂不缩，故脱处如望海上三山妙发。温、韦、晏、周、欧、柳，推演尽致。南渡诸公，罕复从事矣。

——［清］周济《宋四家词选序论》

意内而言外，词之为教也。然意内不可强致，言外非学不成。是词学得失可形论说者，言外而已。言成则有声，声成则有色，色成而味出焉。三者具，则足以尽言外之才矣。若夫感人之速者莫如声，故词名倚声。声之得者，又有三：曰清，曰脆，曰涩。不脆则声不成，脆矣而不清则腻，清矣而不涩则浮。屯田、梦窗以不清伤气，淮海、玉田以不涩伤格，清真、白石则能兼之矣。六家于言外之旨得矣。以云意内，惟白石、玉田耳。淮海时时近之，清真、屯田、梦窗皆去之弥远，而俱不害为可传者，则以其声之幺眇铿磬，恻恻动人，无色而艳，无味而甘故也。

——［清］包世臣《月底修箫谱序》

以诗譬之，慢词如七言，小令如五言。慢词北宋为初唐。秦、柳、苏、黄如沈、宋，体格虽具，风骨未遒。片玉则如拾遗，骎骎有盛唐之风矣。南渡为盛唐，白石如少陵，奄有诸家。……小令唐如汉，五代如魏晋；北宋欧、苏以上如齐、梁，周、柳以下如陈、隋；南渡如唐，虽才力有馀，而古气无矣。

——［清］张其锦《梅边吹笛谱跋》

词学至宋，盛矣备矣，然纯驳不一，优劣迥殊，欲求正轨以合雅音，唯周清真、史梅溪、姜白石、吴梦窗、周草窗、王碧山、张玉田七人，允无遗憾。

清真之词，其意瀚远，其气浑厚，其音节又复清妍和雅，最为词家之正宗，所选更极精粹无憾，故列为七家之首焉。

——［清］戈载《宋七家词选序》

宫调精研字字珠,开山妙手讵容诬。后生学语粉南渡,牙慧能知协律无?

——[清]周之琦《题心日斋十六家词录》

词家言苏、辛、周、柳,犹诗歌称李、杜,骈体举庾、徐,以为标帜云尔。

——[清]陆蓥《问花楼词话》

高澹、婉约、艳丽、苍莽,各分门户。欲高澹学太白、白石,欲婉约学清真、玉田,欲艳丽学飞卿、梦窗,欲苍莽学颠洲、花外。至于融情入景,因此起兴,千变万化,则由于神悟,非言语所能传也。

——[清]孙麟趾《词径》

周美成词,或称其无美不备。余谓论词莫先于品,美成词信富艳精工,只是当不得个"贞"字。是以士大夫不肯学之,学之则不知终日意萦何处矣。

周美成律最精审,史邦卿句最警炼,然未得为君子之词者,周旨荡而史意贪也。

——[清]刘熙载《艺概·词曲概》

比词于诗,原可以初盛中晚论,而不可以时代后先分。如南唐二主,似唐之初。秦、柳之琐屑,周、张之纤靡,已近于晚。

美成制作才,而间有未谐,此则余之所不解也。张氏亦第言其难,而不言所以未谐与所以难之故。其所谓未谐者,以余揣之,非选声之不克入律,实用字之未能审音也。

陶篁村自序云:"倚声之作,莫盛于宋,亦莫衰于宋。尝惜秦、黄、周、柳之才，徒以绮语柔情，竞夸艳冶。从而效之者加厉焉。遂使郑卫之音，泛滥于六七百年，而雅奏几乎绝矣。"诒案：词之坏，坏于秦、黄、周、柳之淫靡，非有巨识，孰敢议宋人耶。

陈曼生鸿寿《衡梦词序》云："夫流品别则文体衰，摘句图而诗学蔽。《花庵》淫缛，争价一字之奇。《草堂》嗔杀，矜惜片言之巧。缪道乖典，鲜能圆通。是以耆卿骞翮于津门，邦彦厉响于照碧，至北宋而一变。"

汪稚松云："茗柯《词选》，张皋文先生意在尊美成，而薄姜、张。至苏、辛仅为小家，朱、厉又其次者。其词贵能有气，以气承接，通首如歌行然。又要有转无竭，全用缩笔包举时事，诚是难臻之诣。"诒案：常州派近为词家正宗，然专尊美成。今取美成词读之，未能造斯境也。

郭频伽云："词家者流，源出于国风，其末滥于齐梁。自太白以至五季，非儿女之情不道也。宋之乐用于庆赏饮宴，于是周、秦以绮靡为宗，史、柳以华缛相尚，而体一变。"

—— [清] 江顺诒《词学集成》

元祐、庆历，代不乏人，晏元献之辞致婉约，苏长公之风情爽朗，豫章、淮海掉鞅于词坛，子野、美成联镳于艺苑，幽索如屈、宋，悲壮如苏、李，固已同祖风骚，力求正始。……南宋以还，元风益著，虽周、柳之纤丽，辛、刘之雄放，风气所竞，不可相强。

—— [清] 谢章铤《赌棋山庄词话》

浙之词人，两宋为盛，然仁、英以前无闻。自元丰、熙宁间，山阴贺方回铸、慈溪舒信道亶，始驰声南北。至钱唐周美成邦彦出，而《片玉》一集，遂为天下所宗。……周叔子谓南宋猥亵之习，实清真开之，是则艺苑之公言，诚不能为乡曲讳也。……清真喜用滞字沓语，后进效之，遂成风俗。

——[清] 李慈铭《越缦堂读书记》

南渡词境高处，往往出于清真。

——[清] 谭献《复堂词话》

词家昉于宋代，然只柳屯田、周美成为解音律，其词犹未尽工。姜白石、吴梦窗诸人，尚为未解音律，而颇多佳作。以是知词固非乐工所能。

——[清] 李佳《左庵词话》

古今诗人众矣，余以为圣于词者有五家。北宋之贺方回、周美成，南宋之姜白石，国朝之朱竹垞、陈其年也。

昔人谓东坡词胜于情，耆卿情胜于词，秦少游兼而有之。然较之方回、美成，恐亦瞠乎其后。

美成乐府开阖动荡，独有千古。南宋白石、梅溪，皆祖清真，而能出入变化者。

美成词，镕化成句，工炼无比，然不借此见长。此老自有真面目，不以缀拾为能也。

美成词，浑灏流转中，下字用意皆有法度，故其词名《清真集》。盖"清真"二字最难。美成真千古词坛领袖。

贺方回之韵致，周美成之法度，姜白石之清虚，朱竹垞之气骨，陈其年之博大，皆词坛中不可无一、不能有二者。

——[清] 陈廷焯《词坛丛话》

美成词极顿挫之致，穷高妙之趣，前无古人，后无来者。

词至美成，开阖动荡，包扫一切，读之如登太华之山，如掬西江之水，使人品概自高，尘垢尽涤。两宋作者除白石、方回，莫与争锋矣。

美成长调高据峰巅，下视群山，尽属附庸。

——［清］陈廷焯《云韶集》

唐五代词，不可及处，正在沉郁。宋词不尽沉郁，然如子野、少游、美成、白石、碧山、梅溪诸家，未有不沉郁者。

词至美成，乃有大宗。前收苏、秦之终，后开姜、史之始。自有词人以来，不得不推为巨擘。后之为词者，亦难出其范围。然其妙处，亦不外沉郁顿挫。顿挫则有姿态，沉郁则极深厚。既有姿态，又极深厚，词中三昧亦尽于此矣。今之谈词者，亦知尊美成。然知其佳，而不知其所以佳，正坐不解沉郁顿挫之妙。彼所谓佳者，不过人云亦云耳。

美成词极其感慨，而无处不郁，令人不能遽窥其旨。

美成小令，以警动胜，视飞卿色泽较淡，意态却浓。温、韦之外，别有独至处。

美成、白石，各有至处，不必过为轩轾。顿挫之妙，理法之精，千古词宗，自属美成。而气体之超妙，则白石独有千古，美成亦不能至。

美成词于浑灏流转中，下字用意皆有法度。白石则如白云在空，随风变灭。所谓各有独至处。

梅溪全祖清真，高者几于具体而微。论其骨韵，犹出梦窗之右。

余尝谓白石、梅溪皆祖清真，白石化矣，梅溪或稍逊焉，然高者亦未尝不化。

西麓亦是取法清真，集中和美成者十有二三，想见服膺之意。特面目全别，此所谓脱胎法。

词法之密，无过清真；词格之高，无过白石；词味之厚，无过碧山。词坛三绝也。

少游、美成，词坛领袖也。所可议者，好作艳语，不免于俚耳。故大雅一席，终让碧山。

词法莫密于清真，词理莫深于少游，词笔莫超于白石，词品莫高于碧山。皆至于词者。而少游时有俚语，清真、白石，间亦不免。至碧山乃一归雅正。

李易安词，独辟门径，居然可观。其源自从淮海、大晟来，而铸语则多生造。妇人有此，可谓奇矣。

国初多宗北宋，竹垞独取南宋，分虎、符曾佐之，而风气一变。然北宋、南宋，不可偏废。南宋白石、梅溪、梦窗、碧山、玉田辈，固是高绝，北宋如东坡、少游、方回、美成诸公，亦岂易及耶。况周、秦两家，实为南宋导其先路。数典忘祖，其谓之何。

千古词宗，温、韦发其源，周、秦竟其绪，白石、碧山各出机杼，以开来学。

（庄）中白先生《叙复堂词》有云："夫义可相附，义即不深；喻可专指，喻即不广。托志帷房，眷怀君国，温、韦以下，有迹可寻。然而自宋及今，几九百载，少游、美成而外，合者鲜矣。又或用意太深，词为义掩，虽多比兴之旨，未发缥缈之音。"

彭骏孙《词藻》四卷，品论古人得失，欲使苏辛、周柳两派同归。不知苏、辛与周、秦，流派各分，本原则一。若柳则傲而不理，荡而忘反，与苏、辛固不能强合，视美成尤属歧途。

《莲子居词话》云:"苏之大,张之秀,柳之艳,秦之韵,周之圆融,南宋诸老,何以尚兹。"此论殊属浅陋。谓北宋不让南宋则可,而以"秀""艳"等字尊北宋则不可。……大抵北宋之词,周、秦两家皆极顿挫沉郁之妙。而少游托兴尤深,美成规模较大,此周、秦之异同也。

周、秦词以理法胜,姜、张词以骨韵胜,碧山词以意境胜。要皆负绝世才,而又以沉郁出之,所以卓绝千古也。

美成艳词,如《少年游》《点绛唇》《意难忘》《望江南》等篇,别有一种姿态,句句洒脱,香奁泛语,吐弃殆尽。

美成以《少年游》(并刀如水)一篇,一词通显;以《望江南》(歌席上)一篇,一阕得罪。荣枯皆系于一词,异矣。

飞卿词大半托词帷房,极其婉雅,而规模自觉宏远。周、秦、苏、辛、姜、史辈,虽姿态百变,亦不能越其范围。

熟读温、韦词,则意境自厚。熟读周、秦词,则韵味自深。熟读苏、辛词,则才气自旺。熟读姜、张词,则格调自高。熟读碧山词,则本原自正,规模自远。本是以求风雅,何必遽让古人。

东坡、稼轩、白石、玉田,高者易见。少游、美成、梅溪、碧山,高者难见。而少游、美成尤难见。美成意馀言外,而痕迹消融,人苦不能领略。少游则义蕴言中,韵流弦外。得其貌者,如鼹鼠之饮河,以为果腹矣,而不知沧海之外更有河源也。

草窗、西麓两家,则皆以清真为宗。而草窗得其姿态,西麓得其意趣。

词有表里俱佳、文质适中者,温飞卿、秦少游、周美成、黄公度、姜白石、史梅溪、吴梦窗、陈西麓、王碧山、张玉田、庄中白是也。

苏、辛、周、秦之于温、韦，貌变而神不变。声色不开，本原则一。

诗有诗境，词有词境，诗词一理也。然有诗人所辟之境，词人尚未见者，则以时代先后远近不同之故。一则如渊明之诗，……求之于词，未见有造此境者。一则如杜陵之诗，包括万有，空诸倚傍，纵横博大，千变万化之中，却极沉郁顿挫，忠厚和平。此子美所以横绝古今，无与为敌也。求之于词，亦未见有造此境者。……至谓白石似渊明，大晟似子美，则吾尚不谓然。

—— [清] 陈廷焯《白雨斋词话》

周清真，诗家之李东川也；姜尧章，杜少陵也；吴梦窗，李玉溪也；张玉田，白香山也。……《片玉》善言羁旅，《白云》善言隐逸，终身由之而不知其道者，天也。

词，诗家之贼，差以毫厘，失之千里。作诗，则词意词字不容出入。《片玉》，人称善融唐诗，稼轩或用《楚辞》，此亦偶然，长处固不在是。如谓诗佳，何不诵唐诗。非谓诗之道大，词之道小，体格然也。

文章风气，如四序迁移，莫知为而为，故谓之运。左春右秋，冰虫之见，生今反古，是冬箑夏炉，乌乎能。安序顺天，愚者一得。昌黎起八代之衰，亦运使然。南唐二主、冯延巳之属，固为词家宗主，然是勾萌，枝叶未备。小山、耆卿而春矣，清真、白石而夏矣，梦窗、碧山已秋矣。至白云，万宝告成，无可推徙，元故以曲继之。此天运之终也。

周、姜绮语，不患大家。若以叫嚣粗犷为正雅，则未之闻。

—— [清] 张祥龄《词论》

词能幽涩,则无浅滑之病;能皱瘦,则免痴肥之诮。观周美成、张子野两家词自见。

词之蕴藉,宜学少游、美成,然不可入于淫靡。

——[清]沈祥龙《论词随笔》

陈氏子龙曰:"以沉挚之思,而出之必浅近,使读之者骤遇之,如在耳目之前,久诵之而得隽永之趣,则用意难也。以偎利之词,而制之必工炼,使篇无累句,句无累字,圆润明密,言如贯珠,则铸词难也。其为体也纤弱,明珠翠羽,犹嫌其重,何况龙鸾,必有鲜妍之姿,而不藉粉泽,则设色难也。其为境也婉媚,虽以惊露取妍,实贵含蓄不尽,时在低回唱叹之馀,则命篇难也。"张氏纲孙曰:"结构天成,而中有艳语、隽语、奇语、豪语、苦语、痴语、没要紧语,如巧匠运斤,毫无痕迹。"毛氏先舒曰:"北宋词之盛也,其妙处不在豪快,而在高健;不在艳冶,而在幽咽。豪快可以气取,艳冶可以言工,高健、幽咽则关乎神理骨性,难可强也。"又曰:"言欲层深,语欲浑成。"诸家所论,未尝专属一人,而求之两宋,惟《片玉》《梅溪》足以备之。周之胜史,则又在"浑"之一字。词至于浑,而无可复进矣。

千里和清真,亦趋亦步,可谓谨严。然貌合神离,且有袭迹,非真清真也。其胜处则近屯田。盖屯田胜处,本近清真,而清真胜处,要非屯田所能到。

《提要》云:"(吴文英)天分不及周邦彦,而研炼之功则过之。词家之有文英,如诗家之有李商隐。"予则谓商隐学老杜,亦如文英之学清真也。

——[清]冯煦《蒿庵论词》

释皎然《诗式》谓诗有六至：至险而不僻，至奇而不差，至丽而自然，至苦而无迹，至近而意远，至放而不迂。以词衡之，至险而不僻者，美成也；至奇而不差者，稼轩也；至丽而自然者，少游也；至苦而无迹者，碧山也；至近而意远者，玉田也；至放而不迂者，子瞻也。

同叔之词温润，东坡之词轩骁，美成之词精邃，少游之词幽艳，无咎之词雄邈。北宋惟五子可称大家。

——[清] 张德瀛《词徵》

沈伯时论词云："读唐诗多，故语多雅淡。"宋人有櫽栝唐诗之例。玉田谓："取字当从温、李诗中来。"今观美成、白石诸家，嘉藻纷绨，靡不取材于飞卿、玉溪，而于长爪郎奇隽语，尤多裁制。

尝以北宋词之深美，其高健在骨，空灵在神。而意内言外，仍出以幽窈咏叹之情。故耆卿、美成并以苍浑造端，莫究其托谕之旨，卒令人读之歌哭出地，如怨如慕，可兴可观。有触之当前即是者，正以委曲形容所得感人深也。

周、柳词高健处惟在写景，而景中人自有无限凄异之致，令人歌哭出地。正如黄祖叹祢生，悉如吾胸中所欲言，诚非深于比兴，不能到此境也。

按清真《解连环》起调，确直连三句为韵。梦窗赋此解，尤墨守惟谨。盖两宋大家，如柳、周、姜、史词，往往句中夹协，似韵非韵。于句投尤多见之。……不须深究谱例，但取其音拍铿訇，讽入吟口，无复凝滞，即依永和声，已得空积匆微之旨。

周、柳、姜、吴，为两宋词坛钜子，来哲之楷素，乐祖之渊源。……今之学者，当用力于此四家，熟读深思。

玉田谓清真诸大家取字皆从温、李诗中来，此犹浅识。实以清灵之气，发经籍之光，不特举典新奇，遂工侧艳也。

清真风骨，原于唐诗人刘梦得、韩致光，与屯田所作，异曲同工，其格调奇高，文采深美，亦相与颉颃，未易轩轾也。梦华论词，独以梅溪与清真并提，而谓周之胜史，又在"浑"之一字，岂英谈哉。

——[清]郑文焯《大鹤山人词话》

词家正轨，自以婉约为宗。欧、晏、张、贺，时多小令，慢词寥寥，传作较少。逮乎秦、柳，始极慢词之能事。其后清真崛起，功力既深，才调尤高，加以精通律吕，奄有众长，虽率然命笔，而浑厚和雅，冠绝古今，可谓极词中之圣。

初学填词，勿看苏、辛，盖一看即爱，下笔即来，其实只糟粕耳。竹垞提倡姜、张，太鸿参之梅溪，阳湖推挹苏、辛，止庵揭橥四家，而以清真集其成，可谓卓识至论。

宋人作词，未有韵本。然自美成而后，南宋词家通音律者，隐然有共守之韵。

词叶入声韵者，如美成《六丑》《兰陵王》《浪陶沙慢》《大酺》，及白石《霓裳中序第一》《暗香》《疏影》《惜红衣》《凄凉犯》等调，皆宜谨守前规。押入声韵，勿用上去。其上去韵孤调亦然。不得以上去入皆是仄声，任意混押。

——[清]蒋兆兰《词说》

两宋词人，约可分为疏、密两派，清真介在疏、密之间，与东坡、梦窗，分鼎三足。

——[清]朱孝臧评《清真词》

词中四声句，最为着眼，如《扫花游》之起句，《渡江云》之第二句，《解连环》《暗香》之收句是也。又如《琐窗寒》之"小唇秀靥""冷薰沁骨"，《月下调》之"品高调侧"，美成、君特无不用上平去入，乃词中之玉律金科。今人随手乱填，又何也。

词如诗，可模拟得也。南唐诸家，回肠荡气，绝类建安。柳屯田不着笔墨，似古乐府。辛稼轩俊逸，似鲍明远。周美成浑厚，拟陆士衡。白石得渊明之性情，梦窗有康乐之标轨。皆苦心孤造，是以被弦管而格幽明。学者但于面貌求之，抑末矣。

读姑溪词，而后知清真之大。读友古词，而后叹淮海之清。四君者，极相合者也。由其合以求其分，庶见庐山真面。

屯田词在院本中如《琵琶记》，清真词如《会真记》。

屯田词在小说中如《金瓶梅》，清真词如《红楼梦》。

上三下五八字句，惟屯田独擅，继之者美成而已。

——[清]陈锐《裒碧斋词话》

元人沈伯时作《乐府指迷》，于《清真词》推许甚至。唯以"天便教人，霎时厮见何妨"，"梦魂凝想鸳侣"等句为不可学，则非真能知词者也。清真又有句云："多少暗愁密意，唯有天知。""最苦梦魂，今宵不到伊行。""拚今生、对花对酒，为伊泪落。"此等语愈朴愈厚，愈厚愈雅，至真之情由性灵肺腑中流出，不妨说尽而愈无尽。南宋人词如姜白石云："酒醒波远，正凝想、明珰素袜。"庶几近似。然已微嫌刷色。诚如清真等句，唯有学之不能到耳。如曰不可学也，讵必颦眉搔首，作态几许，然后出之，乃为可学耶？

宋词深致能入骨，如清真、梦窗是。金词清劲能树骨，如萧闲、邂庵是。

——[清]况周颐《蕙风词话》

词之雅郑，在神不在貌。永叔、少游虽作艳语，终有品格。方之美成，便有淑女与娼伎之别。

美成深远之致不及欧、秦，唯言情体物，穷极工巧，故不失为第一流之作者。但恨创调之才多，创意之才少耳。

周介存谓"梅溪词中，喜用'偷'字，足以定其品格"；刘融斋谓"周旨荡而史意贪"。此二语令人解颐。

诗人对宇宙人生，须入乎其内，又须出乎其外。入乎其内，故能写之；出乎其外，故能观之。入乎其内，故有生气；出乎其外，故有高致。美成能入而不能出。白石以降，于此二事皆未梦见。

——王国维《人间词话》

长调自以周、柳、苏、辛为最工。

词之最工者，实推后主、正中、永叔、少游、美成，而前此温、韦，后此姜、吴，皆不与焉。

唐五代之词，有句而无篇。南宋名家之词，有篇而无句。有篇有句，唯李后主降宋后之作，及永叔、子瞻、少游、美成、稼轩数人而已。

——王国维《人间词话删稿》

美成词多作态，故不是大家气象。若同叔、永叔，虽不作态，而一笑百媚生矣。此天才与人力之别也。

予于词，五代喜李后主、冯正中，而不喜《花间》。宋喜同叔、永叔、子瞻、少游，而不喜美成。南宋只爱稼轩一人，而最恶梦窗、玉田。

美成晚出，始以辞采擅长，然终不失为北宋人之词者，有意境也。

——王国维《人间词话附录》

（清真）先生于诗文无所不工，然尚未尽脱古人蹊径。平生著述，自以乐府为第一。词人甲乙，宋人早有定论。惟张叔夏病其意趣不高远。然北宋人如欧、苏、秦、黄，高则高矣，至精工博大，殊不逮先生。故以宋词比唐诗，则东坡似太白，欧、秦似摩诘，耆卿似乐天，方回、叔原则大历十子之流。南宋唯一稼轩可比昌黎。而词中老杜，则非先生不可。昔人以耆卿比少陵，犹为未当也。

（清真）先生之词，陈直斋谓其多用唐人诗句櫽栝入律，浑然天成。张玉田谓其善于融化诗句。然此不过一端。不如强焕云"模写物态，曲尽其妙"为知言也。

山谷云："天下清景，不择贤愚而与之，然吾特疑端为我辈设。"诚哉是言！抑岂独清景而已，一切境界，无不为诗人设。世无诗人，即无此种境界。夫境界之呈于吾心而见于外物者，皆须臾之物。惟诗人能以此须臾之物，镌诸不朽之文字，使读者自得之，遂觉诗人之言，字字为我心中所欲言，而又非我之所能自言，此大诗人之秘妙也。境界有二：有诗人之境界，有常人之境界。诗人之境界，惟诗人能感之而能写之，故读其诗者，亦高举远慕，有遗世之意。而亦有得有不得，且得之者亦各有深浅焉。若夫悲欢离合、羁旅行役之感，常人皆能感之，而惟诗人能写之。故其入于人者至深，而行于世也尤广。（清真）先生之词，属于第二种为多。故宋时别本之多，他无与匹。又和者三家，注者二家。自士大夫以至妇人女子，莫不知有清真，而种种无稽之言，亦由此以起。然非入人之深，乌能如是耶！

　　楼忠简谓（清真）先生妙解音律，惟王晦叔《碧鸡漫志》谓："江南某氏者，解音律，时时度曲。周美成与有瓜葛，每得一解，即为制词，故周集中多新声。"则集中新曲，非尽自度。然"顾曲"名堂，不能自已，固非不知音者。故先生之词，文字之外，须兼味其音律。惟词中所注宫调，不出教坊十八调之外，则其音非大晟乐府之新声，而为隋唐以来之燕乐，固可知也。今其声虽亡，读其词者，犹觉拗怒之中，自饶和婉。曼声促节，繁会相宣；清浊抑扬，辘轳交往。两宋之间，一人而已。

——王国维《清真先生遗事》

　　清真词，浑灏之中意无不达，字字有撄拿之势，所以独有千古。

——夏孙桐评《守白词》

　　清真平写处与屯田无异，至矫变处自开境界，其择言之雅，造句之妙，非屯田所及也。

——夏孙桐手评《清真集》

　　梦窗之学，源本清真。尹惟晓云："求词于吾宋，前有清真，后有梦窗。"周止庵教人由梦窗以几清真。是则学梦窗者，又不可不以清真为归宿也。梦窗词极得清真神似，但清真用典浑成，不如梦窗之破碎；清真用意明显，不如梦窗之晦涩；清真用笔勾勒清楚，不如梦窗纵横穿插，在若断若续、或隐或见之间。至于起伏顿挫，开合照应，格局神气，无不酷肖而吻合。所以分者，一则峭健，一则雍容。譬之于文，梦窗其柳州，清真其六一乎？抑余更有说者。梦窗之词出清真，知之者多；清真之词出自何人，知之者少。今细心潜玩，知于小山为近，不独语摹句仿，即神气亦在即离之间。然则谓清真之小令源出小山可也。至合吴、周、晏三家而通之，譬之于河：清真者，梦窗之龙门；小山者，清真之星宿海欤？

——杨铁夫《清真词选笺释序》

词兴于唐，李白肇基，温岐受命。五代缵绪，韦庄为首。温、韦既立，正声于是乎在矣。天水将兴，江南国蹙，心危音苦，变调斯作，文章世运，其势则然。宋词既昌，唐音斯畅。二晏济美，六一专家。爰逮崇宁，大晟立府，制作之事，用集美成。此犹治道之隆于成、康，礼乐之备于公旦，监殷监夏，无间然矣。东坡独崇气格，箴规柳、秦，词体之尊，自东坡始。南渡而后，稼轩崛起，斜阳烟柳，与故国月明相望于二百年中，词之流变，至此止矣。湖山歌舞，遂忘中原，名士新亭，不无涕泪，性情所寄，慷慨为多。然达事变，怀旧俗，大晟馀韵未尽亡也。天祚斯文，钟美君特。水楼赋笔，年少承平，使北宋之绪，微而复振。尹焕谓前有清真，后有梦窗，信乎其知言矣。

自元以来，若仇仁近、张仲举，皆宗姜、张者。以至于清竹垞、樊榭极力推演，而周、吴之绪几绝矣。竹垞至谓梦窗亦宗白石，尤言之无理者。

周止庵立周、辛、吴、王四家，善矣。惟师说虽具，而统系未明。疑于传授家法，或未洽也。吾意则以周、吴为师，馀子为友，使周、吴有定尊，然后馀子可取益。于师有未达，则博求之友。于友有未安，则还质之师。如此，则系统明，而源流分合之故，亦从可识矣。周氏之言曰："清真，集大成者也。稼轩敛雄心，抗高调，变温婉，成悲凉。碧山切理餍心，言近旨远，声容调度，一一可循。梦窗奇思壮采，腾天潜渊，返南宋之清泚，为北宋之秾挚，是为四家，领袖一代。"所谓师说具者也。又曰："问涂碧山，历梦窗、稼轩，以还清真之浑化。"所谓统系未明者也。

周氏自言受法于董晋卿，而晋卿则师其舅张皋文。……张氏辑《词选》，周氏撰《词辨》，于是两家并立，皆宗美成。而皋文不取梦窗，周氏谓其为碧山门径所限。周氏知不由梦窗不足以窥美成，而必曰问涂碧山者，以其蹊径显然，较梦窗为易入耳。非若皋文欲由碧山直造美成也。吾年三十，始学为词。读周氏《四家词选》，即欲从事于美成。乃求之于美成，而美成不可见也。求之于稼轩，而美成不可见也。求之于碧山，而美成不可见也。于是专求之于梦窗，然后得之。因知学词者，由梦窗以窥美成，犹学诗者由义山以窥少陵，皆涂辙之至正者也。今吾立周、吴为师，退辛、王为友，虽若与周氏小有异同，而实本周氏之意，渊源所自，不敢诬也。

清真格调天成，离合顺逆，自然中度。梦窗神力独运，飞沉起伏，实处皆空。梦窗可谓大，清真则几于化矣。由大而几化，故当由吴以希周。

清真不肯附和祥瑞，梦窗不肯攀援藩邸，襟度既同，自然玄契。《诗》云："惟其有之，是以似之。"

——陈洵《海绡说词》

止庵谓"问途碧山，历梦窗、稼轩，以还清真之浑化"，乃倒果为因之说，无是理也。

勾勒者，于词中转接提顿处，用虚字以显明之也。……吴梦窗于此等处多换以实字，玉田讥为七宝楼台，拆下不成片段，以为质实，则凝涩晦昧。其实两种皆北宋人法，读周清真词，便知之。清真非不用虚字勾勒，但可不用者即不用。其不用虚字，而用实字或静辞，以为转接提顿者，即文章之潜气内转法。今人以清真、梦窗为涩调一派。梦窗过涩则有之，清真何尝涩耶。清真造句整，梦窗以碎锦拼合。整者元气浑仑，碎拼者古锦斑斓。不用勾勒，能使潜气内转，则外涩内活。白石、玉田一派，勾勒得当，亦近质实，诵之如珠走盘，圆而不滑。二派皆出自清真。

——夏敬观《蕙风词话诠评》

余谓词至美成，乃有大宗，前收苏、秦之终，后开姜、史之始。自有词人以来，为万世不祧之宗祖，究其实亦不外"沉郁顿挫"四字而已。……总之，词至清真，实是圣手，后人竭力摹效，且不能形似也。

——吴梅《词学通论》

美成深精律吕，其所作皆具有法度，惜乎音谱失传，后世读其遗篇，徒惊叹其文字之工妙，未由窥见古人辨音审韵之苦衷。
——林大椿《清真集跋》

词讲四声，宋始有之，然多为音律家之词。文学家之词，分平仄而已。音律家之词，原可歌唱，四声调叶，为可歌之一种要素。仇山村曰"词有四声、五音、均拍、轻重、清浊之别"，即指可歌之词而言。北宋如屯田、方回、清真、雅言诸家，南宋如白石、梅溪、梦窗、草窗、玉田诸家，大都妙解音律，所为词，声文并茂。吾人学其词，多有应守四声者。且所谓音律家之词，亦惟独创之调，自度之腔，如清真《兰陵王》、白石《暗香》《疏影》之类，须严守四声。至于通行之调，如《金缕曲》《沁园春》《水龙吟》之类，则无四声可守。《摸鱼子》《齐天乐》《木兰花慢》之类，一调中只有数处仄声须分上去，不必全守四声也。四声调叶之词，今虽以音谱失传而不可歌，然较之仅分平仄者，读时尚觉铿锵可听。故词家之守律者，必辨四声分上去，以为不如是，不合乎宋贤轨范。

唐人歌绝句，五代歌小令，其歌法均甚简单。北宋初，仍循五代遗法歌小令。中叶以后，慢词渐盛，词乐始突飞猛进，内容遂日趋于繁复矣。当时创调制谱最有名者，首推柳耆卿。所制新声独多，饮水处都歌柳词，是其一证。继之者为周美成，曾充大晟府乐官，文人而通音律，故其词和协流美，都可入乐，一时称为绝唱。南渡后，大晟乐谱散失，不独柳谱全亡，周谱亦所存无几。坊曲优伎，有能歌清真词一二调者，人莫不视同珠璧（参看拙著《乐府指迷笺释》"可歌之词"条下小注第四段按语）。惟其审音用字之法既不传，如是群视周词四声为金科玉律。方千里、杨泽民、陈西麓诸家和清真调，谨守四声，少有逾越，即其一例。厥后词家，因守周词之四声，遂推而守其他音律家词之四声，此南宋守四声词派所由成立也。

宋初慢词，犹接近自然时代，往往有佳句而乏佳章。自屯田出而词法立，清真出而词法密，词风为之丕变。

周词渊源，全自柳出。其写情用赋笔，纯是屯田家法。特清真有时意较含蓄，辞较精工耳。细绎《片玉集》，慢词学柳而脱去痕迹自成家数者，十居七八；字面虽殊格调未变者，十居二三。陈裒碧有言：能见耆卿之骨，始能通清真之神。目光如炬，突过王晦叔、张玉田诸贤远甚。梦窗深得清真之妙，其慢词开阖变化，实间接自柳出。惟面貌全变，另具神理，不惟不似屯田,并不似清真。看词者若仅于字句表面求之,更不易得其端倪矣。

清真令曲,闲婉似叔原,而沉着亦近之。慢词疏宕类耆卿,而精湛则过之。于以见其作法非同一机杼矣。

清真慢词,沉郁顿挫处最难学,须有雄健之笔以举之。若无此笔,慎勿学清真,否则必流于软媚。

——蔡嵩云《柯亭词论》

尝谓词家有美成,犹诗家有少陵,诗律莫细乎杜,词律亦莫细乎周。观夫千里次韵以长谣,君特依声而操缦,一字之微,弗爽累黍,一篇之内,弗紊宫商,良由宋世大晟乐府创自庙堂,而词律未造专书,即以清真一集为之仪埻,后之学者,所宜遵循勿失者也。

——邵瑞彭《周词订律序》

吾人读陶潜诗、梅尧臣诗,明白如话,实则炼之圣者。珠玉、小山、子野、屯田、东山、淮海、清真,其词皆神于炼,不似南宋名家,针线之迹未灭尽也。

行文有两要案,曰气,曰笔。气载笔而行,笔因文而变。……读昔人词评,或曰拗怒,或曰老辣,或曰清刚,或曰大力盘旋,或曰放笔为直干,皆施于屯田、清真、白石、梦窗,而非施于东坡、稼轩一派。……但观柳、贺、秦、周、姜、吴诸家,所以涵育其气、运行其气者即知。

词之用笔,以曲为主。寥寥百字内外,多用直笔,将无回转之馀地。必反面侧面,前路后路,浅深远近,起伏回环,无垂不缩,无往不复,始有尺幅千里之观,玩索无尽之味。两宋名家,随在可见,而神妙莫如清真、梦窗。

周邦彦集词学之大成，前无古人，后无来者。凡两宋之千门万户，《清真》一集，几擅其全，世间早有定论矣。然北宋之词，周造其极，而先路之导，不止一家。苏轼寓意高远，运笔空灵，非粗非豪，别有天地。秦观为苏门四子之一，而其为词，则不与晁、黄同赓苏调，妍雅婉约，卓然正宗。贺铸洗炼之功，运化之妙，实周、吴所自出；小令一道，又为百馀年结响。柳永高浑处、清劲处、沉雄处、体会入微处，皆非他人展齿所到；且慢词于宋，蔚为大国，自有三变，格调始成。之四人者，皆为周所取则，学者所应致力也。

——陈匪石《声执》

方新法纷纭，苏王角张之日，而有一士焉，萧然尘外，模写物态，虽文章议论无裨于治道，而声律揣摩有补于词学者，是则周邦彦也。……词韵清蔚，所制诸调，不独音之平仄宜遵，即仄字中上去入三音，亦不容混。而用唐人诗句，檃栝入调，浑然天成；长篇富艳，尤善铺叙。……一时贵人学士，倡妓市井，无不爱诵，以为深美闳约，二百年来，乐府独步也。其实密而不闳，美而未深，铺叙有馀，深秀不足，工于造语，而未融于造境，浑于入律，而不适于运笔；谐于歌调，而不耐于味咏。不知何以推崇之过也。

婉媚清新，丽处能朗，得张先之意。然志不出于淫荡，词不免于哀思，既无晏欧高秀超诣之境，亦不如东坡之辞锋横溢，以其无抱负，无意境也。虽是当行，未见出色。至于《青玉案》《花心动》《凤来朝》等词，床笫之言，不羞逾阈；好色而淫，以视柳永，尤为变本加厉矣。然自来论词者，胥推邦彦为一代词宗，而以结北宋之局云。

——钱基博《中国文学史》

当美成之时，词体变而与诗近。美成知音又能文，故所作独得其体之正，虽多赋丽情，而出之以和雅之笔，故不伤格，所以享盛名于时。每制一词，名流辄和，方千里、杨泽民至和其全集，非无故也。后人以周与柳耆卿并称，盖二人皆长于抒写别离之情，羁旅之感。而周之深静和雅，与柳之奇爽疏快则异趣。读周词须看其疏密相间，虚实互发处。而笔姿宛转流美，意趣不穷，复有无垂不缩之妙。至其铸词协律，则沈伯时所谓"法度"也。不善学者，务讲法度，则为所束缚，易流为软媚。救弊之法，唯有一"真"字。有真情，写真景，乃有真词。故知学古之难，不在文字之末，而在性情之真。

——刘永济《微睇室说词》

词至清真，犹文家之有马、扬，诗家之有杜甫，吐纳众流，范围百族，古今作者，莫之与竞矣。余曩有评述，略申大概，兹节录如下云："两宋词家，钜手辈出，若与清真相校，品第略得而言。晏、欧诸公，承五代之馀绪，所作唯多小令，体格攸殊，未宜同论。耆卿崛起，慢词始兴，清真实从柳出，其铺叙长调，气力相钧，而沉郁之思，秾挚之采，固柳所不及也。苏、辛天资卓绝，别立门户。苏格尤高，苦多率直；辛才实丽，时患粗犷。清真奄有其长，并绝其短。少游婉约，逊彼浑成；梅溪隽快，患在纤巧。白石孤标绝俗，或时意竭于篇；碧山雅正为宗，稍乏闳肆之气。梦窗学清真最似，可谓遗貌取神，其佳处殆不多让，然恒钉晦涩之病，即亦未能为讳也……"如上所论，虽不能尽，然沿波讨源，差非各执。顾犹或以托意不深为清真病，此则身逢晏乐，不宜为无病之呻，假令清真生丁末叶，其麦秀黍离之感，又岂在周、张诸人下耶。

——汪东《唐宋词选识语》

周邦彦是一个音乐家而兼是一个诗人，故他的词音调谐美，情旨浓厚，风趣细腻，为北宋一大家。南宋吴文英、周密诸人虽精于音律，而天才甚低，故仅成词匠之词，而不是诗人之词，不能上比周邦彦了。

周邦彦多写儿女之情，故后人往往把他和柳永并论。张炎词中屡用"周情柳思"四字来代艳情。其实周词的风格高，远非柳词所能比。

——胡适《词选》

余以为词有法与时代不同，法有白描与色绘，北宋词多白描，南宋词多色绘。故清真词白描者为佳，梦窗词色绘者为长。清真词有白描，亦有色绘，故其词已界于南北宋之间矣。

——张伯驹《丛碧词话》

清真《片玉》一编，承温、晏、秦、柳之流风，声容益盛，今但论其四声，亦前人所未有。《乐章集》中严分上去者，犹不过十之二三；清真则除《南乡子》《浣溪沙》《望江南》诸小令外，其工拗句、严上去者，十居七八。即以一句一章论，亦较三变为密。

总之，四声入词，至清真而极变化。惟其知乐，故能神明于矩矱之中。今观其上下片相同之调，严者固一声不苟，宽者往往二三合而四五离。是正由其殚精律吕，故知其轻重缓急，不必如后来方、杨之——拘泥也。读周词如不明此义，将谓清真四声之例，犹不如方、杨之纯，则疑子贡贤于仲尼矣。盖清真提举大晟，"顾曲"明堂，非如方、杨为之于词乐失坠之后。其四声宽严之别，即其文学死活之分。

或谓词之初起，不辨字声而亦可歌，沈括《梦溪笔谈》谓歌词有"融字"之法:"官声字而曲合用商声,则能转官为商歌之。"朱子亦谓"官商角徵羽固是就喉舌唇齿上分,不知道喉舌唇齿上亦各有个官商角徵羽"。是宋人论歌词似不拘泥于字声。斤斤辨别四声阴阳,岂非多事。予谓此事有专家与非专家之分,专家之中复有派别之分,同派作家复有时代先后之分。沈括不以词名,朱子亦视词为馀事,不能执其说以绳周、吴之作,此专家非专家之分也。苏、辛才气奔放,不顾拗尽天下嗓子。周、吴则不惮辨析毫芒,此派别之分也。清真、玉田并号知乐,清真在北宋推为集大成矣,而玉田《词源》犹讥其"于音谱且间有未谐",此同派复有时代先后之分也。

——夏承焘《唐宋词论丛》

  北宋末年的周邦彦是婉约派的大家,他的词的内容,与温庭筠、柳永差不多,不过温庭筠作的是小令,周邦彦把它演展开来,多作长调;他的长调虽从柳永来,但与柳永也不同,他的词纯粹是士大夫风格,很讲究辞藻,不像柳永多半用民歌体。他的词好用前代诗家的辞藻,与贺铸诸人相近,但也不尽同。贺铸好用晚唐诗,他自己说:"吾笔端驱使李商隐、温庭筠常奔命不暇。"而周邦彦则多用盛唐李杜诸家语及六朝人辞赋。他又是一位懂乐律的作家,后人因为他很讲究词的格律,说他是"词中的杜甫"。因为杜甫曾自称"晚节渐于诗律细"。

  他的词思想性不高。他生在北宋末年,那时朝政腐败,民不聊生,他的《清真词》中却无一语反映当时的社会现实。他作过"大晟乐府"(国立音乐机构)的提举,订律制曲,创作出许多新词,对词的发展起了推动的作用,这是成绩的一面;但是另一方面,也起了为北宋末年统治者粉饰承平的作用,所以南宋张侃著《拣词》，斥周邦彦词是"亡国哀音"。

——夏承焘《唐宋词欣赏》

自诗家有杜陵，而唐以后诗皆不得不与古人为敌国矣。词家有清真，而北宋以后词皆不得不与古人为敌国矣。虽曰气运使之然，若夫二子者岂非英霸之才乎。

清真慢词岂独两宋一人，即武断其冠冕百代可也。而于区区短曲，仍用尽狮子搏兔之力，其天分已可妒，其学力更可畏，其诚又至可感也。

——俞平伯《清真词释》

周邦彦词，令、慢兼工，声调方面更大大的进展。虽后人评他的词，"创调之才多，创意之才少"，固有道着处，亦未必尽然。周词实为《花间》之后劲，近承秦、柳，下启南宋，对后来词家影响很大。

——俞平伯《唐宋词选释》

周邦彦的词，在两宋词人中技巧性很强，自有一些不大容易瞭解的地方。

——俞平伯《论诗词曲杂著》

清真之学，虽专注于辞章，而博览群书，储材至富，一如杜甫所谓"读书破万卷，下笔如有神"者，此清真词成就之始基也。

清真词之高处，乃反以"深劲乏韵"见讥，殊不知"深劲"二字，正其所以能于《乐章》《淮海》之外，别树一帜，而尤以用笔之拗怒奇恣，最为难能。此虽由于天才学力之高，然于倚曲方面，实有绝大关系。

欲见周词之风格，毕竟当于高健幽咽、层深浑成处，参取消息矣。

清真词既有浓挚之感情与精巧之技术，故能绝出当时，垂范后世。清代号为词学中兴，自周济《四家词选》以清真为极则，因以建立"常州词派"。近代王（鹏运）、朱（孝臧）、郑（文焯）、况（周颐）诸大师，无不扇扬馀烈，迄于今日而未有已。则《清真》一集，衣被于乐坛与词坛者，盖近千年，呜呼盛矣！

——龙榆生《清真词叙论》

白石深通音律，作词精美，与周清真相近，故论者或以白石上拟清真。然周词华艳，姜词清澹，周词丰腴，姜词瘦劲，周词如春圃繁英，姜词如秋林疏叶。姜词清峻劲折，格澹神寒，为周词所无，黄昇谓白石词"其高处有美成所不能及"，殆指此欤。

晚唐五代词天机多，无意求工，而自然美好。北宋词人天机人巧各半，如周清真词，虽极经意，而尚能浑成，不伤于雕琢。至南宋则弥重技术，人巧胜而天机减矣。

张玉田《词源》论词之音律，谓"美成负一代词名，而于音谱且间有未谐，可见其难。"余谓以美成之精通乐律，非不能尽协音谱，盖不欲以声律害其情辞之美，遇情辞与声律二者不得兼顾之时，宁牺牲音律而保全情辞，惜乎张玉田之不足以知此意也。

——缪钺《诗词散论》

清真在北宋之末，入南宋之大门也。入清真之门，然后可读白石、梅溪、梦窗、碧山诸家。学得清真之各种手法，然后读南宋诸家皆有来历，无所遁形矣。清真范围广，门户多，长调小令，皆自成楼阁，绝不相似。如游阿房之宫，五步一亭，十步一阁，莫可究诘，他人无此才力也。于短短小令中写复杂故事，为其独创，当时无人能及，后世亦少有敢企及者。《浣溪沙》直追《花间》，而又异乎《花间》，南宋各家无有能及者。《点绛唇》亦非他家可比。其方面之广，真集词家之大成也。

清真长调小令，有时有故事脉络可循，组织严密。梦窗长调唯解堆砌用典，不独散漫无所归，且不可通，甚至前后矛盾，其优劣可见如此。梦窗好在词中发感慨，清真非无感慨，然以叙事用字时出之，不浪费笔墨，亦增文词结构之美，韵调之精。

亦峰论清真词，曰："词至美成，乃有大宗。""自有词人以来，不得不推为巨擘。"卓识。但又曰："然其妙处，亦不外沉郁顿挫。"则犹仅于字句风格中求之，至美成以小词写故事，亦峰不知也。其所谓美成"沉郁顿挫之妙"，应改为"以词写故事之妙"。

——吴世昌《词林新话》

若以柳、苏二家与北宋后期之另一大家周邦彦相比较，我们就会发现，在周氏之前之诸作者，虽然在形式、内容、意境、风格各方面，也可能曾使词之演进产生过某些转变，然而在本质上他们却仍然都有着一点相似之处，那就是他们都以自然直接的感发之力量为作品中之主要质素。而周邦彦《清真词》的出现，特别是他的一些长调慢词，则使得词之写作在本质上有了一种转变，那就是一种以思索安排为写作之动力的新的质素的出现。这种质素的转变逐渐形成了一种写词的新途径与新趋势，对后来南宋相当多的作者产生了极大的影响，也造成了南宋词与北宋词之两种迥然相异的品质与风格。

——叶嘉莹《唐宋词名家论稿》

写长调当然就要重视铺陈，周邦彦是受了柳永影响的，所以他也重视铺陈。但是，周邦彦铺陈的方法和柳永不一样。柳永是顺序展开，周邦彦是勾勒，而且不是顺序的。如果说，柳永长调的展开是直接的、叙述性的，那么周邦彦的展开可以说是小说式或戏剧式的。周邦彦用思索安排的方法来写词，他在写景写情时是用勾勒的手段，在叙事时则用小说式和戏剧式的方式。这是周邦彦的特色，也是词在发展历史上的一个很大的变化。

——叶嘉莹《唐宋名家词赏析》

周邦彦年表

宋仁宗至和三年(嘉祐元年)丙申(1056年)　　一岁

周邦彦,字美成,号清真居士,是年生于钱塘(今浙江杭州)。

曾祖父周仁礼,祖父周维翰,父周原(字德祖),叔父周邠(字开祖)。兄邦直、邦镇。

"邦彦"之名,父周原取自《诗经·郑风·羔裘》:"彼其之子,邦之彦兮。"以及陆机《吴趋行》:"邦彦应运兴,粲若春林葩。"

九月,改元嘉祐。

是年,张先六十七岁,宋祁五十九岁,欧阳修五十岁,曾巩三十八岁,王安石三十六岁,苏轼二十岁,晏几道十九岁,苏辙十八岁,黄庭坚十一岁,秦观八岁,贺铸五岁,晁补之、陈师道四岁,张耒三岁。

宋仁宗嘉祐二年丁酉(1057年)　　二岁

正月,以翰林学士欧阳修权知贡举,主持进士考试,文风自是少变。

三月,苏轼、苏辙、曾巩登进士第。

嘉祐三年戊戌(1058年)　　三岁

三月,翰林学士欧阳修兼侍读学士;六月,加龙图阁学士,权知开封府。

十月,王安石进京述职,作万言书上仁宗,首倡变法。

嘉祐四年己亥(1059年)　　四岁

三月,新三司使、吏部侍郎宋祁出知郑州。

五月,诏令度支判官、祠部员外郎王安石直集贤院。

嘉祐五年庚子(1060年)　　五岁

是年,欧阳修编修《新唐书》成,转礼部侍郎,寻拜枢密副使。

梅尧臣卒,年五十九。

嘉祐六年辛丑(1061年)　　六岁

六月,度支判官、同修起居注王安石知制诰。

闰八月,欧阳修参知政事。

是年,宋祁卒,年六十四。

嘉祐七年壬寅(1062年)　　七岁

三月,参知政事欧阳修提举三馆秘阁写校书籍。

五月,枢密副使、给事中包拯卒,年六十四。

嘉祐八年癸卯(1063年)　　八岁

三月,仁宗崩,赵曙(英宗)即位。

是年,清真叔父周邠登进士第。

宋英宗治平元年甲辰(1064年)　　九岁

正月,改元治平。

六月,进封皇子淮阳郡王赵顼为颖王。

是年,多地大水,遣使行视。

治平二年乙巳(1065年)　　十岁

清真壮岁所作《祷神文》托心神之口回顾童稚情形曰："子之幼时，髧髦垂带；父仁母慈，弗鞭弗笞。"

是年，以淮南节度使兼侍中文彦博为枢密使，以吕公著、司马光为龙图阁直学士兼侍读，复以王安石为工部郎中，知制诰。

治平三年丙午(1066年)　　十一岁

二月，殿中丞苏轼直史馆。

四月，苏洵卒，年五十八。

治平四年丁未(1067年)　　十二岁

正月，英宗崩，赵顼（神宗）即位。

三月，罢尚书左丞、参知政事欧阳修为观文殿学士、刑部尚书，知亳州。

六月，下诏议新法。

九月，召知江宁府王安石为翰林学士兼侍讲。

是年，黄庭坚登进士第，为叶县尉。

宋神宗熙宁元年戊申(1068年)　　十三岁

正月，改元熙宁。是月，诏太学增置外舍生百员。

四月，诏翰林学士王安石越次入对。

五月，诏国子监补试国子监生以九百人为额。

七、八月，京师连续地震。

熙宁二年己酉(1069年)　　十四岁

二月，以翰林学士王安石为谏议大夫、参知政事，设制置三司条例司，议行新法。

五月，翰林学士郑獬罢，知杭州。是月，诏议改贡举，王安石请兴建学校以复古，其诗赋、明经诸科悉罢，专以经义论策试进士。

七月，颁行均输法。九月，行青苗法。十一月，颁农田水利法。

熙宁三年庚戌(1070年)　　十五岁

王安石拜同中书门下平章事，全面推行新法。

二月，参知政事赵抃罢，出知杭州。同月，周邠岳父知山阴县陈舜俞，因违旨不遵青苗法，谪监南康军盐酒税。

欧阳修改知蔡州，此年改号六一居士。

熙宁四年辛亥(1071年)　　十六岁

南宋楼钥《清真先生文集序》谓清真"少负庠校隽声"。南宋王称《东都事略》称清真"性落魄不羁，涉猎书史"。《宋史·文苑传》谓清真"疏隽少检，不为州里推重，而博涉百家之书"。

清真约于是年前后离钱塘，游学荆州，前后凡数年。参清真《琐窗寒》词"似楚江暝宿，风灯零乱，少年羁旅"，《齐天乐》词"荆江留滞最久，故人相望处，离思何限"。

二月，罢诗赋及明经诸科，专以经义论策试进士。秋，立太学三舍法（外舍、内舍、上舍）。

是年，欧阳修以太子少师致仕。苏轼通判杭州，十一月到任。

熙宁五年壬子(1072年)　　十七岁

是年，清真叔父周邠为钱塘县令，此后三年间与杭州通判苏轼交游酬唱颇密。苏轼《次韵周邠寄雁荡山图二首》之二有云："西湖三载与君同，马入尘埃鹤入笼。"苏轼《病中独游净慈，谒本长老，周长官以诗见寄，仍邀游灵隐，因次韵答之》《次韵述古过周长官夜饮》《会饮有美堂，答周开祖湖上见寄》《九日湖上寻周李二君不见，君亦见寻于湖上，以诗见寄，明日乃次其韵》《与周长官、李秀才游径山，二君先以诗见寄，次其韵二首》《径山道中次韵答周长官兼赠苏寺丞》《会客有美堂，周邠长官与数僧同泛湖往北山，湖中闻堂上歌笑声，以诗见寄，因和二首，时周有服》等诗，皆三年间与周邠交游酬唱之作。

三月，以内藏库钱置市易务，行市易法。

五月，行保马法。同月，陈襄（述古）知杭州。

闰七月，欧阳修卒，谥文忠，年六十六。

八月，定方田均税法。

熙宁六年癸丑(1073年)　　十八岁

是年，因浙中大旱，苏轼与周邠及仁和县令徐畴于立秋日同至上天竺祈雨，苏轼作七律《立秋日祷雨，宿灵隐寺，同周、徐二令》。

张耒、晁端礼登进士第。

熙宁七年甲寅(1074年)　　十九岁

四月，王安石罢相，以观文殿大学士出知江宁府。

九月，盐铁部失火，三司衙门皆焚毁。

十月，苏轼自杭州通判移知密州。

熙宁八年乙卯(1075年)　　二十岁

二月，王安石复相。

六月，颁王安石《三经新义》于学官，令应试者必宗其说。七月，诏以新修经义赐宗室、太学及诸州府学。

是年，吴越大饥荒。

熙宁九年丙辰(1076年)　　二十一岁

四月二十六日，清真父周原卒，年五十二。清真在钱塘守孝。

十月，王安石再罢相，判江宁府。

十二月，赵煦（哲宗）出生。

熙宁十年丁巳(1077年)　　二十二岁

清真服丧在家。

五月，知越州、资政殿大学士赵抃移知杭州。是月，苏轼到徐州任。

是年，王安石为集禧观使，封舒国公。

宋神宗元丰元年戊午(1078年)　　二十三岁

清真服丧在家。

正月，改元元丰。

是年，张先卒，年八十九。

元丰二年己未(1079年)　　二十四岁

是年，清真服满，离钱塘，途经天长（今属安徽），入东京（开封）为太学生。参清真《西平乐》词序。

八月，诏："增太学生舍为八十斋，斋三十人。外舍生二千人，内舍生三百人，上舍生百人。月一私试，岁一公试，补内舍生。间岁一舍试，补上舍生。"

王安石复任尚书左仆射、观文殿大学士。

苏轼自徐州移知湖州，四月末到任，旋以诗遭构陷，八月赴诏狱，十二月责授黄州团练副使。

十二月，周邠知乐清县（今浙江乐清）。

是年，同族兄弟辈周邦式登进士第。

元丰三年庚申(1080年)　　二十五岁

清真为太学外舍生。龙榆生《清真词叙论》云："清真软媚之作，大抵成于少日居汴京时"，"似《少年游》一类温柔狎昵之作，自不似五六十岁人所为。"

正月，诏改国子监直讲为太学博士。命检正中书户房公事蔡京兼编修诸路学制。

二月，命权御史中丞李定判国子监，张璪管勾国子监。

四月，增国子监岁赐钱六千缗。

是年，王安石改封荆国公。

元丰四年辛酉(1081年)　　二十六岁

清真为太学外舍生。

四月，周邠知溧水县（今属江苏南京）。

七月，国子监行保任同罪法。

是年，苏轼在黄州，营雪堂于东坡，始号东坡居士。

元丰五年壬戌(1082年)　　二十七岁

清真为太学外舍生。

九月，西夏三十万兵攻陷永乐城（在今陕西米脂西）。给事中徐禧、内侍李舜举、陕西转运判官李稷等阵亡，蕃汉官二百三十人、兵一万二千三百人皆殁。独王湛、曲珍（真）二将弃城夜逃，曲且走且战，幸获白马，驰至米脂，因得逃脱。清真闻知此事，作《天赐白》诗并序以记。

是年，赵佶（徽宗）出生。

元丰六年癸亥(1083年)　　二十八岁

清真为太学外舍生。《薛侯马》诗并序当作于是年或次年初，序谓老将薛侯"经年不得调"、"伤己困厄"，似亦寓己之不遇之慨。

三月，太学正马希孟因献文而升太学博士。同月，状元黄裳为太学博士。

是年二月至五月，西夏数十万兵屡攻兰州。

元丰七年甲子(1084年)　　二十九岁

清真自太学生擢为太学正。

三月，清真献《汴都赋》，神宗异之，命尚书右丞李清臣读于迩英殿；召赴政事堂，自太学生一命为太学正。声名一日震耀海内，而皇朝太平之盛观俱见于赋。参见吕陶次年所作《周居士墓志铭》，以及南宋李焘《续资治通鉴长编》、楼钥《清真先生文集序》、陈振孙《直斋书录解题》、陈郁《藏一话腴》等。

四月，苏轼自黄州移汝州。

十二月，端明殿学士司马光上《资治通鉴》，神宗降诏奖谕，以司马光为资政殿学士。

是年，李清照出生。

元丰八年乙丑(1085年)　　三十岁

清真任太学正。《足轩记》《祷神文》诸文，约作于是年。托吕陶为父周原作墓志铭，当在本年初。

三月，神宗崩，年三十八。九岁赵煦（哲宗）即位，太皇太后高氏临朝听政，下诏起用司马光为门下侍郎，召还旧党。

五月，苏轼复朝奉郎，知登州；九月为礼部郎中，十二月任起居舍人。

是年，秦观登进士第。

宋哲宗元祐元年丙寅(1086年)　　三十一岁

清真任太学正。

正月，改元元祐。同月，周邠知管城县（今河南郑州）。

闰二月，下诏授司马光尚书左仆射兼门下侍郎，主持朝政，数月间废除新法殆尽。

四月，王安石卒，年六十六；赠太傅。九月，司马光卒，年六十八；赠太师、温国公，谥文正。

是年，苏轼自中书舍人为翰林学士，知制诰。苏辙为中书舍人。秦观除秘书省正字，兼国史馆编修官。贺铸由武官转文职，为承事郎。

元祐二年丁卯(1087年)　　三十二岁

二月，周邦彦出京外任庐州（今安徽合肥）教授。此月底先挈家归钱塘，展省先人坟域，三月西行赴任。参清真《友议帖》。《元夕》诗似为出京前作。《宴清都》（地僻无钟鼓）似为本年或次年秋冬间在庐州作。

是年，周邠通判寿州（今安徽寿县）。校书郎黄庭坚为著作佐郎。

元祐三年戊辰(1088年)　　三十三岁

清真任庐州教授。

九月，知庐州骞周辅卒，年六十六。

是年，以吕大防、范纯仁为尚书左、右仆射，兼中书门下侍郎。苏轼以翰林学士知贡举。

元祐四年己巳（1089年）　　三十四岁

清真任庐州教授。秋间，由庐州赴荆州（今湖北荆州），亦当任教授等职。

三月，苏轼以龙图阁学士知杭州，七月到任。

五月，翰林学士苏辙兼礼部尚书。八月，苏辙为贺辽国生辰使，出使辽国。

元祐五年庚午（1090年）　　三十五岁

清真在荆州任。

是年，苏轼在杭州西湖筑堤，是为苏堤。

六月，诏明州定海县主簿秦观充秘书省校对黄本书籍。

十二月，龙图阁直学士、朝散郎苏辙加龙图阁学士；著作佐郎张耒为集贤校理；校书郎晁补之通判扬州。

元祐六年辛未（1091年）　　三十六岁

清真在荆州任。

二月，苏辙任尚书右丞。苏轼还京，任翰林学士承旨兼侍读；八月，出知颍州。

六月，集贤校理张耒为秘书丞；十一月，为国史院检讨官。

元祐七年壬申（1092年）　　三十七岁

清真在荆州任。

是年，苏轼由颍州改知扬州，复召回京城，为兵部尚书兼侍读，寻改为端明殿学士、礼部尚书兼翰林侍读学士。苏辙升任太中大夫，守门下侍郎。

同年，陕西、甘肃等地地震。十月，西夏入寇环州（今甘肃环县）。

元祐八年癸酉（1093年）　　三十八岁

二月，清真到溧水县令任。《红罗袄》（画烛寻欢去）似作于甫离荆州、到溧水前。

在溧水任凡三年。其政敬简，为民称道；于拨烦治剧之中，不妨舒啸。参南宋强焕《片玉词序》。在县作萧闲堂、插竹亭、姑射亭等题记歌咏，当在本年或稍后。有文《萧闲堂记》《插竹亭记》，今已佚。诗《过羊角哀左伯桃墓》当作于是年，参厉鹗《宋诗纪事》本诗题下小注云："溧水县南，元祐中为令时作。"词《满庭芳·夏日溧水无想山作》《隔蒲莲·中山县圃姑射亭避暑作》，皆到任后不久所填，当作于本年夏。

九月，太皇太后高氏崩。哲宗得以亲政，遂复新法，逐旧党。端明殿学士兼翰林侍读学士、礼部尚书苏轼出知定州，十月到任。

宋哲宗绍圣元年甲戌（1094年）　　三十九岁

清真在溧水任上。

三月，尚书左仆射兼门下侍郎吕大防罢。龙图阁直学士蔡京权户部尚书。

四月，改元绍圣。是月，以资政殿学士、提举洞霄宫章惇为尚书左仆射兼门下侍郎。诏苏轼落端明殿学士兼翰林侍读学士，知英州，未到任，再贬宁远军节度副使，惠州安置。

461

七月，夺司马光、吕公著赠谥。诏："大臣朋党，司马光以下各轻重议罚，布告天下。"

十二月，黄庭坚责授涪州别驾，黔州安置。

是年，周邠知泰州（今属江苏）。

绍圣二年乙亥(1095年)　　四十岁

清真在溧水任上。年末，还京命下，将去溧水。

《花犯》（粉墙低）似为本年末或次年早春作。清真溧水任上所作，尚有诗《仙杏山》《楚平王庙》《竹城》《无题》《芝术歌并序》《宿灵仙观》《投子山》《凤凰台》等，词《风流子》（新绿小池塘）、《红林檎近》（高柳春才软）、《红林檎近》（风雪惊初霁）、《丑奴儿》（肌肤绰约真仙子）、《玉烛新》（溪源新腊后）等。

是年，周邠知饶州（今江西鄱阳）。

同年，续逐元祐旧臣。贬范纯仁知随州。苏轼谪居惠州，苏辙于九月自分司南京责降筠州。黄庭坚至黔州贬所。

绍圣三年丙子(1096年)　　四十一岁

二月，清真溧水任满，还京为国子主簿。

离溧水后，曾重游荆州，然后返京。《渡江云》（晴岚低楚甸）、《浣溪沙》（日薄尘飞官路平）词当作于返京途中。

诗《天启惠酥》四首，词《瑞龙吟》（章台路）、《垂丝钓》（缕金翠羽）等，约作于本年返京后或明年。

七月，以蔡京为翰林学士承旨。

十一月，章惇上重修《神宗实录》。十二月，蔡京上新修《太学敕令式》。

绍圣四年丁丑(1097年)　　四十二岁

清真为国子主簿。

词《玉楼春》(玉奁收起新妆了)当作于本年正月人日。

二月,追贬司马光、吕公著等人。禁锢元祐被贬诸人子弟,各不得住本州。再贬苏辙、孔武仲、晁补之等人。诏:"宁远军节度副使、惠州安置苏轼,责授琼州别驾,移送昌化军安置。"

七月,苏轼至儋州(今属海南)。

宋哲宗元符元年戊寅(1098年)　　四十三岁

六月前,清真仍为国子主簿。

六月,改元元符。

六月十八日,哲宗召清真于崇政殿,命重进《汴都赋》。清真乃重新抄写进呈《汴都赋》,并作《重进汴都赋表》。随后,授清真秘书省正字。

九月,横州编管秦观被除名,永不收叙,移送雷州编管。

元符二年己卯(1099年)　　四十四岁

清真为秘书省正字。

正月,朝散郎、知吉州周邠,以诉理不当,送吏部合入差遣。

是年,苏轼在儋州,苏辙在循州,黄庭坚在戎州,秦观在雷州。张耒于秋季由黄州移复州监酒税。

元符三年庚辰(1100年)　　四十五岁

清真为秘书省正字。

正月,哲宗崩,弟端王赵佶(徽宗)继位。皇太后向氏权同听政。渐起用元祐旧党。

四月，以门下侍郎韩忠彦为尚书右仆射兼中书侍郎，礼部尚书李清臣为门下侍郎。

五月，追复文彦博、司马光、吕公著等人官职。

是年，苏轼自儋州移置廉州，又移舒州节度副使，永州居住，行至英州，复朝奉郎，提举成都玉局观，任便居住，于是北归。秦观复宣德郎，自雷州行至滕州，卒，年五十二。

同年，免蔡京职，放章惇于潭州。

宋徽宗建中靖国元年辛巳(1101年)　　四十六岁

是年，清真由秘书省正字迁校书郎。其间，清真告假南归，曾至睦州（今浙江建德梅城），有文《睦州建德县清理堂记》《敕赐唐二高僧师号记》，词《一寸金》（州夹苍崖）。

正月，皇太后向氏崩。徽宗亲政。复弹压元祐旧党。

七月，苏轼卒于常州，年六十六。

十一月，复召蔡京为翰林学士承旨。令苏、湖两州采太湖石以造宫观。

十二月，陈师道卒，年四十九。

是年，李格非为礼部员外郎、京东提刑；女李清照十八岁，嫁赵明诚。

宋徽宗崇宁元年壬午(1102年)　　四十七岁

清真为校书郎。诗《游定夫见过晡饭既去烛下目昏不能阅书感而赋之》当作于本年或上一年秋。

是年改元崇宁，以示崇尚熙宁新法。

七月，以蔡京为尚书右仆射兼中书侍郎。焚元祐法。

九月，诏中书籍元符三年臣僚章疏姓名，分正邪，各为三等。

十二月，诏："诸邪说诐行非先圣之书，并元祐学术政事，不得教授学生，犯者屏出。"

崇宁二年癸未(1103年)　　四十八岁

清真为校书郎。

正月，蔡京为尚书左仆射兼门下侍郎。

三月，朝奉郎、管勾玉隆观黄庭坚，除名勒停，送宜州编管。

四月，诏焚毁苏洵、苏轼、苏辙、黄庭坚、张耒、晁补之、秦观等文集。是年，苏辙迁居蔡州，张耒安置黄州，晁补之罢归金乡。

五月，贬曾布为廉州司户参军，衡州安置。

八月，贬韩忠彦为磁州团练副使。

九月，诏宗室不得与元祐党人子孙通婚，凡臣僚中姓名有与元祐党人同者，令改。命天下监司长吏厅各立元祐奸党碑，毁司马光等景灵宫画像。

十一月，诏："以元祐学术政事聚徒传授者，委监司举察，必罚无赦。"

崇宁三年甲申(1104年)　　四十九岁

清真校书郎秩满，乞假南归，曾游越州（今浙江绍兴），作诗《二月十四日至越州置酒泛湖欲往诸刹风作不能前》《次韵周朝宗六月十日泛湖五首》，词《蓦山溪》（湖平春水）。还京后，迁考功员外郎。

正月，刘昺为大司乐，付以乐政。

五月，进蔡京为司空，封嘉国公。

六月，诏重定元祐、元符党人合于一籍，共三百零九人，蔡京书元祐奸党碑序及名单，刻石于朝堂，颁之州县。又以荆国公王安石配飨孔子庙。图熙宁、元丰功臣于显谟阁。置书学、画学、算学。

崇宁四年乙酉(1105年)　　五十岁

清真为考功员外郎。

八月，新乐成，诏赐名曰《大晟》。次月，立大晟府。

九月，黄庭坚卒于宜州，年六十一。

十二月，于苏州设应奉局，命朱勔总其事，花石纲沿淮河、汴河运往京城。

崇宁五年丙戌(1106年)　　五十一岁

清真为考功员外郎。

正月，以星变，毁元祐党人碑。大赦天下，复谪者仕籍，除一切党人之禁。权罢方田。诏罢书、画、算、医四学。

二月，蔡京罢相。赵挺之为尚书右仆射兼中书侍郎。

是年，张耒得任便居住，回故乡淮阴，后移居陈州。晁补之居丧于金乡。

宋徽宗大观元年丁亥(1107年)　　五十二岁

清真迁卫尉宗正少卿，兼议礼局检讨。

正月，复蔡京为尚书左仆射兼门下侍郎。庚子，御笔："议礼局依旧于尚书省置局，仍差两制二员详议，属官五员检讨，应缘礼制，可具本末，议定取旨。"以给事中刘昺领其事。

三月,赵挺之罢相,旋卒。

五月,赵构(高宗)出生。

大观二年戊子(1108年)　　五十三岁

清真任卫尉宗正少卿,兼议礼局检讨。

正月,太尉蔡京进封太师,赐玉带。加童贯节度使,仍行宣抚。

二月甲午,诏建徽猷阁,藏哲宗御集,置学士、直学士、待制官。

大观三年己丑(1109年)　　五十四岁

清真任卫尉宗正少卿,兼议礼局检讨。约是年乞假南归,路过苏州,作《点绛唇》(辽鹤归来)词。《感皇恩》(露柳好风标)亦可能是同时之作。《点绛唇》(征骑初停)"看尽江南路"云云,或是此次南归途中所作。

六月,罢蔡京尚书左仆射。

七月,诏谪籍人除元祐奸党及得罪宗庙外,余并录用。

十一月,蔡京进封楚国公,致仕,仍提举编修《哲宗实录》。

是年,议礼局编成《吉礼》二百三十一卷、《祭服制度》十六卷。

同年,贺铸以承议郎致仕,定居苏州。

大观四年庚寅(1110年)　　五十五岁

清真任卫尉宗正少卿,兼议礼局检讨。是年底,因议礼局编修礼书二种完毕,清真展两官。

六月,以张商英为尚书右仆射兼中书侍郎。

八月,徽宗亲制《大晟乐记》,命太中大夫刘昺编修

《乐书》。

是年，晁补之卒，年五十八。晏几道卒，年七十三。

宋徽宗政和元年辛卯(1111年)　　五十六岁

清真以直龙图阁知河中府，徽宗欲使毕礼书，留之。迁卫尉卿。《下帷斋》诗或作于此年。一说曾知河中府。

六月，复蔡京为太子少师。

八月，复蔡京为太子太师。徽宗始微行。尚书右仆射张商英罢。

是年，议礼局编成分秩《五礼》四百七十卷。

政和二年壬辰(1112年)　　五十七岁

清真以奉直大夫直龙图阁知隆德府（今山西长治），并管勾学事。

二月，诏蔡京仍旧楚国公致仕，赐第京师。

十月，苏辙卒，年七十四。

十一月，蔡京进封鲁国公。

政和三年癸巳(1113年)　　五十八岁

清真知隆德府。

正月，追封王安石为舒王，子王雱为临川伯。

五月，诏颁《大晟乐》于天下，旧乐遂禁。

十二月，诏天下访求道教仙经。

是年，议礼局编成《五礼新仪》二百二十卷，罢局。

政和四年甲午(1114年)　　五十九岁

清真知隆德府。

四月，徽宗以手诏训诫蔡京、何执中。

十二月，定朝议，奉直大夫以八十员为额。

是年，张耒卒，年六十一。

政和五年乙未(1115年)　　六十岁

清真徙知明州（今浙江宁波）。词《解语花》（风销焰蜡）或系初到明州任，逢元夕而作。在任不久，即被召还京。《齐天乐》（绿芜凋尽台城路）词，或是还京途中所作。

是年，刘昺迁户部尚书，荐清真自代，不用。

政和六年丙申(1116年)　　六十一岁

清真还京为秘书监。

二月，道教改隶秘书省。

四月，徽宗会道士于上清宝箓官。

十月，天章阁奉安九鼎。臣僚乞以崇宁、大观、政和所得珍瑞名数，分命儒臣作为颂诗，协以新律，荐之郊庙，以告成功。

政和七年丁酉(1117年)　　六十二岁

清真进徽猷阁待制，提举大晟府。《春帖子》诗或作于待制时，《琐窗寒》（暗柳啼鸦）作于本年或上一年。《烛影摇红》（芳脸匀红）词似为大晟府提举时奉敕之作。

正月，以殿前都指挥使高俅为太尉。

二月，徽宗幸上清宝箓官，命林灵素讲道经。

三月，以童贯领枢密院。

四月，徽宗讽道录院："卿等可上表章，册朕为教主道君皇帝。"于是群臣及道录院上表册徽宗为教主道君皇帝。

十二月，命户部侍郎孟揆兴工建官苑，初名万岁山，后更名为艮岳、寿岳，亦号华阳官。

宋徽宗重和元年戊戌(1118年)　　六十三岁

清真出知真定府（今河北正定）。《兰陵王》（柳阴直）当作于离京时。孟夏抵达任所，秋作《续秋兴赋并序》。

六月，以王寀、刘昺酬唱诗歌谤讪悖逆，寀伏诛，昺流琼州。

七月，蔡京、童贯等并兼充神霄玉清万寿官使；王黼、蔡攸并兼充神霄玉清万寿官副使。

八月，以童贯为太保。

十一月，改元重和。

宋徽宗宣和元年己亥(1119年)　　六十四岁

清真知真定府，改顺昌府（今安徽阜阳）。咏梨花词《水龙吟》（素肌应怯馀寒），当为是年春作于真定。

二月，改元宣和。

三月，知登州宗泽坐建神霄官不虔，除名编管。

十月，以《绍述熙丰政事书》布告天下。

宣和二年庚子(1120年)　　六十五岁

清真徙知处州（今浙江丽水），旋罢官，提举南京（今河南商丘）鸿庆官。是年居睦州（今浙江建德梅城），适逢方腊起兵，清真遂还杭州，继又避乱北上扬州。词《瑞鹤仙》（悄郊原带郭）似本年作。

十月，方腊率众起义，自称圣公，建元永乐；十一月攻占青溪（今浙江淳安）；十二月，相继攻陷睦州、歙州（今安徽歙县），一路横扫新城、桐庐、富阳各地，并攻占杭州，知州赵霆弃城而逃，廉访使赵约被杀。童贯出任江淮荆浙宣抚使，谭稹改为两浙制置使，征讨方腊。

宣和三年辛丑(1121)　　六十六岁

正月，清真自扬州继续北上，赴鸿庆官以安身。在扬州时，作《倒犯》（霁景对霜蟾乍升）。路经天长（今属安徽），作《西平乐》（稚柳苏晴）。至南京（今河南商丘），病逝于鸿庆官斋厅。一说卒于旅途。

五月，追赠清真宣奉大夫。

归葬钱塘之南荡山（当在今浙江杭州周浦以西山区）。

后 记

余少时负笈钱塘,游学西溪,多得诸宗师指授,于古诗文渐有进益,尤好唐宋曲子。两宋名家,特嗜东坡、清真、稼轩、白石、梦窗数家。常浸润于田野溪云、石岭烟霞,流连于湖光荇影、陇上桂雨,自以为颇得唐宋人之镜像意境。余诚蒙昧,偶有所感,亦随手书录。少时尝作《如梦令·读清真词》一阕,虽尚粗浅,亦见一时之兴味:

片玉昆山高供,千载曲家珍奉。无字不清真,一一风荷摇动。长诵,长诵,乐韵胜于娇凤。

嗣后定居清真故里,修大典于西子湖滨,授课业于钱塘江畔、大运河侧。人事多乖,唐宋乐章未曾释手。尝编纂刊行夏瞿髯(承焘)宗师著述《夏承焘集》八卷本,于词学系统稍窥门径;亦常诵吴熊和师《唐宋词通论》及词学论集,于唐宋乐章得夫宏观与微观认知;复细研蒋云从(礼鸿)师《大鹤山人校本〈清真词〉笺记》,于清真词校注疏解渐生头绪。又越十数年,乃有是书。

数年前,重游西溪,因念曩日夏瞿髯先生手书我辈毕业纪念册诗:"云栖一径足幽寻,数子能为浩荡吟。我爱青年似青竹,凌霄气概肯虚心。"回忆丛集,感慨良多,乃不揣谫陋,依清真溧水无想山韵,作《满庭芳·西溪怀旧》。今迻录旧作于此,稍存研习清真词之印痕,聊为本书结语云。

云息修篁,雾弥幽径,浩歌回响郊园。少年心气,飞翰赛风烟。遥想宗师勉谕,暖风拂、春水溅溅。西溪畔,蒹葭荡漾,旧雨共航船。

流年,如过翼,分飞瞬息,恍惚前缘。谩说他生约,怜取身前。环顾沙明水碧,惹心绪、一十三弦。澄清夜,流光探户,何处正无眠。

   辛丑正月郑小军识于钱塘艮山门内